杨海明

1942年生，苏州人。1960—1964年就读于江苏师范学院中文系，1978—1981年在南京师范学院中文系师从著名词学家唐圭璋先生攻读硕士学位。后执教于苏州大学，1993年被国务院学位办批准为博士生导师。曾任中国韵文学会常务理事、中国宋代文学学会副会长，现任中国词学研究会名誉会长。主要从事唐宋词研究。著有《唐宋词风格论》《唐宋词史》《唐宋词美学》《唐宋词与人生》等。一些著作在海内外产生过较大影响，《唐宋词史》曾获全国高等学校首届『人文社会科学研究优秀成果奖』二等奖和首届『夏承焘词学奖』一等奖；两部专著被翻译成韩文，四部专著在台湾地区再版。2016年获中国韵文学会、中国词学研究会颁发的『中华词学研究终身成就奖』。

杨海明词学文集

第一卷　唐宋词风格论
第二卷　唐宋词史
第三卷　唐宋词美学
第四卷　唐宋词与人生
第五卷　唐宋词论稿
第六卷　唐宋词论稿续编
第七卷　唐宋词纵横谈
第八卷　宋词趣谈
第九卷　张炎词研究
第十卷　宋词三百首新注

杨海明词学文集

·第四卷·

唐宋词与人生

杨海明 著

江苏大学出版社
JIANGSU UNIVERSITY PRESS
镇江

图书在版编目(CIP)数据

唐宋词与人生 / 杨海明著. — 镇江：江苏大学出版社, 2020.7
(杨海明词学文集 ；第四卷)
ISBN 978-7-5684-1318-3

Ⅰ.①唐… Ⅱ.①杨… Ⅲ.①唐宋词 — 诗词研究 Ⅳ.①I207.23

中国版本图书馆 CIP 数据核字(2020)第 097603 号

唐宋词与人生(杨海明词学文集·第四卷)
Tang-Song Ci yu Rensheng (Yang Haiming Cixue Wenji · Di-si Juan)

著　　者/杨海明
责任编辑/徐子理　董国军　郭　杰
出版发行/江苏大学出版社
地　　址/江苏省镇江市梦溪园巷 30 号(邮编：212003)
电　　话/0511-84446464(传真)
网　　址/http：//press. ujs. edu. cn
排　　版/镇江文苑制版印刷有限责任公司
印　　刷/江苏凤凰数码印务有限公司
开　　本/718 mm×1 000 mm　1/16
印　　张/21.25
字　　数/400 千字
版　　次/2020 年 7 月第 1 版　2020 年 7 月第 1 次印刷
书　　号/ISBN 978-7-5684-1318-3
定　　价/148.00 元

《杨海明词学文集》再版前言

本书初版于2010年。此次再版，尊重历史，一仍旧貌，只是遵照出版社的意见，将原先的8册(12卷)改为10卷，次序也做了一些变动，内容则并无改动；另外又请我的老学生们对全书文字重新审读过一遍，改正了一些错漏。由于自初版至今已抵10年，而我早就从学术界“撤退”出来，变成了一个出入于市井里巷、流连于园林名胜的闲散老人，因此现今无心无力对旧著做些修改，这点敬希读者谅鉴。

本书无论是初版还是再版，都得到了江苏大学出版社总编芮月英女士的大力支持和热心相助，在此郑重致谢！我的老学生们，对于它的初版和再版，也都付出了辛勤的劳动。他们是：曹志平、曹辛华、陈国安、闵定庆、钱锡生、孙虹、宋秋敏、王晓骊、薛玉坤、张幼良(排名不分先后，按音序编排)，而总其成的则是钱锡生和陈国安。他们(以及其他一些老学生们)一贯以来对我无微不至的关心和帮助令我十分感动和深感温馨。趁此机会，也向他们表示深挚的谢意！

杨海明

2020年3月　书于苏州嘉园寓所

《杨海明词学文集》初版总序

自1978年秋师从唐圭璋先生攻治词学至今,忽忽已过30年矣。回首当年,自己本是一位普通的中学语文老师,不意在攻读唐师的硕士研究生、随后又转入高校(苏州大学)工作之后,竟涂鸦出了一大堆评说唐宋词的文字,并在词学研究领域产生了一定的影响,以至我的博士生们现今要为我策划出版这套词学文集,不禁感慨良多。我深知自己既缺乏像夏承焘、唐圭璋等老辈学人那样深厚宽博的学养,也跟不上新时期所涌现出的青年学者那种与时俱进、敢于创新的迅猛步伐,充其量只是一个衔接两代的过渡性人物,因此要出文集,不免有些汗颜。但转而一想,对我来说,这套文集所收的旧文好歹记录着自己在词学研究领域里跋涉过的一连串足迹,把它们整理出来总算做了一番"盘点清理"和"立此存照"的工作,未尝没有一点意义;而对不少读者,尤其是很多青年学子来说,像《唐宋词风格论》《唐宋词论稿》《唐宋词纵横谈》《唐宋词美学》等旧书,由于后来未曾再版过,故在书店难以寻获,因此这次"打包"再版,也可满足他们的迫切需求。基于以上两点考虑,我同意了门生们的建议,由他们分工协作对旧稿做了一定的校订,终于推出了这套词学文集。宋人陈与义曾有词云:"二十余年如一梦,此身虽在堪惊。闲登小阁看新晴。古今多少事,渔唱起三更。"(《临江仙》)对我而言,若是改动其中一个字,变成"三十余年如一梦……",便很能表达此时看到这套文集的内心感受:往事早如云烟,此身也已垂暮,这套文集所收的旧文其优劣、良莠就让读者和后人去评说吧,而我本人则要闲登小阁去享受那为时有限的余生了。

本文集共八册、十二卷。下面,分别对各册内容作具体说明。

第一册由卷一、卷二组成。

卷一《唐宋词风格论》:此卷原由上海社会科学院出版社 1986 年出版。后来发现,台湾木铎出版社 1987 年盗印过它,易名为《唐宋词的风格学》,且隐去了作者的姓名。韩国新雅社 1994 年将其译成韩文出版,翻译者为李钟振教授。

卷二《张炎词研究》:此卷原由齐鲁书社 1989 年出版。

第二册收录卷三《唐宋词史》。此卷原由江苏古籍出版社 1987 年出版,后由天津古籍出版社 1998 年再版。后者对前者略作修订,主要是改正了一些错字和删除了某些不必要加的引号,内容基本不变。此次再版,依照后一版本。台湾丽文文化事业公司 1996 年出版了它的繁体字版。韩国新雅社 1995 年将它译成韩文出版,翻译者为宋龙准、柳种睦先生。

第三册收录卷四《唐宋词论稿》。此卷原由浙江古籍出版社 1988 年出版,其中选录了我 1981 年至 1986 年发表的论文 32 篇。

第四册收录卷五《唐宋词论稿(续编)》。此卷为这次所新编的论文集,共收录论文 35 篇,其时间跨度较大(1984 年—2008 年),主要是从《唐宋词论稿》出版以后所陆续发表的论文中选辑而成。其内容大致分成六类:一是对唐宋词的魅力来源,尤其是其人生意蕴作出探寻;二是对唐宋词的心理内涵做些剖析,兼论“角色转换”对这些意蕴生成的重要作用;三是词论研究,以及我对于词学研究的若干思索;四是从传承和变异的角度来对唐宋词进行文化考察;五是读唐宋词的一些心得,它们所涉及的问题较多;六是其他方面的一些文章,其中既有两篇论宋人散文的文章,还有三篇论析夏承焘先生治学历程和回忆唐圭璋、段熙仲先生往事的文章,收录这后三篇主要想借此表达对先贤的缅怀之情。上述 35 篇文章,以前散见于各种报刊之上,此次结集出版,可省读者查检之劳,姑取名为《唐宋词论稿(续编)》。

第五册收录卷六《唐宋词美学》。此卷原由江苏教育出版社 1998 年出版。

第六册由卷七、卷八、卷九、卷一〇组成。

卷七《唐宋词纵横谈》:此卷原由苏州大学出版社 1994 年出版。台湾丽文文化事业公司 1995 年出版了它的繁体字版,易名为《唐宋词主题探索》。

卷八《宋词趣谈》:此卷原由台湾业强出版社 1997 年出版。它的学术性不强,但趣味性和可读性尚可,因大陆读者不易读到,故在此再版,可供非专业的读者阅读消遣。

卷九《李璟·李煜》:此卷原由春风文艺出版社1999年出版,为其“插图本中国文学小丛书”中的一种。

卷一〇《东吴绛帐展痕——序跋选录》:此卷收录了我为学生们的学术著作写的序跋。

第七册收录卷一一《唐宋词与人生》。此卷原由河北人民出版社2002年出版。

第八册由卷一二、附录组成:

卷一二《宋词三百首新注》:此卷原由天津人民出版社1993年出版。合作者刘文华女士乃是我的妻子,不幸已于近时病逝。几十年来,她在生活和工作上助我良多。今日再版此卷,也作为对她的一种悼念。台湾丽文文化事业公司1995年据此重排,出版了它的繁体字版,易名为《宋词三百首鉴赏》。

《附录》四种:一是崔海正教授所写的《论唐宋词专家杨海明——当代词学家系列研究之一》。二是曹辛华博士所写的《杨海明与唐宋词研究的深化》。这两篇文章的撰写,其作者事前事后都未与我本人做过沟通,完全是他们个人意见的表述。照我看来,其中颇多溢美之词而缺少中肯的批评,实在愧不敢当。但它们却能从一定程度上揭示我的某些研究“特色”,可供我自己反省并供读者参考。除此之外,很多师友(如曹济平先生、潘树广先生,以及刘扬忠、肖瑞峰、王兆鹏、刘尊明等先生)和学生(如邓红梅、赵梅、闵定庆、钱锡生、王晓骊等博士,以及浙江大学的张锦同学)也曾为我的一些论著写过书评,但因篇幅的关系,这里就不再收录,谨向他们表示衷心的感谢和诚挚的歉意!三是王晓骊博士所记录的《背靠遗产　面向当代——杨海明教授词学访谈录》,它概述了我从事词学研究的历程,以及研究唐宋词的若干心得体会,也可提供给读者阅读。四是张幼良博士所撰《瞬间三十年——杨海明先生学术年表》。

正如开头所说,我在这30年左右的时间内竟不意涂鸦出了一大堆评说唐宋词的文字,其间的甘苦辛甜,自然一言难尽;而文章的优劣良莠,也心知肚明。总的来说,由于我的写作往往率性而发,主要凭兴趣和“感悟”,而不耐作缜密细致的思考,因此文章中的疏漏和缺陷(甚至错误)自然难免,还望读者多多指教!另外,由于我往往是先写成一篇篇单篇论文,以后又把这些论文中的观点和材料融汇在后来的专著中间;而在撰写单篇论文时,因每篇文章都要自成一个独立的

"单元",故而有一些观点和例证有可能会在全书中多次出现,或许会令人产生啰唆重复之感。这里谨表歉意。再者,由于这些文章写于不同时期,早期的文章并不像现今那样讲求"学术规范",故而现在读来肯定不够"规范",不够严谨。这点也请读者鉴谅!追昔抚今,如果说这套文集所收的一些旧文,在"文革"结束不久、新时期刚刚开始的阶段或许曾有某些"闪光点"使人眼目为之一亮的话,那么时至今日恐就早已平淡无奇,甚至黯然失色了。所以我十分清醒地将自己定位为新旧时期转型阶段的一位"过渡型"的研究者,而词学研究的崭新局面和崭新气象则期待着后来者们去努力开启和努力创造——这也是我作为一名曾经的词学研究者所殷切期望的。

最后,要对引导我走上研究道路并给我以提携指导的唐圭璋师、孙望师、段熙仲师、吴调公师表示深切的悼念与感谢;对大力促成本文集出版并付出辛勤劳动的我的博士生们(曹辛华、曹志平、孙虹、薛玉坤等)表示深深的谢意,拙著引文均由他们重新查核,并详为注出;特别应该提出的是,陈国安博士在本文集的出版过程中付出了艰辛的劳动,其热情与认真令我十分感动,特在此也表示郑重的感谢;对大力资助本文集出版的江苏海门市教育局副局长许新海博士表示衷心的感谢;对支持本文集出版并花费很多心血的江苏大学出版社总编辑芮月英女史和图书编辑部主任顾正彤女史表示深深的敬谢之心。

杨海明

2010 年 10 月

《唐宋词与人生》自序

在如何阅读和鉴赏唐宋词的问题上，我很认同清末民初词论家况周颐的一席话："读词之法，取前人名句意境绝佳者，将此意境缔构于吾想望中。然后澄思渺虑，以吾身入乎其中而涵泳玩索之。"这样，便能臻于"吾性灵与（词人之性灵）相浃而俱化"的境地（《蕙风词话》卷一）。照我看来，这种读词之法所重视与强调的，即是读者须与古代词人进行有关人生体验的"交流"与"对话"，如此才能达到两代人之间的精神沟通和心灵契合。此话如何理解？首先，从唐宋词人来说，尽管他们早已长眠地下，但其凝聚和贮存在那些不朽词篇中的人生体验却至今犹保持着顽强的生命活力。因此从表面上看，现存的两万余首唐宋词篇似乎只是一大堆历史文献，但即或是稍有悟性的人们一经接触它们，就肯定会感受到其中流淌着温热的生命暖流和保存着鲜活的人生百味。美国优秀作家福克纳曾说："艺术家的宗旨，无非是要用艺术手段把活动——也即是生活——抓住，使之固定不动；而到100年之后有陌生人来看时，照样又会活动——既然是生活，就会活动。"虽然唐宋词人在主观上或许并无此种意愿，但在客观上他们确又通过写词而把其生命活动和人生体验"抓住"并"固定"了下来；而当后之读者重读这些词篇时，词人的歌哭啼笑，词人的音容笑貌，以及他们的生存状态和精神面貌，就都会复活和浮现。从这个意义上说，古老的唐宋词其实不老，尤其是它所贮存的丰厚人生意蕴则更保持着"常绿"的状态。故而读词实际就是在人生体验方面向前代词人"讨教""求援"的过程，也是在古代先行者中间寻觅精神知音和良师益友的文化活动。这时，读者处于"受众"的地位，他们必须澄思涉虑，静静地倾听和深深地思索发自唐宋词人的种种心声。其次，在此同时，读者在阅读和欣赏唐宋词时，却又会依据自身特定的人生阅历和生活经验对原作的意蕴做出多种多样的诠释和解读，并将自己的独特感悟融入对原作之“词境”与“词心”的理解之中，这就会进而扩展和拓深原词的思想意蕴。例如王国维读南唐中主李璟的“菡萏香销翠叶残，西风愁起绿波间”两句，认为它们“大有众芳芜秽，美人迟暮之感”，并以此为例说明：“故知解人正不易得。”(《人间词话》)尽管这两句词本来只是描写秋景的萧瑟，用以衬托词中女主角哀怨的心情，但王国维却因他本人多愁善感的思想性格，得出了其中深寓忧患意识的结论。联系到李璟身处五代衰世和南唐国势飘摇的时代背景，王氏的理解确又是可以成立的。而这，就使李璟这两句词的意蕴变得更加丰厚和深沉。这就说明，读者在读词过程中并不总是处于被动的状态，他们可以且肯定会将其自身的某些人生体验反射给唐宋词篇，缘此就形成了读者与前代词人之间的跨时代“交流”与“对话”。而唯有这样的读词之法——读者尽可能地调动自身的人生经验和艺术想象力，“以吾身入乎其中而涵泳玩索之”——这才能真正把词读深读透。

所以讲到这里，提出“唐宋词与人生”的学术论题并就此展开研究，就显得很有必要了。这是因为：唐宋词之所以具有长盛不衰的生命力，之所以在千百年后仍能引发无数读者与它进行心灵的对话与感情交流，基础就在于其贮存着能够贯通古今人心的丰厚人生意蕴。就当时而言，词在文坛上曾极度“走红”，原因即在于它畅快淋漓地宣泄了那一代人的真实感情，十分出色地“诗化”了他们纷纭繁复的各类人生体验。而对后人来说，由于古今人生境况的有所类似和民族心理的一脉相承，所以读者仍能在唐宋词中感到某种“似曾相识”的亲切感和稔熟感，于是便有可能产生两代人在人生体验方面的心灵沟通与(部分)契合。因此词学研究可以和应该有很多很多工作要做，但若丢弃或遗忘了研究“词与人生”的课题，就好比打仗老打外围战而不向纵深挺进那样，未免令人深感遗憾与不足。正是怀着这种“补缺”的心愿，笔者不揣学识之浅薄，尝试做这方面的努力，撰写了这本小书。书中肯定存在着许多缺点，还望读者批评指正。倘使此书能够引起注意，激起古代文学研究者同仁们从“人生”角度探求各类古代文学作品之思想底蕴的兴趣，从而拓宽研究视野与研究路子，那就是笔者最感欣慰的事了。

目　录

绪论　着眼“人生”：词学研究的新视野

——兼论人生意蕴是唐宋词的“第一生命力”

几千年来的中国古代文学作品，其数量之多真可称得上是汗牛充栋、浩如烟海。然而若加分析，则正如胡适先生所说，它们大致可分两大类型：一类是“死了的文学”，另一类则是“活的文学”①。也就是说，古代文学作品中，有很大一部分早已死去，它们在后代读者（尤其是“五四”新文化运动以后的读者）中间，基本不发挥什么作用和产生什么影响，其价值主要在于作为一种历史文献可供极少数专家学者当作“国故”去整理和研究，普通老百姓们则简直不知它们的存在，也一辈子都不会与其接触。而另一类作品就大不相同了，它们恒久地存活在世世代代读者的心中，既被每一时代的各种文学选本和教科书所不断选录，又经常会出现在不同历史时期的中国文化人之口头和笔端，其中有些名篇名句则更是妇孺皆知。由此可见，虽经时间长河的淘选和历史风尘的掩埋，浩瀚的古代文学中却仍有一部分作品始终保持着长盛不衰的生命活力，并对读者的精神世界产生着不同的“活性效应”。而在这后一类“活”的古代文学作品中间，从整体来看，则唐宋词就算得上是最富生命活力和最具“活性效应”的一种。

要想证明上述论点，证据是相当多的。例如，当您现在随便步入哪家书店，甚至是漫不经心地在街头那些主要出售言情武侠小说和时装美食杂志的书摊边作匆匆浏览，几乎都能见到各式各样的唐宋词选本和名目繁多的鉴赏读本。这就大可反窥见读者对于唐宋词的欢迎和喜爱程度。不过，我们在此又想改从另一个角度来说明唐宋词至今犹能产生的“活性效应”，即从词中名句经常在当代文化生活中“闪亮登场”，来看出唐宋词的虽“古”而不“老”。对此，先让我们从琼瑶作品的取名说起。

前些年，台湾女作家琼瑶的言情小说和据此改编的影视剧曾一度风靡海峡两岸，几乎形成一股“琼瑶热”。然而人们似乎并未注意到，琼瑶作品的魅力却在相当程度上是借力于唐宋词之“名句效应”的。不信请看它们的书名吧，十有

① 欧阳哲生编：《胡适文集》第12册，北京大学出版社，1998年，第41页。

七八就取名于词中的名篇名句。例如:《心有千千结》来自于张先的“心似双丝网,中有千千结”(《千秋岁》),《庭院深深》来自于冯延巳的“庭院深深深几许”(《鹊踏枝》),《寒烟翠》来自于范仲淹的“秋色连波,波上寒烟翠”(《苏幕遮》),《一帘幽梦》来自于秦观的“夜月一帘幽梦,春风十里柔情”(《八六子》),《烟锁重楼》来自于李清照的“念武陵人远,烟锁秦楼”(《凤凰台上忆吹箫》)……这就说明,一方面琼瑶本人对唐宋词可谓深爱近癖和情有独钟,另一方面则因唐宋词的许多名句包孕着极为优美和丰厚的意蕴,所以即使是不熟悉它们的读者一见之下也立刻会产生出爱慕之心和好奇之感来。故而以唐宋词中名句作为点睛之笔和精美包装,琼瑶的这些言情作品就确实因此而平添了顾盼生情的艺术风韵和哀感顽艳的心理氛围。这便可见,词之“名句效应”就着实身手不凡!同于此理,大陆的一些文艺作品也曾利用过这种“名句效应”。且举一例:新中国成立前有一部名叫《一江春水向东流》的电影(上集《八年离乱》,下集《天亮前后》),现今的老奶奶和老爷爷们差不多都曾看过,至今犹留有深刻的印象,而其优美而又悲伤的片名也是从李煜词中摘取来的。这些足以说明,唐宋词中的许多名句,至今犹有“招徕”读者的鲜活魅力,所以常会在当今的文学创作中“闪亮登场”,并对读者产生很强的诱惑力。

其次,还可看词中名句的“代言”功能。在日常生活中,人们常会碰到这样一种情况:当你面对某种情景或身历某种境况之时,心恍惚若有所感,口却嗫嚅难以言表,或者是胸中涌起满腹激情,笔下却凝滞不通,但此际脑海中却蓦地跳出一两句现成的唐诗或宋词,帮你排除了一时的“言语障碍”,代你表述出了苦思冥想而难以言表的那番感悟或心思,这时你肯定会感叹古人的“先得我心”,甚至会觉得那句唐诗或宋词似乎是古人早就为自己所“预制”或“定做”的。这就不妨称作古典诗词的“代言”功能。而在这方面,唐宋词所发挥的“名句效应”就显得相当的广泛和突出。如下面这些人所熟悉的名句:“剪不断,理还乱,是离愁。别是一番滋味在心头。”(李煜《乌夜啼》)“十年生死两茫茫,不思量,自难忘。”(苏轼《江城子》)“众里寻他千百度,蓦然回首,那人却在,灯火阑珊处。”(辛弃疾《青玉案》)它们就经常会在人们身置某种境况时不期而遇地涌上心头。再如“老夫聊发少年狂”“天涯何处无芳草”“多情却被无情恼”“人生自是有情痴”,以及“无可奈何花落去,似曾相识燕归来”“青山遮不住,毕竟东流去”等等词中的名句,也屡屡会流出于中国文人的笔端和口头,再妙不过地为他们“代言”了特定的心境和情愫。而特别还可提到的是,不少处于热恋或失恋状态的青年男女,在自己的“两地书”或日记本中,更频繁地使用或偷偷地收集着很多内容有关恋情的唐宋词名句,诸如:“换我心,为你心,始知相忆深”(顾夐《诉衷情》),“记得绿罗裙,处处怜芳草”(牛希济《生查子》),“月上柳梢头,人约黄昏后”(欧阳修《生查子》),“衣带渐宽终不悔,为伊消得人憔悴”(柳永《凤栖梧》),“多情自古伤离别,更那堪冷落清秋节”(柳永《雨霖铃》),“两情若是久长时,又岂在朝朝暮暮”(秦观《鹊桥仙》)……想不到唐宋词人在千百年前所写下的这些词句,竟然成了现代青年男女消解爱情饥渴的精神食粮!这就尤其突出地体现了唐宋词的精神魅力和“活性效应”。所以,即使是在普通人(只要稍具文化知识和文学修养)的日常生活中,唐宋词中的名句也是时常会“闪亮登场”的——请问,在那圆月当空的中秋之夜,有谁的心中不升腾起与苏轼一样的美好祝愿:“但愿人长久,千里共婵娟”(《水调歌头》)。而当人们离别亲人之后,脑海中又何尝不会浮现出与张先相似的离愁别绪:“伤高怀远几时穷?无物似情浓”(《一丛花令》)。因此,尽管现已进入了以电脑和移动电话为标志的高科技时代,但唐宋词中所蕴含的那些古老的文化信息和感情因子,却仍能在当代读者心中“复活”,它们时不时地会撞击人们的心灵,感荡人的精神。由此看来,自从唐宋词人在古代诗歌的长河中另辟了“词”这样一股支流之后,唐宋词就像一曲清溪浅流那样紧紧地伴随着后世读者的漫长人生,既用似水的柔情灌溉他们的心田,又在需要的时候帮他们洗涤心头的烦恼。所以,即使仅从词中名句的经常“闪亮登场”这一相当狭窄的视野中,我们就能窥见唐宋词所蕴藏的丰厚生命活力和它对后世读者所产生的“活性效应”了。一句话:唐宋词真不愧是中国古代文学中的一支“活的文学”!

其实,以上所述还只是词之“活性效应”的比较肤浅的表层现象。特别是我们用词中名句的“闪亮登场”来说明问题,实际远不深刻。这是因为,凡是优秀的古代文学作品,几乎全都具有这种“名句效应”;而像唐诗和某些古文名篇中的名句,它们在后世读者的文化生活和日常人生中“出镜”“出场”的频率和机会,或许就比词中的名句更显频繁。因此上文所述,仅是一个“引子”,接下来我们就该讨论另一个深层次的问题了。这就是:唐宋词的生命活力和“活性效应”,其集中表现和深刻体现却尤在于它们对于中国文化人的感情世界和心理面目的“柔化”方面,而这也正是唐宋词的最为“独到”之处。

自古以来的中国文化人,当然都读过许多书。故从一定意义上说,他们的思想观点、人生理念乃至生活情趣、审美心理,就在很大程度上是通过读书而获得的。在他们所读的众多书籍中,自然又以儒家经典和以儒家思想为指导思想的政史类著作最为重要。数百代人对这些著作的学习和传授铸成了整个封建士大夫文人的群体文化人格。但除此之外,文学作品对他们的影响却也不可小视。且以诗歌为例:撇开《诗经》作为儒家“五经”之一的崇高地位不论,就拿《离骚》、陶诗、杜诗这三类作品来说，它们就对封建社会的无数读书人产生过巨大而又深远的影响。屈子那“信而见疑，忠而被谤”的怨愤，曾经激起过千百年来与他有着相似命运的士人之强烈共鸣；陶渊明的几首《归田园居》和一篇《归去来兮辞》(可以看作今之散文诗)，又引动了他们多么深浓的归隐情趣；而一部被人称为“一饭未尝忘君”的杜甫诗集，竟又被囚禁在元朝狱中、誓不屈服的文天祥读得烂熟，并一口气衍生出了200首《集杜诗》。这就说明，正统的诗文作品，曾在凝铸和塑造中国士大夫文人的思想性格和文化心理方面，发挥过不可低估的作用。

而对旧时代的广大平民百姓来说，则由于他们读书机会较少和文化程度不高，故其接受的文学影响，就主要不是来源于典雅高深的散文和诗歌，而是来源于比较通俗的戏曲和小说。且以小说为例，昔年梁启超就曾有过论述：“吾中国人状元宰相之思想何自来乎？小说也。吾中国人佳人才子之思想何自来乎？小说也。吾中国人江湖盗贼之思想何自来乎？小说也。吾中国人妖巫狐鬼之思想何自来乎？小说也。若是者，岂尝有人焉提其耳而诲之，传诸钵而授之也？而下自屠爨贩卒、妪娃童稚，上至大人先生、高才硕学，凡此诸思想，必居一于是，莫或使之；若或使之，盖百数十种小说之力直接间接以毒人，如此其甚也。即有不好读小说者，而此等小说既已渐渍社会，成为风气，其未出胎也，固已承此遗传焉。其既入世也，又复受此感染焉，虽有贤智，亦不能自拔。”①其言虽则明显有所偏颇(一是只看到小说“含有毒性”的一面，二是把上述陈腐观念的成因统统归罪于小说)，但它确实相当犀利地揭示了小说对于“人心”“人格”形成的重要熏染作用(因此他在此文中又大声疾呼：“欲新人心，欲新人格，必新小说。”“欲新一国之民，不可不先新一国之小说。”)。以此类推，则戏曲对于民众心理的影响亦复如此。如像“私订终生后花园，落难公子中状元，奉旨完婚大团圆”的才子佳人式婚姻理想，“莫谓老天不长眼，善恶到头终有报”的因果报应思想，也都在很大程度上是通过戏曲舞台而向广大民众传播的。由此可见，无论是高雅的士大夫群体还是普通的平民群体，他们都曾从文学作品中接受过思想文化方面的影响，只是其接受来源和所产生的思想效应有所不同而已。

现在再让我们来看词对读者所产生的思想文化影响。对此问题，我们可从两个角度来看：

第一是其影响面。首先应该承认，由于词为“小道末技”，所以它对士大夫文人的影响远逊于诗文作品那样深刻；又因它比小说戏曲来得典雅，且缺少后两

① 梁启超：《饮冰室合集》第2册，中华书局，1996年，第9页。

者的故事性和传奇性，所以它对平民百姓的影响也不如小说戏曲那样广泛。但若换个角度来看，则由于词体具有比诗文通俗而又比小说戏曲文雅的文体特色和文体优势，因而就有可能同时获得雅、俗两大读者群的喜爱，故其影响力就几乎涵盖了全社会稍具文化水平的各色人等。

第二是其影响力的心理指向。由于小说戏曲之兴盛主要是在宋元以后，所以这里就仅将唐宋词和前代诗文作个比较。孔子曰："不学诗，无以言。"（《论语·季氏》）据此，则诗歌和文史作品就对封建文人俨然具有"教师"的资格和职责。不过，诗和文这两位"教师"却是相当严肃和正经的男教师，它们主要向学生们传授如何成为"士"和"君子"的大道理（虽然偶尔也会在课堂上发发个人的牢骚不平），故在通常情况下它们就努力将读书人的心理气质导向"阳刚"的方向。如儒家先哲们就谆谆教诲后生学子："刚、毅、木、讷，近仁。"（《论语·子路》）"士不可以不弘毅。"（《论语·泰伯》）这样一来，读书士子就只好收敛起他们内心固有的"阴柔"一面，而尽量使自己变得"刚毅"。但唐宋词（其主流作品自是婉约词）则显得大不相同了，她在总体上就扮演了一个"女教师"的角色（这正好吻合于德国哲学家谢林把诗歌称为"人类女教师"的比喻）。尽管唐宋词中也有类似于诗文那种士大夫文人的思想意趣（例如，宋人陈鬵就曾说过，读苏轼的《赤壁》词能"使人抵掌激昂而有击楫中流之心"①，读苏轼的《哨遍》词，能"使人甘心淡泊而有种菊东篱之兴"，见其《燕喜词序》），但从整体和主流来说，则唐宋词就不像满口"子曰诗云"的男教师那样古板，而像一位温柔的女教师那样和蔼，既给人以女性的体贴和关怀，又教人懂得爱和柔情值得珍惜。故在唐宋婉约词的抚慰和熏陶之下，读者的感情世界就可能变得更加细腻和丰富，其心理面目也会产生变"柔"和变"俗"（世俗化）的趋向。当然，想要证明上述影响，若从封建时代的士大夫文人那里寻找例证显然比较困难（这是因为他们一般不肯轻易和直率地向人们承认这种显得不太有出息的心理变化），但从他们偶露真情的片言只语中，我们却仍能见到一些蛛丝马迹。例如，清人沈谦在其短短的《填词杂说》中就曾两次谈到读词对他产生的"移情"作用：一是说读了柳永"杨柳岸、晓风残月"之句后，惝恍迷离，不能自主；二是说自己某次独宿旅店，读了柳永那首极言孤眠之苦的"每到秋来"（《爪茉莉》）词后，深觉它的"能移我情"②。再如，另一位清人江顺诒则说："余性刚而词贵柔，余性直而词贵曲，余性拙而词贵巧……余性浅率而词贵蕴蓄，学词冀以移我性也。"（《愿为明镜室词

① 金启华，等编：《唐宋词集序跋汇编》，江苏教育出版社，1990 年，第 150 页。
② 唐圭璋编：《词话丛编》，中华书局，1986 年，第 629 – 630 页。

稿序》)请看他的欲以读词来修补其心理性格的某些不足而使之朝柔、曲、巧和含蓄蕴藉的方向发展，我们就不难感知唐宋词对读者的心理影响，确是大体指向"阴柔"一路的。而因古代读书人长期以来所接受的正规教育，基本是儒家经典和诗文作品那一套"传道""授业""解惑"的男式教育，故从完整的人性需求出发，他们或许早就产生过"阴阳失调"的缺憾感。现今一旦得遇唐宋词这样一位温柔美丽的女教师，他们当然就会备感亲切和欣喜！这就难怪词体一登唐宋文坛，便立即受到了当时雅、俗两大读者群的热烈欢迎；而即使在唐宋以后直至现当代，唐宋词仍以其主体上的女性化文学魅力深深地吸引着读者。当然，正如前述，词在思想观念方面给予他们的直接影响或许比不上诗文和小说戏剧那样深刻和明显，但它对读者的感情世界和心理面目，却起着一种相当微妙和深细的"柔化"作用。对此，当代文人丰子恺先生的一段读书体会就很能说明问题。他在《谈自己的画》一文中曾说：

> 欢喜读与人生根本问题有关的书，欢喜谈与人生根本问题有关的话，可说是我的一种习性。我从小不欢喜科学而欢喜文艺。为的是我所见的科学的书，所谈的大都是科学的枝节问题，离人生根本很远；而我所见的文艺书，即使最普通的《唐诗三百首》、《白香词谱》等，也处处含有接触人生根本而耐人回味的字句。我读了"想得故园今夜月，几人相忆在江楼"，便会设身处地做了思念故园的人，或江楼相忆者之一人，而无端地兴起离愁。读了"流光容易把人抛，红了樱桃，绿了芭蕉"，便会想起过去的许多的春花秋月，而无端地兴起惆怅……①

小小年纪，本应无忧少虑，然而只因读了几首唐诗宋词，心头却"无端"地兴起了种种莫名的人生惆怅，这就足可证明古典诗词(特别是以写愁绪和柔情为主的婉约词)对于年轻人的感情世界和心理面目，具有多么深细的柔化作用了。而再证之以当今的流行歌曲，也曾以它缠绵悱恻的情调和轻靡柔艳的风格培养出了一大批"发烧友"和"追星族"，且在相当程度上影响了这一代青年人之精神面貌，那么我们对于作为唐宋时代流行歌曲之唐宋词极能"动摇人心"(黄庭坚评晏几道词之语，见其《小山词序》)的影响力，也就不难由此而想见。所以在这里，我们可以仿效梁启超论旧小说的话来论说唐宋词对读者的影响：吾国青年男女卿卿我我、一往情深的恋情情愫何自而来乎？吾国文人淑女多愁善感、嗟离伤别之心理气质何自而来乎？吾国读者"以艳为美""以柔为爱"的审美心理何

① 丰陈宝、丰一吟编：《丰子恺散文全编》，浙江文艺出版社，1992 年，第 468 页。

自而来乎？它们很大程度上是得自于唐宋词(婉约词)的熏陶。

以上,我们由词中名句的不时在当代社会中“闪亮登场”谈起,进而论析了它对中国文化人的感情世界和心理面目的柔化作用,由此证明唐宋词确是一种深具生命活力和“活性效应”的古代文学。而接下来的问题则是：应该如何来解释唐宋词虽“古”而不“老”,始终保持着经久不衰的生命活力之奥秘？或者换句话说：千百年来,一代又一代的读者何以会深爱唐宋词？唐宋词主要是靠什么来吸引读者和打动人心的？对此,我们的回答是：唐宋词中贮存着十分丰厚且又能贯通古今人心的人生意蕴,而这些有关于人生诸种问题的思想意蕴,就该是唐宋词之所以能打动人心和产生“活性效应”的首要因素。从这个意义上,我们就有理由把人生意蕴唤作唐宋词的“第一生命力”。

现在,再让我们接过前引丰子恺的话头继续述说。从他的读书体会中我们大可明白：对于不少读者来说,古典诗词之所以能深深吸引他们,其主要原因就在于其中“处处含有接触人生根本(问题)而耐人回味的字句”,容易激活读者自身的情思和联想。因此,这段十分质朴而又真切的自述,实际却揭示了一个相当深刻的道理：古典诗词的“活性效应”,其本源主要在于它们所贮存的有关人生诸种问题的思想底蕴。

平心而论,广大读者之所以喜读古典诗词,自然还有另一个重要的原因,那就是他们对于其艺术美感的赞赏和迷恋。确实,古典诗词的艺术美感是光彩照人、美不胜收的,在一定意义上甚至还是不可超越和无法复制的,因此它们同样也是唐宋词“生命力”的构成要素之一。但是相比之下,古典诗词所贮存的有关人生问题的思想底蕴,则更是一种能直接对读者心理产生“活性效应”的首要和主要的活性因素。这是因为,由于古人和今人人生状况的相似与相续,今人和古人在心理气质方面的大致相通与一脉相承,民族文化心理的延绵沉积等多方面原因,唐宋词中的人生意蕴就能贯通古今人的心灵,持久地激活后世读者的情思。对此,且让我们逐一分析：

首先应该看到,古今的人生状况虽因时代环境的变易而产生出不小的差异,但从其根本内容来说,却又是万变不离其宗和不断得到“复制”的。例如,从个人的物质生活而言,无论哪个朝代的人,其实都在为衣、食、住、行而奔忙,分解到最后,也不外是饮食男女、吃喝拉撒睡。再从生活遭遇和人生道路来看,各人的具体情况虽有千差万别,但概括来说,他们都要面对生、老、病、死的人生大问题,也都会经历诸如是非荣辱、悲欢离合的人生遭遇。由此而来,古人和今人在处置这类相似的人生课题时,也就会产生出异代而同貌的情志与心态。例如,面对人生短促这一严峻的现实,他们就都会感叹光阴之易逝、青春之难驻,从而思索人生的价值和意义，并努力去善待今生；又如，任谁都难逃生活的压力，不免会陷入感情危机或人生逆境之中，这时他们就都会努力寻觅解决烦恼的良方，皈依某种人生哲学。若再说得具体一些，则不论是智者还是愚者，也不论是达官贵人还是芸芸众生，他们一生中总要碰到诸如下列这些人生问题：读书，求职，婚姻，家庭，沉浮，迁徙，穷通，得失，乃至休闲娱乐，退休养身……虽然各个时代和每个人的情况并不相同，但正像每天都要迎接太阳的升起那样，一代又一代的中国人却无一例外地必须面对上述几乎是"永恒"的人生课题，并产生大致相似的感情活动。而在这两方面，早于我们千百年的唐宋词人就堪称是现当代人的一群"先行者"。苏轼曾有诗曰："崎岖世味尝应遍。"（《立秋日祷雨宿灵隐寺同周、徐二令》诗）唐宋词（以及其他古典文学作品）在一定意义上，就是一部记录唐宋词人如何体验人生以及如何处置各种人生问题的"心灵文献"和"经验总结"。读着这样一部形象化的"人生百科全书"，后世读者怎能不激发出与唐宋词人相呼应的感情共鸣？

其次应该看到，古今时代的人们尽管在穿着打扮、言谈举止方面产生了一定的差异，但在心理气质方面却并未发生根本的改变——道理相当简单：既然他们同样生息在华夏大地之上，既然他们同样用筷子进食这块土地上长出的黍稷稻麦，且仍使用着老祖宗所传下的同一种方块汉字，那么要说他们的心理气质会产生很大的变易，就是很难说通的。香港歌星张明敏唱过一首有名的流行歌曲，其中有两句歌词是这样的："洋装虽然穿在身，我心依然是中国心。"据此可知，既然同属黄皮肤和黑眼珠的中国人，则不论他们是身在大陆还是身在海外，也不论他们是生活在古代还是生活在现代，就基本都拥有着同一类型的"中国心"。而在这"中国心"中，自然也包含着心理气质方面的内容。举例来讲，千百年来的中国多情文人，大多数都会见落花而伤春，闻雁声而悲秋，这种"集体无意识"的情感行为就表明他们共同怀有着多愁而善感的气质。而更有意思的是，年龄尚幼、涉世未深的少年丰子恺，一读到某些古典诗词，竟也会漾起莫名的人生哀愁，这就更足以说明中国人在心理气质的多愁善感方面，确是古今相似和一脉相承的。而因其心理气质的一致性，加上又面对着本质相同的人生问题，古人在其诗文作品中所抒写的种种人生感慨，当然就会对后代读者产生出撩拨心弦的"活性效应"。例如，杜牧登齐山，联想到《晏子春秋》所载齐景公登牛山而泣涕的故事，不禁浩叹："古往今来只如此，牛山何必独沾衣。"（《九日齐山登高》）这句“古往今来只如此”，以及晏几道所说的“尝思感物之情，古今不易”①，就相当深刻地阐说了这样一个道理：古典文学作品之所以能激动后人，其原因之一即在于前代作者和后世读者之间存在着“古今不易（不变）”、基本相似的心理气质。

再次，古典诗词能对后人产生“活性效应”，还与文化心理的延绵和沉积有关。由于中华民族具有十分悠久的历史，所以前代人所形成的文化心理就会变成一种“传统”，代代相续地延绵在后代人的心中。举个极为常见的例子来说：几千年的封建社会中，形成了男尊女卑、重男轻女的思想，然而时至当代，它却仍然未曾断根，不少地方所发生的丢弃甚至扼杀女婴的事实就证明了它在某些国人脑中简直是根深蒂固！再如，古人对其后代抱有“望子成龙”“光耀门庭”的强烈企盼，而现今的中国人却也无不千方百计要想把子女送进名牌学校，这也足以说明某些传统观念不仅没有绝迹，反而竟有愈演愈烈之势。由此可证，包括思想观念、民风民俗、生活习惯、审美情趣等等在内的文化心理，确实存在着由古至今不断延绵和积淀的事实。而前代的文学作品，正充当了沉积和传承这种传统文化心理的重要载体。所以，当后代读者阅读古代文学作品，尤其是阅读其中特别擅长于抒情写心的唐宋词时，他们就会与古人贮存在其作品中的文化心理产生“似曾相识”的稔熟感和“情投意合”的默契感，从而激起自身的感情涟漪。举例来讲，自古以来中国人对月亮就怀有某种特殊的感情：既感亲切，又感神秘；既感温馨，又感清冷；既盼望它的早日变圆，却又忧惧它的由圆变缺……总之，一见到月亮，就往往在心中涌发盈亏离合的人生惆怅。而这种文化心理和感情体验，却照样延绵在现代人心中。故当他们读着“江畔何人初见月？江月何年初照人？人生代代无穷已，江月年年只相似”时，心中也会涌起和张若虚一样的迷惘；当他们在与恋人分离或聚首、见到一轮圆月或一钩残月时，也会发出和吕本中一样的怨嗟：

> 恨君不似江楼月，南北东西。南北东西，只有相随无别离。　恨君却似江楼月，暂满还亏。暂满还亏，待得团圆是几时？（《采桑子》）

所以尽管苏轼已经远离了我们800多年，但当人们（特别是与亲人不能团聚的离人）面对中秋的皓月，却仍然会和他一样升腾起“人有悲欢离合，月有阴晴圆缺，此事古难全”的人生遗憾，也同样会对亲人发出衷心的祝愿：“但愿人长久，千里共婵娟。”由此可证，古典诗词之所以能激活读者之情思，使他们产生“古人

① 晏几道：《小山词自序》，金启华，等编《唐宋词集序跋汇编》，江苏教育出版社，1990年，第25页。

先得我心”的钦佩与感激，分明就与古典诗词所“释放”出的文化心理能与读者心中沉积的传统心理一拍即合有关。

所以综合以上情况可知，唐宋词人在其词中所记录和贮存的人生意蕴，绝不是一大堆冷冰冰的思想资料，而是一大团散放着光和热的文化资源，读者只要稍具人生阅历和文化悟性，就定能接受其“辐射”而引发相应的“心灵感应”。因此归根到底，词之所以能对后世读者产生“活性效应”，之所以具有长盛不衰的生命力，其本源就主要在于它所贮存的十分丰厚而又贯通古今人心的人生意蕴。

当然，又像前文已经指出的那样，在强调人生意蕴乃是构成词的生命活力的重要因素之同时，我们也绝不低估艺术美感能为唐宋词赢得无数读者之欢心的不可或缺的作用。但是，若与前者相比，则后者毕竟属于第二位的因素。这是因为：

首先，唐宋词的艺术美感从总体上看基本已属“过去时态”的东西，由于时代的隔阂，其实用性已渐趋淡化，故而不像人生意蕴那样能够直接贯通古今和勾摄人心。打个比方来说，词的艺术美感美则美矣，但那种“古典”甚至是“古董”型的美感虽能令人击节赞好，但它们已像陈列在历史博物馆中的艺术珍品那样，其主要功用仅在于供人们观摩玩赏而并不具有太多的现实意义（除少数专业工作者可用于参考借鉴之外）。例如，人们或许会欣赏唐宋词中“庭院深深深几许？杨柳堆烟，帘幕无重数”的幽深意境，可在现实生活中有谁不渴望获得宽敞明亮的居住环境？再如，人们或许会对温庭筠笔下的古典式闺妇，生出几分怜香惜玉的同情心或爱慕心，可有哪一位现代女性愿意像她们那样梳妆打扮，乃至“独倚望江楼”和“终日两相思”呢？因此，唐宋词的艺术美感虽然也是构成其“生命力”的要素之一，但其“活性效应”却毕竟比不上人生意蕴那样直接和明显。

其次，读者之欣赏唐宋词的优美“词境”，又必定是与词境所深裹着的“词心”紧紧联系在一起的。艺术美感是外表，是包装，是躯壳，而思想意蕴则是内容，是核心，是灵魂。若是缺乏深刻的灵魂而徒具美丽的外表，那就会像橱窗里的塑料模特儿那样虽能一时性地招徕顾客，然却不能真的使人心旌摇荡。因此虽有部分读者读词时一上来就被其艺术美感所深深吸牢，但最终令他们反复涵咏和无穷回味的，却仍是词中的人生意蕴。例如，人们读柳永的《雨霖铃》词，任谁都会赞赏“今宵酒醒何处？杨柳岸、晓风残月”这几句隽美凄丽的名句，但真正使读者沉浸其中的，却仍是“多情自古伤离别”的那一份令人黯然销魂的人生伤别之思想底蕴。何况，又像陆机《文赋》所言：“石韫玉而山晖，水怀珠而川媚。”①正是由于某些精彩的人生意蕴像珠玉那样韫怀其中，词的艺术天地才会

① 陆机著，张少康集释：《文赋集释》，人民文学出版社，2002 年，第 145 页。

显得分外的山辉川媚。所以说到最后，唐宋词的“第一生命力”就应该是它所贮存的人生意蕴。

为了更加清楚地说明唐宋词的“第一生命力”在于人生意蕴的道理，我们不妨再对后世读者对唐宋词的接受状况做些考察和分析。清人郑板桥曾用下面三句话来概括其读词学词的经历：“少年冶游学秦、柳，中年感慨学苏、辛，老年淡忘学刘、蒋。”①这虽是他个人的阅读经验，其实却很具代表性和普遍性。此言意谓：青少年时期，喜读秦观、柳永的恋情词；中年时期，喜读苏轼、辛弃疾的感慨之作；到了老年，则又爱读刘克庄、蒋捷的“看穿”“忘情”词篇。这种随着年龄增长而产生的阅读兴趣之改变，一看即知是与其人生轨迹合拍和同步的。换句话说，正是因为人在不同的年龄段会碰到不同的人生问题和产生不同的人生感慨，因此他们就会根据自身的心理需求到唐宋词中选择最能与己产生“心灵感应”的作品去作寻觅“知己”的阅读，并“求其友声”地获求感情的共鸣。例如，青春期的突出问题是男女情爱，自然就想往秦、柳恋情词中去“沐浴”爱情的阳光；中年人的主要人生课题是干事业和减轻压力，于是又会向苏、辛词中去寻求精神支援；老年时期的“主要矛盾”则是生与死的不断“较劲”，因此思想就不免消沉，故而刘、蒋一类“看穿”和“忘情”的词篇自然又成了老人们疗治心理孤独症的良药。由此看来，郑板桥的读词经历再好不过地说明了这样一个道理：唐宋词之所以能吸引读者（不同类型的读者分别偏爱着不同类型的词篇），艺术美感固然是其一方面的原因，但归根到底则仍是由于词中的人生意蕴能“心有灵犀一点通”地勾连着后世读者的人生感遇。郑板桥是如此，其他的广大读者又何尝不是如此？因此让我们再将视野扩展到当代读者的身上，看一看他们的情况：

青少年时代，是人生中最为“清纯”的时期。或是情窦初开，或是春情勃发，少男少女们往往就把唐宋（婉约）词当作“爱”和“美”的文学海洋，在里面恣情遨游。胸怀着满腔恋情时，他们爱读“陌上谁家年少足风流？妾拟将身嫁与一生休”（韦庄《思帝乡》）；心头涌起惆怅时，他们则爱读“欲寄彩笺兼尺素，山长水阔知何处”（晏殊《蝶恋花》）；为着增添自己的信心，他们会再三吟咏“衣带渐宽终不悔，为伊消得人憔悴”（柳永《凤栖梧》）；为着宣泄自己的苦闷，他们又会反复默念“剪不断，理还乱，是离愁。别是一番滋味在心头”（李煜《乌夜啼》）。总之，这批青少年读者是怀着一颗赤子之心和抱着最虔诚的态度去“拥抱”唐宋词的。词中有关爱情、婚姻、相思、离别等方面的情思和意蕴就像无形的细针密

① 郑板桥：《郑板桥诗文集》，文化艺术出版社，2014 年，第 155 页。

线那样在他们的脑海深处缝织进了无限的柔情蜜意，使他们的性格变得温柔，使他们的举止变得文雅（至少在恋人面前）。青春可爱和爱情无价这两种美好的人生意蕴，就像磁石那样牢牢地吸住了无数唐宋词的年轻读者！而即对那些婚嫁已毕的成年人来说，词对他们也仍然具有魅力。曾有一位中年女教师自述：当她装修新分到的公房时，别无太多讲究，却特意要把卧房之门砌成圆形，并饰以枝叶婆娑的塑料罗宋草。其目的无他：只想让自己能时时重温"月上柳梢头，人约黄昏后"的诗情画意。这足以说明唐宋词确有柔化人们心灵世界的魔力，它们所贮蓄的如水柔情简直已化为春风雨露，润物细无声地滋润着中国人的心田。

中年时代，是人生的"多事之秋"。这一阶段的人们，事情特多，头绪特繁；由此而来，则又压力太多，负担太重。因此，精神疲惫，感慨良多，就成了他们共同的心理状态。故对这批读者而言，苏、辛那些抒写人生百味的感慨之词，自然便成了"良师益友"。情绪高涨时，他们爱读苏轼的"老夫聊发少年狂"和"酒酣胸胆尚开张"；情绪低落时，则又转爱稼轩的"可惜流年，忧愁风雨，树犹如此"和"欲说还休，却道天凉好个秋！"而在某种特殊的环境中，他们竟还从苏、辛词中直接获取过支撑其生命的精神力量——"文革"中间有些落难的干部竟就是靠着背诵东坡居士"莫听穿林打叶声，何妨吟啸且徐行"的词句而挺过其死囚生活的。由此我们就不难想知苏、辛词中某些人生意蕴对于这批成年读者具有何等强大的精神感染力了。

老年时代，则是人生渐近结束的时期。这一群体的读者，已经在人生旅途中跋涉过千山万水，谙尽了人生甜酸苦辣的各种况味，因此很易产生"看穿"人生、心如止水的思想状态。所以他们就尤其爱读词中那些咏叹"老年忘情"的作品。蒋捷词云："少年听雨歌楼上，红烛昏罗帐。壮年听雨客舟中，江阔云低、断雁叫西风。　　而今听雨僧庐下，鬓已星星也。悲欢离合总无情，一任阶前、点滴到天明!"（《虞美人》）刘克庄词云："老子颇更事，打透利名关。百年扰扰于役，何异入槐安?"（《水调歌头》）这些阅尽人间沧桑、看破人生名利的词篇，就极能激起他们的心理共鸣，帮助他们消释暮年的寂寞感和孤独感。

以上情况表明：老中青这三类读者对于唐宋词的各有偏嗜，其实是依据人生各阶段的实际心理需求而产生的。也就是说，读者在人生道途中碰到了什么突出的问题，他们就会自觉或不自觉地到词中去寻觅与此有关的人生意蕴，借他人之酒杯，浇自己之块垒。这种各觅所好和各取所需的读词偏嗜，就很有说服力地证明了唐宋词对读者的吸引力，就主要发源于它所贮存的丰厚人生意蕴。

讲到这里，人生意蕴乃是唐宋词"第一生命力"的道理大致讲清。由此而来，我们对唐宋词的研究也就应该顺流而下，拓展出一片新的视野，此即：改从全方位的“人生”角度来发掘词中贮存的人生意蕴，并以此来沟通古之词人和今之读者的心灵，真正将唐宋词读透读活，使这一份优秀的文学遗产能为当代人所“古为今用”。

早在20世纪20年代，沈雁冰、叶圣陶、王统照等人组织“文学研究会”，就曾明确提出过“文学为人生”的响亮口号。文学创作既然应该“为人生”，那么文学研究也就同样应以“为人生”作为终极目的。具体到唐宋词的研究，我们认为，那类基础性的研究（诸如词籍整理、词律考订、词人生平考证、词籍笺注等等）和一般性的作品评论固然是相当必要和不可缺少的，但是调整视角，着眼“人生”，进行“词与人生”的研究就或许能更加靠近“为人生”的目的。为此，我们就想对“着眼‘人生’”的新视野先做一点论述：

应该承认，以往的大量词论词话，有许多也是围绕着人生来诠释唐宋词的思想蕴涵的。不过，它们的侧重点和落脚点却基本局限在人生中的政治层面上，而未能从整体的、全方位的人生角度来研究问题。例如，苏轼中秋词的主题明明是抒写人间亲情和咏叹人生缺憾，可宋人却硬要说它是“爱君”之词；而温庭筠写女性生活的《菩萨蛮》词，则又被常州派词人穿凿出了“感士不遇”的政治情怀。由此看来，由于受到汉儒说《诗》的传统观念之严重束缚和深刻影响，以往的词学批评虽然实都绕不开人生问题来论词，但它们却又把人生仅仅（或者主要）归结为政治。这样一来，其视野就势必变窄，而其结论也往往会背离事实。而相比之下，则王国维将“人生”引入词学批评的做法就显得视野开阔多了。如其论“诗人对宇宙人生，须入乎其内，又须出乎其外。入乎其内，故能写之。出乎其外，故能观之。入乎其内，故有生气。出乎其外，故有高致”①；又如他之用“忧生”“忧世”来发掘晏殊、冯延巳词的深层意蕴，就都显示了他的眼光并不拘囿于“政治”一途，而已拓展到了更为宽广的人生大背景上。可惜的是，这种着眼于整个人生的研究和探讨，在《人间词话》中也只显露了苗头，而未见深入、全面的论析。因此综观历代的词学批评，虽已取得了不小的成绩，但却基本未能跳出以政治和道德评判为主的批评模式，更未能注目于唐宋词对后世读者的思想文化影响。所以我们提出着眼“人生”的新的视野，或许能拓展思路，为词学研究辟出一块新的领地。

我们认为，现存的两万余首唐宋词篇若从根本上说，实是唐宋词人人生经验的文学结晶。依叶燮《原诗》的说法，词中所表现的“理、事、情”三种内容，就全

① 姚淦铭、王燕主编：《王国维文集》卷一，中国文史出版社，1997年，第155页。

都紧贴着词人本身的人生：从“事”的层面来看，词中反映了词人多种多样的人生经历和人生遭遇；从“情”的层面来看，词中淋漓尽致地表现了词人各式各样的人生欲念和人生感慨；从“理”的层面来看，词中又述说了词人不尽相同的人生理念和人生哲学。但不管是“事”、是“情”还是“理”，它们都来源和扎根于词人的人生。因此只有着眼于“人生”来论词，才能直探其本源，真正将它读透读活。而在这方面，词体本身的下列特点又需予以注意，此即虽然词和其他文学作品一样，其根本使命都在于表现人生（这和诗、文、小说、戏曲等文体并无二致），然因词体具有其独特的文体特色和文体优势，故其表现人生又有以下两个特点：一是尤其擅长于表现私生活环境中的人生情思，二是特别致力于表现人生情思中最为精微深细的内容。这就提示我们：从人生角度来论词，更需注意其“方位”和“层次”的问题。拿前一个特点来说，词所表现的人生内容，除开所谓的豪放词之外，十之八九全属私生活环境中的活动和情思。如晏殊贵为大宰相，然其小词所写却尽多吟风弄月、赏花品酒、歌舞冶游之类私生活的内容。而欧阳修则说得更透彻，他在退居颍州所写的《采桑子》小序中说：“虽美景良辰固多于高会，而清风明月幸属于闲人。并游或结于良朋，乘兴有时而独往。鸣蛙暂听，安问属官而属私；曲水临流，自可一觞而一咏。”据此则这十首《采桑子》之所写，就纯属他“痴儿了却公家事”之后在私人自由支配时间内的休闲生活和闲情逸致。因此，唐宋词所表现的人生，就远不局限和集中在政治生活方面，而是一种全方位的人生。再从第二个特点来说，词尤致力于表现人生情思中最为精微深细的内容（特别是恋情方面的情思），这就使得词中的人生意蕴显得层次更深。例如，欧阳修所写的“人生自是有情痴，此恨不关风与月”（《玉楼春》），其情深至“痴”的人生体验就非一般的诗文作品所能表达。再如清末民初的词论家况周颐曾说：“人静帘垂，灯昏香直，窗外芙蓉残叶飒飒作秋声，与砌虫相和答。据梧冥坐，湛怀息机，每一念起，辄设理想排遣之。乃至万缘俱寂，吾心忽莹然开朗如满月，肌骨清凉，不知斯世何世也。斯时若有无端哀怨枨触于万不得已；即而察之，一切境象全失，唯有小窗虚幌、笔床砚匣，一一在吾目前。此词境也。”①他所体味到的这种“词境”（而非“诗境”或“文境”），也是一种来自心灵深处的人生枨触。所以根据词在表现人生方面的上述两个特点，我们就不能仅从狭隘的政治、道德角度来诠释词的思想底蕴，而只有改从全方位、多层次的人生角度来论词，才能吻合唐宋词的实际情况，还原其大型“人生乐章”的本来面目。

而在以人生作为“切口”，顺滑地剖开唐宋词的“词心”（即探视其中贮存的

① 况周颐：《蕙风词话》卷一，唐圭璋编《词话丛编》，中华书局，1986年，第4411页。

人生意蕴)之同时,我们还应注目于当代读者对它们的接受情况和所产生的社会影响,真正将唐宋词当作一种"活文学"来研究。人生本是很不容易的,而唐宋词人在他们艰难的人生中竟然集体创造了那么灿烂的词文学,并给后人留下了取汲不尽的精神遗产,这就越发值得我们珍惜和加以利用。一方面,唐宋词人无不感叹于人生的虚空和多艰(如苏轼叹曰:"须信人生如寄。"李之仪叹曰:"人生弹指事成空。"赵令畤叹曰:"人生更在艰难内。"),但另一方面,他们却又万分痴恋和执着于人生(如欧阳修曰:"人生自是有情痴。"晏殊曰:"人生有限情无限。")。一方面,他们极度关心个人,珍爱着自己每一寸光阴和玩味着自己每一份感情,另一方面却又具有着强烈的责任心和使命感,绝不愿意让自己的生命浪掷和让自己的人生虚度(这在南宋的爱国词中表现得非常充分)。前贤早就说过:"每览昔人兴感之由,若合一契。"又说:"后之视今,亦犹今之视昔。"(王羲之《兰亭集序》)既然人类历史是由一代又一代人的人生所共同延续而成的,而他们之间又存在着今昔相似的人生感遇,那么作为唐宋词人之后辈的我们,怎又能轻易丢弃前人在词中留下的那笔丰厚思想遗产而不顾?因此,文学创作固然是"为人生",文学研究也同样应该"为人生"——尤其是为现实的人生。而以人生意蕴来沟通古今两代人的心灵,使当代读者能从唐宋词中获取有益于现实人生的滋养,就该是新时期词学研究的一项重要工作。正因有鉴于此,本书就想来做这方面的尝试。当然,由于唐宋词中所贮存的人生意蕴相当丰厚和复杂,又因它们对读者的思想影响呈多极的指向(既有积极的影响,也有消极的影响),所以本书的写作自然只能抓住其大端来进行。具体来说,其思路与章节安排如下:

上编以作家为中心,选择具有典型意义的词人(或词人群体)进行个案分析,重点论述他们的独特人生体验与人生态度。这些词人和词人群体分别是:花间词人,李煜,晏殊,柳永,晏几道,苏轼,李清照,朱敦儒,辛弃疾,姜夔和南宋爱国词人。通过对这11个词人和词人群体的论析,基本可以显示唐宋词人在处置人生重大问题方面所表现出来的不同心态及其个性化的感情世界。

下编改以作品(宋词)为中心,按照词所反映的社会生活和词所表现的感情内容对两宋词苑展开"土质—物种"的分类研究。宋代词人的生存状态和人生境况是相当丰富复杂的,既有"酣玩"和"雅玩"的人生享受,又有夹杂着甜蜜和苦涩的恋情体验,更遭受过种种不如意事件的打击乃至亡国的灾祸,因此其人生世相与人生况味可谓五光十色、复杂难言。本编即以"纵情欢娱""诗意消遣""'爱'的烦恼"和"无处避愁"作为标题,对它们进行分类的考察与研究。

最后,在"余论"部分,试图揭示词中人生意蕴对于当代读者可能发挥的启示作用,进而认识唐宋词在现代思想文化领域中的"活性效应"。

上编 唐宋词人的人生态度和生命体验

小 引

俗语云：各人有各人的活法，此言诚然。拿唐宋词人来说，这支由1000余人所组成的庞大队伍，其各个人员的“活法”就很值得细究。一方面，由于他们属于同一历史阶段中人，所担任的社会角色又基本都是士大夫文人，因此其人生观和生活方式必会产生某种共同性和相似性。例如，面对人寿不永的事实，几乎每位词人都会慨叹“人生苦短”，于是“浮生若梦”和“及时行乐”就成了他们集体性的哀叹与普遍性的行动。但在另一方面，由于“各人头上一方天”，每人的命运和生活经历各不相同，他们又会面对各人所遇的种种人生课题，表现出不尽相同的处置态度；再加上涉世的深浅之分和性格的刚柔之异，以及心理气质、思想面貌的千差万别，他们所积累而形成的生命体验因此也各有千秋。举例来讲，身为大宰相的晏殊就体会不到柳永屡举不第的辛酸滋味，而柳永也不会体会到李后主亡国破家的悲恸；又如，同样是珍惜生命之宝贵和慨叹时光之流逝，有人一味流连光景，有人却唯恐“时不我待”、转而奋力拼搏……所以，尽管他们同属“唐宋词人”这一大团队中，但其具体的人生态度和生命体验却又是因人而异的。因此在本编中，我们既从大处着眼，审视他们（或其中的某一群体）词中所包孕的带有共同性和普遍性的某些人生意蕴；更从小处入手，选择若干具有典型意义的词人作为“标本”，剖析其词中所蕴藏的个性化的人生意蕴。而在这两者之中，又以后者为重点。这是因为，文学创作在很大程度上本是一种个人的精神、艺术行为，因此文学研究的重心也自然会落到对作家个人心灵世界的探索上去。从这点出发，我们便对单个词人的人生经历（甚至其属于“隐私”的生活侧面和感情世界）及其个性化的人生态度和生命体验，表现出尤为浓厚的兴趣。所以本编就把主要精力投放在对李煜、晏殊、柳永、晏几道、苏轼、李清照、朱敦儒、辛弃疾、姜夔等单个词人的个案分析上，另又涉及花间词人、南宋爱国词人这两个词人群体的某些问题。通过聆听他们倾吐在其词中的真实心声和回味他们记录在其词中的人生甘苦，我们能深切地感知这一代文人所共同或个别怀有的人生态度与生命体验。

第一章　人生苦短：唐宋词人的集体性哀叹

若从文学表现人生的角度来看问题，数不胜数的唐宋词篇就可被视为唐宋词人面对诸种人生问题而用“词”的文学样式所集体书写出的一大堆浩繁纷杂的答卷。由于作者和人生问题的各不相同，这些“答卷”也显得五花八门。但是我们却又惊奇地发现，这么多的词人当他们面对人生首先扑来的生死问题时，其答案却基本一致，此即：共同地感叹着人生的短促和虚空。

生、老、病、死，人生的第一大问题当然就是生与死的问题。有生必有死，讲得彻底一些，人生其实就是个体生命从生到死的发展轨迹和演变过程。因此，人在面对“死生事大”（《庄子·德充符》引孔子言：“死生亦大矣，而不得与之变。”）这一人生的第一问题时，就不能不对个体生命的时间流量，亦即“人寿几何”做出思考和发出感叹，而由此得出的结论和感发的嗟叹，也必然是“人生苦短”。对此，我们至少可从以下三方面来发掘其原因：首先，个体生命的时间流量确实是相当短暂的。尤其在古代社会，由于生活条件的困苦和医疗水平的低下，人类的平均寿命就是甚为短促的。如当代人会自豪地说：“七十小弟弟，八十多来些，九十不稀奇。”而古人却说：“人生七十古来稀。”（杜甫《曲江二首》）由此即见古代人的普遍短寿。但即使是年过古稀，甚至活过了百岁，若和宇宙的无穷无尽相比，则人寿之倏忽如白驹过隙，也仍然让人感到心悸。这就是引发“人生苦短”的第一点原因。其次，就在那短暂的人生历程之中，生命却又随处潜藏着脆弱易摧的危机。俗语云：“天有不测风云，人有旦夕祸福。”这就揭示了生命和健康随时都存在着“异化”之威胁的道理。从人体内部而言，由于人非金石，谁就没个三病六灾？再从体外而言，则地震、火灾、洪水、飓风等等突发事件，以及战争、暴力等等人为灾祸，也都随时会向人类扑来，吞噬他们的健康和生命。这又从人生无常的角度加深了人们“人生苦短”的忧惧，缘此便构成了第二方面的原因。再次，人生还有一个“质量”的问题。古代社会中，寒士们的生活实是相当寒伧、甚至悲惨的，所谓“居大不易”（这个“居”字其实包括衣食住行等多方面的内容）正就道出了一般寒士拙于生计的艰难和窘迫。而即使是那辈仕途顺利的士大夫文人，面对着封建专制制度的高压和经常产生的政治风险，其心情也很难达到舒畅通泰的地步。因此,“生年不满百,常怀千岁忧”就成了人们普遍的喟叹,而这无穷的忧患又促使人们备感人生之中美好时光的太过短促。这又是产生“人生苦短”思想的第三方面原因。故合而言之,面对着人生短促的严峻事实,人们就几近本能地会产生出深沉的生命意识和惜时心理来。我们试读中国古代的第一部诗集——《诗经》,其中就屡屡出现许多关于“万寿无疆”的祝福之辞(如《七月》《信南山》《甫田》《南山有台》等篇章中均有此类祝辞),这就可见先民对于长寿的企盼是何等强烈!而到秦汉时期,由于科技水平的低下,人们仍对“不死”怀有着荒诞的妄求。如秦始皇派遣方士出海寻觅长生之药,汉武帝铸造金铜仙人承露盘欲接甘露以延年,就是这方面的典型例子。然因“不死”或“不老”原属虚幻之望,所以古人渴求永存的生命意识,很快就转化成为对于衰老的忧惧和对时光流逝的慨叹。例如,屈原的不朽诗篇《离骚》中,就充满了此类惧老伤逝的意绪:“汩余若将不及兮,恐年岁之不吾与。”“老冉冉其将至兮,恐修名之不立。”“日月忽其不淹兮,春与秋其代序。惟草木之零落兮,恐美人之迟暮。”……即使是曾以武功显赫一时的汉武帝,面对着“秋风起兮白云飞,草木黄落兮雁南归”的萧瑟秋景,竟也会唱出“欢乐极兮哀情多,少壮几时兮奈老何”(《秋风辞》)的悲凉之歌。所以对于“人生苦短”,就是人同此心的。当然,对屈原来说,其忧惧衰老之情很快又转化成鞭策自己奋发有为的精神动力,而一般的芸芸众生、甚至是不少的精英人物,则大多都达不到屈原那样的精神境界。因此,古代文学所反映的生命意识与惜时心理,就更多地表现为“人生如寄”“浮生若梦”一类消极的慨叹。如《汉书》中所记述的李陵之言:“人生如朝露。”(《苏武传》)如曹操《短歌行》中的感叹:“对酒当歌,人生几何。譬如朝露,去日苦多。”如《古诗十九首》所云:“浩浩阴阳移,年命如朝露。人生忽如寄,寿无金石固。”“人生寄一世,奄忽若飙尘。”如李白所云:“浮生若梦,为欢几何?”(《春夜宴桃李园序》)如唐人小说《枕中记》《南柯太守传》等寓托的“人生如梦”故事……就都以各种方式表达了人生短促而又虚空的相似看法。

现在,再让我们转入正题。我们发现,唐宋词人几乎是集体性地咏叹着“人生苦短”和“浮生若梦”。这种哀叹既是前代诗文中相关人生喟叹的嗣响,又可视为对于上述“老调”的一种“重弹”或“新翻”。但是,尽管是老调重弹或旧曲新唱,然而在唐宋词中所泛响起的“人生苦短”和“浮生若梦”的感叹,却又带有了新的文体特色。因此,这类转用新颖的“词”的文体所表达的生命意识和惜时心理,仍能给人以譬如日月反复升降而光景却每日常新的感觉。而唐宋词中的上述慨叹,它们通常通过以下两种方法表达出来:一是用近乎大白话的通俗语言对此重作朴素而直率的诠释,使人更感其“诚实”“透彻”和接近“真理”(因为真理不需要掩饰)；二是通过对伤春悲秋之类哀婉心态的描绘，委婉地流露出来。对此，先看其第一种情况，请读范仲淹一词：

> 昨夜因看《蜀志》，笑曹操、孙权、刘备，用尽机关，徒劳心力，只得三分天地。屈指细寻思，争如共、刘伶一醉？　人世都无百岁。少痴騃、老成尪悴。只有中间，些子少年，忍把浮名牵系？一品与千金，问白发，如何回避？(《剔银灯》)

此词通过对于三国历史的评论，表达了“千算万算不如老天爷一算”的思想和人生应当及时行乐的态度。而其下片中的几句：“人世都无百岁。少痴騃、老成尪悴。只有中间，些子少年，忍把浮名牵系?”则对人生做了“质量估算”：人生一世，很少能活过百岁。小时候糊里糊涂，老了以后又衰弱不堪；除去这两头，就只有中间那一截青春年少的阶段才有所“使用价值”，那就怎忍心再把它耗费在追名逐利上去？因此，作者不仅在总体流量方面哀叹了人生的短不过百岁，而且更从分段估算其“质量”的角度，进一步揭示了人生中可资享用的部分就更加短暂的道理。比之一般的“人生苦短”，其认识就越发显得清醒和理性化。

而比范仲淹词说理更加通俗明了的，则还可举出下面这首词：

> 人生百岁，七十稀少。更除十年孩童小，又十年昏老。都来五十载，一半被、睡魔分了。那二十五载之中，宁无些个烦恼？　仔细思量，好追欢及早。遇酒追朋笑傲，任玉山摧倒。沉醉且沉醉，人生似、露垂芳草。幸新来、有酒如渑，结千秋歌笑。(王观《红芍药》)

比较起来，本词作者对于人生的考量和计算，就比范仲淹显得更加仔细和精确。他先把范的“人世都无百岁”缩减为“七十稀少”，进而又把这 70 岁扣除少年和老年的各十岁，然后再把剩余的 50 岁一分为二(昼夜各半)，结果算出人生的有价值部分，仅只短短的 25 年(而在这 25 年中，又有多少烦恼不宁的时光)！虽然这种计算法前代早已有过，如白居易在《狂歌词》中曾说：“五十以后衰，二十以前痴。昼夜又分半，其间几何时?”但像本词那样运用极为通俗易懂的语言和扳着指头进行加减乘除的计算法，却分明能使“人生苦短”的道理阐发得更加透彻明了。由此可见，时至宋代，人们对于人生短促的认识，简直已达“洞若观火”的境地。

以上似可看成唐宋词人对于人生短暂的理性化表述。而在众多的唐宋词篇中，词人的生命意识和惜时心理，就更多地通过感性的描述流露出来。其突出的表现便是那类伤春悲秋的作品。这里且举他们哀悼落花的词篇为例。请先读两首晚唐词人之作：

酌一卮，须教玉笛吹。锦筵红蜡烛，莫来迟。繁红一夜经风雨，是空枝。（皇甫松《摘得新》）

买得杏花，十载归来花始坼。假山西畔药阑东，满枝红。　旋开旋落旋成空，白发多情人更惜。黄昏把酒祝东风，且从容。（司空图《酒泉子》）

前一首词写夜宴赏花。词人之所以要急不可待地点起蜡烛、乘夜赏花，其原因就在于唯恐一夜风雨之后，那繁花满枝的景象竟会一变而成空枝颓叶的惨状。所以，有人评曰："此有'来日苦短，秉烛夜游'之意。盖花无久红，人不长老，垂念到此，可不及时行乐耶？"（《删补唐诗选脉笺释会通评林》卷六〇引周珽之言）后一首则写老年人之惜花。它从作者十年栽花的经过写起：辛苦十年，方才亲眼看到了这株杏花的盛开。可是转而一想，"旋开旋落旋成空"，它却很快又会花殒香消，徒留空枝，这岂不令人深悲？于是，词人便从心底发出沉挚的乞求：东风呀东风，你能否放慢一下脚步，以便让鲜花慢些儿凋谢？这种怜花心情，说穿了便与作者自伤白发的心情是"合二为一"的。对此也有人评曰："明知花落成空，而酹酒东风，乞驻春光于俄顷，其志可哀。"（俞陛云《唐词选释》）因而通过上面两首伤悼落花的词篇我们不难发现，"悼花"其实往往是表面文章，而其骨子里却深藏着词人对于"人生苦短"和"好景不长"的浓重伤感。发展到极致，后之辛弃疾词中还出现了这样的句子："更能消几番风雨，匆匆春又归去。惜春长恨花开早，何况落红无数！"（《摸鱼儿》）其中"惜春长恨花开早"一语，就展示了这样一种更加哀婉层深的心态：就在人生最美好、最绚丽的盛时（就像春深花茂那样），多情的词人却已提前地忧惧着它的必将逝去了。这就越发使人深感唐宋词人对于生命怀有着何等缱绻缠绵的爱惜之情了。再证之日常生活中，有些老年人不喜欢小辈为其祝寿——因为每过一个生日就意味着向死期靠近一步，这种情况就能帮助我们对辛弃疾此语做出更深的理解：生命历程原是生与死的因素同时并存而又此消彼长的发展过程，因而花之早开就意味着它的必然早谢。由此看来，唐宋词人对于"人生苦短"的感悟，确是相当敏锐和深刻的，这就使他们的伤春悲秋词中，几乎无一不流露着惜时心理。

而在感叹"人生苦短"的同时，词人又慨叹着人生的虚空。例如，下面二词就都通过生与死的对照来表达这样一种题旨——人生看似热闹，到头来却仍像大梦一场：

日月无根天不老，浮生总被消磨了。陌上红尘常扰扰。昏复晓，一场大梦谁先觉？　洛水东流山四绕，路傍几个新华表。见说在时官

职好，争信道，冷烟寒雨埋荒草。（王寀《渔家傲》）

城下路，凄风露，今人犁田古人墓。岸头沙，带蒹葭，漫漫昔时流水今人家……高流端得酒中趣，深入醉乡安稳处。生忘形，死忘名，谁论二豪初不数刘伶？（贺铸《将进酒》）

读这两首词，很使我们联想到《红楼梦》中《好了歌》的第一段："世人都晓神仙好，惟有功名忘不了！古今将相在何方？荒冢一堆草没了。"它们都用人生的背面（荒坟野草）来反照出人生（其正面是功名富贵，热闹非凡）之总属虚空，同样也表达了"人生苦短"和"浮生若梦"的思想——试想，对于"冷烟寒雨埋荒草"的死者来说，其生前的种种活动岂不就像一场春梦那样短促和飘忽？

所以，正像一位曾被徽宗皇帝封为"虚靖先生"的道家文人张继先所云："细算人生，能有几时？任万般千种风流好，奈一朝身死，不免抛离。蓦地思量，死生事大，使我心如刀剑挥。"（《沁园春》）"死生事大"就一直是众多唐宋文人心中盘算的大问题。而在经历了"心如刀剑挥"的痛苦思索之后，他们对于人生之短促和总属虚空的认识，也就达到了比前代文人更加"彻悟"的思想境地（至少从其表述的直率透彻而言）。因此可以认为："哀吾生之须臾"（苏轼《前赤壁赋》）的心态，几乎成为唐宋词人所普遍怀有的心态，故而"人生苦短""浮生若梦"之类的喟叹，自然也就成了他们词中的一种集体性哀叹。

但是，问题却并不到此就告终结。对于每一个活生生的人来说，尽管其总的生命流量（寿命）相当短暂，但他毕竟要在这个世上度过几十年的光景。拿苏轼的话来讲，一方面，人生确实短促，"叹隙中驹，石中火，梦中身"（《行香子》）；但另一方面，人生却又相当漫长："百年里，浑教是醉，三万六千场"（《满庭芳》）——即使天天醉酒，这百年的人生舞台上却也有三万六千个场子要你去"走过场"。因此，在哀叹"人生苦短"的同时，人们就必然会思考"此生当如何度过"的问题，这就产生了不同的人生态度。再从实际情况来看，虽然个体生命渺小得如同蜉蝣之寄身天地，但他们却各有各的活法：有的活得痛快，有的活得窝囊；有的活得轻松，有的活得疲惫；有的活得舒坦，有的活得痛苦……一句话，他们的人生道路和感情经历是各不相同甚至大相径庭的。缘此就产生了差异很大的生命体验。因此，就算人生是一场梦吧，但如何做好这个梦，以及同床（同一个时代）而异梦的情况，却又人各有殊。再就文学作品来说，文学既然表现人生，那就势必会反映其作者的人生态度和描写其作者的生命体验。而因唐宋词的特别擅长于抒情和描摹心态，所以词中所反映的人生态度和所描写的生命体验就尤显真切和生动。仍以"梦"字为例：温庭筠词云："水精帘里玻璃枕，暖香惹梦鸳鸯锦"（《菩萨蛮》），韦庄词云："罗幕绣帏鸳被，旧欢如梦里"（《归国谣》),在那晚唐五代的乱世,花间词人却只管在水精帘或绣罗幕内做他们的绮梦或重温其旧梦;而在这同一时代,李后主却已梦醒,正在痛定思痛地忏悔其前半生是"梦里不知身是客,一晌贪欢"(《浪淘沙》)。再如,宋亡后的张炎已经"无心再续笙歌梦",躲进西湖一角去"掩重门、浅醉闲眠"(《高阳台》);但同在这社稷变置的历史转折关口,文天祥却不愿醉生梦死,高呼"人生翕欻云亡,好烈烈轰轰做一场!"(《沁园春》)因而,虽然"人生苦短""浮生若梦"几乎成为唐宋词人的"共识",但如何来度过此生和实现各自的人生价值,却很不相同;而每位词人的人生经历和感情体验,则也其异如面。所以,由共同或相近的生命意识和惜时出发,唐宋词人在其人生态度和生命体验方面,却又分道扬镳了。故而我们在概述其"人生苦短"和"浮生若梦"的集体性哀叹之后,就准备对他们各不相同的人生态度和生命体验(特别是后者)做一番跟踪调查和个案分析。

第二章 醉入花丛：花间词人颓废的生活方式

由赵崇祚编选、欧阳炯作序的《花间集》是第一部文人词的总集，它的出现标志着词的成熟和兴盛。因此，我们的述说就由它而开头。

所谓的"花间词人"，指的是被收录在《花间集》中的18位词人。从时间来说，除温庭筠、皇甫松为晚唐时人之外，其余皆为五代时人（有些则身跨晚唐和五代，也有人后又入宋）。从地域来说，则这16位五代词人基本都出仕或生活在西蜀（前蜀与后蜀）。故花间词人就指以温庭筠为"文学鼻祖"（也包括他本人在内）的一群晚唐五代词人，而其活动地域又以西蜀为中心。

人所共知，晚唐五代是中国历史上的又一衰乱之世。先是藩镇割据，后来又发展为十国分裂，当时的整体政治局势一直处在动荡不安的状态之中。因此，一般地说，置身于这样一种"世纪末"的岌岌乱世，晚唐五代的词人大都怀有颓废的心态和醉生梦死的人生态度。他们再也吟不出像盛唐诗人那样昂扬的诗歌，甚至也很少像中唐诗人那样关心民瘼和企图匡济时世，而是在灰心失望之余一头扎进醇酒美人之中，以此来消遣和打发人生。这种精神状态，就集中反映在《花间集》中。透过那些关于恋情和享乐生活的花天酒地的描绘，我们清晰地看到了花间词人的基本人生态度：一方面，他们哀叹着"人生苦短"，另一方面又拼命想用酒和女色来"充实"自己短暂的人生。所以"醉入花丛"就成了他们用以玩世的主要生活方式。

首先，请看他们对"人生苦短"的哀伤。在这方面，他们并不像前代诗文那样直言其惜时的感慨，而往往借用为闺妇代言其伤春悲秋、美人迟暮之愁怨的方式曲折委婉地道出。比如温庭筠词：

> 南园满地堆轻絮，愁闻一霎清明雨。雨后却斜阳，杏花零落香。无言匀睡脸，枕上屏山掩。时节欲黄昏，无聊独倚门。（《菩萨蛮》）
>
> ……虚阁上，倚栏望，还似去年惆怅。春欲暮，思无穷，旧欢如梦中。（《更漏子》）
>
> 秋风凄切伤离，行客未归时。塞外草先衰，江南雁到迟。　芙蓉凋嫩脸，杨柳堕新眉。摇落使人悲，断肠谁得知？（《玉蝴蝶》）

词中的这些女性,就全都是一副伤心断肠的愁苦模样。虽然她们的无聊与惆怅,主要是因情郎远去而引发,但从其伤春和悲秋的心绪中,我们分明感知着词人本身对于时光流逝的深深忧惧。这不,词中“摇落使人悲”一句,就泄露了“天机”。此句明显是从杜甫“摇落深知宋玉悲”(《咏怀古迹》之二)中化出,表现了一种男性士大夫的复杂人生感慨——千百年前的宋玉曾因秋气而感发“草木摇落而变衰”(《九辨》)的身世之感,而生当晚唐衰世的温庭筠自己,又何尝不怀有着与宋玉相似的时序惊心、人生苦短的感慨。因此,《花间集》所描写的男女恋情,除了沉溺欢情、热烈温馨的一面之外,更多的就是那类伤春悲秋、美人迟暮的心态和场景,其后一面中便潜藏着对人生短暂的无奈和忧伤。所以,只消细细体味此类“闺怨”词的词境,就不难感知其惜时伤逝的哀怨“词心”。

而在另一类咏史怀古的词中,我们也同样读出了花间词人对于时光流逝的迷惘和伤感。我们发现,生当乱世的这一群词人,除了沉湎于酒与女人的享乐生活之外,基本上是不愿睁眼细看他们所实际置身于其中的现实世界的。不然的话,当时战乱频仍、民不聊生的状况为何就未在词中道及?不过,他们毕竟又是一群有文化的士人,所以其目光偶尔也会从酒筵舞席上移开,而向历史投去一瞥。于是我们便在《花间集》中另又读到了这样一些咏史怀古之作:

> 晚日金陵岸草平,落霞明,水无情。六代繁华,暗逐逝波声。空有姑苏台上月,如西子镜,照江城!(欧阳炯《江城子》)
>
> 古庙依青嶂,行宫枕碧流。水声山色锁妆楼,往事思悠悠。　云雨朝还暮,烟花春复秋。啼猿何必近孤舟,行客自多愁。(李珣《巫山一段云》)
>
> 月沉沉,人悄悄,一炷后庭香袅。风流帝子不归来,满地禁花慵扫。
>
> 离恨多,相见少,何处醉迷三岛?漏清宫树子规啼,愁锁碧窗春晓。(尹鹗《满宫花》)

虽然他们所注目的历史(神话)人物,仍是风流帝王和美女(如吴王与西施、楚王与细腰、南朝君王与宠姬等),但在“六代繁华,暗逐逝波声”“水声山色锁妆楼,往事思悠悠”“风流帝子不归来,满地禁花慵扫”等语中,却都充满了词人对于兴衰盛亡、改朝换代的历史慨叹和对往事如梦、好景不长的人生哀感。一般来说,由于被包围在酒色之中,花间词人常显得醉眼朦胧(因而就不大肯正视活生生的现实环境),但在面对时间长河无情冲洗历史烟云的冷峻事实之时,却也难得一见地显出了几分清醒:光阴似水,人生实在是太短促了!

既然如此,那么花间词人又是如何来看待和处置自己那短暂的人生呢?其答案可从韦庄的这两首词中找到：

劝君今夜须沉醉，尊前莫话明朝事。珍重主人心，酒深情亦深。须愁春漏短，莫诉金杯满。遇酒且呵呵，人生能几何！（《菩萨蛮》）

深夜归来长酩酊，扶入流苏犹未醒。醺醺酒气麝兰和。惊睡觉，笑呵呵，长道人生能几何！（《天仙子》）

尽管“对酒当歌，人生几何？譬如朝露，去日苦多”（曹操《短歌行》）的老歌前人早已唱过，但曹阿瞒在咏叹这一题旨时分明还带有着几分“慨当以慷”的英雄刚气，而当花间词人来演绎这个主题时，却明显褪尽了慷慨的成分，而显得万般的无奈与颓废。故由这种心态出发，花间词人们便以“醉入花丛宿”（韦庄《菩萨蛮》），亦即“酒和女色”的生活方式来消遣或“充实”其人生。这方面最典型的例子就莫过于前蜀的末代君主王衍所写的《醉妆词》。其词曰：

者（这）边走，那边走，只是寻花柳。那边走，者（这）边走，莫厌金杯酒。

前三句言女人（寻花问柳），后者言美酒，赤裸裸地表露了作者犬马声色、及时行乐的人生态度。尽管王衍未入《花间集》（这恐怕与此书的编选体例有关），但他却堪称花间词人中前蜀作者们的“当然领袖”。原因很简单：正是以他（及其父亲王建）为国君的前蜀小朝廷，供养着薛昭蕴、牛峤、牛希济、尹鹗、李珣等一批入选《花间集》的前蜀词人。若按当今的做法，他就绰有资格被尊为《花间集》的“名誉顾问”之一。而若再看后蜀的情况：“鹿虔扆与欧阳炯、韩琮、阎选、毛文锡等俱以工小词，供奉后主（孟昶），时人忌之者，号曰‘五鬼’。”①则后蜀词坛的“座主”，也理所当然地由其国君孟昶来担任。由此即可推知，王衍《醉妆词》中所坦陈的人生态度，就确可代表西蜀词人的普遍态度。这里不妨抄录一些史料，以见西蜀君臣们过着怎样一种以酒色为中心内容的享乐生活。先看前蜀王衍：

勾延庆《锦里耆旧传》卷六载：王衍“于乾德六年（924）夏四月，于大内造村坊，立市肆，令宫嫔着青布衫裙，开酒肆食店，杂男女之饰，货柴、面，一如民间叫噪争打，男女混杂，交易而退。帝与诸妃、后以为笑乐。”②

张唐英《蜀梼杌》卷上载：王衍于乾德三年（921）在成都筑宣华苑成，“延袤十里，有重光、太清、延昌、会真之殿，清和、迎仙之宫，降真、蓬莱、丹霞之亭。土

① 吴任臣：《十国春秋》，中华书局，1983 年，第 815 页。
② 勾延庆：《锦里耆旧传》，《丛书集成初编》本，商务印务馆，1939 年，第 16 页。

木之功，穷极奢巧，衍数于其中作长夜之饮。嫔御杂坐，舄履交错”。又载：“衍好私行，往往宿于娼家，饮于酒楼，索笔题曰：‘王来’云。恐人识之，故令民间皆戴大帽。”“咸康元年（925）三月，衍朝永陵，自为尖巾，民庶皆效之。还宴怡神亭，嫔妃妾妓皆衣道服、莲花冠，髽髻为乐。夹脸连额，渥以朱粉，曰‘醉妆’。国人皆效之。”①该书还记载了王衍的两件荒唐事：一是看中了大臣潘炕的小妾（名曰“解愁”，美姿色，喜为新声，又工小词），公然向潘索取：“朕宫内无如此人，意欲取之。”但潘炕不从，结果被不明不白地弄死。二又看中了军使王承纲的爱女，硬要将她纳为妃子。无奈该女已先许嫁于他人，故王承纲不肯应诏，于是王衍下令将其流放，并强令王女入宫。由以上事实看来，则前蜀的这位末代皇帝王衍，实在是一个荒淫透顶的享乐君主！在他的“率先垂范”之下，前蜀的士风不闹得一塌糊涂那才是怪事呢！

再看后蜀的孟昶：

《蜀梼杌》卷下记载：“广政十二年（949）八月，昶游浣花溪。是时蜀中百姓富庶，夹江皆创亭榭游赏之处，都人士女倾城游玩，珠翠绮罗，名花异香，郁馥森列。昶御龙舟观水嬉，上下十里人望之如神仙之境。昶曰：‘曲江金殿锁千门，殆未及此’……”②

吴任臣《十国春秋》卷四九记载：孟昶袭位之初尚勤政，中岁以后渐趋侈靡。在其芙蓉苑上以大幅绸缎为帐幔，号曰“芙蓉帐”。甚至其溺器（便壶）都以七宝装饰，难怪后来宋太祖将他俘虏后当面将它击碎，并斥责道：“汝以七宝饰此，当以何器贮食？所为如此，不亡何待？”③

虽然这些记载中尚未出现对孟昶酒色享乐的具体描述，但从他的奢侈浪费中，我们就有理由推想他的声色之好恐怕也不会亚于王衍。而因这两位君主的带头，上行而下效，西蜀士大夫文人的醉心于醇酒美人必然会弥漫而成风。缘此，西蜀词人笔下出现几近泛滥的酒色享乐之描写，就是相当自然的事了。下面，我们就从《花间集》中摘录一些具有代表性的作品和词句，以见一斑。如：

> 惜良辰，翠娥争劝临邛酒。（韦庄《河传》）
>
> 寻芳逐胜欢宴，丝竹不曾休。美人唱，揭调是甘州，醉红楼。（毛文锡《甘州遍》）
>
> 相见休言有泪珠，酒阑重得叙欢娱，凤屏鸳枕宿金铺。　兰麝细

① 张唐英：《蜀梼杌》，《丛书集成初编》本，商务印书馆，1939 年，第 9－11 页。
② 同①，第 21 页。
③ 吴任臣：《十国春秋》，中华书局，1983 年，第 741 页。

香闻喘息，绮罗纤缕见肌肤。此时还恨薄情无？（欧阳炯《浣溪沙》）

罗衣隐约金泥画，玳筵一曲当秋夜。声颤觑人娇，云鬟袅翠翘。酒醺红玉软，眉翠秋山远。绣幌麝烟沉，谁人知两心？（魏承班《菩萨蛮》）

……

从中可知，酒和女色，简直已成为花间词人的家常便饭。而这种“遇花倾酒莫辞频”（李珣《浣溪沙》）的生活方式背后，就隐藏着“管弦兼美酒，最关人，平生都得几十度”（皇甫松《摘得新》）的颓废人生态度。因此，一部《花间集》，看似一派热闹景象（其《序》中如此写道：“……莫不争高门下，三千玳瑁之簪；竞富尊前，数十珊瑚之树。则有绮筵公子，绣幌佳人，递叶叶之花笺，文抽丽锦；举纤纤之玉指，拍按香檀……”确实十分热闹与豪华），但在其深处却潜伏着对于现实的无奈和悲凉。因为，生活在这样一个江河日下的衰败时代，文人们纵有理想和抱负却已无力回天，因此他们中的相当一部分人就转而把自己的生命托付给了酒和女人，让自己的人生慢性消耗在“半为枕前人”和“半为花间酒”（孙光宪《生查子》）的酒色生涯中。当然，我们一方面理解他们的“事出无奈”，另一方面更应批判他们的享乐主义人生观和颓废不振的人生态度。而在这后一方面，甚至就连宋代的诗人陆游就已先自做出。他说：“《花间集》，皆唐五代时人作。方斯时，天下岌岌，生民救死不暇，士大夫乃流宕至此，可叹也哉！或者，出于无聊故耶？”①其论从士大夫文人应有的社会责任感出发，严厉地批评了这批生于乱世但不恤生民疾苦而唯知个人享乐者们的“流宕”（放荡）和“无聊”，即从今天来看，也还是相当深刻的。所以我们就不再在这方面多费赘词了。

① 金启华，等编：《唐宋词集序跋汇编》，江苏教育出版社，1990 年，第 340 页。

第三章　人生长恨：李煜的悲剧性生命体验

人生愁恨何能免？销魂独我情何限！(《子夜歌》)

读着上面这两句词，我们的心不禁会激起一阵感情的震颤。昔年钟嵘论诗，曾有“惊心动魄，可谓几乎一字千金”(《诗品》)之说。而李后主的这两句词，就堪称是惊心动魄、一字千金的警句。它以极为沉痛的语势道出了这样一种悲剧性的生命体验：人生永远伴随着愁恨，这是任谁都无法避免的；而对那些特别多情、特别敏感的人来说，则愁恨似乎有意和他们作对，更会袭击得他们黯然销魂。——若与花间词人那种“遇酒且呵呵，人生能几何”(韦庄《菩萨蛮》)的浮浅感叹相比，这两句词的作者李煜，他对人生的总结和反思，就明显地表现出了“痛定思痛”的深刻性。晚清小说家刘鹗曾说：“《离骚》为屈大夫之哭泣，《庄子》为蒙叟之哭泣，《史记》为太史公之哭泣，《草堂诗集》为杜工部之哭泣，李后主以词哭，八大山人以画哭……”①他用“哭泣”二字来理解和诠释李后主的词，这就揭示了李词极富悲剧性生命体验的基本思想内涵，很能帮助我们深化对李煜其人其词的认识。

李煜(937—978)是五代南唐国的第三代君主(南唐由李昇立国。第二代君主是李璟，史称中主。故李煜亦称李后主)，也是末代的小皇帝。他25岁(961)承接王位，但到39岁(975)那年即国破家亡，被宋兵俘虏并押送至宋都汴京(今河南开封)看管。过了三年，终于因心怀怨愤而被宋太宗派人用药毒死。因此李煜前期贵为王室子弟，后来又做了14年小皇帝，后期则以降王和待罪之人(被封为“违命侯”)的身份先被囚禁、后被毒杀，这样一种常人少遇的生活巨变和角色转换，使他备尝了人间的深悲巨痛，形成了极为深刻的悲剧性生命体验。对于这点，我们不妨将他与花间词人做一比较：尽管花间词人中间也有人身经亡国之变，但因他们在旧朝是做官，在新朝却仍是做官，再加上那个乱世年代人们早就淡化了忠君观念和政治操守，所以照样能乐呵呵地过他们的享乐生活(虽然内心深处或许会有些政治阴影)。这方面的典型可举牛希济为例。他在

① 刘鹗：《老残游记 · 自述》，《老残游记》，齐鲁书社，2002年，第1页。

前蜀曾官至御史中丞，而当后唐灭亡前蜀之后，却又转身降唐而官至雍州节度副使。尤为可笑的是，当后唐明宗命他以前蜀之亡国为题目赋诗时，他竟写了这样一首七律："满城文武欲朝天，不觉邻师犯塞烟。唐主再悬新日月，蜀王难保旧山川。非干将相扶持拙，自是吾君数尽年。古往今来亦如此，几曾欢笑几潸然。"（《奉诏赋蜀主降唐》）且不论他对后唐明宗"再悬新日月"的吹捧是何等肉麻，就以一个前蜀旧臣的身份来说吧，他对蜀王失国所表现出的冷漠，也够教人感到诧异和惊讶的了。所以《花间集》中除鹿虔扆有一首《临江仙》（"金锁重门荒苑静，绮窗愁对秋空。翠华一去寂无踪。玉楼歌吹，声断已随风。　烟月不知人事改，夜阑还照深宫。藕花相向野塘中。暗伤亡国，清露泣香红。"）抒写过亡国之痛外，其他的词人就很少表露过对改朝换代的深悲巨恸。但李后主则不同了：一方面，作为一个长期被宋朝虎视眈眈、思欲吞并的南唐国之国君，宋朝皇帝自然不会轻易放过他，因此其结局之悲惨似乎早就命定；另一方面，作为南唐的第三代君主，李煜又怎能忘情于其先辈所开创的社稷基业，又怎能忘情于曾在那儿度过几十年富贵生活的玉楼瑶殿？甚至就连那批陪伴着他度过无数春晨秋夕的宫女，他也一时无法忘怀（所以他在"仓皇辞庙日"时，还要"垂泪对宫娥"）！缘此，他在被囚深院之时要吟出"小楼昨夜又东风，故国不堪回首月明中"（《虞美人》）和"想得玉楼瑶殿影，空照秦淮"（《浪淘沙》）的痛彻心扉的词句，就是事出必然的了。所以，李后主之所以深感人间充满着愁恨，自然与他异常惨痛的身世遭遇有关。试想，从一位南面为王的小皇帝一下子跌落为"此中日夕唯以眼泪洗面"的阶下囚，世间有谁的跟头会比李煜栽得更大和跌得更惨？由此，就使他对人生之凶险和狰狞产生了切肤之痛。而这，便是一般的花间词人所未曾遭遇和感知的。

但是，李煜"人生愁恨何能免"的悲剧性生命体验，却并不纯粹或全部是由他身经亡国之变的遭遇所造成的。"人生不如意，十事常八九"（黄庭坚《用明发"不寐有怀二人"为韵寄李秉彝德叟》诗），这几乎是所有跋涉过曲折人生道途者无一例外会碰到的普遍情况，故李后主虽"生于深宫之中，长于妇人之手"（王国维《人间词话》），却同样也逃不掉这则"人生通例"；而偏偏这位小皇帝却又特别具有多愁善感、敏锐深思的心理气质，这就难怪他对人生中的悲剧性成分会感受得格外深切。对此，不妨先从其前期的生活（亦即亡国之前的生活）谈起：在降宋以前，李煜一直生活在富贵温柔之乡中；但即使如此，却也逃避不了忧患愁苦对自己的袭击。这至少可从以下情况中看到：

首先，幼年的李煜肯定蒙受了王室争斗、骨肉残杀的心理阴影。我们知道，李煜之父（即中主李璟）的承继王位就曾经历过惊险的宫廷斗争。李璟虽为先主李昪的长子,但李昪似乎并不喜欢他,而意欲传位给二子景迁。幸亏景迁短命,在19岁时就一命呜呼,这才去除了李璟继位的第一个威胁。但李昪后又属意于四子景达,在病危时秘密派人召回景达,欲托后事,这时又亏有一位忠于李璟的御医将此事密告于李璟,这才将信截留,避免了一场可能发生的宫廷政变。年幼的李煜虽然并未参与过父辈的这些争斗,但至少曾耳闻过上述情况。而当他长大以后,则下面这件事就肯定对他产生过直接刺激:在李煜(他是李璟的第六个儿子)23岁时,其兄弘冀(已被立为太子)竟派人在酒中下毒鸩杀了其叔景遂,但弘冀本人却又在一个月后不明不白地突然暴死。这种六亲不认、险恶莫测的权力斗争,就使天性怯懦的李煜深深感到人世中可怕的一面,从而产生了深浓的忧患心理。所以当李煜顺利继位(因他的五位兄长均先已死亡)之后,就一改其父兄们同室操戈的做法,而对其胞弟们十分友善和关怀,这或许也可视为对于骨肉残杀的反拨和其本性较善的表现吧。但是,老天却偏不肯遂人之愿,宋朝又将其季弟从善扣押在汴京作为人质,这就引得他内心恐惧不安。他曾亲自给宋太祖写信,请求放从善返回南唐,太祖不允,于是"后主愈悲,每登高北望,泣下沾襟,左右不敢仰视。由是岁时游宴,多罢不讲"①。他曾为此而作《却登高赋》,以表达其手足分离的痛楚之情。其结尾如此写道:"陟彼冈矣企予足,望复关兮睇予目。原有鸰兮相从飞,嗟予季兮不来归。空苍苍兮风凄凄,心踯躅兮泪涟洏。无一欢之可作,有万绪以缠悲。"他踮起了脚尖,伸长了头颈,望呀望呀,但却始终望不见季弟的归来。而所有这些悲苦——无论是因南唐宫廷内部的残杀所引发,或因宋朝强扣胞弟为人质所引发——却全都是由生在帝王之家这一原因所引起的!因此,在常人看来,李煜的贵为人主或许是一种值得羡慕的幸运,而其实"大有大的难处",身处权力巅峰的李后主,却也有他无法摆脱和难以言表的内心痛苦存在。所以,即使是在亡国之前,这位小皇帝的生活和心境也并不总是无忧无虑的。

其次,作为一位十分看重亲情的"性情中人",李煜的家庭生活中也充满了不幸和悲伤。先是在他28岁时,次子仲宣突然夭亡。仲宣是位极其聪明伶俐的小王子,三岁即能背诵《孝经》及古杂文,抱在李煜膝上时就能识别音乐的节拍,看来很像是位"神童"。可就在四岁当口,仲宣却因猫触灯坠、惊悸得疾而早逝,这岂不令李煜痛感人生之无常和命运之无情?他曾亲撰《悼仲宣铭》寄托哀思。文曰:"呜呼!庭兰伊何,方春而零;掌珠伊何,在颃而倾。珠沉媚泽,兰殒芳馨;人犹沮恨,我若为情?萧萧极野,寂寂重扃。与子长诀,挥涕吞声。噫嘻,哀

① 陆游:《南唐书》卷一六,《陆放翁全集》,中国书店出版社,1986年,第65页。

哉!”真是字字血泪,声声悲泣。但更令他不堪的是,就在爱子夭亡以后一月,其昭惠皇后(大周后)又因痛心于仲宣之死而一命呜呼。这位与李煜恩爱十年的皇后一旦撒手人寰,后主“悼息痛伤,悲哽几蹶绝者数四,将赴井,救之获免”①,他竟像普通老百姓碰到这种事时那样寻死觅活、痛不欲生。这就表明,在老天爷眼中,尽管是“万民之主”的皇帝和皇后,却也只是一些可以任凭摆布或捉弄的可怜者,他们照样难逃“天有不测风云,人有旦夕祸福”的“劫数”。由此看来,李煜那“人生愁恨何能免”的浩叹,确实是有感而发的。

当然,李煜人生中的最大悲剧自然是他后期生活中的亡国之变。公元974年,宋太祖发兵攻打南唐。次年十一月二十七日夜半,金陵城破,李煜先欲尽室自焚,但最后又下不了决心,只得率臣吏肉袒出降。宋兵在大肆抢掠了宫廷的珍宝之后即将李煜及随从子弟、属官、妃嫔押送至宋都汴京。从此,李煜就开始了屈辱的囚徒生活,其心境之痛苦自可想见。待到宋太宗即位之后,就被这位心胸歹毒的大宋皇帝所毒杀。所以清人郭麐曾作诗叹悼李煜:“作个才人真绝代,可怜薄命作君王!”而其实,李煜的文才固然可称“绝代”,他的“可怜”和“薄命”却也同样可称“绝代”(在唐宋词的全部作者中间,只有宋徽宗赵佶和宋钦宗赵桓的命运与他相似)。

因此,通过对李煜人生遭遇的考察我们就很可明白:“人生愁恨何能免”的感叹,绝不是他的无病呻吟,而是其人生经历和人生体验的深刻总结与反思,真可谓字字血和声声泪。而其“销魂独我情何限”一语,则又进一步揭示了他特禀的心理气质对造成此种悲剧性生命体验的内在原因——正是由于他具有极为敏锐、善于深思的多愁善感的心理气质,他特别深切地感知着人生所固有的悲剧性成分,并进而产生出“人生长恨水长东”的“规律性认识”来。而对这种多愁善感的诗人型心理气质,我们也可从其词中得到印证。请先读他书赠季弟从善的《阮郎归》词:

> 东风吹水日衔山,春来长是闲。落花狼藉酒阑珊,笙歌醉梦间。　　珮声悄,晚妆残,凭谁整翠鬟?留连光景惜朱颜,黄昏独倚阑。

从词意看,它写一位女性的伤春意绪,但又明显寓托了作者本人的人生感触。此词写于李煜亡国之前,这从“笙歌醉梦间”的享乐氛围和“春来长是闲”的闲适心情中可以看出。但就在这一派笙歌喧空、昏若醉梦的富贵生活中,李煜却又从落花狼藉和夕阳下山的景象中敏锐地感受到了人生短促的深沉悲哀。它借着为闺

① 释文莹:《玉壶清话》卷一〇,中华书局,1991年,第104页。

妇代抒心曲的方式，说出了这样一句貌不惊人但却摄人魂魄的词句来："留连光景惜朱颜"，哀婉地表达了词人对于日月不居和韶华易逝的忧惧。我们知道，无论是自然界和人类社会，以及人的个体生命，都永远处在不断的变化之中。不过这种变化有时是质变和突变，更多时候则处在量变和渐变的状态之中。一般的人都会震恐于前者（如地震海啸，如战争动乱），而对后者（如春去秋来，如花开花落）却往往麻木不仁。因此，只有真正具备哲人眼光和诗人气质的人，才会敏锐和深刻地感悟到渐变和突变、量变和质变之间的微妙关系与必然联系。而李煜此句，正就写出了他对普通人往往漠然置之或熟视无睹而唯独"于我心有戚戚焉"的渐变或量变的深悄忧惧和浓重伤感，诉说了他对生命的无限留恋与无限珍惜之情。因此，即使在这样一首常见的伤春题材之作中，我们已不难感知李后主拥有着怎样一颗多愁善感的慧心了。

伤春既是如此，那么悲秋又该如何？请读其《乌夜啼》词：

昨夜风兼雨，帘帏飒飒秋声。烛残漏滴频欹枕，起坐不能平。
世事漫随流水，算来一梦浮生。醉乡路稳宜频到，此外不堪行。

风声，雨声，帘幔的翻卷声，铜壶的滴漏声，凡此种种，原是深秋雨夜常可听到的嘈杂声响。但在多愁善感的李煜听来，却无不构成了一种令人"起坐不能平"的秋声世界。他睡也不成，坐又不宁，满脑中滚翻着无法按捺的人生愁绪，并因此而产生了世事如流水、浮生若大梦的透彻感悟。这也同样表明，多愁善感的心理气质，就像酵母菌能使葡萄发酵成酒那样，具有使人从外界刺激中专门酿生悲剧性感觉和悲剧性体验的特种魔力。宋末词人张炎有词曰："只有一枝梧叶，不知多少秋声。"（《清平乐》）在多愁善感者的耳朵里，哪怕是一树梧桐所引发的秋声，就都能产生出"秋风秋雨愁煞人"的无穷之大的心理效果！李煜此词，正同此理。

怀着这样一种多愁善感的心理气质，再加上人生又遭逢许多的不幸，李煜便对生命现象产生了这样一种带有总结性的、极端沉痛的悲剧性体验——他在《乌夜啼》中如此写道：

林花谢了春红，太匆匆！无奈朝来寒雨晚来风！　　胭脂泪，留人醉，几时重？自是人生长恨水长东！

春花才开数日，却已落红缤纷，这未免使人太感其生命的短暂匆促！而偏有那早晨的寒雨和晚间的急风，似还在有意加速其死亡的进程。这几句伤悼落花的词句，就很易使人联想起大观园里那位林妹妹的葬花诗："花谢花飞飞满天，红消香断有谁怜……一年三百六十日，风刀霜剑严相逼。明媚鲜妍能几时，一朝飘泊难寻觅。花开易见落难寻，阶前愁杀葬花人……”它们对于春花——其实也代表了人世一切美好的事物，以及作者自身最可珍惜的宝贵人生——的哀叹和伤悼，就达到了一种令人扼腕、无法自已的境地。然而，更能使人回味的句子还在下片：落花虽然无法挽回自己凋谢的命运，但它却仍要以其犹如美人沾着胭脂颜色的泪容，向人展示那最后一刻的绚丽，殷勤地劝人留在身旁醉赏残萼，这又表现了多么缱绻的生命意识！但是，词人却痛苦地回答它道：摧花容易催花难，待到重开是何时？言外之意，也大有“尔今死去侬收葬，未卜侬身何日丧？侬今葬花人笑痴，他年葬侬知是谁”的同病相怜之情存焉。所以，既是伤悼春花易谢之可怜无援，更是伤悼自身命运之无法自主，词人终于在最后迸逼出了一句震撼人心的警句：“自是人生长恨水长东！”意谓：人生旅程之长伴愁恨，如同水之东流那样，竟是一条铁的规律！由此看来，李煜对于生命的体验，简直已到了彻底悲观的境地。苏轼曾说，李煜乃是一位“遭罹多故，欲脱世网而不得”①的词人，斯言就揭示了李煜挣扎在世网之中而始终无法摆脱痛苦的深刻悲剧。

可是，人生其实却并非全部由苦难所组成，而实际生活中的人群也自有悲有喜，然而千百年来的无数读者，却几乎都对李后主那些饱蘸着泪水的词篇表现出了浓厚的阅读兴趣，这又是什么原因呢？对此，我们即可从李煜词所表现的忧患意识及其语言的富有高度概括力这两方面进行探索：

首先，人禀七情，人类面对生存环境必然会产生多种多样的心理意识，但在这众多的心理意识中间，应该承认，忧生忧世的忧患意识就是一种与生俱来和最为充盈的心理意识。这是因为，从宏观来看，人类社会每向前行进一步，就都要付出沉重的代价。为要吃饭，就得开荒；为要食肉，就要打猎；为要安居，就得伐木；为要穿衣，就得织布……一句话，为要求得生存和发展，人类就被迫着要与天斗，与地斗，用自己的体力乃至生命，去与大自然进行艰难、甚至是殊死的搏斗。而在人类内部，他们却又要不断争斗，乃至相互残杀——试看历史上就曾发生过多少次血沃千里、尸骨枕藉的战争！而每次改朝换代也必然伴随着千万颗人头落地，每次改革又会使一批志士仁人蒙难受苦。因此，一部人类发展史，它的逐步由野蛮走向文明，从黑暗走向光明，就几乎都是以生命和血泪作为代价才换得的。基于这种情况，人类就怎能不勃生出“心事浩茫连广宇”（鲁迅诗）的深重的忧患意识？再从微观来看，尽管每个人的人生旅程有长有短，有顺有逆，但却始终难逃生老病死的威胁与折磨，也无法免除悲欢离合对内心的煎熬，更会经常产生理想期望与外界环境的碰撞，缘此也必然会滋生出“不如意事常八九，可与语

① 阮阅：《诗话总龟·后集》卷四〇，人民文学出版社，2006 年，第 245 页。

人无二三”（方岳《别子才司令》诗）的伤感情绪和忧患意识。因此，李后主对生命的悲剧性体验，虽属他一己的体会和领悟，但却集中地凸现了人生中的大悲大痛，写尽了人类面对不幸时所生发的巨大忧患和深沉忧惧，这就会激发出读者同病相怜的同情心和怜悯心来，震颤起与他相似的感情波澜和心灵律动。所以，不仅是身遭厄运的人会出乎本能地嗜好李后主词，借他的酒杯来浇自己之块垒；就是生活得不差的读者，也会通过李煜词去品尝一下人生中的苦味，以此来丰富自己的情感阅历和增加自身的人生体验。因此说到最后，李后主词之所以能激动人心，主要就在于它表现了极为深浓的忧患意识，唤起读者对于自身不幸往事的回忆及其内心固有的恻隐之情。

其次，我们还可看到李煜词在表现忧患意识时，使用一种富有高度概括力的文学语言，这就有助于不同的读者都能将各自的愁情和感叹，填充式地嵌塞进李煜的词句中，以达到宣泄感情和获得审美快感的阅读目的。我们知道，像李煜那种从小皇帝沦为囚犯的遭遇，是亿万人中难得一遇的特例，但他用高度概括的文学语言所描绘出来的人生愁绪和忧患心态，却又能代表着广大读者处在特定环境中的共同心理状态。比如，李煜词中强烈的今昔对比之感，以及那深挚悃诚的怀旧心态，就是常人所普遍怀有的。因此，读着他的“往事只堪哀！对景难排”（《浪淘沙》），读着他的“流水落花春去也，天上人间”（《浪淘沙》），只要是有过今昔对照之感的读者，就无不会唏嘘感叹，情同己出；而读着他的“春花秋月何时了？往事知多少？”（《虞美人》），读着他的“往事已成空，还如一梦中”（《子夜歌》），每一位拥有值得追忆的往事且深感岁月流逝的读者，也必然会袭上或浓或淡的怅惘和失落之感。再如，李煜写其深细的离愁，用了这样的比喻：“剪不断，理还乱，是离愁。别是一般滋味在心头”（《乌夜啼》）；写其勃涌的巨愁，又用了这样的比喻：“问君能有几多愁？恰如一江春水向东流！”（《虞美人》）这类形象生动、语言精警的比喻，使读者可把自己内容并不相同但心理状态却如出一辙的愁情，一股脑儿、填充式地全往这些比喻中嵌塞进去，既兴致淋漓地宣泄了感情，又妙不可言地寻获了审美的快感，如此又何乐而不为？因此李煜词之出色成功，除了其悲情之真挚和充沛以外，还与他善于将自己深切的悲剧性生命体验用高度概括、形象丰满的文学语言恰到好处地表达出来有关。王国维说：“词至李后主而眼界始大，感慨遂深。”又说：“李重光（即李煜）之词，神秀也。”①它们就分别指出了李煜词在思想内容和语言表达这两方面的特色和成就，实际上也揭示了它能赢得无数读者喜爱的主要原因。

① 王国维：《人间词话》，《蕙风词话　人间词话》，人民文学出版社，1960 年，第 197 页。

清代词论家朱彝尊在论述词体的文学功能和社会效应时曾经说过这样一席话："昌黎子（韩愈）曰：'欢愉之言难工，愁苦之言易好。'斯亦善言诗矣。至于词或不然，大都欢愉之辞工者十九，而言愁苦者十一焉耳。故诗际兵戈俶扰、流离琐尾而作者愈工，词则宜于宴嬉逸乐，以歌咏太平。"①他对词体所做的"宜于宴嬉逸乐"的评价，其实只是根据某些花间词得出的片面性结论。而综观唐宋词坛，凡是真正和持久地感动人心的作品，却几乎都是那类写愁言恨的作品。从这个角度来看问题，李煜那些忧生忧世和感怀亡国的词篇（尽管他另也写了少量的享乐词篇），就给后代词人提供了以词"言愁"的艺术样板，也给中国古代的悲剧文学宝库贡献了一批精品。

不过，李煜对于人生的看法和对生命的体验，毕竟太悲观了。悲观到了极点，他就只能把人生归结为一场迷梦。请看，他的词中就出现了很多提到"梦"字的词句，如：

> 世事漫随流水，算来一梦浮生。（《乌夜啼》）
> 往事已成空，还如一梦中。（《子夜歌》）
> 多少恨，昨夜梦魂中。（《望江南》）
> 雁来音信无凭，路遥归梦难成。（《清平乐》）
> 梦里不知身是客，一晌贪欢。（《浪淘沙》）
> ……

出现上述现象，几乎可说是必然的。这是因为，在李煜看来人生的本质既然离不开愁恨和痛苦，而作为一个曾经拥有过江山美人、玉楼瑶殿的小皇帝，他又始终不能忘情于过去，因此他所寻觅到的平衡心理和摆脱痛苦的唯一办法，就只能是把人生当作一场春梦来对待。可是，这种以"梦"来解释人生的方法当然并不能真正帮助李煜摆脱现实生活中间活生生的痛苦，因此"愁恨年年长相似"（《谢新恩》）、"新愁往恨何穷"（《谢新恩》），这位多愁善感的才子型小皇帝就只能一辈子挣扎在愁与恨的感情纠缠之中而不能自拔，直到他的生命被人残酷地扼杀。所以总体来看，李煜对于生命的痛苦体验，仅只达到了能入而不能出的境地；而只有到了苏轼，虽然他也同样感叹于"人生如梦"，却又能用旷达的胸怀和老庄的哲学，使自己从人生的烦恼之中返身跳出。这且留待后文再说。

① 朱彝尊：《紫云词序》，《曝书亭全集》，吉林文史出版社，2009年，第454页。

第四章 忧惧衰老：晏殊词中的惜时心绪

一提到晏殊，人们马上会想起他词中的两句名句："无可奈何花落去，似曾相识燕归来。"（《浣溪沙》）其实，这两个句子不仅被写入其词中，而且也出现在他的七律《示张寺丞、王校勘》诗中。由此可见晏殊对它们的深爱。而这两句警句的"灵魂"，就是一股十分深细和略带伤感意味的惜时心绪。

晏殊，字同叔，谥元献，抚州临川（江西临川）人。生于宋太宗淳化二年（991），卒于仁宗至和二年（1055），身历真宗、仁宗两朝，官至宰相之职。在宋代众多的文人中间，他是一位难得的幸运儿——一生基本"风平浪静"和"踌躇满志"。他少年得志，七岁即因文章出众而被推为乡里的神童。14 岁那年又被推荐至朝廷，后经真宗面试，赐"同进士出身"。30 岁官拜翰林学士。仁宗即位后，晏殊官运继续亨通，曾做到同中书门下平章事（宰相）兼枢密使。因此在常人心目中，他基本上以一位北宋盛时的"太平宰相"之形象出现。

晏殊的《珠玉词》，其内容主要是描写他富贵优游的日常生活和在私生活中产生的种种情思。不过，就在这类气度闲雅的词中，我们却感到了一种相当促迫的情绪，此即：对于老之将至的深深忧惧和对时光流逝的浓重伤感。不信，请随手翻阅此集，就会有很多"老"字扑入眼帘，如：

> 人貌老于前岁，风月宛然无异。（《谒金门》）
> 春花秋草，只是催人老。（《清平乐》）
> 暮去朝来即老，人生不饮何为。（《清平乐》）
> 时光只解催人老，不信多情。（《采桑子》）
> 朱弦悄，知音少，天若有情应老。（《喜迁莺》）
> 画鼓声中昏又晓，时光只解催人老。（《渔家傲》）

而与此类直接忧"老"的句子意思相近的，则还有许多感叹时光流逝的词句，如：

> 重把一尊寻旧径，所惜光阴去似飞。（《破阵子》）
> 兔走乌飞不住，人生几度三台。（《清平乐》）
> 可奈光阴似水声，迢迢去未停。（《破阵子》）

春光一去如流电，当歌对酒莫沉吟。（《踏莎行》）

请看，词人对于光阴之如飞、如水、如电，怀有着多么焦虑的心情！而这，归根到底就是忧惧着“老冉冉其将至”。因此，晏殊词所给人的一个突出印象，便是充满着忧惧衰老的惜时心绪。

那么人们或许会问：晏殊身为一位朝廷重臣和仕途颇为得意的文人，其词中却为何会频频出现上述充溢着伤感意绪的句子？对此，我们应深入到他实际的人生中去，这样才能比较真切地了解其感情世界和找到他虽然身为富贵人却好发愁苦语的答案。

过去，人们往往只看到晏殊官居高位、钟鸣鼎食的一面，其实这只是晏殊人生的一个侧面，甚至还仅是其人生的一个表层。而若细心考察晏殊的身世遭遇，却自会发现他同常人一样，也有着很多的人生缺憾——这有些像粗略一看，水泥地上相当光滑洁净，而若蹲下身子细瞧，就会发现不少坑坑洼洼，甚至还有虫蚁在蠕动那样。

根据考证，晏殊一生中至少有过以下的憾事：

第一，据薛玉坤的《晏殊文化人格论》（硕士论文）考证，晏殊有弟名晏颖，也是一位十分聪明的神童。他与晏殊一起被推荐至朝廷，入秘阁读书。曾因赋《宫沼瑞莲》而受宋真宗赏识，赐“同进士出身”并授奉礼郎之职。但就在获得喜讯那天，他回书房安寝，第二天早上家童敲门，却发现他已遽然病逝，时年才18岁。当时晏殊也只21岁，受此惊吓和刺激，我们完全可以想象，其心必会经受强烈的震撼。而紧接下来，其父又在次年亡故，其母也在晏殊26岁任太常寺丞以前归天。这样，就在晏殊正欲展翅青云的时刻，老天爷却接连给了他当头三棒，这怎么不令这位聪慧异常的青年人对生命之脆弱和人生之无常产生永生难忘的感触？

第二，晏殊的婚姻生活也充满着不幸。他一生三度婚娶。初娶工部侍郎李虚己之女，后早逝；次娶孟氏，约在晏殊40岁左右病故；第三位妻子姓王，卒年不详。据此则晏殊又曾遭受过青年丧妻、中年失偶的两次沉重打击，其心理的创伤定然不浅。再者，晏殊作为一位达官贵人和风流文人，也有过和其姬妾的恋情故事。据无名氏《道山清话》记载，晏殊曾喜欢上某一位歌姬，每逢词人张先来府，必命她歌张先之词。谁知引起了王夫人的妒忌，晏殊只得将其驱逐出府。为此，张先曾作《碧牡丹》词以表哀伤，词曰：“望极蓝桥，但暮云千里，几重山？几重水?”晏殊听后,十分愀然,叹道:“人生行乐耳,何自苦如此?”①这种聊自解慰的语句,实际却表达了他对爱情无法圆满的伤心。因此,在婚姻和爱情生活中,晏殊也是旧痛未平而新恨又添地接连品尝着人生的苦酒的,而并不能因他拥有成群妻妾就想当然地认为其感情生活必定幸福美满。

第三,尽管总的看来晏殊的官运相当亨通(欧阳修为他所作的挽词中说他“富贵优游五十年,始终明哲保全身”),但局部地看则其一生也曾历经仕途的风波(不然的话,欧阳修也不会用“明哲保身”来给他下“定论”了),产生过忧谗畏讥的危机感。如他在天圣五年(1027)因上疏忤旨,罢枢密副使,贬官出京;明道二年(1033)因撰志文惹祸,罢参知政事,出知亳州;庆历四年(1044)被言官论列,罢相改知颍州;庆历八年(1048),又自颍州移知陈州;皇祐五年(1053),年已63岁,再由永兴军(今陕西西安)改徙河南。直到至和元年(1054)六月,词人临逝前一年才因病返回汴京。所以“不看不知道,一看吓一跳”,晏殊这位“太平宰相”的人生其实并不太平,而是和其他封建时代的士大夫文人一样,同样是会遇到惊涛骇浪的,只是这些风浪幸未对他造成灭顶之灾而已。

故而,细看晏殊的身世遭遇,他虽比较幸运和得意,但在60余年的漫长生涯(相对于当时人的寿命普遍不长而言)之中,却也产生过很多的人生风浪和无穷的人生感慨。他有词道:“往事旧欢何限意,思量如梦寐”(《谒金门》),“劝君看取利名场,今古梦茫茫”(《喜迁莺》),其中就隐隐透露了在私生活和官场中的某些难言的感情。而在那“细算浮生千万绪”(《玉楼春》)的千思万绪之中,最为突出的,就是那种忧惧衰老和慨叹时光流逝的惜时心绪了。其原因或出于以下两点:一是词人在其实际遭遇中(特别是20岁左右连遭亲人亡故的打击),已对人生之无常有了充分的感受,所以在其内心深处似已形成了一种恐惧死亡突然来临和忧虑生命之脆弱的潜意识。二是越是身为富贵人,他就越会加倍珍惜其富贵生活和忧虑其或将丧失——这可以拿实际生活来做参证:人们越是身处贫穷困苦的境地,就越会对人生产生度日如年的疲惫感,甚或产生痛不欲生的厌世心理;而与此相反,则人越是活得有滋有味就越是企盼这种好时光之能够永远留住,并转而担心“好花不长开,好景不长在”。所以因为上述原因,晏殊就对人生中的“渐变”(主要表现为时序转换、光阴流逝)怀有一种深锐的敏感——这种敏感不仅表现为他对外界变化的感性觉察特别敏锐,而且还表现为他对这种变化的理性思考特别深细。对此,我们分别举例说明。请先看他感性觉察方面的敏锐和细腻,如下面二词:

① 佚名:《道山清话》,《春明退朝录(外四种)》,上海古籍出版社,2012年,第73页。

东风昨夜回梁苑，日脚依稀添一线。旋开杨柳绿蛾眉，暗拆海棠红粉面。　无情一去云中雁，有意归来梁上燕。有情无意且休论，莫向酒杯容易散。（《木兰花》）

小径红稀，芳郊绿遍，高台树色阴阴见。春风不解禁杨花，濛濛乱扑行人面。　翠叶藏莺，朱帘隔燕，炉香静逐游丝转。一场愁梦酒醒时，斜阳却照深深院。（《踏莎行》）

前一首词的上片四句，着力描写大地的悄然回春：春天驾着东风于昨日晚上潜回梁苑，轻手轻脚地好像不想让人觉察到她的脚步。但是这却瞒不过细心的词人，他已经发现今天的日脚（从云缝中射下的光炷）似比往日增添了一线（形容日长和温煦）。这不，杨柳已渐渐舒展了像美人蛾眉般的嫩叶，而海棠也将在不久偷偷地绽开那扑着红粉似的花朵……请看，晏殊对于物候的感觉是多么的敏锐！

下一首词描写了两种“渐变”，其观察之细致入微也令人赞叹。上片先写由春末向夏初的渐变。“小径红稀”与“芳郊绿遍”两句，活画出一幅春夏接替的彩色图画：春花凋谢，间或残留几朵红瓣；夏草已长，但见一片茂绿，其间就显露了由春向夏渐变的进程和趋向。它们和后文的春风拂面、杨花乱舞共同描绘了季节转换的变化。下片则又暗写了一天之内光阴的推移：前文四句所写，大致是早上所见；而通过“炉香静逐游丝转”一句，却又在不知不觉中转到了下午；而再经午后的一场困倦愁梦，则更迎来了“斜阳却照深深院”的黄昏。而所有这一切——无论是由春向夏的渐变，还是由上午到下午的渐变——词人都是通过他对外界细微变化的静观默察而细腻地描绘出来的，若是一位粗心或迟钝的作者，就很难写出如此精细的作品来。由此亦见词人对外部世界善作感性的观察和描绘。

其次再说晏殊理性思考的深细。人们读他的词，常会产生其意境十分深厚和耐人咀嚼的感觉，而这就与其景中寓情、情中有“思”（思致）的特点有关。也就是说，晏词的写景中实已融入了他的人生情思，而这种情思中却又可以提炼出相当深度的人生哲理来。因此，日常普通的人事聚散，抑或一片常见的自然风景，在晏殊笔下却又可引发出人们对于人生的理性思索来。这里也可举其二首《浣溪沙》为例：

一向年光有限身，等闲离别易销魂，酒筵歌席莫辞频。满目山河空念远，落花风雨更伤春，不如怜取眼前人。

一曲新词酒一杯，去年天气旧亭台，夕阳西下几时回？无可奈何花落去，似曾相识燕归来，小园香径独徘徊。

前一首词写酒筵饯别。开头就是一句语势哀迫的感叹句：“一向年光有限身。”片刻的时光，有限的肉体生命，人生竟是那样的短暂！读着此句，我们仿佛看到词人的眉头正在紧皱，而其心弦则更在微微地颤动。故仅从这劈空而来的一语中，即可窥见其内心深处忧生惧老的悲哀。而接下一句“等闲离别易销魂”，则更用“跟进一笔”的写法，抒写了虽在这短暂的人生中人类却仍要经受多少次生离死别之折磨的痛苦体验，使人不能不因此而黯然销魂。所以，晏殊眼中的离别，并不单纯是一对恋人或一对朋友之间的分手，而是与人生的无常和人生的难逃缺憾紧紧联系在一起的；而他所告别的，也不仅仅是眼前的情侣或友人，更是自己一段美好的人生。从这两点出发，我们对于下文所写的“满目山河”和“落花风雨”，就会有更深的理解。李峤《汾阴行》诗曰：“山川满目泪沾衣，富贵荣华能几时？”屈原《离骚》曰：“日月忽其不淹兮，春与秋其代序。惟草木之零落兮，恐美人之迟暮。”故晏殊以“满目山河”和“落花风雨”二语来拓展词境，其中就包蕴着比一般的伤别更加广泛和深厚的悲年光之有限、叹世事之无常的人生感触在内。因此，全词虽然落脚在“酒筵歌席莫辞频”“不如怜取眼前人”的饮酒饯别和欣赏歌舞上面，但其思想内涵却超出了怜香惜玉的儿女柔情，而带有了很深的人生哲理。

第二首词则更是广为传诵的名篇。其题材虽是常见的惜春感慨，但又通过对自然风光的“渐变”之敏锐捕捉和精细描绘，写出了“时光只解催人老”（《采桑子》）的人生惆怅，着实耐人咀嚼回味。试看，人们在日常生活中，总是日复一日、月复一月地打发日子，很少思索过人生的价值和意义。而只有当除夕要换上一本新年历时这才往往感叹：“又是一年过去了。”这就说明，平庸琐细的生活，经常会磨钝人们原本并不迟钝的感觉，使他们对自然界和社会人事的种种“渐变”丧失掉新鲜感。而晏殊此词，却重新唤起了人们对人生的哲理性思考。且让我们来演绎词情：“一曲新词酒一杯”，词人从那玉堂华宴上退席而至后院花园，其心情是何等悠闲自得！一面擎着酒杯，一面哼着小曲，真是十足的踌躇满志。但是，蓦然之间，他的心忽被触动了：“去年天气旧亭台”，一样的天气，一样的亭台，甚至是一样的对酒唱曲，以往不也有过与此几乎相同的情景？但静心一想，那却已是“去年今日”的旧事了。而恍然之间，岁月却已流逝过一年，生命也已悄悄溜走了一截！念此，一种莫名的忧伤便油然袭上了心头。举目漫望，眼前又将红日西下。但太阳今夕西沉，明晨又能东升，而那逝去的光阴呢，则何时才能重返？于是，潜意识中那种忧生的情绪很快抬起头来，顿时就取代了原先的满足感和得意感，且使词境蒙上了沉思和追问的哲理色彩。而怀着此种惆怅的心情再去观照园中的花草禽鸟，那就使得这些无情的事物全都被“辐射”上了作者本人对于生命的依恋之情。请读：“无可奈何花落去，似曾相识燕归来。”在这两句堪称“的对”“丽句”的优美词句中，不正传递出了一种万分缱绻的生命意识？暮春，傍晚，风儿早已静息，可是由于“大限”已到，那原先绚烂过的花朵，如今却瓣瓣脱落，悠悠忽忽地坠落地面；然而它们在告别生命的“临去秋波那一转”间，却仍展示了只有人类才有的“无可奈何”的愁容，这明显就是因为接受了词人生命意识之“辐射”所致。而燕子归来虽给人以眼熟之感，但是“似曾相识”中的那个“似”字，却又分明告诉人们眼前所见的归燕实际已非去年在此安巢的旧时相识，因为时间的流逝早使一切都发生了微妙的变化，念此又怎能不使人感慨万千？所以这两句移情于景、以景衬情的词句，一方面出色传神地描摹了暮春季节落花归燕的生动情状和优美景色，另一方面更用委婉细腻的文笔诗化了词人珍惜青春、留恋人生的缱绻情怀。而因“有动乎中，必形诸行”，所以结尾一句“小园香径独徘徊”就以词人独步香径的行动和形象，含蓄地暗示着他正在对生命和人生进行着更深更细的思索……

通过以上分析，我们可知晏殊词同时具有感性描写细腻和理性思考深刻的特色，而这两方面的特色，却全导源于词人所深深怀有的忧生畏老的惜时心绪。怀着此种忧郁伤感的心绪，就好比戴了一副有色眼镜那样，即使是光亮的大白天，一眼望去却也有灰暗之感。而这，也就是词人虽是富贵者却常发悲苦之语的主要原因。当然，话又要说回来，晏殊毕竟不像柳永那样穷困潦倒，也不像苏轼那样历经坎坷，而是一位北宋盛时的达官贵人，所以他的忧伤始终带有几分富贵气和优雅相。故把他对生命的感叹比喻为“从人生美酒中吮咂出来的几分苦涩”，或许也大体得当。

第五章　走近世俗：柳永的人生哲学和人生况味

在整个唐宋词坛上，柳永都是一个引人注目的人物。这不仅是因为他的词在北宋时期极负盛名，达到了凡有井水的地方都能听到歌唱柳词的地步，而且还在于其人其词带有着一般正统文人和传统文学作品所较少见到的世俗化的市民思想色彩。

柳永原名三变，字耆卿，排行第七，福建崇安县人。其生卒年至今尚未搞清，只知道他主要生活在真宗和仁宗的年代。柳永的祖父名崇，以儒学著称；父亲名宜，先在南唐任监察御史，入宋以后官至工部侍郎；叔父宣、置、宏等，也都名登仕版；就连他的两位兄长（柳三复、柳三接），亦先后登进士第。所以从家庭背景来说，柳永是出生在一个十足的儒学仕官家族中的，这就预定了他的人生道路原该由一位"读书相公"而进一步成为正统的士大夫文人。可是柳永到京都赶考未能得中之后，却愤而转向了社会的底层，长期与歌妓乐工厮混，这就使得他的思想沾染了很浓的市民色彩，成为一位由正统营垒背离而出、走近或步入了世俗生活圈子中的下层文人。因此他的词篇虽能获得广大市民群众的热烈欢迎，但其为人和词风却又受到了来自上层社会和正统文人的严厉批评。例如，当他屡试不第、后来好不容易才考中时，却被宋仁宗在临发榜时特意黜落，理由即是："此人风前月下，好去浅斟低唱，何要浮名？且填词去！"而当他改名为永终被录取之后，吏部又不肯授官；求助晏殊（时任宰相），则又因其《定风波》词而被拒绝。这些情况就反映了高层集团对其为人的鄙薄。而在为数不多的宋代词话中间，柳词却也屡遭"从俗"的指责。如《后山诗话》说它"骫骳从俗"①，《能改斋漫录》说他"好为淫冶讴歌之曲"，李清照《词论》说它"词语尘下"，王灼《碧鸡漫志》说它"浅近卑俗，自成一体，不知书者尤好之。予尝以比都下富儿，虽脱村野而声态可憎"②……总之，在对柳永和柳词的评价中，鲜明地体现出了"雅"与"俗"的严重对立。这方面最可说明问题的例证可举徐度《却扫编》卷下中的一

① 陈师道：《后山诗话》，何文焕辑《历代诗话》，中华书局，1981 年，第 311 页。
② 唐圭璋编：《词话丛编》，中华书局，1986 年，第 84 页。

段话:“(柳)词虽极工致,然多杂以鄙语,故流俗之人尤喜道之。其后欧(阳修)、苏(轼)诸公继出,文格一变,至为歌词,体制高雅。柳氏之作,殆不复称于文士之口,然流俗好之自若也。”①这就是说,柳词的忠实读者乃在于“流俗人”,亦即广大市民群众中间,而在思想观念比较正统的文人雅士群中,它却不受称道。柳词所招来的这种爱恶迥异的评价当然更引起了我们的兴趣。由此,我们就有理由把柳永基本定位为一位“世俗化的词人”;研究其词中所表现的人生哲学和人生况味,就能有助于认识唐宋词人中那类“从俗”词人的人生态度和精神世界。

对此,我们首先来考察柳永的人生哲学。

柳永对人生看得很“穿”,故而他的人生观并不复杂和深奥:第一,他认定人生十分短暂;第二,他又抱有强烈的及时行乐观念。这种人生哲学当然并非柳永所独创和专有,不过柳词却把它表述得越加明晰和透彻。例如下面这首词:

> 屈指劳生百岁期,荣瘁相随。利牵名惹逡巡过,奈两轮、玉走金飞。红颜成白发,极品何为?　　尘事常多雅会稀,忍不开眉?画堂歌管深深处,难忘酒盏花枝。醉乡风景好,携手同归。(《看花回》)

在他看来,人生苦短,屈指算来不过是若干次“玉走金飞”(指日月升降)的短暂过程而已。而想快乐地消受此番人生,就唯有酒色歌舞一途!与此相似的看法另还见之于他的《传花枝》:“阎罗大伯曾教来,道人生、但不须烦恼。遇良辰,当美景,追欢买笑”,以及他的《长寿乐》:“太平世,少年时,忍把韶光轻弃?况有红妆,楚腰越艳,一笑千金何啻?向尊前、舞袖飘雪,歌响行云止。愿长绳、且把飞乌系。任好从容痛饮,谁能惜醉”,等等。

应该说,上述人生观和人生态度,早在前代文学作品中就已屡见不鲜,因此柳词在这方面似乎并无太多新鲜的东西呈现。然而,值得注意的事情却在于:在重复前人早已述说过的上述人生哲学的同时,柳词中却又渗进了某些新的思想因素或透露了某些新的思想信息。这就是:柳永在其词中,多处表露了他对封建社会一般文人所仰慕和追求的功名利禄和高官显爵之厌弃甚或蔑视。如《看花回》词中所说的“(虽)极品何为”即是一例。而除此之外,我们还可找到更多例证。如:

> 走舟车向此,人人奔名竞利。(《定风波》)
> 往来人,只轮双桨,尽是利名客。(《归朝欢》)

① 徐度:《却扫编》,《宾退录　却扫编》,上海古籍出版社,2012 年,第 147 页。

醉乡归处，须尽兴、满酌高吟。向此免、名缰利锁，虚费光阴。（《夏云峰》）

念利名、憔悴长萦绊。（《戚氏》）

此际争可，便恁奔名竞利去。（《过涧歇近》）

干名利禄终无益。（《轮台子》）。

浮名利，拟拚休，是非莫挂心头。（《如鱼水》）

驱驱行役，苒苒光阴，蝇头利禄，蜗角功名，毕竟成何事？（《凤归云》）

……

据说清朝乾隆皇帝下江南，在镇江金山寺曾问左右曰：满江樯楫，何其之多？一僧答曰：依老衲所见，无非为名、为利两类耳。这一看法，虽则源于《史记》的“天下熙熙，皆为利来；天下攘攘，皆为利往”，但它们与柳词所说的“往来人，只轮双桨，尽是利名客”和“走舟车向此，人人奔名竞利”，意思也很相近。由此看来，柳永对于人生世相的洞察就是相当深刻的。而他对功名利禄的蔑视和厌弃，则更见之于有名的“名缰利锁”一语——虽然它的语源出于汉代东方朔《与友人书》中的“不可使尘网名缰拘锁”，但自柳永创铸这一成语之后，它就在宋元词曲中不胫而走，成为失意文人反抗功名羁绊所常用的词语。宋词中如秦观词云：“名缰利锁，天还知道，和天也瘦”（《水龙吟》），张孝祥词云：“碧云风月无多，莫被名缰利锁”（《柳梢青》），赵师侠词云：“念故里、千山云水隔，被名缰利锁萦牵”（《厅前柳》），岳珂词云：“谩名缰利锁，何日濯尘缨”（《六州歌头》），张榘词云：“浮世名缰利锁，这区区、要须识破”（《水龙吟》），李昴英词云：“学《易》已来秋又六，肯趁名缰利锁”（《贺新郎》）；元曲中如关汉卿云：“密爱幽欢不能恋，无奈被名缰利锁牵”（《新水令》），贾仲名云：“断绝上利锁名缰，逼绰了酒色财气”（《升仙梦》）……这些词曲皆用“名缰利锁”（或“利缰名锁”“利锁名缰”）来表达作者对于功名利禄的厌弃，这一则反映了这种情绪在失意文人中（或文人失意时）的普遍性，二则也显示了柳永在表达这种情绪时所具有的“首创”和勇敢精神。确实，在千百年来的封建社会里，一般的读书人几乎都被“功名”枷锁紧紧套牢，他们之中的绝大多数谁不企盼着能通过科举考试去获取功名富贵？所以，读书做官和“封妻荫子”自然便成了封建文人视为“正道”的人生道路和奋斗目标。特别是在柳永所处的那个时代，宋真宗曾亲撰《劝学篇》，大力鼓吹“书中自有黄金屋”“书中自有千钟粟”的功利主义读书观和人生观，因此柳永之视功名利禄为缰锁的思想，在当时确有一点儿离经叛道的“反潮流”意味。这种思想，最为直接和生动地表现在下面这首《鹤冲天》中：

黄金榜上，偶失龙头望。明代暂遗贤，如何向？未遂风云便，争不恣狂荡？何须论得丧？才子词人，自是白衣卿相！　烟花巷陌，依约丹青屏障。幸有意中人，堪寻访。且恁偎红翠，风流事、平生畅，青春都一饷。忍把浮名，换了浅斟低唱。

这是柳永参加进士考试不幸落第后抒发其牢骚之作。尽管他并未彻底摆脱功名思想的羁縻（如其把才子词人比作白衣卿相，就可见他犹以卿相为贵），也尽管他并未真正成为封建社会的逆子（这从他后来仍旧参加考试，最后将原名“柳三变”改为柳永才得中进士一事可知），但在这首词中柳永毕竟语带牢骚地表露了自己对传统思想的背离，亦即放弃那君臣“风云际会”的政治理想而宁愿做一个封建社会的“浪荡子”，在那烟花巷陌、浅斟低唱的风流生涯中寻觅个人的快乐、实现自身的价值。由此，我们很容易联想到《红楼梦》中的贾宝玉。这位出身于封建贵族家庭的贵公子却生就了一种叛逆的思想性格，他把那些热衷于所谓“读书上进的人”骂为“沽名钓誉之徒”、“国贼禄鬼之流”，并且批评传统儒家的那套仕途经济学问都是“说混账话”和“诓功名混饭吃”；甚至，他竟还说过这样的话：“富贵二字，真正把人荼毒了！”当然，曹雪芹的时代，中国已出现了资本主义经济萌芽，而柳永的时代还远不能与之相比。但从柳永的蔑视封建功名到贾宝玉的具有初步民主主义思想之间，岂不隐然存在着某种暗通的联系？所以，虽然柳永并未真正寻找到一条新的人生道路和提出什么新的人生理想（这在整个封建社会都是不可能的），但从他的下列词语来看，却分明体现了一种带有市民意识的思想色彩和讲求“实惠”的人生哲学。如其《尾犯》词云：“似此光阴催逼，念浮生、不满百。虽照人轩冕，润屋珠金，于身何益？一种劳心力，图利禄、殆非长策。除是恁、点检笙歌，访寻罗绮消得。”这就是说，天地万物间，“身”是最重要的；若以劳心费神的努力去追求高官轩冕和润屋珠金等“身外之物”，就是得不偿失的蠢事。因而，照他看来，消受这不满百年之浮生的良策，便是在笙歌罗绮中追求和享受那实实在在的个人快乐和个人幸福！而由此，就又必然会导引出他的“恋情至上”的幸福观。

照柳永看来，人生的最大愿望和最大幸福便在于和自己心爱的人相依相恋、永远厮守。这种观念，集中体现在他有名的《定风波》中：

自春来、惨绿愁红，芳心是事可可。日上花梢，莺穿柳带，犹压香衾卧。暖酥消，腻云亸，终日厌厌倦梳裹。无那！恨薄情一去，音书无个。

早知恁么，悔当初、不把雕鞍锁。向鸡窗、只与蛮笺象管，拘束教吟课。镇相随，莫抛躲，针线慵拈伴伊坐。和我，免使年少，光阴虚过。

词中的女主角,深深怨恨着情郎的因为追求功名而一去不返,她毫不掩饰地吐露着自己的心愿:欲与恋人在相偎相伴中共度此生。而柳永借她之口所表达的这种“恋情至上”的幸福观和人生观,实际带有着很浓的市民思想色彩。对此,我们即可在当时和后世的俗文学作品中找到不少旁证。比如,吴曾《能改斋漫录》卷一六中就载有他斥之为“俗子”所写的一首《雨中花》谑词,此词乃戏改冯延巳那首著名的“再拜陈三愿”之《长命女》而成:“我有五重深深愿:第一愿且图久远。二愿恰如雕梁双燕,岁岁得长相见。三愿薄情相顾恋。第四愿永不分散。五愿奴哥收因结果,做个大宅院。”它所反复陈述的,就是与柳词相似的夫妻恩爱、花好月圆的生活理想(当然又另外加上了市民意识更浓的“大宅院”的愿望)。而在后来的元人杂剧中,上述“恋情至上”的思想意识,则表现得越趋浓郁。如《西厢记》中的莺莺小姐在与张生长亭送别时,谆谆嘱咐他的便是这样一番发自肺腑的话:“你休忧‘文齐福不齐’,我只怕你‘停妻再娶妻’。休要‘一春鱼雁无消息’!我这里青鸾有信频须寄,你却休‘金榜无名誓不归’。此一节君须记:若见了那异乡花草,再休似此处栖迟。”她所深盼于张生的,就首先不在于金榜题名、得中魁元,而在于早日归来、夫妻团圆。再如关汉卿还曾把柳永与歌妓谢天香的恋情故事,搬到戏曲舞台上演出。在其《谢天香》杂剧中,就让谢天香在送别柳永时唱了上面那首《定风波》。由此可见,柳词之所以能获得“流俗人尤喜道之”的艺术效果和之所以遭到皇帝及正统文人的鄙薄,除了艺术方面的原因(艺术趣味、语言风格等)之外,就主要在于它所表现的生活理想(提高起来看,就是人生观和人生哲学)符合市民群众的胃口和脱离了传统思想的轨道。

所以总结柳永这位世俗词人的人生哲学,其基本的思想轨迹便可概括为:人生苦短——及时行乐——看破名利——恋情至上。而在上述“四段式”中,如果说其第一、第二两层看法体现着大多数宋代词人之共识的话,其第三、第四层看法则较多地反映了柳永(以及其他“从俗”词人)本人的思想性格特色。当然,其他某些词人也曾有过看破名利的思想(如前引过的“名缰利锁”诸例),也曾在某些场合产生过“恋情至上”的思想,但像柳永那样大胆和坦率地表示厌弃封建功名,以及他“身体力行”地奉行“恋情至上”信念(特别是,他的这些在正统文人看来是离经叛道和俗不可耐的思想竟又依傍着和来自市民阶层的思想意识),这就明显地显示出了柳永(以及其他“从俗”词人)人生哲学的个性化特色。讲到这里,我们就不能不佩服王灼的洞察力,他把柳词比作“都下富儿,虽脱村野而声态可憎”,这个形象化的比喻就在很大程度上描画出了柳词及柳永人格类型的市民性和世俗性特征(当然,我们在这比喻中也明显看出了正统文人对柳永的道德偏见)。

其次再让我们来体察柳永所感受的人生况味。

柳永生活在北宋真宗和仁宗的年代。这一时期,正是所谓的“太平盛世”。由于政治局势的相对安定,更加上中原息兵、仁宗朝“四十二年不识兵革”,汴京等大城市的商业经济就有了迅猛的发展,从而出现了一片繁华而旖旎的都市风情。生活在这样一种社会环境里,柳永简直大有如鱼得水般的快活和惬意。因此他所感受的人生况味,首先就是一种太平时代都市人的自豪感和满足感。请读他所写的元宵词:

> 嶰管变青律,帝里阳和新布。晴景回轻煦。庆嘉节、当三五,列华灯、千门万户。遍九陌、罗绮香风微度。十里然绛树,鳌山耸、喧天箫鼓。　　渐天如水,素月当午。香径里,绝缨掷果无数。更阑烛影花阴下,少年人、往往奇遇。太平时,朝野多欢民康阜。随分良聚,堪对此景,争忍独醒归去。(《迎新春》)

词中不就明言“太平时,朝野多欢民康阜”?而在这一片繁庶旖旎的夜生活风情引诱之下,词人竟陶醉得不肯“独醒归去”了。

既然生逢这样一个大可享乐和鼓励享乐的时代环境,作为一位世俗化和市民化的文人,柳永自然就毫不客气地寻欢逐乐了。具体来说,他努力从以下几种生活方式和生活行径中恣意地寻觅其人生的乐趣:

第一当然是恋情生活。如其《昼夜乐》云:“洞房饮散帘帏静,拥香衾、欢心称。金炉麝袅青烟,凤帐烛摇红影。无限狂心乘酒兴,这欢娱、渐入嘉景。犹自怨邻鸡,道秋宵不永。”又如其《尉迟杯》云:“绸缪凤枕鸳被,深深处、琼枝玉树相倚。困极欢余,芙蓉帐暖,别是恼人情味。”这些词篇,都大写其男欢女爱的床笫之乐。看来,柳永确实在芙蓉帐中和鸳鸯枕上寻觅到了无穷的人生快乐(当然主要是生理方面的快感)。

第二是诗酒歌舞的生活。而在这种生活圈子里,当然又离不开歌妓的劝酒佐欢。于是,才子和美女,再加上醇酒佳肴和轻歌曼舞,就共同构成了一个其乐陶陶的“人间乐园”。请看下列词篇的描写:“越娥兰态蕙心,逞妖艳、昵欢邀宠难禁。筵上笑歌间发,舄履交侵。醉乡归处,须尽兴、满酌高吟。”(《夏云峰》)“念掷果朋侪,绝缨宴会,当时曾痛饮。命舞燕翩翻,歌珠贯串,向玳筵前,尽是神仙流品。”(《宣清》)作为这些宴会中的男宾之一,柳永自然品尝到了饮酒观舞之乐;而作为一位备受歌妓“昵欢邀宠”的多才和多情的词人(尤其当他受宠若惊地接受歌妓的邀请当筵作词时),则柳永更在此间获得了极大的满足感和自豪感。如他所说的“才子词人,自是白衣卿相”,以及后世关汉卿所自称的“我是个普天下郎君领袖，盖世界浪子班头”和“我是个锦城花营都帅头”（《一枝花·不服老》），就都是这一类以风流才子自负的心理快感之畅快宣泄。

第三是其他的享乐生活。孟元老《东京梦华录序》曾这样描绘过北宋汴京市民的游赏和娱乐活动：“时节相次，各有观赏。灯宵月夕，雪际花时，乞巧登高，教池游苑。”①总之，春来秋往，逢年过节，贵族官僚和上层市民都过着“烂赏叠游，莫知厌足”的享乐生活。而柳永虽只是一位下层文人，但由于他生逢其时，生活在这个太平盛世的年代里，又多少沾了当时高度发达的商业经济之光，所以也分享到了王孙公子和青楼名妓的享乐生活之“一杯羹”。故其词中也多侧面地描写过他参与此类游赏活动时的快乐心理。如其《玉楼春》之写元宵观灯之乐：“皇都今夕知何夕，特地风光盈绮陌。金丝玉管咽春空，蜡炬兰灯烧晓色。凤楼十二神仙宅，珠履三千鹓鹭客。金吾不禁六街游，狂杀云踪并雨迹”；如其《笛家弄》之写清明郊游之乐：“花发西园，草薰南陌，韶光明媚，乍晴轻暖清明后。水嬉舟动，禊饮筵开，银塘似染，金堤如绣。是处王孙，几多游妓，往往携纤手”；如其《破阵乐》之写三月初一观龙舟竞渡之乐：“时见，凤辇宸游，鸾觞禊饮，临翠水，开镐宴。两两轻舠飞画楫，竞夺锦标霞烂。罄欢娱、歌鱼藻，徘徊宛转”。拿柳永自己在日后所说的话来总结，便是：“帝里风光好，当年少日，暮宴朝欢”（《戚氏》），真可谓无往而不乐。特别是，由于词这种文体又素有喜欢“摆阔”和“夸富”的习性，所以出现在那类描写享乐生活的词中之柳永，几乎就脱尽了他那落拓文人的寒酸相而一变成为贵家公子的形象。如其《笛家弄》中写道：“帝城当日，兰堂夜烛，呼卢百万，画阁春风，十千沽酒。未省，宴处能忘管弦，醉里不寻花柳。”对此，我们简直已无法辨认柳永作为一个下层文人的本来面目了。

所以，总起来看，柳永在两宋词坛上也可算是一位幸运儿。他虽没有做什么高官大吏，但由于他紧贴着当时繁华富庶的世俗生活层面，因此确也在倚红偎翠、浅斟低唱的生涯中感受和获得过甚为快活惬意的人生况味。

但是，以上所述仅只是问题的一个方面。若从另一角度来看，柳永作为一个科场失利和长期被排斥在正统文人圈子之外的落拓士人，却又谙尝了仕途失意的苦涩；而即使作为一个“情场得意”的才子词人，他也经常被迫与其恋人分袂，因此自又饱尝了相思离别之苦。对此先说其前者：由于柳永出身于一个祖上为官的书香门第和官宦人家，这就决定了他的人生道路也肯定要走“学成文武艺，货与帝王家”的科举之路。可是由于运气不佳，更加上因为他的不检行为招惹

① 孟元老著，邓之诚注：《东京梦华录注》，中华书局，1982年，第1页。

了当权者的不满,因此直到年纪老大才得中进士,后来又在磨勘改官的过程中经受过挫折和蹭蹬。缘此,尽管柳永口头上仍屡次斥功名利禄为精神缰锁,但其内心何尝不隐藏着对仕途不利的焦灼和烦恼?这就自然会滋生出遭受上层社会摒弃的浓重的失落感。再从后一点来说,则柳永虽是一位"恋情至上"者,但是人生的第一大问题本是谋生而非恋爱,因此他又由于生计所迫而只能饱尝与恋人离别之苦。合以上两者来说,柳永就在尝尽世俗生活的甜味之同时,却又尝尽了它的苦涩。而因柳永是位相当世俗化的词人,他的词风具有"细密而妥溜,明白而家常"(刘熙载《艺概》卷四)的特色,所以其词中所描写的艰辛况味就尤其让人感到熟悉和亲切。举其要者,柳词中对于悲剧性的人生体验和愁苦型的人生况味描绘得最为出色成功者约有如下几种:

一是离别滋味。

虽然六朝时期的江淹早已对离别滋味做出过极为传神的描绘和概括:"黯然销魂者,唯别而已矣!"(《别赋》)也尽管前代的诗文作品早已出现过许许多多描写离别的名篇名句,但在柳永笔下,"离别"这种人生无法逃避的痛楚况味,却仍然有其不逊前人的出色状写。如其《雨霖铃》一阕,就足够使千百年来的无数痴男怨女们在临别时凄然泣下。又如其《采莲令》,也是一篇"状难写之景如在目前,含不尽之意见于言外"的离别佳作,其词曰:

> 月华收,云淡霜天曙。西征客,此时情苦。翠娥执手送临歧,轧轧开朱户。千娇面、盈盈伫立,无言有泪,断肠争忍回顾? 一叶兰舟,便恁急桨凌波去。贪行色、岂知离绪?万般方寸,但饮恨、脉脉同谁语?更回首、重城不见,寒江天外,隐隐两三烟树。

柳永的这些离别词篇,把他那小小方寸之中所浓聚着的无穷离愁,尽情地表现和释放了出来。

二是悲秋滋味。

柳永是位敏感于时序物候的词人。不过,他对季节的敏感,似又呈现"两极分化"的现象,此即在他感到高兴的时候就极力歌咏春光的明媚,而在他感到失意的时候却又敏锐地感受到秋意的萧索。我们试看,别的词人大都喜写伤春之词,而柳永笔下的春天却较少有令人哀伤惆怅的意绪。原因非他,实缘柳永作为一个世俗词人,他就像花间蜂蝶和枝头黄鹂那样,陶醉在艳情生活和享乐生活所带来的浓浓"春情"中间。如其《红窗迥》中所写的蜂蝶:"小园东,花共柳,红紫又一齐开了。引将蜂蝶燕和莺,成阵价、忙忙走。"又如其《黄莺儿》中所写的黄鹂:"园林晴昼春谁主?暖律潜催,幽谷暄和,黄鹂翩翩,乍迁芳树。观露湿缕金衣,叶映如簧语。晓来枝上绵蛮,似把芳心,深意低诉。”它们大可视为柳永快乐心态的形象化(拟物)写照。然而,当柳永暂离倚花亸柳、花间樽前的享乐环境,恢复了他失意文人的本来面目之时,他就顿又变为“宋玉悲秋”式的人物形象了。人所共知,柳词“尤工于羁旅行役”(陈振孙《直斋书录解题》卷二一),而他的这类羁旅词,几乎尽以深秋作为背景。如他颇负盛名的《八声甘州》,劈头便是“对潇潇暮雨洒江天,一番洗清秋”的秋景描写。而接下去的几句“渐霜风凄惨,关河冷落,残照当楼”,则更把自然界的秋意和词人心头的悲秋意绪,状写得淋漓尽致。所以,柳永对于人生的体验,除了享受过恋情生活和享乐生活的“春温”之外,更还饱尝过仕途失意与漂泊流浪的“秋肃”。读着下面的这些词句:

晚秋天,一霎微雨洒庭轩。槛菊萧疏,井梧零乱,惹残烟。凄然,望江关,飞云黯淡夕阳间。当时宋玉悲感,向此临水与登山。远道迢递,行人凄楚,倦听陇水潺湲。正蝉吟败叶,蛩响衰草,相应喧喧。”(《戚氏》)

长安古道马迟迟,高柳乱蝉栖。夕阳岛外,秋风原上,目断四天垂。

归云一去无踪迹,何处是前期?狎兴生疏,酒徒萧索,不似去年时。(《少年游》)

人们不禁要为这位“大时代”中的失意文人之悲秋和落寞意绪,感生出深厚的同情心来。

三是失眠滋味。

由于仕途失意和与恋人分离,柳永又经常失眠。尤其是,当他被迫到外地飘荡时,在那孤馆独宿、夜深人静之际,就特别会引发他的失眠症。因此似乎可以这样说,柳永是两宋词人中对失眠体验最深的人。我们试翻他的词集,很可感受其失眠情况之严重和失眠滋味的难受。如其《梦还京》云:

夜来匆匆饮散,欹枕背灯睡。酒力全轻,醉魂易醒,风揭帘栊,梦断披衣重起,悄无寐。　　追悔当初,绣阁话别太容易。日许时,犹阻归计。甚况味,旅馆虚度残岁;想娇媚,那里独守鸳帏静。永漏迢迢,也应暗同此意。

由自己之无寐又竟而推想其恋人也在此际独守空房、辗转难眠,这就愈发反衬出他孤馆失眠时的思潮翻滚、无法入睡。又如其《婆罗门令》云:

昨宵里、恁和衣睡。今宵里、又恁和衣睡。小饮归来,初更过、醺醺醉。中夜后、何事还惊起?霜天冷,风细细。触疏窗、闪闪灯摇曳。

空床展转重追想,云雨梦、任欹枕难继。寸心万绪,咫尺千里,好景良天。彼此空有相怜意，未有相怜计。

看他头更天时醉醺醺地睡着（因此和衣而睡），但到中夜时分却被冷风惊起，继后则辗转反侧、捶床欹枕地睡不着觉，这种梦醒难继、半夜失眠的滋味，真亏柳永描绘得如此活灵活现、入木三分！而最后还可举出他的《爪茉莉》词：

每到秋来、转添甚况味。金风动、冷清清地。残蝉噪晚，甚聒得、人心欲碎。更休道、宋玉多悲，石人也须下泪。　　衾寒枕冷，夜迢迢、更无寐。深院静、月明风细。巴巴望晓，怎生捱、更迢递。料我儿、只在枕头根底，等人来、睡梦里。

此首词用极为通俗浅显的语言，写出了人人心中常有而下笔甚难的失眠体验，因此直到数百年后犹能感动人心。例如，清代的沈谦就曾自述他受到此词“移情”的心理活动：“柳屯田‘每到秋来’一曲，极孤眠之苦。予尝宿御儿客舍，倚枕自歌，能移我情，不知文之工拙也。”（《填词杂说》）由此可见，柳永词中所描绘的失眠滋味，确是千种“谙尽孤眠滋味”（范仲淹语）者的普遍性体验。

一方面是尝遍了繁华富庶的都市生活之种种享乐滋味，另一方面又谙尽了遭受上层社会排挤的失意文人之悲凉滋味；一方面是恣意地寻欢逐乐，另一方面又无奈地落拓潦倒：柳永就是这样一位集大欢乐和大悲哀于一身的词人。不过，从其快乐来讲，他虽生逢北宋的“盛平”时代，然而在他身上却丝毫看不到像盛唐诗人那样昂扬的时代精神和崇高的人格追求，有的只是男欢女爱的恋情愿望和及时行乐的享乐欲求。这种泯灭了英雄主义理想和缺乏高远人生目标而只讲“实惠”的思想状态，实际反映了市民的庸俗思想（当然从它的厌弃功名利禄来看，也还带有一定程度的反礼教和反潮流性），因而柳永的快乐，属于那种带有强烈的个人主义色彩并偏向于感官享受的快乐，而并不能获得真正的精神快乐。故而当他想到自己的仕途失利或一旦远离京城的恋人和享乐环境，就很快又会堕入无穷的烦恼和悲哀中去。而再从他的悲哀来说，则柳永之悲秋虽也夹杂着几分人生感慨，但从根本上看，他却失落了作为一个儒家读书人应有的社会责任感，也深深缺少同时代其他士人（如范仲淹、欧阳修以及稍后的苏轼等人）所具的忧患意识，因而相对来说，也还是一种比较浮浅的伤感和悲哀情绪，并不带有深刻的思想蕴涵（从一定意义上说，只是他享乐不成而反弹出来的悲感而已）。所以综合以上两点来说，柳永就是一位个人主义色彩相当浓重的世俗化词人，他的人格类型比较接近于商业经济所孵化出的市民阶层的人格。故在两宋以士大夫文人为盟主的词坛上，无论柳永其人还是柳永其词，都具有“别是一家”（借用李清照语）的特色和意义。

第六章　彩云易散：晏几道词中的怀旧心态

在五代词坛上，李璟、李煜以“父子词人”闻名于世；而在北宋词坛上，则有晏殊、晏几道父子，“足追配李氏父子”（毛晋《小山词跋》）。不过，小晏（晏几道）和大晏（晏殊）虽然同是擅写小令的高手，但他们词中的心理态势却有了明显的差异。具体来说，大晏作为一位踌躇满志的达官贵吏，他颇为惬意地享受着“今天”，因此其词中就充满着唯恐现时的好光景终将逝去的忧惧；而小晏作为一位已经败落的贵族子弟，他所能拥有的美丽人生却只能是“过去”，因此其词中就展示着一种无法释怀的怀旧心态。

人之所以会缱绻怀旧，主要有以下两个原因：一是其人必是一位多情和深情的人，若是感情比较淡薄者，一般就不太会经常怀旧；二是其人大致有过一段值得怀念的往事，或者更有着今与昔、盛与衰的强烈对比，这样的人就往往会产生凄凉感旧的心态。而晏几道，则就在以上两方面都具有十分“优厚”的条件。

晏几道（1030？—1106？），字叔原，号小山，是晏殊的第七个儿子。他虽出身名门，但在 20 余岁时其父亡故，以后家道中落，一生仕途不利，只做过颍昌府许田镇监等小官。综观其性格和身世，就有两点深符于上文所说。第一是其为人极重感情，甚至达到了有些“痴”的地步。对此，其友人黄庭坚就说过小晏平生有“四痴”，其中有二痴即是：“费资千百万，家人寒饥，而面有孺子之色”；“人百负之而不恨，已信人，终不疑其欺己”。也就是说，小晏对朋友肯为之“两肋插刀”，即使自己贫寒也要倾力相助；而纵然受人欺骗，却仍然笃信友情而不懊悔。这虽然主要是讲他交友方面的深于情，但推而广之，则其禀性的执着于情，也就大可由此想见。而这样一种思想性格和感情气质的人，当然就容易产生“追思往事好沾巾”（《临江仙》）的怀旧心情。第二，晏几道幼年生活在富贵温柔之乡，年轻时又很有过一番缠绵悱恻的恋情故事，因此在中年沉沦下僚、失意潦倒之际，就更会缅怀往事和旧情。这种今昔盛衰的人生感叹，在其《乐府补亡》（即《小山词》）的自序中有明显的流露：

> 《补亡》一编，补乐府之亡也。叔原往者浮沉酒中，病世之歌词，不足以析酲解愠，试续南部诸贤绪余，作五、七字语，其以自娱。不独叙其

所怀,兼写一时杯酒间闻见所同游者意中事。尝思感物之情,古今不易。窃以谓篇中之意,昔人所不遗,第于今无传尔。故今所制,通以“补亡”名之。始时沈十二廉叔、陈十君龙家,有莲、鸿、蘋、云,品清讴娱客。每得一解,即以草授诸儿。吾三人持酒听之,为一笑乐而已。而君龙疾废卧家,廉叔下世,昔之狂篇醉句,遂与两家歌儿酒使俱流转于人间。自尔邮传滋多,积有窜易。七月己巳,为高平公缀缉成编。追惟往昔过从饮酒之人,或垅木已长,或病不偶。考其篇中所记悲欢离合之事,如幻如电,如昨梦前尘,但能掩卷怃然,感光阴之易迁,叹境缘之无实也!①

从这篇自序中可知,在过去的一段岁月中,小晏经常到友人沈廉叔、陈君龙府中饮酒品曲,与他们的家姬莲、鸿、蘋、云有过密切的往来,而《小山词》的主要作品大都因此而写。但好景不长,陈君龙已病瘫在床,沈廉叔则匆匆下世,四位歌姬随后也流落到民间。而到小晏写这篇序言之时,则沈氏坟上的树木已长得很高,再来追念当日与友人一起饮酒笑乐的盛事,以及和歌姬之间种种悲欢离合的情事,怎不令人产生人生“如幻如电,如昨梦前尘”的无穷感叹!所以这篇自序告诉我们:晏几道的《小山词》,或许就可当作他的人生回忆录和爱情备忘录来阅读。而因小晏青年时代的人生“事业”主要就是诗酒和恋情,再加上词体又专门擅长于描写恋情,所以他对人生的怀旧心态就集中以回忆往日情事的面目而表现出来。

小晏描写恋情的词篇,数量几占其《小山词》的十分之七八。其中就屡屡写到他与莲、鸿、蘋、云四位歌姬的交往。兹各举一首为证:

柳下笙歌庭院,花间姊妹秋千。记得春楼当日事,写向红窗夜月前,凭谁寄小莲?　　绛蜡等闲陪泪,吴蚕到了缠绵。绿鬓能供多少恨?未肯无情比断弦,今年老去年。(《破阵子》)

小梅枝上东君信,雪后花期近。南枝开尽北枝开。长被陇头游子、寄春来。　　年年衣袖年年泪,总为今朝意。问谁同是忆花人?赚得小鸿眉黛、也低颦。(《虞美人》)

小颦若解愁春暮,一笑留春春也住。晚红初减谢池花,新翠已遮琼苑路。　　湔裙曲水曾相遇,挽断罗巾容易去。啼珠弹尽又成行,毕竟心事无会处。(《木兰花》)

① 金启华,等编:《唐宋词集序跋汇编》,江苏教育出版社,1990年,第25页。

秋风不似春风好,一夜金英老。更谁来凭曲阑干?惟有雁边斜月、照关山。　　双星旧约年年在,笑尽人情改。有朝无定是无期。说与小云新恨、也低眉。(《虞美人》)

这四首词中,分别点出了小莲、小鸿、小蘋和小云的芳名。而除此以外,在其他恋情词中,则还列有小杏、小梅、小琼等歌妓的名字。这种情况,又不免使我们产生了疑惑:小晏难道真和这么多的姑娘产生过恋爱故事?要知道,一则这几位歌姬都是别人的"私产",二则词写成之后又由她们公开唱给主人和客人赏听,若是小晏所写真是实事,这就很难解释得通。但反过来看,则词中所写的情事却似乎煞有介事,而且又写得那样的情真意深,那又该作如何理解?因此我们认为:晏几道的上述恋情词实是为"应歌"而写的带有虚构性的文学作品(这从"每得一解,即以草授诸儿。吾三人持酒听之,为一笑乐而已"数语中亦可得到证明)。但其事虽假(虚构),而其情却真——我们推想,小晏在其实际生活中,必然有过类似于词中所写的那种"悲欢离合"的恋情经历;据此作为"原型",再给以一定的艺术加工,这才能创作出如此感情真挚、哀感顽艳的恋情词篇来。因此,词情或许有所虚构,但其中映现的怀旧心态却又是词人所真实怀有着的。而此种心态,若拿一个典型的意象来代表,那就是:彩云易散。这里先引其《临江仙》为例:

梦后楼台高锁,酒醒帘幕低垂。去年春恨却来时。落花人独立,微雨燕双飞。　　记得小蘋初见,两重心字罗衣。琵琶弦上说相思。当时明月在,曾照彩云归。

这是小晏的代表作之一,它十分出色地表现了词人"彩云易散"的怀旧悲感。其所追忆的往事和旧情,在词中仅以三语表出,此即:"记得小蘋初见,两重心字罗衣。琵琶弦上说相思。"它们实际只写了对小蘋的"第一印象":她身着绣有双重"心"字图案的薄罗衫子,纤纤玉手弹奏着一支又一支表达相思情意的乐曲。而全词的其他七句,则集中力量来刻画词人的怀旧心情。它们先从眼前写起:"梦后""酒醒"两句,一上来就勾勒了这样一幅情景:酒醒梦觉,不见伊人,唯见楼台高锁、帘幕低垂,其中就深寓了"感光阴之易迁,叹境缘之无实"的感慨在内,而一个"梦"字和一个"醒"字,又给人以人去楼空、往事"如幻如电"的惆怅之感。接言"去年春恨却来时",意谓此种悲感由来已久,记得去年暮春也曾有过;言外之意则指今后仍将年年随春来临。而在无可奈何之下,"落花人独立,微雨燕双飞"(此二句借用五代翁宏诗),词人只能在落花微雨、新燕双飞的背景下独个儿消受着这份黯然神伤的情怀。换头三句(即"记得"以下三句),突然加快了节奏,用简练的笔触追写了和小蘋的初见。但在那琵琶弦声似未断绝之时,词情忽又陡转:“当时明月在,曾照彩云归。”伊人早像一缕彩云那样逝去,只剩下当年曾经照伴着我俩的一轮明月,犹自冷清清地凌空独挂!这里就暗化了前人的两段诗意,李白曾咏一位宫女云:“小小生金屋,盈盈在紫微。山花插宝髻,石竹绣罗衣。每出深宫里,常随步辇归。只愁歌舞散,化作彩云飞。”(《宫中行乐词》之一)白居易也曾为一位13岁就夭亡的美丽少女作诗,诗尾感叹道:“大都好物不坚牢,彩云易散琉璃脆。”(《简简吟》)小晏就袭用其“彩云”的意象表现了这样一种悲感:红颜多薄命,当初虽绚丽如彩云,然而其倏忽即逝竟也如彩云!而正像我们前面所指出过的,小晏和小蘋之间有否真正产生过恋情,以及小蘋本人的遭遇究竟如何,这似乎并不重要(因为这或许只是“逢场作戏”、为“应歌”而作的虚拟性描写,何况小晏为其他歌姬所写的词中也有与此类似的描写);重要的是,词人已通过这段悲欢离合的恋情遭遇,写出了对自己确实经历过的某段虽“好”而“脆”的旧日情事之怅忆,并又在其中寓托了比恋情更加宽泛的人生感慨:“无定莫如人聚散”(《木兰花》)和“良时易过”“往事难忘”(《减字木兰花》)。这种情况,有些近似于曹雪芹之写《红楼梦》。曹雪芹在《红楼梦》一开头就言明其写书的“本旨”:

> 今风尘碌碌,一事无成,忽念及当日所有之女子,一一细考校去,觉其行止见识皆出我之上;我堂堂须眉,诚不若彼裙钗……我虽不学无文,又何妨用假语村言,敷演出来,亦可使闺阁昭传,复可破一时之闷,醒同人之目,不亦宜乎?故曰“贾雨村”云云。更于篇中间用“梦”、“幻”等字,却是此书本旨,兼寓提醒阅者之意。①

若按此说,则小晏之所以为莲、鸿、蘋、云等歌姬写了那么多的艳词,其创作动机(“本旨”)就一是为她们“写心”“立传”,以便让她们的可爱形象永载于词册;二则更是感叹自身“风尘碌碌,一事无成”的境遇,借词中所写的恋人聚散来寓托自己抚今追昔的怀旧之感。而对这“本旨”中的后一层含义,近人夏敬观就有较深的揭示:“叔原以贵人暮子,落拓一生,华屋山丘,身亲经历,哀丝豪竹,寓其微痛纤悲,宜其造诣又过于父。”②他透过晏几道词中的恋情描写,揭示了词中所深寓的“华屋山丘”(语出曹植《箜篌引》:“盛时不再来,百年忽我遒。生存华屋处,零落归山丘。”)之人生悲感,其论就比仅把小晏当作艳词作者的看法显得深刻。

① 曹雪芹:《红楼梦》,三秦出版社,2006年,第1页。
② 龙榆生编选:《唐宋名家词选》,上海古籍出版社,1980年,第100页。

现在再让我们回到“彩云易散”的意象上来。虽然《临江仙》中只言“当时明月在,曾照彩云归”而未明言“彩云易散”,但从小蘋当年像彩云那么美丽,又像彩云那样飘然归去,而现在却只剩一轮冷月照空的景象中,我们岂不联想到了白居易“彩云易散琉璃脆”的比喻? 而事实上,小晏确实对“云”的意象情有独钟,他屡屡以此来表现某种人生境遇和人生感慨,例如:

春梦秋云,聚散真容易!(《蝶恋花》)
朝云信断知何处? 应作襄王春梦去。(《木兰花》)
可怜人意,薄于云水,佳会更难重。(《少年游》)
莫如云易散,须似月频圆。(《临江仙》)
碧桃花蕊已应开,欲伴彩云飞去。(《御街行》)
断云残雨当年事,到如今、几处难忘。(《风入松》)
自古悲凉,是情事、轻如云雨。(《解佩令》)
恨如去水长空,事与行云渐远。(《扑蝴蝶》)

尽管其中“云”的意象,有一些取义于《高唐赋》中“旦为朝云,暮为行雨”之意(亦即与恋情有关),但其基本的寓意却指事物虽然美好、却又脆弱,以及人事之聚散无定。因此它们之常被小晏择用,恐即与他潜意识中对于自身前盛后衰命运的嗟伤有着密切的关系。

宋人王灼论词有云:晏元献公(晏殊)长短句“风流蕴藉,一时莫及,而温润秀洁,亦无其比。”论小晏词则云:“叔原如金陵王谢子弟,秀气胜韵,得之天然,将不可学。”①其论虽然是在论二晏词的艺术风格,但他把小晏称为“金陵王谢子弟”的比喻,却又使我们想到了晏几道身份的“定位”问题——晏殊贵为宰相,当然可以比拟为当年的王谢诸公(如王导、谢安等高官贵吏);而晏几道则自然只能“降格”为“王谢子弟”。但从“王谢子弟”一语,人们就极易联想起刘禹锡的那两句诗来:“旧时王谢堂前燕,飞人寻常百姓家。”(《乌衣巷》)小晏中年以后的境况,虽未败落到门庭已经野草开花的地步,但他作为一位曾经贵为豪门子弟现今却因不肯依附新贵故而只能陆沉下位的故家公子(黄庭坚《小山词序》中称他“仕宦连蹇,而不能一傍贵人之门”,“遂陆沉于下位”),其心境之落寞和凄凉就是不难想知的。我们试读他在异乡为小官时所作的重阳词:“天边金掌露成霜,云随雁字长。绿杯红袖趁重阳,人情似故乡。　兰佩紫,菊簪黄,殷勤理旧狂。欲将沉醉换悲凉,清歌莫断肠!”(《阮郎归》)他的心中,分明就包藏着

① 王灼:《碧鸡漫志》卷二,唐圭璋编《词话丛编》,中华书局,1986 年,第 83 页。

“一肚皮不合时宜”（况周颐《蕙风词话》卷二）的牢骚和失落感！所以再回头来读他那些为莲、鸿、蘋、云等歌姬所写的恋情词，我们就更能透过一层地深切理解其中隐藏着的身世之感和怀旧心态。

当然，怀旧并不是小晏词的全部内容，但却是渗透着他作品的一种基本情绪。同样“怀旧”也并非小晏所“专有”的心态，而是很多人（特别是中老年人）所常会产生的心理态势。苏轼诗云：“人生到处知何似，应似飞鸿踏雪泥。泥上偶然留指爪，鸿飞那复计东西？”（《和子由渑池怀旧》）飞鸿是无情之物，它自然不会怀旧；而人为万物之灵，他就自然会对自己的“雪泥鸿爪”时时眷顾。因此，从这个意义上说，小晏词之所以广受人们喜爱，就在于它很大程度上表现了人类共有的怀旧心态。小晏自己有诗说道：“初约看花花已尽，重亲闲客客应欢。真花既不能长艳，画在霜纨更好看。”（《公仪招观画》）真花既然不能长艳，何不将它移到画中，使其永葆美丽的姿色？因而，小晏的作词，就正是一种将往日的“绮梦”追记在文学画册中的“补亡”举动；而从黄庭坚赞誉《小山词》“清壮顿挫，能动摇人心”的评语来看，他也确实获得了成功。

第七章　聪明睿智：苏轼的人生感悟和处世态度

苏轼是一位绝顶聪明的文人，这是世所公认的事实。他的聪明，不仅表现为他在当时文学艺术创作的各个领域（诗、文、词、赋、书、画）都取得了极高的成就，而且还表现在他对人生的透彻感悟及其灵活圆通和处世态度方面。对于他文学创作方面的成就，由于作品俱在，自就不劳多说。而对其人生感悟与处世态度方面的聪明，我们可以参考林语堂先生《苏东坡传》序言中的两段话来做进一步的领会与论析。林语堂指出：

> 总之，我们所得的印象是，他（指苏轼）的一生是载歌载舞，深得其乐，忧患来临，一笑置之。他的这种魔力就是我这鲁拙之笔所要尽力描写的，他的这种魔力也就是使无数中国的读书人对他所倾倒，所爱慕的。
>
> 苏东坡一生的经历，根本是他本性的自然流露。在玄学（按：即指哲学）上，他是个佛教徒，他知道生命是某种东西刹那之间的表现，是永恒的精神在刹那之间存在躯体之中的形式，但是他却不肯接受人生是重担、是苦难的说法——他认为那不尽然。至于他自己本人，是享受人生的每一刻时光。在玄学方面，他有印度教的思想，但是在气质上，他却是道地的中国人的气质。从佛教的否定人生，儒家的正视人生，道家的简化人生，这位诗人在心灵识见中产生了他的混合的人生观。人生最长也不过三万六千日，但是那已经够长了；即使他追寻长生不死的仙丹露药终成泡影，人生的每一刹那，只要连绵不断，也就美好可喜了……所以生命毕竟是不朽的、美好的，所以他尽情享受人生。这就是这位旷古奇才乐天派的奥妙的一面。①

由此出发，我们就可推衍出如下两点认识：一是，苏轼广泛地吸收了儒、佛、道三种思想，“为我所用”地建立了自己“混合的人生观”；二是，虽然苏轼彻悟到人生的短暂和虚空，但他最终却仍以其热爱生命和“尽情享受人生”的乐观主义

① 林语堂：《苏东坡传》，张振玉译，时代文艺出版社，1988 年，第 7－9 页。

形象出现在读者面前，并以其善于解脱忧患的达观的处世态度倾倒了无数的中国读书人。

由于“苏学”是一门相当博大精深的学问，所以我们在这里就主要只想通过苏轼的词作来探究其人生感悟和处世态度——尽管如此，我们从其“小词”创作中，却也能管中窥豹地略见其“全人”的聪明睿智。

比起诗歌和散文创作而言，苏轼写词是起步较晚的。一般认为，他在37岁任杭州通判（神宗熙宁五年）时才开始作词。但是，就在他作于39岁时的《南乡子》中，却已相当熟练地运用词的形式来抒写其人生抱负了：

> 旌旆满江湖，诏发楼船万舳舻。投笔将军因笑我，迂儒，帕首腰刀是丈夫……

词为送友人杨元素而作。杨元素为文臣（时任杭州太守），调任军职，故苏轼称他为“投笔将军”，并借此自嘲为迂腐无用之书生。而从其“帕首腰刀（武将装束）是丈夫”一语中，我们就可读出苏轼所素有的“大丈夫”之志（据苏辙为苏轼所撰的墓志铭中说：苏轼之母自幼就教育苏轼向东汉的良吏范滂学习，“公亦奋厉有当世志”）。而且，这种志向已不仅是一般士大夫文人所怀有的“文治”理想，并且还包含着投笔从戎的“武功”追求。所以，可以这样认为：由于接受了传统的儒家思想的熏陶，苏轼人生观的基点或“主干”，应该是“有所作为”的“入世”的思想。这种思想，就促使他在政治生活中表现出明显的社会责任感和坚贞的道德操守。

然而，苏轼又绝非像他所自嘲的那样迂腐，相反却是一位悟性极高的聪明人。尽管踏入仕途尚不太久，但他已敏锐地感受了人生道途的坎坷多艰，于是就在写了上面那首词的同年稍后，苏轼又在赴密州途中写了《沁园春》，词中透露了他对人生的苍凉感和倦意：

> 孤馆灯青，野店鸡号，旅枕梦残。渐月华收练，晨霜耿耿；云山摛锦，朝露漙漙。世路无穷，劳生有限，似此区区长鲜欢。微吟罢，凭征鞍无语，往事千端。　当时共客长安，似二陆初来俱少年。有笔头千字，胸中万卷，致君尧舜，此事何难？用舍由时，行藏在我，袖手何妨闲处看？身长健，但优游卒岁，且斗尊前。

清早，当人们还在被窝中熟睡之际，词人却已头顶冷月、踏着晨霜启程赶路了。此时此刻，就极易引起征人的自怨自艾：究竟为何要这般辛苦行役？人生的目的又究在何处？这就自然引发了他“世路无穷，劳生有限”的浩叹，而其结论也必然是：区区个人的人生道途中注定会悲多欢少。这种看似仅因清晨赶路而即兴感发的叹息中,实际却已寓藏了词人对“世路”的厌倦和对“劳生”(辛劳人生)的自悯。因此撇开词中所表达的政治蕴涵不论(如词中一度又再现了他“致君尧舜上,再使风俗淳”的人生抱负,并又抒写了先是少年得志、后又不被重用的感慨),词人在片中所说的“用舍由时,行藏在我,袖手何妨闲处看”,就明确表达了他欲“换一个角度看人生”的处世态度。也就是说,词人不想再像以前那样执着于在人生的大舞台上扮演一个“认真”的角色,而情愿退出舞台,做一个“袖手旁观”的闲人或观众。因此在本词的结尾,他就用“身长健,但优游卒岁,且斗尊前”之语与其弟苏辙互勉,表达了他欲以优哉游哉、从容不迫的态度来对待人生的处世态度。南唐中主李璟曾有诗道:“栖凤枝梢犹软弱,化龙形状已依稀。”(《咏新竹》)借此来说,则苏轼在后来的词中所表达的种种人生感悟和通达的处世态度,就都已在这首作于较早时期的《沁园春》中初露端倪。

下面,就让我们分论他的人生感悟和处世态度。

先说其透彻的人生感悟。

苏轼对于人生的看法,表现在其诗中,最为警策的是如下名句:“人生到处知何似?应似飞鸿踏雪泥。泥上偶然留指爪,鸿飞那复计东西。”其意即在表达人生行踪之无定犹如雪泥鸿爪;如往深层发掘,也就是一种“人生飘忽”之感。而在词中,最为著名的则是《念奴娇·赤壁怀古》中的“人生如梦”(一作“人间如梦”)四字。但比起诗中的人生如“飞鸿踏雪泥”来,词中的“人生如梦”却似乎显得更加透彻和格外沉重,它已融入了他大半生的人生体验和覃思深虑。不妨先看其人生体验:苏轼才气横溢,青年得志,刚中进士就获得了欧阳修“他日文章必独步天下”和“吾当避此人出一头地”的美誉,由此看来“平步青云”似非难事。岂料世路多艰,风波迭起,他的大半辈子却是在宦海中跌翻了两大跟头(一次是被贬黄州,另一次更远贬岭南),差一点穷老送终于天涯海角的海南岛。命运对他的这番捉弄,生活遭遇的荣悴剧变,自然会引发他“人生如梦”的心理反响。对这种因身世际遇产生强烈反差而引起“人生如梦”感触的情况,熟悉古典文学的读者一点也不会感到诧异。早在唐人小说《枕中记》和《南柯太守传》中,主人公卢生和淳于棼不就因经历过一番由高官显爵而衰老病薨或削职回乡的人生变幻,从而创造了“黄粱一梦”和“南柯一梦”的成语吗?因此,苏轼的“人生如梦”的人生感悟,并非泛泛而发,实际融入了他自身的人生体验。据赵令畤《侯鲭录》卷七记载:“东坡老人在昌化(海南岛),尝负大瓢行歌于田间。有老妇年七十,谓坡云:‘内翰(指苏)昔日富贵,一场春梦。’坡然之。里人呼此妇为

‘春梦婆’。”①由此可见，即使是那位文化程度不高的普通村妇，都已把苏轼的一生总结为“一场春梦”，那么作为一个亲历其事的过来人，尤其作为一位自叹为“崎岖世味尝应遍”（《立秋日祷雨宿灵隐寺同周、徐二令》诗）和“人生识字忧患始”（《石苍舒醉墨堂》诗）的思想成熟的文人，苏轼就更会感发出越发深沉的“人生如梦”的浩叹了。故其《赤壁》词中固已如此，而在其他词篇中也屡见相似的表达，如“世事一场大梦，人生几度新凉”“休言万事转头空，未转头时皆梦”（《西江月》），等等。当然，若要数其感触最深和悟性最高的词句，那就可推其“彭城夜宿燕子楼，梦盼盼”所作的《永遇乐》了。其中有云：“燕子楼空，佳人何在？空锁楼中燕。古今如梦，何曾梦觉？但有旧欢新怨。异时对、黄楼夜景，为余浩叹。”它从燕子楼的人去楼空、徒存其名说起，推衍出这样一番人生道理：古往今来无数代人的离合遭遇和悲欢之情，说穿了不过就是一连串旋生而又旋灭的连续梦境。可叹世人不明此理，因此只如大梦未醒；然而，即使是“梦醒”之我，今日在此动情赋词、抒发浩叹，在后人看来，也岂非是“新梦”一场或“梦中说梦”？所以，“清醒”到这等地步，“透彻”到这般境界，苏轼的人生感悟，不可谓不深刻矣。而再从他的覃思深虑来讲，则苏轼的“人生如梦”思想又是经过他的深思得来的。世上之人，本有智愚之分，也有勤于思考与不善思考的差别。而苏轼，就明显属于前一类勤于思考的智者。即使他的身世并不像现在所见的那样坎坷曲折，出于其聪明和多思的思想气质，再加上接受了儒、佛、道多种思想的影响，苏轼恐怕仍会产生出“人生如梦”的感悟来。这样的推想，自可在哲学史上找到证明。如德国著名哲学家叔本华，据说少年时代遇见悲惨的事物就要沉思良久：世间为什么会有这么悲惨的事物呢？这个世界又为何会充满着诸多的不幸？这种悲天悯人的心灵和性格，再加上后来的勤于思索，就注定了他必然会成为一位伟大的哲学家。而佛教的创始人释迦牟尼的例子则更加可以说明问题。释迦牟尼本是印度迦毗罗卫国的王子，照理是锦衣美食，无忧无虑。但他在29岁时却因痛感人世生老病死的诸种苦恼，毅然出家修行，终于在菩提树下静思“成道”。苏轼或许不及两位聪慧，也没有太多文献记载来证明他的曾经苦思“悟道”，但从其文学创作中所表现的佛、道思想来看，也可推论出他“人生如梦”的感悟定然来自他的一番覃思深虑。如其《十拍子》云：“身外傥来都似梦，醉里无何即是乡。”其中“傥来”和“无何乡”即源于庄子哲学。《庄子》的《缮性》篇云：“轩冕在身，非性命也，物之傥来，寄者也。”②意谓荣华高位并非真性本命，

① 赵令畤：《侯鲭录》卷七，中华书局，2002年，第183页。
② 陈鼓应注译：《庄子今注今译》，中华书局，1983年，第408页。

不过是偶然得来或无意得来的暂寄之物。其《逍遥游》篇则云:“今子有大树,患其无用,何不树之于无何有之乡?”①《列御寇》篇又云:“彼至人者,归精神乎无始,而甘冥乎于无何有之乡。”②其短短两句,苏轼就借用了《庄子》的两个词语来表达他“人生如梦,醉即吾乡”的思想,这就可知他深受道家思想影响。再举他的《赤壁怀古》词为例,其“人生如梦”乃承接前文“遥想公瑾当年……谈笑间、强虏(一作樯橹)灰飞烟灭”而来。而此段史事,就正好可作“人生如梦”的极佳佐证——请看,当年曹操挥师南下,“方其破荆州、下江陵,顺流而东也,舳舻千里,旌旗蔽空,酾酒临江,横槊赋诗,固一世之雄也,而今安在哉?”(《前赤壁赋》)就连这样一位曾经导演过雄壮威武之历史剧的英雄人物,现今也早已烟消云散了,那么每位微不足道的普通人的人生岂非更加如梦似幻般飘忽和渺茫?因此这“灰飞烟灭”用在这里,大有一语千钧之力。而殊不知,这四个字或许却非苏轼的妙手偶得,而是他受到佛家思想影响的产物。宋人张端义即指出:“《赤壁》词云:‘谈笑间,强虏灰飞烟灭。’所谓‘灰飞烟灭’四字乃《圆觉经》语,云:‘火出木烬,灰飞烟灭’。”③当然,张端义之论是否一定是笃论还说不准,但至少从潜意识来讲,苏轼用“灰飞烟灭”来表达和佐证其“人生如梦”的观点,就曾或多或少地接受过佛经的提示和启发。因此苏词中屡见人生“如梦”、“如寄”(《西江月》:“须信人生如寄”)、“如逆旅”(《临江仙》:“人生如逆旅,我亦是行人”)之类的话语,就是他吸收了佛、道思想并经过自己“消化”以后才产生的深思熟虑之语。比起李煜“梦里不知身是客,一晌贪欢”(《浪淘沙》)、“世事漫随流水,算来一梦浮生”(《乌夜啼》)、“往事已成空,还如一梦中”(《子夜歌》)等主要因身世剧变所引发的“人生如梦”来,苏轼的“人生如梦”就带有了更加深刻的哲理性。苏轼曾评论李煜词云:“李后主好书神仙隐遁之词,岂非遭罹多故,欲脱世网而不得者耶?”④这个“欲脱世网而不得”的评语,也就在很大程度上说出了苏轼本人的精神苦恼:人生在世,极不自由,现实生活中的种种具体境况(它们由政治、经济、法律、道德、礼教、风俗等因素所造成)固然像一张有形的大网将人束缚,而在冥冥之中则更有“天命”这一张更大而无形的大网将人罩牢(如其《哨遍》中说:“此生天命更何疑?”《满庭芳》中说:“事皆前定,谁弱又谁强?”),因此无奈之下,他就只有依靠“人生如梦”的思想才能看破这红尘世界和

① 陈鼓应注译:《庄子今注今译》,中华书局,1983 年,第 29 页。
② 同①,第 837 页。
③ 张端义:《贵耳集》,中州古籍出版社,2005 年,第 63 页。
④ 阮阅:《诗话总龟·后集》卷四〇,人民文学出版社,1987 年,第 245 页。

在某种程度上(主要在思想境界方面)跳出“世网”的囚拘。不然的话,人生就会因自己的过分“认真”而变得太令人烦恼了。所以,从总体上看,苏轼“人生如梦”的透彻感悟,就既来源于他“命宫磨蝎”(《东坡志林》卷一自语)的身世遭遇和人生体验,同时又是他思欲摆脱烦恼、挣脱世网的思想武器。从前一点来看,他的这种人生感悟未免显得悲观和消沉,而且又明显受到佛家“四大皆空”和道家“人生如寄”思想的影响;而从后一点来讲,则又表明了他在面对人生烦恼时善于作自我宽慰和自我解脱的聪明——既然已经认定和“吃透”人生不过是一场大梦,那么正像兵书所云“置之死地而后生”,世间还有什么事情不能看穿,还有什么烦恼不能解脱呢?再换个角度来说,则人生虽在总体上说不过是场春梦,但是人却又要在这梦境中生活几十年光景,并且还须脚踏实地地处理一个又一个接踵而来的非常现实的问题,那就总不能让自己老处在忧患和梦幻般的境界中吧?因此其“折中”的办法便是:在整个的烦恼人生中,尽可能地享受其局部可得的快乐!于是苏轼终于又从“我欲乘风归去”的“出世”返回了“何似在人间”的“入世”,从而形成了他珍惜人生和依恋人生并又努力“享受人生的每一刻时光”的人生景观。

缘此,就让我们接着考察苏轼的处世态度。

在人们心目中,苏轼常以一位乐观主义者的形象出现。例如,林语堂就曾称他为“秉性难改的乐天派”,“忧患来临,一笑置之”。此种印象当然不错,但仅说对了一半。这是因为,究其底里来讲,苏轼本是一位有着深厚的忧患心理之人,因而其一生经常产生着大苦闷和大烦恼,不然的话,就不会出现前面所谈的种种“人生如梦”的深沉浩叹了。但是,苏轼的可贵之处,却又在于他透彻通晓事理的睿智和善于变换角度看问题的聪明,这就赋予了他解脱忧患和经常保持乐观的非常人所及的能力。因此,与其说苏轼是一位天生的乐天派,则毋宁说他是一位识透“天命”的达观主义者更加准确。对这一点,我们只要举其有名的《水调歌头·中秋》词或许就能说明问题。此词作于密州任上,其时苏轼与其胞弟苏辙已分离七年。人都知道,苏轼是一位极重人伦之情的“性情中人”,早在未曾出仕之前,他与苏辙在旅驿中读到韦应物“宁知风雨夜,复此对床眠”一联,彼此十分感动,两人就相约将来入仕后应尽早退隐以享受“风雨对床”之乐;而在苏轼被囚乌台(御史台)狱时,他自忖必死无疑,其“遗书”中也还念念不忘要“与君(指苏辙)世世为兄弟,再结来生未了缘”。因此,即使暂且不论苏轼作这首《水调歌头》时的政治感慨如何(通常认为他自愿调任密州实际处于并不得意的境遇),仅就其月圆之夜思念胞弟的情怀来说,写作这首中秋词时的心境也该属于苦闷状态的。所以词中就出现了“照无眠”的镜头,吐出了“不应有恨,何事长向别时圆”的怨艾之语。但是,就在这深陷于烦恼、几乎不能自拔的当口,苏轼那豁达开朗的人生态度却“登场”而发挥作用了:“人有悲欢离合,月有阴晴圆缺,此事古难全。”月在今夜虽是那样的晶莹圆满,但它何尝不有阴天不出和亏损缺残之时?就连这无情和永恒的月亮都是如此,那么多情而年寿有限的世间凡人,他们之有悲欢离合,岂非更加“合情合理”之事?缘此一念,则又何必因求“全”不成而生遗憾怨嗟之情?这样,在透彻地通晓了宇宙万物盈亏有常的道理之后,苏轼就自我消释了内心的苦闷,降而求其次地发出了如下的祈愿之辞:“但愿人长久,千里共婵娟。”意谓:尽管与弟分隔千里之遥,但彼此犹能异地共处于今夜美好的月光之下,这就足以自慰的了。因此,但求人长健,心相印,那就是我深盼于胞弟及世间所有中秋之夜不能团聚者们的衷心祈愿!所以剖析了上述心路历程,我们就可发现苏轼真是一位十分睿智的文人。他在深刻地认识到“难全”乃是世间万物的规律的基础之上,便转而变换角度地看待和处理人生诸种问题,亦即在那永远存在着种种缺憾的烦恼人世中,勉力寻求可能获取的快乐和生趣。这样一来,苏轼就像俗语所说的“退一步则海阔天空”那样,自我拓展了享受人生乐趣的心灵空间和营建了自得其乐的精神乐园。因此,虽然忧患经常来临,他却能一笑置之;而在日常生活中,则他更懂得“享受人生的每一刻时光”。由于具有上述宽广的胸怀和通达的态度,苏轼就使自己免于成为悲观主义者,同时也没有变成一位浑浑噩噩或游戏人生的盲目乐观主义者,而终于以我们现今所熟悉的那位既忧患人生、又热爱人生,既严肃执着、又豁达乐观的聪明而又可爱的东坡居士形象出现在读者眼前。

以上是我们对苏轼处世态度的一个总的认识。下面则分论他在失意状态和平常状态中的具体的处世表现。由于苏轼所经受过的政治风浪之颠簸特别厉害,所尝到的“崎岖世味”特别难受,所以我们自然地就把论述的重点放在他失意时的处世态度方面。

苏轼自云其一生功业(主要指文学事业)尤在于黄州、惠州和儋州三个时期。这里拟举其被贬黄州的词篇进行分析。这是因为黄州时期既是他思想十分苦闷之时,却又是他文学创作全面丰收之时(特别是词)。其思想之苦闷,可举《寒食雨》诗为证:“春江欲入户,雨势来不已。小屋如渔舟,濛濛水云里。空庖煮寒菜,破灶烧湿苇。那知是寒食?但见乌衔纸。君门深九重,坟墓在万里。也拟哭途穷,死灰吹不起。”春雨濛濛,谪居荒村,破灶空庖,穷愁潦倒,进不能得见君王,退不能归守祖坟,身陷这穷途末路的绝境,不由不令人心死如吹不起的灰烬!此诗就表现了苏轼极度失意时的痛苦心境。然而,苏轼毕竟不是一位生活意志脆弱之人。就在这常人不易忍受的境况中,他的达观的人生态度却又帮助他勇敢地从逆境中站立了起来。于是我们便在其词中读到了这样旷达的作品：

莫听穿林打叶声？何妨吟啸且徐行！竹杖芒鞋轻胜马，谁怕？一蓑烟雨任平生。　　料峭春风吹酒醒，微冷，山头斜照却相迎。回首向来萧瑟处，归去，也无风雨也无晴。(《定风波》)

此首《定风波》所写，原是生活中一件极普通的小事："三月七日，沙湖道中遇雨，雨具先去，同行皆狼狈，余独不觉。已而遂晴，故作此。"但其深层蕴涵，却是词人的处世态度：处变不惊，失意淡然，任天而动，坦然行世。你看，别人在一片穿林打叶的阵雨中，个个狼狈而逃，但对于我这样一个"一蓑风雨任平生"的人来讲，却已是司空见惯、见怪不怪，故而只管"吟啸徐行"。果然，没过多久，天已放晴，眼前又见"山头斜照"在向人们招手了。由此看来则人们刚才的惊慌失措岂非无谓之举？当然，在现实生活中遇雨，即使真的是苏轼其人想必也不会如此傻乎乎地在雨中踱步，因此此词所写，实际就是词人坦荡达观的人生态度。对此，郑文焯就评曰："此足征是翁坦荡之怀，任天而动。"①

而比《定风波》更加显示其倔强的生命意志和乐观的思想性格的，还有下列《浣溪沙》：

山下兰芽短浸溪，松间沙路净无泥，萧萧暮雨子规啼。　　谁道人生无再少？门前流水尚能西！休将白发唱黄鸡。

"黄鸡"指白居易《醉歌示伎人商玲珑》诗，其中有云："谁道使君不解歌？听唱黄鸡与白日。黄鸡催晓丑时鸣，白日催年酉前没。腰间红绶系未稳，镜里朱颜看已失……"其意在嗟叹时光的流逝和衰老的不可逆转。然而，苏轼却因清泉寺下的溪水西流，偏生唱出了"谁道人生无再少"的反调，表现了他欲在心理年龄上"返老还童"的高昂的生活意志。

当然，若是仅从生活意志和思想性格的角度来理解上两词中所表达的乐观的生活理念，则还是不够充分的。苏轼之所以能做到在失意中泰然，其实是得来非易的，归根到底仍与前面所讲的透彻通晓事理和善于变换角度看待人生的聪明睿智有关。我们不妨再读他在黄州所写的另一首长调《哨遍》：

为米折腰，因酒弃家，口体交相累。归去来，谁不遣君归？觉从前皆非，今是。露未晞，征夫指予归路，门前笑语喧童稚。嗟旧菊都荒，新松暗老，吾年今已如此！但小窗容膝闭柴扉，策杖看孤云暮鸿飞。云出

① 龙榆生编选：《唐宋名家词选》，上海古籍出版社，1980年，第109页。

无心,鸟倦知还,本非有意。　　噫!归去来兮,我今忘我兼忘世。亲戚无浪语,琴书中有真味。步翠麓崎岖,泛溪窈窕,涓涓暗谷流春水。观草木欣荣,幽人自感,吾生行且休矣。念寓形宇内复几时?不自觉皇皇欲何之?委吾心、去留谁计?神仙知在何处?富贵非吾志。但知临水登山啸咏,自引壶觞自醉。此生天命更何疑?且乘流,遇坎还止。

此词虽是基本檃栝陶渊明的《归去来辞》而成,却又融注了苏轼自身的人生感受和处世哲学。其上片开头几句即表达了对因"为米折腰"而导致体为口累的弃家出仕举动之悔恨,然后以断然的口吻写出了自己的醒悟。以下则写想象中的归隐之乐——这里有人情的温暖,琴书的真趣,大自然的美景……它们又何以不比在官场中奔波折腾来得舒心适意?而在词的结尾几句,词人更明确表达了他那随遇而安、乘化顺势的处世态度:"此生天命更何疑?且乘流,遇坎还止。"意谓:我这一生,只要认准了"天命"就是,一切的一切且服从老天的安排吧,就像那古代的智者那样,心如"不系之舟","乘流则逝兮,得坎(遇到坑洼)则止"(贾谊《鹏鸟赋》有云:"达人大观兮,物无不可","真人恬漠兮,独与道息"。这些智者"乘流则逝兮,得坎则止。纵躯委命兮,不私与己。其生兮若浮,其死兮若休。淡乎若深泉之静,泛乎若不系之舟"。而这种思想又明显来源于庄子哲学)。因此,正因为苏轼用"认命"的思想武装了头脑,这才使他能在恶劣的环境中求得了心境的化险为夷,从而虽处逆境而仍保持宁静的心态。而此种"认命"的处世态度,则仍与他对"人有悲欢离合,月有阴晴圆缺,此事古难全"之事理的彻悟有关。至于他的善于变换角度看待人生,我们又可读他的《定风波》:

常羡人间琢玉郎,天应乞与点酥娘。自作清歌传皓齿,风起,雪飞炎海变清凉。　　万里归来年愈少,微笑,笑时犹带岭梅香。试问岭南应不好?却道,此心安处是吾乡。

此词是苏轼为王巩(定国)的侍妾柔奴而作。王巩因受苏轼"乌台诗案"牵连,被贬岭南(广西宾县),五年后才得放归,柔奴一直与之同行。苏轼见到柔奴之后,发觉她非但不见憔悴,反而"万里归来年愈少",更显年轻娟丽,于是惊异地问她:"岭南地方如何?到了那里想不想家?"想不到这位名为"柔奴"的姑娘却一点也不显柔弱,回答道:"有什么必要想家?此心安处,即是吾乡!"苏轼就以此为题材,写下了上面这首轻快风趣的《定风波》。借此,我们就不难见到苏轼本人善于变换角度看人生的随遇而安、无往不快的处世态度。这是因为,虽然"此心安处是吾乡"一语发自柔奴之口,也尽管白居易早就说过类似的话(其《初出城留别》诗云:"我生本无乡,心安是归处";其《种桃杏》诗云:"无论海角与天涯，大抵安心即是家”），但经苏轼的提炼，此语却又变成了带有苏轼思想特色的警句。那么何谓苏轼的思想特色呢？这就是突出表现为他的善于变换角度看问题。苏轼在咏庐山的诗中曾说：“横看成岭侧成峰，远近高低各不同。”观察一座岿然不动的庐山都是如此，那么观察复杂多变的世间万物就更应该持这种转换角度看问题的方法了。所以他在《前赤壁赋》中就劝导那位“哀吾生之须臾，羡长江之无穷”的友人道：“客亦知夫水与月乎？逝者如斯，而未尝往也；盈虚者如彼，而卒莫消长也。盖将自其变者而观之，则天地曾不能以一瞬；自其不变者而观之，则物与我皆无尽也，而又何羡乎？”这就是用以“变”和“不变”两种角度看待水与月而得出两种不同结论的例证，巧妙地消释了友人的悲哀。再如其《超然台记》中，也曾使用过此种转换角度看问题的方法。它说，“人之所欲无穷，而物之可以足吾欲者有尽”，二者发生矛盾就必然会使人感到“可乐者常少，而可悲者常多”。但上述这类人其实却是一种“游于物之内而不游于物之外”的人，因此他们只能自内而观物，其结果必然会导致“彼（指物）挟其高大以临我，则我常眩乱反覆”的痛苦。而只要变换角度，即从“游于物之外”的超然角度来看问题，那么，“凡物皆有可观，苟有可观，皆有可乐，非必怪奇伟丽者也。铺糟啜醨，皆可以醉；果蔬草木，皆可以饱。推此类也，吾安往而不乐？”你看，只要轻轻转过身来重换一个角度来看问题，那么原先令人烦恼的人生岂不顿时就变得无往而不乐？因此，只要角度一变，人生境遇就常会推出“柳暗花明又一村”的全新景观。而在说了这些以后再来看苏轼的“此心安处是吾乡”，就可发觉它也是在用变换角度的方法来看人生。是的，当人们拘泥死板地看问题时，被贬他乡、流落异地自然是件痛苦的事，这就难怪古往今来无数的迁客骚人要为之而痛哭流涕。但若变换一个角度来看问题，则人生本在旅途，世间原是逆旅（其《临江仙》云：“人生如逆旅，我亦是行人。”），我又何必执着于故乡不故乡？再退一步来讲，则故乡之所以可亲可恋，岂非因它能使我心得到安宁和温馨？现今，只要我能抱定随遇而安的处世态度，努力使我心保持宁静和自满自足，那又何必去问它是否身在故乡？因此，“此心安处是吾乡”看似出自柔奴之口，但它实际上却又是苏轼心中酝酿已久的思想。而正是依仗着这种聪明的处世态度，他才能安然度过被贬黄州的五年艰苦生活，后来则又帮助他挨过了更为困踬的远放岭南生涯。

以上所论，是苏轼处在失意和低谷状态的达观处世态度。下面再简单谈论他在平常状态的处世态度。对这后者，林语堂曾用“他的一生是载歌载舞，深得其乐”两语来形容，这当然显得过分夸张；但林语堂另外所说的“他尽情享受人生”和“享受人生的每一刻时光”，却大致说对了苏轼在平常状态（有时甚至是在失意状态)的处世态度,此即:尽量在日常生活的每一时刻寻觅人生的乐趣,有时甚至以品味自己的心境作为快乐。

对此,且让我们先读他的《满庭芳》:

> 蜗角虚名,蝇头微利,算来著甚干忙?事皆前定,谁弱又谁强?且趁闲身未老,尽放我、些子疏狂。百年里,浑教是醉,三万六千场。
> 思量、能几许,忧愁风雨,一半相妨。又何须抵死,说短论长。幸对清风皓月,苔茵展、云幕高张。江南好,千钟美酒,一曲《满庭芳》。

上片向人推出自己及时行乐的理由:人生苦短,事皆前定,因此有什么必要去为浮名虚利而干忙?且不如让我趁着身尚未老的当口,尽情地享受生活!有了这样的思想出发点,就自然而然地导引出下片所写的行乐画面:面对着清风皓月,席地幕天,举杯吟唱,此乐何可胜言!

正是源于上述词中所表达的人生应当及时行乐的思想,苏轼就在普通人习以为常的平凡生活中尽力寻觅快乐。而日常的平凡生活,却也没有辜负苏轼的努力和期望,给了他盎然的人生乐趣。比如,他就在徐州农村的田野里,尽情地享受到了阳光、鸟鸣、新鲜空气和庄稼的特有芳香(其《浣溪沙》中有云:“照日深红暖见鱼,连村绿暗晚藏乌”;“日暖桑麻光似泼,风来蒿艾气如薰”;“麻叶层层苘叶光,谁家煮茧一村香”),这岂是久困于场屋和自闭于歌宴舞席环境的人所能享受到的?又如,一般人都喜欢风清月白的晴朗天气而讨厌雨雪不断的恼人天气,然而苏轼即使在后一种天气中却也能寻觅到别一番的乐趣,如他在黄州雪天所写的《浣溪沙》中这样写道:

> 覆块青青麦未苏,江南云叶暗随车,临皋烟景世间无。 雨脚半收檐断线,雪林初下瓦疏珠,归来冰颗乱黏须。

冷得连胡须上都沾满了雪霰冰颗,苏轼却还兴致不浅地为之赋词作诗(而且其时正身陷逆境),这就不能不使人钦佩此公的善于享受人生了。由此我们又会自然联想到他的西湖诗:“水光潋滟晴方好,山色空濛雨亦奇。欲把西湖比西子,淡妆浓抹总相宜。”对于上述诗词,我们都可作这样的理解:人生何处不可适意?只要你拥有宽广豁达的胸襟,再加上一双善于寻觅快乐和发现美感的眼睛就行!

——更有甚者,苏轼的善于享受人生不仅表现在他的努力向外部世界寻觅快乐,而且还表现在他对自己心境的玩味和欣赏。通过这种返求诸内的精神活动,他也同样使自己获得了愉悦与满足。例如,他有这样一首题为“自述”的《南乡子》(亦有题作“和杨元素”的)词:

> 凉簟碧纱橱，一枕清风昼睡余。睡听晚衙无一事，徐徐，读尽床头几卷书。　　搔首赋“归欤”，自觉功名懒更疏。若问使君才与术，何如？占得人间一味愚。

此词上片写其昼寝及醒后读书之乐，显得多么从容和闲适。下片虽有几分牢骚，但总起来看则仍是在对自己疏懒闲适的心情作孤芳自赏式的玩味。而在这种品味玩赏自我心态的精神活动中，我们岂不明显感到了词人的自得其乐？再如：

> 清夜无尘，月色如银，酒斟时、须满十分。浮名浮利，虚苦劳神。叹隙中驹，石中火，梦中身。　　虽抱文章，开口谁亲？且陶陶、乐尽天真。几时归去，作个闲人。对一张琴，一壶酒，一溪云。（《行香子》）

词中虽有较浓的说理成分，但总体上则还是在玩味自己的心境：如此清夜，如此月色，如此美酒，且让我彻底地摆脱浮名虚利的牵拘，在“天真”的精神状态中领略人世的快乐吧。缘此，词人又一次在闲适的心境中构筑了自我满足的精神乐园。

所以，苏轼真是一位善于享受生活的里手行家，他既能在极其平凡的生活中别具慧眼地发现其美感和快乐，又能退而返其内地在其自身心境中酿造那种自得其乐的心态以供“反刍”。所以根据上述情况来看，林语堂称他是个“秉性难改的乐天派”，是很有道理的。

通过以上分析，我们对于苏轼的人生感悟和处世态度就有了大略的了解。我们认为，苏轼是中国古代文化孕育出来的一位智慧人物，他不但为文学艺术史提供了许多传世精品，而且在如何对待和处理人生（尤其是人生中的逆境、困境）方面也给以后的无数读书人以启迪和榜样。尽管今天的人们并不全部认同他的人生哲学和处世态度，而其人格类型也早就失去了现实意义，但放在封建时代的历史环境中看，苏轼却无愧为一位十分聪明睿智的杰出文人。

第八章 凄清孤寂：李清照词所表现的女性情怀

李清照(1084—?)，自号易安居士，山东济南人，宋代著名的女词人。她之所以著名，当然主要是因其创作了很多优秀的词篇，但恐怕也多少占了其女性身份的便宜。我们知道，由于重男轻女的“性别歧视”和“女子无才便是德”的偏见，中国古代妇女素来就较少有接受文化教育的机会，因此文坛上的女性作者就少得可怜。而到宋代，却出了位才女李清照，不但擅诗能词，而且其成就竟远高于一般的“男士”——举例来讲，李清照和丈夫赵明诚于重阳节比赛写词，赵废寝忘食一连作了50首，结果却及不上她的一首“人比黄花瘦”——这怎么不令男性文人们惊讶和赞叹？因此，人们不得不对她刮目相看，纷纷给予好评。例如，朱熹就曾说过：“本朝妇人能文，只有李易安与魏夫人。”①而王灼虽然不满于她“轻巧尖新”的词风，但也不得不承认：“(李)自少年便有诗名，才力华赡，逼近前辈，在士大夫中已不多得。若本朝妇人，当推文采第一。”②尽管他们的评论主要还局限在“本朝妇人”之间进行比较，但王氏所云“在士大夫中已不多得”一语，却已暗暗有了几分认输。至若另一位南宋文人魏仲恭，则进一步提出了如下的看法：“尝闻摛藻丽句，固非女子之事。间有天姿秀发，性灵钟慧，出言吐句，有奇男子之所不如，虽欲掩其名，不可得耳。如蜀之花蕊夫人，近时之李易安，尤显显著名者。”③他就直率地指出：李清照之文学成就，“有奇男子之所不如”。不过，若再从他所说的“摛藻丽句(指作诗作文)，固非女子之事”来看，则其中又多少包含着对女性作者理应“降低标准”来要求的意思在内。由此看来，物以稀为贵，李清照之所以受到当时和后世男性文人的赞誉，在一定程度上就是沾了她女性身份的光。而这又启发了我们：在对李清照词展开研究之时，就不可忽视或轻易放过她有异于男性作者的性别特点。故由此出发来全面观照李词，我们就可发现，之所以李词能卓然自成一家，一个颇为重要的原因就在于：李清照正是以她特有的女性视角和女性笔触去感

① 黎靖德：《朱子语类》卷一四〇，中华书局，1988年，第3332页。
② 王灼：《碧鸡漫志》卷二，唐圭璋编《词话丛编》，中华书局，1986年，第88页。
③ 王仲闻校注：《李清照集校注》，人民文学出版社，1979年，第327页。

知人生和抒写感情，这才造成了李词不同于一般男性词人之作的特色。而在李清照词所呈现的女性特色之中，她的那一种凄清孤寂的情怀就使读者感受尤深。

拈出“情怀”二字来论李清照词，不是没有根据的。她在作于南渡以后的一首《南歌子》中如此写道：

> 天上星河转，人间帘幕垂。凉生枕簟泪痕滋。起解罗衣，聊问夜何其？　　翠贴莲蓬小，金销藕叶稀。旧时天气旧时衣，只有情怀，不似旧家时！

一个静静的秋夜，词人仰察天象，俯首垂泪。她自己问自己：天气似昔，衣裳如旧，可为什么今日的情怀却非前时可比？这就告诉我们：从一定意义上讲，李清照词所表现的感情内容，就是她因不同的生活境遇而产生的种种人生情怀。而从本词来看，人们只要粗略体味其秋夜的寂寥氛围和女主角的低佪情景，就不难感知词人那十分凄清孤寂的女性情怀了。

不过，李清照在上面这首词中明言：“只有情怀，不似旧家时。”那么，是否她在南渡以前的情怀就不是凄清孤寂的呢？我们的看法是“非也”。我们认为：作为封建时代的一位女性，又作为一位才华很高却又多愁善感的闺阁女词人，李清照就被“指定”着要与凄清孤寂的情怀结伴一生。或者换句话说，正像白居易形容杨玉环之美是“天生丽质难自弃”那样，李清照（以及其他封建时代的才女们）的凄清孤寂的情怀也同样是“天生”和“难自弃”的，不过其程度会因境遇的变化而有所增减而已。其原因大致可从以下三方面来发掘。

首先，女性在封建时代是基本被排斥在广阔的社会生活之外的，甚至其日常的社交圈子都被限制得很狭小，所以她们的“事业”就局限在相夫教子、操持家政之中。李清照的情况当然特殊一些，据其《金石录后序》追叙，她在初入夫家之后，曾同身为太学生的丈夫赵明诚一起出入相国寺逛街购书；后来，在随夫屏居青州乡间时，又在“归来堂”中一起从事古籍校勘、题签和文物的考订、鉴赏工作，并完成了《金石录》这样一部大型学术专著。但是，从根本上说，她却仍然只能以“李格非之女”或“赵明诚之妻”的身份出现在有限的社交场合，而不可能具有独立的人身地位。因此，她的生活圈子必然是狭窄的，而其才华和情志也必然受到压抑。我们试读她的这些词句：“庭院深深深几许？云窗雾阁常扃”（《临江仙》），“小楼寒，夜长帘幕低垂”（《多丽》），“小院闲窗春色深，重帘未卷影沉沉”（《浣溪沙》），“人悄悄，月依依，翠帘垂”（《诉衷情》）……则就可以想知她的生存空间和活动场所是多么的狭小了。而这样一位很有思想和很具才华的人,却被整日禁锢在此种深院小楼、重帘密幕的小天地中,就必然会产生飞出“围城”的强烈愿望。但是可怜得很,这种企盼却只能借助于做梦才能得以实现。请读其《渔家傲》词:

天接云涛连晓雾,星河欲转千帆舞。仿佛梦魂归帝所,闻天语,殷勤问我归何处? 我报路长嗟日暮,学诗漫有惊人句。九万里风鹏正举。风休住,篷舟吹取三山去。

梦中,她驾着九万里风,翱翔在广阔的天宇中,直往蓬莱仙山飞去;然而,醒来却仍然只能是“道人憔悴春窗底,闷损阑干愁不倚”(《玉楼春》)。缘此,她怎能不感到愁闷和孤寂?须知,人非草木,它的本质属性之一就是其社会性;而一旦被剥夺或限制了参与社会生活的权利(至多只能在诗文作品中发些议论),就像鱼儿离开池塘而被捉到木盆里头那样,人们必然会产生枯寂孤独的心情,虽是女性亦不能免。这就是李清照形成其凄清孤寂情怀的第一方面原因。由此,我们又联想到,她在闺中经常玩一种“打马”的赌博性游戏(即玩双陆棋),并为之而写了《打马赋》和《打马图序》这两篇文章。她在文章中,曾将此种斗智的游戏比作两军作战:“或出入用奇,有类昆阳之战;或优游仗义,正如涿鹿之师”,又把它比作庖丁之解牛、郢人之运斤,甚至是尧舜的治国之术①。这就曲折地反映了李清照的人生抱负和聪明智慧——若是一名男子,她说不定就能在政治舞台上有所作为;而现在却只能把时间和才干浪费在这类似于今日之打扑克、搓麻将的游戏之中。这也从反面说明了她内心的寂寞与无聊。

其次,作为一位“端庄其品,清丽其词”的才女,李清照有幸拥有过相当幸福的婚姻和家庭生活。其夫赵明诚,与她志趣颇为相投。早在结婚初期,两人就同去市场购物,“市碑文果实归,相对展玩咀嚼,自谓葛天氏之民也”。后来在“归来堂”中,又夫唱妇随地一起从事图书文物的整理工作,业余则相对品茶、饮酒,甚至还展开比试记忆力的“智力竞赛”。对此,李清照感到了满足,自谓“甘心老是乡矣”(《金石录后序》)。因而表面看来,她就似乎不该产生那种凄清孤寂的情怀。而事实却不尽然。一则,赵明诚是一位官宦子弟,后来又在宦海中不断沉浮,他自有自己的事业要干,如读书,求学,交友,从政,以及其他一些士大夫文人所必须做的事情,而不可能像柳永笔下所写的“似恁偎香倚暖,抱着日高犹睡”(《慢卷䌷》)那样,整天陪伴着闺中的李清照。因此,夫妇间的离别和相思也就是常会发生的事。例如,下面这首《一剪梅》,据说就是新婚不久赵明诚负笈远

① 王仲闻校注:《李清照集校注》,人民文学出版社,1979 年,第 149、160 页。

游时李清照特意书写在锦帕之上赠送给他的(据伊世珍《瑯嬛记》卷中),词曰:

红藕香残玉簟秋。轻解罗裳,独上兰舟。云中谁寄锦书来?雁字回时,月满西楼。　　花自飘零水自流。一种相思,两处闲愁。此情无计可消除,才下眉头,却上心头。

这就写尽了她因离别相思而生的孤凄情怀。二则,封建时代的女性,特别是官宦人家的妻妾,又常会面临婚姻或爱情的危机。拿宋代来说吧,士大夫拥有三妻四妾(甚至妻妾成群),乃是司空见惯的平常事;而他们在外边的寻花问柳、狎妓冶游,也并非是太丢脸面的举动。所以,出于对丈夫喜新厌旧、移情别欢的忧惧,闭门待在家中的妻子会滋生出自怜幽独的孤寂情怀,也就是相当自然的事。当然,赵明诚与李清照之间是否产生过婚姻纠纷或感情危机,因为没有确切的史料,自不可贸然断定。但据有的学者推测,李词中曾有"念武陵人远,烟锁秦楼"之句(暗用刘晨、阮肇入天台山采药,遇仙女与之媾和的典故),而在《金石录后序》中记叙赵明诚病故情况时又提到过"分香卖履"的典故(曹操临死时嘱咐,将香料分给众妾,宫女们则可去学做鞋子养活自己),从中或许就可演绎出赵明诚曾有过外遇和纳过小妾的情况(据陈祖美《李清照评传》)。我们虽然未必同意这种看法,但它至少可帮助我们理解李清照在婚姻和爱情方面可能产生的忧虑。再说,人总是要老的。人老珠黄,年长色衰,古往今来,有多少女子怀有着这方面的危机感!我们试读她的下列词句:"乍试夹衫金缕缝,山枕斜欹,枕损钗头凤。独抱浓愁无好梦,夜阑犹剪灯花弄。"(《蝶恋花》)这位初试春衣的闺妇,夜深不眠,究竟在想些什么呢?其结尾一句就给人以某种暗示。李商隐诗曰:"何当共剪西窗烛,却话巴山夜雨时。"(《夜雨寄北》)说的就是夫妇团聚、共剪灯花之意。而现在李清照却"独抱浓愁"、独剪灯花,这或许就在埋怨丈夫的不归和抒写自己的哀怨(如果此词作于南渡前的话,就可这样理解)。因此,即使曾有幸获得过一位好丈夫,即使是生活在比较平静和美的环境中,李清照作为一名妇女,却终究难逃"秋扇见弃"的心理阴影——这虽有些"想当然"的嫌疑,但又不至于离谱太远。而这种女性所特有的心理阴影,当然又成了她凄清孤寂情怀中的另一层思想内涵。

再次,还要说到李清照的词女气质。据说,赵明诚幼时曾在梦中涌现过一诗,醒来惟忆三句:"言与司合,安上已脱,芝芙草拔。"其父就为之解释道:"言与司合是'词'字,安上已脱是'女'字,芝芙草拔是'之夫'字。非谓汝为'词女之夫'乎?"①当然,这个故事肯定是后人的附会,但也说明了人们心目中早已认

① 伊世珍:《瑯嬛记》,褚斌杰,等编《李清照资料汇编》,中华书局,1984 年,第 28 页。

定了李清照是位真正的“词女”。而词人的基本条件,就一要有写词的才华和本领,二又要有多愁善感的心理气质——辛弃疾“为赋新词强说愁”一语,正就说出了词人须能“言愁”的道理。而李清照作为一名杰出的女词人,她充分具备了这两方面的条件。对于其写词的才华和本领,由于这是人所公认的,所以不必再说。而对她多愁善感的心理气质,我们尤应注意到她的女性性别。一般来讲,女性比起男性来,无论是体貌特征还是心理气质,都显得相对的柔弱。古人在总体上把男性和女性分别归属于“阳”(阳刚)和“阴”(阴柔)的哲学范畴,除了重男轻女的偏见之外,大约也包含着这层意思在内。因此,女性作者之多愁善感,通常就比普通的男性作者更显突出。再者,女性的生活空间十分狭窄,生活内容又相当单调,这就更加助长了她们的多愁善感。其原因即在:第一,正像盲人因看不见外部世界而“补偿性”地发展了他们的听觉那样,被束缚在小院深闺中的女性,也往往因无法参与广泛的社会生活而转而对身边自然景物的变化表现出格外的关心和敏感(此即“善感”);第二,由于她们向外部世界的发展受阻,于是就越发对自己的命运、自身的生存状态和感情世界投以无微不至的关注,并经常产生出自怜、自闭的怨情和心态(此即“多愁”)。这样一来,自然界的春去秋来、花开花落,甚至是一场细雨、一阵轻风,都可能引发她们伤春悲秋、红颜易老、相思怀远之类的深悄悲感。缘此,即使是在平常的生活环境中,那种偏生多愁善感的心理气质也往往会导致女词人们形成凄清孤寂的情怀。不信请读李清照的下列词句,例如:“寂寞深闺,柔肠一寸愁千缕。惜春春去,几点催花雨。”(《点绛唇》)“瑞脑香消魂梦断,辟寒金小髻鬟松,醒时空对烛花红。”(《浣溪沙》)“小院闲窗春色深,重帘未卷影沉沉,倚楼无语理瑶琴。”(《浣溪沙》)“淡荡春光寒食天,玉炉沉水袅残烟,梦回山枕隐花钿。”(《浣溪沙》)“酒阑歌罢玉尊空,青缸暗明灭。魂梦不堪幽怨,更一声啼鴂。”(《好事近》)……几滴催花雨,一缕玉炉烟,忽地传来的啼鴂声,甚至是小窗外的春色和卷不动重帘的微风,却都能引动她的愁绪幽怨,这便可知其多愁善感的心理气质,确实就是形成她凄清孤寂情怀的一个内在的因素。

所以总体来说,即使是在南渡前的前半生,李清照的感情世界中早就荡漾着一种凄清孤寂的情怀。它的最为传神的表现,可以举出一个“瘦”字。人所熟知,李清照词中有两句名句就都以“瘦”字而脍炙人口,一是《如梦令》中的“知否知否,应是绿肥红瘦”;二是《醉花阴》中的“帘卷西风,人比黄花瘦”。这两处的“瘦”字,不但可见她炼字琢句方面的深厚功力,而更可窥见其内心的孤凄情怀。前一处虽然写的是海棠遭受风雨后的叶茂花残,但这“瘦”字所表现的惜花心情,岂不又是她与花的“同病相怜”?后一处则直接是写自身,秋风一起,竟比黄花还瘦几分！这个“瘦”字，就不仅是形容形貌的憔悴瘦弱，更给人以“人有病（心病），天知否”的联想，堪称其凄清孤寂之女性情怀的生动写照。所以后人若要为李清照绘像，那么此句“人比黄花瘦”就肯定会是他们悬想其形貌风神的最佳蓝本。

讲到这里，李清照在南渡以前就怀有着凄清孤寂情怀的原因似已基本说清。而我们之所以要花费很多的篇幅来谈这一问题，其实还有更深的用意。此即：李清照的这种情怀，实际也是其他女性词人的共同情怀，因此解剖李清照，就能帮助我们了解整个宋代女词人的感情世界。而对李清照本人来说则既然她在生活相当优裕的环境中都深怀着此种孤寂情怀，那么在身经亡国丧夫之后，其内心的痛苦就更不劳多费赘词了。下面，就让我们就宋代女词人的普遍情怀再作一些补充。

宋代女性词人，比较著名者除李清照外还可举出魏夫人和朱淑真二位。所以我们可将她们的心态拿出来展示，以加深对宋代女性词人普遍情怀的感性认识。

先说魏夫人，她是宰相曾布之妻，曾被封为“鲁国夫人”。因此，她是一位十足的贵妇人。但是，若是细读她的全部词作（共 14 首），除开在一首“荷花娇欲语，笑入鸳鸯浦”的《减字木兰花》中偶露笑容以外，就全都是那种愁眉苦脸的模样。如其写闺怨情绪：“夕阳楼外落花飞，晴空碧四垂。去帆回首已天涯，孤烟卷翠微。　楼上客，鬓成丝，归来未有期。断魂不忍下危梯，桐阴月影移。”（《阮郎归》）如其写惜花心情：“不是无心惜落花，落花无意恋春华。昨日盈盈枝上笑，谁道，今朝吹去落谁家……”（《定风波》）又如其写秋夜失眠：“灯花耿耿漏迟迟，人别后，夜凉时。西风潇洒梦初回。谁念我，就单枕，皱双眉……”（《系裙腰》）……由此看来，她虽身为“阔太太”，但若透过其雍容富贵的外表而深窥其内心，里头竟也盛满着一腔凄清孤寂的哀怨情怀！

再说朱淑真。以往学界大都持这样的说法：她是钱塘（杭州）人，工诗，因嫁给市井细民为妻，郁郁寡欢，最后病死（如厉鹗《宋诗纪事》即持此说）。但据邓红梅博士考证，情况却非如此。她生活在南宋宁宗、理宗时期，其父朱晞颜官至浙西转运判官及临安知府，其夫汪纲曾担任过绍兴知府、权司农卿、户部侍郎等职，故也是一位官宦人家的女儿和夫人①。这种情况和李清照就很是相似。按照世俗的眼光来看，她的生活中似乎不会有太多的愁闷存在。但事实却并非如此，仅从其诗词作品以《断肠集》来命名，我们就能充分感知她的愁肠欲断了。

① 邓红梅：《朱淑真事迹新考》，《文学遗产》，1994 年第 2 期。

现再举其一二词篇为例，如：

> 寒食不多时，几日东风恶。无绪倦寻芳，闲却秋千索。 玉减翠裙交，病怯罗衣薄。不忍卷帘看，寂寞梨花落。（《生查子》）
>
> 独行独坐，独唱独酬还独卧。伫立伤神，无奈轻寒著摸人。 此情谁见，泪洗残妆无一半。愁病相仍，剔尽寒灯梦不成。（《减字木兰花》）

其中就充塞着愁、病、泪、独、倦、怯、寂寞、伤神之类令人伤感的字面，据此即可见其悲苦心情之一斑。

所以，举出魏夫人和朱淑真二位，再加上前面所论的李清照，我们就可发现：宋代的女词人几乎集体性地患有着“忧郁症”，而她们那种自怜、自闭的心态和凄清孤寂的情怀竟又是那样的相似。这就启示我们：其中定有某种必然性存在。这种必然性一方面体现在封建社会对妇女身心的严重压迫，另一方面则是由于女性的性别特点又促使她们“春江水暖鸭先知”地敏锐感受着人生中的危机（生命流逝，青春易衰，爱情不坚，聚散无常，等等），这就形成了女词人们相似的哀怨心绪和孤凄情怀。而因她们善用自身所特有的女性视角和女性笔触去感知人生和抒写感情，故而其词境和词风就显得特别细腻和婉约——赵明诚之所以一口气作了 50 首词，却抵不上李清照的一首，原因恐怕就在于此。

最后，再让我们回到李清照身上。靖康之变，既给她带来亡国的灾难，又使她痛失了丈夫。以一位孤舟嫠妇的身份漂泊在江南客地，怎会不使她倍增凄清孤寂的情怀？在她作于后期的词中，只需举出两句，就可概括其后半生的凄苦情怀，一是：“只恐双溪舴艋舟，载不动，许多愁。”（《武陵春》），二是：“这次第，怎一个愁字了得！”（《声声慢》）读了此等词句，其心情之痛楚，情怀之凄凉，就完全可想而知了。所以总起来看，从前期的“花自飘零水自流。一种相思，两处闲愁”，到后期的“如今憔悴，风鬟雾鬓，怕见夜间出去”，李清照词就始终以其凄清孤寂的女性情怀散发着摇人心旌的艺术魅力。

第九章 晚节不终：朱敦儒暮年的人生悔恨

说起朱敦儒，人们脑海中马上就会浮现出一位“渔父”式的隐逸词人形象。请读他所写的这两首《好事近》：

摇首出红尘，醒醉更无时节。活计绿蓑青笠，惯披霜冲雪。 晚来风定钓丝闲，上下是新月。千里水天一色，看孤鸿明灭。

渔父长身来，只共钓竿相识。随意转船回棹，似飞空无迹。 芦花开落任浮生，长醉是良策。昨夜一江风雨，都不曾听得。

词中出现的词人自我形象，确是一位远离尘俗、类似于张志和《渔父》词中所写的雅人高士。而也正是基于这类描写隐逸情趣的词篇，宋人纷纷对朱敦儒的人品和词风给予了很高的评价。如黄昇说他“博物洽闻，东都名士，南渡初以词章擅名。天资旷远，有神仙风致”①。又如张端义称：“朱希真（按：朱敦儒字希真），南渡以词得名。月词有‘插天翠柳，被何人推上一轮明月’之句，自是豪放。赋梅词如不食烟火人语。‘横枝消瘦一如无，但空里疏花数点’，语意奇绝。”②至于另一位词人汪莘，则更把朱敦儒在词史发展中的地位抬高到与苏、辛相提并论，其言曰：“余于词所爱喜者三人焉：盖至东坡而一变，其豪妙之气，隐隐然流出言外，天然绝世，不假振作；二变而为朱希真，多尘外之想，虽杂以微尘，而其清气自不可没；三变而为辛稼轩，乃写其胸中事，尤好称渊明。此词之三变也。”③这番言论，其着眼点主要在于这三家词中所表现的高远胸襟，以及其中流溢的或豪或清之“气”。由此可知，朱敦儒之所以在宋代词坛上得享盛名，就与其人品和词风的清旷有着密切的关系。

但是，就是这位被人誉为具有“神仙风致”的人物，却在其垂暮之年犯了一个几乎无法原谅的错误，从而使他悔恨终生。拈出这段史实，就能更加全面和准确地了解朱敦儒的“全人”，以及他作于临死前的那些“看穿”人世的词篇。

① 黄昇：《花庵词选》，中华书局，1958 年，第 179 页。
② 张端义：《贵耳集》，中州古籍出版社，2005 年，第 18 页。
③ 金启华，等编：《唐宋词集序跋汇编》，江苏教育出版社，1990 年，第 227 页。

朱敦儒,字希真,号岩壑,人称岩壑老人、洛阳遗民、伊川老人、洛川先生、少室山人等等。生于宋神宗元丰四年(1081),卒于宋高宗绍兴二十九年(1159),享年79岁,是宋代一位高寿的词人。他出生在西都洛阳,中年以前基本生活于此。由于家庭富裕,所以经常狎妓冶游、诗酒唱酬,在洛阳的山川名胜做登山临水的游赏。他在后来所写的词中,曾经对这段浪漫快乐的生活作过深情的追忆:"故国当年得意,射麋上苑,走马长楸。对葱葱佳气,赤县神州。好景何曾虚过?胜友是处相留。向伊川雪夜,洛浦花朝,占断狂游。"(《雨中花》)"生长西都逢化日,行歌不记流年。花间相过酒家眠。乘风游二室,弄雪过三川"(《临江仙》)词中提到的伊川、洛浦、二室(嵩山的太室峰、少室峰)、三川(伊水、洛水、黄河)均是洛阳的山水名胜。所以直到南渡之前,词人在其家乡基本过着一种自由自在、清狂不羁的生活。下面这首有名的《鹧鸪天》,就是他清狂生活和狂放性格的颇为生动形象的写照:

> 我是清都山水郎,天教分付与疏狂。曾批给雨支风券,累上留云借月章。　　诗万首,酒千觞,几曾着眼看侯王?玉楼金阙慵归去,且插梅花醉洛阳!

他的狂气和傲骨,便通过这首豪情四溢的小词,得到了淋漓尽致的表现。所以人们谈到朱敦儒,就不能不想到他"几曾着眼看侯王"和"且插梅花醉洛阳"的名句。

基于这种追求自由的性格,朱敦儒当然就不愿意轻易出仕。靖康元年,因其"志行高洁,虽为布衣而有朝野之望",宋钦宗特意将他召至汴京,欲授以学官之职。朱敦儒固辞道:"麋鹿之性,自乐闲旷,爵禄非所愿也。"终于辞官不就,回归洛阳过他的隐居生活去也。这就以实际行动表现了他不慕功名利禄的高洁志向。

但是,靖康之变却蓦然惊断了他的"梅花梦",使其人生道路发生了剧变。他被迫离开故乡,南下逃难,途经江苏的淮阴、金陵、苏州等地,折入江西南昌,再流亡至广东、广西,最终于55岁时定居秀州(今浙江嘉兴)。其间,朝廷曾下诏授他以官职,朱敦儒却仍不肯受命。后来,其友人规劝曰:"今天子侧席幽士,翼宣中兴","君何为栖茅茹藿,白首岩谷乎?"他这才"幡然而起",出山做官。从这一点看,朱敦儒在国难当头的时候,还是表现出一定的社会责任感的,所以能改变以往不愿为官的初衷,投身到抗金复国的政治事业中去。可是,由于他支持主战派宰相李光的政治主张,终于在66岁(1146)遭人弹劾而罢官。罢官之后,先在台州侨居了几年,到71岁(1151)时则重返秀州隐居(以上事迹据《宋史 · 朱敦儒传》及今人邓子勉先生《朱敦儒年谱简编》)。此时,他的心情就重又恢复了宁静和恬淡。这可见之于他在罢官后所作的这首《沁园春》:

> 七十衰翁,告老归来,放怀纵心。念聚星高宴,围红盛集,如何着得,华发陈人?勉意追随,强颜陪奉,费力劳神恐未真。君休怪,近频辞雅会,不是无情。　　岩扃旧菊犹存,更松偃梅疏新种成。爱静窗明几,焚香宴坐;闲调绿绮,默诵《黄庭》。莲社轻舆,雪溪小棹,有兴何妨寻弟兄。如今且躲花迷酒困,心迹双清。

词人老矣,他甚至频频辞去宴请,只想在焚香诵经、弹琴游赏中度过其余生。

如果生活按照朱敦儒自我设计的道路安稳地延续下去,那么他就将以一位比较"彻底"的隐逸词人形象而留名词史。可是,天却偏不从人之愿,就在他已达 75 岁(1155)的垂暮之年的时候,权奸秦桧为请朱敦儒教其儿子作诗,却强令朱敦儒父子出山为官。关于此事,《宋史》作了这样的记载:"敦儒素工诗及乐府,婉丽清畅。时秦桧当国,喜奖用骚人墨客以文太平。桧子熺亦好诗。于是先用敦儒子为删定官,复除敦儒鸿胪少卿。"①而周必大《二老堂诗话》也说:"(朱)致仕居嘉禾(即嘉兴),诗词独步一世。秦丞相晚用其子为删定官,欲令希真教秦伯阳作诗,遂落致仕,除鸿胪寺少卿。"②也就是说,秦桧为了粉饰太平和欲长进其子的诗艺,即以官爵为饵,诱迫朱敦儒父子出仕。那么,朱敦儒又是如何处置这一人生难题的呢?据周书记述:"希真老爱其子,而畏窜逐,不敢不起。"一方面,朱敦儒为儿子的前途考虑,另一方面又慑于秦桧的淫威(如若拒绝,弄不好就会招致窜逐流放之祸),这位原本在乡间过得好好的老人,竟巍巍颤颤地跑到临安去就任新职了。但是,当他刚上任不久,时隔仅半月,秦桧却又病死。谏官们纷纷上疏弹劾秦桧父子的罪行,连带累及朱敦儒等秦氏门客,于是朱敦儒又遭罢免,仍旧回归秀州。当时,物议哗然,对朱氏投靠秦桧而又被废一事引发了一片指责讥讽之声。先是有人作诗讽刺朱的出仕:"少室山人久挂冠,不知何事到长安?如今纵插梅花醉,未必侯王着眼看。"后来,就连宋高宗赵构都深以朱的举动是"始恬退而晚奔竞",弄得朱敦儒声名狼藉,无以自辩。这样,此位原先在士大夫中素有"静退无竞,安于贱贫"(绍兴二年广西宣谕使明橐推荐朱敦儒之言)令誉的隐逸之士,就落了个"晚节不终"的下场!

我们知道,宋代是一个崇尚气节的朝代。虽然这个朝代中也出过不少变节

① 脱脱,等:《宋史》,中华书局,1977 年,第 13142 页。
② 周必大:《二老堂诗话》,《丛书集成初编》本,商务印书馆,1936 年,第 16 页。

的无耻之徒，但作为它的主流文化，正统的士大夫文人素又推崇气节、高扬正气。如北宋的范仲淹及其庆历革新的同党们，就是这方面的表率。范仲淹本人极重名节，虽处逆境而其志不摧。而当他三次被贬时，僚友们非但不退缩避祸，反而站出来为其伸张正义，其勇气着实令人钦佩。其中如尹洙，特意上疏请求与范同贬，其言曰："仲淹忠谅有素，臣与之谊兼师友，则是仲淹之党也。今仲淹以朋党被罪，臣不可苟免。"而欧阳修也写信给落井下石的谏官高若讷，严厉地指责他："仲淹以无罪逐，君不能辨，犹以面目见士大夫，出入朝中，是不复知人间有羞耻事！"另有李纮、王质等在为范仲淹送行时，又公然声称："希文（范仲淹之字）贤者，得为朋党，幸矣！"①所以，在碰到政治上的大是大非问题时，他们确实做到了爱憎分明和旗帜鲜明。这一批志士仁人的人格力量，后来又影响到了南宋士大夫们。《宋史·忠义传序》曾说，自范、欧等"诸贤以直言谠论倡于朝，于是中外搢绅知以名节相高，廉耻相尚，尽去五季（五代）之陋矣。故靖康之变，志士投袂，起而勤王，临难不屈，所在有之。及宋之亡，忠节相望，班班可书，匡直辅翼之功，盖非一日之积也。"②而相比之下，朱敦儒却因个人利益和患得患失之情，不惜以垂暮之年投奔大奸臣秦桧门下，这就难免会遭到受人讥讽和惹人嗤笑的结果了。

至于朱敦儒本人，其内心的悔恨交加，自然也是不言而喻的。回想当年，他曾何等自傲地高吟"几曾着眼看侯王"和"且插梅花醉洛阳"，而现今却被人们嘲讽为"如今纵插梅花醉，未必王侯着眼看"，其间的落差竟有"天上人间"之别。因此从他重归秀州岩壑直到临死前所作的词中，就多出了一层自怨自艾之情。例如下列词句：

> 白日去如箭，达者惜分阴。问君何苦，长抱冰炭利名心？冀望封侯一品，侥幸升仙三岛，不死解烧金。听取百年曲，三叹有遗音。（《水调歌头》）
>
> 新来省悟一生痴，寻觅上天梯。抛失眼前活计，踏翻暗里危楼。莫言就错，真须悔过，休更迟疑。要识天苏陁味，元来只是黄齑（《朝中措》）

在前一首词中，他责问自己为何要"冀望封侯一品"和"长抱冰炭名利"之心。在后一首词中，又怨恨自己为尝甜羹（天苏陁：或称天酥陁，指一种佛教徒

① 陈邦瞻：《宋史纪事本末》，中华书局，1977 年，第 232 页。
② 脱脱，等：《宋史》，中华书局，1977 年，第 13149 页。

所食的甜羹),最后竟吃下了一把酸菜(黄齑:腌菜)!而为欲摆脱此种简直无法遣释的烦恼,词人就只好以彻底"看穿"人世的办法来寻求解脱。下面这首《念奴娇》,正就表现了他以"虚空"二字来做自我解嘲的精神努力:

老来可喜,是历遍人间,谙知物外。看透虚空,将恨海愁山,一时挼碎。免被花迷,不为酒困,到处惺惺地。饱来觅睡,睡起逢场作戏。

休说古往今来,乃翁心里,没许多般事。也不蕲仙不佞佛,不学栖栖孔子。懒共贤争,从教他笑,如此只如此。杂剧打了,戏衫脱与呆底。

他自称一世之中曾经遍历人间的坎坷曲折,因此已经将人世的虚空看透看穿。什么花呀酒呀,什么愁呀恨呀,都已被自己抛开丢净。从此以后,只管饥来吃饭,困来即眠,逢场作戏,了此残生。既不想学做圣贤,也不去管他人的嗤笑,总之是"演戏"将毕,只管把戏衫脱给那些比我更傻的呆子们穿上,让他们再去演出那五光十色的"人间戏剧"!这和他临死前所说的"屈指八旬将到,回头万事皆空。云间鸿雁草间虫,共我一般做梦"(《西江月》)一样,正是依仗着把万事看"空"和将人生视为"做梦"的"看穿"思想,词人这才勉强地维持了他心理的平衡和宁静。

怀着这种实质悔恨而又复归平静的心情,朱敦儒终于在 79 岁(1159)那年的正月初九,寂然逝去。据讲,他死前曾作《梦记》一文,称他梦中游一山中人家,其主人深富山林岩石隐逸之趣,盖神仙真人之流,而独与朱晤谈甚欢。梦醒之后,犹目想心思,因纵笔作记。第二天正值元旦,子孙环侍,朱就出示此《梦记》,且曰:"所游甚乐,悔不便为住。"其后八日,又自云:"好去,好去,自有快乐。"终于在三更之后,端坐而伸启手足,寂然而逝①。这个传说可能是"小说家言",但此《梦记》中却记录了朱氏本身真实的思想状态,此即:临死前的朱敦儒,就确确实实想重新回到那种山林岩石的隐逸生活中去——这或许也是他在悔恨以后所更加迫切需要重归的精神家园吧。

其实,朱敦儒之所以会踏上秦桧的"贼船",在此之前就已潜伏着心理方面的原因。据王明清《挥麈后录》卷一一记载,绍兴十七年(1147)王明清求朱敦儒为其父亲王铚的文集写序,朱序中有王铚受知于秦桧之语,明清表示异议。朱就解释道:我与汝父皆秦桧不喜之人,此文传播开后,秦必闻知。如无这类为秦捧场之语,恐会惹祸。明清听后,不以为然,即举欧阳修《与王深父书》中所云"吾徒作事,岂为一时?当要之后世为如何也"进行反驳,终于使朱删除了上述吹捧

① 赵与时:《宾退录　却扫编》,上海古籍出版社,2012 年,第 63 页。

秦桧的文字①。但从此事看,朱敦儒对秦桧确实怀有一种畏惧的心理,即使在写一篇与秦无关的文章时,心中都考虑过是否会得罪秦桧而惹祸的问题。因此当秦桧强令他出山为其儿辈传授诗艺时,他当然就不敢违命。故而周必大在记述朱敦儒那段遭人诟病的经历之时,就作了这样一种语带惋惜的叙述:“其实希真老爱其子,而畏避窜逐,不敢不起,识者怜之。”②由此看来,当时人在批评朱的晚节不终时,还是带有几分原谅和怜悯之意的。而从周必大所分析的两方面原因(爱子和畏祸)来看,朱氏之所以会因屈从而踏入歧途,就一在于过分地为子孙计谋,二又在于缺乏同邪恶势力抗争的勇气,这恐怕也是某些读书士人的通病。所以在讲过朱敦儒的这段史实之后,我们就很易联想到另一位与他情况有些相似的文人——明末清初的吴伟业(梅村)来。吴伟业是明朝末年有名的才子,崇祯四年会试第一,廷试赐一甲第二名进士及第,官授翰林院编修。明朝灭亡,他在南明小朝廷继续任职,因与奸臣马士英、阮大铖政见不合,遂弃官归里(今江苏太仓)。但在清朝统治全国之后,清世祖闻其才名,力迫他入都为官,他因家庭之累,未能以死抗拒,终于出仕新朝,担任秘书侍讲、国子监祭酒等职。后因母亲病故,即又重新返乡隐居。但上述那段有损于民族气节的变节行为,却成了他终生的心病。因此临死前特意嘱咐家人用僧衣入殓,墓碑上只写“诗人吴梅村之墓”七字,以示他耻以清朝官职“盖棺”的悔恨心理。在病中,他曾作过这样一首悔恨交加的《贺新郎》词:

万事催华发。论龚生,天年竟夭,高名难没。吾病难将医药治,耿耿胸中热血。待洒向、西风残月。剖却心肝今置地,问华佗解我肠千结?追往恨,倍凄咽。　　故人慷慨多奇节。为当年、沉吟不断,草间偷活。艾灸眉头瓜喷鼻,今日须难决绝。早患苦、重来千叠。脱屣妻孥非易事,竟一钱不值何须说!人世事,几完缺?

其中所忏悔的就主要是这两条:一是“草间偷活”,亦即贪生怕死;二是“脱屣妻孥非易事”,亦即家庭观念太重。而这两条,就正与朱敦儒的情况相似。当然,朱敦儒的变节行为相对来说,还不像吴那么严重,所以其词中就没有像吴词中“竟一钱不值何须说”等极端沉痛的自责之语,但那种悔恨交集的痛苦心情却也足让这位年近八旬的老词人翻来覆去地睡不好安稳觉了。我们试读其《笛鼓令》:

① 王明清:《挥麈后录》卷一一,上海古籍出版社,2012年,第140页。
② 周必大:《老堂诗话》,《丛书集成初编》本,商务印书馆,1936年,第18页。

纸帐绸衾忒暖，尽自由、横翻倒转。睡觉西窗灯一盏，恰听打、三更三点。　　残梦不须深念，这些个、光阴煞短。解散缰绳休系绊，把从前、一笔句断。

在那夜深人静之际，他反思一生，真想把从前那段为人所诟病的往事一笔勾断（了结、勾销）！由此看来，朱敦儒毕竟还是一位有廉耻之心的文人，尽管这种悔恨已经无法改变他自己所写的个人历史。

孟子曾曰："诵其诗，读其书，不知其人，可乎？"（《万章》下）我们在朱敦儒所写的那些隐逸词中，可以感知其为人的一个侧面；而读他暮年所写的那些以"看穿"思想来排遣悔恨心情的词篇，则又感知了他为人的另一侧面。合而观之，就不仅对这位著名词人的复杂思想面貌有了进一步的认识，同时也感悟到李白"行路难，多歧路"（《行路难》）的浩叹，确实是含有很深的人生哲理的。

第十章 复国心切：社会责任感在南宋爱国词中的体现

“词，古诗流也，吟咏情性，莫工于词。”①“簸弄风月，陶写性情，词婉于诗。”②词在一般宋人心目中，通常只是一种吟风弄月、抒写私生活环境中产生之感情的文体，因此从晚唐五代到北宋的词篇中，就较少写到重大的社会题材与生活内容，基本未能反映出词人作为“精英阶层”(因为其中很多是积极参与社会政治、文化生活的高层次文人)对于社会的高度责任感和使命感。而只有到了南宋，由于前不久所发生的靖康国难和当时宋金对峙的严峻局势，词中才勃涌出了一股强劲的爱国忧政思潮，这就使得士人的社会责任和历史使命感得以在原被视为“小道”的词体中获得了充分的展示和前所未有的张扬。“时穷节乃现，一一垂丹青”(文天祥《正气歌》)，在这些产生于国家多事之秋的词篇中，人们终于在词的领域里感知了中国古代士大夫的高风亮节。

应该指出，宋代有相当一大批士大夫文人是深具社会责任感和历史使命感的。拿北宋来说，范仲淹就是其中首屈一指的代表人物。他所提出的“先天下之忧而忧，后天下之乐而乐”的名言，以及那“居庙堂之高，则忧其民；处江湖之远，则忧其君”的政治襟怀，就充分显示了他心系天下、献身社会的崇高理念。再如幼年时代的苏轼即“奋厉有当世志”，努力想成为像东汉范滂那样一位清官贤吏。而王安石、司马光等新旧党争的领袖人物，虽然政见不同，但他们想要经邦济世、为社会干一番事业的初衷却又是相同或相似的。因此综观北宋的士人，他们中的很多人都是一批富有政治参与意识和社会责任感的士大夫文人——只要翻检他们的大量奏谏文章，就可强烈地感知其“社会良心”。而在他们所写的“小词”中，偶尔也会流露其关注时事、经世济时的心迹。例如范仲淹在镇守西夏边界时所写的《渔家傲》(塞下秋来风景异)中，就赫然出现了“燕然未勒”的惋叹；而在苏轼笔下，更出现了这样豪迈的词句：“受降城下紫髯郎，戏马台南旧

① 毛晋：《宋六十名家词》，上海古籍出版社，1989 年，第 264 页。
② 张炎：《词源》卷下，唐圭璋编《词话丛编》，中华书局，1986 年，第 263 页。

战场。恨君不取契丹首,金甲牙旗归故乡!”(《阳关曲》)只是由于词“自晚唐五代以来,以清切婉丽为宗”(《四库全书总目・东坡词提要》),所以北宋士大夫们的责任感和使命感就主要只在其诗文作品中反映出来,而词则基本远离了这方面的内容,故直到北宋末年仍被局囿于那种莺莺燕燕、倚花傍柳的狭隘圈子之中,这不能不说是北宋词的一种缺陷和遗憾。

但是,上述词与士人的社会责任感和历史使命感基本脱节的状况,却在南渡初年得到了迅速的纠正。靖康之变的鼙鼓,不仅改变了宋朝的国运,也迫使士大夫们不得不直面惨淡的人生。于是,爱国和忧政的情志简直就变成了一股洪流,奔泻到了他们所写的各体文学作品之中。在这种情势之下,词也莫能例外,它的“言志”功能就得到了前所未见的开发和利用。因此,在那类抒写爱国忧政之情的词篇中,人们就能清晰地感受到作者被社会责任感所激起的心跳和脉动。这种情况,首先可从岳飞谈起。当然,岳飞乃是一位抗金名将,人们自不能将他以“文人”视之,但是他所写下的爱国词篇,却颇能显示南渡初期词人们的共同心情和小词映现士人社会责任感与历史使命感的普遍情况。这里,且举其最有名的《满江红》为例:

> 怒发冲冠,凭栏处、潇潇雨歇。抬望眼、仰天长啸,壮怀激烈。三十功名尘与土,八千里路云和月。莫等闲、白了少年头,空悲切。　靖康耻,犹未雪。臣子恨,何时灭。驾长车踏破,贺兰山缺。壮志饥餐胡虏肉,笑谈渴饮匈奴血。待从头、收拾旧山河,朝天阙。

词中最显慷慨激昂的句子是“靖康耻,犹未雪。臣子恨,何时灭”四句;而最能激励人心的句子,则又是“莫等闲、白了少年头,空悲切”两句。前者,写出了爱国志士们共同的复仇心理;后者,又表明了他们肩负复国重任而感生的迫切自勉心情。对此,且作简略分析:

俗语有云:“杀父之仇,不共戴天。”而靖康之变的直接后果就是金人竟把二位“君父”(徽、钦二帝)全都俘虏并押到了北方,这对宋朝的臣子来说,难道还有比此更大的奇耻大辱吗?据史书记载:金兵将徽、钦二帝及宫妃们押上马车时,宫妃们曾在车内大声叱骂前来送行的宋臣道:“尔辈等任朝廷大臣,作坏国家至此,今日却令我辈塞金人意,尔等果何面目?”这些被骂的大臣们只好“回首缄默而已”。① 尽管岳飞等人对北宋的亡国并不负有任何责任,但作为在封建礼教的熏陶下成长起来的宋朝臣子,面对这场皇帝被掳的剧变,心中当然会充满着蒙羞

① 徐梦莘:《三朝北盟会编》卷七八,上海古籍出版社,1987 年,第 587 页。

受耻的感觉,并又反弹出报仇雪耻的强烈欲念。何况,金兵所到之处!屠我城池,戮我人民,使我大好河山变得尸积如山、血流成河(据李心传《建炎以来系年要录》卷四记载:汴京在事变之前人口将近百万,而在金兵屠城之后,壮丁已不满千人,“东及沂、密,西至曹、浒、兖、郓,南至陈、蔡、汝、颍,北至河朔,皆被其害。杀人如刈麻,臭闻数百里”①),这就越发激起了爱国之士对金国侵略者的深仇大恨。因此,岳飞词中的“靖康耻,犹未雪。臣子恨,何时灭”,就是一种寓有切肤之痛和切齿之恨的热血沸腾之言,它们表现了当时所有爱国臣民共同的雪耻情结和复仇心理。而由此,就更又激发了他以复国为己任的社会责任感和历史使命感。这种复国的愿望,集中体现在词尾的“待从头、收拾旧山河”一语之中;而完成此宏图的具体行动则又要“从我做起”。因此他唯恐蹉跎光阴,尽力要把自己的分分秒秒都奉献给抗金复国的大业,这就感发了“莫等闲、白了少年头,空悲切”的自勉自励之辞。所以这两句11个字,可谓字字铿锵,掷地有声,既写出了自己丝毫不敢有所懈怠的心情,又可视为对“天降大任于斯人”的一种主动承担,表现出了非常自觉的社会责任感和历史使命感。前人曾评此词曰:“胆量、意见、文章,悉无今古。”②又曰:“何等气概!何等志向!千载下读之,凛凛有生气也。‘莫等闲’二语,当为千古箴铭。”③人们所激赏于它们的,就正是这种在晚唐五代以来的小词中久违了的以天下为己任的英雄气概和壮士志向。

尽管岳飞并不以词名世,但他词中所表现的情志却很能体现当时的时代精神。我们试看,南宋所涌现的大量爱国词篇,其中都充溢着与岳词相仿的两种思想感情:一是强烈的复仇情绪,二是以抗金复国为己任的社会责任感和历史使命感。这两种思想感情,又是互为因果的:一方面,复仇的情绪进一步激发了作者的责任感和使命感;另一方面,使命感和责任感在心,又必然使其复仇情绪显得更加昂扬。二者互动,就使这类爱国词中直接融入了作者崇高的民族气节和人格力量,从而使它们成了全部唐宋词中词品最高的作品。但因爱国词作众多,所以下文就仅举三位词人的作品为例:

第一位是张元幹。他曾任李纲的行营属官,北宋末年即积极参加抗金斗争。南渡后因不屑与秦桧同朝为官,遂退居福州,并在胡铨因上书请斩秦桧等三人而被贬途经福州时为他写下了声震词坛的《贺新郎 · 送胡邦衡待制赴新州》,端的

① 李心传:《建炎以来系年要录》卷四,中华书局,1956年,第87页。
② 上彊村民重编,唐圭璋笺注:《宋词三百首笺注》,上海古籍出版社,1979年,第137页。
③ 同②。

是位铁骨铮铮的血性汉子。建炎三年(1129),金兵南侵,江北地区全部失守,张元干曾愤作《石州慢》词,其中就充塞着复仇的情绪。如其下片曰:“心折。长庚光怒,群盗纵横,逆胡猖獗。欲挽天河,一洗中原膏血。两宫何处?寒垣只隔长江,唾壶空击悲歌缺。万里想龙沙,泣孤臣吴越。”面对着金兵猖獗、生灵涂炭的痛苦现实,词人发愿要挽天河之水去冲刷干净敌寇杀戮中原人民的血污,这是一种多么悲愤的复仇心理!而在他所写的另一首《水调歌头》中,词人又抒写了他虽老而仍不忘复国大任的壮志:“梦中原,挥老泪,遍南州。元龙湖海豪气,百尺卧高楼。短发霜粘两鬓,清夜盆倾一雨,喜听瓦鸣沟。犹有壮心在,付与百川流。”其时词人已入两鬓变白的老境,但他伤悼故国之念却未尝一日断绝,故而梦中时常飞回中原。而更加令人钦佩的是,在那个风雨交加的夜晚,他像陆游所写的“夜阑卧听风吹雨,铁马冰河入梦来”(《十一月四日风雨大作》)一样,依然深怀着抗金复国的宏愿——读着此词“犹有壮心在,付与百川流”的结句,我们分明感受到了老词人的澎湃心潮正像百川归海那样狂奔猛泻!

第二位是辛弃疾。辛弃疾与岳飞一样,本可以成为一位大有作为的名将(或名相),可是南宋的苟安政策却偏偏生硬地将他扭变成了一位“词人”,这真是莫大的人生悲哀。但即使如此,辛弃疾却仍然不忘自己对于国家和民族应尽的责任。早在他回归南宋之后在建康任参议官的微职时,就曾这样自许道:“功名事,身未老,几时休?诗书万卷,致身须到古伊周。”(《水调歌头》)也就是说,立志要成为像上古伊尹、周公那样的治国雄才。而在其以后的岁月中,则虽然屡遭挫折和打击,然而仍始终未泯其抗金复国、建功立业的壮志雄心。他在赠陈亮的词中,就写出过这样的壮语:“了却君王天下事,赢得生前身后名!”(《破阵子》)尽管这种愿望一时无法实现(故后面紧接“可怜白发生”一句悲语),但那种以天下为己任的英雄气概,却足以辉映千秋。到了晚年,词人虽已白发萧萧,心情也时会变得颓唐,可是却依旧企盼着能够请缨杀敌。在人们所熟知的登京口北固亭所作的两首词中,就记录着他“烈士暮年,壮心不已”的强烈心声:“凭谁问,廉颇老矣,尚能饭否?”(《永遇乐》)“天下英雄谁敌手?曹刘。生子当如孙仲谋!”(《南乡子》)因此可以这样说,在辛弃疾的身上,集中体现着像屈原、谢安、贾谊、马援、终军、刘琨、祖逖这样一类爱国忧民和曾为国家建立过功业者们的精神品质和人格力量,同时还带有着像廉颇、李广、孙权、诸葛亮、陶渊明这样一类武将或精英人物们的强悍和豪俊之气。而所有这些,又都凝聚成一股强大的精神力量,此即对于国家和民族的高度责任感。辛弃疾赠陈亮词云:“我最怜君中宵舞,道‘男儿到死心如铁’。看试手,补天裂。”(《贺新郎》)这既是转述陈亮的誓言,实际上也是他自己的“夫子自道”。故而南宋遗民谢枋得在辛弃疾殁后60年祭祀他时,犹闻“有疾声大呼于祠堂者,如人鸣其不平”(《祭辛稼轩先生墓记》)。这一带有神话色彩的记述,就更使我们仿佛亲睹辛弃疾虽死犹在地下大呼“杀贼复国”的情景。所以辛弃疾虽然最终未能成为一代中兴名将(或名相),但其《稼轩长短句》却已足以向人昭示了他一颗拳拳不忘祖国的赤诚之心。(关于辛氏,另还有专文论析。)

第三位是陈亮。他是一位最为典型的“位卑未敢忘忧国”的爱国志士,一生未曾做官,却时时心怀着复国建业的宏图大志。曾四次向孝宗皇帝上书,纵论天下大势和恢复方略,耸动朝野,名震一时。孝宗欲授以官,他大笑曰:“吾欲为社稷开数百年之基,宁用以博一官乎!”表现出了远大的人生志向和强烈进取的事业心。而另外还可提到的则是其词学观:据他的友人叶适记述,陈亮每一词成,即自叹曰:“平生经济之怀,略已陈矣!”(《书龙川集后》)也就是说,他是把写词当作陈述其经邦济世之怀的举动来看待的,因此其词中就十分鲜明地反映了他的政治主张和那种以复国为己任的高度责任感,大可与其政论奏章同读。如他在送章德茂使金的《水调歌头》中大声疾呼:“尧之都,舜之壤,禹之封,于中应有,一个半个耻臣戎!”意谓我泱泱中华,难道就没有一个半个耻于向金人称臣的人物?此言正同于《上孝宗皇帝第一书》中所说:“岂以堂堂中国而五十年之间无一豪杰之能自奋哉”。而其《贺新郎·寄辛幼安,和见怀韵》)中所说的“父老长安今余几?后死无仇可雪。犹未燥、当时生发”,这也相同于他在《中兴论》中所说的下列意思:“又况南渡已久,中原父老日以殂谢。生长于戎,岂知有我?”“昔宋文帝欲取河南故地,魏太武以为‘我自生发未燥,即知河南是我境土,安得为南朝故地!’故文帝既得而复失之。河北诸镇,终唐之世,以奉贼为忠义,狃于其习,而时被其恩,力与上国为敌,而不自知其为逆。过此以往,而不能恢复,则中原之民乌知我之为谁!纵有倍力,功未必半。”作者在其词中表达了这样一层忧虑:中原沦陷已久,若不趁早收复,唯恐其子弟们渐渐会忘了自己是宋朝臣民的后裔,而这种看法,就明显是从其政论文中“移植”到词中来的。所以,到了陈亮手中,词之“言志”功能简直已被开发到接近散文的境地,这虽在一定程度上损伤了词的艺术性,但从其思想性来看,则又上升到了前所少见的高度。而在这些可以当作政论文来读的爱国词中,最使我们感到钦佩的,就是作者虽然身为一介书生然却心系天下的高度责任感。

我们知道,南宋150余年的历史中一直充满着抗战与投降、正义与邪恶的斗争,而这种政治局势也必然影响士人的精神状态。缘此,便分化出了两种人生态度:一种是缩起头来只管个人,另一种是挺身而出拯救国家,二者之间就形成了鲜明的对照。对于这前一类人的人生态度,我们不想多做介绍,只举一首词来说明：宋末文及翁在《贺新郎》中如此写道："一勺西湖水，渡江来、百年歌舞，百年酣醉。""国事如今谁倚仗？衣带一江而已。便都道、江神堪恃。借问孤山林处士，但掉头、笑指梅花蕊。"从这歌舞酣醉、隐逸逃世的生活行径中，人们就不难明白他们唯求个人快活的利己主义人生态度了。而后一类人，则在国难当头之际，不顾个人的安危和得失，或奋力抗敌，或奔走呼号，自觉地承担起复国（或救国）的重任，他们就堪称社会的"脊梁"。更使人感到欣慰的是，这后一类爱国志士不仅在"事功"方面（例如其政治活动和军事行动）给青史留下了可歌可泣的记载，而且还在他们的文学创作中给后世留下了十分宝贵的思想遗产。而在这些思想遗产中间，那种"国家兴亡，匹夫有责"的高度自觉的社会责任感和历史使命感，就是显得最为耀眼的一部分内容。讲到这里，不妨让我们以文天祥那首忠义凛然、气壮山河的《沁园春·题潮阳张许公庙》词来总结全文。其词曰：

> 为子死孝，为臣死忠，死又何妨！自光岳气分，士无全节；君臣义缺，谁负刚肠。骂贼睢阳，爱君许远，留得声名万古香。后来者，无二公之操，百炼之钢。　　人生翕欻云亡，好烈烈轰轰做一场！使当时卖国，甘心降虏，受人唾骂，安得留芳？古庙幽沉，仪容俨雅，枯木寒鸦几夕阳。邮亭下，有奸雄过此，仔细思量！

此词绝非一般的咏史怀古词可比，其中凝聚着作者光映千秋的人格力量和中国文化精神的精华。特别是"人生翕欻云亡，好烈烈轰轰做一场"二句，更用如椽大笔宣示了这样一种人生大义：每个人的人生转眼即逝，最要紧的便是要抓住这有限的时间，轰轰烈烈地为国为民干一番事业！因此，像张巡、许远这样的仁人志士，虽然生命短促，却万古留名；而那些卖国投降的鼠辈小人，却只能被永远地钉在历史的耻辱柱上。两相对照，怎能不启人深思和催人进取？所以"读此等词，不可以寻常词观之也"①，而应当以"高山仰止"的态度把它们当作一本严肃的人生教科书来研读——词之发展至此，难道还能仅以"小道薄技"视之？

① 刘永济：《唐五代两宋词简析·微睇室说词》，中华书局，2007年，第100页。

第十一章　角色错位：辛弃疾的政治幽愤和人生悲凉

“物尽其用，人尽其才”，素来是古代无数仁人志士们所共同怀有的政治理想。但在封建时代，社会制度的不合理和政治局面的腐败，却使人才浪费和人才遭受压制几乎成为一种普遍性的历史现象。这就难怪老诗人杜甫要发出这样辛酸而又愤激的长叹：“志士幽人莫怨嗟，古来材大难为用！”（《古柏行》）

现在我们所要谈论的辛弃疾，就正是一位带有典型意义的“材大难为用”的悲剧性人物。照理来说，南宋时期本是一个迫切需要人才的时代，然而南宋小朝廷所执行的苟安政策却又“本能”地排挤和压抑大批主张抗金复国的爱国志士，这就注定了辛弃疾这样一位具有雄才大略的人物，其命运必然会像他《满江红》（倦客新丰）词所说的那样：“不念英雄江左老，用之可以尊中国。叹诗书、万卷致君人，翻沉陆。”一位本可为振兴南宋出大力的英雄，到头来却只落得以隐居者（“沉陆”：即“陆沉”，指隐居）而告终！这一历史性的错误，突出地表现为他在人生道路上的两种“角色错位”：一是由一位骁勇善战的武将“错位”为一位处理俗务的文吏，二是由一位极富才干、本可做一番大事业的能吏再次“错位”为一位隐居乡间的“闲人”。一次“错位”尚且令人难堪，何况迭经两次“错位”，辛弃疾的心头怎能不翻滚起巨大的悲愤？因此，若从“角色错位”的角度来探求稼轩词的“词心”，当能更加深入于他的内心世界。

辛弃疾的第一种“角色错位”是他的由武而变文。人所共知，辛弃疾踏上政治舞台大不同于其他宋代词人，他不是靠着舞文弄墨和金榜题名跻入仕途的，而是以五十骑人马直闯金兵大营的赫赫战功和生擒汉奸张安国的壮举作为晋见南宋皇帝的“见面礼”的。绍兴三十一年（1161）金主完颜亮率兵大举南侵，年方22岁的辛弃疾在家乡聚众两千抗金，之后又把部队汇入耿京所领导的农民起义军中，并担任义军的“掌书记”。考虑到孤军奋战的不利形势，辛弃疾又劝说耿京率部与南宋朝廷联合作战，遂受命南渡进行商洽。谁知等他北返复命时，叛徒张安国已将耿京谋杀，并裹挟一部分人马投降了金人。辛弃疾闻讯之后勃然大怒，匆匆组织了50名义军，直闯拥有五万之众的敌营，亲自将张安国绑缚马上，并带领着上万名愿意反正的士兵日夜兼程地赶回淮河以南的南宋疆域。这番颇带传奇性的经历,显示出辛弃疾在年轻时即已武艺超群和胆略过人,绝非一般的文人可比。我们试读其同时人洪迈对辛生擒张安国的记述:"(稼轩)赤手领五十骑,缚取(张)于五万众中,如挟毚兔,束马衔枚,间关西奏淮,至通昼夜不粒食。壮声英概,儒士为之兴起,圣天子一见三叹息。"①由此即可想见青年辛弃疾的英雄气概和显赫声名。因此,辛弃疾的本来面目原是一位英勇善战的骁将,而其社会角色的最佳定位也应是像岳飞、韩世忠那样的"中兴名将"。对此,他的同时代人都持有共识。如朱熹曾说:"辛弃疾颇谙晓兵事。"②而谢枋得的评价则更高:"公(指辛)精忠大义,不在张忠献(浚)、岳武穆(飞)下……公殁,西北忠义始绝望!"③但是,这位"少年横槊,气凭陵"(《念奴娇》)的北方壮士在南归之后却没有受到重用,很快就被迫"改行"成了一位处理俗务的文吏。在南宋朝廷看来,辛弃疾虽然擒敌有功,但毕竟"非我属类",而是一位"归正人",因此当他"旌旗拥万夫"而南下之后,很快就被解除武装,稍后委派任江阴军的签判,其所率领的万余部众则被当作流民而散置在淮南各州县之中。从此,辛弃疾就基本被当局当作一位文职官吏派到四处去担任各种官职(主要是州郡的长官或某一路的监司)。这样一来,一位本可成为名将良帅的英雄人物,便被"错位"成了专门为南宋朝廷到各地去处理棘手事务和日常冗事的地方官员。对此,辛弃疾本人是深怀愤懑的。我们知道,宋代是一个崇文轻武的朝代,一般人都以能科举及第或改武习文为荣。例如,北宋的著名词人贺铸,原出身行伍,担任过右班殿直(相当于皇宫侍卫官)和州管界巡检等武职,直到40岁时才因李清臣、苏轼等人推荐,转入文官队伍。这对他来说,就算是一种破格的提拔了。我们试观他在和州任巡检(负责巡逻、擒盗等事)时所作的《六州歌头》,其中就充满了他不满于做地方武官的满腹牢骚:"官冗从,怀倥偬,落尘笼,簿书丛。鹖弁如云众,供粗用,忽奇功。"意思是说:朝廷重文轻武,像我这样的武夫就只能被派到地方上去打杂,什么时候才能建立奇功?这就道出了他身为武人而不被重用的苦恼。而现在,辛弃疾却正与他相反,在时代最需要有名将良帅出来筹划军务、抗金杀敌的时刻,却命他丢下宝剑,只能在纸上空绘他的复国蓝图,这岂不是人才资源的错误配置与莫大浪费?因此,当辛弃疾登上建康赏心亭遥望中原的关山时就禁不住要吟出这样悲凉的句子来:"江南游子,把吴钩看了,栏杆拍遍,无人会,

① 王延梯选注:《中国诗苑英华·辛弃疾卷》,山东大学出版社,1997年,第242页。
② 黎靖德:《朱子语类》卷一一〇,中华书局,1988年,第2705页。
③ 同①,第250页。

登临意。”（《水龙吟》）这种醉拍栏杆看吴钩（宝刀）的举动，分明显示了他虽已由武而变文但仍不失壮士气概的武将本色，当然更包含着被迫弃武习文的无奈和辛酸。

而比由武变文的“角色错位”更严重的，则是他的再由能吏而“错位”为“闲人”。我们知道，辛弃疾不仅武略出众，而且其治国的政治才干也是十分杰出的。他在南归后曾给孝宗皇帝上《美芹十论》，又给宰相虞允文献呈《九议》，详尽而周密地分析了当时的政治、军事形势，提出了一整套正确可行的复国方略，充分地展露了他作为智勇双全的实干家之雄才大略。这两份重要的奏章和政论传布开后，获得了很多爱国志士的赞许。人们共同认识到，辛弃疾不仅是一位上马能击敌的勇将，而且也是一位下马能治国的社会栋梁之材。如陈亮称他为“背胛有负，足以荷载四国之重”（《辛稼轩画像赞》），如后之刘克庄盛赞他“文墨议论尤英伟磊落，乾道、绍熙奏篇及所进《美芹十论》、上虞雍公《九议》，笔势浩荡、智略辐凑，有《权书》、《衡论》之风”（《辛稼轩集序》）。甚至就连平日不肯轻易赞许人的朱熹，都称辛弃疾能“股肱王室，经纶天下”（见谢枋得《祭辛稼轩先生墓记》）。而若以辛弃疾 20 余年的为官业绩来做验证，也确实可见其高超的政治才干与办事能力。如他任滁州知府才半年多，就使这个屡经兵燹灾荒的穷州变得气象一新。又如他任潭州知府兼湖南安抚使时，为了创建一支 2500 人的飞虎军，急需二十万片瓦片修建营房。时值雨季，无法烧瓦，他就下令长沙居民每家供瓦二十片，付予瓦价一百文，在两天之内即快刀斩乱麻地解决了问题。更如他任隆兴知府兼江南西路安抚使时，当地正逢旱灾，米价飙升，人心不稳。辛弃疾贴出布告：“闭粜者配，强籴者斩”（囤积粮食不卖者流放，强行抢购者杀头），一下子就以强硬手段平息了粮食风波。凡此种种，虽然只是“牛刀小试”，然都反映了辛弃疾绰有治国之才。所以朱熹又曾叹曰：“今日如此人物，岂易可得？”（《答杜叔高书》）而谢枋得则十分惋惜地说道：“使公（指辛）生于艺祖（宋太祖）、太宗时，必旬日取宰相。”然而这位足以担任宰相的人物，却“入仕五十年，在朝不过老从官，在外不过江南一连帅”（《祭辛稼轩先生墓记》），这就不能不说是南宋政府的严重失误。而更令辛弃疾不堪的是，在他自南归到逝世的 45 年中，却又三次被罢官，三度闲居，在江西上饶和铅山的农村中白白浪费了 20 年左右的宝贵时间，这对一位“袖里珍奇光五色，他年要补天西北”（《满江红》）、满怀“补天”之才和“补天”之愿的爱国志士来说，就更是一种痛心不已的恨事和无法弥补的憾事。这是因为，由武变文的“错位”固然使其失却了直接上前线杀敌的机会，但他还可凭借自己的文官职位或向朝廷进言，或在吏治中施展才干，继续发挥自己对社会政治生活的影响和作用，而一旦落职为民（至多带一个虚衔）,则除能以作诗写词来发泄自己的政治郁闷以外,就只能一天又一天地在闲居生活中消磨光阴。然而人生苦短,可以有所作为的年富力强时期则又转眼即逝,这就必然会激起辛弃疾的巨大政治幽愤和深沉人生悲凉。故由这两种"角色错位"所引起的愤懑,就构成了《稼轩长短句》中的主流情绪。对此,清人黄梨庄的一段话就说得十分中肯:"辛稼轩当弱宋末造,负管(仲)、乐(毅)之才,不能尽展其用。一腔忠愤,无处发泄,观其与陈同父抵掌谈论,是何等人物!故其悲歌慷慨抑郁无聊之气,一寄之于词。"①这就揭示了辛词的主要思想意蕴即是一腔因"角色错位"而"不能尽展其用"所导致的悲愤情绪。对此,就让我们分成两层来进行分析:

先说第一种"错位"所引发的思想情绪。这主要表现为他对往昔峥嵘岁月的强烈怀念,以及时时都想重上战场的热切企盼。这两种情绪,可谓贯穿在他南归后的全部人生之中。用刘扬忠先生的话来说,就是:辛弃疾始终深怀着一种"军人意识",他的词从某种意义上讲就是其军人品性的外化②。此论甚为精辟。对于辛弃疾对青年时代那一段军旅生涯的怀念,我们可从他词中"因追念少年时事"所作的《鹧鸪天》说起:有那么一位客人某日在他面前侈谈功名之事,这慨然激起了辛弃疾的政治幽愤。其词写道:

> 壮岁旌旗拥万夫,锦襜突骑渡江初。燕兵夜娖银胡䩮,汉箭朝飞金仆姑。　　追往事,叹今吾,春风不染白髭须。却将万字平戎策,换得东家种树书。

这首词上片就满怀激情地追忆了青年时代那一段威武雄壮、永生难忘的战斗经历。而全词的言外之意则是:尔辈文人,但知读书做官,岂有像我那一番身拥万夫、闯营擒贼的传奇故事和惊天壮举?故而尽管我现今须发皆白、报国无门,可是瘦死的骆驼却总比羸马要强!所以此词通过抚今追昔,一方面表现了他对闲置生活的不满,另一方面也可见他对往昔军旅生涯的念念不忘。而类似的追忆,在他其他词中也屡见不鲜。如他与朋友唱和的《水调歌头》中写道:"落日塞尘起,胡骑猎清秋。汉家组练十万,列舰耸层楼。谁道投鞭飞渡,忆昔鸣髇血污,风雨佛狸愁。季子正年少,匹马黑貂裘。"它先写17年前完颜亮率兵南侵的嚣张气势,再写虞允文督领宋军抗击金兵的威赫阵势,最后两句则为自己画像——当年的我,英姿飒爽,匹马黑裘而驰突疆场,其语气显得何等的自豪!再如他在缅

① 徐釚:《词苑丛谈》卷四,王百里校笺,人民文学出版社,1988年,第250页。
② 刘扬忠:《辛弃疾词心探微》,齐鲁书社,1990年,第25页。

怀三国时代的英雄孙权所作的《南乡子》中这样写道："年少万兜鍪，坐断东南战未休。天下英雄谁敌手？曹刘。生子当如孙仲谋！"其中实际上也嵌进了他自己的身影。所以可以这样认为：人生难忘少年事，在辛弃疾南归以后的40余年中，其心中始终郁结着一个深深的"军人情结"，一有机会就要表现出来，从而使其词中带有了某种军旅气息。对此，刘扬忠先生已有详细的论析：例如，在辛弃疾的笔下，静寂不动的青山会变成奔腾的战马（如：建康城外的山是"联翩万马来无数"，上饶市郊的灵山是"叠嶂西驰，万马回旋"），有时则变成了刀枪剑戟（如：南剑州的山是"似三峡风涛，嵯峨剑戟"）；钱塘江的潮水会变为凶如貔虎的百万雄师，其轰鸣则如隆隆的鼙鼓之声（"望飞来，半空鸥鹭，须臾动地鼙鼓。截江组练驱山去，鏖战未收貔虎"）；山间的松林有似于帐下的军官，而自己则仍在检阅它们（如写瓢泉之松为："门外苍官千百辈，尽堂堂、八尺须髯古"，写灵山的松树道："老合投闲，天教多事，检校长身十万松"）；甚至，就连柔丽的花卉也被比拟成了孙武所训练的吴宫女兵（"对花何似，似吴宫初教，翠围红阵"，"愁红惨绿今宵看，却似吴宫教阵图"）。① 凡此种种，均足说明，辛弃疾虽然身不由己地离开了原来的岗位，但他在"转岗"之后却依然深深地怀念着昔日的峥嵘岁月，并保持着与众不同的军人眼光。至于说到他的时时企盼着"复位"或"重新归队"，在其词中也表现得相当强烈。且读他书赠陈亮的那首"壮词"《破阵子》：

> 醉里挑灯看剑，梦回吹角连营。八百里分麾下炙，五十弦翻塞外声，沙场秋点兵。　　马作的卢飞快，弓如霹雳弦惊。了却君王天下事，赢得生前身后名，可怜白发生！

虽然末一句"可怜白发生"已经告诉人们，他的这番雄心壮志今生恐将难酬，但前面的九句却已用极为豪健和酣畅的笔墨表现了他企盼重穿戎装、驰骋杀敌的热切愿望，深令每一位读者为之心潮澎湃。陈廷焯评此词曾曰："字字跳掷而出。"（《云韶集》）实际上，使人感到跳掷欲出的不仅是那些具有龙腾虎跃之气势的词句，而更是隐藏在它们后面的那一颗"何时唱，从军乐"（《贺新郎·和吴明可给事安抚》）、盼望再上前线去为国建功的壮心！这种企图"复位"的心愿，在稼轩词中，可说是一以贯之的。如他南归后六年所作的《水调歌头·寿赵漕介庵》中曾说："要挽银河仙浪，西北洗胡沙"，而这"洗胡沙"又岂是文弱书生们所能胜任的？又如他在福建任职（50余岁时）所作的《水龙吟·过双剑双溪楼》中写道："举头西北浮云，倚天万里须长剑。"这也明明白白地写出了要用倚天长剑

① 刘扬忠：《辛弃疾词心探微》，齐鲁书社，1990年，第33页。

来清扫金兵妖氛的决心。而直到66岁高龄,辛弃疾在出任地处前沿的镇江知府时,犹向当局发出呼唤:“凭谁问:廉颇老矣,尚能饭否?”(《永遇乐·京口北固亭怀古》)他仍渴望自己有机会能披甲上阵、重返战场,不至于因年迈而被弃置不用。所以由武而变文的“错位”虽然能改变辛弃疾的职位和官服,却并不能因此而改变其军人意识和英雄本色,唯独使其心情因无法上马击敌而变得焦灼和烦恼不已。再请读他在滁州任上送友人范昂赴京时的《木兰花慢》:“征衫,便好去朝天。玉殿正思贤。想夜半承明,留教视草,却遣筹边。长安故人问我,道寻常、泥酒只依然。目断秋霄落雁,醉来时响空弦。”词中说,友人进京,将被委以重任,有机会去筹划军务。可自己呢?却只能在穷乡僻地处理冗务和以酒浇愁。念此,不禁悲从中来,不能自已。故而我们在他醉引空弦的轰响声中,分明听到了这位老军人胸中郁勃难平的心潮翻腾。

再说第二种“错位”所引发的思想情绪。比起前一种“错位”来说,这由能吏而变为“闲人”的后一种“错位”,就是一种令人更感失望和绝望的“错位”。如前所说,由武变文虽然可悲,但它毕竟只是“转岗”而非“下岗”,而现在这种“错位”,却使这位十分敬业和勤业的人一下子成了“失业”和“待业”的闲人,因此其滋味就更加难受和复杂。当然,由于禀性的刚直以及政见与当局不合,辛弃疾对自身必会遭受排挤和打击,其实是早有一定思想准备的。例如,他在淳熙六年(40岁时)所上的《论盗贼札子》中就曾说道:“臣生平刚拙自信,年来不为众人所容,顾恐言未脱口而祸不旋踵。”但一旦落职为民的厄运真正降临头上,其内心世界却仍会激起无法平静的波澜。下面,就让我们对他三次被贬后的心理状态分别进行考察,以见这第二种“错位”对他思想感情的严重影响。

辛弃疾第一次被贬是在1181年,其时他42岁。谏官王蔺弹劾他在湖南任上“用钱如泥沙,杀人如草芥”,因而被罢官,以后便在江西上饶的带湖度过了整整十年的隐居生活。其实,早在王蔺对他发动攻击之前,辛弃疾就预感到政治气候对他不利,如前文所引其自言的“年来不为众人所容”即是证明;而在遭谤落职之前不久,他也已未雨绸缪地先在带湖修建了可资隐居的“稼轩”。这就可知他对宦海的沉浮不定早就怀有深刻的危机感。这种忧谗畏讥的心理,在其庆贺带湖新居将要落成的《沁园春》中,就有明白的表露。词中写道:“甚云山自许,平生意气;衣冠人笑,抵死尘埃。意倦须还,身闲贵早,岂为莼羹鲈鲙哉。秋江上,看惊弦雁避,骇浪船回。”其中“惊弦雁避,骇浪船回”两句,就清楚地告诉人们:他自叹其人生之旅一直伴随着惊涛骇浪,并已预感自己这只从北方飞来的孤雁总有一天会被暗箭所射中。果然,此言不幸而被言中,就在写此词后数月,辛弃疾就从两浙西路提点刑狱公事任上落职,退而成为带湖的“闲人”,以后即在乡间白白虚耗了整整十年的生命。在这十年中，他的心情一直处在矛盾的状态中：一方面，他对自己的遭谗落职心有不甘和心怀不满，另一方面，又对能避开官场的倾轧而感到某种程度的轻松和解脱；一方面，他赞美隐居生活的安宁和淡泊，另一方面，又对光阴的浪掷感到惋惜和痛苦；一方面，对政治生活感到了厌倦和畏惧，另一方面，却又期望着能重返政治舞台继续发挥其文才武略。总之，就像打翻了五味缸那样，辛弃疾在初次遭贬之后，其"失业"滋味真是一言难尽的。而在上述各种情绪中，最为强烈的则又是他的政治幽愤。这集中地表现在他答友人李泳（字子永）的《水调歌头》中。其词曰：

君莫赋《幽愤》，一语试相开：长安车马道上，平地起崔嵬。我愧渊明久矣，犹借此翁湔洗，素壁写《归来》。斜日透虚隙，一线万飞埃。断吾生，左持蟹，右持杯。买山自种云树，山下劚烟菜。百炼都成绕指，万事直须称好，人世几舆台。刘郎更堪笑，刚赋看花回。

虽然他开篇就劝人"莫赋《幽愤》"（嵇康被诬下狱，作《幽愤诗》以抒愤懑），实际却是一句愤激的反话，因此下文就像潮水冲开闸门那样倾吐出深藏内心的政治幽愤。其意大致包括：宦海险恶，风波难测，简直就像平地突然耸起高山那样令人突兀；冷眼旁观官场的钩心斗角、尔虞我诈，又像那日光下的万千微尘纷纷飞扬，既是那样的浑浊不堪，却又是那样的微不足道；而总结人生经验，在当今的世道，唯有那批"万事称好"、功夫已经修炼到家（犹如百炼之钢可以化为绕指之柔）的家伙才能左右逢源；所以像我辈刚直之人就只能退隐归田，在种树开荒和饮酒持蟹的生活中了断此生。因此，尽管词人欲以陶渊明作为今后的生活榜样，但正如陶渊明的性格并非一味静穆飘逸那样，辛弃疾在他隐居带湖的十年中间，内心也未尝一日真正平静过。尽管淳朴的乡村生活和秀美的山水风景有时也使他感到几分满足，甚或产生了终老其间的念头，但这毕竟不能从根本上消除其内心的郁闷和改变他思欲"补天"的愿望。对此，我们只要读一读他书赠爱国志士陈亮的《贺新郎》，就可知他所郁积的苦闷和悲愤有多深浓了。如其第二首的下片写道：

事无两样人心别。问渠侬、神州毕竟，几番离合？汗血盐车无人顾，千里空收骏骨。正目断、关河路绝。我最怜君中宵舞，道男儿、到死心如铁。看试手，补天裂！

词人义愤填膺地问道：同样面对山河破碎的局面，可人心却为何有那么大的差异？爱国者如陈亮与我，正为国事忧心如焚；而那批主和派们却只知苟安江南，哪管神州大地分裂已久！接着，又借用历史典故，诉说了长期遭受压抑后的无比愤慨：当局诸公口说要招贤纳士，但爱国志士们却像拉盐车的千里马那样被大材小用和弄得困踬不堪，这个世界何以竟如此不公！但是即便如此，词人却仍不肯放弃其收复中原的理想。笔锋一转，就与陈亮互勉互励，誓做一对为国“补天”的铁心汉子。所以总起来看，辛弃疾在他初次被贬之后的十年之中，政治幽愤十分深广，但同时还对“复位”抱有着企盼和希望：“笑吾庐，门掩草，径封苔。未应两手无用，要把蟹螯杯”（《水调歌头·汤朝美司谏见和用韵为谢》）——他坚信自己这一双可以“补天裂”的双手，绝不会永远只能执蟹举杯。因此，他在愤懑之余仍在苦苦地等待……

重新“上岗”的机会终于来到了。1191 年冬，朝廷下诏起复他为福建提点刑狱，次年春天他即离家赴任。在福建做官的几年中，辛弃疾奋力勤政，并向朝廷上《论经界钞盐札子》，又曾赴临安当面向光宗奏论加强荆襄上游之军防。但好景并不长久，政治打击却又接连降临：先是，1194 年谏官黄艾弹劾他“残酷贪饕，奸赃狼藉”，遂被削职降官；次年，又遭弹劾，但因带湖住宅遭火焚毁，故于不久之后举家徙居铅山瓢泉，时年 57 岁；接着，谏官又将“赃污恣横，唯嗜杀戮”的罪名栽到他头上，因而被削尽了所有的名衔，成为一位彻底的“闲人”（后来又部分地恢复了他的官衔，并授以“主管武夷山冲祐观”的虚职）。从表面上看，他的被贬似乎是因财务和个性方面的原因所致，实际却与大背景上的政治斗争有关。当时，新贵韩侂胄与赵汝愚争权，最后以韩获胜专权告终，赵汝愚、吕祖俭、朱熹等一批正直的士大夫则相继受到打击迫害，而辛弃疾的被贬恐怕也受此影响（至于韩侂胄后来重新起用辛弃疾，另与他欲以此来收买人心和准备北伐有关，这是后话）。所以这第二次的被硬拉下岗就冷酷地将他刚又燃起的希望之火扑灭，这样一来便使他在原先就怀有的政治幽愤之外，更多地增添了对人生的悲凉之感。或者换句话说：在第一次被贬之后，辛弃疾的感慨较多地表现为对政治打击的郁闷不平；而在这第二次被贬之后，其感慨就偏重到了对于人生的“参透”和咏叹上去。这种变化，一方面是随着年岁的增长和阅历的加深而产生的，另一方面却又可以看作其政治感慨向哲理方向的转化和升华。这是因为，“人穷则返本”（《史记·屈原传》），人在陷入山穷水尽的困境中时，往往会返回到“人生”这个根本问题上去寻找原因和出路，以此来寻求精神解脱。因而屈原在行吟泽畔、憔悴不堪之时会发出“问天”之语（《天问》即其产物），而辛弃疾的瓢泉诸词中，政治感慨有所“淡出”而人生思索相对强化的趋势，也正反映出他的陷于更加失望的困境，以及想用“看穿”思想来淡化政治郁闷的无奈心境。而若综观他在这一时期的人生咏叹，其内容大致包括以下三个方面：

一是冷眼观察宇宙和人世，深感无处不充满着令人厌倦的纷争。如他眼中的自然景物是:“乱云扰扰水潺潺,笑溪山,几时闲?”(《江神子·送元济之归豫章》)它们竟同人类社会一样,一刻也不肯停息那乱哄哄的竞争和追逐。因此他眼中的人世就越加充满着钩心斗角的争斗:“人间反覆成云雨,凫雁江湖来又去。”(《玉楼春·再和客有游山者……》)这人间的“翻手作云覆手雨”,岂不就像候鸟的飞来飞去那样循环往复吗?甚至,就连至亲至爱的同胞手足之间,也会因利益的驱动而产生互不相容的相煎相杀:“君听取:尺布尚堪缝,斗粟也堪舂。人间朋友犹能合,古来兄弟不相容。”“长叹息、脊令原上急;重叹息、豆萁煎正泣。”(《最高楼·闻前冈周氏旌表有期》)。十分显然,辛的上述人生感慨,正就是从他自身遭受排挤打击的政治感慨中延伸和扩展而来的。同于此理,他又多次慨叹人世间的许多无谓争斗为“蛮触之战”(语出《庄子·则阳》篇:“有国于蜗之左角者,曰触氏;有国于蜗之右角者,曰蛮氏。时相与争地而战,伏尸数万。”后人即将蛮、触之战来比喻人类的因蝇头微利而大动干戈),如《哨遍·秋水观》中说:“蜗角斗争,左触右蛮,一战连千里”,如《玉楼春·隐湖戏作》中说:“日高犹苦圣贤中,门外谁酣蛮触战”,如《鹧鸪天·睡起即事》中说:“名利处,战争多,门前蛮触日干戈……”这种慨叹于宇宙间到处充满着无谓争斗的人生感触,其实也就是其政治感慨的放大和泛化。所以说到底,辛弃疾的这些人生慨叹表面不涉政治国事,骨子里却仍然深藏着政治幽愤。

二是综观历史,不公平和不合理之现象随处可见。例如,在几乎每位士人都会遇到的“出”(出仕)与“处”(隐退)的矛盾面前,辛弃疾十分感慨地写道:

> 出处从来自不齐,后车方载太公归;谁知孤竹夷齐子,正向空山赋《采薇》。　　黄菊嫩,晚枝香,一般同是采花时:蜂儿辛苦多官府,蝴蝶花间自在飞。(《鹧鸪天·有感》)

他通过两组对比来诉说命运待人太不公平的感叹:你看,姜太公有幸得遇文王,80岁犹能做官,可是伯夷、叔齐这两位高士却只能在空山里采薇充饥;而同样在采花季节里,蜜蜂是何等忙碌辛苦(它们就像衙役供奉官老爷那样为蜂王采蜜),但蝴蝶则又何等悠闲自在!虽然他在后一个比喻里赞美着隐逸的快活,然而其真实思想却更在于慨叹前一个比喻中伯夷、叔齐等人的生不逢时。又如,面对人生的穷通贵贱,辛弃疾也有很深的不平之慨。他在《玉蝴蝶·叔高书来戒酒,用韵》中说:“贵贱偶然,浑似随风帘幌,篱落飞花。”这里化用了南朝范缜的一段名言:“人生如树花同发,随风而堕,自有拂帘幌坠于茵席之上,自有关篱墙落于粪溷之中……贵贱,虽复殊途,因果竟在何处?”其言外之意即指:自己的穷困偃蹇,并不是因为乏才而致,只能归咎于命运的不公;而那些达官新贵们之所以能获高位,也只是“偶然”而已!故而他屡为西汉的名将李广代鸣不平。如他早在隐居带湖时,就曾“夜读《李广传》,不能寐”而愤作《八声甘州》,现在则更加感叹地写道:“千古李将军,夺得胡儿马。李蔡为人在下中,却是封侯者。”(《卜算子》)身经百战、军功卓著的李广,只能沉沦下位、隐居南山,而人品平庸、才干欠缺的李蔡,却能封侯赐邑、位至三公,这世道简直糊涂到了教人看不懂的地步!但历史却又明白无疑地这么写着,夫复何言可道!因此,正像周济所说:“稼轩不平之鸣,随处辄发。”①在这些借咏史而发的人生感慨中,也仍然深深地蕴藏着他“不平”的政治感慨,只是未便明言、直言而改用“历史纵横谈”的方式来表达而已。

三是从自身的处境出发,深感人生的艰辛与悲凉,而唯能以“看穿”心态和隐逸避世来遣愁释闷。早在带湖隐居时期,辛弃疾就发出过这样的人生咏叹:“江头未是风波恶,别有人间行路难!”(《鹧鸪天·送人》)这就可以视为他对前一段仕途生涯和初次被贬所做的“思想总结”。而在这次遭受彻底削去所有名衔的打击之后,他对人生的险恶之感就越发得到验证和更其加深。拿刘辰翁的话来说,此时的辛弃疾“谗摈销沮,白发横生”,因而“陷绝失望,花时中酒,托之陶写,淋漓慷慨,此意何可复道!”(《辛稼轩词序》)于是其词中更加增厚了对于人生的艰辛感受和悲凉滋味。试读他“戏赋‘辛’字送茂嘉十二弟赴调”的《永遇乐》:“烈日秋霜,忠肝义胆,千载家谱。得姓何年,细参‘辛’字,一笑君听取:艰辛做就,悲辛滋味,总是辛酸辛苦。更十分向人辛辣,椒桂捣残堪吐……”借着自己所姓的“辛”字,词人将他的人生体验抒写得淋漓尽致:艰辛,悲辛,辛酸,辛苦(当然还顺手写出了他为人“辛辣”的倔强个性)……总而言之,“世间应有,芳甘浓美,不到吾家门户”,而一切的“崎崛世味”则全由我所饱尝尽谙(借用苏轼《立秋日祷雨宿灵隐寺同周、徐二令》诗语:“崎岖世味尝应遍。”)。曹雪芹曾曰:“满纸荒唐言,一把辛酸泪。都云作者痴,谁解其中味?”辛氏此词,虽曰“戏作”,然而在其嬉笑怒骂的笔下分明流露着他对不公命运的深沉愤懑。因此在其日常生活中,心头就常会袭上某种悲凉苍老之感。对此,我们就可体味下列词篇所表现的词人心境:

> 万事云烟忽过,一身蒲柳先衰。而今何事最相宜?宜醉宜游宜睡。
> 早趁催科了纳,更量出入收支。乃翁依旧管些儿:管竹管山管水。
> (《西江月》)

① 周济:《介存斋话词杂著》,唐圭璋编《词话丛编》,中华书局,1986年,第1633页。

近来愁似天来大，谁解相怜？谁解相怜，又把愁来做个天。　　都将今古无穷事，放在愁边。放在愁边，却自移家向酒泉。(《丑奴儿》)

身世酒杯中，万事皆空。古来三五个英雄。雨打风吹何处是，汉殿秦宫？　　梦入少年丛，歌舞匆匆。老僧夜半误鸣钟。惊起西窗眠不得，卷地西风。(《浪淘沙》)

其中，第一首词前有小序："示儿曹，以家事付之。"似乎有点儿"嘱咐后事"的味道在内。它说：活到今天，往事早像云烟那样从眼前散尽，而剩下的这把老骨头也已不再硬朗(如同入秋的蒲柳)。从今以后，一切的家务(如交租纳税、平衡收支之类)统由尔等小辈去全权处理。至于你们的老父亲嘛，他就只管喝酒睡觉游玩，与他喜爱的青山绿水翠竹去交朋友。此词看似诙谐豁达，实含无限悲怆。试想当年叱咤风云、只手擒敌的英雄，现今却"宜醉宜游宜睡"得像一个乡间的糟老头儿，而曾经管钱管粮管人的能吏大员，现今却只能去"管竹管山管水"，如此剧烈的"角色转换"怎能不引发词人悲凉的人生意绪？所以回头再来体味它开头的两句"万事云烟忽过，一身蒲柳先衰"，就真有说不尽的苦涩滋味蕴涵在其中！再看其第二首词，它一开头就挑明"近来愁似天来大"，极言其人生愁闷之巨大无边。若再联系他前次隐居时所写的另一首《丑奴儿》：

少年不识愁滋味，爱上层楼。爱上层楼，为赋新词强说愁。　　而今识尽愁滋味，欲说还休。欲说还休，却道'天凉好个秋。

则我们对词人的愁随岁增就定能了解更深：从少年的"不识愁滋味"，到中年的"识尽愁滋味"但又强忍不说，再到老年的直言"近来愁似天来大"，我们仿佛聆听了一部浓缩辛弃疾人生历程和心路历程的"生命变奏曲"，看到了他是怎样从一位涉世未深的快活少年转而成为阅尽人间沧桑和悲苦塞胸的老人之全过程。由此而来，我们对此词结尾所说的"却自移家向酒泉"(即唯靠饮酒来驱愁)，也就体会更深了。至于前引的第三首词，作者心境之苍老感和悲凉感，就更是力透纸背。它借"山寺夜半闻钟"的题目写足了词人无限苍凉的人生感慨。先是由于夜半闻钟，触发了他的历史兴叹："雨打风吹何处是，汉殿秦宫？"又由夜半闻钟，勾起了他对身世的感怀："梦入少年丛，歌舞匆匆。"而不管是对历史还是对自己的身世，其最终的思想结穴则是："身世酒杯中，万事皆空。"这种独宿古寺、闻钟感悟的词境，就清楚不过地告诉读者：词人老矣，虽仍胸怀不平，然而他的心境毕竟显露了几分颓唐苍老的意味。因此总起来说，此时的辛弃疾，"老英雄"的壮志豪情固然并未消尽，但在更多的时候他就转以一位"看穿"人世(如本词所云"万事皆空")的老人面目出现在他隐居瓢泉的词中，一手持酒杯、一手拄

拐杖(其《鹧鸪天》写道:"杖藜忽避行人去,认是翁来却过桥。")地向人诉说他的人生感悟:

归去来兮,行乐休迟。命由天、富贵何时?百年光景,七十者稀。奈一番愁,一番病,一番衰。　　名利奔驰,宠辱惊疑,旧家时、都有些儿。而今老矣,识破关机:算不如闲,不如醉,不如痴。(《行香子》)

……

由于此类描写"看穿"心态和表现隐逸情趣的词篇在这一时期的作品中比比皆是,所以我们在此就不再多举。但通过上面这首《行香子》,人们已不难看清:一位原本龙腾虎跃的英雄豪杰,迭经人生的折腾,至今却已被扭变成了一位身心交瘁、愁病缠身的老人,其人生遭遇就不能不令人唏嘘生哀,感叹不已。

但是,就在辛弃疾"小窗高卧,风展残书,看《北山移》、《盘谷序》、《辋川图》"(《行香子·山居客至》)、准备在瓢泉终老其身的时候,政局忽又发生了某些变化。宁宗嘉泰二年(1202),韩侂胄准备北伐,决定起用士大夫之好言恢复者,辛弃疾即在次年被复召出山,任绍兴知府。对于64岁的辛弃疾能被重新起用,另一位年近80高龄的爱国诗人陆游深感兴奋,特地写了《送辛幼安殿撰造朝》诗为辛送行。辛弃疾自己,想必更加高兴。但是,韩侂胄本是无谋之辈,其发动北伐也夹杂着他个人的目的,因此并不能真正重用像辛弃疾这样的栋梁之材。果然,当辛弃疾改任镇江知府才一年,他就因荐人不当而连降两级,接着又被诬以"好色贪财,淫刑敛聚"的罪名,革去官职,重返铅山瓢泉。所以这短不过三年的第三次出仕,只是辛弃疾生命中的一段"回光返照",而"返照"过后则永归沉寂——在68岁(1207)那年,虽然朝廷授他以兵部侍郎之职,但辛却以年老多病力辞,最后仍旧返回铅山,染病卒于乡间。而在这最后一次被贬到病逝之前,辛弃疾曾写过这样两首《临江仙》词:

老去浑身无着处,天教只住山林。百年光景百年心。更欢须叹息,无病也呻吟。　　试向浮瓜沉李处,清风散发披襟。莫嫌浅后更频斟。要他诗句好,须是酒杯深。

偶向停云堂上坐,晓猿夜鹤惊猜。主人何事太尘埃?低头还说向:"被召又重来。"　　多谢北山山下老,殷勤一语佳哉:"借君竹杖与芒鞋,径须从此去,深入白云堆。"

这两首词十分清楚地表明了词人彻底与官场脱离而要在白云深处了结一生的心迹。所以尽管当局在此期间曾多次请他再度出仕,但我们这位历经"三仕三已"的老词人却再也不会动心了。

以上，我们从“角色错位”的角度出发，勾勒了辛弃疾的人生轨迹，探求了他面对“错位”所引发的思想波动与心理变化。虽然重点主要放在他被贬之后的词作和心情上，而未多谈他在为官时期的词作和心情，但他作为一位“不能尽展其用”的悲剧性历史人物和以写词来宣泄政治幽愤的爱国词人之主体的思想面目，以及他词中的基本思想蕴涵，却已能大体反映出来。而辛弃疾的人生悲剧，实又是南宋小朝廷压制人才、扼杀人才的大悲剧中的一幕而已。陆游曾经愤慨：“胡未灭，鬓先秋，泪空流。此生谁料，心在天山，身老沧州！”（《诉衷情》）刘克庄又曾悲愤：“叹年光过尽，功名未立；书生老去，机会方来。使李将军，遇高皇帝，万户侯何足道哉？披衣起，但凄凉感旧，慷慨生哀。”（《沁园春 · 梦孚若》）他们所吐露的政治幽愤和人生悲凉，与辛弃疾大同而小异。从这个意义上讲，一部《稼轩长短句》即可视为浓缩着南宋一代爱国志士们报国无门之苦闷的“心灵文献”。

第十二章　无枝可依：姜夔的飘零之感和恋家之情

唐宋词人，如按其政治地位来分，大体可分两类：一类是做了官的士大夫文人，另一类是未曾做官的寒士。但他们的心情却大抵都不怎么舒畅。做了官的，常会遇到各种政治风浪，如苏轼在仕途中的大起大落，辛弃疾在南归后的三次被贬，就是这方面的典型例子。而无官可做的寒士们，则其境况就更加可怜。这是因为，尽管他们没有做官者们忧谗畏讥的烦恼，但在养家糊口、维持生计方面，却常会陷入窘境。所以别看唐宋词中充满着金樽檀板、歌裙舞扇之类豪华奢侈的描写，如若深探词人们的真实心境，则它们往往都难摆脱悲哀的袭击，尤其是这后一类词人，他们的内心世界中，就更盛满着难与人说的悲苦。而从这个角度来研究姜夔的词，我们就可发现，在他那些被人赞誉为"清空"和"古雅峭拔"①的词篇中，正埋藏着一腔寒士所特有的"绕树三匝，何枝可依"（曹操《短歌行》）之人生悲凉。这种人生悲凉，主要由两股温感不同的意绪所交织而成：一是凄清甚或阴冷的身世飘零之感，二是热切温馨和带有艳情气氛的恋家之情，它们相辅相成地共同构成了姜词作为一位"江湖词人"所写之词的重要人生意蕴。

称姜夔为"江湖词人"，是从"江湖诗人"的名称中移来的。南宋中叶以后，诗坛上形成了一个被称为"江湖派"的诗人群体，其得名缘起于书商陈起所汇刻的《江湖集》。这一诗派的作者，除少数曾经做官之外，大部分都是"人在江湖"的布衣寒士。因为没有入仕为官，所以他们缺乏固定的经济收入，只能依靠教书授徒、鬻文卖字或向权贵"干谒"以获取周济来度生。如此派中的有名人物戴复古，一生以诗行谒江湖，不遑宁处，"老愈穷，奔走衣食四方犹未得归休于家"（赵汝谈《石屏诗后集序》），其老境就着实凄凉。而到南宋末年，有些寒士（已被人称为"江湖游士"）甚至坠入了靠摆拆字摊挣钱糊口的悲惨境地（如方回《瀛奎律髓》卷二〇中曾说："盖江湖游士，多以星命相卜……糊口耳。"）。而姜夔，也就属于"江湖（诗）派"中的一员。虽然他因文才出众而广泛受到当时达官贵人们的"抬举"，故其境况不至于像另外一些穷困一世的贫士那样潦倒不堪，但从根

① 张炎：《词源》卷下，唐圭璋编《词话丛编》，中华书局，1986年，第255页。

本上说,却仍属于一位没有独立政治地位、寄食于豪门的清客文人。而这样的"角色定位",就决定了他的诗词作品中必然会充满着"无枝可依"的失落感和凄凉感。对此,先让我们从其生平说起:

姜夔(约1155—1221),字尧章,号白石道人,饶州鄱阳(今江西鄱阳)人。其父曾在湖北汉阳(今武汉)做官,姜夔自幼便随父居沔鄂。大约在十四岁时,父亲病逝,他就只能寄居在已经出嫁的姐姐家中。由此看来,姜夔在少年时代即已寄食他人门下,虽有姐姐的关照,但终究缺少一个真正属于自己的家。在22岁左右,他开始了漫游生活。先至扬州,写下了著名的《扬州慢》词,其中"废池乔木,犹厌言兵"和"二十四桥仍在,波心荡、冷月无声"等句,一方面反映了他对国势的浓重忧伤,另一方面也多少透露了这位青年词人自感凄冷的心境。自此以后,他就四方奔走以谋出路,大致扮演着一种"高级清客"的角色。他曾到过今之长沙、南京、苏州、合肥等地,还曾重返过汉阳。不过,其主要居住地则在浙江的湖州和杭州两地:先是,湖州诗人萧德藻因爱其诗才,特以侄女妻之,姜夔就在成婚之后居住萧家约十年之久。后萧因贫病随子离湖州,姜夔遂移居杭州,依好友张镃、张鉴弟兄为生。他曾向朝廷献《大乐议》和《琴瑟考古图》,希望能获得赏识而被授官,结果未被采纳。过后不久,再上《圣宋饶歌十二章》,朝廷准予破格参加进士考试,但最终却仍未考中。经此两次挫折,他就彻底绝望于仕途。而在张镃被流放、张鉴又病故之后,他贫无所依,只好到处旅食,约于宁宗嘉定十四年(1221)卒于杭州,时年大约67岁。他身后十分萧条,贫不能殡,亏有朋友出资,才得以下葬杭州钱塘门外的西马塍。据其老友苏泂描写,晚年的姜夔,既贫且病(《金陵百咏》诗曰:"白石鄱姜病更贫。");死后则剩下老妻幼子无人照料(《到马塍哭尧章》诗曰:"今日亲来见灵柩,对君妻子但如痴","儿年十七未更事,曷日文章能世家")。由此不难看出:姜夔虽然经常出入于豪门贵宅,与当世的许多名公贵人有所交往,但他毕竟只是一个未能跻入主流社会的"清客"或"游士",所以其命运就注定要与"悲凉"二字结伴终生。这种困踬悲凉的心情,在他作于晚年的《自叙》中便有十分怨嗟和辛酸的表露:

> 某早孤不振,幸不坠先人之绪业。少日奔走,凡世之所谓名公钜儒,皆尝受其知矣。内翰梁公(按:未详何人)于某为乡曲,爱其诗似唐人,谓长短句妙天下。枢使郑公(郑侨,曾任枢密使)爱其文,使坐上为之,因击节称赏。参政范公(范成大,曾任参知政事)以为翰墨人品皆似晋宋之雅士。待制杨公(杨万里,官至宝谟阁学士)以为于文无所不工,甚似陆天随,于是为忘年友。复州萧公(萧德藻),世所谓"千岩先生"者也,以为四十年作诗,始得此友。待制朱公(朱熹,曾任焕章阁待

制兼侍讲)既爱其文,又爱其深于礼乐。丞相京公(京镗,官至左丞相)不特称其礼乐之书,又爱其骈俪之文。丞相谢公(谢深甫,官拜右丞相)爱其乐书,使次子来谒焉。稼轩辛公(辛弃疾),深服其长短句。如二卿孙公从之(孙逢吉),胡氏应期(胡纮),江陵杨公(杨冠卿),南州张公(未详),金陵吴公(吴柔胜),及吴德夫(吴猎)、项平甫(项安世)、徐渊子(徐似道)、曾幼度(曾丰)、商翚仲(商飞卿)、王晦叔(王炎)、易彦章(易祓)之徒,皆当世俊士,不可悉数,或爱其人,或爱其诗,或爱其文,或爱其字,或折节交之。若东州之士则楼公大防(楼钥,官至参知政事)、叶公正则(叶适,官至宝文阁待制),则尤所赏激者。嗟呼!四海之内,知己者不为少矣,而未有能振之于窭困无聊之地者。旧所依倚,惟有张兄平甫(张鉴),其人甚贤,十年相处,情甚骨肉。而某亦竭诚尽力,忧乐同念。平甫念其困踬场屋,至欲输资以拜爵,某辞谢不愿,又欲割锡山之膏腴以养其山林无用之身,惜乎平甫下世,今惘惘然若有所失。人生百年有几,宾主如某与平甫者复有几?抚事感慨,不能为怀。平甫既殁,稚子甚幼,入其门则必为之凄然,终日独坐,逡巡而归。思欲舍去,则念平甫垂绝之言,何忍言去!留而不去,则既无主人矣,其能久乎?①

从这篇《自叙》中我们得知:姜夔是一位才华出众的艺术人才,诗、文、词、字、骈文、音乐,可谓无所不能和无所不精。又可得知,姜夔的行谒,其足迹几乎遍及当时凡有地位和声望的名人之家(如其中有人们相当熟悉的范成大、杨万里、辛弃疾、朱熹、叶适等人),并都受到了他们的高度赞誉。但是结果呢,却仍因他的“困踬场屋”(即未能考中进士)和未做一官,实际上被排斥在主流社会以外。其中虽有张鉴对他伸出了援助之手,想出资为他捐官,但也未能办成。所以总结大半生的经历,姜夔由衷慨叹道:“嗟呼!四海之内,知己者不为少矣,而未有能振之于窭困无聊之地者。”这就深深显露了他最终仍沦为“江湖诗(词)人”行列的寒士之悲哀。所以我们虽未在他的诗词中直接读到杜甫所写的“骑驴十三载,旅食京华春。朝扣富儿门,暮随肥马尘。残杯与冷炙,到处潜悲辛”等之类的句子(《奉赠韦左丞丈二十二韵》),而所见的往往是“平甫与予自越来吴,携家妓观梅于孤山之西村,命国工吹笛,妓皆以柳黄为衣”(《莺声绕红楼》词序),以及“丙辰岁,与张功父会饮张达可之堂”(《齐天乐》词序))之类陪伴豪门游赏的描

① 周密:《齐东野语》,张茂鹏点校,中华书局,1983 年,第 211 页。

写,但从作者内心而言,却又是随时都潜藏着某种寄人篱下、无法自立的人生悲辛的。明乎此理,则我们对姜词的“词心”,或许就能理解得更加深透一些。

姜夔的身世飘零之感,特别深刻地烙印在他的记游词中。请先读他一首“越中岁暮,闻箫鼓感怀”的《玲珑四犯》:

> 叠鼓夜寒,垂灯春浅,匆匆时事如许!倦游欢意少,俯仰悲今古。江淹又吟《恨赋》,记当时、送君南浦。万里乾坤,百年身世,唯有此情苦。　扬州柳,垂官路。有轻盈换马,端正窥户。酒醒明月下,梦逐潮声去。文章信美知何用,漫赢得天涯羁旅。教说与。春来要寻、花伴侣。

天寒岁暮,年关将近,这正是人们合家团聚、辞旧迎新的时候。远处传来别人家喜迎新春的箫鼓之声,可是词人在灯下盘算这一年(乃至多年)来的“收获”,得到的却是一腔辛酸!请读这些词句:“倦游欢意少,俯仰悲今古”,“万里乾坤,百年身世,唯有此情苦”。在这茫茫的万里乾坤中,自己正像一只孤苦无依的沙鸥那样到处漂泊,到处依栖(杜甫《旅夜书怀》:“飘飘何所似?天地一沙鸥。”),此种倦游生涯,还有什么欢意可言!而“文章信美知何用,漫赢得天涯羁旅”二句,则更把他怀才不遇、贫士失职的无限酸楚,抒写得淋漓尽致。故由岁暮联想到人生百年的短促,由箫鼓反衬自己内心的寂寥,再由对当年恋情生活(“轻盈换马,端正窥户”几句是写与歌妓的交往)的怅忆引发出身在他乡、自怜幽独的伤感,此词就把词人漂泊多年、一事无成的寒士之悲,描写得力透纸背。而类似于此的感情,在他其他的纪游词中也随处可见。例如,他在客游长沙岳麓山的《一萼红》中这样写道:“南去北来何事?荡湘云楚水,目极伤心。朱户粘鸡,金盘簇燕,空叹时序侵寻!”正逢立春时节,家家准备了“春盘”(在金盘中盛放用生菜制成的燕子),户户在门上粘贴金鸡图案,自己却仍在南来北往地漂泊,这究竟是为了何事?这“何事”之问,就写足了他浪迹江湖、无所归依的深悲。再如他在同地所写的《霓裳中序第一》中又如此写道:“流光过隙,叹杏梁、双燕如客。”“沉思年少浪迹。笛里关山,柳下坊陌。”前两句借梁间燕子来比况自己的行止无定、恍如作客;后三句则用富有诗意的笔触对其前半身的浪迹生活进行了美丽的包装,但却仍旧掩藏不了心中的隐隐悲痛。再如他在西陵(今浙江萧山西二十里)所作的《徵招》中又写道:“客途今倦矣,漫赢得一襟诗思。”“水葓晚,漠漠摇烟,奈未成归计。”那种对于客游生活的厌倦和盼望归家的心情,就分明跃然于纸上——那么人们也许会问:既然如此,词人何不结束漂泊、早日归家呢?对此,词中是未做出回答的,这或许跟他陪人游赏、不便多言的难处有关,或许又与词的文体特性有关。但在他的诗中，却有了相当清楚的解释。我们试读其《昔游诗》的诗序：“夔早岁孤贫，奔走川陆。数年以来，始获宁处。秋日无谓，追述旧游可喜可愕者，吟为五字古句……”这就告诉人们：正是那早岁孤贫的生活，像无形的鞭子一样，驱迫着姜夔从年轻时代就开始了他的飘荡生活。而从此诗看，这种四处飘荡的生活，又使作者备尝了行程的艰险和谙尽了人生的悲辛。如其回忆江行为风雪所困、被迫留滞鳌背洲一段：“扬舲下大江，日日风雨雪。留滞鳌背洲，十日不得发。岸冰一尺厚，刀剑触舟楫。岸雪一丈深，屹如玉城堞。同舟二三士，颇壮不恐慑。蒙毡闭篷卧，波里任倾侧……”又如其追写九马山下遇风浪、万死得一生的一段：“九山如马首，一一奔洞庭。小舟过其下，幸哉波浪平。大风忽怒起，我舟如叶轻。或升千丈坡，或落千丈坑。回望九马山，正与大浪争。如飞鹅车炮，乱打睢阳城；又如白狮子，山下跳狰狞。须臾入别浦，万死得一生。始知茵席湿，尽覆杯中羹。”这些诗句，就足以让人们充分感知这群古代的脑力“打工仔”们所身领心受的人生艰辛了。而到后来，姜夔虽然勉强有了一个自己的家，也曾多少获得过某些达官贵人们的周济和帮助，然而仍不能从根本上改善自己的经济状况和改变自身的贫士地位，这也可以从其诗中得到证明。如他在《寄时甫》中说道：“吾侪正坐清贫累，各自而今白发生。”这就可知，直到白发苍苍的老年，诗人都未能摆脱这个“贫”字的困扰。因此借助于姜夔作为“江湖诗人”所写的那些直言其真实生活状况和心境的诗，我们这就能“透过一层”地看清姜夔词中隐藏的相当苦涩的人生况味，深切地理解他作为一位“清客词人”的窘迫境况和无奈心情。所以说到底，姜夔词中“绕枝三匝，白头歌尽明月”（《念奴娇·毁舍后作》）的飘零无依之感，实际上就代表着封建社会那批终生蹭蹬、与“官”无缘的贫士们之普遍心情。这种主要是因经济原因（当然归根到底仍与政治原因、即未曾做官有关）所造成的生计窘迫感，和另一类入仕者们主要是因政治原因所招致的忧谗畏讥感，共同组合成了旧时代读书士人们所齐声咏叹的“行路难”之深广人生意蕴。

“残杯与冷炙，到处潜悲辛”的滋味是不好受的，因而姜夔那些抒写四方奔走、羁旅之苦的词篇，自然会表现出凄清甚或阴冷的感情色彩。对于这点，自不劳我们多说，人们只要读一下他的那些词篇和词序即知。例如，其《扬州慢》词序曰：

> 淳熙丙申至日，予过维扬。夜雪初霁，荠麦弥望。入其城则四顾萧条，寒水自碧。暮色渐起，戍角悲吟。予怀怆然，感慨今昔，因自度此曲。千岩老人以为有黍离之悲也。

又如其《点绛唇·丁未冬过吴松作》词曰：

燕雁无心，太湖西畔随云去。数峰清苦，商略黄昏雨。　第四桥边，拟共天随住。今何许，凭阑怀古，残柳参差舞。

它们都浸透了一种悲凉的意绪和笼罩着一种阴冷的氛围。然而我们同时又发现，姜夔的词却又并不全由"冷色"所组成，而是在它总体的阴冷色调之中，时不时会反跳出某种"温情"和"热色"来，这就使得姜词的词境，变得相当的斑驳复杂和耐人咀嚼。而这种冷中有热的现象，就导源于姜词所表现的对于家庭和恋人的热切依恋之情。

人之不同于动物，其重要的一点就在于他们的有情。而情之所生，则又由于他们有所依附和有所依恋。例如，婴儿离不开母亲的哺育和父亲的关爱，所以人自孩童起就会怀有恋母或恋父的情结。而一旦踏入社会，则他们又会对自己的同学、老师、朋友和恋人，产生出深厚的依恋之情。不过，在这许许多多的依附对象中间，"家"恐怕就是一般人所最为依恋和依赖的对象。因此，无家可归或"有家归不得"就成了古今中外游子们所共同咏叹的文学主题。而这一主题，就曾在唐宋词中得到过十分出色的表现：从李白的名篇《菩萨蛮》（"平林漠漠烟如织，寒山一带伤心碧。暝色入高楼，有人楼上愁。　玉梯空伫立，宿鸟归飞急。何处是归程？长亭连短亭"）起始，直到宋末蒋捷的名篇《一剪梅》（"一片春愁待酒浇，江上舟摇，楼上帘招。秋娘渡与泰娘娇，风又飘飘，雨又萧萧。　何日归家洗客袍？银字笙调，心字香烧。流光容易把人抛，红了樱桃，绿了芭蕉"），唐宋词人就曾吟唱过无数支思恋家园的动人小曲。而在这连绵不断的吟唱声中，姜夔的声音又显现得特别的温软动人。这是因为，他的恋家之情通常是在客处异乡、自感凄清的心境中反跳出来的，所以就更使人倍感家庭生活的温馨和亲切。这正像李商隐的名作《夜雨寄北》（"君问归期未有期，巴山夜雨涨秋池。何当共剪西窗烛，却话巴山夜雨时"）那样，在雨夜独处的生活背景下来抒写怀归之情就越发显得凄恻感人。

当然，在此还应补充交代一下：姜词的恋家之情，除了思念妻室之外，还应包括词人对曾与他有过恋情关系的其他女性之恋情在内。据夏承焘先生考证，姜夔年轻时（二三十岁时）曾与合肥善弹琵琶的两位歌妓有过一段恋爱、同居的情事，因此他后来所写的恋家之词中就有不少篇什实为追忆此二女所作。另外，他 37 岁时曾经到苏州石湖访谒范成大，写下了《暗香》《疏影》这两首有名的咏梅词，范成大甚为激赏，遂以青衣歌女小红赠姜为妾。所以，姜词所写的恋家之情中，也包含有对小红的恋情。上述这些因歌妓或小妾而产生的恋情，虽非严格意义上的恋家之情,但放宽来讲,却也可以视为广义上的恋家之情。这是因为,“家”是一个复杂宽泛的概念,对于它的理解往往因人而异。例如,家庭生活不幸福的人,往往只把家当作吃饭睡觉、遮风避雨的场所,而家庭观念重的人则把它当作生命的庇护所和精神的安乐窝;小孩子心目中的家意味着父母的疼爱和呵护,而老年人心目中的家却是他们人生跋涉之后的最后休憩、归宿之地。至于唐宋词人笔下的“家”,它们的核心含义则往往指向女人和酒(这又和词人基本是男性有关)。虽然,某些词中所写的归家之情中也有游子恋故乡的乡情和宦游者思念双亲与妻儿的亲情成分在内,但从总体上看,“词为艳科”,词中所写的思家之情却分明又是偏向和侧重于写男女之间(包括夫妻)的恋情的。例如,前面所引的蒋捷之词:“何日归家洗客袍?银字笙调,心字香烧。”就明显写的是夫妇之间的闺房之乐。而他另一首《贺新郎》中所写的“深阁帘垂绣,记家人、软语灯边,笑涡红透”,也充满着一派女人的气息。因此,出现在词中的“家”,几乎很少看到慈母幼子的形象,却多见“针线慵拈伴伊坐”(柳永《定风波》)、“弄笔偎人久,描花试手初”(欧阳修《南歌子》)之类的男女恩爱镜头——原因其实也很简单,在不少风流词人心中,“年年跃马长安市,客舍似家家似寄”(刘克庄《玉楼春·戏呈林节推乡兄》),他们早已把与歌妓同居的客舍当成了自己的家!所以讲过这些以后,我们再来读姜夔的词,虽然明知其某些作品中的恋家之情并非严格或确切意义上的恋家之情,但一则我们应当放在当时的历史背景和社会风气下来理解此种情况,二则仅从他笔下流溢而出的那股浓浓温情中,我们却也足以感受到“人情”之感人魅力了。

现在,再让我们回到正题上来,细细聆听姜夔所吟唱出的恋家小曲。请先读其《水龙吟》:

> 夜深客子移舟处,两两沙禽惊起。红衣入桨,青灯摇浪,微凉意思。把酒临风,不思归去,有如此水。况茂林游倦,长干望久,芳心事,箫声里。　　屈指归期尚未,鹊南飞、有人应喜。画阑桂子,留香小待,提携影底。我已情多,十年幽梦,略曾如此。甚谢郎、也恨飘零,解道月明千里?

绍熙四年(1193)秋天,姜夔客居浙江绍兴,与友人黄庆长夜泛鉴湖,引动了他强烈的思家之情和飘零之感,因作此词。词的上片中语短情长地写道:“把酒临风,不思归去,有如此水。”它借用前人设誓之语(如苏轼《游金山寺》诗曰:“有田不归如江水”),表达了坚欲归家的心情(意谓:我心怀归,有此水为证)。而自“况茂林游倦”到下片的“提携影底”,则用甚富诗情画意的笔调描写了词人对归家团聚的热切企盼和美好想象。他想象,同在这秋凉夜深之际,家中的女人此刻正在长干桥畔翘首盼望着行人的归家。她一会儿吹动凤箫,一会儿又扳着指头计算起游子的归程;正在此时,远方传来喜鹊叫声,引得她心头暗喜,脸上生春。而在悬想家人对己的盼念(这实际是从对方的角度来反照见自身的恋家之情)之后,词人更把想象进一步展衍开去,这就幻化出了下面这幅温柔旖旎的画面:画阑之旁,桂花盛开,它们正留足了香气等待着归来者的品赏。而行人终于抵家了,于是在那月光花影底下,重又显现了一对恋人携手漫步的身影……读到这里,我们最好不要再往下读了,希望镜头就定格在这温馨缠绵的一刻。可惜,词人在后面的六句中又分明告诉我们:自己和友人此刻正客居他乡,因此上述想象又只能是一场"幽梦"而已。而从这"幽梦"之前所加的"十年"二字来看,则此词所怀之人和所恋之家,恐怕就不仅指他现在的妻子和湖州的家,而且更偏重于指他年轻时所恋之合肥女子以及他们当年所共筑的"临时香巢"。因此,姜夔词中所写的恋家之情,一方面包含了他对家人团圆、重享天伦之乐的盼念,另一方面,又更多地含有着艳情的成分。他在晚年曾说过"少年情事老来悲"(《鹧鸪天·正月十一日观灯》),这就道出了个中的奥秘。因此,在姜词所写的恋家之情中,我们就应侧重来发掘他对合肥之"家"的深情怀念。

姜夔于淳熙十四年(1187)元旦,因感梦而作《踏莎行》词。词曰:

> 燕燕轻盈,莺莺娇软,分明又向华胥见。夜长争得薄情知?春初早被相思染。　　别后书辞,别时针线,离魂暗逐郎行远。淮南皓月冷千山,冥冥归去无人管。

词尾点明梦中的女子最后魂飞淮南(合肥在宋代属淮南东路),可知她即是作者昔年所恋的合肥歌女。此词虽未直接描写词人对家的思恋,而主要写他与她在梦中相聚的情景,但从"别时针线"一语中,我们却已能以点窥面地想象出他们"家庭生活"的恩爱了——在词人离家远行之际,她为他赶制行装,"临行密密缝,意恐迟迟归",其情意就是何等缠绵真切!所以,词人在梦醒之后想象伊人的魂魄独自归去,心中不免升腾起一种深深的负疚感:"淮南皓月冷千山,冥冥归去无人管。"山高路远,天寒月冷,自己多想伴随着她一起回家,让那冰凉凉的老屋重新飘荡起久已沉寂的欢声笑语……

还有一首《长亭怨慢》,则是姜夔的"自度曲"。其临近结尾,更借女性的口吻表达了词人不忍离家和急欲归家的心情。词人如此写道:"韦郎去也,怎忘得玉环分付:第一是早早归来,怕红萼无人为主。"从这位女性自比"怕无人为主"的"红萼"来看,她就明显是位身份低微的风尘歌妓,因而即指那合肥女子。而词人设身处地地为她“设计”了这一段哀哀可怜的临行叮嘱,实际就借此而写出了他自己渴望早早归“家”的心愿。所以,“肥水东流无尽期,当初不合种相思”(《鹧鸪天·元夕有所梦》),自从种下了这段相思情缘以后,“回家”就成了词人魂牵梦系的不了情结。这不,“人间离别易多时,见梅枝,忽相思。几度小窗幽梦手同携”(《江梅引》),他的魂灵儿就不知多少次地飞回过他俩当年曾共同生活在一起的香巢中,在那熟悉的小轩窗畔重温那携手对语的旧梦……

由于婉约词的词境一般都显得相当惝恍迷离,所以姜词对于合肥情事的怀念和追忆,往往也表现得比较隐晦曲折。不过,由于某些词中明确提示了地理方位和人物身份,故而我们就可大体推断它们是为思恋合肥之“家”所作。例如,前文引过的因“元夕有所梦”而写的“肥水东流无尽期,当初不合种相思”之《鹧鸪天》词,“丁未元日至金陵,江上感梦而作”的“淮南皓月冷千山,冥冥归去无人管”之《踏莎行》词,以及下面的这些词作:词中明言“淮南好,甚时重到”的《点绛唇》,词中写及“卫娘(按:指歌妓)何在,宋玉归来,两地暗萦绕”的《秋宵吟》,词中有曰“梦逐金鞍去。一点芳心休诉,琵琶解语”的《醉吟商小品》等等,就都抒写了词人对合肥之“家”和合肥之人的刻骨思恋。这些作品,虽然写的是正式婚配之外的恋情,但从其感情的真实诚挚而言,却也令人读后深感其“旧家乐事”之值得眷恋和追怀(其《湘月》词中曾说:“鲈鱼应好,旧家乐事谁省”)。

姜夔另有一些词中所写的恋家之情,则恐怕主要在于思恋他后来所正式组织的小家庭,当然在此同时或许也还交集着他对合肥情事的怀念。例如,他在湘中送别友人胡德华所作的《八归》词尾写道:“想文君望久,倚竹愁生步罗袜。归来后,翠尊双饮,下了珠帘,玲珑闲看月。”词中想象友人归家之前,妻子倚竹呆望,直至“玉阶生白露,夜久侵罗袜”(李白《玉阶怨》)的夜深;而一旦丈夫归来,他俩就有机会“却下水晶帘,玲珑望秋月”(李白诗,同上)地共度良宵。这虽是代人抒写恋家思归之情,但又何尝不是姜夔自身心境的写照?再如,他在赋蟋蟀的《齐天乐》中写道:“哀音似诉,正思妇无眠,起寻机杼。曲曲屏山,夜凉独自甚情绪。”秋深夜凉,蟋蟀的哀鸣引得思妇更加难以入梦,于是只能起床织布以消遣愁情。面对着屏风上的远水遥山,她不由神驰万里:何时才能将这亲手织就的寒衣送到丈夫的手里?这虽是一种感物而发的联想,但因联想都以生活体验作为基础,所以它们实是作者自身恋家心情经过艺术处理后的寄寓。因此总起来说,“春浦渐生迎棹绿,小梅应长亚门枝,一年灯火要人归”(《浣溪沙》),长年在外的姜夔,真是何时不在惦念着家中的一草一木,何时不在盼望着能与家人同在一灯之下团圆重聚!

通过以上分析,姜夔词中的两股主要意绪便清楚地呈现在读者的眼底:一方面，它们始终贯穿着一股悲凉的飘零之感，另一方面，又不时从中反跳出一股热切和带有艳情气息的恋家之情。而这恋家之情就既使读者充分感受到家庭生活和男女情爱的温馨可爱，却又反过来增强了飘零之感的凄清可怜。所以，夏承焘先生曾以“侯门一老厌笙歌”和“终古江湖贫士多”二语来评论姜词，并又指出“历来江湖文士多同此（按：指姜夔）处境和爱好，故多传诵其词”①，这就深刻地揭示了姜夔词之所以深获后世读者喜爱的重要原因之一，即在于他的善写寒士之悲。而因这种寒士之悲在封建社会中实有其深广的群众基础，因此若把唐宋词当作一部记录唐宋词人心声的“心灵文献”来读，那么姜夔词就是其中不可忽视的重要一章。

以上，我们用12个章节的篇幅论析了唐宋词人们的人生态度和生命体验。而在此还应重申：上述论析只是有所选择和有所侧重的论析，它们远不能反映出唐宋词之人生意蕴的全部内容。事实上，只要翻开《全唐五代词》和《全宋词》，其中的每一篇作品中实际都蕴藏着特定的人生意蕴，也或多或少地反映着词人的人生态度和生命体验。从这个意义上讲，每一首唐宋词篇就都是一颗贮存词人之人生意蕴的“活化石”，而整个唐宋词则又称得上是可资后人发掘唐宋词人之人生意蕴的丰富矿藏。只要您有兴趣，就有可能在其中寻觅和开采到自己所需的各种人生意蕴。本编所述，仅是笔者从中采掘到的很小一部分“矿苗”。而通过广泛的阅读与深入的钻研，相信读者们定能获得更加丰富的收获。

① 夏承焘：《瞿髯论词绝句》，中华书局，1979年，第43页。

下编　两宋词中的人生世相和人生况味

小　引

在上一编中,我们以唐宋词人(及词人群体)为研究对象,对他们的人生态度和生命体验做了个案分析。这一编中,则打算以作品为中心,从文学扎根于人生及文学表现人生的角度对词苑开展从"土质"到"物种"的综合考察与分类研究。为集中注意力起见,其考察与研究的范围也相应缩小为两宋词苑,而在必要时则再联系到唐五代词。

从微观角度看,文学创作本属个人性质的精神活动和艺术行为。每一位作者在其具体的人生历程中,有所触动,有所感悟,于是就提笔创作了记录其人生感受的文学作品。因此,抓住每一位词人在其词中所投放的颇具个人特色的人生意蕴来探视其人生态度和发掘其生命体验,当然应成为研究"词与人生"的一项重要内容。而上编所做的工作,就正是环绕上述任务而展开的。但是,若从宏观的角度来看问题,则文学创作其实又是"集体无意识"的行为。以词的创作为例,若不是依靠无数词人的集体努力,唐宋词坛上怎会形成"词山曲海"的蔚为壮观的局面?而既属集体的行为,那么其中就必定会存在着某种共同性和出现着某些相似的情况。举例来讲,唐宋词人为何会对恋情题材表现得那样热衷,以至温庭筠一连写下了十余首描写闺怨相思情绪的《菩萨蛮》词,而柳永的《乐章集》中则连篇累牍都是关于男女恋情的描写?在这种"集体无意识"的举动背后,就必定存在着某种共同的文化心理。再如,唐宋词苑中曾经涌现过大量的咏花词,而其中又以咏梅词最为惹人注目(如仅是南宋初年所编集的《梅苑》一书中就收录了500首左右的咏梅词篇,而它们的风貌和情趣却又大体相近),这又说明了唐宋词篇大可进行归类研究。因此,面对着数量浩瀚的唐宋词作,面对着这些词中所包孕的复杂人生意蕴,除开对词人的人生态度和生命体验进行微观的个案分析之外,从宏观的角度对作品本身进行综合性的分类研究,就显得尤有必要。所以,本编就拟从文学扎根于人生和文学表现人生的视角,对唐宋词苑(主要是两宋词苑)展开从"土质"到"物种"的综合考察与分类研究。

人所共知,土壤有沙土、黏土、旱田、水田、酸性土壤、碱性土壤等等的区别;

而不同的土质条件，又会滋生或培育出不同的植物品种来。依据这种自然法则，我们也可把两宋词人的人生状况（它们又由特定的社会境况和词人个人的人生际遇所交叠而成）和两宋词篇的关系视为土壤与植物的关系。在此认识之上，我们就进而确立了研究的思路——把那枝繁叶茂的两宋词苑按其“土质”与“物种”的不同而划分为若干“小区”，逐一展开分类的研究。或者具体些说：可先对词人所身处的社会环境及个人的生存状态按类别进行考察，然后再对在此基础上所产生的词篇做出分类的扫描。这种将“土质”和“物种”贯通起来的研究，就可把两宋词人集体投放到词中的复杂纷纭的人生意蕴中去，将那“剪不断，理还乱”的状态梳理成大致有序的几大门类。这样一来，人们对于宋词与人生的密切关系以及词所包孕的思想蕴涵，就可获得更加深刻的认识和比较明晰的印象。

基于以上的考虑，本编就做了如下的章节安排：

首先，我们要把注意力投射到两宋社会的享乐风气和享乐词篇上来。这是因为，词的一个显著特色就在于它的“以富为美”和充满着富贵气息，而这种特色就是根植于两宋社会的享乐风气之中的。和前代各朝的士人相比，宋朝士人似乎更注重享受人生，也更善于享受人生，因此享乐成风就形成宋代的时代特色之一。在此基础上，两宋词苑中就出现了大量描绘都市繁华、士人冶游、欢度节日、酒席歌舞的享乐词篇，其中既充溢着词人的欢声笑语，又表现着他们“及时行乐”的共通心理。对于这幅首先扑入读者眼帘的享乐画卷，我们自然应该加以关注。

其次，我们还要考察两宋词人，尤其是南宋词人所特有的一种集体性的嗜“雅”生活情趣，以及由此而引发的“雅玩”生活方式。我们发现，由于种种原因的促发，两宋词人（尤其是南宋词人）普遍地滋生了嗜“雅”（清雅、高雅、文雅）的文化心理和生活情趣，他们不但追求世俗的物质享受，而且更注重脱俗的精神享受；他们不但醉心于酒色歌舞、纸醉金迷的“酣玩”，而且更神驰于赏花品茗、山水清游之类的“雅玩”。他们似乎比前代人活得更有“品位”，更有“诗意”，更加有滋有味和更加富有文化气息。由此而来，词苑中就出现了很多描写休闲活动和表现隐逸情趣的“雅玩”词篇。若把它们和前一类词篇合而观之，我们对于宋人人生中的快乐一面就有了综合的印象。

再次，我们自然不会忽视宋人的恋情生活和恋情词篇。时至两宋，由于社会状况发生了若干变化（例如，商业经济的日趋发达，都市生活的日趋繁华，男女接触机会的较前增多，以及士大夫们狎妓纳妾之成风，等等），男女恋情也随之出现了空前活跃的势头，它们几乎已成为两宋词人不可或缺的生活内容之一，并进而形成整个宋词的一个重要“母题”。俗话有云：“词为艳科。”这就揭示了词与男女恋情（艳情）之间简直密不可分的相互依附关系：词离不开描写恋情，而表现恋情的“最佳文体”则是词。所以，我们在对两宋词进行分类研究时，恋情词篇以及它们所扎根于其中的唐宋词人的恋情生活，理应受到我们的高度重视。

最后，我们还要对两宋词人的人生烦恼和人生愁苦给予同情和关心。从时代境况来说，两宋词人中有一大部分人是十分不幸的：例如身经靖康之变的中原人士，他们遭逢100多年来从未遇到的空前劫难，或家破人亡，或流离失所，其境况着实可怜。再如，在元朝灭宋的另一场民族浩劫中，又有多少人饱尝了亡国之痛；而其中，则以女性遭受的凌辱更加令人伤心。再从个人际遇来说，即使是生活在和平时期，词人中有一部分“寒士”的命运也相当坎坷，他们终生蹭蹬，未仕一官，长期为温饱和生存而奔走忙碌，读他们的词就大有“残杯与冷炙，到处潜悲辛”（杜甫《奉赠韦左丞丈二十二韵》）的悲辛之感。而对那些入仕为官的词人来说，他们虽无衣食之虞，但在其享乐之余，也常会感受到莫名的“闲愁”和惆怅；至于他们在遭遇了贬官流放的厄运之时（北宋新旧党争时期和南宋因主战与主和而发生剧烈冲突的时期，可谓贬官流放的“多发期”），那么其“去国怀乡，忧谗畏讥”的忧思悲情更会像山泉勃涌那样激生出来。所以，如若前面三类词篇集中反映了两宋词人的“快活人生”的话（其中，恋情生活和恋情词篇的滋味又是相对复杂的，可谓甜蜜与苦涩交织，有时则是苦味胜过甜味），那么这一部分源于人生忧患和人生愁苦的怨嗟词篇，就集中反映了他们人生中的悲哀一面。

所以，尽管每一位词人各有其苦乐不同的人生状况，也尽管全部宋词的面目显得相当庞杂，但通过以上四方面的掠影和扫描，我们就能大致把握两宋社会的人生世相和两宋词人的人生况味了。

下面，就让我们依次对两宋词苑展开从“土质”到“物种”的分类考察。

第一章　纵情欢娱：宋代社会的享乐风气和享乐词篇

一、享乐成风：宋人“快活人生”的社会土壤

在本章开头之时，不妨先讲一则词坛趣闻：

北宋末年，汴京繁华。每逢元宵佳节，京城里都要举行盛大的观灯活动。那位穷奢极侈、喜欢享乐的徽宗皇帝，为要表示“与民同乐”，特地在宫门前摆设案桌条凳，并免费供应茶酒，以供走累了的妇女在此歇息解渴。不料，有位贪心的妇人在饮过酒后竟顺手牵羊地把金制的小酒杯藏在袖中。此事恰被卫士觑见，正欲重罚，谁知那妇人十分机巧，立即辩解道：此举非为偷也，实出无奈。其理由是：自己与丈夫一起出来观灯，只因丈夫走散，故在此小歇。现今饮了皇上施舍的好酒，脸上红扑扑的，回家怎生向严厉的公婆解释（他们会疑心我与别的男人聚会共饮）？所以只好取走这只宫中的酒杯以作凭证。如若不信，有词为证。说罢，即吟词一首：

> 月满蓬壶灿烂灯，与郎携手至端门。贪观鹤降笙箫举，不觉鸳鸯失却群。　　天渐晓，感皇恩，传宣赐酒脸生春。归家切恐公婆责，乞赐金杯作照凭。（《鹧鸪天》）

妇人的这席话和这首词被卫士转禀徽宗后，徽宗感到十分有趣，但又恐那妇人是有所预谋的，故下令以金杯为题、以《念奴娇》为调，罚她再作一词。妇人却也聪明，又口占一词：

> 桂魄澄辉，禁城内、万盏华灯罗列。无限佳人穿绣径，几多妖艳奇绝。凤烛交光，银灯相射，奏箫韶初歇。鸣梢响处，万民瞻仰宫阙。
>
> 妾自闺门给假，与夫携手，共赏元宵。误到玉皇金殿砌，赐酒金杯满设。量窄从来，红凝粉面，尊见无凭说。假王金盏，免公婆责罚臣妾。

此词既再次对窃杯的举动做了堂而皇之的辩解，又顺水推舟、恰到好处地吹捧了

皇上的“恩德”。徽宗听后,龙颜大悦,非但没有惩罚那妇人,反将此金杯破例特赐予她①。

尽管上述趣闻只是“小说家言”,不足深以为凭,但从这窃杯女子的两首元宵词中,我们却也见出了号称“宣(和)政(和)之盛”年代的“盛世”面貌,以及汴京市民在元宵之夜纵情欢娱的热闹情景。由此可知,宋人在相当长的一段时间内,确实拥有过一番令人艳羡的快乐生活。他们身处繁华的都市环境,沐浴着歌舞声色的“春风”,尽情享乐,恣意游玩,简直不知世上还有一个“愁”字存在!而对宋人充分利用当日社会所能提供的物质条件纵情享乐欢娱的情景,我们更可在宋人自己所写的两部城市风俗志中得到深切的感受。其一是孟元老描绘北宋汴京的《东京梦华录》。其序有云:

> 太平日久,人物繁阜。垂髫之童,但习鼓舞;斑白之老,不识干戈。时节相次,各有观赏。灯宵月夕,雪际花时,乞巧登高,教池游苑。举目则青楼画阁,绣户珠帘,雕车竞驻于天街,宝马争驰于御路,金翠耀目,罗绮飘香。新声巧笑于柳陌花衢,按管调弦于茶坊酒肆。八荒争凑,万国咸通。集四海之珍奇,皆归市易;会寰区之异味,悉在庖厨。花光满路,何限春游;箫鼓喧空,几家夜宴。伎巧则惊人耳目,侈奢则长人精神……②

这段记述中有三点值得注意:一是当时(主要指北宋末年)“太平日久”的时局造成了人们居安而不思危的享乐心理,因此竟连头发斑白的中老年人都已不知干戈为何物。二是当时商业经济的高度发达(文中所谓“集四海之珍奇,皆归市易”即指此),又为人们的享乐生活提供了优裕的物质条件。三是在上面两种原因的促发之下,北宋社会就弥漫开了寻欢逐乐的享乐风气。四时八节,皆有游赏,上层下层,都嗜奢侈,整个汴京城简直就变成了一个尽情享乐的花花世界!

其二是周密《武林旧事》(卷三)中对南宋都城临安(今杭州)的享乐生活之描写:

> 西湖天下景,朝昏晴雨,四序总宜。杭人亦无时而不游,而春游特盛焉。承平时,头船如大绿、间绿、十样锦、百花、宝胜、明玉之类,何翅百余。其次则不计其数,皆华丽雅靓,夸奇竞好。而都人凡缔姻、赛社、会亲、送葬、经会、献神、仕宦、恩赏之经营,禁省台府之嘱托,贵珰要地,

① 佚名:《宣和遗事》,《笔记小说大观》第14编第1册,台北新兴书局,1983年,第263页。
② 孟元老撰,邓之诚注:《东京梦华录注》,中华书局,1980年,第4页。

> 大贾豪民，买笑千金，呼卢百万，以至痴儿骙子，密约幽期，无不在焉。日糜金钱，靡有纪极，故杭谚有“销金锅儿”之号，此语不为过也。①

宋人林升曾有诗曰：“山外青山楼外楼，西湖歌舞几时休！暖风熏得游人醉，直把杭州作汴州。”（《题临安邸》）其意在于讥讽南宋君臣的苟安享乐和不思恢复——他们已经忘乎所以地把“临安”之地的杭州当成了汴州（汴京）！而若参照周密的描述，则杭城的享乐风气恐怕还比汴京更有“青出于蓝而胜于蓝”的势头！请看那些大贾豪民（即今之所谓“大款”）们，“买笑千金，呼卢百万”，一出手便是千金百万，其派头何等阔绰。再看杭城民谚把西湖称作“销金锅儿”，每天在此消耗的金钱，数额之巨已无法计算，这样的享乐水平，或许竟会使北宋人都自叹不如！

因此，我们从上述记载中便可得到一个深刻的印象：两宋社会（特别是上层社会）自始至终地弥漫着一股十分浓郁的享乐风气（只要是时局相对安定之时），因而很多宋人的人生就与这种享乐生活紧密地联系在一起；也可换句话说：宋代社会的享乐风气，确实给很多宋人营造了恣意享受人生的温床或氛围，使他们至少在其人生的某一阶段中拥有过一段或长或短的快活生涯。而在这种“享乐人生”和“快活人生”的土壤中，自然就会滋生出充满着富贵和享乐气息的宋词之花来。

那么，两宋社会因何会造成如此浓烈的享乐之风呢？对这个问题，主要可从以下三方面来探究。

（一）宋朝鼓励享乐和优待文吏的政策

我们认为，造成两宋享乐风气的首要原因即在于宋代统治集团所推行的鼓励享乐和优待文吏的“既定政策”。

综观中国古代社会，每一个新建的王朝与其前朝相比，总会有它自身的特点和特色。赵宋王朝也不例外。一方面，它必然会继承前代行之有效的统治术，另一方面，又会在总结前朝历史教训的基础上对政策进行调整和修改（或制定新政策）。而在这后一方面，宋朝的开国之君赵匡胤兄弟，确是动了不少脑筋和下了不少功夫。但关于这方面的详细情况，自应由研究宋代历史的史学家们去作细致的研究和评述，不属本书的范围，因而我们在这里只想提出其中的两点——鼓励享乐和优待文吏。这是因为，这两点对宋人（主要是文人，尤其是词人）的

① 周密：《武林旧事》卷三，西湖书社，1981年，第38页。

人生以及某些宋词作品(主要是享乐词篇)来讲,关系至为密切和重要。

赵匡胤是通过“陈桥兵变”才登上皇帝宝座的。出于害怕“即以其人之道,还治其人之身”(即以兵变来夺取政权)的阴暗心理,同时鉴于唐朝因藩镇割据而致亡国的历史教训,他在登基之后就设法以鼓励享乐和修订政策来达到钳制武将的目的。前者明显反映在他“杯酒释兵权”时的一席“名言”中。据邵伯温《邵氏闻见录》卷一和《宋史·石守信传》等记载,赵匡胤为让石守信、王审琦等拥有重兵的大将乖乖地交出兵权,就曾如此“开诚布公”地诫劝他们:“人生如白驹过隙耳,所谓富贵者,不过欲多积金钱,厚自娱乐,使子孙显荣耳。汝曹何不释去兵权,择便好田宅市之,为子孙立永久之业,多置歌儿舞女,日饮酒相欢以终天命。君臣之间两无猜嫌,上下相安,不亦善乎!”①这番诱以金钱、田地、房产、美酒和歌儿舞女等物质享受的“大道理”,果然立时收到了奇效——谈话的次日,那些悍将武吏们便纷纷称病和请释兵权。通过这个富有戏剧性的故事,我们不难发现,宋朝的最高统治者出于巩固皇权的利己主义需要,一上台就公然向臣下宣扬那套人生目的在于享乐之腐朽思想,这和唐朝开国皇帝李世民的励精图治精神相比(例如他曾提出著名的“三鉴”说:“以铜为鉴,可正衣冠;以古为鉴,可知兴替;以人为鉴,可明得失。”),就明显显示出这两朝皇帝思想境界和治国方略的差异性。但殊不知,这种提倡享乐的思想固然有助于巩固宋朝的皇权,却又影响甚至毒害了后代的不知多少君臣!例如,宋太祖和宋太宗这两位打天下的皇帝本身还是比较节俭的,但到第三代皇帝真宗开始,北宋皇室的奢侈淫逸就达到了惊人的地步。宋真宗这个愚昧而又昏聩的皇帝,在他执政的20多年中,就不知搞了多少次大型的迷信活动。他一会儿假造“天书”,一会儿又诡称“泰山醴泉出,锡山苍龙见”,并为此举行规模宏大的五岳封祀典礼,耗费了无数国帑民财。根据史书记载,光是建造一个道观“昭应宫”,原计划需15年,后在他催迫之下工匠夜以继昼地拼命干,竟也造了七年才得以完成,“凡二千六百一十楹,制度宏丽”。尽管许多建筑已臻金碧辉煌,但只要督造者不满意,也必毁而重建,底下人则莫敢计较其费用②。到了北宋末年的宋徽宗,其挥霍浪费的程度则更是骇人听闻。如他新建的“延福宫”,“凿池为海,疏泉为湖”。其“鹤庄、鹿砦、文禽、奇兽、孔翠诸栅,蹄尾动以千数。嘉花名木,类聚区别。怪石岩壑,幽胜宛若天成,不类尘境”。然而他还不感满意,于是又造“万岁山”(即历史上有名的“艮岳”)和“绛霄楼”,其中摆设着从千里之外运来的太湖奇石和江南名花

① 邵伯温:《邵氏闻见录》卷一,中华书局,1983年,第3页。
② 陈邦瞻:《宋史纪事本末》,中华书局,1977年,第161页。

(在运输途中,不惜拆屋毁桥)。而为增添御园中的"生活气息",他竟下令在树林间洒满肉炙粱末,以饲养和吸引各种飞禽走兽①。及至南宋,君王的奢侈腐化也并不输于北宋。例如,理宗皇帝竟公然呼唤妓女入宫侍候,他所宠幸的唐安伦,就是当时颇有名气的歌妓。所以通过以上事例可知,宋朝开国之君本意或许仅想用来麻醉武将们的"精神鸦片"(指享乐主义的人生观),却也同样毒害了他们自己的子孙。

为使臣子们(特别是武将)能俯首帖耳地效忠朝廷,宋代统治者又在实践中摸索出了一整套办法,以保障加入统治集团的人员能过上颇为优裕的生活。例如,宋代政治中有"三冗"的弊病,其中的"冗官"和"冗费"就反映了这样的事实:宋室不惜以巨额财政支出去供养一支数量庞大的官僚队伍;又如,宋朝支付给官吏们的俸禄相当丰厚,即使在贬官和退休之后也不忘给他们以一定的赡养费用,这就保障了他们的物质享受;再如,宋朝还有"恩荫"制度,一个大官死后其子孙们可以恩荫得官,以继续其家族的享乐生活……凡此种种,实际都是朝廷对臣僚的羁縻举动,目的在于拉拢文吏武将,以达到巩固赵宋王朝统治的自私目的。而在这种鼓励享乐的思想和政策影响之下,宋代的士大夫们不仅其生活水平大为提高,而且还相当普遍地滋长了及时行乐的心理。就拿在"澶渊之战"中立过大功的寇准来讲,他可算得上是北宋大臣中的一位清官了(当时人有诗赞他"有官居鼎鼐,无地起楼台",意谓官做得很大,却无地营建私人的院宅楼馆),可就连这样一位杰出人物竟也难以跳出"人生行乐耳"的思想圈套。据无名氏《翰府名谈》卷下记载:寇准有爱妾名唤蒨桃。某次歌宴毕,寇以一束绫罗赠蒨桃,她即作诗谏曰:"一曲清歌一束绫,美人犹自意嫌轻。不知织女寒窗下,几度抛梭织得成?""风动衣单手屡呵,幽窗轧轧度寒梭。腊天日短不盈尺,何似妖姬一曲歌?"意在用民间织妇的辛苦来劝讽主人,提醒他注意节俭。谁知寇准不以为然,答诗一首曰:"将相功名终若何?不堪急景似奔梭。人间万事何须问?且向尊前听艳歌!"②寇准此诗若和前面引过的宋太祖对石守信等人所讲的"宏论"相比,简直如出一辙,它们所表达的思想,就同样是人生短促、何不及时行乐(寇准在其词中也有相似的表述,如《甘草子》词中说:"堪惜流年谢芳草,任玉壶倾倒。")。所以可以这样说,宋代最高统治者所提倡和鼓励的享乐主义人生哲学,在整个宋代士大夫阶层中,称得上是深入人心和根深蒂固的(当然这也与士大夫们本身的人生观有关,这在下文再说)。上行而下效,在宋室鼓励享乐的

① 陈邦瞻:《宋史纪事本末》,中华书局,1977 年,第 505 页。
② 阮阅:《诗话总龟·后集》卷四八,人民文学出版社,1987 年,第 303 页。

思想和政策的引导之下，难怪宋代社会会刮起浓烈的享乐之风来。

再说“崇文削武”和优待文吏的政策。由于忌畏武将拥兵篡权，赵宋王朝就实行了一系列抑制武将、加强中央集权的军政措施。例如，它将军队分为禁军、厢兵和民兵三类，中央则牢牢地掌握着自己直辖的禁军之指挥权，使得各地方镇所统领的厢兵无法与之抗衡；又如，由中央派守各地的禁军实行定期轮流的“出戍法”（或称“更戍法”），并对禁军将领不断进行更换，从而造成“兵不识将，将不识兵”，以达到使其无法集体谋反的目的；再如，朝廷改派文臣掌管军队，并经常委派内臣或宦官去领兵或充任监军，以此来挟制和监督武将……处在这多重制约和备受猜忌的情势之下，一般来说，宋代武将的处境就是不甚得意的。由此而来，就形成了几乎是全社会的轻武而崇文的心理。这就难怪宋初的大将党进曾经闹过这样一个笑话：某次他辞京出守外地，照例要向皇帝致辞阁门。只因党进虽然战功卓著却大字不识，故而敕令特免。但党进生性好强，就预先请人教习背熟。谁知真正举行跪拜致辞时却偏偏忘个精光，尴尬多时，忽然说出几句半文不白的话来：“臣闻上古其风朴略，愿官家（指皇上）好将息！”弄得大家欲笑而又掩口，差点乱了仪规。事后有人问他：“太尉何故念此二句？”党进愤愤不平地答道：“我尝见措大们（指读书人）爱掉书袋，我亦掉一两句，要官家知道我读书来！”①类似的故事还可举出不少。例如宋真宗时辽国使者来朝，须派人陪其射猎，朝廷便选中了既能射箭、又具仪表风度的陈尧咨去应差。但陈本是文官，故真宗就令宰相晏殊转言：“陈某若肯改武，当授与节钺。”此事被陈母得知，却厉声斥责儿子：你考试名列第一，父兄皆以文章立朝而为名臣，难道能因贪图高官厚禄竟去改文习武、玷污门庭吗？吓得尧咨最终未敢接受朝廷的委派②。又如，宋英宗曾委请王陶、韩维等名臣教育太子赵顼（即后来的神宗）。一次，近侍以武将所穿的“弓样鞋”进献，韩维马上教训太子道：“王安用武靴？”弄得赵顼面露愧色，急令手下毁之。此事后被传为美谈，深得士大夫们的称赞③。而在抑制武将的同时，赵宋王朝又有意识地抬高文吏在政治生活中的地位。如果说，在建国之初，靠枪杆子夺天下和打天下的宋太祖还有些瞧不起读书人的话（例如《湘山野录》卷中曾载：太祖驾临朱雀门，见门额大书“朱雀之门”四字，因问左右：“此之字何用？”答曰：“语助词也。”因笑曰：“之乎者也，助得甚事！”意即对文人的掉文弄白表示嘲笑），那么后来无论在思想上和政策上就都有了明显的

① 释文莹：《玉壶清话》卷八，中华书局，1984 年，第 76 页。
② 丁传靖辑：《宋人轶事汇编》卷五，中华书局，1981 年，第 209 页。
③ 邵伯温：《邵氏闻见录》，中华书局，1983 年，第 24 页。

改变和调整。例如,他说:“宰相须用读书人”,“朕欲尽令武臣读书,知为治之道”,就连主兵的枢密使一职都改派文吏去担任。这就表明了宋朝治国的指导思想已偏向于“以文治国”。而为贯彻此指导思想,宋朝就广开科举之路,使大批读书人得以通过考试而跻入仕途(唐朝每次录取的进士不过30余人,而宋朝每次达三四百人,多了十倍以上。宋太宗在位20年,登第者竟近万人之多);而一旦入朝为官,就享有优厚的俸禄,即使在离职时也还可以领宫观使的名义支取半俸(武官就无此待遇)。所以,读书人一旦考中进士,马上就显得脸上飞金,荣耀非凡。这就难怪尹洙要说:“状元登第,虽将兵数十万,恢复幽蓟,逐强蕃于穷漠,凯歌劳还,献捷太庙,其荣不可及也。”①在全社会人的心目中,“文”和“武”的价值就是如此地倾斜着的!另外,宋朝还采取了“不杀士大夫及上书言事人”的比较宽容的思想文化政策,只要不是造反作乱,文吏一般不会招致杀身之祸。例如,苏轼因作诗“讪谤”朝政而被逮入狱,自忖有性命之虞,结果却“蒙恩”贬谪,并未遭诛。甚至像祸国殃民、罪该万死的蔡京、贾似道等文吏,在其罪发之后,也不过充军发配而已。而相比之下,岳飞却因“莫须有”的罪名,父子同被冤杀。这就显示出赵宋王朝对文官和武将的态度明显有所偏颇。

一是鼓励享乐,二是优待文吏,这二者结合起来,又造成了什么后果呢?那就是:第一,宋代士大夫们的物质生活水平大为提高,他们中的不少人拥有着华屋大院,并普遍蓄养歌妓,过着十分阔绰的富贵生活(这方面的情况,下文还要论述)。第二,在全社会滋长了“读书做官”和“及时行乐”的思想。对此,宋祁与其兄长宋庠的一段对话就很能说明问题。宋祁兄弟出身寒门,通过科举都做了高官(宋祁任翰林学士,宋庠任宰相)。某日宋庠听说宋祁经常“点华灯拥歌妓醉饮”,即派人转告宋祁:“相公(指宋庠)寄语学士,闻昨夜烧灯夜宴,穷极奢侈,不知记得某年上元同在某州州学内吃齑饭(齑指素食)时否?”意思叫他不要忘了从前穷读书人的根本。谁知宋祁回答得更妙,说道:“却须寄语相公,不知某年吃齑饭是为甚底?”意为:当年十载寒窗苦读书,岂不就是为了做官和享乐?② 宋祁这段相当坦率的道白,就再明白不过地道出了不少宋代文人的真实心理,而这也正好证明了宋室以享乐思想和优待政策来羁縻、笼络文臣是十分有效的。所以,针对上述情况,清人赵翼在其《廿二史札记》中曾经指出“恩逮于百官,惟恐其不足”乃是宋代政治制度中的突出弊病,而此言实际也揭示了宋代士

① 田况:《儒林公议》,《丛书集成新编》本,商务印书馆,1937年,第3页。

② 钱世昭:《钱氏私志》,《笔记小说大观》第6编第3册,台北新兴书局,1983年,第1669页。

大夫享乐成风的政策(政治)根源。

(二) 宋代高度发达的商业经济和富丽旖旎的都市风情

但是,光有政治或政策方面的原因还不足以构成宋人大过其享乐生活的充足条件。宋代之所以盛行享乐之风,还与当时高度发达的商业经济和富丽旖旎的都市风情有关;从一定意义上说,这后两者正就为宋代的享乐风气提供了丰厚的经济基础与物质保障。

对于宋代高度发达的商业经济和富丽旖旎的都市风情,我们只要观摩一下宋人张择端的名画《清明上河图》,即可获得身临其境的感受。这幅描绘北宋首都汴京民物阜康景象的长卷,其右边开端处是宁静的田野和乡村,赶集的乡人和驮运的骡马正沿着乡村小路向城里集中。穿过一丛苍劲的老树,就来到了城郊的街道,人们正从停泊于河边的粮船上搬下沉甸甸的米袋。沿着汴河放眼望去,可以看到拱桥下的木船已经放倒了桅杆,船工们则握篙盘索,正在紧张地准备过桥,使人深感当时"漕运"的繁忙气氛。而在桥边,另有那赶脚、推车、挑担的人们,也正在为自己的生计而辛苦奔忙。过桥往前,则就来到了画卷最精彩和最热闹的部分:在靠近市中心的商业区里,车马骈阗,行人熙攘,酒楼林立,百肆杂陈,呈现出一派极为繁华的都市景象……观画至此,人们仿佛已置身于当时的商业社会之中。

而在此同时,我们还可参阅有关的历史、方志著作,以进一步加深对于宋代商业经济和都市风情的感性印象。我们知道,唐代的首都长安实行着坊和市分开的制度,居民们居住在整齐的坊区内,商业活动则另在东西两市内进行。到了夜间,城门和坊门按时关闭,商业活动也就随之停息。而到宋代,坊和市的界限既被打破,集市贸易的时间也不再受到严格的限制(如汴京城里的夜市可以延续到三更,至五更则又重新开张)。这样一来,宋代都市里的商业经济,就获得了空前的发展。对此,请先看《东京梦华录》所描写的北宋汴京城里的情况,如其"东角楼街巷"一节写道:

> 从纱行至东华门街、晨晖门、宝箓宫,直至旧酸枣门,最是铺席要闹……南通一巷,谓之"界身",并是金银彩帛交易之所,屋宇雄壮,门面广阔,望之森然,每一交易,动即千万,骇人闻见。①

又如其"相国寺内万姓交易"一节写道:

① 孟元老撰,邓之诚注:《东京梦华录注》,中华书局,1980年,第4页。

相国寺每月五次开放万姓交易，大三门上皆是飞禽猫犬之类，珍禽奇兽，无所不有……

再看吴自牧《梦粱录》中对南宋首都临安的描写。如其卷十三“天晓诸人出市”一节所写早市情况：

……最是大街一两处食面店及市西坊西面食店，通宵买卖，交晓不绝。缘金吾不禁，公私营干，夜食于此故也。御街铺店，闻钟而起，卖早市点心……早市供膳诸色物件甚多，不能尽举。自内后门至观桥下，大街小巷，在在有之，不论晴雨霜雪皆然也。①

又如其“夜市”一节所写的夜市情况：

杭城大街，买卖昼夜不绝。夜交三四鼓，游人始稀；五鼓钟鸣，卖早市者又开店矣……冬月虽大雨雪，亦有夜市盘卖。至三更后，方有提瓶卖茶。冬闲，担架子卖茶，馓子慈茶始过。盖都人公私营干，深夜方归故也。②

读了这些描述，读者眼前似乎就呈现了这样的情景：汴京城里，临安城中，到处可见热闹的街头集市，成群的商贩和顾客正在进行着讨价还价的交易；而在街边林立的商铺里，众多的消费者正在悠然自得地购物和津津有味地进食……因此说到底，宋代士大夫文人和上层市民之所以能过着十分优裕的享乐生活，正是以两宋高度发达的商业经济作其经济基础的。或者也可换句话说，宋人的“享乐人生”和“快活人生”在很大程度上是枕奠在这商业经济高度发达的社会大舞台上的。

由于商业经济的发达，宋代出现了一大批繁华富丽的都市。仅就人口数量来说，北宋十万户以上的州、府，神宗时已达 40 多个（据王存等所著《元丰九域志》），到徽宗时更达 50 多个（据《宋史·地理志》）。其中，汴京城里仅屯养甲兵就有几十万，居民则更达百万之多（比起汉唐的京都增加了十倍左右），成为公元 11 世纪到 12 世纪世界上规模最大的城市之一。除此以外，北方的太原、真定、大名（今北京）、洛阳，东南的苏州、杭州、江宁、扬州，川蜀地区的成都、梓州、兴元、汉州，闽广地区的福州、广州等，也都是人口密集的城市。南宋虽偏安江南，但其城市的规模也不亚于北宋。如临安府（杭州）的户口在宋末已达 39 万

① 吴自牧：《梦粱录》，浙江人民出版社，1980 年，第 118 页。
② 同①。

户、124 万口之多,据讲已超过了当年的汴京。另如苏州、建康、成都、泸州等城市也有了更大规模的发展。而在这人口密集和商业发达的基础之上,自然就会形成大城市所特有的都市风情。如《东京梦华录序》中的“举目则青楼画阁,绣户珠帘”和“新声巧笑于柳陌花衢,按管调弦于茶坊酒肆”之类描写,就正是这种都市风情的形象化写照。而为具体深入地了解宋代都市风情的物质基础和生活内涵,也为了更加真切地感知宋人享乐人生的实际情况,我们即据先儒“食、色,性也”的古训,分就饮食和女色这两方面的享受作重点论述:

民以食为天。饮食水平的高低,可谓衡量生活水准和生活质量的一项最重要和最直观的标准。这里先看北宋的情况,据《东京梦华录》中“食店”一节记载,汴京城的面饭店中就有如下众多的菜肴品种:

> 大凡食店,大者谓之“分茶”,则有头羹、石髓羹、白肉、胡饼、软羊、大小骨角、炙犒腰子、石肚羹、入炉羊罨、生软羊面、桐皮面、姜泼刀、回刀、冷淘、棋子、寄炉面饭之类。吃全茶,饶齑头羹。更有川饭店,则有插肉面、大燠面、大小抹肉淘、剪燠肉、杂煎事件、生熟烧饭。更有南食店:鱼兜子、桐皮熟烩面、煎鱼饭。又有瓠羹店,门前以枋木及花样启结缚如山棚,上挂成片猪羊,相间三二十片……①

而在其“饮食果子”一节中所载的菜肴果品的种类,则更达近百种之多!

到了南宋,由于江南的物产远比北方丰富,所以其“饮食文化”的发达更令人惊叹。如《梦粱录》卷一六中“分茶酒店”一节所载的菜肴品种,简直已达令人眼花缭乱、无所适从的地步。且以其中的水产品(或曰“生猛海鲜”)为例,就有如下名目繁多的种类:

> 鸡元鱼、羊头元鱼、鲜虾粉、酒烧香螺、香螺脍、酒烧江瑶(即江瑶柱,鲜贝类)、生丝江瑶、擀望潮青虾、酒炙青虾、青虾辣羹、酒拨蛎、生烧酒蛎、赤鱼分明、姜燥子赤鱼、鱼鳔二色脍、海鲜脍、鲈鱼脍、鲤鱼脍、鲫鱼脍、群鲜脍、燥子沙鱼丝儿、清供沙鱼拂儿、清汁鳗鳔、酥骨鱼、酿鱼、两熟鲫鱼、酒蒸石首鱼、白鱼、时鱼、酒吹鯚鱼、春鱼、油炸春鱼、鲂鱼、油炸鲑鲫、油炸假河豚、炒鳝、银鱼炒鳝、虾鱼肚儿羹、酒法白虾、紫苏虾、水荷虾儿、查虾鱼、水龙虾鱼、虾元子、赤蟹、醋赤蟹、白蟹、溪蟹、辣羹蟹、五味酒酱蟹、酒泼蟹、生蚶子、炸肚燥子蚶、五辣醋蚶子、蚶子脍、米脯鲜蛤、米脯风鳗、鲜蛤、假熬蛤蜊肉、荤素水龙白鱼、大鱼鲊、鲜

① 孟元老撰,邓之诚注:《东京梦华录注》,中华书局,1982 年,第 127 页。

鳇鲊、寸金鲊、鱼头酱、鲽鱼、虾茸、鳗丝、白鱼干、金鱼干、梅鱼干、银鱼脯、鲚鱼干、炙鳅、炙鳗……①

如此繁多的花色品种，开句玩笑来说，就连今天号称星级宾馆的大饭店，恐怕也难以开出这样一张琳琅满目的菜单来。这也难怪直到今天，中国商业出版社居然还把《东京梦华录》《梦粱录》（还有《都城纪胜》《西湖老人繁胜录》《武林旧事》等记述南宋临安风物的另外三部著作）列为《中国烹饪古籍丛书》之一而加以重版。这就表明，两宋人的"美食"水平确实已达很高的地步；而他们之所以能拥有赛神仙的快活生活，也就在很大程度上仰仗于都市生活所提供的"会寰区之异味，悉在庖厨"的饮食享受。

再说女色的享受。在这方面，两宋社会繁华和旖旎的城市生活（特别是"夜生活"）为宋代文人享受"性服务"提供了十分优裕的条件。例如，宋代的贵族官僚，一般都拥有三妻四妾，这且留在下文再说。而除此以外，大城市里随处可见的歌楼妓馆，更为他们的狎妓冶游大开了方便之门。以北宋汴京为例，《东京梦华录》中"酒楼"一节就有这样的记载：

凡京师酒店，门首皆缚彩楼欢门。唯"任店"入其门，一直主廊约百余步，南北天井两廊皆小阁子，向晚灯烛荧煌，上下相照，浓妆妓女数百，聚于主廊槏面上，以待酒客呼唤，望之宛若神仙。②

请看，光一个"任店"就准备着数百名浓妆艳抹的妓女来招待侍奉客人，此种"三陪"的规模简直令人咋舌！而散见于该书中关于妓院的零星记述，另外还有许许多多。且举数例如下：如朱雀门外的诸多街巷（自东大街至保康门街及杀猪巷等），皆是妓馆的去处。宣德楼前有一条向西的大街，则是号称"院街"的专门的"妓院街"。还如相国寺附近，"寺南即录事巷妓馆"，"北即小甜水巷，巷内南食店甚盛，妓馆亦多"，"又向北曲东税务街、高头街、姜行后巷，乃脂皮画曲妓馆"……如此众多的妓院娼馆，当然就为北宋士大夫和上层市民的声色之娱和狎妓之游，提供了随处可逢其源的机会。

至若南宋都市里的妓院，则更是"到处开花"。如耐得翁《都城纪胜》中记述临安城的酒肆，往往就是暗娼之所在。这里有两种情况：一是有一种比较简陋的"庵酒店"，门口挂着红栀子灯作为记认，酒店阁楼内则暗藏卧床，娼妓可以随时陪客就欢。另一种是比较高档的大酒店，娼妓在店里只伴坐陪酒，顾客如想买

① 吴自牧：《梦粱录》，浙江人民出版社，1980 年，第 142 页。
② 孟元老撰，邓之诚注：《东京梦华录注》，中华书局，1982 年，第 71 页。

欢,另须到妓女住所进行。又如《梦粱录》卷一六中"茶肆"一节记载,临安城中的茶馆中有一类名叫"花茶坊","楼上专安着妓女","非君子驻足之地也"。由此看来,南宋的都市生活中,"娼风"比北宋就越发炽盛。因此到得夜间(例如元宵之夜和中秋之夜),"公子王孙,五陵年少,更以纱笼喝道,将带佳人美女,遍地游赏。人都道玉漏频催,金鸡屡唱,兴犹未已"(《梦粱录·元宵》)。这种旖旎的夜生活风情,就更往宋人的享乐生活中增添了浓艳的色情成分。

俗语云:饮食男女,人之大欲。美食加上美色,这就构成了两宋贵族官僚和有钱阶级享乐生活的核心内容。而若无宋代社会高度发达的商业经济和富丽旖旎的都市风情作为基础和依托,则两宋士大夫文人之得以歌舞声色地纵情欢娱,就是很难想象的。

(三)宋人自我价值的"升值"和"人生行乐"思想的膨胀

除开上面所谈的政治和经济方面的原因以外,两宋社会之所以盛行享乐之风,还有其思想观念方面的原因。此即:第一,时至宋代,人们的自我价值已有了"升值"之势,这样一来,他们就越发懂得珍惜生命和注重人生享受;第二,时至宋代,作为地主阶级知识阶层的士大夫文人,其阶级属性中的腐朽一面比前代更有所膨胀,再兼受到新兴市民阶层庸俗思想意识的影响,这就更加诱发了他们"人生行乐耳"的享乐心理。

首先,请看宋人因自我价值"升值"而引发的享乐心理。

照理来说,生而为人,人就该有其天赋的人权和独立的自我价值。但在生产力低下的上古社会,人们连维持温饱的最起码之生存权都不一定得到保障,这就很难谈到对于人生的享受。而后来,即使能达到衣食不愁,但处在专制皇权高压下的一般臣民,却也几乎无个人的"自我价值"可言。对于上述情况,《老子》所说的一段话就做了深刻的揭示。其言曰:"天地不仁,以万物为刍狗;圣人不仁,以百姓为刍狗。"①确实,在天地(大自然)和圣人(国君)眼中,无论是万物还是人类,通都是一大堆贱如草木鸡犬的物件,哪里谈得上什么"价值"和"人权"!例如,以天地与人的关系来说,只要老天爷偶一发威(地震、洪涝就是其常见的表现),顿时便会使千万条生命化为泡影。再以国君与臣民的关系来说,则"普天之下,莫非王土;率土之滨,莫非王臣",只要皇上偶一动怒,那也会导致许多颗人头落地。所以在封建时代,即使是被平民百姓视为"大老爷"的士大夫们,其个人的"自我价值"其实也少得可怜——老话有云:"君要臣死,臣不敢不

① 朱谦之:《老子校释》,中华书局,1984年,第22页。

死。”就连自己的身家性命都被别人所操纵和主宰,那更遑论其他的一切!因而封建社会中的士大夫文人,基本已沦为皇权统治的工具和奴仆,很少有其独立的人格和自我价值可言。而除开政治生活中的附庸性和服从性之外,他们在思想观念和行为方式方面也深受禁锢。“非礼勿视,非礼勿听”之类的封建伦理,就像金箍圈那样紧套在他们头上,使其言行不敢轻越雷池一步。这就难怪中国古代的士大夫们,内心常会产生“战战兢兢,如履薄冰”之感。但是以上情况却仅是问题的一个方面。问题的另一面又表现为:作为万物之灵的人类,其中的每一人员又都是有血有肉和有情有欲的生命,他们必然会产生“一要生存,二要温饱,三要发展”的本能要求;换句话说,又都会有其实现自身价值的人生追求和具体行动。从这角度来看,则个人的自我价值又是无法全盘扼杀的,虽然它的实现常会遇到来自多方面的压制和阻力,而其实现方式也会因人而异(例如古代文人在遭受政治压抑而无缘发展之时,往往改用溺情声色或隐居山林的方式来构筑其个人世界的乐园,这些举动就可视为他们在私生活中追求实现其自我价值的努力)。所以,基于以上矛盾,中国古代的士大夫文人,一面小心翼翼、唯恐惹祸地努力扮演好“忠臣”(实为忠实管家和奴仆)的角色,自觉自愿地被封建社会的纲常伦理所套牢;另一方面,却又心有不甘,暗暗地为实现自身价值而多方努力。值得庆幸的是,随着社会的不断进步和思想观念的有所变化,发展到两宋时期,士人的自我价值就随着生活水准的提升而有了水涨船高的升值趋势。尽管这种“升值”并不是一眼就能看清的,也尽管连不少词人自己都未意识到这点,但词中所大量存在的咏叹人生和珍视生命之作,却已暗示了这一心理趋势。例如,宋祁词云:“浮生常恨欢娱少,肯爱千金轻一笑?为君持酒劝斜阳,且向花间留晚照。”(《玉楼春》)柳永词云:“似此光阴催逼,念浮生、不满百。虽照人轩冕,润屋珠金,于身何益?”(《尾犯》)他们对于“浮生欢娱少”的反思,对于身外之物(官位、财宝)的看轻和对生命本身的看重,都说明了宋人对于自我价值的认识已渐趋自觉和清醒。而宋代词坛上随处可见的伤春悲秋之作,其底里蕴藏着的,则更是一股眷恋人生和珍惜生命的挚情浓意。这些,就均足反映宋人自我价值的大有“升值”之势。

那么,这种自我价值有所“升值”之势,是因何产生的呢?它就与社会经济(特别是商业经济)的发展和生活水准的提升,存在着水涨船高的关系。

古语有云:“千金之子,坐不垂堂。”(《史记·袁盎传》)其意是说:富贵人家的子弟,为保性命的安全,平常连屋檐底下都不肯去坐(怕坠瓦伤身)。这就说明了一个道理:越是富贵之人,就越是爱惜身家性命;换句大白话来说:越是有钱人,其性命就越是“值钱”!这方面的典型例证尤可从打仗时的勇怯对比中见出：越是原本穷得精光的汉子一般就越是奋不顾身（“二十年后又是一条好汉”即是他们的名言），而养尊处优的“少爷兵”们则相对显得胆小和怕死——这其间岂非存在着这样一条通则：人们对于生命价值的看轻或看重，往往与其本身的生活水平与生存质量存在着密切的关联。当然，举出上述例证绝不意味着我们认为富人命“贵”和穷人命“贱”，而只想说明人的自我价值通常与社会经济的发展水平和人们物质生活的水准大有关联。不妨先从社会经济水平来讲：在发达国家雇一个劳动力的工价，就可能是不发达国家工价的十倍、二十倍，这就说明如果单从经济学角度来看问题（即仅把人当作劳动力来看），那么人的“价值”之大小，就与当时和当地的经济水平有着直接的联系。再从生活水准来讲，则如前所说，越是生活优裕的人就往往越是看重自己的生命，也越是忧惧好景不长，希望长生不老。明白了上述道理，我们再来观照宋代词人的情况，其自我价值之“升值”与两宋社会经济之间的同步关系，便豁然开朗。这里只举一个例子，即可说明道理。例如，《东京梦华录》“食店”一节中曾这样描述过当时饮食店对顾客的殷勤招待和周到服务：“客坐，则一人执箸纸，遍问坐客。都人侈纵，百端呼索，或热或冷，或温或整，或绝冷、精浇、臕浇之类，人人索呼不同。行菜得之，近局次立，从头唱念，报与局内……须臾，行菜者左手杈三碗，右臂自手至肩驮叠约二十碗，散下尽合各人呼索，不容差错。一有差错，坐客白之主人，必加叱骂，或罚工钱，甚者逐之。”①请看，顾客一入店中，小二马上奉上杯筷，以及类似今之餐巾纸的擦手纸；点菜时顾客尽可提出各种各样的具体要求（或冷或热，或咸或淡），店家全都给予满足；侍奉如有不周，只要向老板提出，则必对雇工进行叱骂，甚或炒其鱿鱼。这就让进餐者真正尝到了“顾客是上帝”的快乐自得。所以，处在这种商业气氛很浓的环境中，即使是无权无势的平民百姓，也能用钱去换来别人对自己的尊重，以及那周到和优质的服务，这就必然促使人们越发看重自己的“主人”地位。由此而来，个人的自我价值就像春水暗涨那样在宋代产生了普遍性的“升值”趋势。而作为全社会精英阶层的士大夫文人，则更是“春江水暖鸭先知”地敏锐地感知了这点。所以他们就越发懂得珍惜生命和善待今生，尽力在自己有限的人生历程中寻求最大的快乐，以充分实现其生命的价值。表现在宋词中，于是就高涨起了“人生行乐”的呼声。我们试检《全宋词》，其中含有“行乐”的词句就竟达150多处！例如：“一瞬光阴何足道，但思行乐常不早”（张昇《满江红》），“行乐直须年少，尊前看取衰翁”（欧阳修《朝中措》），“人生无事须行乐，富贵何时且健身”（米芾《鹧鸪天》），“对美景、不妨行乐”（朱淑

① 孟元老撰，邓之诚注：《东京梦华录注》，中华书局，1982年，第127页。

真《月华清》)，“闲处直须行乐，良夜更教秉烛”(辛弃疾《水调歌头》)，“长生药，有分神仙难学，人生聊复行乐”(刘辰翁《摸鱼儿》)……真可谓触处都有、屡见不鲜。这就表明，宋代词人由于其自我价值的“升值”，就自然会引发他们对享乐生活的需求和追求。而对这种需求和追求，我们在总体上还是可以给予认同和肯定的。这是因为，正像词人陈著所说：“人生几何，如何不自、珍重此生?”(《沁园春》)既然人生是那样的短暂，那样的值得珍惜，那么“享受人生”便理应成为人类的正当权利和正常天性。这种“享受”，从其最低要求来说，就是一要生存，二要温饱；而从较高要求来说，则是追求尽可能舒适的物质生活和尽可能完美的精神生活。因此，只要不过分和不畸形，且在不违法乱纪和不悖伦理道德标准的前提下去获取快乐，则“享受人生”的欲望与举动就无可厚非。而且若从社会进化的角度来看，则人类越是懂得充分和合理地享受人生，而社会也越能为人们提供和创造这方面的条件，那就正是人性得到圆满舒展和社会日趋进步的重要标志。故而宋代词人由于自我价值的“升值”而导致的“享受人生”的高涨要求，从一定意义上说就是对于封建礼教扼杀正常人欲和人类天性的反抗，带有着体现社会进步的积极性思想意义。

但是，凡事又不可超过一定的限度。而在词人的享乐行为中，我们却又看到了“过度”的情况。例如，五代君臣之穷奢极侈、荒淫无检。例如，宋代某些官僚之一味享乐而丢弃其应尽的责任，就超出了正常的“享受人生”之范围，而带有了相当浓厚的腐朽、庸俗、自私的思想色彩。造成这种情况的原因，一要从他们的阶级属性中去寻找，二又可从接受市民意识影响的角度考察。现在，先让我们从宋代地主阶级的整体情况说起。

俗话说：“皮之不存，毛将焉附?”知识分子和他们所依附的阶级或集团之间的关系，就真有些像毛和皮的关系。所以，“皮”的情况如何，就往往能决定“毛”的情况如何；而反过来说，则“毛”的情况如何，也往往能反映出“皮”的情况如何。正是基于上述道理，近人金松岑对封建士大夫文人与整个地主阶级国家机器的关系作了这样一个比喻：“夫士，国之肝肾；夫士之言，国之声息也。”①也就是说，国运昌盛，士大夫文人的“心声”(主要指文学创作)就相应而显得声大气旺；而反之，若整个统治阶级的情况不佳，则作为其“肝肾”的士大夫文人的思想面貌也势必会变得萎靡不振。而拿这种观点来看问题，我们就能发现，宋代士大夫文人之所以越发滋生“人生行乐耳”(方岳《风流子》)的享乐主义人生观，就

① 金松岑：《心声》，郭绍虞主编《中国历代文论选》第4册，上海古籍出版社，2001年，第230页。

与整个地主阶级的进一步糜烂有关。

应该承认,“人生行乐”的人生观并不始自宋代文人,它乃是一种源远流长的思想。但从两宋文人追求享乐的势头来看,却又大有超过前代的趋向。而这,便与作为统治阶级的地主阶级之总体精神面貌有关。我们知道,自秦汉以来,中国就进入了由地主阶级统治整个国家的封建社会。作为一个取代奴隶主阶级的新兴阶级,地主阶级曾发挥过它推动历史前进的积极作用,因而自有其积极向上的一面。但是,作为一个剥削阶级,它又与生俱来地带有寄生和腐朽的本质属性;而且,随着时间的推移,这种寄生性和腐朽性又会发展得越来越严重。安史之乱以后,中国封建社会从总体而言已开始步入其中后期,因此作为其统治阶级的地主阶级,也缘此而变得更加贪婪和腐败。这种情况,当然主要反映在政治生活和经济生活中间,但从其代表人物(皇帝和官僚)的生活方式和人生哲学中却也可以看出端倪。这里先以五代君臣为例,看一看身处这民不聊生的乱世阶段,他们的享乐生活竟达到了何等荒唐和淫靡的地步。如前蜀国君王衍,他的荒淫就是出了名的。史书上说他常与“诸狎客妇人嬉戏”,“为长夜之饮”,并不惜涂脂抹粉、头戴尖帽,亲自执板大唱其《玉树后庭花》。这种形象,哪里还像是皇帝的“尊容”?简直就是戏台上的一位小丑角色!所以在他的诗词里头,也便充斥着及时行乐、醉生梦死的腐朽思想。如其诗曰:“辉辉赫赫浮玉云,宣华池上月华新。月华如水浸宫殿,有酒不醉真痴人!”(《宫词》)其词则更加粗俗不堪,竟公然宣扬“莫厌金杯酒”和“只是寻花柳”的生活方式(《醉妆词》)。再如南唐的李后主,他在亡国之前的豪侈程度也着实令人“叹为观止”。这里只说一个小故事:南唐灭亡之后,有一位宫妃沦落为宋将的小妾。某日宋将宴客,家中张起了彩灯,那位小妾紧闭双目,埋怨烟气太重;后改燃巨烛,她又嫌烟雾障目。宋将惊讶,问她以往李后主宫中难道就不点灯燃烛?答曰:南唐宫中至夜只需在梁上悬一夜明珠便满屋生辉,何劳点什么灯烛?① 由此可知,李煜词中所写的种种享乐情景(如《浣溪沙》中所写的昼夜歌舞情景:“红日已高三丈透,金炉次第添香兽,红锦地衣随步皱……”),实际都是有其生活原型的。而这位小皇帝在某种场合所吐露的忏悔之语(如《阮郎归》中所说的“笙歌醉梦间”,《浪淘沙》中所说的“梦里不知身是客,一晌贪欢”),也间接反映了他在亡国前所怀有的醉生梦死、及时行乐的享乐思想。当然以上所举的事例仅是五代时期两位小皇帝的情况,但推而广之,处在这乱世环境中的整个士大夫文人之追求享乐也就可想而知。

那么,到了北宋时期,情况又怎样了呢?若从总体来看,则这一时期的士人

① 王铚:《默记》,中华书局,1981 年,第 28 页。

享乐生活就因时局的进入“盛世”而带有了“太平也，且欢娱”的新的时代特色。对此，先让我们读一则趣闻：

宋神宗主政时期，蔡挺出守平凉（在今甘肃省）。此公本是一位贪恋享乐、害怕艰苦的文臣，所以到任后一直郁郁不乐，思欲调回汴京。时至岁末，偶作《喜迁莺》词，有曰：“岁华向晚愁思，谁念玉关人老？”分明就含有着埋怨皇帝将他遗忘之意。结尾则曰：“太平也，且欢娱，不惜金樽频倒。”意思是说：算了算了，何必自寻烦恼？且让我趁着这天下太平、边境无事之时，尽情娱乐，频进美酒吧。词成之后碰巧被朝廷派来犒军的使者所得，遂带回京师。由于宫女们文化程度不高，不察其中实含牢骚而唯觉其“太平也”三句是为盛世唱赞歌的，于是满宫争唱，竟传至神宗耳中。不料神宗非但不责怪蔡挺的埋怨，反而御笔批下16个字：“玉关人老，朕甚念之。枢管有缺，留以待汝。”意为：我并未忘掉你这个身在玉门关外的老臣，现今枢密院内正缺个副使，这个空位不妨就留给你吧。不久，即下诏将蔡挺调回京师升任枢密院副使①。这个故事，一方面反映了宋代士大夫的贪恋享乐、不图进取；另一方面，又赞颂了皇上的“善解人意”和他对臣僚享乐心理的理解和同情。而我们则从中读出了更深的内涵，此即：身处“太平盛世”，宋室君臣所考虑的，往往不是进一步励精图治、有所作为，而是个人的安逸与享乐。故像蔡词表达的“太平也，且欢娱”的思想，在宋代士大夫中实是具有代表性的。这里不妨再讲一则同是发生在神宗朝的另一则“佳话”：元丰初年，辽国与宋谈判划定边界之事，宋朝即派宰相兼枢密使韩缜出京议事。面对这一军国大事，韩缜似乎并没有多作考虑，而使他牵肠挂肚的却是要与她的爱妾刘氏离别（按当时的规矩，不能携家眷同行）。于是在临行前他与刘氏畅饮通宵，且作《凤箫吟》词留别。词中念念不忘他与爱妾平日里的恩爱生活，并盼念着“恁时携素手”、重新得以团聚。谁知此词也传至神宗耳中，立即下旨将刘氏追送到韩缜身边。记载此事的叶梦得《石林诗话》还对此发表了一通感慨，认为皇帝对臣僚的私生活如此关心，“故中外士大夫，无不乐尽其力”②。

请看，一个是镇边大吏，一个是朝廷重臣，但他们在肩负国家重任时所优先考虑的却往往是个人的享乐，而身为皇帝的神宗则又勉力促成其“好事”，这就反映出“盛世”时期君臣们居安而不思危的相似心态，以及他们私事重于公事的享乐心理。

所以我们大可发现，虽然生活在其享乐生活有着充分保障的“太平盛世”，

① 王明清：《挥麈余话》，《挥麈录》，上海古籍出版社，2012年，第191页。
② 叶梦得：《石林诗话》，中华书局，1991年，第4页。

然而宋人的及时行乐思想却比前朝似乎有增而无减。如果说,五代词人发出“遇酒且呵呵,人生能几何”(韦庄《菩萨蛮》)的哀叹,人们尚能谅解其无奈的话(因为他们身处风雨飘摇的乱世,大有今天不知明天的危机感在心),那么对于北宋词人及时行乐的普遍呼声,就只能感到惊讶了。例如,宰相张昇在他80多岁时所写的《满江红》中竟还这样说道:“一瞬光阴何足道?但思行乐常不早!待春来,携酒殢东风,眠芳草。”从他自悔“行乐常不早”和垂暮之年犹盼殢酒眠草的心理中,我们就看到了这一代文人对于个人享乐怀有何等迫切和自觉的愿望了。而这种心理,似乎就与时代正处“盛世”的形势大不相称,只能从他们的人生观中去寻找其思想根源——也就是说,随着地主阶级整体状况的趋于糜烂,其知识阶层的价值取向也越来越趋向于个人享乐。

而除此以外,两宋社会之所以盛行享乐之风,另还与当时日渐壮大的市民阶层讲求“实惠”的庸俗思想有关。我们知道,在宋代的城市中,随着手工业和商业的发达,市民阶层开始壮大起来,成了当时社会结构中一支不可忽视的队伍。市民阶层的思想意识中,固然有着反抗封建礼教的一面,却也有着企羡富贵、讲求“实惠”的另一面。而后一类比较庸俗的思想意识,也对宋代的享乐之风起了思想上的推波助澜作用。举例来讲,五代冯延巳曾写过一首《长命女》词:“春日宴,绿酒一杯歌一遍。再拜陈三愿:一愿郎君千岁,二愿妾身长健,三愿如同雕梁双燕,岁岁长相见。”此词曾被广为传唱。但到了宋代,却被一位“俗子”改写成了《雨中花》词:“我有五重深深愿:第一愿且图久远。二愿恰如梁上燕,岁岁得长相见。三愿薄情相顾恋。第四愿永不分散。五愿奴哥收因结果,做个大宅院。”这里除了重复冯词中的“三愿”以外,明显附加的便是“大宅院”的美梦。当然,人想有个大宅院也无可厚非,但若综合起来看,则这位“俗子”所企盼的便是要占尽除了当官以外的一切人间好处:健康长寿,夫妻(妾)恩爱,华屋大宅。这和前代《殷芸小说》中所讲的“腰缠十万贯,骑鹤上扬州”的愿望倒有异曲同工之妙;而其不同处则在:“骑鹤”者思欲上天成仙,而“大宅院”者则一门心思地要在人间的世俗生活中尽情享乐。举此一例,我们便知宋代的市民阶层是如何地讲求“实惠”了。而此类庸俗的思想意识,当然又会影响到宋代的文人,特别是那些身处下层的文人。例如,我们在柳永的词中便屡见那类庸俗不堪的思想意识——它们便是上述唯求“实惠”和追求享乐的市民思想的集中反映:

小园东,花共柳,红紫又一齐开了。引将蜂蝶燕和莺,成阵价,忙忙走。　　花心偏向蜂儿有。莺共燕,吃他拖逗。蜂儿却入,花里藏身,胡蝶儿,你且退后。(《红窗迥》)

师师生得艳冶,香香于我情多。安安那更久比和,四个打成一个。

幸自苍皇未款,新词写处多磨。几回扯了又重挼,奸字中心著我。(《西江月》)

前一首词中,作者借用蜂、蝶、燕、莺的形象来描写当时士人和市民那种眠花宿柳、争风吃醋的情景,以及自己想"独占花魁"的"竞争"心理。后一首词,则直接描写了他与妓女们厮混的场面,令人不堪入目。而上述有些变态的色情心理,归根到底都导源于"风流事,平生畅,青春都一饷。忍把浮名,换了浅斟低唱"(《鹤冲天》)的唯求"实惠"的享乐主义人生观。

这样,上有帝王的提倡,下有市民阶层的呼应,再加上士大夫文人又膨胀了他们人生观中消极腐朽的那一面,宋代社会自然就会形成一股浓烈的享乐之风。由此而来,斗富比阔就成了一种社会风尚。例如,在日常生活中人们纷纷以蓄妾养姬、开宴豪饮为荣;而在文学创作和文学鉴赏中,人们也以有否"富贵气象"作为重要的评判标准。前者,可举宰相王旦和仁宗宫女的两件逸事为例。某次,都尉李和文深夜开宴,以歌妓招待宾客。王旦因有事未能赴宴,次日遂写诗赠李,表示憾意。此事后受谏官弹劾,真宗即转交王旦处置。王旦奏道:此事臣实知晓,且曾写诗表达未能赴会之恨。照臣看来,当今国家太平,这类"妓会"正就是太平气象的表现,又何罪之有?说得真宗哈哈大笑,认可了他的看法①。另一件事则如此:仁宗头痒,唤宫女梳头。宫女见仁宗怀内藏有奏章,问知乃是谏官因老天久雨、认为"阴气"太盛而奏请皇上裁减宫嫔,即曰:当今的王公大臣们,哪家不是歌妾成群?一旦加官晋爵,则更会增添许多。而您官家身边才那么一些妃嫔服侍,又有什么大惊小怪的!难道就只许他们快活!② 由此可知,斗富比阔和享受女色,已成了当日社会冠冕堂皇、引以为荣的时尚。此种时尚,也必然会渗入和反映到文学活动中,形成嗜尚"富贵气象"的审美趋向。例如,真宗在某大臣家的屏风上看到一联:"龙带晚烟离洞府,雁拖秋声入衡阳",赞曰:"此语落落有贵气,何人诗也?"后即把其作者王钦若(时为门客)大加擢升。又如宰相晏殊曾自夸其诗"梨花院落溶溶月,柳絮池塘淡淡风"大有富贵气象,并反问道:"穷人家有此景否?"③再如,女词人李清照论词,也曾批评过秦观之词,说它"譬如贫家美女,虽极妍丽丰逸,而终乏富贵态"④。另一位词人晁补之在读到晏几道"舞低杨柳楼心月,歌尽桃花扇底风"之后,则赞叹道:知此人(指作词者)不

① 李元纲:《厚德录》卷四,《丛书集成初编》本,商务印书馆,1939年,第47页。
② 邵伯温:《邵氏闻见录》卷二,中华书局,1983年,第12页。
③ 胡仔:《苕溪渔隐丛话·前集》卷二五,人民文学出版社,1962年,第171、175页。
④ 胡仔:《苕溪渔隐丛话·后集》卷三三,人民文学出版社,1962年,第254页。

住三家村也①。凡此种种,都说明了在享乐风气的影响之下,文人审美心理所产生的"以富为美"的趋向。而由此也可得知,宋代文人所过的享乐生活和他们所怀有的享乐心理,对于他们的文学创作——尤其是宋词的创作,是产生过相当深刻的影响的。正如前文所说,一定类型的社会土壤会培育出一定形态的文学之花来;而依附于宋人的享乐人生或快活人生,自然就会滋生出一大批充满富贵和享乐气息的宋词作品来。这个道理,其实早在五代欧阳炯写的《花间集序》中就有所揭示。他说:"杨柳大堤之句,乐府相传;芙蓉曲渚之篇,豪家自制。莫不争高门下,三千玳瑁之簪;竞富尊前,数十珊瑚之树。则有绮筵公子,绣幌佳人,递叶叶之花笺,文抽丽锦;举纤纤之玉指,拍按香檀……"这就相当生动地描绘了《花间集》的创作,深深扎根于王孙公子们的享乐生活之中,因此它就必会呈现出那种"镂玉雕琼"、"裁花剪叶"的富贵型的艺术美感。而清代词人朱彝尊更说过这样一段既有片面性、却又不乏见地的话:"昌黎子曰:'欢愉之言难工,愁苦之言易好。'斯亦善言诗矣。至于词或不然,大都欢愉之辞工者十九,而言愁苦者十一焉耳。故诗际兵戈俶扰流离琐尾而作者愈工,词则宜于宴嬉逸乐,以歌咏太平,此学士大夫并存焉而不废也。"②说它片面,是因为词中也有因愁苦而写得出色者,而且这类作品在全部词中所占的比例远非十分之一;说它不乏见地,则是因为它说出了这样一个事实:词中确有数量不少的作品是从享乐生活的土壤中直接滋生出来的(因此朱彝尊甚至认为词是一种"宜于宴嬉逸乐"的文体)。而证以宋词的实际情况,这后一点确有道理。且不说那类描写声色歌舞的词篇,它们之充满享乐气氛自是情理中事;即拿另一些描写愁苦的词篇来看,其中岂不仍然表现着享乐不成的懊恼(如柳永的许多词即是如此)和银屏玉钟之类的富贵字面(如晏几道的许多词即是如此)?因此我们在前花了很大篇幅来谈论宋人的享乐风气,实非离题之举,而是为了从人生切入宋词,更加清晰地认清下列事实:在宋人人生的诸多侧面中,宋词作为一种侑觞佐欢、娱宾遣兴的娱乐性文学,首先便与宋人的享乐人生结下了十分密切的缘分。而在下面的篇章里,就让我们分别从几个方面来展开对"享乐人生——享乐词篇"的论析。

二、城市风光与都会词

前已讲过,两宋文人所过的享乐生活是紧贴在当时高度发达的商业经济和

① 吴曾:《能改斋漫录》卷一六,上海古籍出版社,1979 年,第 471 页。
② 朱彝尊:《紫云词序》,《曝书亭全集》,吉林文史出版社,2009 年,第 454 页。

富丽旖旎的都市风情之上的，所以我们谈论宋人的享乐人生和享乐词篇，就不妨从城市风光和“都会词”开始。而在这方面，汴京和临安这两个大都市当然就成了我们注视的重点。

北宋建都汴京（今河南开封），它不但是当时的政治中心和文化中心，同时也是人口最为密集、商业十分繁荣的大都会。因此，汴京的皇都气派和富丽景象，自然就成了北宋人的骄傲。据《东京梦华录》记载，汴京城的外城总长达40余里，东西南北共有12个城门。京城中最为巍峨的建筑首数皇宫，其“大内正门宣德楼列五门，门皆金钉朱漆，壁皆砖石间甃，镌镂龙凤飞云之状，莫非雕甍画栋，峻桷层榱，覆以琉璃瓦，曲尺朵楼，朱栏彩槛”，确是非常壮观。自宣德楼一直南去，是阔约二百余步的御街；御街旁有两条御沟，中植莲荷，岸边种以桃李梨杏，“春夏之间，望之如绣”。皇宫之外，汴京城里还耸立着许多高大的官衙和府第。除开这些，则是鳞次栉比的街巷和商店、住宅。在这里，进行着“万姓交易”的商品买卖，展开着四时八节的游赏活动，演出了浩穰熙闹的人间戏剧……北宋人（特别是士大夫文人）的享乐人生，便有许许多多场面是在汴京城的都市风光之背景下展现的。缘此，便产生了不少描绘大都市风情的“都会词”。请先读柳永的《倾杯乐》：

> 禁漏花深，绣工日永，蕙风布暖。变韶景，都门十二，元宵三五，银蟾光满。连云复道凌飞观，耸皇居丽，嘉气瑞烟葱蒨。翠华宵幸，是处层城阆苑。　　龙凤烛、交光星汉。对咫尺鳌山开羽扇。会乐府两籍神仙，梨园四部弦管。向晓色，都人未散。盈万井，山呼鳌抃。愿岁岁天仗里，常瞻凤辇。

这首词用浓墨重彩描绘了汴京元宵之夜的繁华和“君民同乐”的享乐情景。你看那12个城门所围之处，尽是由月光和灯影交辉而成的“嘉气瑞烟”。稠密的街道市井间，到处都挤满了人，他们正争着瞻仰皇帝的御容。而此刻的皇上又在做什么呢？“会乐府两籍神仙，梨园四部弦管”，他正津津有味地观赏着梨园子弟像神仙一样的美妙歌舞呢（对此，我们还可引《东京梦华录》中的记述作为印证：“宣德楼上，皆垂黄缘，帘中一位，乃御座……帘内亦作乐，宫嫔嬉笑之声，下闻于外。楼下用枋木垒成露台一所，彩结栏槛，两边皆禁卫排列，锦袍，幞头簪赐花，执骨朵子，面此乐棚。教坊钧容直，露台弟子，更互杂剧。近门亦有内等子班直排立。万姓皆在露台下观看，乐人时引万姓山呼。”①）。通过这番描写，读者

① 孟元老撰，邓之诚注：《东京梦华录注》，中华书局，1982年，第165页。

所见到的汴京城简直就像一座巨大的旋转舞台,演出着彻夜狂欢的热闹戏文。我们知道,柳永后来曾因写词得罪过皇帝,但这首词中的"会乐府两籍神仙"二句却又深获仁宗的赏识①,这恐怕与其迎合皇帝老子的享乐心理有关。

再请读万俟咏的《雪明鳷鹊夜慢》:

望五云多处,春深开阆苑,别就蓬岛。正梅雪韵清,桂月光皎。凤帐龙帘萦嫩风,御座深、翠金间绕。半天中、香泛千花,灯挂百宝。圣时观风重腊,有箫鼓沸空,锦绣匝道。竞呼卢,气贯调欢笑。暗里金钱掷下,来侍燕、歌太平睿藻。愿年年此际,迎春不老。

万俟咏是徽宗朝的御用文人。在他的笔下,汴京城里到处呈现着皇都所特有的富贵气象,而其画面中心自然是那位高居于御座上的徽宗皇帝。借着这位"圣明天子"的眼光俯仰上下,汴京城里"香泛千花,灯挂百宝","箫鼓沸空,锦绣匝道",几乎变成了灯与花的海洋,而全城的民众则在此间寻欢作乐,尽情地享受着他们的快活人生。尽管此词充满了歌功颂德的谀辞,却仍让我们看到了号称"宣(和)、政(和)之盛"时的大都市风貌。

以上所举,乃是北宋中州地区的城市面貌。下面再来看看其他地区的情况。如柳永笔下的苏州:

吴会风流。人烟好,高下水际山头。瑶台绛阙,依约蓬丘。万井千闾富庶,雄压十三州。触处青蛾画舸,红粉朱楼……(《瑞鹧鸪》)

如秦观笔下的扬州:

星分牛斗,疆连淮海,扬州万井提封。花发路香,莺啼人起,珠帘十里东风。豪俊气如虹。曳照春金紫,飞盖相从。巷入垂杨,画桥南北翠烟中。(《望海潮》)

如仲殊笔下的成都:

成都好,蚕市趁遨游。夜放笙歌喧紫陌,春邀灯火上红楼,车马溢瀛洲……(《望江南》)

综观上述词中所写的都市景象,其特色一是城市的富庶和热闹,二是民众(更不用说皇室贵族和百官众僚)的享乐和游赏。这就构成了一幅幅北宋都市人的

① 叶梦得:《避暑录话》卷三,《石林燕语·避暑录语》,上海古籍出版社,2012年,第137页。

"行乐图",为后代人认识北宋文人和市民的享乐人生提供了生动的文字记录。

再说南宋的情况。南宋最大的城市当然非临安(杭州)莫属。而对杭州城的富庶和美丽,人们其实并不陌生,早在柳永写于北宋年间的《望海潮》中就对此作过十分出色的描绘。其词曰:

> 东南形胜,三吴都会,钱塘自古繁华。烟柳画桥,风帘翠幕,参差十万人家。云树绕堤沙。怒涛卷霜雪,天堑无涯。市列珠玑,户盈罗绮,竞豪奢。　　重湖叠巘清嘉。有三秋桂子,十里荷花。羌管弄晴,菱歌泛夜,嬉嬉钓叟莲娃。千骑拥高牙。乘醉听箫鼓,吟赏烟霞。异日图将好景,归去凤池夸。

对此只谈两点:一是杭州城人口的稠密,二是杭州城貌的富丽。先看《梦粱录》卷一八中对于杭州人口的记载:"杭城今为都会之地,人烟稠密,户口浩繁,与他州外郡不同。姑以隋、唐朝考之:隋户一万五千三百八十,唐贞观中户三万五千七十一口、一十五万三千七百二十九,唐开元户八万六千二百五十八。宋朝《太平寰宇记》钱塘户数主六万一千六百八,客八千八百五十七。《(元丰)九域志》主一十六万四千二百九十三,客三万八千五百二十三。"①柳永生处真、仁(宗)年间,故而他说杭州"差参十万人家",就确是写实之句。至于杭城的富丽,则柳词中的"市列珠玑,户盈罗绮,竞豪奢"和"三秋桂子,十里荷花"等句即是其优美如画的写照。据说这"三秋桂子"两句,后来竟勾起了金主完颜亮的垂涎之心,缘此引发了公元1161年的南侵之战。这也可证杭州的富庶和美丽,简直具有勾人魂魄的魅力。

到了南宋,杭州的城市规模和繁华程度比之北宋更有了猛增之势。以人口来说,仍据《梦粱录》卷一八记载,到孝宗乾道年间已达二十六万一千六百九十二户、五十五万二千六百零七人之多,而到宋末度宗咸淳年间更达三十九万余户、一百二十四万人之多。以富丽来说,则可引《都城纪胜序》中的一段话来做说明:"圣朝祖宗开国,就都于汴,而风俗典礼,四方仰之为师。自高宗皇帝驻跸于杭,而杭山水明秀,民物康阜,视京师其过十倍矣。虽市肆与京师相侔,然中兴已百余年,列圣相承,太平日久,前后经营至矣,辐辏集矣,其与中兴时又过十数倍也。"②也就是说,在南宋"中兴"以后,杭城的富庶程度已经超过汴京的十倍;而到100余年后的宋末,则又胜过了南宋初期的十数倍。在这种情势下,杭城之

① 吴自牧:《梦粱录》,浙江人民出版社,1980年,第161页。
② 耐得翁:《都城纪胜·序》,中国商业出版社,1982年,第1页。

繁华和都人之享乐当然更会在词中得到反映。如：

> 瑞烟浮禁苑。正绛阙春回，新正方半。冰轮桂华满。溢花衢歌市，芙蓉开遍。龙楼两观，见银烛，星球有烂。卷珠帘、尽日笙歌，盛集宝钗金钏。　　堪羡，绮罗丛里，兰麝香中，正宜游玩。风柔夜暖，花影乱，笑声喧。闹蛾儿满路，成团打块，簇著冠儿斗转。喜皇都、旧日风光，太平再见。（康与之《瑞鹤仙》）
>
> 嚣尘尽扫，碧落辉腾，元宵三五。更漏永、迟迟停鼓，天上人间当此遇。正年少、尽香车宝马，次第追随士女。看往来、巷陌连甍，簇起星球无数。　　政简物阜清闲处，呼笙歌、鼎沸频举。灯焰暖、庭帏高下，红影相交知几户？恣欢笑、难今宵景色，胜前时几度。细算来，皇都此夕，消得喧传今古……（赵长卿《宝鼎现》）

这两首词，写的都是元宵之夜的杭城景象。虽然杭城号称“临安”，但南宋统治者实际却已把它当作永久而非临时的首都来看待，因而前一首词中的“喜皇都（按：指汴京）、旧日风光，太平再见”其实已经暗示了上述心理。而综观两词之所写，无论是“堪羡，绮罗丛里，兰麝香中，正宜游玩”，还是“恣欢笑、道今宵景色，胜前时几度”，便都道出了杭人恣情游赏的享乐心态。证之《武林旧事》卷二所述杭州元宵之夜的热闹和欢乐景象：“……终夕天街鼓吹不绝，都民士女，罗绮如云”，“翠帘绡幕，绛烛笼纱，遍呈舞队，密拥歌姬，脆管清吭，新声交奏，戏具粉婴，鬻歌售艺者，纷然而集”①，则上两首词之描写，就基本都是纪实之语。

讲到这里，我们就可顺带解开宋代士大夫的一种集体性“恋京情结”，此即他们大都害怕离开京城而被外放到地方上去任职（更不用说被贬谪流放到偏远地区了），其中的一个重要原因就在于贪恋京都之享乐生活。人都知道，封建社会的官吏们可分京官与地方官（外任官）两类。有的朝代，不少官吏宁愿外放而不愿在朝为官，为的是在地方上可以放胆搜刮民脂民膏而少受朝廷的监督，所谓“天高皇帝远”是也。但宋人却特重京官——即使是挤在众官多如牛毛的皇城里做个小官微职也心甘情愿，其原因大致有二：一部分人是出于政治责任感，认为在京师易于舒展其政治才干和实现其政治抱负；另一部分人却主要在于贪恋皇城的享乐氛围。如前所举的蔡挺出守平凉而眷恋京师以及韩缜奉旨出京而企盼早日回京即是后者的代表性事例。另据岳珂《桯史》卷七记载，南宋人王仲荀还讲过这样一个笑话：有一文人数次投帖求谒某达官贵人，皆因未献门包银子

① 周密：《武林旧事》，中华书局，2007年，第52、55页。

而遭看门人的阻挠，动辄被告知："某官不在。"那文人却也不是个好欺之人，终于发怒曰："你怎敢如此胡言乱语？凡人已死，这才称为'不在'。你主人明明健在，你却屡屡说他'不在'，岂非咒他？待我有机会面见你主人后非告你一状不可！"看门人大为惶恐，因求文人道："今后拒客当改用何语？"文人道："我且教你！只要说'某官出外去了'，岂不完事？"谁知看门人听后大皱眉头曰："不好不好。我家老爷宁肯说他死了，却挺忌讳说他'出外'了。"①——这"出外"二字，就指的是离京外调之意，据此即见宋代官吏十分害怕离开京都。故北宋年间官场中即有谚语曰："春、循、梅、新，与死为邻。高、窦、雷、化，说着也怕。"以上八州，皆为远离京师的偏远之地，所以一般的做官人听到它们就心惊肉跳。由此也可反证宋人所写的歌咏城市风光的都会词中，一方面确实反映了他们作为太平时代的都市人之自豪，另一方面却又浸润着他们害怕艰苦、贪恋荣华的享乐心理。这方面最典型的例子便推柳永的词。其《乐章集》中存有许多描绘汴京繁华的都会词，故曾赢得过诸如"太平气象，柳能一写于乐章，所谓词人盛世之黼藻，岂可废耶"（黄裳《书乐章集后》）的高度评价。而究其实，则他的都会词篇几乎全都是戴着"享乐"的有色眼镜来观察和描绘城市风光的产物，其间明显对生活的原貌进行过"摆阔夸富"的粉饰。如其《迎新春》词曾对汴京元宵之夜的繁华作过如下的描绘："庆嘉节、当三五。列华灯、千门万户。遍九陌、罗绮香风微度。十里燃绛树，鳌山耸、喧天箫鼓。""香径里、绝缨掷果无数。更阑烛影花阴下，少年人、往往奇遇。太平时，朝野多欢民康阜。"似乎整个汴京城真的沉浸在一片"朝野多欢民康阜"的欢乐海洋之中。但事实却并不真的如此。比如宋太宗时期，正当君臣于元宵夜宴、自夸"升平"之际，宰相吕蒙正就尖锐指出："都城外不数里，饥寒而死者甚众。"（《宋史·吕蒙正传》）而当蔡襄任福州知府时，为了仿效京师的奢靡风尚，强令民间于元宵夜点灯七盏，以示"盛平"，当地百姓也写诗辛辣讽刺道："富家一盏灯，太仓一粒粟。贫家一盏灯，父子相对哭！风流太守知不知？犹恨笙歌无妙曲！"②因此讲到底，宋人所写的都会词，其主要的价值就在于帮助后人了解宋代都市的繁华面貌，而除此以外则又向人们提示了这样一个事实：宋人所过的享乐生活，其物质的基础即在于当时高度发达的商业经济和富丽旖旎的城市风情；正是在此背景之下，宋人才得以展开他们尽情欢娱的享乐人生。

① 岳珂：《桯史》，中华书局，1981年，第84页。
② 宋长白：《柳亭诗话》，上海杂志公司，1936年，第551页。

三、四时游赏与节序词

两宋词坛上,广泛流行着一类专门咏写一年之中四时八节风光的词,名唤“节序词”。这类词的大量涌现,其实也与宋人的享乐生活和享乐心理密切相关。这是因为:节假日的设立归根到底是为人的生活服务并受制于他们的各种社会需求的。举例来说,远古的奴隶社会和前期的封建社会,其节日基本为祭祀天地祖宗和适应农业生产而设,现代社会的节日则抹上了浓厚的政治色彩(如国庆节、劳动节、妇女节、建军节等等),而因生活节奏太快,一般的人们却又常常无暇或无心去过节。但唯独封建社会的中期和后期——尤其是我们要谈的两宋时代——由于生产力和生活水平的提高,加上人们普遍升高了享乐和游赏的兴趣,因此过节就过得特别频繁和尤为郑重其事;换句话说,他们之所以喜欢过节,有点“醉翁之意不在酒”的意味,目的更在于趁机玩乐。从这个意义上讲,我们就有理由把宋人的很多节序词篇(当然不是全部)当作他们借庆贺节日而精细享受其人生的作品来看待。

两宋社会所过的“节”,可谓名目繁多。除开朝廷所特设的一些庆典性节日(例如皇帝生日之类)之外,以自然节气为基础的节日就有:正旦(正月初一)、立春、元宵、中和(二月朔日)、花朝(二月十五)、上巳(三月三日)、清明、立夏、佛诞日(四月初八)、端午、七夕、中元(七月十五)、立秋、秋社、中秋、重阳、立冬、冬至、除夕等等。在这些节日里,宋人分别举行各种庆祝仪式和进行各种娱乐活动(例如元宵赏灯、清明踏青、中秋赏月、重阳登高等等),其四时游赏的“节目”可谓名目繁多。这里且举南宋张镃所自撰的一份“游赏备忘录”如下:

止月孟春

岁节家宴　立春日迎春春盘　人日煎饼会　玉照堂赏梅　天街观灯　诸馆赏灯　丛奎阁赏山茶　湖山寻梅　揽月亭看新柳　安闲堂扫雪

二月仲春

现乐堂赏瑞香　社日社饭　玉照堂西赏缃梅　南湖挑菜　玉照堂东赏红梅　餐霞轩看樱桃花　杏花庄赏杏花　群仙绘幅楼前打毬　南湖泛舟　绮互亭赏千叶茶花　马塍看花

三月季春

生朝家宴　曲水修禊　花院观月季　花院观桃柳　寒食祭先扫松　清明踏青郊行　苍寒堂西赏绯碧桃　满霜亭北观棣棠　碧宇观笋

斗春堂赏牡丹芍药　芳草亭观草　宜雨亭赏千叶海棠　花苑蹴秋千　宜雨亭北观黄蔷薇　花院赏紫牡丹　艳香馆观林檎花　现乐堂观大花　花院尝煮酒　瀛峦胜处赏山茶　经傺斗新茶　群仙绘幅楼下赏芍药

四月孟夏

初八日亦庵早斋随诣南湖放生、食糕糜　芳草亭斗草　芙蓉池赏新荷　蕊珠洞赏荼蘼　满赏亭观橘花　玉照堂尝青梅　艳香馆赏长春花　安闲堂观紫笑　群仙绘幅楼前观玫瑰　诗禅堂观盘子山丹　餐霞轩赏樱桃　南湖观杂花　鸥渚亭观五色莺粟花

五月仲夏

清夏堂观鱼　听莺亭摘瓜　安闲堂解粽　重午节泛蒲家宴　烟波观碧芦　夏至日鹅脔　绮互亭观大笑花　南湖观萱草　鸥渚亭观五色蜀葵　水北书院采苹　清夏堂赏杨梅　丛奎阁前赏榴花　艳香馆尝蜜林檎　摘星轩赏枇杷

六月季夏

西湖泛舟　现乐堂尝花白酒　楼下避暑　苍寒堂后碧莲　碧宇竹林避暑　南湖湖心亭纳凉　芙蓉池赏荷花　约斋赏夏菊　霞川食桃　清夏堂赏新荔枝

七月孟秋

丛奎阁上乞巧家宴　餐霞轩观五色凤儿　立秋日秋叶宴　玉照堂赏玉簪　西湖荷花泛舟　南湖观稼　应铉斋东赏葡萄　霞川观云珍林剥枣

八月仲秋

湖山寻桂　现乐堂赏秋菊　社日糕会　众妙峰赏木樨　中秋摘星楼赏月家宴　霞川观野菊　绮互亭赏千叶木樨　浙江亭观潮　群仙绘幅楼观月　桂隐攀桂　杏花庄观鸡冠黄葵

九月季秋

重九家宴　九日登高把萸　把菊亭采菊　苏堤上玩芙蓉　珍林尝时果　景全轩尝金桔　满霜亭尝巨螯香橙　杏花庄篘新酒　芙蓉池赏五色拒霜

十月孟冬

旦日开炉家宴　立冬日家宴　现乐堂暖炉　满霜亭赏早霜　烟波观买市　赏小春花　杏花庄桃荠诗禅堂试香　绘幅楼庆暖阁

十一月仲冬

摘星轩观枇杷花　冬至节家宴　绘幅楼食馄饨　味空亭赏蜡梅　孤山探梅　苍寒堂赏南天竺　花院赏水仙　绘幅楼前赏雪　绘幅楼削雪煎茶

十二月季冬

绮互亭赏檀香蜡梅　天街阅市南湖赏雪　家宴试灯　湖山探梅　花院观兰花　瀛峦胜处赏雪　二十四夜饧果食　玉照堂赏梅　除夜守岁家宴　起建新岁集福功德①

一年365天,其间竟有130余种应时应节的宴会和游赏活动,这实在不能不使人惊叹于宋人的酷爱享受和精于享受了！虽然一般的宋人或许比不上张镃的有钱和有闲,但从张镃所开列或设计的这张“赏心乐事”日程表中,也大可看出他们是怎样善于在日常生活中借过节而自寻快活了。

由于宋人的重视过节,缘此便产生了大量的节序词。宋末著名词论家张炎在其《词源》一书中,特列“节序(词)”一节,这就反映了节序词在整个宋词中的重要地位。而透过这些应时所作的节序词,我们就很可窥见宋人在各种节日里所寻觅到的各种快乐。当然,在此同时我们又会发现,快乐与悲哀本是一对经常携手的伴侣,人们在过节时往往也会引发悲凉的人生感叹,因此并不是所有的节序词中都表现着人生的甜味,而是哀乐并存、百味丛生的。不过我们在此讨论的主要是宋人的享乐人生,故而就想重点来论述那类表现快活和享乐情趣的节序词篇。而在这方面,元宵词就首先映入了我们的眼帘。

按理来讲,一年中最为隆重和热闹的节日自然该数除夕和春节(宋人称后者为“正旦”或“年节”)。但宋人词中却较少有对这两个节日的咏写,原因大概在于它们是祭祀天地和祖宗的节日,不太适宜用“小词”这种体式来表现比较严肃和庄重的感情。而元宵若与其他节日相比,则其娱乐性和人情味就显得分外浓烈,所以从表现享乐生活的角度来看,它就成了宋代节序词中最耀眼的一类作品。

具体来讲,元宵节具有如下几方面的特色:第一,它以天上的圆月和人间的灯火作为双重背景,因而特别能够激发人的欢乐情绪。试读唐人苏味道《正月十五日夜》诗:“火树银花合,星桥铁锁开。暗尘随马去,明月逐人来。游妓皆秾李,行歌尽落梅。金吾不禁夜,玉漏莫相催!”请看此夜的月色既是那样的皎洁,

① 周密:《武林旧事》,中华书局,2007年,第250页。

而人间的灯光焰火又是那么的眩目迷人,这就大大地诱发了民众的游兴,促使他们通宵游赏。第二,由于此夜允许男女同游,以及传统的“金吾不禁”习俗,所以就导致了元宵节的无所禁忌和彻夜狂欢。人所共知,封建社会素来讲究“男女大防”,妇女(特别是有身份的女眷)平时少有自由外出的机会,更忌讳与男子同游。但到元宵之夜,这种禁忌遂被暂时打破,男女老少皆可一起涌至街头观灯赏月。这对平常一向被深锁闺中的妇女来说,不啻是一次难得的解放!而对习惯在官场戴着“面具”生活的士大夫们来说,也因此而获得了在夜幕下彻底放松一下的大好机会。故在元宵(以及元宵前后几夜)的赏灯活动中,上自帝王嫔妃、王公大臣,下至平民百姓、歌妓走卒,无不兴高采烈地参加进来。这里我们且看一下妇女们的兴奋心情和嬉游活动。据朱昂《续骫骳说》一文记述:“故家大族,宗藩戚里,宴赏往来,车马骈阗,五尽夜不止。每出,必穷日尽夜漏,乃始还家。往往不及小憩,虽含酲溢疲恧,亦不暇寐,皆相呼理残妆,而速客者已在门矣。”这就是说,她们尽量抓住这几夜的难得机会,夜以继昼地出外游赏,不睡觉、少休息也全不顾惜。贵族妇女尚且如此,则较少束缚的普通妇女和男子汉们的游赏活动想必就更其自由和放纵了。

下面,就让我们从数量众多的两宋元宵词中挑选一些来读。

先读赵仲御的《瑶台第一层》:

> 嶰管声催。人报道、嫦娥步月来。凤灯鸾炬,寒轻帘箔,光泛楼台。万年春未老,更帝乡日月蓬莱。从仙仗,看星河银界,锦绣天街。
> 欢陪,千官万骑,九霄人在五云堆。紫袍光里,星球宛转,花影徘徊。未央宫漏永,散异香、龙阙崔嵬。翠舆回,奏仙歌韶吹,宝殿樽罍。

赵仲御是宗室子弟。他的眼睛自然仰视着皇家宫阙和皇帝本人。所以此词就以这二者作为中心,对皇家在元宵之夜的享乐情景进行了尽情的描绘。其中如“欢陪,千官万骑,九霄人(按:指皇帝)在五云堆”等句,确实写出了气度不凡的皇家享乐风光。

再读晁冲之的《上林春慢》:

> 帽落宫花,衣惹御香,凤辇晚来初过。鹤降诏飞,龙擎烛戏,端门万枝灯火。满城车马,对明月、有谁闲坐?任狂游,更许傍禁街,不扃金锁。　　玉楼人,暗中掷果。珍帘下,笑着春衫袅娜。素蛾绕钗,轻蝉扑鬓,垂垂柳丝梅朵。夜阑饮散,但赢得,翠翘双亸。醉归来,又重向,晓窗梳裹。

如果说前一首词的镜头是对准皇宫的话,那么这一首词的镜头就下移到了宫前的街道。你看此夜，满城车马，有谁还肯闲坐在家？那些贵族妇女们个个头戴珍贵的首饰，身穿华美的新衣，或坐雕车，或则步行，正在灯月如昼的街市上尽情"狂游"。夜阑人散，有人刚刚醉归，可顾不上身子疲劳，却"又重向，晓窗梳裹"，准备第二天继续出游。所以前边所引的《续骫骳说》对于此词有两句评语曰："此词虽非绝唱，然句句是实事。"由此足见，在这元宵之夜，宋人（特别是妇女）着着实实地享受着人生的快乐！

最后，再让我们来欣赏"备述宣（和）、政（和）之盛"的无名氏的元宵组词《鹧鸪天》。词共15首，兹录其中五首如下：

> 紫禁烟光一万重，五开金碧射晴空。梨园羯鼓三千面，陆海鳌山十二峰。　　香雾重，月华浓，露台仙仗彩云中。朱栏画栋金泥幕，卷尽红莲十里风。
>
> 禁卫传呼约下廊，层层掌扇簇亲王。明珠照地三千乘，一片春雷入未央。　　宫漏永，御街长，华灯偏共月争光。乐声都在人声里，五夜车尘马足香。
>
> 风约微云不放阴，满天星点缀明金。烛龙衔耀烘残雪，羯鼓催花发上林。　　河影转，漏声沉，缕衣罗薄暮云深。更期明夜相逢处，还尽今宵未足心。
>
> 五日都无一日阴，往来车马闹如林。葆真行到烛初上，丰乐游归夜已深。　　人未散，月将沉，更期明夜到而今。归来尚向灯前说，犹恨追游不称心。
>
> 忆得当年全盛时，人情物态自熙熙。家家帘幕人归晚，处处楼台月上迟。　　花市里，使人迷。州东无暇看州西。都人只到收灯夜，已向樽前约上池。

不说其他，只读上面这些加着重号的词句，便可充分感知当时人在元宵节的欢乐情景和那纵情欢娱的心态了。

除开元宵词外，宋人所写的节序词还有其他许多种类，其中也同样浸润着享乐心理，表现着享乐人生。兹举柳永的清明词和李弥逊的中秋词为例：

柳永描写清明节的《木兰花慢》词曰：

> 拆桐花烂漫，乍疏雨、洗清明。正艳杏烧林，缃桃绣野，芳景如屏。倾城，尽寻胜去，骤雕鞍绀幰出郊坰。风暖繁弦脆管，万家竞奏新声。
>
> 盈盈，斗草踏青，人艳冶、递逢迎。向路旁往往，遗簪堕珥，珠翠纵横。欢情，对佳丽地，信金罍罄竭玉山倾。拚却明朝永日，画堂一枕春酲。

清明本是上坟祭亡的“鬼日”,因而一提起它,人们脑海里往往便会浮现“南北山头多坟田,清明祭扫各纷然”(高翥《清明日对酒》)和“风吹旷野纸钱飞,古墓累累春草绿”(白居易《寒食野望吟》)之类的诗句。然读宋人的清明词却不大会引起此类悲感。正像他们的元宵词不会写到吕蒙正所说的“都城外不数里,饥寒而死者甚众”那样,宋人的清明词也很少写到坟墓、亡灵以及人生的“背面”(即所谓的“阴间”),却反而热情讴歌活人们在春天里的游赏活动。柳永此词即是例证。读它所写的“倾城,尽寻胜去”,以及“风暖繁弦脆管,万家竞奏新声”等等句子,这哪里还有半点儿祭悼死者的悲切气氛?有的只是活在人世者的尽情游乐——甚至,人们还可在路边草丛中捡拾到妇人出游时所掉落的金簪玉珥!这种情况,就很可见出宋人注重现实享受的人生态度,以及抓住机遇来酿造现世快乐的高明之处。

再读李弥逊描写中秋节的《水调歌头》:

> 白发闽江上,几度过中秋。阴晴相半,曾见玉塔卧寒流。不似今年三五,皎皎冰轮初上,天阙恍神游。下视人间世,万户水明楼。 贤公子,追乐事,占鳌头。酒酣喝月,腰鼓百面打凉州。沉醉尽扶红袖,不管风摇仙掌,零露湿轻裘。但恐尊中尽,身外复何忧?

词人虽已年迈,然仍不改其狂游神态。面对着中秋之夜一轮皎洁的圆月,他与同游者们“酒酣喝月”、“醉扶红袖”,显得何等神采飞扬而又带有几分狂态。特别是他在词尾所说的“但恐尊中尽,身外复何忧”,就将其及时行乐的心态表露无遗。

以上,我们通过对一些具体节序词篇的介绍和分析,透视了宋人在节假日中的享乐情态。这就证实了前文所说的论点:节日本是因着自然节气和风俗习惯所形成或设定的,但到了享乐风气盛行的宋代,它们却变成了一个连一个的天赐良机——对于富贵人家(如张镃等人)来说,一年 12 个月中,几乎月月都有节可过;而对一般市民来讲,过节也成了他们生活中的调味品和润滑剂,从而使其享乐的生涯过得更加有滋有味。讲到这里,我们不禁要再次回顾前面引过的那段关于西湖的记述:“西湖天下景,朝昏晴雨,四序总宜。杭人亦无时而不游”,“都人凡缔姻、赛社、会亲、送葬、经会、献神、仕宦、恩赏之经营、禁省台府之嘱托,贵珰要地,大贾豪民,买笑千金,呼卢百万,以至痴儿骙子,密约幽期,无不在焉。日縻金钱,靡有纪极,故杭谚有‘销金锅儿’之号,此语不为过也。”①这虽然

① 周密:《武林旧事》卷三,中华书局,2007 年,第 71 页。

讲的是南宋的情况，但推而广之却也可以猜想出整个两宋时代（只要是时局相对安定之时）人们是怎样借“过节”（以及其他机会）来尽情享乐的情景了。因而，四时游赏和频繁过节也就成了宋人享乐生活中的一道“靓丽风景”。

四、酒色歌舞与宴会词

如果说，上面所谈的还是比较广义的享乐生活（风光）和享乐词篇的话，那么本节所论的“酒色歌舞与宴会词”就可算得上是最为典型的享乐生活和享乐词篇了。“饮食男女，人之大欲”，这里所要论述的便是宋人是如何追求食、色两方面的享受以及用词体来表现此类生活的情况。

早在晚唐五代，“小词”就与士大夫们的歌舞声色的享乐生活结下了不解之缘。这在《花间集序》中即有明白的揭示。而在该集的许多作品中，也有相当生动形象的描绘。例如下列词篇：

> 芳年妙妓，淡拂铅华翠。轻笑自然生百媚，争那尊前人意？　酒倾琥珀杯时，更堪能唱新词。赚得王孙狂处，断肠一搦腰肢。（尹鹗《清平乐》）
>
> 轻盈舞妓含芳艳，竞妆新脸。步摇珠翠修蛾敛，腻鬟云染。　歌声慢发开檀点，绣衫斜掩。时将纤手匀红脸，笑拈金靥。（毛熙震《后庭花》）

这些词的画面中心，都是一位位芳年妙妓在那里轻歌曼舞和搔首弄姿；而其真正的主角，则是在旁饮酒品茶、听歌赏舞的王孙哥儿。如若读者还曾观摩过南唐画师顾闳中所画《韩熙载夜宴图》的话，那么对于上述词意的理解，就会越发感到真切。史载韩氏“后房蓄声妓，皆天下妙绝，弹丝吹竹，清歌艳舞之观，所以娱宾客者皆曲臻其极”①。而《夜宴图》中就绘有“清吹”的画面：右边是主人韩熙载，袒腹脱鞋趺坐在椅子里，轻摇纨扇，目光注视着眼前的歌妓；中间是五位年轻歌妓，坐在绣墩上全神贯注地吹奏；左边是一名乐师，正专心拍板。另一个“观舞”的画面则是：右边状元郎粲独坐椅中，一副沉醉于欣赏舞姿的凝视神态，主人韩熙载则在其后击鼓助兴；中间是有名的舞女王屋山，正扭动腰肢跳《六幺》舞；左边另有一名手执琵琶的伴奏女郎和一名手执杯盘的侍女在旁伺候。若是结合图中的这些画面来读《花间集》中的上述宴会词，我们就越发能想象出五代

① 史温：《钓矶立谈》，《五代史书汇编》，杭州出版社，2004年，第5028页。

士大夫们“广会众宾”(《花间集序》)、开宴观舞的得意情态了。

而至宋代,则士大夫们的开宴豪饮、听歌观舞,同样也是司空见惯的事。这里聊举数例:

太宗朝的宰相吕蒙正,出身贫寒。但到富贵以后,则由俭变奢,相当注重美食享受。他尤喜喝鸡舌汤,从不计较其费用多少。某日偶至后园,发现鸡毛竟堆成了小丘,惊问何以至此?左右答曰:每鸡一舌,相公一碗鸡舌汤该杀多少活鸡?日积月累,鸡毛怎能不堆成小丘?吕蒙正听后,只好默然。①

真宗朝的名相寇准在出任邓州知府时,每次宴请宾客,必命手下人把大门关上,并把客人的马车锁将起来,不许他们早退。他还特喜夜间开宴,即使是厕所和马厩里都点上蜡烛(这在宋代已属豪奢之举),到次日早晨客人告辞时,见厕所马厩中的烛泪早已堆砌如盘。②

张耆宴客,从白天畅饮至夜,对客人言道:“更毕今日之乐。”于是以罗帏密遮窗户,在房中高烧红烛,列坐歌妓,频频进酒。宾主疲劳后各自休息一会儿,然后再行入席。如是不知多少次,待到兴尽神疲、撤席回家时,始知竟在密室中度过了两个昼夜!③

宋祁的豪饮也类似于张耆。据《宋人轶事汇编》卷七记载:宋祁好客,招饮于广厦之中,外设重幕,内列宝炬,歌舞相继,坐客忘疲,但觉夜何其长。及至撤幕开户,已是第二个白昼,客人戏谓为“不晓天”。④

徽宗时的奸相蔡京,其宴会的成本费之高,更足骇人。一次留其下属在家吃便饭,其中有一道点心是蟹黄包子,仅此一项就耗钱一千三百余缗。⑤ 甚至还有这样一个故事:蔡京被抄家后,有一厨娘遂被转卖别家。新主人命她做包子,辞以“不会”。问她既为太师府厨娘,因何不会此技?答曰:“贱妾只是其‘包子厨’内专管切葱的,因此其他本领都不曾学会!”⑥由此,我们就可想见蔡京家中厨艺之精,以及他对饮食的考究达到了何等程度。

读了上面这些故事,我们对于宋代士大夫们三日一小宴、五日一大宴的豪奢生活就有了比较感性的认识。

① 丁传靖辑:《宋人轶事汇编》,中华书局,1981 年,第 150 页。
② 欧阳修:《归田录》卷一,中华书局,1981 年,第 15 页。
③ 王明清:《挥麈后录》,《挥麈录》,上海古籍出版社,2012 年,第 93 页。
④ 丁传靖辑:《宋人轶事汇编》,中华书局,1981 年,第 311 页。
⑤ 曾敏行:《独醒杂志》,中华书局,1986 年,第 81 页。
⑥ 罗大经:《鹤林玉露》,中华书局,1983 年,第 337 页。

与此同时，宋人所设的公私宴会上几乎都有歌妓们来呈献歌舞。于是，美女助欢就成了他们开宴时的“常备节目”。对此，我们聊举几例以见其情况之一斑：

如《梦粱录》卷二〇有“妓乐”一节，专门记述当时（南宋）社会广泛盛行以“妓乐”助欢的情况：若逢朝廷差遣，当由教坊的歌妓乐工入内奏乐献舞。民间遇有节日（如元夕放灯、三春园馆赏玩、游湖看潮等等），则邀请酒楼或妓院中的歌妓来演唱。豪门富第家中有事，大都在青楼中唤取“能讴妓女”去府中出演节目。宫府公宴、三学斋会、缙绅同年会、乡会等等场合，也常邀官私妓前去应差。甚至，就连酒库每年卖新酒，也要请歌妓出场去作“广告宣传”：“官妓及私名妓女数内，拣择上中甲者，委有娉娉秀媚，桃脸樱唇，玉指纤纤，秋波滴滴，歌喉婉转，道得字真韵正，令人侧耳听之不厌。”①

周密《齐东野语》卷二〇则记载过张镃在家中开“牡丹会”，以上百名歌妓待客的一则“佳话”。其言曰：

> 王简卿侍郎尝赴其牡丹会云：众宾既集，坐一虚堂，寂无所有。俄问左右云：“香已发未?”答云：“已发。”命卷帘，则异香自内出，郁然满座。群妓以酒肴丝竹，次第而至。别有名姬十辈皆衣白，凡首饰衣领皆牡丹，首带“照殿红”一枝，执板奏歌侑觞，歌罢乐作乃退。复垂帘谈论自如。良久，香起，卷帘如前。别十姬，易服与花而出。大抵簪白花则衣紫，紫花则衣鹅黄，黄花则衣红。如是十杯，花与衣凡十易。所讴者皆前辈牡丹名词。酒竟，歌者、乐者，无虑数百十人，列行送客。烛光香雾，歌吹杂作，客皆恍然如仙游也。②

请看，开一次赏牡丹的宴会竟然分批出动了总共100人次的歌妓（每一次的服饰打扮都不重复），这就可见张镃家的豪华排场和当时社会“有宴必有妓”的风尚。

在上述声色歌舞并举的生活基础上，于是就产生了大量的宴会词。其数量之多和作者之众，都着实可观。这里只想择取若干例子来做以点观面的介绍。请先让我们欣赏仁宗年间翰林学士聂冠卿所作的《多丽》词：

> 想人生，美景良辰堪惜。问其间、赏心乐事，就中难是并得。况东城、凤台沙苑，泛晴波、浅照金碧。露洗华桐，烟霏丝柳，绿阴摇曳，荡春

① 吴自牧：《梦粱录》，浙江人民出版社，1980年，第91页。
② 周密：《齐东野语》，张茂鹏点校，中华书局，1983年，第374页。

一色。画堂迥，玉簪琼佩，高会尽词客。清欢久、重燃绛蜡，别就瑶席。有翩若轻鸿体态，暮为行雨标格。逞朱唇、缓歌妖丽，似听流莺乱花隔。慢舞萦回，娇鬟低亸，腰肢纤细困无力。忍分散，彩云归后，何处更寻觅？休辞醉，明月好花，莫谩轻掷。

这首词作于京都汴京，但很快就不胫而走，传至全国四方。蔡襄在泉州得知，特地作诗贺曰："清游胜事传都下，《多丽》新词到海边。"由此即见它的广为传播。剖析此词的内容，基本便由"美景良辰"和"赏心乐事"两部分所组成。美景良辰是指适逢青春季节，一派晴波、华桐、烟柳、绿阴之类的美丽景色；赏心乐事则指词客高会，开宴畅饮，妖姬起舞，丽人献歌。而合起来看，则就是一幅"春夜宴桃李园"式的行乐图景，其中充满着声、色、歌、舞的描绘与诱惑。故其广受士大夫文人的欢迎，原因也就在于它反映了当时流行的宴饮生活和迎合了人们的享乐心理。

下边，再让我们分别读一些写得比较文雅和比较粗俗的宴会词。其文雅一些的如：

菊花残，梨叶堕，可惜良辰虚过。新酒熟，绮筵开，不辞红玉杯。蜀弦高，羌管脆，慢飐舞娥香袂。君莫笑，醉乡人，熙熙长似春。（晏殊《更漏子》）

笑捻红梅亸翠翘，扬州十里最妖娆。夜来绮席亲曾见，撮得精神滴滴娇。　　娇后眼，舞时腰，刘郎几度欲魂消。明朝酒醒知何处？肠断云间紫玉箫。（苏轼《鹧鸪天》）

雏莺初啭斗尖新，双蕊花娇掌上身。总解满斟偏劝客，多生俱是绮罗人。　　回波偷顾轻招拍，方响底敲更合纂。豆蔻梢头春欲透，情知巫峡待为云。（张元幹《瑞鹧鸪》）

这些词中，既写了对于美酒佳肴的享用，又写了对于轻歌曼舞的欣赏，更写了对于歌妓花容月貌的陶醉。合而言之，就写出了对酒色歌舞的"全方位"享用。不过，若从词风来看，还是写得比较文雅和有所节制的。

比较起来，则下面这些词就写得相当粗俗和穷形极相了。例如：

厌厌夜饮平阳第。添银烛，旋呼佳丽。巧笑难禁，艳歌无间声相继，准拟幕天席地。　　金蕉叶泛金波齐，未更阑、已尽狂醉。就中有个风流，暗向灯光底，恼遍两行珠翠。（柳永《金蕉叶》）

缕金裙窣轻纱，透红莹玉真堪爱。多情更把，眼儿斜盼，眉儿敛黛。舞态歌阑，困偎香脸，酒红微带。便直饶、更有丹青妙手，应难写、天然

态……（欧阳修《鼓笛慢》）

年时今夜见师师，双颊酒红滋。疏帘半卷微灯外，露华上、烟袅凉飔。簪髻乱抛，偎人不起，弹泪唱新词……（秦观《一丛花》）

这些词的主要成分，仍由酒色歌舞这四者所共同构成，然其重心却已向女性的娇容媚态倾斜。特别是后两首词中，写到了女人的“透红莹玉”的肌肤和香脸，写到了她们的簪髻乱抛和偎人不起，这就越发显示出词人的兴趣所在已由一般的酒色歌舞转移到了异性的容貌和肌体，未免显得庸俗。由此我们亦可悟出这样一个道理：宋词之中所以会出现“淫词”，主要原因即在于那种视女性为玩物的享乐意识在作祟。

因此综观宋人所作的宴会词，可谓最为典型和最为集中地反映了士大夫文人的享乐生活和享乐心理。对此，且让我们引一首柳永的词作为小结：

……越娥兰态蕙心，逞妖艳、昵欢邀宠难禁。筵上笑歌间发，舄履交侵。醉乡归处，须尽兴、满酌高兴。向此免、名缰利锁，虚费光阴。（《夏云峰》）

在这觥筹交错、舄履交侵（指男女脱鞋杂坐）的享乐氛围中，某些宋人的灵魂简直已经飞升到一个醉醺醺、乐陶陶的极乐境地中去了！

以上，我们分类论析了宋人的都会词、节序词和宴会词，从而对其享乐人生的物质层面有了感性的认识。我们发现，随着生产力和商业经济的发展，生活在大都市中的宋代士人，其物质生活的水准就较前代士人大有提升。再加上宋代统治者鼓励享乐的政策，以及他们在新形势下进一步膨胀了“及时行乐”的思想，因此在宋代士大夫文人中间，就相当普遍地弥漫着享乐的风气。而那流行于金樽檀板、歌筵酒席环境之中的“小词”，就一马当先地充当了反映这种享乐生活的文学工具。面对上述情况，我们的看法是：首先应对宋代士人贪图享受和追求享乐的人生观持有批判的态度；而在此同时，却也应该看到其中所包含的某些新的思想信息，此即：由于社会的进步和人性的觉醒，时至宋代，人们已越发看重自己的生命与自我价值。因此甚至可以这样认为：上述种种追求享乐的行为，从一定意义上讲，就是他们在私生活领域里企图实现其自我价值的一种努力，虽然这种努力常表现为不太健康和相当淫靡的生活方式。但不管怎样，宋代士大夫文人勉力要在有限的“劳生”中（特别是在暂时退离政治生活的私生活领域里）寻求和酿造尽可能多的人生快乐之用心，却又是一目了然的。

而同样是出于善待今生和享受人生的迫切愿望，宋代士人的享乐需求又必然会从物质生活领域继续向精神生活领域里延伸。这样一来，他们就不会仅仅满足于较低层次的物质性官能享受，且又会进一步追求较高层次的精神文化享受。故而，宋代士大夫文人一方面沉湎于酒色歌舞的声色之娱中，另一方面却又要拔出脚来去追求水光山色之类的精神愉悦；一方面寻找灯红酒绿、纸醉金迷的感官刺激，另一方面又努力使自己的日常生活变得富有情趣和诗意。而这后一方面的生活内容，也同样体现了他们的“快活人生”。因此，下文就让我们转入另一个论题，进一步讨论宋代文人的高情雅趣及其“雅玩”词篇。

第二章 诗意消遣：宋代词人的高情雅趣和“雅玩”词篇

元朝灭宋以后，周密曾在其《武林旧事》的序言中语带惆怅地追忆南宋末年某些文人的享乐生活，其言曰：“……朝歌暮嬉，酣玩岁月，意谓人生正复若此……”①这“酣玩”二字，一可见出其享乐的放纵程度，二又多少可见其所带有的醉生梦死意味。因此，拿这二字来形容宋代文人那类偏于声色犬马的比较粗鄙的物质享受生活，那倒是相当恰切的。而本章所要论述的“高情雅趣”和“雅玩”词篇，相对而言就显得比较高雅了，它们就可视为宋人在精神生活领域里对人生所做的诗意消遣。这里，先让我们对“高情雅趣”和“雅玩”分别做出解释：“高情雅趣”四字不难理解，是指宋代文人的生活情趣和审美情趣都产生了“高雅化”或“清雅化”的趋向，从而形成了一种鄙视粗俗、嗜尚风雅的人生趣味。“雅玩”二字则是我们借用来的，其本义原指比较高雅的艺术作品和文人相当高雅的赏玩活动。如米芾《画史》评论五代徐熙之画曰：“徐熙大小折枝，吾家亦有，士人家往往见之。翎毛之伦非雅玩，故不录。”②此“雅玩”即指高雅的艺术作品。而王象晋《群芳谱》论水仙花则曰：“水仙花以精盆养之，可供书斋雅玩。”③此“雅玩”又指高雅的鉴赏活动。所以我们借用“雅玩”二字来形容宋人那类表现其高情雅趣的词篇，就正可与前面所论的反映其“酣玩”生活的享乐词篇对举。二者相比，虽都带有一定程度的“玩世”意味，但其间自又存在着偏重于物质享受和偏重于精神享受的不同，更还存在着粗鄙与精细、庸俗与优雅的差异。换句话说，同是一个“玩”字，然而二者的“玩法”却各有千秋。打个不一定确切的比方来说，前文所论的反映其“酣玩”生活的享乐词篇，侧重在描写宋代士大夫文人们大碗喝酒、醉眼观舞的狂欢场面，其中充溢着灯红酒绿、纸醉金迷的淫靡气息；而本章要谈的表现宋代文人之高情雅趣的“雅玩”词篇，则侧重于

① 周密：《武林旧事》，中华书局，2007 年，第 1 页。

② 米芾：《画史》，《丛书集成初编》本，商务印书馆，1936 年，第 18 页。

③ 王象晋：《群芳谱》，《四库全书存目丛书补编》第 80 册，齐鲁书社，2001 年，第 788 页。

描写他们在酒足饭饱之后叼一根牙签、品花赏月的悠闲情景,其中流露出另一种相对高雅的生活情趣。而因这两类词篇同出于这一代文人之手,或曰这一代文人既过着纵情欢娱的"酣玩"生活,又不乏对于人生的诗意消遣和精细品赏,所以若把上述两类词篇和两种生活方式合而观之,我们就能全方位和多层次地了解宋代文人对于人生的充分享用。由此可知,要论宋代士大夫们的"快活人生",本章所谈的内容自是其不可缺少的另一侧面。

下面,就让我们转入正题,先从宋代文人在生活情趣方面的变化谈起,然后论及他们的高情雅趣和"雅玩"词篇。

一、宋代文人的嗜"雅"倾向

从宏观和整体的角度来看,每一朝代的文人都有自己独特的精神风貌和生活情趣。对此,南宋张端义曾有论述。他说:"汉人尚气好博,晋人尚旷好醉,唐人尚文好狎";至于对宋代本朝人,他则下了这样一个很不客气的断语:"尚名好贪。"①其对前朝(汉、晋、唐)人的评判我们姑且不谈,对宋代士人来说,这"尚名好贪"的四字评语在很大程度上确是中肯之论,它相当深刻地揭示了很多宋人(特别是南宋人)性格和心理中的丑陋一面。不过,我们在此引用它,并不想以此来剖析宋代文人的"国民性"弱点,而想借此来说明一个问题,即宋代文人的生活情趣(以及审美情趣)已逐渐产生了比前代显著得多的嗜"雅"倾向。此话如何理解?首先,张氏所说的"好贪"意指贪婪,这虽是历朝文人大都不免的通病,但证之宋人在贪图享受方面的"于今为烈",是可以成立的。其次,他所说的"尚名",又指崇尚"风雅""高雅""清雅"之类的"雅名",这就说明宋人在追求物质享受之同时又滋长了嗜"雅"的心理倾向。例如,南宋的大奸相贾似道,明明是个十分贪婪的权奸,他牢牢地把持朝政大权,事无巨细均要插手,但另一方面,为要博取个"雅名",却在西湖葛岑营造"半闲堂"别墅,以"半闲道人"自名,附庸风雅,冒充"隐士"。就是这样一个假隐士,还授意其门客写词颂谀他的"超凡脱俗":"天上谪星班,群真时往还。驾青牛,早度函关。幻出蓬莱新院宇,花外竹,竹边山。　轩冕傥来,人生闲最难。算真闲不到人寰。一半神仙先占取,留一半,与公闲。"(《唐多令》)似乎贾似道真已变成了一位"半仙"式的高人雅士!再如南宋贵族家庭中所蓄养的大批清客文人,其谋生之术主要是陪着主人"讲古论今,吟诗和曲,围棋抚琴,投壶打马,撇竹写兰"(见《梦粱录》卷一九中

① 张端义:《贵耳集》,中州古籍出版社,2005 年,第 66 页。

“闲人”一节),但他们在奉迎讨好主人的同时(其情状大概类似于《红楼梦》中陪贾政为大观园题匾的清客们),却又个个摆出一副风雅之士的面目。还有一些专事干谒的江湖诗人,更集“好贪尚名”于一身。如方回《瀛奎律髓》卷二〇中就记述过一位颇像《儒林外史》中的牛布衣那样的人物——宋自逊。若只读他所写的诗歌,我们简直可把他当作晋宋高士陶渊明来看待,如其《五月菊》诗曰:“东篱千古属重阳,此本偏宜夏日长。会得渊明高卧意,故来同占北窗凉。”又如其《一室》诗中曰:“一室冷如冰,梅花相对清。”其诗境显得何等清高,其中的主人公形象又显得何等高雅!但实际生活中的宋自逊,却是一个极善于“打秋风”的恶浊狡猾之徒。据前书记载,他每次以诗干谒贵人,可得钱千、万缗,某次干谒贾似道,一下子就获钱二十万缗。靠着以“雅士诗客”身份骗来的钱,他竟在西子湖畔盖起了华屋大宅。还有一位林可山者,明明与大隐士林和靖毫无瓜葛,为要增加自己的“雅”名,竟自称为林和靖的七世孙。岂不知林和靖并未娶妻(“梅妻鹤子”即其证明),哪来的子孙后代?因此时人有诗嘲曰:“和靖当年不娶妻,因何七世有孙儿?若非鹤种并梅种,定是瓜皮搭李皮!”①这可谓宋人“尚名”的典型例子。当然以上所举,仅是一些反面人物的例子,并不想以此来否定整个宋代文人的嗜“雅”倾向。但从其中,我们分明也可看出宋人比之前朝文人更加嗜求“风雅”或“高雅”的名声。一方面是颇为贪婪地追求物质生活方面的享受,另一方面又要尽量为自己求得一个风雅之士的好名声,所以张端义“尚名好贪”的评语正揭示了很多宋代文人貌似矛盾而实质统一的心理面貌。从中我们就不难想见嗜“雅”确已成为当时普遍的思想潮流;不然的话,贾似道之流就用不着伪装出一副“雅士高人”的面目,而像宋自逊、林可山之类的江湖诗人也不可能靠他们的“雅名”去博得上层社会的欣赏和尊敬。

下面,我们再举一些正面的例子来做剖析。

据高晦叟《珍席放谈》记述:晏殊有两位女婿,一为富弼,二为杨察。两人之中,他看重前者而看轻后者。逢到富弼来访,晏殊就在书房中接见,两人竟日清谈;逢到杨察来访,晏殊就请他坐在画堂之上,出歌妓、奏管弦,以酒色歌舞来作招待②。明眼人一看即知,晏大宰相实是器重富弼而轻慢杨察,这是因为清谈乃是待雅士的最佳方法,而待俗客则不妨用俗礼。无独有偶,名重天下的大文豪苏

① 陈世崇:《随隐漫录》卷三,《笔记小说大观》第22编第3册,台北新兴书局,1978年,第1664页。

② 高晦叟:《珍席放谈》,《笔记小说大观》第20编第6册,台北新兴书局,1984年,第3324页。

轼之待客方式,也分两等:有俗客来访,他就待以女妓丝竹,终日不辍,但自己却数日不与之交谈;遇有雅士来访,则“屏妓衔杯,坐谈累日”,与之交流思想,切磋艺文。最为可笑的是,那辈俗客却往往不明其中奥妙,私下还对人夸言:“东坡待我不薄。”他们哪里知道,苏轼正是采用“即以其人之所欲满足其人之所需”的方法来跟他们虚与委蛇(据阮葵生《茶余客话》)。上面这两个例子,就说明了宋代士大夫在其酒色歌舞、女妓丝竹的享受生活之外,另还有一种不可与俗客言的“高情雅趣”悬置心中。联系到苏轼诗中所说的“可使食无肉,不可居无竹。无肉令人瘦,无竹令人俗。人瘦尚可肥,士俗不可医”(《于潜僧绿筠轩》),则更可明晓在那些高雅的文人心目中,对于“高情雅趣”的重视有时还大大胜过了对于物质享受生活的重视,因此即使身处困踬的环境,他们也仍能保持其高雅的精神气质而不肯从俗。

与其嗜“雅”的生活情趣紧相联系,宋代文人又普遍怀有着“崇雅黜俗”的审美趣味。如黄庭坚之论诗和论书法,就极力推崇“不俗”二字。其《书嵇叔夜诗与侄榎》中说:“士生于世,可以百为,唯不可俗,俗便不可医也。”又说:“叔夜此诗豪壮清丽,无一点尘俗气。凡学作诗者,不可不成诵在心。”其《题意可诗后》则强调指出:“宁律不谐,而不使句弱;用字不工,不使语俗。”以上可见其论诗的主雅戒俗。再如其论书法的很多言论:“东坡简札,字形温润,无一点俗气。”(《题东坡字后》)“观其(指东坡)少年时字画已无尘埃气,那得老年不造微入妙也。”(《论子瞻书体》)“钱穆父、苏子瞻皆病予草书多俗笔,盖予少时学周膳部书,初不自寤,以故久不作草。”(《跋与徐德修草书后》)……也都坚持着“戒俗”的标准。再如朱熹之论诗,主张作诗“须先识得古今体制雅俗向背,仍更洗涤得肠胃间夙生荤血脂膏”,“要使方寸之中,无一字世俗言语意思,则其诗不期于高远而自高远矣”①;罗大经之论文,力赞欧阳修文章之“温纯雅正”、汪圣锡文章之“温雅”以及徐渊子文章之“清雅”(散见《鹤林玉露》各卷);张炎之论词,极力推崇“雅正”和“骚雅”(其《词源》曰:“古之乐章、乐府、乐歌、乐曲,皆出于雅正”,又说姜白石词“不惟清空,又且骚雅,读之使人神观飞越”②)……总之,综观宋代的文艺理论和文艺批评,“崇雅黜俗”几已成为当时绝大多数文人的共同审美心理和艺术标准。

那么人们不禁会问:为何时至两宋,文人们的生活情趣和审美情趣会发生如此明显的嗜“雅”倾向呢?对此,我们可从宋人的物质生活、文化生活、自然环

① 魏庆之:《诗人玉屑》卷一,上海古籍出版社,1959年,第4页。
② 唐圭璋编:《词话丛编》,中华书局,1986年,第255、259页。

境、政治环境等多种因素中去寻找答案。

首先,我们应该看到,嗜"雅"的倾向从总体上说可以看作精神文明(借用当代社会的概念)水准有所提高的表现。举例来说,在日常生活中有些人粗话连篇,人们就称之为"谈吐不雅";有些人穿着过于暴露,人们又称之为"不甚雅观"。而对那些有教养和有礼貌的人,人们则赞之为"温文尔雅""大有儒雅风度",而对那些严肃、正经、优美、高尚的艺术人们又赞之为"高雅艺术"。凡此种种,都足表明,中国人心目中的"雅"字一般是个好字眼(除对"附庸风雅"的讽刺之外),它的基本含义既有正确、规范(如"雅言"、"雅音")之意,又有美好、不凡之意(如《史记》赞美司马相如"从车骑,雍容闲雅甚都",如《三国志》称陈群"动仗名义,清流雅望");既有高尚、文明之意(如贾谊《新书·道术》篇曰:"辞令就得谓之雅,反雅为陋。"),更有自《国风》《雅》《颂》而发展起来的"风雅"及富有文化内涵之意。故而综合起来看,我们便可将宋代社会的普遍嗜"雅"视为其精神文明水准有所提高的表现和结果。而社会精神文明水准的提高,一与社会物质文明的发展有关,二又与文化教育的发展有关。先以前者来说,先儒早就说过:"仓廪实,则知礼节;衣食足,则知荣辱。"(《管子·牧民》)又从反面说过:"无恒产而有恒心者,惟士为能。若民,则无恒产,因无恒心。"(《孟子·梁惠王上》)这就意味着,物质是第一位的,精神是第二位的,若连起码的温饱都得不到最低的保障,那对一般老百姓而言,就很难要求他们去讲什么揖让有礼、举止风雅。而正面来看,若是物质生活条件不断得到改善,人们的生活水平不断有所提高,那么他们的精神文明水准也就会得到相应的提升。再拿后者来说,毛泽东有过一句名言:"重要的问题在于教育农民。"其实岂止是农民(因为他们的文化水平较低)需要教育?只有当全社会的所有人员都接受了教育,才能达到提高精神文明普遍水准的目标。故以上面两个观点来看宋人嗜"雅"倾向的形成原因,我们就能看清以下两点:这种嗜"雅"倾向的形成一与宋人物质生活的较前富足有关,二更与宋代文人的饱读诗书(即其文化生活的丰富充实)有关。

先说其前一方面的情况。宋代社会(特别是大都市)的物质生活水平确比前代有了较大的提高。前文对此已有述说,故在这里就不多谈。现在想说的是这样一种情况:由于宋代士大夫文人一般都有条件过上优裕富足的生活(其中有些人还相当阔绰豪侈),因此他们在锦衣玉食之余,常会衍生和升华出某种嗜"雅"的生活情趣来。打个通俗的比方来说:某些人经常出席高档的宴会,连续不断地饱食美酒佳肴,到后来就会闻到油腥便发腻,自叹还不如在家吃稀饭泡菜的清淡饮食更有滋味。又比如吃厌了鱼腥虾蟹,就极想吃一点蔬菜和饮一杯清茶来解腥气。这样的道理,我们从宋人诗论中的厌弃"金玉锦绣"和嗜尚"蔬笋气”中就能得到印证。例如,晏殊作诗风格与宋初的西昆体接近,以致有人径把他归入西昆派中(刘攽《中山诗话》中说:“祥符天禧中,杨大年、钱文僖、晏元献、刘子仪以文章立朝,为诗皆宗尚李义山,号‘西昆体’”①),但他后来却厌倦了李商隐那种堆垛过密、浓得化不开的诗风,力主用淡雅的语言去表现富贵的气象。据吴处厚《青箱杂记》卷五记述:“晏元献公虽起田里,而文章富贵,出于天然。尝览李庆孙《富贵曲》云‘轴装曲谱金书字,树记花名玉篆牌’,公曰:此乃乞儿相,未尝谙富贵者。故余每吟咏富贵,不言金玉锦绣而惟说其气象。若‘楼台侧畔杨花过,帘幕中间燕子飞’,‘梨花院落溶溶月,柳絮池塘淡淡风’之类是也。故公自以此句语人曰:穷儿家有这景致也无?”②这就好比一位阔佬不向人自夸其家筵席上满桌的山珍海味、肥饫佳馐,而只向客人推荐其饭后的一盘水果是多么的新鲜、一杯龙井茶是如何的嫩香那样,反而能使人更加感受到主人的既富贵而又不鄙俗。再如前已引过的朱熹诗论,他也同样认为作诗者须先将“肠胃间夙生荤血脂膏”洗涤干净,这才能达到“真淡”的境地,否则就“窃恐秽浊为主,芳润入不得也”。而与这种讨厌“荤脂气”相对应,宋代有不少诗论家都推崇诗中的“山林气”和“蔬笋气”。如蔡绦《西清诗话》就列举齐己“春深游寺客,花落闭门僧”、惠崇“晓风飘磬远,暮雪入廊深”、可士“一钵即生涯,随缘度岁华。是山皆有寺,何处不为家”等僧人所写的诗句,赞之为“非肉食者能到也”③。故从上述例证可知,宋人的嗜“雅”心理,在一定意义上说,即是从其优裕的物质生活中衍生而出的。这就和人们一旦富裕就会对养花种草、搜石集邮之类“雅玩”产生浓厚兴趣,同出一理。所以,宋人的嗜“雅”,就与其物质生活水平的提高有关。

再说其后一方面的情况,亦即宋人的嗜“雅”倾向更与宋代文人的饱读诗书有着直接的联系。人所共知,宋代是我国封建社会中文化特别发达的朝代之一:论文学,人们常以“唐宋”并称;论绘画,人们又常以“宋元”并提;而论学术思想,则更以“汉宋”对举。所以,陈寅恪先生甚至认为:“华夏民族之文化,造极于两宋之世。”④上述局面的形成,当然有多方面的原因。例如,宋代之前,中国的封建文化早就有了相当丰厚的积累,而宋代则在此基础上更有了继往开来的发展

① 刘攽:《中山诗话》,何文焕辑《历代诗话》,中华书局,1981年,第287页。

② 吴处厚:《青箱杂记》,中华书局,1985年,第46页。

③ 张伯伟编校:《稀见本宋人诗话四种》,江苏古籍出版社,2002年,第206页。

④ 陈寅恪:《陈寅恪集·金明馆丛稿二编》,生活·读书·新知三联书店,2001年,第277页。

和建树;又如宋代实行"崇文轻武"的方针,广开科举,优待文人,在思想文化方面又采取比较宽容的政策(陈寅恪曾说:"六朝及天水一代,思想最为自由。"①其"天水一代"即指赵宋王朝),这就培育了全社会崇尚读书和尊重读书人的风气;再如,宋代的造纸业、印刷业、出版业有了空前的发展,这又为广大读书人提供了获得知识和传播文化的极大方便……凡此种种,就共同造就了宋代文化全面高涨的局面。在这种情况下培养出来的文人,往往都是一些饱学之士,具有"多面手"的文化品格。例如欧阳修,常人大都认为他只是位古文名家("唐宋八大家"之一),殊不知他同时又是一位著名的经学家、史学家和考古学家(著有《毛诗本义》《新五代史》《集古录》等,并与宋祁合撰了《新唐书》)。又如苏轼,不仅在诗、文、词方面均有很深的造诣,而且其书法、绘画也卓有名声;除此之外,他还是一位当时有名的思想家和学术家(著有《易传》《书传》《论语说》等多种学术著作)。即如大诗人陆游,也著有被《四库全书总目提要》称之为"简核有法"的历史著作《南唐书》。所以举出以上几例,我们即可明了宋代文人大多具备着多才和饱学的文化素质。

宋代文人的饱读诗书,或者说是饱受了封建文化(特别是其中的正统文化)的教育与熏陶,这就相当自然地培育出了他们"崇雅黜俗"的心理和趣味。对于这点,日本学者村上哲见先生在其《唐五代北宋词研究》中的某些论述,就可被借用来说明问题。

村上先生首先指出:"中国的理想人物的特色在于人文的教养主义同经世济民思想紧密结合,浑然一体。这就是所谓士君子的理念,以此为目标的人就叫读书人、叫士大夫。而写诗作文是形成士君子理念的教养最基本的必要条件之一。这在理念上未必是构成核心的东西,也许不如说是附带的条件或手段,但是正因为它是具体的、肉眼可见的东西,所以实际上,它占有极为重要的地位。总之,写诗作文对于判断一个人是否属于士大夫阶层、或者至少是否具有那种基本资格,几乎具有决定性的意义。所以这种能力的优劣,也会影响到该人在士大夫阶层内部的所处地位。在高级官吏资格考试的科举中,写诗作文占有格外重要的地位这一事实就清楚地表明了这一点。"②这段话的意思,主要在于说明写诗作文对是否能成为士大夫的极端重要性;引申开来说,饱读诗书就必然成了士大夫文人的"专业必修课"。

接着,村上先生又进而指出:"雅"已变成了士大夫理念中最重要的属性之

① 陈寅恪:《寒柳堂集》,上海古籍出版社,1980年,第65页。
② 村上哲见:《唐五代北宋词研究》,杨铁婴译,陕西人民出版社,1987年,第39-40页。

一。其言曰:“到了宋代,随着科举制度的整顿和彻底化,较之血统关系,更加重视一个个的人是否适合做士大夫,同时以格外明确的方式认识了士大夫的应有状态和士君子的理念。例如对雅俗的区别,感觉变得敏锐起来。”①“在宋代,随着中国式官僚制的完成,作为其根据的士大夫的理念也以进一步明确的姿态在人们的认识中固定下来。而在那理念中,毫无疑问,‘雅’成了最重要的属性之一。敏锐地区别‘雅俗之见’,雅与俗,爱雅而排俗,这是要求士大夫具备的最起码的资格。这种感觉已有长久的传统,这是毋庸赘言的,但是随着如上所述的阶层状况的变化,它成了更加自觉和明确的认识。这样一想,宋代文人排俗之严刻之所以同唐代以前格外不同,不能不说是当然的事。”②(着重号系笔者所加)若对上述看法再加发挥,我们又可引申出如下的认识:由于读书人是通过以作诗写文为主要手段的科举考试才能跻身于士大夫营垒中去的,因此他们为应付考试而做的准备工作、亦即熟读诗书的努力,必将深刻地影响到他们的思想理念。何况,即使在成为士大夫之后,为要维持其不同于流俗人的身份教养,他们仍需不断地读书作文。这样一来,中国古代诗书中积淀很深的“雅”的观念便必然成为他们自列于“君子”之列的极重要思想标志——用村上的话来说就是:“爱雅而排俗,这是要求士大夫具备的最起码的资格”;“而在那(士大夫的)理念中,毫无疑问,‘雅’成了最重要的属性之一”。

——以上道理,或许讲得比较抽象。这里不妨举个例子。南宋朱弁《曲洧旧闻》卷六③中记有这样一则小故事:翰林学士宋祁修《新唐书》,某晚正逢大雪,侍从们赶忙给他拉上帘幕,点燃火炉。更有一辈姬妾,或给他送茶端汤,或给他磨墨蘸笔,宋祁这才缓缓摊开名贵的“澄心堂”纸写字。其架势真可用“红袖添香夜著书”一语来形容。写着写着,宋祁忽向侍妾发问:“尔等以前在别人家帮工,是否见过主人有这样的雅举?”众皆答曰“未见”。其中有一妾原本曾侍奉过某太尉,宋祁特意问她:“你当初的主人遇此天气,在家干些什么?”答曰:“只是围在火炉边观舞赏歌,命优伶们大演其插科打诨的滑稽戏,相互之间则拼命碰杯畅饮。哪能比得上您这样风雅?”宋祁听后,微微一笑说道:“那也不差嘛。”于是搁笔收纸,命左右速取酒来,畅饮达旦。以后每逢与同僚宴饮,必举此事以为笑料。从表面来看,宋祁似乎也认可那辈武将们围炉剧饮的豪举,甚至情不自禁地仿效其行;但细细体味,则他在内心其实鄙薄他们只知饮酒观舞、打闹起哄

① 村上哲见:《唐五代北宋词研究》,杨铁婴译,陕西人民出版社,1987年,第157页。
② 同①,第226页。
③ 朱弁:《曲洧旧闻》卷六,中华书局,2002年,第170页。

的粗俗行为的,而深以自己集“风流”与“文采”于一身的风雅举止为自豪。这就难怪他虽然口头上对武夫们的胡闹表示赞同,而在与士大夫同僚们的交谈中则把这些行为作为笑料。由此不难看出:作为一位士大夫文人,知书能文和儒雅风流,自是他们立身的根本,也是他们引以为荣的资本。同时又可见出:饱读诗书、能诗擅文和他们的自命“风雅”之间,存在着密不可分的关联。“腹有诗书气自华”,一般来讲,书读得越多,则其为人的“书卷气”也就越浓,那就更易促使他们产生黜俗崇雅的心理。证之现实社会,文化程度较低的读者往往追求某些庸俗低级的文艺作品,而文化修养较高的读者则对那类粗制滥造甚或黄色下流的作品嗤之以鼻,由此我们对于宋人因饱读诗书而导致嗜“雅”心理的道理就定能理解更深。

除开上述原因之外,宋代文人的嗜“雅”心理倾向之形成,还与他们所身处的自然环境和政治环境有关。关于这一方面的情况,尤其在南宋时期的文人身上表现得特别明显。所以下文的论述,我们就想把目光集中投注在南宋人的情况上去。

先说自然环境方面的问题。

陶渊明诗曰:“少无适俗韵,性本爱丘山。误落尘网中,一去三十年。羁鸟恋旧林,池鱼思故渊。开荒南野际,守拙归田园……久在樊笼里,复得返自然。”读了这首有名的《归田园居》,人们便会得到这样一个启示:山林田园之类自然环境,相对于鸟笼尘网似的城市环境和世俗生活而言,就很能启人“雅思”和净化人的灵魂;不然的话,这位“少无适俗韵”的五柳先生就不必重返田园去寻觅人生的雅趣了。而在现实生活中,人们也有类似的感受和经验:要是老去逛豪华的商厦,所注目的全是金银珠宝、时装名表,那就只会滋长人的购物欲和金钱欲;而对某些不安分者来讲,甚至会引发他们的犯罪心理。因此,享乐气息很浓的“花花世界”和那恶浊昏暗的官场圈子,实是不良的社会环境,它们很易导致人们的物欲横流和引发人们的心理疾病。而若能够返璞归真地回到大自然的怀抱中去,悠然自得地观赏和领略水光山色与风烟云霞,则往往会生出“水流心不竞,云在意俱迟”(杜甫《江亭》)的高情雅趣和闲适之情,至少也能在片刻之间使心灵得到休憩和净化。缘此,就难怪古代社会产生了那么多终生不仕、归依山林的隐士,以及有那么多的官僚文人要自悔“儒冠多误身”而企盼早早退隐山林下做一位“田园居士”!明白了上述道理我们再来反观南宋文人的嗜“雅”倾向,就能清晰地看出江南山水对这种心理倾向的诱发作用。对此,我们不妨举出《樵歌》词的作者朱敦儒为例。朱敦儒本是洛阳名士,当他遭受靖康之变而避难到江南之时,心中是充满着满腔的忧国之情的。为此,他改变了以前辞官不就的态度,出仕朝廷,意在为国效劳,并与当时的爱国大臣李光有所交往,终于受到秦桧一党的忌恨而被免职。因此,他曾写过不少怀念故国、忧患时事的词篇,在这些词中我们所见的朱敦儒就是一位"但愁敲桂棹,悲吟《梁父》,泪流如雨"(《水龙吟·感事》)的忧国者形象。但当他在浙江嘉禾地区(今嘉兴市)隐居下来之后,思想就开始有所变化了。促发这种变化的原因之一,便是浙江的青山绿水诱发了他忘情世事的隐逸心理和高情雅趣。据《澄怀录》所引陆游之言,他当时筑室于四面环水的湖中小岛,过着一种自称为"洗尽凡心,相忘尘世"(《念奴娇》)的世外神仙式的生活(其言曰:"朱希真居嘉禾,与朋辈诣之。闻笛声自烟波起,顷之,棹小舟而至,则与俱归。室中悬琴、筑、阮咸之类,檐间有珍禽,皆目所未睹。室中篮缶贮果实、脯醢,挑取以奉客。"①)。而此种居住环境,尤其是那十分清幽的水光山色,就相当自然地引发了作者颇为清雅的生活情趣。我们且读其两首《好事近》词:

短棹钓船轻,江上晚烟笼碧。塞雁海鸥分路,占江天秋色。　锦鳞拨刺满篮鱼,取酒价相敌。风顺片帆归去,有何人留得?

猛向这边来,得个信音端的。天与一轮钓线,领烟波千亿。　红尘今古转船头,鸥鹭已陈迹。不受世间拘束,任东西南北。

其中即可见出"江天秋色""烟波千亿"之类的自然风光对于词人心灵的抚慰和净化作用,同时也可见其"渔父"式的高情雅趣确在很大程度上诱发于水乡环境的事实。

而在谈论江南山水诱发南宋文人的雅趣及孵化南宋词人的雅词之时,我们尤其要谈到杭州西湖在这方面的重要作用。正因受其"重湖叠巘清嘉。有三秋桂子,十里荷花"(柳永《望海潮》)之美景的强烈吸引,西子湖畔就聚集过不知多少骚人墨客和高人雅士:早在北宋前期,以"梅妻鹤子"的雅名闻名于士林的林和靖就栖身于湖边的孤山,20 年间不入城市,这就说明西湖的幽雅环境乃是养育和培植隐逸之人及其高情雅趣的绝佳地方。而到南宋之后,由于首都建在杭城,西子湖就更成了无数文人雅士所神往与游览之处。《梦粱录》卷一二中说:"近者画家称(西湖)湖山四时景色最奇者有十,曰苏堤春晓、麯院荷风、平湖秋月、断桥残雪、柳浪闻莺、花港观鱼、雷峰夕照、两峰插云、南屏晚钟、三潭印月。春则花柳争妍,夏则荷榴竞放,秋则桂子飘香,冬则梅花破玉、瑞雪飞瑶……"②

① 周密:《澄怀录》,《续修四库全书》第 1188 册,上海古籍出版社,1995 年,第 104 页。
② 吴自牧:《梦粱录》,浙江人民出版社,1980 年,第 102 页。

如此美丽的自然景色,就使南宋文人的雅兴更得了“江山之助”,以至于他们中的某些人竟“雅”到置国家兴亡和民族命运都不屑一顾的地步。对此,宋末文及翁的《贺新郎》词便可作证。文及翁是四川人士,那年赴临安应考得中进士。在游湖的庆宴上有位杭州籍进士颇有些“地方沙文主义”地问他:“你们西蜀有此美景否?”文即作词回答道:“一勺西湖水。渡江来、百年歌舞,百年酣醉……”随后更云:“国事如今谁倚仗?衣带一江而已。便都道、江神堪恃。借问孤山林处士,但掉头、笑指梅花蕊。”文及翁所讽刺的“孤山林处士(林和靖)”们只管“笑指梅花蕊”的举动,正是那辈南宋雅士们的可叹写照!由于我们在下文还要具体论述南宋雅词中的西湖词篇,所以在此就不再多说。但从以上情况来看,就不难发现宋人(尤其南宋人)的嗜“雅”倾向与他们所身处一江的特定自然环境大有关联。

再说政治环境方面的问题。

南宋地处江南半壁江山,基本维持着一种偏安和苟安的政治局势。一方面,它对外敌采取屈辱求和的态度,另一方面,又对内部的抗战派爱国人士实行压制的政策。这就促使一部分本来就不甚关心国家命运的人士越发滋长了享乐苟安和逃避现实的思想倾向(如前引文及翁词中所写的“百年歌舞,百年酣醉”与“但掉头、笑指梅花蕊”,即其形象化写照),同时又迫使另一部分本来有志复国的人士无奈地走向实际归隐或“心理归隐”的道路。而上述两种情况,都促发了南宋文人的嗜“雅”倾向。这里不妨先举一位并非文人的人物作为例证:抗金名将韩世忠,本是一位“嗜酒豪纵,不治绳检”的英雄汉子,他本身的文化程度既不高,且又素来轻视读书人(曾戏称他们为“子曰”,意谓此辈只会“子曰诗云”)。但就是这样一位被当时人称为“泼韩五”的武将,当岳飞被杀、自己又被迫解甲归田之后,其人生态度和生活方式却也出现了“雅化”的变异。他“逍遥家居,常顶一字巾,跨驳骡,周游湖山”,活脱像一位隐士雅人。而且,素轻诗书的他,某日竟然也写下了两首颇为清脱、被人誉为“林下道人语”的词篇,一曰:

冬看山林萧疏净,春来地润花浓。少年衰老与山同。世间争名利,富贵与贫穷。荣贵非干长生药,清闲是不死门风。劝君识取主人公,单方只一味,尽在不言中。(《临江仙》)

二曰:

人有几何般?富贵荣华总是闲。自古英雄都如梦,为官。宝玉妻男宿业缠。年迈衰残,鬓发苍浪骨髓干。不道山林有好处,贪欢,只恐痴迷误了贤。(《南乡子》)

韩世忠的这种思想变化,就足以证明在特定的政治形势压迫之下,即便是性格强悍的武将,其人生态度都会产生扭变,更不用说一般的士大夫文人了——他们的人生观中本就存在着“天下有道则见(现),无道则隐”(《论语·泰伯》)的两重倾向,现在身处这报国之志深受压抑的时代,当然更会促生那思欲归隐、寄情山林的高情雅趣,这就导致了嗜“雅”心理的高涨。此种嗜“雅”的倾向,就大致表现为以下两方面:一是对仕途生涯和政治斗争产生了厌倦、畏避情绪,由此更促发了他们对于山林之趣的心仪和对隐士或“亦仕亦隐”生活的追求;二是在文学创作和鉴赏活动中,又特别赞赏那类表现“看穿人生”和讴歌隐逸之趣的旷达清雅之作。当然,以上两种倾向,并非南宋人所独具,但从宏观角度来看,它们在南宋文人身上却又表现得尤为明显和普遍。此种情势,就只能联系他们所身处的社会环境才能解释。由此不难发现:南宋特殊的政治局势,实是产生上述倾向的深层原因。关于这个道理,我们不妨以南宋罗大经所写的《鹤林玉露》一书作为主要的论证材料。首先请读其丙编卷五中的名言:“士岂能长守山林、长亲蓑笠?但居市朝轩冕时,要使山林蓑笠之念不忘,乃为胜耳。陶渊明《赴镇军参军》诗曰:‘望云惭高鸟,临水愧游鱼,真想初在襟,谁谓形迹拘。’似此胸襟,岂为外荣所点染哉!荆公拜相之日,题诗壁间曰:‘霜松雪竹钟山寺,投老归欤寄此生。’只为他见趣高,故合则留,不合则拂袖便去,更无拘绊。山谷云:‘佩玉而心若槁木,立朝而意在东山。’亦此意。”①照他看来,一般的读书人都是注定要走读书做官的道路的,因而就无法长守山林和长亲蓑笠;但在其戴官帽、坐轩车的同时,却又须心中时时怀有“山林蓑笠之念”,这才是高人雅士(例如陶渊明等人)应持的生活理念,才不失其高雅之士的本色。而具体体现此种“亦仕亦隐”的生活方式之例子,我们又可举张镃为典型。张镃出身于贵族家庭(其曾祖为南宋建国时的大将张俊),曾任大理司直、直秘阁、临安府通判、司农少卿等官职。他同时又是一个“亦仕亦隐”或“半官半隐”式的人物:既在外做官,又在家念佛(自称约斋居士);既积极参与外界的政治斗争(曾直接参与了谋杀韩侂胄的活动,后又企图推倒史弥远,结果反遭史的回击,遭贬身死),又经常以“佳公子”和“穷诗客”的形象出现在当时的娱乐场和文人圈中。而这样一位亦儒亦佛、半官半隐的人物,一时之间便声名鹊起,获得了很高的“雅名”。如著名诗人杨万里曾为之题像曰:“香火斋祓,伊蒲文物,一何佛也;襟带诗书,步武璚琚,又何儒也;门有珠履,坐有桃李,一何佳公子也;冰茹雪食,凋碎月魄,又何穷诗客也。约斋子方内欤?方外欤?风流欤?穷愁欤?老夫不知,君其问诸白鸥。”其

① 罗大经:《鹤林玉露》,中华书局,1983年,第322页。

字里行间,充溢着赞赏、羡慕之情。可见张镃此种既做官又“出世”、既“身在魏阙”又“心存江湖”、既享受富贵豪侈的生活又具有文采风流和高情雅趣的生活方式的“复合型人格”,在当时就是极受人们称颂的。

现在再让我们回到罗大经的言论上来。他又写道:

农圃家风,渔樵乐事,唐人绝句模写精矣。余摘十首题壁间,每菜羹豆饭饱后,啜苦茗一杯,偃卧松窗竹榻间,令儿童吟诵数过,自谓胜如吹竹弹丝。(甲编卷二)

世传《满江红》词云:“胶扰劳生,待足后、何时是足?据见定、随家丰俭,便堪龟缩。得意浓时休进步,须知世事多翻覆。漫教人、白了少年头,徒碌碌。　谁不爱,黄金屋?谁不羡,千钟禄。奈五行不是、这般题目。枉费心神空计较,儿孙自有儿孙福。也不须采药访神仙,惟寡欲。”以为朱文公所作。余读而疑之,以为此特安分无求者之词耳。(甲编卷四)

唐子西诗云:“山静似太古,日长如小年。”余家深山之中,每春夏之交,苍藓盈阶,落花满径,门无剥啄,松影参差,禽声上下。午睡初足,旋汲山泉,拾松枝,煮苦茗啜之。随意读《周易》、《国风》、《左氏传》、《离骚》、《太史公书》及陶杜诗、韩苏文数篇。从容步山径,抚松竹,与麑犊共偃息于长林丰草间。坐弄流泉,漱齿濯足。既归竹窗下,则山妻稚子,作笋蕨,供麦饭,欣然一饱。弄笔窗间,随大小作数十字,展所藏法帖、墨迹、画卷纵观之。兴到则吟小诗,或草《玉露》一两段。再烹苦茗一杯,出步溪边,邂逅园翁溪友,问桑麻,说杭稻,量晴校雨,探节数时,相与剧谈一饷。归而倚杖柴门之下,则夕阳在山,紫绿万状,变幻顷刻,恍可人目。牛背笛声,两两来归,而月印前溪矣。味子西此句,可谓妙绝。然此句妙矣,识其妙者盖少。彼牵黄臂苍,驰猎于声利之场者,但见衮衮马头尘,匆匆驹隙影耳,乌知此句之妙哉!人能真知其妙,则东坡所谓“无事此静坐,一日是两日。若活七十年,便是百四十”,所得不已多乎?(丙编卷四)

宜春傅公谋词云:“草草三间屋,爱竹旋添栽。碧纱窗户,眼前都是翠云堆。一月山翁高卧,连雪水村清冷,木落远山开。惟有平安竹,留得伴寒梅。　唤家童,开门看,有谁来?客来一笑,清话煮茗更传杯。有酒只愁无客,有客又愁无酒,酒熟且徘徊。明日人间事,天自有

安排。”此词清甚，末句尤达，可歌也。（丙编卷五）①

请看，罗大经在文学创作和鉴赏活动中所激赏的，便全是那类描写农圃家风、渔樵乐事和咏叹“看破红尘”“听天由命”之思的作品。特别是其第三段议论，作者联系自己的山居生活和结合自身的隐逸情趣去谈唐子西的两句诗，真可谓绘声绘色、神与诗合，深合今之“接受美学”的理论，令人遐思不已。由此可见，这位因弹劾而罢官的罗大经，就特别钟情于远离政治的农家生活和山居生活，也特别欣赏那类表现知足常乐和隐逸之趣的旷达清雅的诗词作品。虽其遭劾原因尚不太清楚，但我们岂不可从中推断出这样一个道理：南宋文人的普遍嗜“雅”，恐怕就与他们所遭受的政治压力和仕途风波存在着一定的关联。对此只要再联想一下以下事实——在张孝祥、陆游、辛弃疾等爱国文人的词中，也出现了很多与罗大经所举诸例相似的作品——那么南宋文人之嗜“雅”倾向（突出地表现为对隐逸雅趣的企羡）与当时政治环境之间的微妙关系或许就能看得更加清楚些了。

以上我们谈论了宋代文人相当普遍的嗜“雅”倾向及其形成原因。而因这种嗜“雅”的心理和风尚，宋代文人对于人生的享受就越发变得高雅化和精细化了。缘此，也就出现了一大批“雅玩”词篇。下面，就让我们择取“雅玩”词篇中比较突出的几类作品来做进一步的论析。

二、休闲生活与园池词

说到“雅玩”，人都知道这主要是在业余时间才得以进行的赏玩活动。因此本章所论的“雅玩”词篇，首先便可从宋人的休闲生活谈起。

宋代文人大都入仕做官，有些人所担任的官职还着实不小。故在他们埋头处理案头文牍和日常公务之时，自然相当忙碌和紧张，这就无暇顾及什么“雅玩”。但在下列两种情况下，宋代士大夫们却往往都是一些擅长“雅玩”的“顽主”：第一，当他们致仕（退休或辞官归家）之后，一般都会根据财力的大小营建或豪侈或简朴的房宇园池，于中消磨岁月和进行各种“雅玩”活动。第二，即使是在职期间，他们也会在法定假日和公余时间里忙中偷闲地利用官衙中或官衙附近的亭台园池尽情游赏。因此本章所论的休闲生活和园池词，就兼及以上两种情况。

时至唐宋，官吏们已有了常规的公休制度，即每十日休息一天，谓之“旬

① 罗大经：《鹤林玉露》，中华书局，1983 年，第 25、62、304、318 页。

休”。这种“旬休”,又称“休沐”和“旬沐”,意谓这天可让官吏们洗个澡,好好放松休憩一下(“休沐”见《初学记》,“旬休”见《唐会要》)。在这十天轮着一次的休假日中,一般都停止公务,故又称“休务”。上述诸种名称,早在唐人诗文中就已见到。如元稹《五弦弹》诗有云:“旬休节假暂归来,一声狂杀长安少。”又如王勃《滕王阁诗序》中也说:“十旬休暇,胜友如云。”而在宋词中,也多处出现“休务”的字眼,如苏轼《临江仙》曰:“自古相从休务日,何妨低唱微吟。”赵令畤《浣溪沙》曰:“少日怀山老住山,一官休务得身闲。”万俟咏《三台》曰:“敛兵卫、阊阖门开,住传宣、又还休务。”赵以夫《二郎神》曰:“任诗卷抛荒,棋枰休务,寂寞风帘舞絮。”由此看来,宋代词人的休闲生活往往是与作诗赋词、登山观景、下棋读书之类举动紧密联系着的;或者换句话说,宋代文人的“雅玩”,基本是在他们的休闲时光中进行的。而因此故,则宋代士大夫们所营建的园池建筑本身(以及其内其外的自然风光),便很自然地成了他们“雅玩”的对象之一。

由于经济实力和生活水平的提高,宋代的皇室贵族和士大夫们尤喜修筑园池。以北宋为例,李格非所著《洛阳名园记》中就记载了洛阳一地的 19 所名园,其跋言中曾感叹道:“呜呼! 公卿大夫方进于朝,放乎一己之私意以自为,而忘天下之治忽,欲退享此乐,得乎? 唐之末路是矣!”他就从“享乐亡国”的角度批判了此种大兴园林池苑之风的危害,但从中却也不难看出北宋士大夫对园池的钟爱。到了南宋,由于地枕江南山水,尤其是首都建在山水佳美的杭州,所以园池之盛更大大超过了北宋。且看《都城纪胜·园苑》对此的记述:

在城则有万松岭、内贵王氏富览园、三茅观、东山、梅亭、庆寿庵、褚家塘、御东园、清湖北慈明殿园、杨府秀芳园、张府北园、杨府风云庆会阁。城东新开门外,则有东御园、五柳御园。城西清波钱湖门外聚景御园、张府七位曹园。南山长桥则西有庆乐御园、净慈寺前屏山御园、云峰塔前张府真珠园、白莲寺园、霍家园、方家峪、刘园。北山则有集芳御园、四圣延祥御园、下竺寺御园。钱塘门外则有柳巷、杨府云洞园、西园、刘府玉壶园、四井亭园、杨府水阁,又具美园、又饮绿亭、裴府山涛园、赵秀王府水月园、张府凝碧园。孤山路口,内贵张氏总宜园、德生堂、放生亭、新建公竹阁。沿苏堤新建先贤堂院,又有三贤堂园,九里松嬉游园。涌金门外则有显应观、西斋堂、张府泳泽园、慈明殿环碧园、大小渔庄,其余贵府富室大小园馆,犹有不知其名者。城南嘉会门外,则有玉津御园,又有就包山作园以植桃花,都人春时最为胜赏,惟内贵张侯壮观园为最。城北北关门外,则有赵郭家园、东西马城诸园,乃都城种植奇异花木处。①

文中所记,乃是当时很有名气的公私园苑(皇家御园和贵族、太监们的私家园苑);至于一般士大夫们的私人园宅,则正如文中所述:“其余贵府富室大小园馆,犹有不知其名者。”还不知尚有多少!而这些清幽美丽的园池园馆,必然就成了其主人和出入其门之文人雅士们的“雅玩”场所和对象。对此,我们只需举出一人为例,即知其“雅玩”的大概情状——此即前已举过的张镃。张镃是张俊(他在死后被追谥为“清河郡王”和“循王”,可见其地位之隆高)的嫡系曾孙,在继承祖产的基础上营建了南湖别墅,长日逍遥其中。他曾自述其家居生活道:“余扫轨林间,不知衰老。节物迁变,花鸟泉石,领会无余。每适意时,相羊小园,殆觉风景与人为一。闲引客携觞,或幅巾曳杖,啸歌往来,淡然忘归。”根据四时的节令物候,他还为自己以及儿子制定了一张“赏心乐事”的“节目单”(前一章中已经全文征引),其中既有家宴、尝饼、食鹅、吃粽之类的吃喝享受,更有大量赏花、看柳、挑菜、斗草、品茶、泛舟、观月、踏雪、寻梅之类的“雅玩”活动。这就大可证明宋人一方面绝不放弃对物质生活的享受,另一方面却又千方百计地在精神文化享受方面寻觅人生的乐趣。在这后一方面,我们即可举其园池词为例。如其“游池”词这样写道:

拂晓拿舟东去,细看荷花垂露。红绿总吹香,一般凉。　　会享人天清福,休把两眉轻蹙。谁道做神仙,戴貂蝉?(《昭君怨》)

从“休把两眉轻蹙”之句看,张镃的游池泛舟明显伴有一名女性,而此种携佳人同赏荷花的举动就显得何等风流而又清雅!故而词人情不自禁地感叹道:这种神仙才能享受到的清福,又岂是头戴貂蝉帽的俗吏们所能享受得到?言下之意,实以其善作“雅玩”而自负。

又如其“园池夜泛”词曰:

月在碧虚中住,人向乱荷中去。花气杂风凉,满船香。　　云被歌声摇动,酒被诗情掇送。醉里卧花心,拥红衾。(《昭君怨》)

从其词意来看,它之所写仍是携姬观荷一事。但词的妙处却在于词人把他之所见所闻,全都作了深富雅趣的艺术处理。请看,无论是月色、云影、花气、荷香、歌声、酒味,乃至歌妓的红裙翠袖,就全都在擅作“雅玩”的词人心中和笔下,化出了一片诗情画意。借用黄庭坚论诗的话“古之能为文章者,真能陶冶万物……

① 耐得翁:《都城纪胜》,中国商业出版社,1982年,第12页。

如灵丹一粒，点铁成金”(《答洪驹父书》)以及“化俗为雅”等语来说，此词就着实反映了张镃“化平凡为神奇”的本领。而这种本领的来源却又在于他的善于“雅玩”，故那原本属于声色之乐的携妓赏游竟变成了一桩清雅脱俗的举动，而词人的感官享受也就因此转化为一种富有高情雅趣的精神享受。

类似的词例还有好多。我们发现，张镃的《玉照堂词》(玉照堂为其南湖别墅中的建筑物，周围植梅四百株，因以命名)共存词 80 余首，而其中描写在自家园池中“雅玩”的词就达二分之一。这里不妨将有关的词题摘录如下：月夜放船，园池夜泛，泛池，中秋南湖赏月，赏梅即席和洪内翰韵，拥绣堂看天花，香月堂古桂数十株着花因赋，驾霄亭观月，宜雨亭咏千叶海棠，邀李季章赏玉梅堂梅，灯夕玉照堂梅花正开，九月末南湖对菊，夏夜观月，重葺南湖堂馆小词落成……这些词题就大可与他所开列的“赏心乐事”的“节目单”相互印证。由此可见，“雅玩”活动在宋代文人(特别是那些有时间、有条件和有兴致从事“雅玩”者)的休闲时光中几乎成为主要的生活内容，而他们所赖以休憩的亭台园池也势必成为其诗词创作的对象和题目。

当然，像张镃那样园池规模十分宏大、物质生活十分豪侈(《齐东野语·张功甫豪侈》说他“园池、声妓、服玩之丽，甲天下”)的士大夫文人，毕竟不多。例如，有几人能像他那样开一次“牡丹会”即可出动上百人次的歌妓舞姬来陪客劝酒？因此我们还想另举一位相对清寒的士大夫文人为例，以之说明宋人的善作“雅玩”。此人即是曾任武康(今浙江湖州)县令的北宋文人毛滂。

毛滂于哲宗元符二年(1099)到武康上任。为了充实自己的休闲生活和便于进行各种“雅玩”，他就把官衙内前人所筑的“尽心堂”进行了一番改建，并更名为“东堂”(毛滂的词集即以“东堂”命名)。这“尽心堂”原为英宗年间越人王震所建，按其本意是要为百姓尽心尽力。所以衙吏曾告诉毛滂道：“前大夫忧民劳苦，眠饭于簿书狱讼间”，故取此名。但当毛滂到任时，早已“菌生梁上，鼠走户内，珠网粘尘，蒙络窗户”，这岂能满足他的需求？于是毛滂便下令重加修葺，筑成了自谓“自吴兴刺使府与五县令舍无得与之争广丽”的“东堂”新园宅。随后，再在其旁修造生远楼、画舫斋、潜玉庵、寒秀亭、阳春亭、花坞、蝶径，并垒石为渔矶、编竹为鹤巢，植荼蘼花于阳春亭西窗之旁。这样，他就精心地为自己营建了一个理想的休憩环境，闲来无事便在其中尽情“雅玩”。这里，我们先读他以“东堂”为题的《蓦山溪》词(词前有长序，上面所述内容即出此长序)：

东堂先晓，帘挂扶桑暖。画舫寄江湖，倚小楼、心随望远。水边竹畔，石瘦藓花寒。秀阴遮，潜玉梦，鹤下渔矶晚。　藏花小坞，蝶径深深见。彩笔赋阳春，看藻思、飘飘云半。烟拖山翠，和月冷西窗，玻璃盏，葡萄酒，旋落酴醾片。

词中加点之字语，均为其词序中所提到的建筑和景物。由此可证，此公在这块远比陶渊明那简朴的“东园”雅致得多的“东堂”乐土里，过着何等悠闲惬意的生活！他晨起沐日，欣赏山水竹石；晚间傍窗，月下饮酒赋诗；至于大白天，大概除了必不可少的政事公务之外，也经常抽空到花坞蝶径中去徜徉游观。因此一言以蔽之，正如他在词序结尾所说的那样：“仆乃得饶食晏眠，无所用心于东堂之上。”而上述《蓦山溪》词，就正可视作他“雅玩”活动的一个总叙。

至于毛滂在日常生活中的种种具体的“雅玩”活动，则可从其《东堂词》的许多词题和词序中分别见得。如：

东堂月夕小酌，时寒秀亭下娑罗花盛开(《清平乐》)
与诸君小酌，烛下见花(同上)
春晚与诸君饮(同上)
新春四夜，松斋小饮，微雪复止(《浣溪沙》)
仲冬朔日，独步花坞中，晚酌萧然，见樱桃有花(同上)
寒食初晴，东堂对酒(同上)
松斋夜雨留客，戏追往事(同上)
月夜对梅小酌(同上)
西园月夜赏花(《满庭芳》)
戊寅重阳，病中不饮，惟煎“小云团”(按：茶名)一杯，荐以菊花(《玉楼春》)
今日重九，起坐空庭月下，复取“云团”酌一杯(同上)
东堂小酌，赋秋月(《南歌子》)
戊寅秋寒秀亭观梅(《蝶恋花》)
……

够了够了，像这样的词题和词序，《东堂词》中还有好多。读了这些文字，我们真要惊叹毛滂的心中究竟蓄有多少高情雅趣，而一个自我营造的“东堂”园池，竟又赐予了他何等慷慨的“雅玩”机会！这就难怪数百年后的一位清代词论家楼敬思在读了《东堂词》后，会怀着十分艳羡的心情写下了这样一段读后感：“其令武康东堂《蓦山溪》词最著，其小序亦工。此外阳春亭、寒秀亭、松斋、花坞、定空寺、富阳水寺，一吟一咏，莫不传唱人间……迄今读《山花子》、《剔银灯》、《西江月》诸词，想见一时主宾，试茶劝酒，竞渡观灯，伐柳看山，插花剧饮，风流跌宕，承平盛事。试取'听讼阴中苔自绿、舞衣红'之句，曼声歌之，不禁低回欲绝也。"①楼氏还认为，像毛滂的这许多"雅玩"词篇，大有"萧然尘外"的高情雅趣存焉，岂是一般"俗吏"所能及此。所以我们可从上述评论中悟出这样一个道理：宋代士大夫文人，在其作为士大夫之时，往往只能扮演一位"俗吏"的社会角色；而当他们回归自己的私人园池，与其身边的花草树木、月影鸟声作"对话"时，他们顿又变成了一批"萧然尘外"的风雅文人。对这后一方面的情况，我们就很可从《东堂词》中获得感性认识。试读这两首词：

云峰秀叠，露冷琉璃叶。北畔娑罗花弄雪，香度小桥淡月。　　与君踏月寻花，玉人双捧流霞。吸尽杯中花月，仙风相送还家。（《清平乐》）

一亩清阴，半天潇洒松窗午。床头秋色小屏山，碧帐垂烟缕。　　枕畔风摇绿户，唤人醒，不教梦去。可怜恰到，瘦石寒泉，冷云幽处。（《烛摇红影》）

前一词有小序："东堂月夕小酌，时寒秀亭下娑罗花盛开。"娑罗花，又名优昙花，乃是一种富有佛教意味的花朵。词人捧杯小酌，踏月寻花，最终所寻获到的便是这样一种高情雅趣："吸尽杯中花月，仙风相送还家。"此时的毛滂，似已脱尽了白天在官衙中的俗吏面目，而变成了一位飘然欲仙的高人雅士。

后一首词题为"松窗午梦初觉"，描写词人夏日午休初醒时的心理感受：赤日炎炎，酷暑难熬，然而词人高卧松阴之下，却唯觉满窗凉意，情怀可人，这就与尘世的嚣热形成了强烈的反差。而说到底，这种反差其实只是一种心理感受上的反差而已，词人之所以能身处夏日而不感炎热，主要在其心中存有"瘦石寒泉，冷云幽处"式的高情雅趣。所以此词之妙，仍在于十分优美细腻地描写了作者的"雅玩"情趣：玩松，玩风，玩味夏日午间的幽静悠长，更玩味自己休闲生活中所自我营造的潇洒闲雅的恬淡心境。

以上，我们主要以南宋的张镃和北宋的毛滂为例，讲述了他们在自我营造的园池建筑中所进行的种种"雅玩"活动。不过，宋代文人的"雅玩"却绝不仅止于此，他们更要把自己的高情雅趣投放到宽广的自然界中去（或者也可说是他们还要从更加宽广的大自然中去寻找和培育更多的高情雅趣），因此下文就让我们来谈论宋代文人的郊游活动和泛舟词。

① 张思岩宗楠：《词林纪事》，成都古籍书店，1982 年，第 204 页。

三、郊游活动与泛舟词

唐宋士人，喜爱郊游活动，每至春秋胜日，往往都要到郊外去踏青游春和登高赏秋。王仁裕《开元天宝遗事》中说："都人士女，每至正月半后，各乘车跨马，供帐于园圃或郊野中，为探春之宴。"①杜甫《丽人行》诗写道："三月三日天气新，长安水边多丽人。"这都表明，盛唐时代即盛行着士女同出郊游的风气。而到了物质生活条件更加富裕、人们也越发注重享乐的宋代，郊游就更成了都城人所喜爱的娱乐活动。如《东京梦华录》曾记述汴京人郊游赏春的情况道：

> 收灯毕（按：指元宵节后），都人争先出城探春……大抵都城左近，皆是园圃，百里之内，并无闲地。次第春容满野，暖律暄晴，万花争出，粉墙细柳，斜笼绮陌，香轮暖辗，芳草如茵，骏骑骄嘶，杏花如绣，莺啼芳树，燕舞晴空。红妆按乐于宝榭层楼，白面行歌近画桥流水，举目则秋千巧笑，触处则蹴踘疏狂，寻芳选胜，花絮时坠，金尊折翠簪红，蜂蝶暗随归骑，于是相继清明节矣。②

再如《梦粱录》（卷二）所记述的杭州人在清明时节的郊游情景：

> ……车马往来繁盛，填塞都门。宴于郊者，则就名园芳圃，奇花异木之处；宴于湖者，则彩舟画舫，款款撑驾，随处行乐。此日又有龙舟可观，都人不论贫富，倾城而出。笙歌鼎沸，鼓吹喧天，虽东京金明池未必如此之佳。殢酒贪欢，不觉日晚。红霞映水，月挂柳梢，歌韵清圆，乐意嘹亮，此时尚犹未绝。男跨雕鞍，女乘花轿，次第入城。又使童仆挑着木鱼、龙船、花篮、闹竿等物归家，以馈亲朋邻里。杭城风俗，侈靡相尚，大抵如此。③

不过，上面所记述的郊游情景，在真正的雅士看来，未免还有雅俗混杂的缺憾。对此，可以借引《儒林外史》中马二先生游西湖的一段描写来说明。首先，西湖是一个十分美丽的郊游胜地。《儒林外史》就通过马二先生的眼睛来描写这点："这西湖乃是天下第一个真山真水的景致。且不说那灵隐的幽深，天竺的清雅，只这出了钱塘门，过圣因寺，上了苏堤，中间是金沙港，转过去就望见雷峰

① 王仁裕：《开元天宝遗事》，中华书局，2006 年，第 56 页。

② 孟元老撰，邓之诚注：《东京梦华录注》，中华书局，1982 年，第 175 页。

③ 吴自牧：《梦粱录》，浙江人民出版社，1980 年，第 11 页。

塔。到了净慈寺,有十多里路,真乃五步一楼,十步一阁,一处是金粉楼台,一处是竹篱茅舍;一处是桃柳争妍,一处是桑麻遍野。那些卖酒的青帘高飏,卖茶的红炭满炉,士女游人,络绎不绝,真不数‘三十六家花酒店,七十二座管弦楼。’”其次,西湖却又有它的缺点,此即游人杂沓、俗气太重。对此,上书又通过马二的眼睛写道:“马二先生独自一个,带了几个钱……到西湖沿上牌楼跟前坐下。见那一船一船乡下妇女来烧香的,都梳着挑鬓头,也有穿蓝的,也有穿青绿衣裳的,年纪小的,都穿些红绸单裙子;也有模样生的好些的,都是一个大团白脸,两个大高颧骨,也有许多疤、麻、疥、癞的。一顿饭时,就来了有五六船。”好在马二先生本人也是一位俗士,所以他非但见怪不怪,反而也嚼着烧饼跟随着这群乡下妇女一起去大逛西湖了。但是,我们在宋代郊游词中所见到的文人们,却几乎全是些高雅脱俗的雅士,所以他们笔下的郊游场面中,就决不会出现那些疤、麻、疥、癞的妇女形象,而只见一些优雅美丽、善解风情的妙龄歌妓——而在更多时候,他们似乎更喜独自一人(或与二三知己),摒除了女色之类的干扰而作清赏雅游。下面,就分别各举一例:

一是刘几(伯寿)之郊游。刘几官至秘书监,为“洛阳九老”之一。晚年筑室于嵩山玉华峰下,有妾名“芳草”“萱草”,都是外貌秀丽、善于歌吹的美人。刘几经常骑牛出行,自吹铁笛,二妾以蕲笛和之,音韵悠扬,声满山谷。出门不言所至,牛行即行,牛止即止,行至风景佳丽处,即就地野餐,尽醉而归,所以当地人唤他为“地仙”(《风月堂诗话》)。这里,且读他的一首《花发状元红慢》,以见他携妓郊游的快活情景:

> 三春向暮,万卉成阴,有嘉艳方坼。娇姿嫩质冠群品,共赏倾城倾国。上苑晴昼暄,千素万红犹奇特。绮筵开,会咏歌才子,压倒元白。
>
> 别有芳幽苞小,步障华丝,绮轩油壁。与紫鸳鸯、素蛱蝶,自清旦、往往连夕。巧莺喧翠管,娇燕语雕梁留客。武陵人,念梦役意浓,堪遣情溺。

从词情看,其郊游的主要活动在于赏花、开宴、作诗,以及携妓观赏,因此雅则雅矣,然却还未脱尽某些尘俗之气。

二是苏轼的郊游。苏轼被贬黄州,心情颇感压抑,于是便时常外出郊游,以排遣胸中的郁闷。如著名的《赤壁赋》两篇,就是其郊游赤壁后的产物。这里另举他的《西江月》词为例,词前有一段优美的小序:“顷在黄州,春夜蕲水中,过酒家饮。酒醉,乘月至一溪桥上,解鞍曲肱,少休。及觉已晓,乱山葱茏,不谓尘世也。书此词桥柱。”序中表明,此行乃是月夜独身之清游。序写得如此不俗,

词则更具高雅之味,其全文曰:

照野弥弥浅浪,横空暧暧微霄。障泥未解玉骢骄,我欲醉眠芳草。
可惜一溪明月,莫教踏碎琼瑶。解鞍欹枕绿杨桥,杜宇一声春晓。

这首词中,几已去尽了人世一切尘俗之物象(例如绮筵、锦帐、美女、歌舞)而只剩下大自然本身与词人在作心灵的对话,特别是"我欲醉眠芳草"和"可惜一溪明月,莫教踏碎琼瑶"这几句,更是写出了词人皈依自然、陶醉于山水风月的情怀,反映出他的旷达胸襟和高情雅趣简直已达将己身融于自然的"天人合一"境地。所以读东坡此词,既可见其"雅玩"已经扩展到了玩风玩月、玩水玩草的无所不可玩赏的地步,又可看成为大自然的清景进一步滋养和培育了他的高情雅趣。若再联系作者所写的散文小品《记承天寺夜游》(其全文曰:"元丰六年十月十二日夜,解衣欲睡,月色入户,欣然起行。念无与为乐者,遂至承天寺,寻张怀民。怀民亦未寝,相与步于中庭。庭下如积水空明,水中藻、荇交横,盖竹柏影也。何夜无月?何处无竹柏?但少闲人如吾两人者耳。"),我们即知:真正的野游清赏之乐,除开景物因素之外,实在很大程度上取决于游者的是否擅作"雅玩"。这种"雅玩"活动,一方面是游赏者把自己的高情雅趣投射到外物身上,使其耳目所闻所见的自然景物无不涂上了一层"雅趣",变成了可供观赏和玩味的对象;另一方面,游赏者又从花草树木和山水清景中吸取某种灵感和精神营养,进一步增厚和加深了自身的高情雅趣。昔黄庭坚有名言曰:"天下清景,不择贤愚而与之,然吾特疑为我辈设。"①而王国维在援用此言后又进一步发挥道:"诚哉是言!抑岂独清景而已,一切境界,无不为诗人设。世无诗人,即无此种境界。"②这就说明:若无世间的"清景",当然就触发不了诗人的灵感,创造不出充满高情雅趣的诗境;但若游人缺乏诗人的敏感气质和高雅胸襟,则同样也不能创造出超乎"常人之境界"而达到"诗人之境界"(亦为王国维语)的诗境。而在"清景"与"诗人"这两者之中,黄庭坚和王国维又特别看重后一因素。这就越发可证苏轼在蕲水的一次极为普通平常的郊游中之所以能提炼出"疑非尘世"的快乐与雅趣,归根到底在于作者胸中具有像万斛泉源那样深厚郁勃的高雅情趣,所以一经与天光云影、芳草风月之类自然景物浃合,便能形成《西江月》词那种充满高情雅趣和诗情画意的优美词境。所以讲到这里,我们更可借用朱光潜先生的说法,把宋代文人的多种"雅玩"活动之本质看成为对现实人生进行"情趣

① 释惠洪:《冷斋夜话》,《稀见本宋人诗话四种》,江苏古籍出版社,2002 年,第 34 页。
② 周邦彦:《清真集》,吴则虞校,中华书局,1981 年,第 112 页。

化”和“艺术化”的精神加工和审美处理。朱先生曾把人类分为两种：“一种是情趣丰富的，对于许多事物都觉得有趣味，而且到处寻求享受这种趣味。一种是情趣枯竭的，对于许多事物都觉得没有趣味，也不去寻求趣味，只终日拼命和蝇蛆在一块争温饱。后者是俗人，前者则是艺术家。情趣愈丰富，生活也愈美满，所谓人生的艺术化就是人生的情趣化。”①借用这个说法，我们也可将人群分为两类，一类是情趣高雅的，另一类是情趣平庸甚或鄙俗的。后者是平常人或庸人、俗人，前者则是高人雅士。高人雅士们同样也要面对实际人生中许多平平常常的事物，但由于他们的擅作“雅玩”，所以就能从现实人生中的许多平凡事物和情景中提升出充溢着高雅情趣或诗情画意的精神享受和审美享受；至于那类本身就具有一定雅趣的事物和情景（尤其是自然界的清风明月、青山绿水），则更在他们眼中和笔下，焕发出取之不尽的高情雅趣来。这样一来，则世间万物（特别是自然景物）就都可作为雅士们的“雅玩”对象，都可通过他们神与物游的“雅玩”而变成令人心驰神往的“诗人之境”。因此通过对苏轼独作清赏之游而写成《西江月》词的分析，我们就更可加深对宋代文人“雅玩”活动之精神本质的认识。

现在，再让我们回到宋人的郊游活动上来。我们知道，郊游活动的方式不外是游山玩水、登山泛舟等等，但尤能体现宋人“雅趣”的郊游词篇更在于他们的泛舟词。这是因为，从宋词的实际情况来看，大凡登山之作通常多写家国身世之感和思古之幽情，而泛舟玩水之作则往往多写个人的高情雅趣，这恐怕也与山性偏刚和水性偏柔的差异对人心的“感召”有关。古语曰：“仁者乐山，智者乐水。”故对宋代文人这些擅作“雅玩”的聪明人（智者）来说，他们在私生活的休闲时间中，或许就更加钟情于作驾舟之游了。下面，就让我们欣赏一些宋人的泛舟词篇。

首先可谈的是欧阳修的十首颍州西湖词。欧阳公 43 岁时曾任颍州（今安徽阜阳）知州，“爱其民淳讼简而物产美，土厚水居而风气和，于时慨然已有终焉之意也”。（《思颍诗后序》）22 年之后，他终于实现了这一夙愿，以观文殿学士、太子少师致仕而归隐颍州。颍州西湖在颍州西北二里外，湖长十里，广三里，清澈幽美，风景雅丽。欧阳公或与良朋共游，或独驾扁舟遨游，写下了十篇题为“西湖念语”的《采桑子》组词。在此我们特别要序出其小序来谈，其序文曰：

① 朱光潜：《“慢慢走，欣赏啊”——人生的艺术化》，《艺文杂谈》，安徽人民出版社，1981 年，第 19 页。

> 昔者王子猷之爱竹，造门不问于主人；陶渊明之卧舆，遇酒便留于道上。况西湖之胜概，擅东颍之佳名。虽美景良辰，固多于高会；而清风明月，幸属于闲人。并游或结于良朋，乘兴有时而独往。鸣蛙暂听，安问属官而属私；曲水临流，自可一觞而一咏。至欢然而会意，亦傍若于无人。乃知偶来常胜于特来，前言可信；所有虽非于己有，其得已多。因翻旧阕之辞，写以新声之调。敢陈薄伎，聊佐清欢。

它一上来就说明，词人的游湖之举实是仰慕于晋宋间的名士王徽之（字子猷）和陶渊明。接下来则描写自己的高情雅兴：既然自己已从朝堂上退了下来，成为一个充分自由的“闲人”，那就何不尽情地享受大自然的清风明月？其中有两句尤妙：“鸣蛙暂听，安问属官而属私？”照理来讲，蛙鸣之类自然景物本属“全民所有”，岂有“属官（公）”与“属私”之分？但作者在这里所要表达的意思乃是：以前久在官场的樊笼里，即连自己的身子都“属官”而无法自主，因此哪有闲情逸致可来听蛙鸣、享风月？但现在却好了，只要兴之所至，则大自然的一山一水、一草一木，就无不可以“雅玩”，无不可以自娱。因此下文中他就怡然自得地说道：“至欢然而会意，亦傍若于无人。”“会意”云者，神与物游、悠然心会之谓也，这就充分显示了他通过“雅玩”所独得的高情雅趣。

由于词共十首，这里便选录其中四首：

> 轻舟短棹西湖好，绿水逶迤，芳草长堤，隐隐笙歌处处随。
> 无风水面琉璃滑，不觉船移，微动涟漪，惊起沙禽掠岸飞。
>
> 春深雨过西湖好，百卉争妍，蝶乱蜂喧，晴日催花暖欲然。
> 兰桡画舸悠悠去，疑是神仙。返照波间，水阔风高飏管弦。
>
> 何人解赏西湖好？佳景无时，飞盖相追，贪向花间醉玉卮。
> 谁知闲凭阑干处，芳草斜晖，水远烟微，一点沧洲白鹭飞。
>
> 天容水色西湖好，云物俱鲜，鸥鹭闲眠，应惯寻常听管弦。
> 风清月白偏宜夜，一片琼田。谁羡骖鸾？人在舟中便是仙。

“西湖好”是这十首组词所欲表现的共同主题，所以每首词的起句都以这三个字作结尾。但它们的描写角度却各有不同，缘此就多方位、多侧面地写出了西湖的引人入胜和作者的“雅玩”情趣。如上面这四首词中第一首着重写泛舟之乐：词人轻舟短棹荡漾在绿水之中，由于水面滑溜如琉璃，所以甚至不觉船移；直到惊起了一群沙禽扑棱棱地掠岸低飞，这才发现自己的小舟已在湖面上移进了好长一段。这样的描写，既写出了湖水的柔滑空明，更写足了词人悠闲自得的雅趣。

第二首写西湖的暮春风光：雨后放晴，湖边繁花斗妍，词人信舟徜徉，悠然观赏，几疑此身已化神仙。第三首写舍舟登岸：凭栏眺湖，只见芳草斜晖，水远烟微，而湖心沧洲的一点白鹭更引起了词人无限的遐思联想。第四首则写西湖静景：游人散去，西湖复归静谧，鸥鹭闲眠，唯见一片天光云影。特别到了风清月白的三更，整个湖面犹如白玉铺成的琼田，此情此景，端的使人有飘然欲仙之感！

选读了上面这几首游湖词，我们当然不能不佩服词人写景之妙和写情之工，但更足令人羡慕的则还是欧阳公所怀有的这一片好心情，而这种好心情就分明导源于他的高情雅趣。《蔡宽夫诗话》中说，欧阳修退隐颍州后，他的老友赵概（时已年近八旬）特地从睢阳（今河南商丘）赶赴颍州，两人同游西湖，相聚逾月。对此，蔡宽夫曾赞曰：“前辈挂冠后能从容自适未有若此者。”又曰：“两公名节固师表天下，而风流襟义又如此，诚可以激薄俗也。”①其言虽主要在表彰欧阳修及赵概的淡泊胸怀与高情厚谊，但从他所说的“从容自适”和“风流襟义”中，我们却也看到了欧阳修从容旷达的人生态度与风流闲雅的生活情趣。

不过，若要评选最能体现宋人高情雅趣之泛舟词，那就或许该推张孝祥游洞庭、青草湖所作的《念奴娇》词了。其词曰：

> 洞庭青草，近中秋、更无一点风色。玉鉴琼田三万顷，著我扁舟一叶。素月分辉，明河共影，表里俱澄澈。悠然心会，妙处难与君说。
>
> 应念岭表经年，孤光自照，肝肺皆冰雪。短发萧骚襟袖冷，稳泛沧浪空阔。尽吸西江，细斟北斗，万象为宾客。扣舷独笑，不知今夕何夕！

这首词写于作者因遭谗罢官、离开广西、经湖南北归的途中。时值接近中秋的月夜，词人驾一叶之扁舟而渡洞庭湖。月光皎洁，湖水澄澈，词人仿佛置身于白玉无瑕的水晶世界之中，这就极大地诱发了作者的高情雅趣，吟出了“悠然心会，妙处难与君说”的神与物游、心与境谐的千古名句。当然，词人此刻其实并未真正忘情尘世，在其“应念岭表经年”两句中就寓有他不甘蒙冤的牢骚，但自念一生清白，孤光可鉴，因此又吐出了“肝肺皆冰雪”之句，这既是作者高洁人格的形象化表现，又是其高情雅趣与晶莹月色合二为一后的艺术结晶。而因词人此时身在湖心和面对星空，心中更涌发出了深邃的宇宙意识，于是他的那番高情雅趣终又在最后升华为酣畅高昂的豪情英气：“尽吸西江，细斟北斗，万象为宾客。扣舷独笑，不知今夕何夕！”读着这样的词句，我们仿佛看到了一位顶天立地的豪士，正在鲸饮长江的浩荡江水，而以北斗七星作为勺器，热情邀请天地万物一

① 郭绍虞辑：《宋诗话辑佚》，中华书局，1980 年，第 418 页。

齐来参加他的盛宴。这一刻的宇宙之中,时间似已凝止,空间也已变得狭小,只让一位扣舷独笑的词人形象凸现在画面中心……读了张孝祥的这首泛舟游湖词,人们既不能不被他的人格力量所折服,又不能不被他的高情雅趣所“俘虏”,从而产生了澡雪精神和洗涤心胸的艺术效果。对此,当时人魏了翁的一段评语就很能说明问题:“张于湖(张孝祥自号于湖居士)有英姿奇气,著之湖湘间,未为不遇。‘洞庭’所赋,在集中最为杰特。方其吸江斟斗、宾客万象时,讵知世间有‘紫微’‘青琐’哉!”(跋《念奴娇》真迹)也就是说,读了此词,人们的心胸就会随之变得开阔远大,其情趣也会趋向于淡泊高雅,而世间的功名利禄(“紫微”、“青琐”指官署衙门)、荣辱得失更会在一时之间被抛个精光。您说,这样的词就怎能不被称为“绝妙好词”(周密编《绝妙好词》即以此词为冠首之篇)?

最后,再让我们欣赏姜夔游湘江所作的《湘月》词。词前有小序曰:“长溪杨声伯典长沙楫棹,居濒湘江,窗间所见,如燕公、郭熙画图;卧起幽适。丙午七月既望,声伯约予与赵景鲁、景望、萧和父、裕父、时父、恭父,大舟浮湘,放乎中流。山水空寒,烟月交映,凄然其为秋也。坐客皆小冠练服,或弹琴,或浩歌,或自酌,或援笔搜句。予度此曲,即《念奴娇》之鬲指声也……”这段小序用简练雅洁的笔调,为读者勾画了一幅“湘江雅集”的生动画卷,画卷中的这群雅士们,个个都是那样的清雅萧闲。其词则曰:

> 五湖旧约,问经年底事,长负清景?暝入西山,渐唤我,一叶夷犹乘兴。倦网都收,归禽时度,月上汀洲冷。中流容与,画桡不点清镜。
>
> 谁解唤起湘灵,烟鬟雾鬓,理哀弦鸿阵。玉麈谈玄,叹坐客、多少风流名胜。暗柳萧萧,飞星冉冉,夜久知秋信。鲈鱼应好,旧家乐事谁省。

它起头就说:自己早有隐居五湖的夙愿,可为什么却多年未曾践约,空自辜负了山川胜景?言外之意,就深为自身因奔波劳碌而未能作清游胜赏感到后悔。以下则写今日泛舟游览湘江之乐。撇开其写景之清幽不论(其实它们也体现着词人的雅趣),仅从它描绘的人物形象就足以让人感受到“雅气”袭人。试看词人与其志同道合的朋友们“一叶夷犹乘兴”,显得何等悠闲而又高兴。而“玉麈谈玄,叹坐客、多少风流名胜”等句又将这群雅士们“或弹琴,或浩歌,或自酌,或援笔搜句”,或像晋代名士那样手挥玉柄之麈尾而作清谈的优雅情景显现在读者眼前。其实,若就社会地位来讲,姜夔与他的这辈朋友,都是一些未曾入仕的江湖文人;就经济状况来看,他们也大致都是些清贫之士(姜夔本人就经常寄居于张镃、范成大等有钱人门下)。这些贫士虽穷,但在词中所表现的趣味与风度却儒雅得很(对此我们还可联系姜夔所作的另一些词中的人物形象来看;如其《角招》词序中所描述的“甲寅春，予与俞商卿燕游西湖，观梅于孤山之西村，玉雪照映，吹香薄人……商卿善歌声，稍以儒雅缘饰；予每自度曲，吟洞箫，商卿辄歌而和之，极有山林缥缈之思”；如其《庆宫春》词序中所描述的“后五年冬，复与俞商卿、张平甫、铦朴翁自封禺同载诣梁溪，道经吴松，山寒天迥，云浪四合，中夕相呼步垂虹，星斗下垂，错杂渔火，朔吹凛凛，卮酒不能支，朴翁以衾自缠，犹相与行吟”，其中出现的就尽是一批多才多艺而又志趣高雅的文人墨客）。由此可知，姜夔游湘江而作的《念奴娇》，以及他所作的另一些游西湖词、游鉴湖词、游武陵（今湖南常德）荷塘等词篇，一方面固然表现了山川本身之美，另一方面却更加在于表现词人本身的高情雅趣。不然的话，姜夔词中何以不见像《武林旧事》卷三中所描写的游西湖之喧闹情景：“都人士女，两堤骈集，几于无置足地。水面画楫，栉比如鱼鳞，亦无行舟之路。歌吹箫鼓之声，振动远近，其盛可以想见”①，而尽多“双桨莼波，一蓑松雨”（《庆宫春》）、“岑寂，高柳晚蝉，说西风消息”（《惜红衣》）、“潮回却过西陵浦，扁舟仅容居士”（《徵招》）的凄清景色和雅士形象？这就表明，宋人的泛舟词（以及其他郊游词），实际也是其“雅玩”词中的一个分支，它们所着重表现的，即是他们暂离城市喧嚣时所感发出来的清雅情趣。

四、山水之趣与隐逸词

提到“隐逸”，我们不由会想到白居易的一首诗：

> 大隐住朝市，小隐入丘樊。丘樊太冷落，朝市太嚣喧。不如作中隐，隐在留司官。似出复似处，非忙亦非闲。不劳心与力，又免饥与寒。终岁无公事，随月有俸钱。君若好登临，城南有秋山。君若爱游荡，城东有春园。君若欲一醉，时出赴宾筵。洛中多君子，可以恣欢言。君若欲高卧，但自深掩关。亦无车马客，造次到门前。人生处一世，其道难两全。贱即苦冻馁，贵则多忧患。惟此中隐士，致身吉且安，穷通与丰约，正在四者间。（《中隐》）

此诗作于其晚年以太子宾客身份分司东都（洛阳）之时。他在诗中，把隐逸方式分为三种：大隐、小隐和中隐。这前两种隐逸方式的提出，源于晋人王康琚的《反招隐诗》“小隐隐陵薮，大隐隐朝市”；而“中隐”之说，则是白居易个人的“独创”。综合他们两人的说法，隐逸生活可分三种：一是真正隐居在山林丘薮，这

① 周密：《武林旧事》，中华书局，2007 年，第 72 页。

叫“小隐”;二是“隐”于“似出复似处,非忙亦非闲”的散官闲职,这叫“中隐”;三是“隐”于热闹的朝廷与市肆(即名利场)中,这叫“大隐”。但是,为何“隐”于朝市和闲官叫作“大隐”“中隐”,而真正隐居山林丘薮却唤作“小隐”呢?这里就涉及古代文人的一种心理奥秘。原来,在中国的封建士大夫文人中间,真正能像陶渊明那样不为五斗米折腰而宁愿躬耕田野的人,毕竟数量甚少。而一般的士大夫们,即使是真心向往隐逸生活,却也很难在退休前真正做到。例如,有人是王命在身,身不由己;有人是受累于养家糊口,只能出仕谋差;更有些人则是既想享受山林之趣却又贪恋功名富贵,这样一来他们就只能采取一种“变通”的办法——即身与心有所背离的“两栖”生活方式,以达到“两全”的目的(即一方面做官,另一方面又想方设法做“心理隐居”)。缘此,他们就自个儿往脸上贴金,戏称他们这种既“居市朝轩冕”而又“不忘山林蓑笠”(罗大经语,已见前引)的生活为“大隐”和“中隐”,而反把真正的隐居生活贬称为“小隐”。明白了上述道理,我们即可把宋代士大夫文人的隐逸举动按其实质划分为真隐逸、假隐逸和半隐逸三类。

先说假隐逸。这种“隐逸”其实只是变相的享乐生活。这里且举一人为例,那就是宋末的权奸贾似道。贾氏本是一个极为放纵的好色之徒,甚至连宫女、尼姑都要拿来做妾。但他却偏又要做“隐士”,便在西湖葛岭筑造“半闲堂”,每日与清客文人开酒宴、听曲子(甚至斗蟋蟀、玩赌博)。他本人还写诗道:“腊前又放玉园林,一片花飞一片心……但得诸贤成此乐,棹舟我欲去山阴。”(《咸淳庚午冬大雪,遗安抚潜侍郎》)似乎真有“棹舟归去”之志,但考其实际行径,却正与此相反,完全是一个利欲熏心、玩弄权势的奸佞之臣。故而他的假冒“隐士”之举,十足是一种附庸风雅、令人作呕的行为。还有一位宁宗时代的权贵韩侂胄,有关他的一个故事也颇能说明问题。据叶绍翁《四朝闻见录》戊集记载,韩在西湖边上的吴山修筑“南园”,“竹篱茅舍,宛然田家”。但韩侂胄还嫌其不够真实,说道:虽然布置得极似田园风光,然却还少了农家的鸡鸣狗吠之声。谁知他尚未走出南园,忽闻里头已响起了鸡啼狗叫。令人查看,才知道原来是随行的临安府尹赵师罿为讨韩的欢心竟不惜亲自学鸡狗之叫①。此事或许出于杜撰,但从中亦可见出宋代士大夫中有一些人的所谓“隐逸”,其实只是一种冒牌货,除开附庸风雅、故作清高外,全无半点与“清雅”二字搭界。

再说“半隐逸”。这种隐逸方式,前代早就有人实践过。比较著名的可举王维与白居易为例。王维在安史之乱以前,一方面在朝廷做官,另一方面却又在其

① 叶绍翁:《四朝闻见录》,中华书局,1989年,第195页。

终南山的别墅里“弹琴赋诗,傲啸终日”,这和他的并不削发为僧而居家修佛(因此即以佛经中的“维摩诘居士”作其名和字)一样,都显示了他在人生处置方面的灵活圆通。白居易的情况,则在前面举过的《中隐》诗中已有表述。他自己颇为风趣地形容其一面做个闲官一面又做个“闲人”的生活为:“似出复似处(处者,退隐也),非忙亦非闲。”而逢到“君若好登临”“君若爱游荡”“君若欲一醉”甚或“君若欲高卧”的时候,则尽可任我高兴地娱乐和休憩。所以,这种“中隐”的生活方式,就很受宋代文人的欢迎。比如前已举过的张镃,他的半仕半隐或亦仕亦隐的生活,就深得白居易的真传。而即使像毛滂那样,虽然身任县官、日理民事,但也要在公余或休务之时尽情享受“东堂”之雅趣,这也同样可以反映宋代士大夫文人对于“中隐”的企慕和追求。但因前文已对这方面的情况做过介绍,故在这里就不再多说。

最后让我们来谈“真隐逸”。这种“真隐逸”,又包括两种情况:一是终生不仕,彻底隐居;另一种是在人生的某一阶段中隐逸(例如中途隐逸或致仕退休后隐逸)。但不管是终生隐逸还是阶段性隐逸,只要读书人或文化人(即“士”)真正做到了隐居不仕、栖身山林或田园,我们就都可称他们的隐居生活为“真隐逸”。按照这个标准来看,则宋代文人中的“真隐逸”者可谓不乏其人,甚至是相当多的。先拿终生隐逸者来说,《宋史·隐逸传》共收录49人,但这却远不是宋代隐士的全部。据张海鸥博士查检有关方志所做的统计,见于文献材料的宋代隐士约有378人之多①。而除此之外,另还有不知多少无名的宋代隐士因其遁迹山林而被历史文献所漏收和遗忘。再拿阶段性隐逸者来说,则宋代士大夫中,因为罢官免职、贬官流放或致仕退休等多种原因而在其人生的某一阶段做过一阵子隐士的,也真还不少。因此,下文所要论述的“山水之趣和隐逸词”,就同时包括以上两类情况。

当然,谈到宋代“真隐逸”者的人生追求和文化心态,其内容应是相当丰富复杂的。其中包含着他们对于自由人格的向往,对于官场人格的厌弃,对于“天下有道则见,无道则隐”古训的遵循和实行,以及对于传统文化中诸如许由、巢父、严子陵、陶渊明等高人隐士的仰慕……但又毋庸讳言,他们对于山水之趣的喜爱和“雅玩”,也是促成他们诗意地隐居的原因之一。所以本章既然是谈宋人的“雅玩”活动,故就着重来谈这些隐居者们在对待山水田园方面所表现出来的高情雅趣。

先说那位以“梅妻鹤子”闻名于世的孤山隐士林逋。《宋史》本传称他为“性

① 张海鸥:《宋代隐士隐居原因初探》,《求索》,1999年第4期。

恬淡好古，弗趋荣利”，“结庐西湖之孤山，二十年足不及城市”。试想，杭州城在北宋早已成为一个繁华富庶的大都市，但面对这花花绿绿的“大世界”的诱惑他却能20年不入城市，这需要多大的意志和毅力！而这种举动，当然也反映了他对山林野趣的深深热爱。不过，由于林逋主要以写诗闻名（如其咏梅诗中的两句“疏影横斜水清浅，暗香浮动月黄昏”就是传诵千古的名句），所以我们就较难从其词中寻觅他的隐逸情趣。有之，则可举其《霜天晓角》一词：

冰清霜洁，昨夜梅花发。甚处玉龙三弄？声摇动、枝头月。　梦绝，金兽爇，晓寒兰烬灭。要卷珠帘清赏，且莫扫、阶前雪。

严格地讲，这首词主要是写赏梅而非歌咏山林野趣。但从它所写的“枝头月”、“阶前雪”等语中，我们完全可以想象出这样一个情景：一夜的飞雪到天明已止，卷帘一望，冷月犹自挂窗，而远处山坡上竟已绽开了一树树的梅花。为要欣赏这一幅绝佳的“孤山雪梅”图画而不破坏其绝妙景观，词人赶紧呼唤童仆且莫扫门前之雪，好让自己静立窗前作细细的“清赏”。因此它虽未直接描写西湖、孤山的优美景色和清幽之趣，但从卷帘赏梅这一举动中，我们就既能感受到湖山之美，又能体味出词人高雅的生活情趣。

再来说一位庐山隐士苏庠。苏庠字养直，自号“后湖”。他的父亲苏坚（伯固），乃是苏轼的好友，苏轼那首著名的《归朝欢》（我梦扁舟浮震泽）词，就是为苏坚而作的。苏庠小时，也曾以“属玉双飞水满塘”的诗句，见赏于东坡（东坡称：“吾家养直作此诗时，年甚少，而格律已老苍如此。”）。南渡初年，朝廷召苏庠和徐俯出山做官。二人平素志趣相投，但此次却分道扬镳：苏庠坚辞而徐俯却同意出仕。临行之际，苏、徐对弈一局。若按平时的棋艺，苏不及徐，但此刻苏却笑拈一子说道：“今日须还老夫下此一着。”意谓在仕、隐问题上你老兄却输了我一着，说得徐俯满面通红。所以后来游九言在为苏庠墨迹所写的跋语中赞扬苏的终身不仕道：“后湖胸中本无轩冕，是以风神笔墨，皆自萧散，非慕名隐居者（按：似指徐俯辈）比也。士生斯世，苟无功利及人，区区奔走，老死尘埃，不如学苏养直。”①由此可见苏庠之受人尊敬与推崇。苏庠曾有诗曰：“笛弄松江明月，蓑披笠泽云归。若道青霄快活，五侯何处如君？”（《赋王文孺䍲庵》）此虽是赞美别人的隐逸之乐，却也是他本人的夫子自道。至于其词中，则也屡屡表现他在隐逸生活中所寻觅到的无穷乐趣。如：

杖头挑得布囊行，活计有谁争？不肯侯家五鼎，碧涧一杯羹。　溪

① 罗大经：《鹤林玉露》，中华书局，1983年，第88页。

上月，岭头云，不劳耕。瓮中春色，枕上华胥，便是长生。(《诉衷情》)

冰勒轻飔，绿痕初涨回塘水。柳洲烟际，白鹭翘沙嘴。　箬笠青蓑，未减貂蝉贵。云涛里，醉眠篷底，不属人间世。(《点绛唇》)

照他看来，那溪上之月和岭头之云本是上天赐予的无穷财宝，尽可供人无偿地享用；而青箬笠和绿蓑衣，则又比貂蝉冠和金缕衣来得珍贵，因为披戴着它们可以做一个无拘无束、醉眠篷底的渔父，这又何乐而不为呢？

因此讲到这里，我们发现，宋代文人（尤其是词人）们的“隐逸家风”（上举《诉衷情》词即有小序曰：“渔父家风，醉中赠韦道士。”）实又和前代高士、尤其是中唐号称“烟波钓徒”的张志和等人的隐逸传统有着一脉相承的关系。古代中国曾出现过许多隐居不仕、绝意功名利禄的高人雅士，他们的隐逸人格和高情雅趣，便给宋代的隐士们提供了精神力量和行为楷模。这里且说张志和一人。这位“浮家泛宅”（以船为家、泛舟漫游）的大隐士曾写过五首有名的《渔父》词：

西塞山前白鹭飞，桃花流水鳜鱼肥。青箬笠，绿蓑衣，斜风细雨不须归。

钓台渔父褐为裘，两两三三舴艋舟。能纵棹，惯乘流，长江白浪不曾忧。

云溪湾里钓鱼翁，舴艋为家西复东。江上雪，浦边风，笑着荷衣不叹穷。

松江蟹舍主人欢，菰饭莼羹亦共餐。枫叶落，荻花干，醉宿渔舟不觉寒。

青草湖中月正圆，巴陵渔父棹歌还。钓车子，撅头船，乐在风波不用仙。

自此以后，这个头戴青箬笠、身披绿蓑衣的“渔父”形象，便深深地烙印在宋人的脑海中，成了他们仰慕的偶像，并又在宋人的隐逸词篇中经常“闪亮登场”。下面就让我们以朱敦儒和陆游为例，看一看他们词中所表现的“渔父”情趣。

关于朱敦儒的个人情况，前文已多次提到，这里就不再赘述。现在请读他两首自比渔父的词篇：

拨转钓鱼船，江海尽为吾宅。恰向洞庭沽酒，却钱塘横笛。　醉颜禁冷更添红，潮落下前碛。经过子陵滩畔，得梅花消息。(《好事近》)

眼里数闲人，只有钓翁潇洒。已佩水仙宫印，恶风波不怕。　此心那许世人知，名姓是虚假。一棹五湖三岛，任船儿尖耍。(同上)

前一首词写他“浮家泛宅”的生活：一叶渔舟，四海为家，尽挑风光雅丽和富有隐逸文化底蕴的地方（前者如洞庭湖、钱塘江，后者如严子陵钓台）去做诗意的遨游。又是沽酒，又是横笛，再不就是探梅寻幽，词人的雅兴可真是不浅。后一首词则着重写其轻松闲适的心境。词人自谓，人世间最潇洒的人就该数到渔父钓翁，他们简直称得上是一群“水仙”。相比于人间的充满着政治风波，自己“一棹五湖三岛，任船儿尖要”的生活则显得何等自由自在和无忧无虑！

当然，无论是朱敦儒，还是张志和，他们笔下的“渔父”其实大不同于真实生活中的打鱼人，而是一种经过“加工”和“改造”后的人物形象。它们的思想内蕴，甚至已部分地偏离了最早的“渔父”原型——屈原《渔父》中的那位“渔父”，外貌既是那样的“颜色憔悴，形容枯槁”，而其内心则更怀有“举世皆浊我独清，众人皆醉我独醒”的高洁情志和“安能以皓皓之白，而蒙世俗之尘埃”的坚贞操守；相比之下，唐宋词（主要指宋词）中的“渔父”词则在很大程度上已减削了以隐逸方式与世抗争的愤世嫉俗之思想锋芒，而转以咏写“看穿”人生的思想和表现词人的骚雅情趣为生。不信的话，请再读读陆游的下列“渔父词”：

石帆山下雨空濛，三扇香新翠箬蓬。蘋叶绿，蓼花红，回首功名一梦中。（《渔父》）

长安拜免几公卿，渔父横眠醉未醒。烟艇小，钓车腥，遥指梅山一点青。（同上）

镜湖俯仰两青天，万顷玻璃一叶船。拈棹舞，拥蓑眠，不作天仙作水仙。（同上）

三山三下闲居士，巾履萧然，小醉闲眠，风引飞花落钓船。（《采桑子》）

不惜貂裘换钓篷，嗟时人、谁识放翁？归棹借、樵风稳，数声闻、林外暮钟。　幽栖莫笑蜗庐小，有云山、烟水万重。半世向、丹青看，喜如今、身在画中。（《恋绣衾》）

一竿风月，一蓑烟雨，家在钓台西住。卖鱼生怕近城门，况肯到红尘深处？　潮生理棹，潮平系缆，潮落浩歌归去。时人错把比严光，我自是无名渔父。（《鹊桥仙》）

桥如虹，水如空，一叶飘然烟雨中。天教称放翁。　侧船篷，使江风，蟹舍参差渔市东。到时闻暮钟。（《长相思》）

……

陆游一生写词并不太多，然其中却有不少的“渔父词”，这就可见他是何等向往着此种“一竿风月，一蓑烟雨”的隐逸生活。当然，在这些“渔父词”的背后或底里，仍旧隐藏着他对世事的忧愤，但若从它们主流的思想倾向来看，则毕竟已向着隐逸情怀和高情雅趣方向倾斜。所以，对于宋代那些真正的隐士或真心向往隐逸生活的词人来说，他们内心的隐逸情趣就很可借用陆游《烟艇记》中的一席议论来做说明——照理来说，渔父以捕鱼捞虾为生，自然应以扁舟渔船为家，但陆游则不仅确实曾在镜湖、严滩、富春江中行船垂钓，而且还把他陆上的居室取名为“烟艇”，这就可知“渔父”只是“名”而其“实”则是向往着隐逸的高情雅趣——请欣赏其文：

>……予少而多病，自计不能效尺寸之用于斯世，盖尝慨然有江湖之思；而饥寒妻子之累劫而留之，则寄其趣于烟波洲岛苍茫杳霭之间，未尝一日忘也。使加数年，男胜钼犁，女任纺绩，衣食粗足，然后得一叶之舟，伐荻钓鱼，而卖芰芡，入松陵，上严濑，历石门、沃洲而还，泊于玉笥之下，醉则散发扣舷，为吴歌，顾不乐哉？虽然，万钟之禄与一叶之舟，穷达异矣，而皆外物，吾知彼之不可求而不能不眷眷于此也。其果可求欤？意者使我胸中浩然廓然，纳烟云日月之伟观，揽雷霆风雨之奇变，虽坐容膝之室而常若顺流放棹，瞬息千里者，则安知此室果非烟艇也哉！①

写这一段话时，陆游才 37 岁，正是初入仕途的当口。可是就在刚刚“出道”时所写的这篇文章中间，他已表明了自己日后的生活理想和隐逸情志：现在因为养家糊口之需，只得离乡出仕；日后若能衣食粗足，定当归隐江湖。到了那时，驾一叶之扁舟，伐荻钓鱼，观山赏水，岂不乐哉！因此，陆游“寄其趣于烟波洲岛苍茫杳蔼之间”的人生理想，正就代表了宋代真心向往隐逸生活之文人的共同心理。这种生活理想和生活方式，既不同于人们为建功立业而去“燃烧”生命，又不同于沉湎于酒色歌舞的蹉跎岁月，而是采取了一种折中的办法，让自己的生命依偎在大自然母亲的怀抱中，悠闲自得地享受人生。所以从本质上来说，隐逸情趣实是一种比较“高档”的享乐和消费心理，只不过它的享乐方式和消费档次比之酒色歌舞之类物质性的感官享受显得“高雅”而已。但是，若把它与混迹官场者的争名逐利思想相比较，二者的高下、清浊之别却又泾渭分明。因此，基于这后一点，人们就有理由去肯定宋人所写的这类隐逸词篇，并对其中的佳作表示欣赏。

① 蒋凡、白振奎编选：《陆游集》，凤凰出版传媒集团、凤凰出版社，2006 年，第 181 页。

五、赏花之乐与咏梅词

在宋人的“雅玩”生活中，赏花也是其重要内容之一。一则，四季鲜花各有其活色生香，它既能娱人感官，又能启人诗思；二则，宋人又多的是品花弄草的闲情逸致，两者凑泊，自然就形成了宋人赏花成风的普遍习俗。别人不讲，就拿南宋爱国词人刘克庄来说，他就自云：“老子年来，颇自许、心肠铁石。尚一点、消磨未尽，爱花成癖！”（《满江红·二月廿四夜海棠花下作》）而像他这样对花感情颇深的文人，在两宋文坛上可谓比比皆是。例如，苏轼咏海棠诗曰：“东风袅袅泛崇光，香雾空濛月转廊。只恐夜深花睡去，故烧高烛照红妆。”因为担心海棠花会在夜深像倦懒的美女那样打不起精神，他就特意高烧红烛让它振作起来，由此可见苏轼对花的痴情和厚爱。再如辛弃疾咏杜鹃花词曰：

> 百紫千红过了春，杜鹃声苦不堪闻，却解啼教春小住。风雨，空山招得海棠魂。　　一似蜀宫当日女，无数，猩猩血染赭罗巾。毕竟花开谁作主？记取，大都花属惜花人。（《定风波》）

其中所表达的惜花之情，又是多么的缠绵和深厚！而尤其是结尾所写的三句，更清楚地揭示了这样两层意思：第一，只有惜花的人才配做花的主人；第二，作者自己就是这样一位深怀惜花之情的花之“知己”。因此，举出苏轼和辛弃疾这两位性格豪放和兴趣广泛的作者之咏花诗词为例，我们就大可推想其他宋代文人对花的喜爱和钟情。

不过，在爱花赏花的普遍风尚中，我们又可注意到这样一种突出的情况，那就是，在世间的千花万卉中间，宋人所特别喜爱的花卉却是那在前代文学作品中并不太显眼的梅花。对此，清代的《四库全书总目提要》就曾敏锐地提及。它在元代郭豫亨撰的《梅花字字香》的提要中写道：“《离骚》遍撷香草，独不及梅。六代及唐，渐有赋咏，而偶然寄意，视之亦与诸花等。自北宋林逋诸人递相矜重，‘暗香’、‘疏影’、‘半树’、‘横枝’之句，作者始别立品题。南宋以来，遂以咏梅为诗家一大公案。江湖诗人，无论爱梅与否，无不借梅以自重。凡别号及斋馆之名，多带‘梅’字，以求附于雅人。”①又在宋代黄大舆辑的《梅苑》的提要中写道：“昔屈、宋遍陈香草，独不及梅。六代及唐，篇什亦寥寥可数。自宋人始重此花，人人吟咏。方回撰《瀛奎律髓》，于著题之外，别出‘梅花’一类，不使溷于群芳。

① 永瑢，等：《钦定四库全书总目》，中华书局，1997 年，第 2224 页。

大舆此集,亦是志也。”①也就是说,在屈原的《离骚》中间,梅花还挤不进他所歌颂的众芳之列;而在六朝及唐代的诗歌中间,梅花也只被当作一般的花卉来歌咏,并无特别“抬举”之意存焉;而只有到了宋代,梅花才受到了诗家词客们的普遍青睐,不仅“咏梅”成了“诗家一大公案”,而且连那些寒素的江湖诗人,不论他们真的爱梅与否,也大都要将自己的别号及斋名带上个“梅”字,以示自己的“风雅”。这就说明:宋代文人的爱梅成癖和咏梅成风,乃是一种具有时代特色的历史现象;在它们的背后,正就隐藏着这一代人(特别是南宋人)特别浓厚的“雅趣”或“雅致”。对此,我们大约都还记得周敦颐《爱莲说》中的这段话,他说:“水陆草木之花,可爱者甚蕃。晋陶渊明独爱菊;自李唐来,世人甚爱牡丹;予独爱莲之出淤泥而不染,濯清涟而不妖……予谓菊,花之隐逸者也;牡丹,花之富贵者也;莲,花之君子者也……”这段话揭示了这样一个道理:爱什么花,往往是与观赏者们的生活情趣和审美情趣紧密联系着的。而作为一种全社会的普遍风尚,宋人的爱梅和咏梅,自然也反映了这一代人集体性的生活情趣和审美情趣,这种生活情趣和审美情趣,一言以蔽之,即是“嗜雅”二字。对此可举两例,如大诗人陆游曾作多首《梅花》诗,其一有云:“家是江南友是兰,水边月底怯清寒。画图省识惊春早,玉笛孤吹怨夜残。冷淡合教闲处着,清癯难遣俗人看……”他就明言,梅花品性高雅,它那“冷淡”“清癯”的优姿本非俗人所能欣赏而只宜独自开放在清幽的闲地。而诗人之所以特爱梅花,也就反证了他嗜“雅”的生活情趣。再有这样一则诗话:杜小山向诗人赵紫芝请教作诗如何才能写得高雅脱俗,赵答曰:“但能饱吃梅花数斗,胸次玲珑,自能作诗。”②他就把“饱吃梅花”和“胸次玲珑”(意为:多多观赏梅花,从而培育高雅飘逸的诗情雅趣)作为写诗的必要条件。由此看来,宋人之普遍爱梅和咏梅,除开那些附庸风雅者不论,都与他们深怀着嗜“雅”的心理倾向有关;而即使是那些附庸风雅者,在其“借梅以自重”的举动中,也仍反映了这一代人以“雅”作自我标榜的风气。所以说到底,梅花之所以在宋代受到宠爱,一方面固然与它本身的特殊美感(无论色、香、味,梅花都有其独特的品性)得到这一代文人的特别青睐有关,另一方面则更与宋人的善于“雅玩”和嗜求“清雅”或“风雅”的人生趣味有关。我们试读卢梅坡的《雪梅》诗二首:“梅雪争春未肯降,骚人搁笔费评章。梅须逊雪三分白,雪却输梅一段香。”“有梅无雪不精神,有雪无诗俗了人。日暮诗成天又雪,与梅并作十分春。”它们虽然带有戏谑的成分,但却形象化地写出了宋代文人雅士的这样一

① 永瑢,等:《钦定四库全书总目》,中华书局,1997 年,第 2803 页。
② 丁福保辑:《历代诗话续编》,中华书局,1983 年,第 562 页。

种“诗意人生”：赏雪品梅，神与物游；对景题诗，心与境谐；而有梅有雪复有诗人之一腔骚情雅趣，这才构成了盎然如春的无穷人生乐趣！

下面，就让我们先从宋人普遍的赏花活动谈起，然后重点来看两宋文人的咏梅词篇。

对于北宋人的赏花活动，《东京梦华录》中便有很多的记载和描述。例如，它在“收灯都人出城探春”一节的最后这样写道：

> 次第春容满野，暖律暄晴，万花争出，粉墙细柳，斜笼绮陌，香轮暖辗，芳草如茵，骏骑骄嘶，杏花如绣，莺啼芳树，燕舞晴空。红妆按乐于宝榭层楼，白面行歌近画桥流水，举目则秋千巧笑，触处则蹴鞠疏狂。寻芳选胜，花絮时坠，金樽折翠簪红，蜂蝶暗随归骑……①

其中，赏花寻芳即是宋人郊游活动的最重要内容。而从它结尾所说的“蜂蝶暗随归骑”一语中，人们似可闻到那“赏花归去马蹄香”的缕缕花香。

次如它对三月季春汴京街头的卖花情景作了如下描写：

> 是月季春，万花烂漫，牡丹芍药，棣棠木香，种种上市。卖花者以马头竹篮铺排，歌叫之声，清奇可听。晴帘静院，晓幕高楼，宿酒未醒，好梦初觉，闻之莫不新愁易感，幽恨悬生，最一时之佳况。②

读到这里，我们耳畔仿佛响起了卖花姑娘的叫声：“卖花欧卖花，刚刚摘下的栀子花、茉莉花——”其音韵犹是那样的清脆悦耳。

再如它所写的重阳赏菊：

> 九月重阳，都下赏菊，有数种：其黄白色蕊若莲房，曰“万龄菊”，粉红色曰“桃花菊”，白而檀心曰“木香菊”，黄色而圆者曰“金铃菊”，纯白而大者曰“喜容菊”，无处无之，酒家皆以菊花缚成洞户。都人多出郊外登高，如仓王庙、四里桥、愁台、梁王城、砚台、毛驼岗、独乐岗等处宴聚。③

请看，到了重阳节边，汴京的酒家都在店门口摆出了今之“菊展”的阵势，纷纷以花团锦簇的盆景点缀门面和招徕食客。而更多的城市居民则并不满足于观赏盆栽之菊花，他们还要跑到郊外去登高赏菊……上面这段文字，就对汴京城里群众

① 孟元老撰，邓之诚注：《东京梦华录注》，中华书局，1982年，第176页。
② 同①，第200页。
③ 同①，第216页。

性的赏菊活动做了详明的记述。

到了南宋,赏花活动的规模档次就比北宋更有了“出蓝”之势。《梦粱录》卷一八“物产”一栏曾专门开列了一张“花之品”的清单,详细记录了当时人所栽培和喜爱的上百种花卉名称,并在很多花卉后面附载了宋代诗人为它们题写的咏花诗篇。为了加强读者对南宋赏花活动的感性认识,不妨将此清单所列的花卉列举如下:牡丹(另有一种冬开牡丹),芍药(又有早绯玉、缀露、千叶、白芍药等多种),梅花(有绿萼、千叶、香梅等),红梅(有福州红、潭州红、柔枝、千叶、邵武红等),蜡梅,碧蝉,棠棣,金林檎,郁李,迎春,桃花(有单叶、千叶、饼子、绯桃、白桃),杏花,玉簪,水仙,蔷薇,宝相,月季,佛见笑,聚八仙,百合,滴滴金,木香,荼蘼,樱桃花,萱草,栀子,蜜友,金沙,山丹,真珠,剪红罗,锦带,锦堂春,笑靥,金钵盂,菊花(共有 70 余种),荷花,瑞香,红辛夷,蕙花,兰花,紫薇花,紫杨,紫荆,鸡冠,凤仙,杜鹃,蜀葵,映山红,金银莲子花,罂粟,樱桃花,七里香,橙花,榴花,木樨,山茶,磬口茶,玉茶,千叶多心茶,秋茶,木芙蓉……①真是琳琅满目,举不胜举。而在提到这些花卉的名称之时,它往往另再引述相关的咏花诗。如在梅花名下,就引了苏轼诗、林逋诗、戴复古诗、王安石诗、潘牥诗、杨绘诗等共计十数篇。仅此一例,就大可见出宋人赏花活动之频繁及其乐而不疲的浓厚兴致。

而在周密的《武林旧事》中,也曾详尽地描写过南宋人的赏花情景。其卷二中有一节“赏花”,专门记述宫廷中的赏花活动,其言曰:

> 禁中赏花非一。先期后苑及修内司分任排办,凡诸苑亭榭花木,妆点一新。锦帘绡幕,飞梭绣球,以至裀褥设放,器玩盆窠,珍禽异物,各务奇丽……起自梅堂赏梅,芳春堂赏杏花,桃源观桃,粲锦堂金林檎,照妆堂海棠,兰亭修禊,至于钟美堂赏大花为极盛……至春暮,则稽古堂、会瀛堂赏琼花,静侣亭、紫笑净香亭采兰挑笋,则春事已在绿阴芳草间矣。②

至于士大夫们在自家院园中的赏花活动,则可参见该书卷一〇附录的“张约斋(张镃)赏心乐事”一文,其中就按一年 12 个月的次序开列了张镃在其南湖别墅中的赏花“节目表”(如正月在丛奎阁赏山茶,二月在玉照堂赏红梅,三月在宜雨亭赏千叶海棠……)。

总结以上情况不难发现:随着生活水平的提高和闲暇时间的增多,宋人的

① 吴自牧:《梦粱录》,浙江人民出版社,1980 年,第 163 页。
② 周密:《武林旧事》,中华书局,2007 年,第 64 页。

赏花活动就越趋频繁和精细化。反映在词的创作中,咏花就成了一大主题。下面,就让我们重点来考察其中的赏梅之风和赏梅之词。

早在北宋初期,隐居在西湖孤山的林和靖,就以他“梅妻鹤子”的风雅之举为自己赢得了“高人雅士”的美名。但是,若从文学创作着眼,则林和靖的得享“雅”名,其实在很大程度上是依仗着他的那首《山园小梅》诗:“众芳摇落独暄妍,占尽风情向小园。疏影横斜水清浅,暗香浮动月黄昏。霜禽欲下先偷眼,粉蝶如知合断魂。幸有微吟可相狎,不须檀板共金尊。”这是因为,身处穷乡僻壤而与山林花草为伍的隐士,历代就不知计有多少,但他们却大多湮没无闻;而林和靖却靠一首咏梅诗而闻名遐迩,其中的奥妙岂不耐人寻味?从该诗的意境来看(特别是“疏影”“暗香”一联),它既出色地摄写了梅花独具的体态风韵(据讲,苏轼曾与友人评议此诗,有人认为这两句诗若用来咏杏花或咏桃李也可,苏轼笑曰:“可则可,但恐杏花、李花不敢承当。”这句笑话就说明了林和靖咏梅之独得其神髓),又婉曲地寄寓了作者与梅花相似的孤芳自赏之雅趣,故被后人赞为咏梅诗中的“千古绝唱”。缘此,不论是林和靖本人还是他所咏写的梅花,就均因这首佳作而大大地提高了知名度。尤其是梅花,以前并不被人所特别看重,而经此诗的表彰以后却从此变成了宋代诗词中的热门题材,这堪称是文学史上的一则趣事和佳话(对此,王淇《梅》诗便俏皮地评说:“不受尘埃半点侵,竹篱茅舍自甘心。只因误识林和靖,惹得诗人说到今。”)。当然,此事虽似出于偶然,实却含有某种必然性在内。也就是说,宋人之爱梅与其嗜“雅”的情趣大有关联。这在后文还要论及。现在先看宋人咏梅之成风与近癖。例如,《宋史·艺文志》载有如下书名:《梅花百咏》(李淇)、《玉壶梅花三百咏》(彭克)、《宋初梅花千咏》。从这“百咏”“千咏”之中就可反映出诗人对咏梅的浓厚兴趣。再从词人来看,其兴会亦复不浅。如词集中有一本专收咏梅词的总集《梅苑》,它共收录宋人(主要是北宋人)咏梅词篇五百余首,编者为蜀人黄大舆。值得注意的是它的成书时间,据该书自序云:“己酉(1129)之冬,予抱疾三阳,三径扫迹。所居斋前更植梅一株,晦朔未逾,略已粲然。于是录唐以来才士之作,以为斋居之玩,目之曰《梅苑》者。”针对它所标明的时间,《四库全书总目提要》就发出过这样的责疑:“考己酉为建炎二年(按:实际应为三年),正高宗航海之际;山阳又战伐之冲,不知大舆何以独得萧闲,编辑此集?”也就是说,生当南渡初年戎马倥偬之际(建炎三年,南宋立国未稳,宋高宗为逃避金兵的追杀,此时正从海路逃逸),作为宋朝臣民的黄大舆,竟还有如此浓厚的闲情逸趣去精心编辑这本咏梅的专集,这简直有点儿叫人难以理解。而照我们来看,这种举动正就反映了某些宋人之醉心于赏梅与咏梅,几乎达到了忘情的地步。所以举出诗词作品中大量涌现咏梅之作的事实，人们就不难想见宋代文人爱梅赏梅的蔚然成风。

既然宋人之爱梅与咏梅已成为一种社会风尚，我们就应进一步探求造成此种风尚的深层原因。而在此之前又应指出：正像爱梅之人往往"鱼龙混杂"(其中不乏附庸风雅者)那样，咏梅之作的思想底蕴也是相当复杂的。以咏梅词来说，其中就既有为文而造情的肤浅平庸之作，却又有借梅花而言志的佳篇。这里且说后一类作品。例如，陆游那首有名的《卜算子·咏梅》：

驿外断桥边，寂寞开无主。已是黄昏独自愁，更着风和雨。　无意苦争春，一任群芳妒。零落成泥碾作尘，只有香如故。

就是一首寄寓身世之慨和映现高洁人品的有所寄托之作。再如《梅苑》中所收录的李清照《清平乐》：

年年雪里，常插梅花醉。挼尽梅花无好意，赢得满衣清泪。　今年海角天涯，萧萧两鬓生华。看取晚来风势，故应难看梅花。

虽只抒写了女词人一己今昔赏梅的不同境遇和不同心情，却又小中寓大地反映了她对国运的哀伤，也是一首充满真情的佳篇。所以，在很多时候，梅花只是一种象征，甚至仅是一种道具；借着同一个"咏梅"的题目，不同的作者自会写出不同的文章来。

但是，若从主流的情况来看，则宋代文人众多的咏梅词，其基本的思想底蕴却又离不开"骚情雅趣"四字(既包括生活情趣，又包括审美情趣)。它们相似的主题思想，大致可从北宋末年晁冲之所写的这首《汉宫春·梅》中反映出来。此词如此写道：

潇洒江梅，向竹梢稀处，横两三枝。东风也不爱惜，雪压风欺。无情燕子，怕春寒、轻失佳期。惟是有，南来归雁，年年长见开时。　清浅小溪如练，问玉堂何似，茅舍疏篱？伤心故人去后，冷落新诗。微云淡月，对孤芳、分付他谁？空自倚，清香未减，风流不在人知。

据陈鹄《耆旧续闻》卷九引陆游言，此词配有一个故事：翰林学士王观为皇帝写了一首应制的狎词(题为"贺宫娥新得幸")，受到太后的批评，遂被贬官。临行之际，同僚不敢为之送行，只有晁冲之独自为王观饯别，且作本词来劝慰王观①。词中"无情燕子，怕春寒、轻失佳期"，委婉地讽刺了那批同僚的胆小失信、不敢饯行；而"问玉堂何似，茅舍竹篱"数句，则以开在玉堂之畔的梅花和开在竹篱茅

① 陈鹄：《耆旧续闻》，中华书局，2002年，第382页。

舍边的梅花来比喻王观被贬前后的不同境遇,并鼓励他道:后者之清香岂又是前者所能企及!所以此词所讴歌的开在竹梢深处、清浅溪畔的梅花,实就象征着不同于高官厚禄、荣华富贵的另一种生活方式和生活情趣(亦即隐逸生活和清雅情趣)。尽管王观未必真能接受晁冲之的这番劝慰,但它却迎合了很多宋代文人仰慕清雅的心理需求,因此此词在当时就收到了"脍炙人口"的艺术效果(按:此词又有人认为系李邴所作,见王明清《玉照新志》卷四。王明清又说,其"问玉堂何似茅舍疏篱"之句"脍炙人口"。本书采用陆游之言,定为晁氏所作,但"脍炙人口"的评价却可移用)。这一现象,预示着词坛将会出现一个新的动向:在宋人所作的咏花词中,那与"茅舍疏篱"紧紧做伴的梅花,就将在群芳众卉中脱颖而出,成为词人最有"知己"之感的精神伴侣。果然,就在宋室南渡之后不久,词人扬无咎又写下了这样一首咏梅词:

> 茅舍疏篱,半飘残雪,斜卧低枝。可更相宜,烟笼修竹,月在寒溪。
> 宁宁伫立移时,判瘦损、无妨为伊。谁赋才情,画成幽思,写入新诗?(《柳梢青》)

扬无咎在高宗朝"累征不起",屡屡谢辞了朝廷的征召,决心终身隐逸。他自号"清夷长者",又将其词集命名为《逃禅词》("逃禅"者,逃避尘世,皈依佛法也),这就可知他的生活理想在于过一种淡泊清雅、超脱尘俗的隐居生涯。他平生最喜画梅,此首《柳梢青》词或许就是他题画之作。从词意看,它明显就与上述晁冲之的咏梅词遥相呼应:其起笔即是"茅舍疏篱"四字,而其结语"写入新诗"又与晁词的"新诗冷落"对应,因此很可视为晁词的"续篇"。故而它们之间的构思立意和所体现的生活情趣,其实是一脉相承的。尤可提到的是,扬无咎在后来又写的《柳梢青·梅》词尾还写过这样一段跋语:"范端伯要余画梅四枝:一未开,一欲开,一盛开,一将残,仍各赋词一首。画可信笔,词难命意。却之不从,勉狥其情。予旧有《柳梢青》十首,亦因梅所作,今再用此声,盖近时喜唱此曲故也。端伯奕世勋臣之家,了无膏粱气味,而胸次洒落,笔端敏捷。观其好尚如许,不问可知其人也。"范端伯出身贵族官僚家庭,他要扬无咎为自己画梅、咏梅。而扬无咎根据范对梅花的嗜爱,断言:"观其好尚如许,不问可知其人也"——必是一位"了无膏粱气味(即富贵气味)"的雅士。这一推理自然有些武断,但它又告诉我们:在宋人心目中,是否爱梅就很与其人的胸次(胸怀情趣)有关。因此说到,最后,宋人之普遍喜爱梅花,实际表征着这一代人的生活情趣和审美情趣已有了很大程度的转向,而有否"骚情雅趣"也显然成了他们衡量一位读书人是否能成"君子"的一个重要标准。

当然，正像前面已说过的那样，梅花在很多词人笔下，其艺术功能是多方面的。它可以是一种象征，又可以是一种道具，不同的词人大可通过这同一的意象寄寓和抒写不同的意趣和情怀。但从真能抓住梅花之性格和精神的角度来看，则晁补之的《盐角儿·亳社观梅》词就不能不被提及。其词曰：

开时似雪，谢时似雪，花中奇绝。香非在蕊，香非在萼，骨中香彻。　　占溪风，留溪月，堪羞损、山桃如血。直饶更疏疏淡淡，终有一般情别。

它先从梅花的外貌写起：开花时像雪，飘落时仍像雪；而这种始终笑傲霜雪、未尝有一丝憔悴萎靡之态的外貌，实际就反映了它奇绝高洁的花品。再说它的香味，既不仅仅来自于花蕊，又不仅仅来自于花萼，而是一股发自骨子里的通体清香，这又大不同于凡花俗卉的以其外在香气诱人。以上就从色与香的角度写出了梅花的真品格和真精神。下片则再把梅花与桃花做一比较：在那彻骨寒冷的冬夜，百花早已绝迹，唯有梅花却独占一溪风月。而那只能在春风骀荡的季节里盛开如血的山桃，对此恐怕要羞愧得无地自容吧？然而，梅花却仍显得不骄不傲，依然是一派“疏疏淡淡”的风韵——这就难怪人们要对它情有独钟、刮目相看！行文至此，梅花的孤高精神和疏淡性格，再一次得到了强化。而明眼人也一读便知，这篇“梅花礼赞”其实并不仅仅是对梅花做出礼赞，它的深层内涵更在于赞赏某种人格精神和某种人生情趣。而撇除政治方面的感慨不论（晁补之在北宋党争中曾被多次贬官，故其咏梅词中或许会顺便寄寓其个人不甘向新党屈服的政治品格），则此种人品精神和人生情趣，就是一种不愿同流俗为伍的骚情雅趣。

谈到这里，我们还不能不提到姜夔那两首有名的咏梅词：《暗香》《疏影》。对这两首词，前人的评价可谓极高。如张炎《词源》中曾说：“词之赋梅，惟姜白石《暗香》、《疏影》二曲，前无古人，后无来者，自立新意，真为绝唱。”又说此二词“皆清空有意趣，无笔力者未易到”。那么，除开其笔力之清空值得赞许以外，这两首词中究竟有什么意趣大受张炎（以及后来许多评论者们）的激赏呢？且让我们先读原作：

旧时月色，算几番照我，梅边吹笛？唤起玉人，不管清寒与攀摘。何逊而今渐老，都忘却、春风词笔。但怪得，竹外疏花，冷香入瑶席。　　江国，正寂寂。叹寄与路遥，夜雪初积。翠尊易泣，红萼无言耿相忆。长记曾携手处，千树压、西湖寒碧。又片片吹尽也，几时见得？（《暗香》）

苔枝缀玉,有翠禽小小,枝上同宿。客里相逢,篱角黄昏,无言自倚修竹。昭君不惯胡沙远,但暗忆江南江北。想佩环月夜归来,化作此花幽独。　　犹记深宫旧事,那人正睡里,飞近蛾绿。莫似春风,不管盈盈,早与安排金屋。还教一片随波去,又却怨玉龙哀曲。等恁时、重觅幽香,已入小窗横幅。(《疏影》)

关于这两首词的主题,说法很多。有的说是"怀人"(怀念情人)之作;有的说是因感怀"二帝"(徽、钦二帝)而作;有的说是专为石湖居士范成大而作,词旨乃劝阻(也有人说是赞赏)其归隐之思;还有人则认为它们并无太多寓意,仅是咏物词而已。这些看法,可谓"仁者见仁,智者见智",恐怕永远都无法统一。而我们在这里,却想改换一个角度来看问题,此即:从它所表现或所浸润的"意趣"来探求其大受范成大及张炎等人喜爱的原因。

先从词序来看:"辛亥之冬,予载雪诣石湖(即石湖居士范成大)。止既月,(范)授简索句,且徵新声,作此两曲……"由此可知,它们确是应范成大之请而作。而范成大是怎样的一位人物呢?撇开其平生功业不谈,仅从他爱梅成癖这点来说,就绰有资格被人目为"雅士"了。如他因爱梅而专门为梅花修了一个"家谱"——《范村梅谱》,其序言中说:"余于石湖(在今江苏苏州市西郊)玉雪坡既有梅数百本,比年又于舍南买王氏僦舍七十盈,尽拆除之,治为范村。以其地三分之一与梅。"这就可知他决心与梅花结邻的执着癖好。再如,姜夔另还给他写过一首咏梅兼咏人(指范)的《玉梅令》词,词中这样写道:

疏疏雪片,散入溪南苑,春寒锁、旧家亭馆。有玉梅几树,背立怨东风,高花未吐,暗香已远。　　公来领略,梅花能劝,花长好,愿公更健。便揉春为酒,翦雪作新诗,拼一日,绕花千转。

这首词中除祝颂主人身体早日康复(其时范成大因病请假回石湖疗养)之外,就主要是赞美范公的清雅之趣。如词中"揉春为酒""翦雪作诗",以及"拼一日、绕花千转"等句所写的范公举动,便是何等的风流高雅!所以在应范成大郑重相邀而作的《暗香》《疏影》二词中,姜夔当然会投其所好地抒写主人所喜好的那类骚情雅趣。当然,既然是咏梅,那就离不开梅花树下的赏梅之人。姜夔在这两首咏梅词中所推出的人物,一是赏梅之雅士,亦即自身;二是美人——她或是陪伴词人赏梅的伴侣,或又是他睹梅而思念的对象。于是,在那清香扑鼻的梅花树下,就展现出了一幕幕美丽而又冷艳的生活场景和爱情故事。请看,前一首《暗香》中,一上来就向观众展示了这样一幅清冷而高雅的生活场面:月夜梅边吹笛,冲寒攀摘梅花。这一对雅士与美人寒夜共同赏梅的情景,很能使我们联想起明代人的两句诗来:“雪满山中高士卧,月明林下美人来。”其清雅而风流的生活情致真叫人艳羡不已。再如,下片中所写的情景:在那“千树压、西湖寒碧”的背景下,一对情侣正在繁花似锦的梅花林下携手漫步,这又是一段何等旖旎而高雅的恋情。所以,此词尽管是词人睹梅而怀人之作,但词中所忆写的那些雅士与美女携手赏梅的细节,却颇能勾起与姜夔有着相似人生经历或相似生活情趣之宋代文人的深情回忆或翩然联想,使他们久久沉浸在这冷艳幽远的“梅花梦”中不能自拔。下面再来读《疏影》:此词手法奇特,它连续铺陈五个典故,用五位女性的形象来喻写和映衬梅花既优美而又幽独的身姿与品性,并在对梅花的描写中流露词人自感冷落的身世之感。请看“篱角黄昏,无言自倚修竹”,这开在竹篱茅舍边的黄昏之梅,多像杜甫诗中“天寒翠袖薄,日暮倚修竹”的“佳人”形象;而“想佩环月夜归来,化作此花幽独”,又明言梅花乃王昭君之灵魂所化;“犹记深宫旧事,那人正睡里,飞近蛾绿”,则借寿阳公主“梅花妆”的故事(梅瓣飘落在深宫独睡的寿阳公主眉心,宫女仿此而为“梅花妆”),描写梅花像少女般娇憨美丽的神韵;“莫似春风,不管盈盈,早与安排金屋”三句,又用“金屋藏娇”的典故把梅花比作历史上的阿娇姑娘,希望她能永葆优姿美质;最后“还教一片随波去,又却怨玉龙哀曲”,更借《梅花落》笛曲的哀怨声调来引起人们对于落梅的“红颜薄命”之惋惜。总之,此词通篇都充满着一种幽悄的氛围,既借美人形象来比拟梅花,又在梅花的形象旁映衬以美人的倩影。所以此词虽以梅花本身作为咏写对象,其实背后仍不断闪现着词人昔日与恋人共同赏梅的那段旧情。而此种将男女柔情赋予梅花般冷艳幽洁品格的写法,当然会大合南宋雅士们的胃口,他们就不能不对姜夔善用“骚情雅趣”去“调剂”那几乎已被写滥的“柳情周思”(即被柳永、周邦彦等词人所反复描写的男女恋情)而深感佩服。因此这首《疏影》虽不像《暗香》那样以雅士与美人的赏梅情景作为主要描写对象,但这两首词中所浸润和挥发出来的意趣却又是相同的——它们都源出于同一位“翰墨人品皆似晋、宋间雅士”(此为范成大赞许姜夔之语,见《齐东野语》卷一二所载《姜尧章自叙》)的词人之清雅胸怀。这就难怪范成大阅后,极为赞赏,当即令歌妓练习演唱,后来又将一名歌妓(小红)赠予词人为妾①。联系张炎另还说过的话:姜词“不惟清空,而又骚雅,读之使人神观飞越”(《词源》),那么我们更可明白:促使范成大如此“把玩不已”(《暗香》小序中语)和特以美女相赠的主要原因,就

① 陆友:《砚北杂志》卷下,《笔记小说大观》第22编第4册,台北新兴书局,1978年,第1997页。

在于他特别欣赏这两首咏梅词中所散放出来的“骚雅”韵味。对此，还可引范成大自己的赏梅词为证，其《好事近》如此写道：

昨夜报春来，的皪岭梅开雪。携手玉人同赏，比看谁奇绝？　阑干倚遍忆多情，怕角声呜咽。与折一枝斜戴，衬鬓云梳月。

他自己所过的，正就是这同一种携美赏梅的风流而又清雅的生活，故其所以激赏这两首姜词，就基于他和姜夔有着相似的生活情趣。因此，姜夔《暗香》、《疏影》二词的真实词旨虽然有些看不大真切和说不大清楚（王国维《人间词话》批评姜词“虽格韵高绝，然如雾里看花，终隔一层”，此二词确有此病），但它们却赢得了当时和后世许多文人的一片赞许，其中的原因恐即在于词中所写的携美赏梅的骚情雅趣深符于这批骚人雅士之生活理想与艺术脾胃。这正像尽管舞台上出现的角色眉目看不甚真切，但真正的京剧迷只要远远听到几句韵味正宗的唱腔就大叫其好那样，范成大及张炎等南宋文人之所以赞赏《暗香》《疏影》，其实并不注重于它们所写的究竟是什么人和什么事，而主要是满足了他们对于骚情雅趣的审美需求——通过对于这两首词的鉴赏和玩味，他们就在姜夔所营造的混合着梅花清香、美人芬菲和雅士气息的艺术天地里获得了惬意的审美享受。

以上，我们重点谈论了宋代文人的赏梅活动和咏梅词篇，从中窥见了他们嗜“雅”的生活情趣和审美情趣。而除此之外，宋人对其他花卉的欣赏和咏写，虽因品种的不同而寄寓了多种情感和意趣（如咏海棠、桃李、杏花等词篇大多与恋情有关），但至少在咏荷（莲）和咏菊这两类咏词中，仍能清楚地看到他们嗜尚清雅的意趣。下面，就让我们各举两例证。先请欣赏两首咏荷（莲）词：

南轩面对芙蓉浦，宜风宜月还宜雨。红少绿多时，帘前光景奇。　绳床乌木几，尽日繁香里。睡起一篇新，与花为主人。（陈与义《菩萨蛮·荷花》）

仙人掌上芙蓉，涓涓犹湿金盘露。轻妆照水，纤裳玉立，飘飖似舞。几度消凝，满湖烟月，一汀鸥鹭。记小舟夜悄，波明香远，浑不见花开处。　应是浣纱人妒，褪红衣被谁轻误？闲情雅淡，冶容清润，凭娇待语。隔浦相逢，偶然倾盖，似传心素。怕湘皋佩解，绿云十里，卷西风去。（张炎《水龙吟·白莲》）

前一首词的作者陈与义，是两宋之交时的著名诗人。其时他正退休在四面环水、号称“水晶宫”的湖州。词中写他临水的书房“南轩”正面对着一泓荷花盛开的芙蓉浦。此地宜风，宜月，更还宜雨：刮风的时候，荷塘中飘来阵阵清香；晴天的晚上，倒映在莲花浦中的月色煞是好看；而逢到雨天，那雨洒荷叶的飒飒细响,却又别具一番情味。而即使待到衰红凋零、满湖翠叶的秋季,帘外的风光仍不失为清雅奇绝。面对着这片繁香不断的荷花世界,词人身坐软绳床,背靠乌木几,其心情是何等悠闲自适,他经常在“荷风送香气”的氛围中悄然入梦,又在“竹露滴清响”的声响中惬意睡醒,于是,一篇咏荷花的新作就这样神与物游地油然吟成……由此我们很易看清:词人笔下的荷花,实是与他清雅闲适的心境浑然而打成一片的。我们知道,陈与义是一位擅写咏花诗的诗人,早年即以其《墨梅》诗受到徽宗称赞而扬名天下。他在咏花时,往往借花抒情和托物言志。如其《牡丹》诗曰:“一自胡尘入汉关,十年伊洛路漫漫。青墩溪畔龙钟客,独立东风看牡丹。”就以在他乡(湖州青墩镇)看牡丹(牡丹是诗人家乡洛阳城的名产)的感慨寓托了对北宋灭亡的痛悼心情。又如,他在《临江仙·夜登小阁忆洛中旧游》词中曾有这么两句名句:“杏花疏影里,吹笛到天明。”这又凭借杏花疏影下一辈豪士们吹笛饮酒之举,抒写了年轻时的豪情胜慨。而在本处所引的咏荷词中,我们所见到的,则就是他与荷花“相看两不厌”的高情雅趣和闲适心情。

后一首词是张炎咏物词的代表作之一。作者对白莲花细心观摩体察,又用和婉雅丽的笔调作了深微精细的刻画,终于达到了被人誉为“意度闲雅,非人所及”(陈廷焯《云韶集》卷九评语)的境地。词中特别讴歌白莲的,是它的“闲情雅淡,冶容清润”,这就可知词人欣赏白莲的主要所在,即是其“濯清涟而不妖”的清润风姿和雅淡品性。因此,他与莲花“偶然倾盖,似传心素”,好像两位一见如故的朋友那样,内心有很多情愫可以相互倾吐。从中我们不难见出,宋人之所以爱莲,如同他们的爱梅一样,主要在于他们在莲花和梅花身上,惊喜地找到了自己所深深嗜好的骚情雅趣。

再来读宋人的两首赏菊词:

小楼寒,夜长帘幕低垂。恨萧萧,无情风雨,夜来揉损琼肌。也不似、贵妃醉脸,也不似、孙寿愁眉。韩令偷香,徐娘傅粉,莫将比拟未新奇。细看取,屈平陶令,风韵正相宜。微风起,清芬酝藉,不减酴醿。 渐秋阑、雪清玉瘦,向人无限依依。似愁凝、汉皋解佩,似泪洒、纨扇题诗。朗月清风,浓烟暗雨,天教憔悴度芳姿。纵爱惜,不知从此,留得几多时?人情好,何须更忆,泽畔东篱。(李清照《多丽·咏白菊》)

老夫白首尚儿嬉,废圃一番料理。餐饮落英并坠露,重把《离骚》拈起。野艳幽香,深黄浅白,占断西风里。飞来双蝶,绕丛欲去还止。 尝试诠次群芳,梅花差可,伯仲之间耳。佛说诸天金色界,未必庄严如此。尚友灵均,定交元亮,结好天随子。篱边坡下,一杯

聊泛霜蕊。(刘克庄《念奴娇·菊》)

前一首词的作者李清照，是一位不同于一般妇人的杰出女性。且不说她对国事的关心，也不说她能诗擅文的才华，就说其词中所表现的生活情趣吧，竟也类同于男性的士大夫文人。如其词中，经常可见分茶、饮酒、游春、踏雪、插梅、赏菊、泛舟、登山以及吟诗赋词之类的举止，这就表明李清照虽是一位闺阁女性，也无法直接参与政治活动，但在其有限的生存空间里头，她的生活内容还是比较充实的，而其生活态度也相当潇洒。或者也可这样认为：李清照虽是一位妇人，但她身上却相当浓厚地显现出男性士大夫文人所具有的骚情雅趣。不信请读上述咏菊词，其中就反映出她相当高远的人格理想和不俗的审美情趣。她笔下的白菊，虽也生就一副琼肌玉容，但绝对与杨贵妃的醉脸和徐娘的傅粉"划清界限"，其风致也不是一般的美女(如以愁眉著称的孙寿和窃奇香以赠情郎的贾女)所可比拟，而是与屈原、陶潜等高人雅士的人格精神相似。请看：它在秋深季节里，犹是一副"雪清玉瘦"的模样，这就显得何等超凡脱俗，又是多么的惹人爱惜！所以此词一方面是咏菊，另一方面又是抒怀，菊花"清芬蕴藉"的神韵正和词人自身的骚情雅趣浑然融合为一体。

后一首词写的是一位白发老人对菊花的品赏。作者刘克庄，自称"老夫白首尚儿嬉"，开荒理圃种植了一畦菊花。他说自己曾对群花众芳做过一番评判，结论是：只有梅花，才可与菊花"称兄道弟"。理由在于：菊花乃是屈原的朋友(《离骚》中有"夕餐秋菊之落英"，《九歌·礼魂》中又赞曰："春兰兮秋菊，长无绝兮终古。")，又曾与陶渊明"定交"(陶诗有"采菊东篱下，悠然见南山"的名句)，而唐末的隐君子陆龟蒙(号"天随子")也与菊花结有很深的缘分(陆龟蒙《杞菊赋》序曰："宅前宅后，皆树以杞菊。"又写有《忆白菊》《再忆白菊》等诗)。因此，词人面对菊花，不禁悠然兴起，他边诵《离骚》，边举酒杯，徘徊于东篱菊丛之旁……

谈到这里，请让我们再回味一下周敦颐《爱莲说》中的几句话："予谓菊，花之隐逸者也"，"莲，花之君子者也"。从中可知，宋代文人之爱菊、爱莲(以及他们之更爱梅花)，就在很大程度上是与他们对隐逸人格、君子风度以及骚情雅趣的向往和赞美紧相联系着的。所以他们的赏花(尤其是对梅、菊、莲之类疏淡型花卉的欣赏)活动，就自然成为其"雅玩"生活中的一项重要内容。即使是并不沉溺于"雅玩"之中、心系国家大事的爱国之士，也能借日常生活中的观赏花木而获得某种精神慰藉。这里可举辛弃疾为例。他在被迫隐居江西农村的 20 年中，就曾写下过很多赏花的词句。不过，他所欣赏的花卉，除开一般文人所常观赏的品种之外，又有所转移和有所变化——此即，伴随着他的"在野"，词人的目光也转注到了大自然中的野花和不入群芳谱中的稻花身上。如其词中有曰："城中桃李愁风雨，春在溪头野荠花”(《鹧鸪天》),“春日平原荠菜花,新耕雨后落群鸦”(《鹧鸪天》),“稻花香里说丰年,听取蛙声一片”(《西江月》),“酿成千顷稻花香,夜夜费一天风露”(《鹊桥仙》),“谁共春光管日华?朱朱粉粉野蒿花”(《鹧鸪天》),“携竹杖,更芒鞋,朱朱粉粉野蒿开”(《鹧鸪天》),“山无重数周遭碧,花不知名分外娇”(《鹧鸪天》)……看他把荠菜花、野蒿花、稻花乃至不知名的野花都一一采撷进词中,这就突破了常规咏花词的范围,反映出词人对于农村生活的深爱。而往深层里看,此种不同凡俗、偏喜乡村田野之花的特殊嗜好一方面固然显示出词人生活情趣之盎然,另一方面又表现出他对官场生活的某种厌倦。这后一种心态,在其《鹧鸪天·博山寺中作》中就得到过明确的表露。其词曰:

> 不向长安路上行,却教山寺厌逢迎。味无味处求吾乐,材不材间过此生。　　宁作我,岂其卿,人间走遍却归耕。一松一竹真朋友,山鸟山花好弟兄。

他坦率地讲:自己这后半生,再也不愿向“长安路”(喻官场)上去奔走追逐,而宁肯在归耕生活中寻找人生乐趣。从这点出发,他就以松竹为朋友,以山鸟野花为弟兄。所以,辛弃疾对那些不登“大雅之堂”的野花、稻花的赞赏,其情趣格调实已超出了一般文人的“雅玩”,而注入了更加深广的思想内涵。试以“城中桃李愁风雨,春在溪头荠菜花”两句来说,词人认为城中的桃花李花尽管色艳香浓,似乎占尽了春光,但它们其实是脆弱和薄命的,只要一场风雨袭来,就只能落个东飘西零的下场;而溪头盛开的荠菜花,尽管它们貌不惊人,从来未被列入“群芳谱”中,然而却充满了生机与活力,显示着朴素与茁壮之美。由此可知,人生之“诗意”并不在于一时的荣华富贵,而在于能经常保持一颗热爱生活而又淡泊自然的平常心。观之词人所写的春光常驻于田边溪头之景象,岂不给人以这样的启示?当然,严格来说,荠菜花、野蒿花和稻花之类只能归入“另类”之花,但因它们也带着一个“花”字,所以在这里就顺便述及。而对辛弃疾这种颇有些别出心裁的“咏花词”展开论述,却并不会影响到我们对宋人赏花活动及其咏花词篇的总体认识。

六、结社唱酬与西湖词

清人周济曾说:“北宋有无谓之词以应歌,南宋有无谓之词以应社。”①其后

① 周济:《介存斋论词杂著》,人民文学出版社,1959 年,第 3 页。

半句话就指出了这样一种现象：南宋词坛上所出现的许多“无谓之词”（指思想意义较弱的作品），大都诞生于词人间的结社唱酬活动之中。而这种结社唱酬，同样也属于宋代文人“雅玩”生活的内容。不过其“雅玩”的对象既有自然界里的山水风月，又更多地偏重于他们自身所具的才情和雅趣。因此，这类结社唱酬所产生的词篇，可以看成宋代文人通过逞才、竞技的方式对自然界和自身的才情进行群体性“雅玩”的产物。

关于中国古代诗人间的唱和活动，张宏生先生在其所著的《江湖诗派研究》一书中曾有过简明扼要的介绍。其言曰：

> 大约在《诗经》时代，唱和的形式便出现了。但是，真正以诗歌形式进行唱和的作品，则是东晋才产生的。其后，经过宋、齐、梁、陈，至唐代逐渐走向繁荣，到宋代达到了鼎盛。
>
> ……到了宋代，唱和活动得到了进一步发展。著名的西昆酬唱，影响非常广泛，而庆历中则有徐祐九老会、马寻六老会，元丰中则有徐师闵九老会、文彦博五老会、洛阳耆英会等。有宋一代，此风盛行不衰，达到了空前的规模。①

至于通过结社（诗社、吟社）来进行唱酬，该书也有介绍。其言曰：

> 诗社大约兴起于中唐以后，与唱和之风的大盛是同步的……沿及北宋，诗社得到了发展。吴可《藏海诗话》云：“北方有诗社，一切人皆预焉。屠儿为《蜘蛛》诗，流传海内……②
>
> 南宋诗人结社的风气更浓，影响所及，一些高级官吏也多入社唱酬。这反映出，人们通过诗歌加强联系、扩大影响的愿望大为加强，对诗艺的探讨和切磋已成为不同阶层人士的共同的主观要求，也就是说，群体意识更为强烈了。在江湖诗派活动的时代，据不完全统计，有枌社、山中后社、东嘉诗社、江社、桐阴吟社、江湖社、西湖诗社等不少诗社，而一些通常被认为是江湖诗人的作家，如……（共列二十八人之姓名）等，都是诗社中人，可见一时盛况。③

张书在介绍过上述情况之后又进一步指出：“诗社虽是自发的，但在一定程度上仍带有组织性。互相唱酬、切磋诗艺、品第高下，是其活动的重要内容。”此话无

① 张宏生：《江湖诗派研究》，中华书局，1995年，第15页。
② 同①，第18页。
③ 同①，第19页。

疑是正确的。不过,在谈论宋代文人通过结社唱酬所产生的许多词篇时,我们又想改从另一个角度来看问题,此即:此类词篇,实又反映着宋代文人对于外部世界以及自身才情雅趣的精细玩赏。对此,我们从两方面来谈。先谈宋人作词的态度:

在古代文学理论中,事实上存在着两种文学观。一种是比较严肃的文学观,其总体特色是十分注重文学的功利作用和社会效应。如孔子说过:“诗可以兴,可以观,可以群,可以怨。迩之事父,远之事君。”(《论语·阳货》)发展到后来,有人竟至认为:“先王以是(指诗)经夫妇,成孝敬,厚人伦,美教化,移风俗”(《毛诗序》),“盖文章,经国之大业,不朽之盛事”(曹丕《典论·论文》)。而除此之外,却又存在着另一种视文学为“小道”“薄技”的文学观,它们往往把文学创作当作娱乐和消遣的举动来看待。如扬雄把作赋贬为“童子雕虫篆刻”的行为,而元稹也曾说过“(作诗)比夫格弈樗塞(下棋、搏戏之类活动)之戏,犹曰愈于饱食”(《叙诗寄乐天书》)。因此,在某些文人那里,写诗作文不过是消愁解闷或自娱娱人的手段,它的功能主要在于帮人消磨时光和打发人生;不然的话,“不为无益之事,何以遣有涯之生?”(项廷纪《忆云词丙稿序》)而这后一类文学观,在唐宋词的创作中就表现得尤为显著和突出。例如,五代南唐大词人冯延巳,就视词为“娱宾遣兴”的文学工具,经常在酒筵上把新作的小词拿来娱客(陈世修《阳春集序》曰:“公以金陵盛时,内外无事,朋僚亲旧,或当燕集,多运藻思为乐府新词,俾歌者倚丝竹而歌之,所以娱宾而遣兴也。”)。而晏几道则自谦其词为“病世之歌词,不足以析酲解愠”(《小山自序》),意谓不足以解除酒醉,去除烦恼。所以很多词人往往抱着“谑浪游戏”的态度去写词:“苟不得之于嬉笑,则得之于行乐;不得之于行乐,则得之于醉墨淋漓之际”(胡寅《题酒边词》),相对来说则比较重视诗文的写作。由此就形成了这样的情况:写诗作文相当正经和严肃,而写词就基本被当作娱乐活动来对待。这样一来,他们在日常的“雅玩”中,自然就不会舍弃以写词来逞才、竞技和进行群体性“雅玩”的文艺赏玩活动。

再从宋人的结社情况来说,由于城市人口的密集和经济的发达,宋人相当热衷于结社聚会。据《梦粱录》卷一九“社会”一节记载,当时的习武者有“射弓踏弩社”,凡能“攀弓射弩,武艺精熟,射放娴习,才能入此社”①;更有蹴鞠社、打球社、射水弩社等类似于今之体育俱乐部的群众性体育社团。而据《武林旧事》卷三记载,当时比较有名的专业性社团有:绯绿社(杂剧),齐云社(蹴球),遏云社

① 吴自牧:《梦粱录》,浙江人民出版社,1980 年,第 181 页。

（唱赚），同文社（耍词），角觝社（相扑），清音社（清乐），锦标社（射弩），锦体社（花绣），英略社（使棒），雄辩社（小说），翠锦社（行院），绘革社（影戏），净发社（梳剃），律华社（吟叫），云机社（撮弄）……①其中虽有些社团（如净发社）属于"行业公会"的性质，但基本上都是以集体娱乐为宗旨的文艺社团。这些社团的出现，反映出宋人对结社聚会的浓厚兴趣，以及结社已成时尚。而在这名目繁多的社团之中，《梦粱录》中又特别提出：

> 文士有西湖诗社，此乃行都（指杭州）搢绅之士及四方流寓儒士，寄兴适情赋咏，脍炙人口，流传四方，非其他社集之比。②

也就是说，这个"西湖诗社"乃是杭州有身价的搢绅之士和四方流寓杭城的文人们所组成的文学社团，其风雅程度非其他社团可比。而除开这个比较正规的"西湖诗社"之外，另还有许多比较松散的文学社团，它们定期或不定期地召集一些文人，分题赋咏，相互唱酬。对此，我们在厉鹗《宋诗纪事》一书中即可寻觅到若干线索，如其中就载有"月泉吟社""杭清吟社"等社名。拿后一个"杭清吟社"来说，它不仅有社规社章（参加者以《春日田园杂兴》之类为诗题，以讴歌风月林泉为宗旨，统一作七律诗，每年十月望日出题，次年正月望日收卷），还开展类似于今天的征文比赛和评奖活动（规定头名赠物若干，二名赠物若干……参加者不下几百人之多，中奖者亦达四五十人之多）。这虽已是宋末元初之事，但其传统则可上溯到南宋。由此看来，宋代文人的结社唱酬活动，其参与者之多和其具有的"组织性"，都已达到了相当的规模和程度。而若把这些诗社与其他各种社团（例如蹴鞠社、射弓社、清音社等）进行比较，那么前者的结社动机和目的其实与后者并无太大的差别——二者处于同一社会背景下，都是用以集体娱乐的文艺社团。如有差异，则正如《梦粱录》所言，诗（词）社又比那类体育类、文娱类的社团更加显得文雅和高雅，故"非其他社集之比"。明白了这些道理，就可得到如下的认识：宋代文人的结社唱酬，在很大程度上仍可视为其"雅玩"生活的一个组成部分，不过其档次较高、文化气息更加浓厚而已。

现在再让我们面对宋人的结社唱酬活动及其所创作的词篇。对此，且让我们对一个颇有名气的词社做个案的分析，那就是南宋末年以张枢之家为基地，以张枢、杨缵、周密等人为骨干的"吟台词社"（简称"吟社"）。

张枢，字斗南，一字云窗，自号"寄闲"。他是南宋初年重臣张俊（死后追谥

① 周密：《武林旧事》，中华书局，2007 年，第 75 页。

② 吴自牧：《梦粱录》，浙江人民出版社，1980 年，第 181 页。

为"循王")的五世孙,其子即宋末元初的著名词人张炎。他继承祖产(其祖父即张镃),家财巨富,在西湖的南湖别墅里专门建造了一个"吟台",召集起一批文人墨客在此"雅集"赋词,"吟社"之名,就因此而得。杨缵,号守斋,又号"紫霞翁",他既是一位词人,又是一个古琴家和画师,在当时的文化圈子里颇有些名气。此人曾提出过著名的"作词五要"(一要择腔,二要择律,三要按谱填词,四要随律押韵,五要立新意),而其中尤其注重词的音律问题,此论曾被当时很多词人所服膺。周密,字公谨,号草窗,他是一位多产的作家,词集名为《草窗词》,散文著述则达几十种之多(著名的有《齐东野语》《武林旧事》《癸辛杂识》《志雅堂杂钞》《浩然斋雅谈》等等)。这样,以张枢的吟台作为"文艺沙龙",以杨缵、周密等词坛名流作为领袖或骨干,西湖之滨就诞生了一个在当时很有影响的"吟台词社"。对于这个词社的活动情况,周密在其《瑞鹤仙》的词序中曾有生动的描绘:

> 寄闲(即张枢)结(构置之意)吟台出花柳半空间,远迎双塔,下瞰六桥,标之曰"湖山绘幅"。霞翁(即杨缵)领客落成之。初筵,翁俾余赋词,主宾皆赏音。酒方行,寄闲出家姬侑尊,所歌则余所赋也,调闲婉而辞甚习,若素能之者。坐客惊诧敏妙,为之尽醉。越日过之,则已大书刻之危栋间矣。

请看,"吟台"伸出在花柳掩映的半空间,远迎双塔,俯瞰六桥,其环境就是何等的优雅。再看,客人一到这里,主人马上令歌妓们奉酒陪饮,其氛围又是何等风流温馨。而最使周密感到满意和惊叹的则是:他的新词刚才写毕,歌妓们马上就现炒现卖地拿来演唱,好像早就排练过似的。待到次日,则其词更被书写和镌刻在堂上的栋梁之间。当然,以上或许只是周密个人所受到的特殊礼遇,但由此不难推想,参与这个"吟台词社"的词人们只要有佳作产生,恐也会获得类似的厚待。

接着,再让我们看一看这辈词社中人过着怎样一种高雅的"文化消费"生活——或者也可说成:他们是如何通过结社唱酬活动来进行群体性的"雅玩"的。请欣赏周密所写的下列词序:

> 甲子夏,霞翁会吟社诸友逃暑于西湖之环碧。琴尊笔研,短葛练巾,放舟于荷深柳密间。舞影歌尘,远谢耳目。酒酣,采莲叶,探题赋词。余得《塞垣春》,翁为翻谱数字,短箫按之,音极谐婉。(《采绿吟》词序)
>
> 乙丑秋晚,同盟载酒为水月游。商令初肃,霜风戒寒。抚人事之飘

零,感岁华之摇落,不能不以之兴怀也。(《秋霁》词序)

寄闲饮客春窗,促坐款密,酒酣意洽,命清吭歌新制。余因为之沾醉,且调新弄以谢之。(《一枝春》词序)

丁卯七月既望,余偕同志放舟邀凉于三汇之交,远修太白采石、坡仙赤壁数百年故事,游兴甚逸。余尝赋诗三百言以纪清适,坐客和篇交属,意殊快也。越明年秋,复寻前盟于白荷凉月间。风露浩然,毛发森爽,遂命苍头奴横小笛于舵尾,作悠扬杳渺之声,使人真有乘查飞举想也。举白尽醉,继以浩歌。(《齐天乐》词序)

……

之所以不说“读”这些词序而说“欣赏”这些词序,原因是很清楚的:这些小序,本身就是一篇篇短小凝练的优美散文。它们生动地描绘了周密及其“同盟”“同志”是如何在西子湖畔作“逍遥游”和进行结社唱酬活动的(当然,由于这些词序出自周密之手,所以其描写的对象仅侧重于他本人)。他们又是放舟泛游,又是探题赋词,既有坐客吹箫和之,又有歌妓斟酒助兴,既享受到“舞影歌尘”的世俗快乐,又受用了“白荷凉月”的自然风光,真是集风流与高雅于一身,感惬意与闲适于一心,这就难怪词人大有“乘查飞举”、飘然欲仙的快意了。

因此,这类词社不仅使参与者们的填词技艺获得了长进,更为重要的则是使他们集体性地提高了自身的“雅玩”水平。这里可举张炎为例。他在其父张枢筑“吟台”、结词社时,还是一位孩童或青年。后来,他曾在《词源》中追忆这段生活道:“昔在先人侍侧,闻杨守斋(即杨缵)、毛敏仲、徐南溪诸公商榷音律,尝知绪余,故生平好为词章,用功逾四十年……”也就是说,他的走上“好为词章”的道路,最早就启蒙于“吟社”诸位前辈的导引(当然更有赖于其父张枢的直接教诲)。而他之所以成为宋末雅词营垒中的一位主将,其骚情雅趣的形成,也就在很大程度上得益于上述“吟社”诸人的熏陶和培养。我们试读其《山中白云词》中的大量作品,就可感到它们无论在题材、情趣、语言、词风等方面都与“吟社”诸人的词大有相似之处(当然也有差异,而这主要导源于张炎入元后的身世变化)。这就说明,志趣相投的词人会自发或自觉地组成一定的词社;而词社建立之后,则又会以其结社宗旨进而规范社中人的诗词创作,甚至更深一层地影响到他们的生活方式和生活情趣。换句话说,词社不但教会了词人如何写词,更教会了他们如何进行高档次的“文化消费”。比如,在“吟社”诸人影响下的张炎,就是一位擅长对西湖风光作精细“雅玩”的词人。戴表元《送张叔夏西游序》中就这样描绘过他与张炎初会于杭州西湖时的印象:“玉田张叔夏与予初相逢钱塘西湖上,翩翩然飘阿锡之衣(指高级的丝绸衣服),乘纤离之马(指名贵的良种宝马),于时风神散朗,自以为承平故家贵游少年不翅也。”郑思肖在其《玉田词题辞》中则说张炎“一片空狂怀抱,日日化雨为醉,自仰扳姜尧章(姜夔)、史邦卿(史达祖)、卢蒲江(卢祖皋)、吴梦窗(吴文英)诸名胜,互相鼓吹春声于繁华世界,飘飘征情,节节弄拍,嘲明月以谑乐,卖落花而陪笑,能令后三十年西湖锦绣山水犹生清响……”这就活画出了张炎作为大玩家的生动形象。而其擅长“清赏”“雅玩”的本领,一方面固然因他出身豪门而自然形成,另一方面却也不可低估“吟社”对他的影响——这从郑思肖文中所说的“仰扳姜尧章、史邦卿、卢蒲江、吴梦窗”一语中即可见出,因为“吟社”诸人服膺和追随的,就正是上述几家所代表的“雅词”派词风。故在张炎的创作道路和生活道路上,“吟台词社”就都曾对其产生过深刻的影响。而从此例推论开去,则南宋末年有不少词人不问国事而只顾在文艺象牙塔中讨生活的不良倾向,恐怕就与当时的结社唱酬活动,存在着一定的关联。为了了解他们如何在结社唱酬活动中相互逞才竞技的具体情况,就让我们继续以“吟社”为对象,展开进一步的论析。

从现有文献来看,宋代词坛上相互唱酬的情况十分普遍,但关于结社唱酬的材料却并不多见。《碧鸡漫志》卷二曾载有向子湮等五人共赋六首咏木樨花词的故事,看来却只属相互唱酬而非结社唱酬。因此,比较典型的例子仍只能推出“吟台词社”。可以这样认为:“吟社”已是一个相当专业化的词社。这是因为:第一,它有固定的社址及相对集中的活动空间,即以张枢居住的南湖别墅(其中又专门营建了一个专供吟词的“吟台”)作为活动中心而以西湖山水作为游览场所。第二,它以张枢这样一位既有财有势、又嗜尚风雅的阔佬担任实际上的社主,又有杨缵这样资深的老前辈担任今之所谓“顾问”的角色,再吸引了一批志趣相近的词人入社,故已具有相当程度的“组织性”与“凝聚力”。第三,社中人员的作词主张、论词标准基本一致,而他们的词风也彼此接近。所以拿“吟社”作为标本来进行“解剖”,就能举一反三地想见其他词社的相似情况。

现在先以张枢和杨缵为例看一看“吟社”诸人的文学修养和艺术水准。周密《浩然斋雅谈》卷下如此记述张枢:“笔墨萧爽,人物蕴藉,善音律。尝度《依声集》百阕,音韵谐美,真承平佳公子也。”①又如此记述杨缵:“洞晓音律,尝自制琴曲二百操。又常云:‘琴一弦,可以尽曲中诸调。’当广乐合奏,一字之误,公必顾之。故国工乐师,无不叹服,以为近世知音无出其右者。”②他们二位,一位是文学及音乐修养都很高的贵公子,另一位是“曲有误,周郎顾”式的音乐家,有

① 唐圭璋编:《词话丛编》,中华书局,1986年,第224页。
② 同①,第227页。

他们作为“吟社”的领袖人物，参加此社的词人怎能不精心结撰其词篇，以博取他俩的好评？故在行家的指点教诲之下，“吟社”诸人无论是其填词技艺还是其“雅玩”水平，就都会得到集体性的提高。故从总体上看，“吟社”诸人就都具备着较高的文艺素质。

其次，再看“吟社”诸人如何通过写词来逞才竞技和达到“雅玩”之目的。在此我们还须补充一点认识，此即：若从地域文学的角度来看，“吟社”实际就是一个典型的“西湖词社”。在它身上，集中地体现了宋末聚集在西子湖畔的一群雅词派词人的审美情趣和生活情趣。或者换个说法：如果承认西湖乃是宋末士大夫文人得以恣情享乐和尽情清赏的得天独厚之胜地的话，那么在西湖之滨所诞生的“吟社”那里，人们就可十分清晰地看到那批西湖词人对于自然风光（西湖山水）及自身才情比之前人更趋精细的“雅玩”。对此，先可从北宋的西湖词说起。如宋初词人潘阆，就写有如下的咏西湖词：

> 长忆西湖，尽日凭阑楼上望。三三两两钓鱼舟，岛屿正清秋。笛声依约芦花里，白鸟成行忽惊起。别来闲整钓鱼竿，思入水云寒。（《忆余杭》）

词中所写的西湖，就已相当优美。

而到柳永笔下，则西湖不但呈现出“重湖叠巘清嘉，有三秋桂子，十里荷花”的诱人风光，而且更在它周围升腾起了“市列珠玑，户盈罗绮”的浓厚商业气息。如其名篇《望海潮》这样写道：

> 东南形胜，江吴都会，钱塘自古繁华。烟柳画桥，风帘翠幕，参差十万人家。云树绕堤沙。怒涛卷霜雪，天堑无涯。市列珠玑，户盈罗绮，竞豪奢。　　重湖叠巘清嘉，有三秋桂子，十里荷花。羌管弄晴，菱歌泛夜，嬉嬉钓叟莲娃。千骑拥高牙。乘醉听箫鼓，吟赏烟霞。异日图将好景，归去凤池夸。（《望海潮》）

请看，西湖清丽的自然风光和杭城繁华富庶的城市风貌在词人笔下交织成了一片何等令人心驰神往的美景。

不过，虽然以上二词均不失为咏西湖的佳篇，但前者的描写还嫌缺少个性（如“三三两两钓鱼舟”和“白鸟成行忽惊起”之类的景致，乃是普通湖泊所常见的现象，并非西湖之所独具），而后者又未免带有几分俗气（如“竞豪奢”之句）。这就反映出北宋词人对于西湖的观赏和描写，大致还停留在粗线条式的浏览和掠影之层面上，而未能进入对其进行精细“雅玩”的境地，更没有凭借对西湖之景的刻镂而有意进行逞才与竞技的自我表现。但是“吟社”词人的情况就大不

同了,他们分明是在借西湖这个题目大逞其才,因此其词风也明显带有了刻意雕琢的人工痕迹。如张枢此词:

> 卷帘人睡起。放燕子归来,商量春事。风光又能几?减芳菲、都在卖花声里。吟边眼底,被嫩绿、移红换紫。甚等闲、半委东风,半委小桥流水。　　还是,苔痕湔雨,竹影留云,待晴犹未。兰舟静舣,西湖上、多少歌吹。粉蝶儿、守定落花不去,湿重寻香两翅。怎知人,一点新愁,寸心万里。(《瑞鹤仙》)

此词后来曾被周密选入其《绝妙好词》中,但从思想内容看,实际却是一篇无病呻吟的"无谓"之词。还原其本来面目,不过是一篇"拟作"而已——亦即为思妇拟写其闺怨春愁。我们知道,中学生在学写作文时老师常会虚拟一个题目,让他们展开想象并借以磨砺文笔;而写词者选择"闺怨"之类题目来练笔,或许也就是他们在结社唱酬前的一种热身训练。因此,张枢为了练笔和逞才,遂以西湖作为背景,拟写了这段委婉的闺情,通过那揣摩闺妇心态和雕章琢句的创作过程来获取自醉于其才情雅趣的快感。但因闺情春愁之类题材早就被前人写得滥俗,所以词人就尽量调动起他对生活作精细"雅玩"的本领,力求在写景的细腻和抒情(当然是代闺妇抒情)的委婉方面有所"推陈出新"。其结果则是:凭仗着他的既有才又有闲,果然在这两方面都获得了成功。我们试观,词中所写的西湖暮春景致,就委实写得十分细致入微。如其中"苔痕湔雨,竹影留云,待晴犹未"之写雨后天阴的景色,就非用笔粗线条的作者所能信手拈来或妙手偶得,而是一位对此做过精细观察和品赏的人才能描摹出的。再如,词中对那粉蝶儿的描绘,写它"守定落花不去,湿重寻香两翅",也很能反映出作者的细心眼力和刻镂功夫,否则就很难将这小动物的神态及其局部细节(翅膀的沾湿和沉重)刻画得如此栩栩如生。而从代闺妇抒情来看,其传神和委婉程度也令人佩服。如它并不直接抒写她对春事迟暮的伤感,而只是借用其耳朵和眼睛,写出一片卖花声起、落花半委东风半委流水的暮春景色,这就收到了比直说更佳的艺术效果。但是除开对其写景和抒情"功夫到家"的赞许外,全词所写,借用道学家程颐对杜甫写景诗的评语来说,就是:"如此闲言语,道出做甚。"①换句话说,词人之所以要精心写这类词,正如其词集名唤《寄闲集》那样,就是要借写词来消磨时光和驱遣无聊。因此,在游山玩水、赏花品茶乃至养蟋蟀、斗蛐蛐之外,他就大起了结社唱酬的雅兴。通过结社,他可以以社会友,满足他身为社主的"领袖欲",并以聚会

① 程颢、程颐:《二程集》,中华书局,1981年,第239页。

晤谈来消遣时光;通过唱酬,他又可以钻进文学象牙塔中去讨生活,并以此来满足其自逞文学才华的瘾念和提高自身风流清雅的知名度。所以我们发现,张枢在写这些实是无病呻吟的"雅词"时,其态度倒是一丝不苟、十分认真的。例如张炎在《词源》中就追述过其父为求协律而反复改词的故事:"先人晓畅音律,有《寄闲集》,旁缀音谱,刊行于世。每作一词,必使歌者按之,稍有不协,随即改正。曾赋《瑞鹤仙》一词云……(即前文所引之词)此词按之歌谱,声字皆协,唯'扑'字稍不协,遂改为'守'字乃协(按:即将"扑定花心不去"改定为"守定花心不去")。始知雅词协音,虽一字亦不放过,信乎协音之不易也。又作《惜花春·起早》云'琐窗深','深'字音不协;改为'幽'字,又不协;改为'明'字,歌之始协。"①虽它讲的只是为求协律而改词(其中如"琐窗深"改定为"琐窗明",意境正好有明暗之异,这就反映出他为追求协律而不惜牺牲词意的"技巧至上"的创作指导思想),但由此就不难推想出张枢等人在填词技巧方面是如何的刻意追求。对此正可用刘勰的一段话来形容:"俪采百字之偶,争价一句之奇,情必极貌以写物,辞必穷力而追新。"②而这种对艺术技巧苦心孤诣的追求,一方面固然表明了他们填词态度的认真不苟,但另一方面又何尝不反映了这样一种情况:词人对自己的才情深怀着十分自负的心理,所以他们就津津有味地大玩其"炼字""炼句"的游戏。因此我们即可明白:"吟社"诸人的竞写"雅词",在很大程度上就是实现其"雅玩"欲念、满足其逞才心理的群体性文学举动。

当然,上述《瑞鹤仙》词不一定就是结社唱酬的产物(因为文献有限,无法找到与它唱和的词篇),但它却有资格充当张枢的代表作——这从张炎特为在《词源》中举它作为改词的典型例子中即可得到证明。而作为社主的张枢既有这样的示范之作,那么"吟社"其他人的作品,无论从其创作动机、逞才心理还是为竞技而反复修改等方面来看,就都会与张枢有相似之处。下文就重点以周密之词为例略作说明。

我们在前已经抄录过周密的若干词序,从中已能感知他的"雅兴"不浅。现在,不妨再以他标明"唱和"的词作为例,看一看他对西湖风光以及自身才情的"雅玩"兴致。

例子之一。施岳(字中山)曾赋《曲游春·清明湖上》一词,词曰:

画舸西泠路,占柳阴花影,芳意如织。小楫冲波,度麴尘扇底,粉香

① 唐圭璋编:《词话丛编》,中华书局,1986 年,第 256 页。
② 刘勰著,詹锳义证:《文心雕龙义证》,上海古籍出版社,1989 年,第 208 页。

帘隙。岸转斜阳隔。又过尽,别船箫笛。傍断桥、翠绕红围,相对半篙晴色。　　顷刻,千山暮碧。向沽酒楼前,犹系金勒。乘月归来,正梨花夜缟,海棠烟幂,院宇明寒食。醉乍醒、一庭春寂。任满身、露湿东风,欲眠未得。

此词也曾被周密编入其《绝妙好词》,可见周对此词的赏识。不过,与此同时,周密却又不肯在施词面前低头,他就按施词之韵另作了一首《曲游春》。词前的小序就道明了他以此与施唱酬并竞技的经过:“禁烟湖上薄游,施中山赋词甚佳,余因次其韵。盖平时游舫至午后则尽入里湖,抵暮始出断桥,小驻而归,非习于游者不知也。故中山极击节余‘闲却半湖春色’之句,谓道人之所未云。”其词则曰:

禁苑东风外,飏暖丝晴絮,春思如织。燕约莺期,恼芳情偏在,翠深红隙。漠漠香尘隔,沸十里乱弦丛笛。看画船尽入西泠,闲却半湖春色。　　柳陌,新烟凝碧。映帘底宫眉,堤上游勒。轻暝笼寒,怕梨云梦冷,杏香愁幂,歌管酬寒食。奈蝶怨、良宵岑寂。正满湖碎月摇花,怎生去得?

我们知道,唱酬之作(尤其是次韵的“和作”)一般较难写好。这是因为,从词意来讲,和作总要跟着原作走,很难有新的创意;而从遣词造句来讲,则因和作必须步趋原作的韵脚,也大有戴着脚镣跳舞的局促感。因此周词若要胜过施词,就确有相当的难度,这就需要周密放出自己的眼光和手段来。那么,周词是如何赢得施岳的击节赞赏的呢?主要就在于他对西湖之游的“雅玩”和观赏,更比施岳独具“慧眼”。不妨将这二词进行比较。其相似处就都沿着这样一条思路展开:先写西湖风光的美丽和士女游春的盛况,然后再写词人归家的冷寂和雅兴未灭。但周词胜过施词的地方却在于:施词主要只写了西湖春游的“热闹美”,而周词却在此同时又别具慧眼地揭示了西湖“闲却半湖春色”的另一番风姿,让人分享到发现和创造新美感的欣喜与快意。此话怎讲?原来,施词(以及周词前半)所写,实是一般人眼中常见之景,此即:清明时节,桃红柳绿,西子湖畔画舸如织,游女如云;箫笛悠扬,歌吹沸天,好一派莺歌燕舞的游春盛况(对此,周密在其散文著作《武林旧事》卷三“西湖游幸”中更有细致的描述:“都城自过收灯,贵游巨室,皆争先出郊,谓之‘探春’,至禁烟为最盛。龙舟十余,彩旗叠鼓,交午曼衍,粲如织锦……都人士女,两堤骈集,几于无置足地。水面画楫,栉比如鱼鳞,亦无行舟之路。歌欢箫鼓之声,振动远近,其盛可以想见”)。但是,周词的高妙处却在于它在写足了西湖热闹非凡的盛况之后,笔锋一转又把人引向了“别有洞天”般的另一境界中去。此即：它刚写到“漠漠香尘隔，沸十里乱弦丛笛”，忽而狼毫一抖，写出了如下的句子：“看画船尽入西泠，闲却半湖春色。”这就像苏轼刚写了“水光潋滟晴方好”之后又紧接一句“山色空濛雨亦奇”那样，向人展示了西湖常被普通人所忽略的另一种美感。原来，施词及周词前半所写的游湖盛况，只是正午以前外西湖的景象；而一过中午，那原先挤在外西湖里的游船画舸，就纷纷驶入里西湖中去了（要到傍晚再驶出），因此下午的外西湖就几乎空无一舟，独显出“闲却半湖春色”的宁静和清幽（对此，《武林旧事》中也有叙述：“若游之次第，则先南而后北，至午则尽入西泠桥里湖，其外几无一舸矣。”）。故而，这“看画船尽入西泠，闲却半湖春色”的描写，就既是纪实之笔，却又表现了周密本人善于发现和创造新美感的超乎常人的审美鉴赏力。这就难怪施岳读后要击节赞叹，称它“能道人之所未云”。而这种本领和能力，说到底便与周密对西湖的敏锐观察和过细的“雅玩”有关。所以，周密此词既显示了西湖之春的“热闹美”（这又是一种凭借感官可以实实在在感受到的美感），却又显示了它的“虚静美”或“空灵美”（这是依靠词人的领悟才能捕捉到的）。而这后一类美感的发现，正就反映出作者在对西湖之美的“雅玩”方面十足是位行家里手，故其鉴赏和写作水平似都比施岳更胜一筹。

例子之二。也是与施岳的一次比试。周密《齐天乐》词序曰：“紫霞翁（杨缵）开宴梅边，谓客曰：‘梅之初绽，则轻红未消；已放，则一白呈露。古今夸赏，不出香白，顾未及此，欠事也。’施中山赋之，余和之。”据此可知，先是杨缵在酒宴上就赏梅一事发表了一通高论（意思是梅花初绽与梅花已开时颜色实有变化，而常人咏梅则不外泛写其香与白，此为憾事），然后施岳就据此而作词，再由周密和之。现今，由于在施岳的词中已找不到他那首原作（仅有一首咏早梅的《解语花》，未能断定它即是周密提到的那首），故无法对他们这次同赋梅花的作品做出孰高孰低的评判。

例子之三。周密又曾与社主张枢有过频繁唱酬。如他写过两首《一枝春》词，前一首的小序说道：“寄闲饮客春窗，促坐款密，酒酣意洽，命清吭歌新制。余因为之沾醉，且调新弄以谢之。”它交代了作此词的缘起：张枢在家款待自己，酒酣之后，词人就欣然为歌姬赶写新词。后一首词的小序则说：“越一日，寄闲次余前韵……余遂戏用张氏故实次韵代答……”这又表明，在周密作了前一首《一枝春》后，张枢第二天就次韵和之，而周密则再次作《一枝春》作答。现今，张枢词中已见不到上述《一枝春》，而幸赖周密词中还存有这两件作品，可以帮助我们了解他们之间频繁的唱酬活动。此外，周密词中还有如下记载：《水龙吟·次张斗南（即张枢）韵》《清平乐·次窗云（也指张枢）韵》《过秦楼·避暑次窗云韵》《风入松·立春日即席次寄闲韵》,等等。这些词序都表明,他与张枢已成了一对过往甚密的词友。

例子之四。张矩(字成子)曾作过十首咏西湖的《应天长》词,分咏苏堤春晓、平湖秋月、断桥残雪、雷峰落照、麴院风荷、花港观鱼、南屏晚钟、柳浪闻莺、三潭印月、两峰插云等十番美景。词成之后,张矩十分骄傲,自夸道:“是古今词家未能道者。”但周密却“知难而上”,敢于向这位年长者挑战,也作了咏西湖的十首《木兰花慢》,结果既获得了张矩的赞赏,又得到了杨缵的批评和指点。其经过情况可见词前的长序:

> 西湖十景尚矣。张成子尝赋《应天长》十阕夸余曰:“是古今词家未能道者。”余时年少气锐,谓此人间景,余与子皆人间人,子能道,余顾不能道耶?冥搜六日而词成。成子惊赏敏妙,许放出一头地。异日霞翁(杨缵)见之曰:“语丽矣,如律未协何。”遂相与订正,阅数月而后定。是知词不难作,而难于改;语不难工,而难于协。翁往矣,赏音寂然。姑述其概,以寄余怀云。

这篇词序追叙了他当年写《木兰花慢·西湖十咏》的前后过程:先是对张矩的夸口深不服气,认为大家都是词社中人,为何只有他张矩能写而自己就不能写?于是苦心经营,用六天时间写出了这十首词。张矩见后,倒也谦逊,大为惊叹周密的聪敏,并许以“出人头地”。但老前辈词人杨缵读后却发现了问题,认为周词虽写得相当雅丽,但在协律方面还存在不妥之处。于是在他的指点之下,周密又花了几个月的时间进行修改,终于得以“搞定”。由此,周密不禁感叹:词并不难作,而难在精心修改;词句不难于工丽,而更难在协律。现今杨缵等老前辈俱已逝去,再无知音者能给我以奖掖和指教,念此,怎能不深感怅惘和寂寥!从这番话来看,上述词序显然是作者在事后所追叙和补写的,其时南宋或已覆亡,“吟社”也早已风流云散,但词社中人在当初竞技逞才和相互切磋的活动情况却能由此而略见一二。

但在周密写毕《木兰花慢·西湖十咏》之后,又有一位词人陈允平应周密之邀也写了十首咏西湖的组词。不过他与施、周两人稍有不同,即并不用一种词调来写作,而是变换花样,改用十种词调来分咏西湖的十景。它们分别是:《探春·苏堤春晓》《秋霁·平湖秋月》《百字令·断桥残雪》《扫花游·雷峰落照》《八声甘州·麴院风荷》《蓦山溪·花港观鱼》《齐天乐·南屏晚钟》《黄莺儿·柳浪闻莺》《渡江云·三潭印月》《婆罗门引·两峰插云》。写毕词后,他又写了一段跋语:“右十景,先辈寄之歌咏者多矣。雪川周公谨(即周密)以所作《木兰花》示予,约同赋,因成,时景定癸亥岁也。”从这词跋看,对于“西湖十景”的歌咏,肯定就是“西湖诗社”及“西湖词社”的参加者们在结社唱酬时所常选的题目之一,所以“先辈寄之歌咏者多矣”(只因文献资料有限,因此我们在《全宋词》中无法找到更多的例证)。而周密在“挑战”张矩之后,又特意再邀陈允平同赋,这也足可见周的自负心理。不过,陈允平却也不肯示弱,改用十种词调写了十首咏西湖景致的词与周密唱酬。而这种有意采用多种词调来写作的举动,或许又含有暗与周密比试高低的较劲心理(因为它显示出作者更加过硬的本领)在内。此外,我们还应注意到这次唱酬的时间问题:景定癸亥已经是理宗景定四年(1263),此时下距南宋亡国仅十余个年头。而“吟社”诸人犹有如此浓厚的兴趣去做湖山清赏和吟风弄月,其不恤国事而惟顾“雅玩”的举动就在很大程度上反映了封建文人的某种劣根性。

由于三人同赋的《西湖十咏》共有30篇之多,所以这里就挑选其中咏“苏堤春晓”的作品来做比较:

> 曙林带暝,晴霭弄霏,莺花未认游客。草色旧认雕辇,蒙茸暗香陌。秋千架,闲晓索,正露洗、绣鸳痕窄。费人省,隔夜浓欢,酲处先觉。　　重过涌金楼,画舫红旌,催向段桥泊。又怕晚天无准,东风妒芳约。垂杨岸,今胜昨。水院近、占先春酌。恁时候,不道归来,香断灯落。(张矩《应天长》)
>
> 恰芳菲梦醒,漾残月、转湘帘。正翠崦收钟,彤墀放仗,台榭轻烟。东园。夜游乍散,听金壶、逗晓歇花签。宫柳微开露眼,小莺寂妒春眠。　　冰奁,黛浅红鲜,临晓鉴、竞晨妍。怕误却佳期,宿妆旋整,忙上雕軿。都缘探芳起早,看堤边、早有已开船。薇帐残香泪蜡,有人病酒恹恹。(周密《木兰花慢》)
>
> 上苑乌啼,中洲鹭起,疏钟才度云窈。篆冷香篝,灯微尘幌,残梦犹吟芳草。搔首卷帘看,认何处、六桥烟柳。翠桡才舣西泠,趁取过湖人少。　　掠水风花缭绕。还暗忆年时,旗亭歌酒,隐约春声,钿车宝勒,次第凤城开了。惟有踏青心,纵早起、不嫌寒峭。画阑闲立,东风旧红谁扫?(陈允平《探春》)

尽管这三位词人费尽心计地要在“苏堤春晓”这同一题目下争驰其才情、竞展其本领,但他们写来写去,却仍脱不出以下的路数:一位深怀“闺情春思”的女子,正趁早去探访西湖(具体些讲,即是苏堤)的春色。无论是主题思想还是构思立意,以及所使用的语汇意象,这三词给人的总体印象便是:大同而小异。或者也可说：尽管“戏法人人会变，各有巧妙不同”，但它们变来变去，却仍只是将“苏堤”“春”“晓”（再加上以一女性的视角将它们贯通起来）这三件事物和景色搭建成“似曾相识”的词境而已。由此看来，由于生活视野的狭窄和题材内容的限定，尽管上述三人都有深厚的文学修养，但他们翻来翻去，却都没能翻出太多的新花样来。这就难怪周济要说：“南宋有无谓之词以应社。”结社唱酬所“批量生产”的词篇，就有很大一部分是这类思想内容和艺术风貌均无太多特色的作品。

除开周密词以外，还有一些词人的作品也反映过“吟台词社”的唱酬活动。例如，李彭老（号筼房）有《壶中天·登寄闲吟台》之作。再如，李珏有《击梧桐》一词，词题标为“别西湖词友”，这也说明了当时的西子湖畔曾聚集着相当多的词人结社唱酬，而“吟社”不过是其中最有影响的一个而已。

上面，我们用了较多的篇幅对“吟台词社”的活动情况做了叙述和分析。从中可见，“一勺西湖水”不仅为宋末达官贵僚们提供了“销金锅儿”式的享乐基地，而且也为一辈雅词派词人提供了尽情“雅玩”和驰骋其文才的生活空间和文学舞台。今天，当我们重读他们所写的歌咏西湖之词篇时，犹能想象出这样一幅情景：孤山脚下，西泠桥畔，一群极度风雅的文人词客，或是泛舟游湖，或是登山寻幽，而到游罢归来，则更是饮酒品茶，分题赋词，真是优哉游哉，好不逍遥自在。他们简直已忘掉了这世间还有一个“愁”字存在！

然而，好景并不长久。就在“吟社”诸人热闹地在西湖结社唱酬后不久，元兵灭宋的厄运便降临到了他们头上。1276 年，蒙古铁蹄驰突杭城，“吟社”及其他“西湖词社”顿时烟消云散。据考证，社主张枢旋即被元兵捕杀（据张炎《踏莎行·跋伯时弟〈抚松寄傲诗集〉》中说：“水落槎枯，田荒玉碎。”后四字暗指自身的命运凄凉，前四字则暗指其祖父张濡和其父张枢的被元人杀害①），其他人则大都隐居乡间，变成了一群“大宋遗民”。但是，就在宋元之交的 1278 年（元世祖至元十五年，宋端宗景炎三年），“吟社”的旧人再加上若干位新参加者，却又在浙江山阴（绍兴）发起了一轮新的结社唱酬活动。这次活动的结果，就诞生了一部词旨颇另有些扑朔迷离的词集——《乐府补题》。

先说参加这次活动的人员，他们是：王沂孙、周密、王易简、冯应瑞、唐艺孙、吕同老、李彭老、陈恕可、唐珏、赵汝钠、李居仁、张炎、仇远，另有一人佚名，共计 14 位。他们之中，如周密、李彭老、张炎，均为“吟社”旧人（张炎算是“吟社”中的小辈人物）；其余诸人是否参加过“吟社”的活动无法考证，但说他们是“吟社”

① 杨海明：《张炎词研究》，齐鲁书社，1989 年，第 19 页。

的同派词人谅不算错。因此这次山阴结社，可以看成为“吟社”在经历过沧桑亡变和转移了地点之后的重新聚会和继续活动。

再说赋咏的作品。这次活动，有统一的题目和词调，即以《天香》调咏龙涎香，以《水龙吟》调咏白莲，以《摸鱼儿》调咏莼，以《齐天乐》调咏蝉，以《桂枝香》调咏蟹，共获37首作品。而这些咏物词的真正词旨，却显得有些晦涩难解。从清初开始，即有人进行研究和探索。现在比较通行的看法是：这些咏物词的背后，隐藏着这批遗民的亡国之痛。据夏承焘先生考证和推测，它们大抵因“发陵”一事而作。所谓的“发陵”事件其简单始末是：1278年，元朝总管江南浮屠的胡僧名杨琏真伽者，为了盗取南宋帝后陵墓中的金银财宝，派人偷掘高宗、理宗等六陵。据记载，理宗之尸，启棺如生，其口中含有夜明珠，盗墓者便将尸体倒悬树间，沥取水银，如此经三日三夜，竟失其首。又谓一村翁于孟后陵得一发髻，长六尺余，髻根处尚觅得金钗。当时有义士唐珏、林景熙等激于民族义愤，邀集里中少年，设法收集诸帝后的残骸偷偷安葬，并植冬青树于冢上以作凭记。此事后来在林景熙等人的诗中，皆有所反映。如其《梦中作》四首中的这两首：“珠亡忽震蛟龙睡，轩敝宁忘犬马情？亲拾寒琼出幽草，四山风雨鬼神惊。”“一坯自筑珠丘陵，双匣犹传竺国经。独有春风知此意，年年杜宇泣冬青。”它们就用并不十分隐晦的文笔写出了他们冒险收拾帝后尸骨、重新安葬并植以冬青树的经过。而在《乐府补题》的五组咏物词中，据夏先生考证，“大抵龙涎香、莼、蟹以指宋帝，蝉与白莲则托喻后妃”①。这里且举咏蝉与咏白莲词各一首：

一襟余恨宫魂断，年年翠阴庭树。乍咽凉柯，还移暗叶，重把离愁深诉。西窗过雨，怪瑶珮流空，玉筝调柱。镜暗妆残，为谁娇鬓尚如许？

铜仙铅泪似洗，叹携盘去远，难贮零露。病翼惊秋，枯形阅世，消得斜阳几度？余音更苦。甚独抱清高，顿成凄楚？谩想熏风，柳丝千万缕。（王沂孙《齐天乐·蝉》）

淡妆人更婵娟，晚奁净洗铅华腻。泠泠月色，萧萧风度，娇红敛避。太液池空，《霓裳》舞倦，不堪重记。叹冰魂犹在，翠舆难驻，玉簪为谁轻坠？　　别有凌空一叶，泛清寒、素波千里。珠房泪湿，明珰恨远，旧游梦里。羽扇生秋，琼楼不夜，尚遗仙意。奈香云易散，绡衣半脱，露凉如水。（唐珏《水龙吟·赋白莲》）

前一首词中所写的那只孤蝉，其形象万分凄楚可怜。再加上作者将它与“宫魂

① 夏承焘：《唐宋词人年谱》，上海古籍出版社，1979年，第377页。

断”（用齐后尸变为蝉的典故）、“铜仙铅盘”（汉宫的铜人在国亡后被移走，铅泪似洗）等有关亡国和尸化的典故联系在一起写，自然就会使人联想到宋代后妃死后被人暴尸的惨状和余恨。后一首词中所写的白莲，因有“太液池空，《霓裳》舞倦，不堪重记”“叹冰魂犹在，翠舆难驻”等句加以形容烘托，所以也很容易使人将它与宫妃的形象联系起来。由此看来，不少学者认为《乐府补题》中的作品大抵是为“发陵”事件而作的看法，就确有一定的道理。而以这样的眼光来解读这部有些没头没脑之感的词集，人们就能读出其中隐含的亡国之痛和遗民之情。

但是，正像前文已经指出的那样，这次山阴结社，实际又是宋末“吟社”在新的历史条件下的一次重新聚会和继续活动。因此从“吟社”诸人的一味做精细“雅玩”变为今天的“头白遗民涕不禁，《补题》风物在山阴”（厉鹗《论词绝句》之论《乐府补题》），这种转眼之间即成“隔世”的巨变，或许也可以看作历史对于“吟社”诸人的一种惩罚？谁教尔辈一味“雅玩”、一味“清赏”？谁教尔辈不恤民情、不顾国事？到头来，国家既亡，那就只剩下梦中时常对往昔做苦涩回忆的份儿了。对此，既参加过“吟社”赋咏活动、又参加过山阴赋咏活动的周密，就有过一定的追悔与反省。他在《武林旧事》序言中说：

> 乾道、淳熙间，三朝授受，两宫奉亲，古昔所无。一时声名文物之盛，号“小元祐”。丰亨豫大，至宝祐、景定，则几于政、宣矣。（按：以上言宋孝宗、宋理宗时期的“全盛”几乎达到北宋元祐及政和、宣和年间的局面）……朝歌暮嬉，酣玩岁月，意谓人生正复若此，初不省承平乐事为难遇也。及时移物换，忧患飘零，追想昔游，殆如梦寐，而感慨系之矣……噫！盛衰无常，年运既往，后之览者，能不兴忾我寤叹之悲乎！①

这种乐极生悲、盛衰无常的人生感叹，正表达了宋末文人对于往昔享乐生活和“雅玩”生活的留恋及某种程度的忏悔。因此，本章以山阴结社的词含血泪作为结束，也可视为对于宋代文人过度“雅玩”的一种“秋后算账”吧。

① 周密：《武林旧事》，中华书局，2007 年，第 1 页。

第三章　“爱”的烦恼：宋代词人的恋情生活和“言情”词篇

中国封建社会历来由男性掌权。在这个男尊女卑的社会里，妇女几无政治地位可言，甚至连公开的社交生活也很少能够参与。因此在政史类著述中，我们所见到的基本就是男性世界中所发生的故事；除开极少量母后听政、后妃篡权之类的记载之外，女性几乎销声匿迹。而这种不公平的现象，到了唐宋词的史册中却有了改观。尽管词的作者绝大多数是男子，但在他们笔下却引入了政史类著述和诗文作品中所少见的女性形象，由她们和男性人物同台演出着一幕又一幕的“感情戏”。这种情况表明，唐宋词（主要是婉约词）的世界，是由男女两性（一般是才子和佳人）所共同组合成的。俗语说：“男人的一半是女人。”故要全面认识和把握男性词人完整的人生，就不能遗忘他们与女性的交往和恋情。古语早就说过：“一阴一阳之谓道。”（《易 · 系辞》）宇宙的构成固然需要阴阳互补，人类社会的构成又何尝不是如此？但在以往的政史类著述和诗文作品中，人所见惯的却主要只是男人之间的纷争，以及他们在政治舞台上的种种表演，而这些男人心中又似乎永远盛满着敌意和牢骚。因此这样的人生景观既不完整，又令人感到沮丧和乏味。但唐宋词的出现改变了上述情况和弥补了上述缺憾，它的可贵处就在于大胆地展示了士大夫文人处在“幕后”的另一番人生图景。对此也可做如下比喻：以士大夫作为其正式身份的男性词人，他们在政史类著述和诗文作品中扮演的角色，基本就是一群循规蹈矩的孔孟之徒和天子门生，他们遵循封建社会规定的准则行事，其举手投足、发言吐词，无不“合辙”（有时则偶有些“出轨”之举）。然而这样的人生，未免显得过于拘谨和严肃，甚至使人感到沉重。但是，走进词的天地，我们却宛如穿过那面对公众的舞台而径直来到了灯光幽暗的幕后，这时那批原先戴着官帽、手执朝笏的人物全都卸下戏装和面具，恢复了平日生活中的本来面目——由一本正经的士大夫角色转换成了充满着活生生感情和欲念的普通凡人。而在这政治舞台之幕后的人生天地中，突出的一类画面便是他们与异性的接触和交往：或是与她们山誓海盟，或是与她们调情嬉笑，或是为她们辗转反侧，或是因她们而流泪哀叹……这里浮动着女性的衣香鬓影，散发着女性的芬芳温馨，既向人辐射出“爱”的暖流，同时又夹杂着“怨”的冷意。总之，由于女性的介入，士大夫文人的人生便不再那么沉闷与单调；女性的温柔似乎唤醒了他们沉睡在心中的人性，使他们变得亢奋，变得多情，甚至连他们的口气也由原先的呆板凝重而变为细声慢语、充满柔意……如果说，“万绿丛中一点红，动人春色不需多”（王安石《咏石榴花》），自然景观能因一点异色的介入而变得无比动人，那么唐宋词人（绝大多数为男性）的人生景观也就同样因为异性的介入而改变了原先“阴阳失调”的板滞，缘此引进了新的活力和焕发出了青春的光彩。所以，本章就想以宋代婉约词为窗口，探视宋代文人在其“幕后”的恋情生活和欣赏其人生景观中呈现绮丽色彩的另一道风景线。

下面，先让我们从宋人比较开放的恋情生活谈起。

一、宋人比较开放的恋情生活和“词为艳科”的一代文学奇观

从总体上看，宋代文人的恋情生活要比前代显得相对开放和自由。造成这种状况的主要原因就在于宋代歌妓业的发达和士大夫广蓄姬妾的风气为宋代文人创造并提供了与女性频繁接触交往的机会。

先说宋代歌妓业的发达兴旺。

歌妓的出现，由来已久。先秦时期，一般称之为“女乐”。如《管子·轻重甲》中就记载：夏桀有“女乐三万人，端噪晨乐闻于三衢”①。这些话或许夸大其词，但《史记·货殖列传》中的下列描述却大致可信：“赵女郑姬，设形容，挟鸣琴，揄长袂，蹑利屣，目挑心招……”②她们服饰美丽，长袖善舞，以其美色和歌艺向富豪献媚。这就反映出时至春秋战国时期，社会上已出现了歌妓这样一种特殊的阶层。汉代的歌妓则被人称为“女倡”。如《后汉书·卢植传》曰：“（马）融外戚豪家，多列女倡歌舞前。”③又如汉武帝的宠妃李夫人，“本以倡进”（即出身于倡家），“妙丽善舞”④，后因其兄李延年的关系，大得汉武帝的欢心（据《汉书·外戚传》）。到了魏晋南北朝时期，更出现了大量被称为“乐户”和“营户”的官家乐人，她们往往是犯罪人家的妻女或被俘虏来的敌方妻女，经法律判决而沦落为专职的女倡。此外，宫廷和贵族家中还蓄养着不少的家妓，如东晋石崇就有

① 管仲：《管子》，上海古籍出版社，2015 年，第 450 页。
② 司马迁：《史记·货殖列传》，中华书局，1977 年，第 3271 页。
③ 范晔：《后汉书·卢植传》，中华书局，1977 年，第 2113 页。
④ 班固：《汉书·外戚传》，中华书局，1977 年，第 3951 页。

一位著名的家妓名唤绿珠,石崇被杀后她跳楼殉情,曾被后代诗歌所屡屡歌咏。

唐宋以来,歌妓的队伍越发庞大,她们在社会生活中所发挥的作用也越显活跃。先说唐朝,其时对歌妓已逐步形成了制度化的管理。首先,它设立"教坊"官署,专门管理和训练宫中歌妓,其中就出现过像公孙大娘、念奴等出色的舞伎和歌女。其次,上行下效,地方政府也可自行蓄养官妓,需要时令其侍奉官员和兵爷们。如张祜《陪范宣城北楼夜宴》诗中就有"华轩敞碧流,官妓拥诸侯"的描写。而据范摅《云溪友议》一书记载,当时有人作诗嘲曰:"乐营(官妓居住地)都是闲人地,两地风情日渐多。"①它们反映出官妓与官吏之间往往会产生很多的风流韵事。再次,与官府拥有官妓相对应,唐代官员还在家中蓄养一定数量的家妓,这甚至还得到过法律的认可。如《唐六典》中有记载,三品以上可以备女乐五人,五品以上三人。但事实上,士大夫家中所蓄的家妓数量往往突破以上标准。如孟棨《本事诗》中提到,宁王有宠妓数十人,太尉李逢吉家有歌妓 40 余人②。就连晚年信奉佛教的香山居士白居易,也蓄养着有名的樊素和小蛮这两位家妓。此外,在市井社会中,还充满着一大批青楼歌妓,她们即可称为私妓。如孙棨《北里志》记载,京城妓院最集中的地方为"北里三曲":"平康里入北门东回三曲,即诸妓所居之聚也。妓中有铮铮者,多在南曲、中曲;其循墙一曲,卑屑妓所居,颇为二曲轻视之。"③也就是说,南曲和中曲所居者,为比较高档的私妓;而循墙一曲所居者,则为下三烂的私妓。她们大都接受过诗乐歌舞的训练,因此具有一定的艺术素养。但在实际的接客献艺活动中,则不但以歌舞娱客,又往往出卖色相。总而言之,时至唐代,由教坊宫妓、地方官妓、私家歌妓和市井私妓,共同组成了一支人数庞大的歌妓队伍,广泛活跃在唐人的社交、文化生活之中,所以常可在诗歌、小说中不时见到她们的身影。

到了宋代,随着城市经济的高度发展,歌妓业更出现了前所未有的发达之势。由于下文还要具体举例,这里先作一个简括的叙述:

宋代也设"教坊"管理宫中歌妓。《宋史·乐志》云:"教坊本隶宣徽院,有使、副使、都色长、色长、高班、大小都知。"④《梦粱录·妓乐》中也说:"旧教坊有筚篥部、大鼓部、拍板部。色有歌板色、琵琶色、筝色、方响色、笙色、龙笛色、头

① 范摅:《云溪友议》卷下,中华书局,1985 年,第 10 页。

② 孟棨:《本事诗》,《笔记小说大观》第 13 编第 1 册,台北新兴书局,1976 年,第 564、581 页。

③ 孙棨:《北里志》,《笔记小说大观》第 5 编第 3 册,台北新兴书局,1979 年,第 1481 页。

④ 徐松辑:《宋会要辑稿》第 8 册,中华书局,1987 年,第 350 页。

管色、舞旋色、杂剧色、参军等色……上有教坊使、副使铃辖。”①这就表明,宋承唐制,宫内也专门培养着一批分工精细的歌妓舞女为皇家服务。

相比而言,宋代教坊妓的规模比不上唐代,但州府官妓的“出场率”却有胜过唐代之势。我们在宋人的笔记小说中就随处都可见到士大夫们呼妓侍宴的记载。如魏泰《东轩笔录》卷四记苏舜钦招同僚会宴,“酒酣,命去优伶、却吏史,而更召两军妓”②;李元纲《厚德录》记“李文和都尉好士,一日召从官,呼左右军官妓置会夜舞”③;洪迈《夷坚乙志》卷一八记汀州员外税官赵不他与官妓在寺庙幽会④;周辉《清波杂志》载“东坡在黄冈,每用官妓侑觞”⑤;等等。有时,官妓的频繁应差甚至使官妓感到了应接不暇的地步,如仪真的一位官妓曾叹苦经道:“身隶乐籍,仪真过客如云,无时不开宴,望顷刻之适(盼望片刻的休息闲适)不可得。”⑥可见,官妓在州郡长官(包括文官和武将)的宴会上,竟是一道必不可少的待客“佳肴”。

关于士大夫官僚在家中广蓄歌妓,因为下文即将论及,所以暂时不谈。

至于宋代私妓行业的兴旺,则更加令人惊讶。如《东京梦华录》在记述汴京的主要街巷时,随处都记下了当地的妓院娼馆。如“潘楼东街巷”一条中,记其南斜街、北斜街“两街有妓馆”;牛行街“亦有妓馆,一直抵新城”。又如“酒楼”一条中更描绘京师酒店以妓女招客的“盛况”:“凡京师酒店,门首皆缚彩楼欢门……向晚灯烛荧煌,上下相照,浓妆妓女数百,聚于主廊槏面上,以待酒客呼唤,望之宛若神仙。”⑦再如“寺东门街巷”一条中也记述:“寺南即录事项妓馆”,小甜水巷内“妓馆亦多”;“上清宫”一条则记述:景德寺,“寺前有桃花洞,皆妓馆”⑧……总之,在北宋的都城汴京城里,妓院之多简直有“遍地开花”之势。南宋都城临安的私妓之盛,则可举《武林旧事》卷六“酒楼”中的记述为证。它举出城中有名的酒楼,如熙春楼、三元楼、五闲楼、赏心楼、花月楼等等,说它们

① 吴自牧:《梦粱录》,浙江人民出版社,1980 年,第 191 页。
② 魏泰:《东轩笔录》卷四,《笔记小说大观》第 28 编第 1 册,台北新兴书局,1979 年,第 328 页。
③ 李元纲:《厚德录》卷四,《笔记小说大观》第 22 编第 2 册,台北新兴书局,1981 年,第 1129 页。
④ 洪迈:《夷坚志》,中华书局,2006 年,第 337 页。
⑤ 周辉:《清波杂志》,中华书局,1994 年,第 197 页。
⑥ 同④。
⑦ 孟元老撰,邓之诚注:《东京梦华录注》,中华书局,2008 年,第 70 – 71 页。
⑧ 同⑦,第 102 – 106 页。

"皆市楼之表表者。每楼各分小阁十余，酒器悉用银，以竞华侈。每处各有私名妓数十辈，皆时妆袨服，巧笑争妍。夏月茉莉盈头，春满绮陌，凭槛招邀，谓之'卖客'。又有小鬟，不呼自至，歌吟强聒，以求支分，谓之'擦坐'。又有吹箫、弹阮、息气、锣板、歌唱、散耍等人，谓之'赶趁'……歌管欢笑之声，每夕达旦，往往与朝天东马相接，虽风雨暑雪，不少减也"①。当然，她们的"服务项目"除开献艺陪酒之外，其实还包括卖笑卖春。所以仅举以上两书的记载，我们就可知晓，两宋时代的大都市里，充满着今之所谓"红灯区"，它们就为士大夫文人的狎妓冶游大开了方便之门。

再说宋代士大夫官僚的广蓄姬妾。

这种情况自然并不始自宋朝，如前已提到的东晋石崇家有"绿珠"等宠姬就是明证。但到了宋代，则这种情况几乎蔚然成风。早在宋初，赵匡胤就公然向臣子鼓吹："所谓富贵者，不过欲多积金钱，厚自娱乐，使子孙显荣耳。"而"多置歌儿舞女"②自然就成了他们富贵程度的标志之一和"厚自娱乐"的重要手段。于是，在最高统治者的怂恿鼓励之下，士大夫官僚纷纷以蓄养姬妾为荣。再加上宋代士大夫拥有比较丰厚的俸禄，所以家中蓄养姬妾简直成了司空见惯的平常事。如前已引述过晏殊、宋祁家中姬妾成群之例即是明证。此外，如欧阳修家有妙龄歌妓"八九姝"（葛立方《韵语阳秋》卷一五），韩琦"家有女乐二十余辈"（江少虞《宋朝事实类苑》卷八），韩绛有"家妓十余人"（赵令畤《侯鲭录》），苏轼有"歌舞妓数人"（《古今图书集成·艺术典》卷八二四），王黻有"家姬十数人"（王明清《玉照新志》卷三），驸马杨震"有十姬"（蒋一葵《尧山堂外纪》）……凡此种种，均足以说明宋代士大夫的蓄养姬妾，几已成为一种时尚③。一是歌妓业的空前发达，二是家中蓄妓纳妾，这样一来，宋代士大夫与女性的接触和交往就有了"左右逢源"的便利：出门，可以狎妓冶游；在家，可和姬妾寻欢。故在私生活领域里，他们就有很多时间是在女人堆中厮混的。下面，我们举两词为例，看一看宋代词人在内在外与女性的交往情况。

> 恋帝里，金谷园林，平康巷陌，触处繁华。连日疏狂，未尝轻负，寸心双眼。况佳人，尽天外行云，掌上飞燕。向玳筵、一一皆妙选。长是因酒沉迷，被花萦绊……

① 周密：《武林旧事》，中华书局，2007年，第160页。
② 邵伯温：《邵氏闻见录》卷一，三秦出版社，2005年，第5页。
③ 李剑亮：《唐宋词与唐宋歌妓制度》，杭州大学出版社，1999年，第36页。

这是柳永《风归云》词的上片。其描写的对象，明显是“平康里”之类的妓院集中区。词人自言，他整日和女人与酒打交道，简直到了沉迷而不能自拔的地步。

> 秋光向晚，小阁初开宴。林叶殷红犹未遍，雨后青苔满院。　萧娘劝我金卮，殷勤更唱新词。暮去朝来即老，人生不饮何为？

这是晏殊的《清平乐》。其画面所展示的是词人家中的一次宴会。画面的中心，当然是居中坐定的主人晏殊，旁侧则是一位美貌的歌妓（萧娘）正手捧金卮，口唱新词，殷勤地向他劝酒献媚。面对此情此景，词人不禁长叹一声：人生易老，不饮何为？于是端起玉人手中的酒杯，仰头就向口中灌去……这里，虽未写到他与歌妓之间有什么眉目传情之类的艳事，但词人的饮酒与写词，却又明显由她的激惹而致，所以他们之间实又存在着某种情愫的暗通，发展下去，说不准就会有爱情故事发生。由此可知，狎妓冶游和蓄养家妓就成了培育恋情的主要“土壤”。

另外，除开上述狎妓冶游和家庭内的“主仆恋”（姬妾的身份从根本上讲，实是一种女仆）之外，宋代社会允许“士女同游”的风俗习惯也为两性的交往和产生恋情创造了机会。举例来说，每年的元宵节（以及前后几夜），妇女可以出门看灯；每年的清明节、浴佛节、端午节、中秋节等良辰吉日，妇女也被允许出游。当然，这种士女同游的景象在前代也有，如《诗经》中就有青年男女同游溱洧、互赠芍药的描写（《郑风·溱洧》），而杜甫“三月三日天气新，长安水边多丽人”的诗句也写出了唐朝妇女踊跃郊游踏青的盛况。但是，随着社会的进步，尤其是城市经济的高度发展，宋代妇女外出郊游的机会自然就比前代更多一些。对此可读《武林旧事》中的一些记述，如其卷三“西湖游幸”一节中写道：

> 都城自过收灯，贵游巨室，皆争先出郊，谓之“探春”，至禁烟为最盛……都人士女，两堤骈集，几于无置足地。①

又在同卷“祭扫”一节中写道：

> 南北两山之间，车马纷然，而野祭者尤多，如大昭庆九曲等处。妇人泪妆素衣，提携儿女，酒壶肴罍。村店山家，分馂游息。至暮则花柳上宜，随车而归。②

至于元宵佳节，则更是令妇女兴奋不已的节日：

① 周密：《武林旧事》，中华书局，2007 年，第 72 页。
② 同①，第 78 页。

元夕节物，妇人皆戴珠翠、闹蛾、玉梅、雪柳、菩提叶、灯毬、销金合、蝉貂袖、项帕，而衣多尚白，盖月下所宜也。游手浮浪辈则以白纸为大蝉，谓之"夜蛾"……翠帘绡幕，绛烛笼纱，遍呈舞队，密拥歌姬，脆管清吭，新声交奏，戏具粉婴、鬻歌售艺者，纷然而集。至夜阑，则有持小灯照路拾遗者，谓之扫街。遗钿坠珥，往往得之，亦东都遗风也。①

在这三段文字中，就都有女性出游的具体记述。而因她们的参与和介入，于是就形成了士女同游和诱发恋情故事的社会背景。这里且以元宵节的情况为例。请读下面这两首词，一是柳永的《迎新春》：

嶰管变青律，帝里阳和新布。晴景回轻煦。庆嘉节、当三五。列华灯、千门万户；遍九陌、罗绮香风微度。十里然绛树。鳌山耸、喧天箫鼓。　　渐天如水，素月当午。香径里，绝缨掷果无数。更阑烛影花阴下，少年人、往往奇遇。太平时、朝野多欢民康阜。随分良聚，堪对此景，争忍独醒归去？

此词在前文论柳永的人生哲学和人生况味时已经引过。不过那里主要用以说明柳永生活在"太平盛世"时的享乐心理和自豪感，而在这里却要借此说明元宵之夜的男女交往。请看：在那圆月朗照的香径里，以及更阑烛影的花阴下，终于出现了"绝缨""掷果"的爱情故事。所谓"绝缨"，用的是这样一个典故：楚庄王设宴招待群臣，令美女斟酒。不料灯烛忽被吹灭，于是就有胆大妄为的臣子趁机调戏美女，美女即机敏地扯断其帽缨，以备灯亮之后用作其罪证。所以这个典故便可理解为男子向女子调情。"掷果"的典故则指女子向男子挑逗，晋代美男子潘岳出门，引得妇女们纷纷注目，连老妇人都向他抛掷果品。合而言之，这两个典故就反映了在元宵节的月光灯影下面，常会产生男女艳遇故事的情况。所以下文接着说："更阑烛影花影下，少年人、往往奇遇。"这个"奇遇"说白了就是邂逅相逢、一见钟情式的男女遇合。而柳永的这个说法，并非天方夜谭，我们下文将要谈到的宋祁、江致和在元宵夜的艳遇故事，就能证明它的确有事实根据。

二是辛弃疾那首有名的《青玉案·元夕》词：

东风夜放花千树，更吹落、星如雨。宝马雕车香满路。凤箫声动，玉壶光转，一夜鱼龙舞。　　蛾儿雪柳黄金缕，笑语盈盈暗香去。众里寻他千百度。蓦然回首，那人却在，灯火阑珊处。

① 周密：《武林旧事》，中华书局，2007年，第55页。

此词所写元宵之夜杭城市民集体观灯出游的盛况,就由一连串动态的倩女形象充塞着画面。而词人则在这一大堆女性中左顾右盼地寻找着他的意中人。在历经“众里寻他千百度”的失望之后,一个蓦然的回首,终于发现:她正悄悄地伫立在灯暗影稀的角落里!当然这首词或许是有所寓托和寄意的作品,也就是说词中的“那人”实际就是词人自身人品的象征;但既然借用元宵之夜的男女“寻爱”的画面来表达词人的志趣和怀抱,那也足以说明上述描写具有写实的性质,而非词人的向壁虚构。

所以综上所说,由于歌妓行业的空前发达、士大夫蓄妾养姬的成风,以及士女同游机会的增多,宋代社会中男女接触交往的情况就缘此变得相对宽松和频繁。这样一来,他们之间的恋情也就呈现出比较开放的态势。

以上是本节所要讲述的一个问题,此即:随着社会的不断向前演进,尤其是随着城市经济的高度发展,宋代文人在“寻找”爱情和“培育”爱情方面,获得了比前代文人更加便利的条件。因此时至宋代,士大夫文人的恋情心理便得到了空前的诱发。但是,与此同时却还存在着另一个问题,此即:在众多的文学体裁中,他们终又找到了一个最能宣泄和表现其恋情心理的载体——这就是新兴不久的“小词”。于是,空前高涨的恋情心理和擅长表现此种心理的词体“风云际会”、两相凑泊,就形成了宋词(主要是婉约词)大胆“言情”和专门“言情”的一代文学奇观。

事实也确实如此:当我们踏进宋代词苑,就宛如来到了一个“情天孽海”之中。举目所见,花前月下尽多才子佳人;侧耳静听,柔声曼语细传绵绵情愫。不信请读下列词句:“伤高怀远几时穷?无物似情浓。”(张先《一丛花令》)“便纵有千种风情,更与何人说?”(柳永《雨霖铃》)“人生自是有情痴,此恨不关风与月。”(欧阳修《玉楼春》)“谁教杨柳千丝,就中牵系人情。”(晏殊《相思儿令》)“泪弹不尽临窗滴,就砚旋研墨。渐写到别来,此情深处,红笺为无色。”(晏几道《思远人》)“两情若是久长时,又岂在朝朝暮暮?”(秦观《鹊桥仙》)“此情无计可消除,才下眉头,却上心头。”(李清照《一剪梅》)……这真是情何其多,情又何其浓!整个婉约词的天幕,就不知笼盖着几多柔情蜜意!而在此同时,同样出于宋人笔端,他们的散文、诗歌和辞赋中,有关恋情的描写和表现却显得相对地淡薄和苍白,似乎有将上述文体的大门向恋情关闭而专让“小词”去独家接纳的怪癖习惯。这又是什么原因呢?对此且做十分简略的解释:

首先,它与词体的创作环境密切相关。众所周知,词最初是以“侑觞佐欢”的使命为己任的,它的演唱者多由妙龄歌妓来担任。也就是说,它是在女人和酒的环境中诞生与成长起来的,所以本能地具有香艳文体的特性。对此,只消读一读《花间集》的序言即可明白。它曾这样描绘文人写词和歌妓唱词的情景："则有绮筵公子，绣幌佳人，递叶叶之花笺，文抽丽锦；举纤纤之玉指，拍按香檀。不无清绝之词，用助娇娆之态……"①故在这十分女性化的环境中创作出来的小词，不论其"灵魂"（思想感情）还是"躯体"（艺术风貌），都无不浸润着十分浓郁的香艳气味。因此，当宋代文人同样处在莺簇燕围、与女性密切交往的环境中时，他们所激发出来的满腔柔情蜜意，自然就会首先挑选（甚至只能挑选）"小词"去加以宣泄和表现。何况，新词刚刚脱口（或脱手），马上就会有娉娉婷婷的歌妓拿去，由她们手执牙板、轻启檀口，在一片筝琶箫笛的悠扬伴奏声中曼声演唱，这又是一件何等惬意高兴的事情！

其次，宋代文人喜欢选择词体来表现其恋情心理，还与他们"分等"的文学观念有关。在他们看来，"文以传道"、"诗以言志"，这两种文体从老祖宗起就与表述"大道理"有关，因此轻易不敢拿它们来表现自己不便公之于众的儿女私情。唯独小词，因其出身低微，且通常写作于酒边尊前，所以常可"借酒遮脸红"地一吐其恋情心曲。如若有人指责，只需回答一句："词乃小道末技，对此谑浪游戏之作，何必认真！"即可逃避责任，轻松过关（例如黄庭坚写过一些色情味很浓的艳词，有人批评他死后当下地狱。黄即辩解道：这些作品不过是"空中传恨"，亦即开开玩笑的虚构之作而已）。这样一来，既能尽兴地倾泻内心膨胀难抑的恋情，却又能躲开"道德法庭"的传讯，词体当然就成了往往具有两重人格的宋代文人表现其儿女柔情的最佳文体。

再次，词之特殊的文体特性又使它在表现儿女柔情时具备了诗文所欠缺的某种优势。例如，其长短参差的句式，抗坠有节的音调，上下分片的章法，特别是它倚声可歌的合乐性，凡此种种，就使它成为表现人类深微细腻的感情境界之精良文学工具。工欲善其事，必先利其器。词体自其幼年起，就练就了一身专向人心深处开掘和得以"形容曲尽"②地表现复杂心态的本领，聪明的宋代文人自然就会一眼觑定、抓住不放，利用它来为自己的畅诉恋情服务。对于词体的这种独特优势，宋人自己就有揭示。如尹觉《坦庵词序》说道："词，古诗流也，吟咏情性，莫工于词。"③张炎《词源》也说："簸弄风月，陶写性情，词婉于诗。"④他们所说的"情性"与"性情"，并不是一般意义（广义）上的感情，而是偏指那类以艳情

① 赵宗祚：《花间集》，文学古籍刊行社，1955年，第8页。
② 陈振孙：《直斋书录解题》卷二一，上海古籍出版社，1987年，第616页。
③ 金启华，等编：《唐宋词籍序跋汇编》，江苏教育出版社，1990年，第198页。
④ 张炎：《词源》，唐圭璋编《词话丛编》，中华书局，1986年，第263页。

为核心的儿女柔情。照他们看来,词在表现此类感情方面,是“婉”于诗和“工”于诗的。

由于以上这些原因,宋代文人心中膨然隆起的恋情心理,便几乎一股脑儿地向词中倾泻而去。这样,中国古代文学史上,就出现了“词为艳科”的一代奇观。

美国有部连续电视剧,叫作《成长的烦恼》。它讲述的是青少年在成长过程中的种种戏剧性故事。其间有欢乐,有悲伤,有笑声,有泪水,充满着幽默和谐趣。它是青少年正式步入社会前的“预演”,折射出五光十色的人生世相。尽管总的题目是“烦恼”二字,但因全剧属于轻喜剧性质,所以形形色色的烦恼最后导致的结局和带来的艺术效果,总是引出观众的一场哄堂大笑。但是,若把宋代文人的恋情生活也当作人生戏剧来看的话,那么他们所集体演出的这场大型连续剧《“爱”的烦恼》,却就真正充满着烦恼!我们不妨翻开描绘恋情生活和表现恋情心理的宋词,其中表现出欢乐情景和愉悦心情的作品可谓少得可怜,而占据主要比重的作品不是写恩爱夫妻(恋人)的生离死别,就是写才子佳人的彼此相思;不是写“登山临水送将归”时的心如刀绞,就是写“寸心万绪,咫尺千里”的辗转难眠;不是写情郎远去、奴守空房的闺怨,就是写独在异乡为客、追忆往日温情的羁愁……借用《红楼梦》的故事情节来说,这部爱情连续剧的主要内容就有:“潇湘馆春困发幽情”“埋香冢飞燕泣残红”的少女(少妇)伤春,“风雨夕闷制风雨词”“感秋声抚琴悲往事”的闺妇悲秋,“情切切良宵花解语,意绵绵暖日玉生香”的相思恋爱,以及那“苦绛珠魂归离恨天,病神瑛泪洒相思地”的悼亡怀旧……总之,“爱”本是甜蜜温馨的,但伴随它而生、而来的烦恼却又像“剪不断,理还乱”的乱麻那样,将恋人的心缠绕得痛苦不已。那么,造成上述局面的原因又何在呢?它有婚姻制度的原因,有伦理道德的原因,有地域阻隔的原因,有生活逼迫的原因,有男子喜新厌旧的原因,有女了多愁善感的原因……种种错综复杂的原因,就造成了宋人恋情生活中的一幕幕悲喜剧,也使宋代恋情词呈现出纷纭斑驳的感情色彩。而所有这些,就都构成为宋代人生景观和宋词文学景观中的一个组成部分。下面就让我们进入这个领域,分幕观赏宋代文人所演出的《“爱”的烦恼》的诸种场景。

二、带有喜剧色彩的艳遇词与欢爱词

宋代文人所产生的男女恋情,如按礼法的标准来划分,可分“婚内情”和“婚外情”两类。前者是他们与明媒正娶的妻子(也可包括被正式认可的侧室)之间的恋情;后者则指与其他女性之间的“风流情”,其中主要就是与歌妓(包括私妓、官妓、家妓等各类歌妓)之间产生的私情。可是,奇怪得很,照理来说词本是一种极富人情味的文体,可是它在亲情之中却主要只写兄弟手足之情(如苏轼与苏辙之间的以词表达同胞之情)而极少写到母爱和父爱;而在恋情之中,则除开用“悼亡”形式来写夫妇之情以及很少数作品写及“怀内(内人,即妻室)”之情以外,几乎全写的是其婚外之恋情。这里头的原因就着实令人寻味。它或许与词为“小道”“末技”的传统观念和词常产生于花间樽前、歌宴舞席的特殊环境有关。但不管怎样,词之大写特写词人与非婚配对象之间的风流私情,毕竟是一个客观存在的事实。因此从本节开始,就让我们按照这类私情的“剧情”来依次展开叙述。

宋代文人与其非婚配对象之间的风流私情,大致有两种结局:一是有情人终成眷属的“大团圆”;二是“只播种不结果”的先聚后散。前者比较少见,而后者则是多数。不过,前者虽然难得碰到,但它们却使某些词人的人生景观中出现了令他人艳羡不已的“亮色”。所以我们不妨就从他们富有喜剧色彩的艳遇故事谈起:

第一个故事的主人公是北宋仁宗朝的翰林学士宋祁。宋祁与其兄长宋庠同为当时有名的文吏。宋庠官至宰相,人称“大宋”;宋祁官至工部尚书,又曾在宫中为皇帝起草过军机文书,人称“小宋”。而若要论其真正的文才,则小宋实在大宋之上。当年两人同考进士,本由宋祁排名第一(宋庠则排名第十),后因太后认为弟弟不应先于哥哥,这才把名次调了个先后。宋祁应该是有家室的人,但在某年的元宵之夜,却因一次街头的艳遇和一首艳词,竟然获得了由皇上“御赐”的一位美人,这真称得上是宋代词坛的一则“佳话”和趣闻。

事情发生在京师的繁台街上。宋祁正在人群中观灯,忽地路遇一列乘坐宫妃的华丽车队。宋祁正想回避,不意某辆车内掀帘探出一位妃子的面庞,她笑吟吟地对他喊了声“小宋”,车就疾驶而去。但这短暂的邂逅一瞥和娇滴滴的一呼,却把宋祁引得心猿意马。回家之后,他恍然若失,于是提笔写了一首《鹧鸪天》词:

> 画毂雕鞍狭路逢,一声肠断绣帘中。身无彩凤双飞翼,心有灵犀一点通。　金作屋,玉为笼,车如流水马游龙。刘郎已恨蓬山远,更隔蓬山几万重。

词的上、下两片中的最后两句,分别借用唐朝李商隐诗中的名句,以表达词人不能与那宫妃结合的惆怅与憾恨——要知道,画毂绣帘中的那位女子,既非青楼歌妓,也非民间女子,而是皇帝老儿的妃子,因此他俩之间所横亘着的,就简直是插翅难飞的万重大山！谁知这首或许只是兴之所至、信手涂抹的艳词，却被传至宫中。仁宗闻知，大为震怒，追问那位妃子与宋祁之间有否私情。妃子自辩道：以前与宋祁素无瓜葛，只因皇上曾传宋祁进宫侍奉，左右皆呼他为"小宋"，故而有过直观的印象。此次出宫赏灯，因在街上无意瞥见，便脱口而出喊了一声"小宋"，此外则别无任何接触往来。仁宗听后，沉吟不语，随即下令召宋祁上殿盘问。宋祁连连叩头，声称只是一时之戏作，伏望皇上恕罪！结果是，仁宗笑道：爱卿不是嫌"蓬山路远"吗？那么朕就不必当这阻隔尔等的万重"蓬山"了。因即下旨，将那宫妃赐予宋祁为妾①。

第二个故事也发生在元宵之夜。据杨湜《古今词话》记载：徽宗崇宁年间，太学生江致和至宣德门观灯。途中遇一乘坐雕车的妇人，姿容极美。归家后魂牵梦系，遂作一词②：

> 喜元宵三五，纵马御柳沟东。斜日映朱帘，瞥见芳容。秋水娇横俊眼，腻雪轻铺素胸。爱把菱花，笑匀粉面露春葱。　　徘徊步懒，奈一点、灵犀未通。怅望七香车去，慢辗春风。云情雨态，愿暂入阳台梦中。路隔烟霞，甚时还许到蓬宫。(《五福降中天》)

上片写他与那美妇人的相遇：一见之下，真有"灵魂儿飞在半天"(《西厢记》写张生初见莺莺时的感受)的"惊艳"之感。下片则写他"便是铁石人也意惹情牵"(亦是《西厢记》语)的相思之情，以及极盼能步入蓬莱仙宫、与她共圆阳台之梦的心愿。随后，这位痴心的才子第二天又到老地方徘徊等待。果然，皇天不负苦心人，到得傍晚，雕车又来。江致和就大着胆子将此词投赠给那美妇人。自此之后，两人便屡次在这里相遇(言外之意，则终于成全了一番"好事"，这是可以推想出来的。对此，《绿窗新话》就有这样的描述："自后致和屡见所遇，约致和于曲室，以尽缱绻。"③)。那妇人后来笑对致和说道："今日可谓喜到蓬莱宫了吧?"

以上两个以"大团圆"告终的故事，我们已无法考证其可信程度。但从柳永所作的元宵词《迎新春》中"更阑烛影花阴下，少年人、往往奇遇"的描述来看，则我们对上述两则传闻还是宁肯信其有而不必疑其无的。

另外还有一个"以词为媒"的故事，也见于"小说家言"。据罗烨《醉翁谈

① 黄昇：《唐宋诸贤绝妙词选》卷三，唐圭璋，等点校《唐宋人选唐宋词》下，上海古籍出版社，2004 年，第 609 页。

② 杨湜：《古今词话》，唐圭璋编《词话丛编》，中华书局，1986 年，第 35 页。

③ 皇都风月主人编：《绿窗新话》，周楞伽笺注，上海古籍出版社，1991 年，第 88 页。

录》壬集卷二记载,兖州人崔木某次赴王官人之宴,官人命歌妓张赛赛为崔侑尊,并请他即席赋词。崔木允命,遂作《最高楼》一首。词毕,赛赛展喉歌唱,大得王官人的欢心并因此获得厚赠。为报答崔木的作词功劳,赛赛就把崔木推荐给黄太守的女儿舜英。舜英为考崔的文才,要他写诗或词一首。崔木闻言,遂以红罗帕书词一首①:

春来秋往何时了?心事知多少?深深庭院悄无人。独自行来独坐若为情!　　双旌声势虽云贵,终是谁存济?今宵已幸得人声。拟待劳烦神女下巫山!(《虞美人》)

此词首两句戏改李后主"春花秋月何时了?往事知多少"而成,后文则写词人落寞的心境和盼望能够成亲的心愿。从艺术性而言,并不高明。但舜英却受到了感动,于是就在黄绢上和词一首,云:

一从骨肉相抛了,受了多多少!溪山风月属何人?到此思量、因甚不关情。　　而今虽道王孙贵,有事凭谁济?自从今夜得媒言。相见佳期无谓、隔关山。

崔木见词,就请媒人到黄家求亲,两人终于结成为夫妻。这一段以喜剧告终的姻缘,也全因写词而促成。由此看来,词与宋代文人的恋情生活,真是结缘非浅。

不过话又得说回来,像上面介绍的三桩以"大团圆"告终的恋情故事,在宋代社会中毕竟属于难得。因此,若要品尝宋代文人在其婚外恋情中的甜味,那就只能主要从他们的狎妓词中去寻求。在这方面,柳永就是首选的对象。叶梦得《避暑录话》卷三云:"永为举子时,多游狭斜,善为歌词。"②《醉翁谈录》丙集卷二也说:"耆卿居京华,暇日遍游妓馆。所至,妓者爱其有词名,能移宫为羽,一经品题,声价十倍。"③他就以写词为资本,结交了许多歌妓,与她们产生了一段又一段的风流艳情。再加上他的通脱放浪和不拘礼法,所以他的词中就有不少是写他的"欢乐今宵"之甜蜜感受的。例如:

秀香家住桃花径,算神仙、才堪并。层波细剪明眸,腻玉圆搓素颈。爱把歌喉当筵逞,遏天边、乱云愁凝。言语似娇莺,一声声堪听。　　洞

① 罗烨:《醉翁谈录》丙集卷二,古典文学出版社,1957 年,第 104 - 107 页。

② 叶梦得:《避暑录话》卷三,《石林燕语·避暑录话》,上海古籍出版社,2014 年,第 137 页。

③ 同①,第 32 页。

房饮散帘帏静，拥香衾、欢心称。金炉麝袅青烟，凤帐烛摇红影，无限狂心乘酒兴。这欢娱、渐入嘉景。犹自怨邻鸡，道秋宵不永。（《昼夜乐》）

佳景留心惯。况少年彼此，风情非浅。有笙歌巷陌，绮罗庭院，倾城巧笑如花面。恣雅态、明眸回美盼。同心绾。算国艳仙材，翻恨相逢晚。　　缱绻。洞房悄悄，绣被重重。夜永欢余，共有海约山盟，记得翠云偷剪，和鸣彩凤于飞燕。间柳径花阴携手遍。情眷恋。向其间、密约轻怜事何限。忍聚散。况已结深深愿。愿天上人间，暮云朝雨长相见！（《洞仙歌》）

前一首词写他与家住桃花径的秀香姑娘之间的恋情。先描写她的明眸皓齿，语娇似莺，然后用足力气写自己与她的"洞房之乐"。其中如"拥香衾、欢心称"和"这欢娱、渐入嘉景"等语，真是笔涉艳地而不加收敛。后一首词写他与另一位歌妓相逢不久就共订海誓山盟的一段恋情：她为他剪下头发、以作信物；他则向她连连许愿，祈愿两人永不分离，其中同样也有男欢女恋的欢爱镜头（如"缱绻。洞房悄悄，绣被重重"等）。从中可知，宋人在其恋情生活中真能感到甜蜜的时刻，往往只在他们摆脱礼教束缚、恣意狎妓冶游的场合才见出现。故而产生于这种环境中的欢爱词篇，就不免会带有色情意味和流露出低级趣味。但从"文学表现人生"的角度来看问题，则上述笔涉艳地的艳词（甚至是"淫词"）毕竟又真实地反映了当时的社会状况和某些文人的心理状态，只是这种社会状况和心理状态拿今天的眼光来看并不健康而已。我们试想，在长达几千年的封建社会中，由"父母之命，媒妁之言"所包办的婚姻，有多少是真正美满幸福的？因此某些文人势必就要在婚外的拈花惹草、寻花问柳中去寻求满意的恋情（当然这种行为并不值得肯定）；再加上封建社会不尊重女性的传统偏见，以及商品经济发展以后将歌妓沦为商品的不良风气，则更促使某些文人视女性为玩物的狎妓心理得到进一步的滋长。因而，像柳永这类对于歌妓既有某种程度的情爱、更又夹杂着相当程度的狎玩意味之艳词（甚或"淫词"）的出现，就是一种"合理"（"存在即合理"意义上的"合理"）的现象了。这又启示我们：宋代文人在其恋情生活中的快乐或幸福，其实相当的有限和可怜！他们恋情生活中的喜剧，大致只能在难得一遇的艳遇故事中方可见到。而在狎妓过程中展现的欢爱场面，更只是那多幕剧中的一幕而已——因为多种原因，他们之间的露水姻缘毕竟不能久长，因此无论是男方还是女方（如果他们确实彼此生出了真挚的情爱），在暂时的欢爱之后，接下来的"剧情"便将是痛苦的分手与难熬的相思。所以，宋代文人恋情生活中的喜剧成分实际上远低于其悲剧成分；而即使是那难得遭逢而且又片刻即逝的爱情“喜剧”，也往往会惹引出悲剧性的“后遗症”来——这且让我们在下文再来述说。

三、浸染着悲剧意味的离别词与相思词

“肥水东流无尽期，当初不合种相思。”姜夔《鹧鸪天》中的这两句名句，既是词人对其青年时代恋情的反思和忏悔，却又概括了很多有过恋情经历者们的共同人生体验。是的，要不是当年曾经种下过一段恋情之“根”，何至于人到老年犹会涌发出像淝水东流那样绵长的相思之情来？由此观之，“爱”的甜蜜之感往往如过眼烟云，而“爱”所引惹出的烦恼和痛苦却会像刀刻火烫般久久烙印在恋人们的心头。这一现象，当然不只发生在宋人身上；但在宋词中间，却表现得尤其突出。而令人奇怪的则是：当宋人提笔描摹他们男欢女恋的场面时，笔下不时会流露出某些庸俗（甚至是鄙俗）的意念；而当他们提笔追忆当年的温情和抒写现实的痛苦时，笔调却不由会变得雅洁凝重起来。这或许由以下两个原因所致：一是时间的距离会酿造出美感，二是悲情的洗礼会净化心灵。因此，相比于词中对欢爱场面的描写，词中凡写及相思离别、闺怨悼亡之类悲剧性的场面，就往往会一洗轻薄淫靡之辞而显出真情沉挚的品格来。所以，如拿今天的眼光来评判，宋代恋情词中，其真正的精华就大都集中在那类浸染悲剧意味的作品之中，而不在那类狎妓冶游、调情偷欢的作品之中。诗人雪莱说过：“我们最甜美的歌，就是那些倾吐最哀伤的思想的。”①另一位西方诗人缪塞则说：“最优美的诗篇是最绝望的，有些不朽诗篇浸满着眼泪。”②诚哉斯言。

“悲莫悲兮生别离，乐莫乐兮新相知。”（《九歌·少司命》）自古以来，人们就把“生别离”当作一件人生悲剧来看待。而尤其是在“新相知”后的不久便要活生生地拆散一对情侣，这恐怕就是世间最残忍、也最令人难堪的憾事之一了。所以，古往今来，不知有多少深情的诗人，为这令人黯然销魂的人间离别，唱出过多少动人的哀歌！

同样，宋代文人也逃脱不了命运安排给他们的离别遭遇。特别是，当他们与恋人两情正浓的当口，离别却像一把无情的利剑硬要斩断那绵延如水的柔情，那就更会产生“抽刀断水水更流”的感情反弹，这时候的滋味真是“怎一个‘愁’字了得！”加上词体似乎天生着一种擅长表现幽深心曲的文体性格，所以我们在宋

① 雪莱：《明天》，徐迟译，雅典书屋，1943 年，第 108 页。
② 缪塞：《缪塞诗选》，陈澄莱，等译，人民文学出版社，1960 年，第 80 页。

词中所品尝到的别离滋味，或许就比一般的诗文作品更加令人心碎和心醉。

先读两首抒写离情别绪的小令。第一首是林逋（和靖）的《长相思》：

> 吴山青，越山青。两岸青山相送迎，争忍有离情？　　君盈泪，妾盈泪。罗带同心结未成，江头潮已平。

在一般人心目中，林逋是一位“不食人间烟火食”的高人雅士；可是，就是这样一位大隐士，却也难以摆脱离别的悲剧性体验。于是就有了这一首《长相思》的伤感词篇。词以一位女子的口吻，深深地倾吐了她与恋人分袂时难舍难分的缱绻情怀。由于它采用了民歌中常用的复沓形式，加上句句押韵，因此就使这段离情表现得十分缠绵。而这种离情，其实是词人本身所拥有和深切体验过的，只因不便直接启口吐露的缘故，所以他就借用女性的身份道出。故而清心寡欲如林和靖，犹不能抵挡恋情和别情对其内心的冲击而提笔写下了这篇充满着眼泪的忧伤小词，那就遑论其他宋代文人了。

第二首是毛滂的《惜分飞》：

> 泪湿阑干花著露，愁到眉峰碧聚。此恨平分取，更无言语，空相觑。
> 短雨残云无意绪，寂寞朝朝暮暮。今夜山深处，断魂分付，潮回去。

此词前有小序：“富阳僧舍作别语，赠妓琼芳。”这就表明了它是毛滂青春恋情的真实记录。词人因罢官被迫与琼芳告别，但琼芳却一直把他送至百里之外的富阳，这才依依作别。故从小序的寥寥11字中，我们即可窥知其两情之深。但是，“送君千里，终有一别”，分别却并不因情侣的不忍分手而饶过他们。于是，一场令人心碎的“僧舍送别”的悲剧就此拉开了帷幕。而首先映现在读者眼帘中的，便是琼芳歌女的一个“大写真”：挂满泪珠的脸庞宛如带露的鲜花，那紧皱如峰的眉毛中间不知凝聚着几多哀怨！尽管一个是政府官员，一个是风尘女子，但分离之愁却并不因身份和性别的差异而对他俩有所偏心，而是公平地由双方共同分担。因此接下来的镜头就是“更无言语，空相觑”的难堪场面。下片则转写词人的内心独白：往日的欢爱，已像“断雨残云”般破碎；挥手一别之后，就只有“寂寞朝朝暮暮”的日子在等待着自己。结拍两句，又进而设想：琼芳归杭，自己则暂留此地，这别后的断魂相思之情，便只能寄托给江潮流回到伊人身边！至此，本词就写足了一对情侣劳燕分飞（与其调名《惜分飞》正相吻合）的凄恻情怀，把作者所经历的一段铭心刻骨的离别体验转化成了十分凄美的词境。而从词人后来所写的另一首词中，我们得知，上面这一段离情直到他晚年犹铭记不忘：“春潮曾送离魂去，春山曾见伤离处。老去不堪愁，凭阑看水流。”（《菩萨蛮·富阳道中》）词人在多年之后再经富阳时，心中仍涌动着难以抑勒的旧情。

词人真可谓是一往情深之人了。

如果说,上面两首小令因其体制的限制还写得比较含蓄的话,那么慢词长调所写的别情就更写得酣畅淋漓了。胡寅《酒边词序》中曾说:“词曲者……名曰‘曲’,以其曲尽人情耳。”①这显然属于望文生义的曲解,但却也说出了词体(它常被唐宋人称为“曲”或“曲子”)善于“曲尽人情”的特长(尤其是慢词长调)。所以对于感情特别丰富和特别细腻的宋代文人来说,运用这种句式灵巧、音节繁复的词体来抒写男女之间缠绵悱恻的离情别绪,那就真可谓良将得遇宝马,可以尽展其驰骋之才了。下面就让我们欣赏用长调写就的两首饯别名篇。其一是柳永的《雨霖铃》:

> 寒蝉凄切。对长亭晚,骤雨初歇。都门帐饮无绪,留恋处、兰舟催发。执手相看泪眼,竟无语凝噎。念去去、千里烟波,暮霭沉沉楚天阔。　　多情自古伤离别,更那堪冷落清秋节!今宵酒醒何处?杨柳岸、晓风残月。此去经年,应是良辰、好景虚设。便纵有、千种风情,更与何人说?

此词所描绘的,即是一幅11世纪古汴河畔的宋人饯别图画。繁华的东京城郊,酒旗低压,衰柳斜曳。薄暮的寒蝉声中,一对青年男女正在设帐饯别。不知不觉间,传来暮鼓咚咚,舟上的艄公正向离人招手准备开船。眼看此去,便将天南地北、人各一方,因此刚松开的双手又情不自禁地紧紧重携,而止不住的眼泪则在四目对视、相看无言的脸庞上扑簌簌地往下流淌……这真是:“黯然销魂者,唯别而已矣!”

我们注意到,这里所写的离别具有自己的时代特色。现代社会中,或是信旗一挥,或是汽笛长鸣,挥手之间,车船就把离人载向远方,容不得送行者执手细诉衷情。而本词中的宋人话别,却是慢节奏的:慢吞吞地喝酒,细声慢语地千叮万嘱,甚至连舟子都可以应旅客的请求而延迟开船的时间,让他们相互多道几句“多多珍重”。我们又注意到,这里所写的离别具有水行的地域特色。送行的地点既是汴河岸边的长亭,而行人将去的地方更是那“千里烟波”的楚地江南,因此水的柔绵就始终浸润着本词所写的离情。请读“今宵酒醒何处?杨柳岸、晓风残月”,当代的读者恐怕就很难在实际生活中经历这种境界和体验这番情景。但他们却不妨闭上眼睛,默想这样的一幅图画:一夜舟行,醒来时已独自置身山驿水程之中。夹岸是古运河畔的成排杨柳,举头则是那一钩凄楚的残月,晓风清

① 金启华,等编:《唐宋词籍序跋汇编》,江苏教育出版社,1990年,第118页。

冷,水声潺湲……咀嚼着这幅烟水迷离的词境,即便是铁石心肠的人都会涌起一股惝恍难言的离情!所以,即使已时逾千载,而读者的身份也明显不同于此词中的一对青年男女,但本词所揭示的“多情自古伤离别,更那堪冷落清秋节”的悲剧性离别体验,却因人心的相似和人性的相通,仍能激发后代无数离人心头的感情涟漪。

其二是秦观的《满庭芳》:

山抹微云,天连衰草,画角声断谯门。暂停征棹,聊共引离尊。多少蓬莱旧事,空回首、烟霭纷纷。斜阳外,寒鸦万点,流水绕孤村。　销魂!当此际,香囊暗解,罗带轻分。谩赢得、青楼薄幸名存。此去何时见也,襟袖上、空惹啼痕。伤情处,高城望断,灯火已黄昏。

人间离别有多种:有荆轲易水之别,有苏(武)李(陵)河梁之别,有孝子辞母之别,有朋友聚散之别……而宋词中写得最出色、也最动人的,恐怕就是情侣之别。上面所引柳永的《雨霖铃》,当然可称其中的“超级名篇”,而秦观所写的这首《满庭芳》,也是一首堪与柳词媲美的作品。此词比起柳词来,香艳气和女人味似乎更浓。这集中表现在下片:如“当此际,香囊暗解,罗带轻分”三句,写男方解下自己的香囊赠给女子以作留念,而女方则将罗带缠成的同心结分开,以示惜别之意;再如“此去何时见也,襟袖上,空惹啼痕”三句,竟至选用“啼痕”这样充满女性气味的字面来表现词人内心的苦楚,这就越发增添了词情的旖旎氛围。然而,本词的真正妙处却并不仅在于这些地方,而更在于它的能够把人所共感的离别痛苦转化为充满诗情画意的词境。如上片写到“多少蓬莱旧事(按:指与歌妓相爱相恋之旧事),空回首”的伤心之际,却笔锋一顿,马上转为“烟霭纷纷”的写景,紧接着又推出一组令人叫绝的景语来——“斜阳外,寒鸦万点,流水绕孤村”。它们就把词人极目天涯、惆怅难言的孤苦情怀,化为了既悲且美的眼前之景。又如下片结语,刚说到“伤情处”,忽然又把抒情的闸门关上,让那喷薄欲出的浓情潜入“地下”,而以“高城望断,灯火已黄昏”的凄凉画面来代言离人登舟远去、回望城中恋人不见的怅惘,这种化情为景、以景言情的写法就比直言内心痛苦的写法高明和巧妙得多。由此看来,虽然离别的遭遇绝大多数人都曾经历过,但像宋代词人那样能以情景交融、优美凄丽的词境将这种悲剧性的人生体验表现得如此深刻细腻和富有诗情画意,那真着实不易。这里,我们除了钦佩他们的文才和庆幸他们找到了一种得心应手的新文体(词体)之外,还应感谢歌妓为此做出的“贡献”——正是她们给予了宋代文人以无比缱绻和无比温柔的恋情,这才使后者在与歌妓分手时酿生出了令人销魂断肠的离愁别绪。柳永词曰:

“暗想当初，有多少幽欢佳会；岂知聚散难期，翻成雨恨云愁！”（《曲玉管》）这种“早知今日，悔不当初”的感慨，正就说明了上述道理。

对于宋人与恋人离别的词篇，我们就作以上的介绍和评说。而离别之后，则又将如何呢？那就是迢迢无尽的相思了。因此下文再说宋人的相思词。

其实，就在即将分手而实际还未分手的时候，多情的宋代词人即已预尝了离别之后的相思苦果，所以他们往往会在离别词中“透过一层”地悬想日后的两地思念之苦。如柳永《雨霖铃》的结尾数句：“此去经年，应是良辰、好景虚设。便纵有、千种风情，更与何人说？”便借歌妓的口吻，写出了恋人一别之后的凄凉心情，并又预言往后的日子将黯然失色、再无欢乐可言而唯与长相思之情做伴。而毛滂的《惜分飞》则写他在分手的当夜，“断魂”（即分手后的孤苦灵魂）竟已随着潮水流回到了远方的伊人身边。这就预示着：由离情所直接派生出来、并由日后的两地阻隔所日渐强化的相思之情必将像一波又一波的潮水那样冲击着词人的心窝，闹得他们茶饭不思和夜不能寐。对此，请读柳永在别后所写的两篇相思怀人之作。先读：

> 暮景萧萧雨霁。云淡天高风细。正月华如水。金波银汉，潋滟无际。冷浸书帷梦断，却披衣重起。临轩砌。　　素光遥指。因念翠娥，杳隔音尘何处？相望同千里。尽凝睇，厌厌无寐，渐晓雕阑独倚。（《佳人醉》）

因为思念那位杳隔音尘的“翠娥”，词人弄得厌厌无寐，甚至不顾夜寒风冷，披衣而起，一直呆呆地伫立到天明。如若长此以往，怎会不因此而变得形容憔悴、形销骨立呢？但词人却并不因此懊悔！于是就又有了下面这样的词篇：

> 伫倚危楼风细细。望极春愁，黯黯生天际。草色烟光残照里，无言谁会凭阑意？　　拟把疏狂图一醉。对酒当歌，强乐还无味。衣带渐宽终不悔，为伊消得人憔悴！（《凤栖梧》）

这首词中的两句名句“衣带渐宽终不悔，为伊消得（‘值得’之意）人憔悴”，就既写出了相思之情对人的折磨，又写出了词人坚贞执著的苦恋之情。比之作者另外所写的一些贪恋男欢女爱的词篇来，其品格显然要高许多。这或许就与作者经过离别之痛的悲情洗礼而使其情志有所洗涤有关。

下面再让我们欣赏张先的《千秋岁》：

> 数声鶗鴂，又报芳菲歇。惜春更把残红折。雨轻风色暴，梅子青时节。永丰柳，无人尽日飞花雪。　　莫把幺弦拨，怨极弦能说。天不

老，情难绝。心似双丝网，中有千千结。夜过也，东窗未白凝残月。

张先是一位极其重感情的人。他曾说过：“伤高怀远几时穷？无物似情浓。”（《一丛花令》）又曾说过：“人生无物比多情，江水不深山不重。”（《木兰花》）而在本词中更说：“天不老，情难绝。”其人之深情乃至痴情，于此可见。所以他之描写相思之苦，就显得越发真切。其中最能感染读者的，即是“心似双丝网，中有千千结”的妙喻。试想，当人坠入爱河、又遭生离死别之精神折磨时，其感情世界不正像那一种丝网交织、紊乱难理般的状态？这心头的千千万万个“结”，既由往日的柔情蜜意（情丝如缕）所凝集而成，却又展示着今日相思之苦的郁结难解。所以，这个“心有千千结”的妙喻，不仅是张先个人悲剧性恋情体验的艺术结晶，同时又为无数陷于“爱”的烦恼之中的读者描摹和代言了他们共同的心态，这就难怪台湾女作家琼瑶要用它来为自己那哀感顽艳的小说作题目了。

以上所见的，都是男性词人所写的相思词。但是，相思通常是双方面的事；而且比较起来，由于生活空间的狭窄和心理气质的柔弱，女性一旦坠入相思的情网之后，其苦恼也就越发深浓和难解。所以我们就有必要再来介绍几位“知识女性”所写的相思词。请先读魏夫人的《阮郎归》：

落花飞絮，杳杳天涯人甚处？欲寄相思，春尽衡阳雁渐稀。　　离肠泪眼，肠断泪痕流不断。明月西楼，一曲阑干一倍愁。

魏夫人是宰相曾布之妻，她是北宋颇有名声的才女（朱熹曾说：“本朝妇人能文，只有李易安与魏夫人。”①）。这首词篇作于暮春季节。面对着纷纷扬扬的落花飞絮，女主角的相思之情随风而起。可是北雁南飞、春光将尽，她所思念的人却杳无影踪，于是满腔的愁怨只能变成满腔的泪水，浸透了这首伤心词篇的字里行间。无论从词心来看，还是从词境来看，本词都体现着浓厚的女性色彩。

不过，若论艺术水平，魏夫人毕竟比不上李清照。拿相思词来说，后者的《一剪梅》可谓此中的杰作，其词曰：

红藕香残玉簟秋。轻解罗裳，独上兰舟。云中谁寄锦书来？雁字回时，月满西楼。　　花自飘零水自流。一种相思，两处闲愁。此情无计可消除，才下眉头，却上心头。

且不说其感情的细腻真挚和意象的优雅美丽，只消把它轻轻吟诵几遍，就会获得一种行云流水般的特殊美感。所以李清照简直是不可企及的，她的妙处一在于

① 黎靖德：《朱子语类》，中华书局，1986 年，第 3332 页。

能用自己那颗多愁善感的慧心去深切地感受人生,二更在于她能用雅俗共赏的优美文笔将其感情体验加以“诗化”。所以,我们在李清照词中读到的相思之情,便是一种像诗一样美丽的人间真情。这儿,且让我们再读她的一首《蝶恋花》:

> 暖雨晴风初破冻。柳眼梅腮,已觉春心动。酒意诗情谁与共?泪融残粉花钿重。　　乍试夹衫金缕缝。山枕斜攲,枕损钗头凤。独抱浓愁无好梦,夜阑犹剪灯花弄。

这首小词,写出了一位闺中少妇微妙的心理变化,也写出了一种普遍的人生经验,读来沁人心脾、回味无穷。词从天气的变暖写起,起句“暖雨晴风初破冻”只是平平写来,貌不惊人。但紧随而来的“柳眼梅腮,已觉春心动”,却是“用浅俗之语,发清新之思”①的佳句。它在拟人化的写景之中,巧妙地展示了词人内心的感情波动,使人联想到唐诗中的名句“忽见陌头杨柳色,悔教夫婿觅封侯”。试想:大地已经回春,那微绽如眼的柳叶和红艳如腮的梅瓣既已显示了大自然的“春心”萌动,那么向来就敏锐善感的女词人受此激惹和感召,怎会不加快其芳心的怦然跳动?所以这两句堪称“易安奇句”的词句,就非常自然贴切地(却又一语双关地)写出了词人在不经意中触景生情的心理变化,看似妙手偶得,实是匠心独运。而“春心”既已萌动,则就再也无法强使它复归平静,于是下文就以自我画像的方法层层逼近地描写其相思缠身的愁容苦貌。你看她:先是“泪融残粉花钿重”,眼泪流淌得满脸粉融脂残;后来强打起精神去“乍试夹衫金缕缝”,但叹了几口气又无精打采地重将身躯斜靠在牙床上,不意又使枕头弄损了发髻上的钗头凤;最后,无聊和无奈之极,只能自个儿在人静烛暗之际,剪着灯花消遣此漫漫长夜。这一系列的自我画像,就把她内心所盛满的相思愁情形象化地端现在读者面前。掩卷凝思,我们仿佛如见一位美丽的少妇正被相思离愁折磨得坐卧不安、茶饭不思……而在封建时代的寒夜中,像她这样“独抱浓愁无好梦”的伤心和痴心女子,真不知还有几多!

所以,在宋代众多的恋情词中,真正具有“真、善、美”品格的作品,还应数到离情词和相思词(以及下文要谈的悼亡词)。这里,词人已将往昔游戏人生、逢场作戏的态度收敛了起来,而把一腔发自深心的真情和盘托出;这里,又使词人远离了肉欲、物欲等庸俗意念,而让自己心地中真纯善良的一面凸显出来;这里,更是一片充满着诗情画意的美丽文学天地:景美,情美,人物美……所有的烦恼

① 彭孙遹:《金粟词话》,唐圭璋编《词话丛编》,中华书局,1986年,第721页。

和伤心都被转化成为充满悲剧意味的美感，使人欣赏它们时不仅心碎，而且为之心醉。不妨读一读秦少游的离情词吧：

倚危亭，恨如芳草，萋萋刬尽还生。念柳外青骢别后。水边红袂分时，怆然暗惊。无端天与娉婷，夜月一帘幽梦，春风十里柔情。怎奈向、欢娱渐随流水，素弦声断，翠绡香减，那堪片片飞花弄晚，蒙蒙残雨弄晴。正销凝，黄鹂又啼数声。（《八六子》）

从“一帘幽梦”的温馨，到“红袂分时”的难堪，再到别后“恨如芳草，萋萋刬尽还生”的怨嗟，词人感情生活中的这番曲折体验，几乎是每一位有过相似经历的人们所共同跋涉过的心路历程。因此，读它就等于是在翻开自身记忆的老账簿，使那尘封已久的旧情重新复活，从而产生鲜活的感情共鸣和获得醇香的审美享受。再请欣赏李之仪的《卜算子》：

我住长江头，君住长江尾。日日思君不见君，共饮长江水。　　此水几时休？此恨何时已？但愿君心似我心，定不负相思意。

在中华民族发展的历史长河中，唐宋人身居上游，而当代人与未来的读者则居于下游，但因他们共饮着黄河长江之水而长大，所以他们的恋情心理就定会“君心似我心”地永远相似下去。由此可证，唐宋词中的恋情词篇在时间上虽已“过时”，但其精神感召力和艺术感染力却是经久而不衰的。

四、抚今追昔、长歌当哭的悼亡词

在宋代恋情词中，感情最为沉痛也最为真挚的作品，应该首推悼亡词。“悼亡”者，追悼亡者也。从广义上说，只要是悼念亡故者的作品均属“伤悼文学”的范围。但是本文要谈的悼亡词却意有所偏，即专指有过婚姻或恋爱关系的男女为已亡的一方所写的追悼词篇。具体来讲，它们包括男子为其亡妻、亡妾甚或有过恋情而已经死亡的其他女性所写的悼念词篇，也包括女子为其亡夫（及其他已亡的恋人）所写的词篇。其得名之缘起，来自晋代潘岳悼念亡妻所写的《悼亡诗》，而范围则有所扩展。由此看来，此类悼亡词的感情基础乃是男女之间往昔的一段情缘，故可视为恋情词中的一个特殊品种。

男女恋情本是人类感情中“热度”最高的一种感情，而死亡则是人世间最令人心寒的事件。因此，恋人中的一方一旦死亡，生者的心灵怎会不产生痛苦的震颤？就像发烫的燃烧物掉入冰水那样，词人经历了这“热”与“冷”的剧烈冲突，就必然会使其悼亡词中充满了抚今追昔、忧患人生的心声。

说起宋代的悼亡词，人们往往首先会想到苏轼的那首《江城子》（“十年生死两茫茫”）。不过我们这里却要从皇帝谈起。这是因为，皇帝在人们心目中向来是位尊贵威严、不苟言笑的人物，再加上他们拥有三宫六院的成群妃嫔，恋情不可能专一，因此很难想象他们会像常人一样写出深情邈绵的悼亡词来。但我们在《全宋词》中，却颇有些意外地发现了宋徽宗为其“明节皇后”所写的悼亡词。其调名为《醉落魄》，题目曰“预赏景龙门，追悼明节皇后”。全文如下：

无言哽咽，看灯记得年时节。行行指月行行说：愿月常圆，休要暂时缺。　　今年华市灯罗列，好灯争奈人心别。人前不敢分明说。不忍抬头，羞见旧时月。

这位明节皇后姓刘，实非正式的皇后。她本是酒保的女儿，入宫后靠着“天资警悟，解迎意合旨”而大得徽宗的宠幸，被封为安妃。她在 34 岁时病故，徽宗为之十分悲痛，竟不顾传统礼法硬是将她越规追封为“明节皇后”。安葬之后，群妃前去吊唁，徽宗竟与她们相对啜泣，可见对其眷念之深①。另据钱世昭《钱氏私志》记载，她死前特地写下遗嘱，放在领巾之上，要皇上亲自取阅。道士林灵素为了奉迎圣意，还造出一则神话，说她本是九华山上的仙妃，仙逝之后次年，还曾在巫山出现。徽宗闻言，越发感念。故从以上情况看来，风流成性的宋徽宗与这位明节皇后之间，倒确实有过一段很深的恋情。因此上面这首悼亡词中所写的内容、甚至是他们之间的“私房话”，确是真实可信的。词从看灯写起，又以看灯结束，中间追忆了当年与刘妃元宵之夜共同赏月观灯的一段往事——他们手携着手，一边抬头望月，一边细声祝愿：但愿花好月圆，永不分离。这情景不禁让人想起了《长恨歌》中唐明皇与杨贵妃之间的对天立誓。但是，“人有悲欢离合，月有阴晴圆缺，此事古难全”。转眼之间，斯人长逝矣，只剩下自个儿今日独自赏灯，因此只能“无言哽咽”，竟不敢把那昔日的恩爱情景和今夜的凄凉情怀向人诉说，甚至不忍抬头再望那旧时曾普照过两人的圆月！这般情景，又使我们联想到欧阳修的相似经历：

去年元夜时，花市灯如昼。月上柳梢头，人约黄昏后。　　今年元夜时，月与灯依旧。不见去年人，泪湿春衫袖。（《生查子》）

由此看来，若是剥去一身龙袍，皇帝的本来面目实与普通人相差无几，他们也是有血有肉、有情有欲的凡人。故而尽管贵为人主，他们却照样难以逃脱生离死别

① 脱脱，等：《宋史》卷二四三，中华书局，1977 年，第 8644 页。

对其感情世界的冲击,同样会饱尝悼亡的深痛巨悲。

说过皇帝之后,再让我们来看一般的士大夫文人。这就当然应该首先谈到苏轼的《江城子·乙卯正月二十日夜记梦》:

> 十年生死两茫茫!不思量,自难忘。千里孤坟,无处话凄凉。纵使相逢应不识,尘满面,鬓如霜。　　夜来幽梦忽还乡。小轩窗,正梳妆。相顾无言,惟有泪千行。料得年年肠断处,明月夜,短松冈。

此词以记梦的方式,写出了一段人间的至情,确实感人肺腑。词中所悼念的乃是词人的前妻王弗。王弗比苏轼小三岁,16岁那年与苏成婚,两人恩爱情深;可惜红颜薄命,她于27岁就年轻殂谢,只给苏轼留下了一个年方七岁的孩子。遭此打击,苏轼内心的沉痛自然可以想见。当时父亲苏洵曾对他说:"妇从汝于艰难,不可忘也。"这话被苏轼牢牢地铭记在心中。现今,事过十年,奔波于仕途中的词人也已人到中年,加上政治上的不甚得意和烦冗事务的困缠,竟已变得"尘满面,鬓如霜"般早衰,这就哪能朝朝暮暮都把亡妻记挂在心头?但是,在他的潜意识中,王弗的身影却从未真正被淡忘过。因此在乙卯(1075年,作者39岁)正月二十日的夜间,一场幽梦终于成全了他们的重聚,于是就诞生了这篇传诵千古的悼亡名作。词是梦醒之后写的,上片先追叙自己自王弗死后因阴阳阻隔而引起的苦闷。起句"十年生死两茫茫",既凝聚了他对亡妻想要倾诉的千言万语和满腔柔情,又表现了面对生死界河而无法与之相晤的无奈与沉痛,具有很强的感染力和震撼力。那么在这生死茫茫两不知的十年中,词人的心理状态又是如何样呢?"不思量,自难忘",这两句朴素得近乎口语的词句可谓辞短情长,真实而又深刻地剖露了作者的心迹:对她是既不做专门思量,却又未尝一日能忘。这是因为:身为世网中人,苏轼每天都要面对数不尽的冗事杂务,哪有心思整天去冥想长眠已久的亡妻;何况岁月的流逝也会日渐冲淡词人的记忆,所以这前一句"不思量"确是实话实说。但是,"草色遥看近却无"(韩愈《早春呈水部张十八员外》),正与这早春草色遥看"有"而近看却"无"相反,词人对亡妻的思念却又是在其显意识中似已消失而在其潜意识中仍顽强地存在着的。因此"自难忘"这后一句就用反跌的写法道出了他对王弗始终无法忘怀的深情。故这两句摇曳跌宕的短句,就既写出了词人这十年来的真实心态,同时也揭示了一种普遍的人生经验——拿更加通俗的话来说,就是:平日里哪有工夫专门去思量,但在心底里却教人如何一日不想她?而在上面这三句直抒胸臆的抒情之后,词人就进一步放笔畅诉其内心的苦闷:逝者已矣,生者与死者之间不仅遥隔着千山万水,更有一座坟墓横亘在当中,这就如何能插翅飞到她身旁,使其重回人间来倾听我满腹的辛酸凄凉?而即使生死可以沟通,夫妇仍能奇迹般重逢,但现今站在她面前的已不再是当年风华正茂的丈夫,却是一位形容憔悴、几近陌生人的中年男子。此情此景,又何可言说?由此看来,死者倒是相对幸运的,唯有我这生者的痛苦滋味却是万分难熬。但是,就在这沉痛已极的时候,一场幽梦却来“救驾”了。于是,下片的开头三句就使词人心头的阴霾暂时拂开,也使读者眼前展现了一片亮色:“夜来幽梦忽还乡。小轩窗,正梳妆。”驾着梦云,词人终于飞回了朝思暮想的故乡,依偎在阔别十年的爱妻身旁。此时,凸现在读者眼前的,就是一幅最能表现闺房之乐同时又显得十分素雅的画面:小轩窗下,看妻梳妆。对于这幅画面之最能表现闺房之乐,我们可引龚自珍的《浪淘沙·书愿》作为“注脚”。其下片曰:“镜槛与香篝,雅淡温柔。替侬好好上帘钩。湖水湖风凉不管,看汝梳头。”他把观赏心爱的人在帘下梳头视作平生夙愿之一,由此而表现自己的温柔心性和夫妻情爱。而这种写法,或许就受到过苏轼上述两句的启示。但这两句却又是下笔十分雅洁和澈净的句子,它不落花间词人大写枕衾之欢的俗套,也摒弃了柳永词中所常见的色情描写,这就反映出苏轼的生活情趣和审美情趣远比他们来得健康和高雅。不过,即便是在梦中,苏轼的欢乐却也是极为有限的。“相顾无言,惟有泪千行”,这就立即切换了画面,让灰黯替代了亮色,让无言而泣的悲哀驱走了刚才暂时出现的片刻幸福。写到这里,梦也戛然而止,词人重又回到凄凉的现实之中:“料得年年肠断处,明月夜,短松冈。”作者遥想长眠于地下的爱妻还将在自己作古之前孤身独栖于月夜荒坟,度过年复一年、日复一日的漫漫长夜,这无论对死者还是生者,都会是怎样一种摧肝断肠的煎熬与折磨!所以总起来说,这首悼亡词借助于梦境中所闪现的片刻欢乐,重温了他与前妻的恩爱恋情,却又“冰山一角”地展现了他心底悼念亡妻的巨大悲哀和自感人生寂寥的凄凉情怀,给人以极强的艺术感染力。尤其对于那些有过丧妻遭遇的读者来说,读这首词时极会产生长歌当哭的动人效果。

堪与苏轼《江城子》相提并论,同称宋代悼亡词之“双璧”的,则是贺铸的《半死桐》(又名《思越人》,实即《鹧鸪天》):

> 重过阊门万事非,同来何事不同归?梧桐半死清霜后,头白鸳鸯失伴飞。　　原上草,露初晞。旧栖新垅两依依。空床卧听南窗雨,谁复挑灯夜补衣。

这首词和苏词有所不同的是:第一,贺词写的是老年丧偶之恸——比起苏轼青年亡妻后又续弦来说,贺铸的处境就更可怜和糟糕。所以词中“梧桐半死清霜后,头白鸳鸯失伴死”两句,就更显得酸楚(前一句以经过霜打后的半死梧桐比喻自身的垂垂老矣,后一句用原本双栖的鸳鸯现今头白却失伴孤飞来比喻晚年的单栖),令人几乎不能卒读。第二,贺词不写当年夫妻之间是如何的卿卿我我、恩爱甜蜜(相对而言,苏词中的“小轩窗,正梳妆”还有“艳”的意味),却只挑出一个妻子为我“挑灯夜补衣”的小事来写,这就更加接近于日常生活和更加富有人情味。而两词相同的地方则是:感情全从深心中流泻而出,毫不伪饰,毫不作假,纯以感情本身的真挚和沉厚来打动读者的心。如开头两句“重过阊门万事非,同来何事不同归”就是情到至深处的“痴语”。词人与其赵氏夫人昔年同居于苏州阊门。而今赵氏已亡,在送她入土之后词人独自回家,举目所及,物是而人非,这就引发了这两句无人可以回答的问句。试想,赵夫人若地下有灵,又何尝不想随词人同归?但天命使然,由不得人,所以任谁都回答不了这个痴情的问题。但从这种“无理”而有情的痴语中,人们却能充分感受词人心中那撕肝裂肺的悲恸。又如结尾两句:“空床卧听南窗雨,谁复挑灯夜补衣。”一灯如豆,夜雨叩窗,一位头白鬓霜的老人此际正在空床上辗转反侧——他的脑海中除开老妻当年为他佝偻着身子专心补衣的形象之外,其余竟全然一片空白!俗语说得对:“少年苦,不算苦;老来苦,真正苦。”贺铸的悼亡词中,正就充满着这种“老来苦”的泪水和苦汁,它令平时不轻易动情的读者都会为之而心酸。所以,贺词之可贵就尤其在于它写出了一段糟糠夫妻或贫贱夫妻相濡以沫的人间真情,以及他们无法白头偕老的终生缺憾,这在整个宋词中都是仅见的。

另外,晚宋词人刘克庄有两首悼念亡妻林氏夫人的《风入松 · 福清道中作》也应被提到:

> 橐泉梦断夜初长,别馆凄凉。细思二十年前事,叹人琴、已矣俱亡!改尽潘郎鬓发,消残荀令衣香。　　多年布被冷如霜,到处同床。箫声一去无消息,但回首、天海茫茫。旧日风烟草树,而今总断人肠。(其一)
>
> 归鞍尚欲小徘徊,逆境难排。人言酒是消忧物,奈病余、孤负金罍。萧瑟捣衣时候,凄凉鼓缶情怀。　　远林摇落晚风哀,野店犹开。多情惟是灯前影,伴此翁、同去同来。逆旅主人相问,今回老似前回。(其二)

夫人林氏与刘克庄共同生活了19年。词人在为她撰写的《亡室墓志铭》中这样记述他们患难与共的往事:“余宦不遂,江湖岭海,行路万里,君不以远近必俱。尝覆舟嵩滩,十口从死获生,告身橐装,漂失且尽。余方窘挠,君夷然如平时。又尝泛漓江,柁折舟漩,危在瞬息,君亦无怖容。余贫居之日多,君节缩营薪水,未尝叹不足。即有禄米,君奉养服用,一不改旧……”①从中可知,林氏真是一位难得的贤妻良母,不仅平日能相夫教子、勤俭持家,而且意志坚毅,在丈夫最困难的时候曾多次给他以精神力量的支持。可是,这一位贤夫人却在随夫宦游途中染病身亡(时年39岁),而词人本人又在次年被罢官。念此,怎能不悲从中来?不过,刘克庄的这两首悼亡词并不像一般人的悼亡词那样,以情调的缠绵凄婉见长,而是以其感慨之深和词风之“老”(苍凉老成)为特色。这显然与作者的身世遭遇和思想性格有着密切关联。

说过男子为亡妻所写的悼亡词,我们再来读一些女子为其亡夫所写的悼亡词。在旧时代,丧夫的女性通常自称为“未亡人”,这一则含有夫死后妇当随之而去的封建思想色彩,另一方面也表现了她们对于亡夫的痛悼之情。所以,同样是抒发人间最伤痛的丧侣之悲,出自寡妻或“未亡人”笔下的悼亡词,就另又带有女性文学的哀婉特色,显得格外的缠绵悱恻、悲凄欲绝。对此,首先又该提到李清照。这位才女本来拥有一个幸福的家庭,她和丈夫赵明诚堪称志趣相投、伉俪情深的一对。这在她晚年所写的《金石录后序》中有过详尽细致的记述和描写。可惜他们的美满姻缘,后来却被靖康之变的战乱所破坏。赵明诚在逃难中匆忙赴任,结果急病身亡,只剩下李清照一人孤身在江南漂泊。因此她所写的悼亡词,除开悼念亡夫之情外,且又表现了她“泣孤舟之嫠妇”的身世飘零之感。如她曾写过一首咏梅花的小词,其下片中就明显寄寓着悼亡之情和身世之感。此词全文如下:

> 藤床纸帐朝眠起,说不尽、无佳思。沉香断续玉炉寒,伴我情怀如水。笛里三弄,梅心惊破,多少春情意。　　小风疏雨萧萧地,又催下、千行泪。吹箫人去玉楼空,肠断与谁同倚?一枝折得,人间天上,没个人堪寄。(《孤雁儿》)

词人在上片中刚刚写到自己被《梅花三弄》的笛声逗引起游春赏梅的意绪,下片却马上由天气的由晴变雨而感发了悼念亡夫的情怀。她在这里,运用了一个“吹箫”的典故(秦穆公之女弄玉喜欢吹箫,后与善吹箫的萧史结婚。萧史每日教她吹箫,作凤鸣之声,引得凤凰入楼。几年之后,两人随凤凰飞去。事见《列仙传》卷上),却反其意而抒情:“吹箫人去玉楼空,肠断与谁同倚?”这就是说,明诚既逝,人去楼空,纵有梅花好景,又有谁与我倚栏同赏呢?而结语“一枝折

① 刘克庄:《后村先生大全集》卷一四八,《四部丛刊初编》本,上海书店出版社,1989年,第16页。

得，人间天上，没个人堪寄”，又暗用陆凯赠梅给范晔的故事，表现了天上人间难觅知己的茫然凄感。所以，尽管李清照没有郑重其事地写过悼亡词，或者说她词中没有正式标明过“悼亡”的题目，但因其思念亡夫之情久久郁积于胸，因此只要有机会，便会像水银泻地般流注到她的各类词中。例如，下面这些词句：

感月吟风多少事，如今老去无成。谁怜憔悴更凋零？试灯无意思，踏雪没心情。（《临江仙》下片）

年年雪里，常插梅花醉。挼尽梅花无好意，赢得满衣清泪。

今年海角天涯，萧萧两鬓生华。看取晚来风势，故应难看梅花。（《清平乐》）

风住尘香花已尽，日晚倦梳头。物是人非事事休，欲语泪先流。（《武陵春》上片）

粗略看来，它们所写仅是女词人在独处生活中的某些心情片段，但往其深处看，特别当我们了解了下面这些“背景材料”之后，那么对于这些词句所隐含的悼亡之情，即可一目了然。比如“踏雪”：据周辉《清波杂志》卷八记载，赵明诚任江宁知府时李清照每逢天下大雪，即顶笠披蓑，循城赏雪，得到佳篇之后即邀丈夫唱和，弄得明诚颇以为苦①。这就证明当初这夫妻两人经常同在雪夜作诗联句。又如“试灯”：李清照另有《永遇乐》提及：“中州盛日，闺门多暇，记得偏重三五。铺翠冠儿，捻金雪柳，簇带争济楚。”这又表明以往（南渡之前）逢到元宵佳节，李清照经常会穿戴整齐地出门赏灯，其中自然少不了由丈夫做伴。因此，无论是踏雪赏梅，还是元夜赏灯，在以往的日子里，李清照的身旁经常都伴随着丈夫赵明诚的身影。可是，时过境迁，斯人已逝，现今虽然梅花依旧盛开、灯儿照样通明，词人的心情却非旧时可比。缘此，触景伤情和感物怀人，就成了南渡以后李清照的恒常心态。她经常会无意识地坠入沉思和迷惘之中，“寻寻觅觅，冷冷清清，凄凄惨惨戚戚”（《声声慢》），在那种难以言说的孤独凄凉的精神状态中作感情的自我挣扎。而归根到底，形成上述精神状态的本源即是那悼亡之情与身世之感。对于这点，其《金石录后序》结尾时的两段话就有相当清楚的表白：“今日忽阅此书，如见故人……今手泽如新，而墓木已拱，悲夫！”“呜呼！余自少陆机作赋之二年，至过蘧伯玉知非之两岁（按：指18岁到52岁间），三十四年之间，忧患得失，何其多也！”②由此看来，李清照在南渡以后所写的许多词篇，尽管

① 周辉：《清波杂志》，中华书局，1994年，第333页。

② 赵明诚、李清照：《金石录》，广西师范大学出版社，2005年，第563页。

其题目和构思各有不同,但人们却大致都能从中品咂出或浓或淡,或显或隐的“悼亡”滋味来。而这也并不令人奇怪:“百年修得同船渡,千年修得共枕眠。”能与丈夫同舟共济,对于李清照来说,实在是太重要了。而如今“船已翻”,人已亡,但这家庭巨变之悲剧的苦果却要由她一人来独自吞咽,这就怎能不使其词中出现像“只恐双溪舴艋舟,载不动,许多愁”(《武陵春》)之类的频频叹息呢?

南宋另有一位女词人孙道绚,三十丧夫,终生守寡,她也写过一首《醉思仙·寓居妙湛悼亡作此》的词篇。词曰:

> 晚霞红,看山迷暮霭,烟暗孤松。动翩翩风袂,轻若惊鸿。心似鉴,鬓如云,弄清影,月明中。谩悲凉,岁冉冉,蕣华潜改衰容。　　前事销凝久,十年光景匆匆。念云轩一梦,回首春空。彩凤远,玉箫寒,夜悄悄,恨无穷。叹黄尘久埋玉,断肠挥泪东风。

词尾用了“埋玉”的典故(《世说新语·伤逝》篇曰:“庾文康亡,何扬州临葬,云:‘埋玉树箸土中,使人情何能已已!’”①后省略为“埋玉”的典故,多用于悼念少年又有才华而去世的人),这说明她那久已沉埋黄尘之下的丈夫本是一位很有才华的人,可惜其寿短命促,致使孙道绚青年守寡,寓居尼姑庵中。全词仅用一句“云轩一梦”(类似苏轼之“小轩窗,正梳妆”词意)来追忆当年的恋情生活,而用大量篇幅来写“彩凤远,玉箫寒(见前引萧史与弄玉的典故),夜悄悄,恨无穷”的悼亡之情,以及自己顾影自怜的伤感,虽然“抚今”的比重远远大于“追昔”,但读者仍能从中追踪和想象出他们以往的温馨恋情。因此,对于封建社会的闺阁女性来讲,爱情和家庭,几乎就是她们的全部“事业”。一旦失去丈夫,她们就失去了精神支撑和生命期望。孙道绚之遁入空门(自号“冲虚居士”)就是一例。

相对来说,悼念亡妻或亡夫的词,因其出于人伦之情和符合于礼法,所以它们所抒写的悼亡之情,通常是比较严肃、纯真,甚至称得上是崇高的。由于夫妇之间共同生活过一段时间,他们相亲而又相助,患难与共,休戚相关,因此当生者提笔为死者写悼词时,心头自会涌起一种感激、感叹而又肃穆的情感。故而读者品味此类悼亡词时,往往较少注目于其中的恋情意味而更多咀嚼出“贫贱夫妻百事哀”(元稹《遣悲怀》)的苦涩人生况味。而在下面这一类男子悼念其亡姬、亡妾或已亡的青楼恋人之词中,则恋人虽已香消玉殒,但她们所残留的脂粉气息却仍不时会散发出余香遗芳来,所以我们读这类词时就往往会产生与读前一类词有所微妙差异的感觉。下面,先让我们来读高观国所写的两首吊唁青楼歌女

① 刘义庆:《世说新语》,刘孝标注,上海古籍出版社,1982年,第340页。

的词：

浅晕修蛾，脆痕红粉，犹记窥户。香断帘空，尘生砌冷，谁唤青鸾舞？春风花信，秋宵月约，历历此心曾许。衔芳恨，千年怨结，玉骨未应成土。　　木兰艇子，莫愁何在？谩系寒江烟树。事逐云沉，情随佩冷，短梦分古今。一杯遥夜，孤光难晓，多少碎人肠处。空凄黯、西风细雨，尽吹泪去。（《永遇乐》）

歌音凄怨，是几度诉春，春都不管。感绿惊红，颦烟啼月，长是为春消黯。玉骨瘦无一把，粉泪愁多千点。可怜损，任尘侵粉蠹，舞裙歌扇。　　转盼，尘梦断。峡里云归，空想春风面。燕子楼空，玉台妆冷，湖外翠峰眉浅。绮陌断魂名在，宝箧返魂香远。此情苦，问落花流水，何时重见？（《喜迁莺》）

前一首词吊唁的对象是位年轻的青楼女子（“犹记窥户”中的“窥户”，意出周邦彦《瑞龙吟》“因念个人痴小，乍窥门户”之句，指她年少天真，爱在门缝中窥看客人）。它一上来就刻意描写她的美丽容貌和精心妆扮，带有着很浓的脂粉气息。后文再大段抒写词人对她“玉骨成土”的深切哀悼，其怜香惜玉之情溢于言表。后一首词也不忘记写那已亡女子生前的玉骨、粉泪和舞裙歌扇，其意念中依旧强烈地闪现出当年恋情的香艳色泽。所以这两首词所凭吊的青楼女子，人虽已亡，其“魂”却仍在词人笔下散发出缕缕余香来（后一首词中明确写道：“绮陌断魂名在，宝箧返魂香远。”即可证明）。由此看来，这类吊唁青楼歌女的悼亡词，一方面包含着作者对她们的同情和哀悼，另一方面则更可看做词人是在为自己以往的恋情大唱挽歌，其抒情的重心实在于己而不在于彼（指女方）。而若进一步揭开这两首词的谜底——它们一是“次韵吊青楼”，一是“代人吊西湖歌者”，这两个题目就交代了它们乃是应酬和游戏之作——那么人们就更有理由怀疑其中所抒发的悼亡之词是否真实和真诚了。故从上面的情况来看，某些宋代词人为青楼歌妓所写的悼亡词，很有些“为文而造情”的嫌疑。

不过，对于亡妾或曾经与之有过恋情的其他已亡女性怀有深情的宋代词人，还是大有人在的。这是因为，小妾或青楼女子虽然身份低微，但她们毕竟也是人，何况她们生前曾与词人产生过一段炽烈难忘的恋情，因此凡有良心和爱心的男人，在为她们所写的悼亡词中，就势必会流泻出沉挚的感情来。对此，且录几首如下：

一是刘弇所作的《清平乐》。据《苕溪渔隐丛话》后集卷四〇引《复斋漫录》曰：刘弇既丧爱妾而不能忘，作《清平乐》词云：

东风依旧,着意隋堤柳。搓得鹅儿黄欲就,天气清明厮句。　　去年紫陌朱门,今朝雨魄云魂。断送一生憔悴,知他几个黄昏?

二是邓肃所写的《江城子》。词曰:

酒阑携手过回廊,夜初凉,月如霜。笑问木樨,何日吐天香?待插一枝归斗帐,和云雨,殢襄王。如今满目雨新黄,绕高堂,自芬芳。不见堂中,携手旧鸳鸯。已对秋光成感慨,更夜永,漏声长。

三是刘壎所写的《湘灵瑟·故妓周懿葬桥南》和《柳梢青·哀二歌者,邓元实同赋》。前者曰:

酸风冷冷,哀笳吹几声。碎雨冥冥,泣瑶英。　　花心路,芙蓉城,相思几回魂惊,肠断坟草青。

后者曰:

青鸟西沉,彩鸾北去,月冷河桥。梦事荒凉,垂杨暗老,几度魂消。云边音信迢迢,把楚些、凭谁为招?万叠清愁,西风横笛,吹落寒潮。

应该承认,上面这些悼亡词就确实写得情真意深。词人触景伤情,抚今追昔,心头充溢着一种物是人非的"销魂"感受,而并不因为他们所悼念的对象只是小妾或歌妓而带有游戏或狎玩的意味。

当然,在众多悼念亡妾或青楼歌女的词中,写得最是一往情深、凄婉欲绝的作品,那就应该数到吴文英的《梦窗词》了。吴文英,字君特,号梦窗,是南宋后期的著名词人。他一生没有做官,只能以"高级清客"的身份出入于达官门下,并在苏、杭一带做过幕客,因此生平很不得意。根据夏承焘先生考证,他曾先后娶过两妾:一在杭州所娶,可称"杭妾";一在苏州所娶,可称"苏妾"。其中的这位杭妾,词人最初与她相会于春季的西子湖畔。后来她不幸身亡(很可能是落水而亡),梦窗很感伤悼,于是写下了许多绮丽怨悱的悼亡词篇①。这里,请先读他的《绛都春》词:

南楼坠燕。又灯晕夜凉,疏帘空卷。叶吹暮喧,花露晨晞秋光短。当时明月娉婷伴。怅客路、幽扃俱远。雾鬟依约,除非照影,镜空不见。　　别馆。秋娘乍识,似人处、最在双波凝盼。旧色旧香,闲雨闲云情终浅。丹青难画真真面?便只作、梅花频看。更愁花变梨霙,又随

① 夏承焘:《唐宋词人年谱》,古典文学出版社,1956年,第455页。

梦散。

词前有一小序："燕亡久矣,京口适见似人,怅怨有感。"也就是说,杭妾早已亡故("燕"即"莺莺燕燕"的"燕",指那歌妓),此次在京口(今镇江)偶尔见到一位与她长得相似的女子,因此激起了满腹惆怅,于是提笔写下了此词。词的上片集中写他对亡妾的悼念。开头"南楼坠燕"四字,即点明其人已"坠"(身亡)。接下来就写自己在灯昏夜凉之际,卷帘盼她魂归的情状。此时晚风吹动树叶,发出阵阵喧响,而终不见伊人归来,这就引发出词人无限的联想。词人想到他们当年曾在明月下相依相偎,可而今却生死远隔,再无重见的机会——除非在想象的幻觉中,她或许能雾鬓依约地迎面走来,但这一切却毕竟只是水中之月和镜中之花!下片则改从京口所见的"似人"写起:她长得多么像我昔日的恋人,尤其是那双顾盼生情的眼睛!不过两人虽然相似,但若论感情之深,则眼前这种"闲雨闲云"的浅情却怎能跟以前与杭妾之间的旧情可比?但即使如此,不妨请一位丹青高手将这位京口"似人"的面容描画下来吧,聊以给我当做梅花一样频频观赏。而更令人深忧的则是:就是这位很像亡妾的姑娘,我与她恐也只是一面之缘,说不准转眼之间就会像梅花飘落、似雪般消逝!

如果说,上面这首词是因为生活中的偶发事件激发起词人感情的波澜而作的话,那么下面这些词句就更加反映了他时过境迁之后却依然无法忘情于那女子的一往情深:

> 危亭望极,草色天涯,叹鬓侵半苎。暗点检、离痕欢唾,尚染鲛绡;亸凤迷归,破鸾慵舞。殷勤待写,书中长恨,蓝霞辽海沉过雁。漫相思,弹入哀筝柱。伤心千里江南,怨曲重招,断魂在否?(《莺啼序》下片)
>
> 春梦人间须断。但怪得、当年梦缘能短!绣屋秦筝,傍海棠偏爱,夜深开宴。舞歇歌沉,花未减、红颜先变。伫久河桥欲去,斜阳泪满。(《三姝媚·过都城旧居有感》下片)
>
> 离骨渐尘桥下水,到头难灭景中情。两岸落花残酒醒,烟冷,人家垂柳未清明。(《定风波》下片)
>
> ……

从其中"离骨渐尘桥下水"来看,这位杭妾大概死于落水;从其中"花未减、红颜先变"和"当年梦缘能('如此'之意)短"来看,这位杭妾又是短命而亡;而再从"殷勤待写,书中长恨"及"伤心千里江南,怨曲重招,断魂在否"等语来看,则词人心中的绵绵长恨简直一天都未断过,他是多么企盼着能将其亡妾的断魂招回到自己的身边!故从上面这些充满幽怨的词中可以看出,吴文英实是一位有着爱情伤痕的词人。这种"伤痕",先是杭妾的死亡,后是苏妾的离去(对于后者,将在后文再谈)。短短一生而连遭两次爱情的创伤,吴文英所忍受的"爱"的烦恼和痛苦,可谓深重矣。而其中,又尤以前一种死别的创伤更加铭心刻骨,它使梦窗词中充溢着"事往花委,瘗玉埋香"(《莺啼序》)的浓重伤感,以及那种香消玉殒后所残留的脂粉气息,这就形成了它所特有的绮怨风格。

总之,悼亡词是生者与死者的"对话",是为了忘却却又无法忘却的纪念。它们所抒写的,乃是人世间最为沉痛和真挚的一段至情。在那类悼念亡妻或亡夫的词中,我们充分地感受了夫妇间相濡以沫、至亲至爱的深情;而在那类悼念亡妾或其他女性的词中,则又从死别的角度感受到了恋情的缠绵悱恻和难割难忘。

五、交织着恋情心理的伤春词与悲秋词

放目唐宋词苑,触处都可见到"佳人伤春"和"男士悲秋"的词篇,其数量之多和艺术水准之高,均足引起人的注意。照理来讲,"春秋多佳日,登高赋新诗"(陶渊明《移居》之二),春天与秋天本是一年四季中最令人感到愉悦的季节,那么为什么唐宋词中大凡写到这两季的作品却几乎都充满着哀伤的气氛?或者换句话说,在这本应是良辰美景、赏心悦目的大好时光中,词人们却为何大都染上了"忧郁症"?造成这种状况的原因,应该说是比较复杂的。例如,它与词人的生命意识和惜时心理密切有关。唐宋词人,本是一群十分多情的人群,而其情之所钟,则尤其在于关心自己的生命。因此,他们面对春秋代谢、花开花落的时序流转,必然会激发出浓厚深细的惜时心理。故而,既伤悼春光的逝去,又悲叹秋肃的降临,就自然成了他们咏叹的主题。又如,个人的失意也通常是他们伤春悲秋的重要原因。因为失意,从其哀伤颓唐的心境出发,则春秋的景色非但不复美好,反而成了惹愁引恨的触媒。老杜所谓"感时花溅泪,恨别鸟惊心"(《春望》)就显现了这一"以我观物,故物皆着我之色彩"①的道理。但是,除开以上原因,"爱"的受阻和"爱"的辐射,却也是导致词人大量创作伤春悲秋词的一个值得充分重视的心理因素。对此,花间词人孙光宪的四句词就是很好的证明。他说:"春病与春愁,何事年年有?半为枕前人,半为花间酒。"(《生查子》)这"半为枕前人"就明言其春病和春愁即有一半是因他所恋的枕上之人而引发的。所谓"爱"的受阻,是指恋情的受到挫折或阻隔。恋情本是男女双方之间的情事。或

① 王国维:《人间词话》,唐圭璋编《词话丛编》,中华书局,1986 年,第 4239 页。

因外力的干扰,或因地域的分隔,或因一方的变心,或因生死的永别……总之,由于种种原因,常会造成"爱"的受挫与受阻,这就势必会激惹起无穷的烦恼与痛苦。因此,词人面对春光与秋肃,便会酿生出触景伤情的哀感。所谓"爱"的辐射,是指恋爱者往往会由恋情而派生出对其他事物的爱心怜意,这在生活中也是常事。例如,人们祝愿花常开和月常圆,实际就是他们希冀"人常好"的心愿之自然延伸。而他们怜悯枯柳、孤雁、残月、衰草之类的心情,也往往是将关怀自身的爱心扩展到这些衰弱事物身上所造成的。所以,无论因"爱"的受阻,抑或因为"爱"的辐射,词人都会将他们的"怜香惜玉"之情移注到春景秋色上去,使这些伤春悲秋词中充满着沉甸甸的感情意蕴。而为说明伤春悲秋词的深层往往隐藏着恋情的内涵,不妨先读晏殊的二词:

> 一曲新词酒一杯,去年天气旧亭台,夕阳西下几时回? 无可奈何花落去,似曾相识燕归来,小园香径独徘徊。(《浣溪沙》)
>
> 数枝金菊对芙蓉,摇落意重重。不知多少幽怨,和露泣西风。人散后,月明中,夜寒浓。谢娘愁卧,潘令闲眠,心事无穷。(《诉衷情》)

前一首词是晏殊的代表作,其中表现了词人对于自然景物渐变的细致体察,以及他对生命悄悄流逝的某种忧惧,对此前文已有论析。这里,我们却想改换一个角度来看问题,此即:这首表现惜春和一定程度之伤春意绪的词篇,实又包含着一定的恋情意蕴;或者换句话说,词中表现的惜春和伤春意绪,其实也可以视为词人恋情心态的一种"外化"。此话怎样理解?我们不妨改从恋情的视角对其词境重进行诠释。我们知道,晏殊虽然身居高位,但他的婚姻生活却并不美满,甚至充满了不幸。他初娶李氏,后早逝;又娶孟氏,约在晏殊40岁左右亡故;再娶王氏,性非和顺,曾经瞒着晏殊将晏所宠爱的歌妓悍然逐出府中。因此,若对晏殊的某些词篇细作品赏,就能依稀感知其中隐藏着悼亡的意味。例如,在《木兰花》中,他说:"朝云聚散真无那,百岁相看能几个?"又在《红窗听》中说过:"此心终拟,觅鸾弦重续。"这都表明了他内心的丧偶之痛。所以若从这样的角度来读本词,则其中"无可奈何花落去"一句"词眼",就可理解为他对前妻逝亡的无可奈何而又伤心不已的哀悼和怨嗟。因此,当他持杯哼曲来到后花园,蓦然被眼前花落燕归的暮春景色撩拨起物是人非的惆怅之后,心情就骤变了:依旧面对与去年相似的好天气和旧亭台,可是在这条曾与她携手共步的小园香径之上,现今却只有我一人在此踱步徘徊了!此种悲感,从词尾"独徘徊"中的一个"独"字集中透露出来。而若我们另读他一首意境与此相似但词旨比较醒豁的《破阵子》，那么对于上面这首《浣溪沙》词所隐去的"本事"，就可能看得更加清晰了。《破阵子》词这样写道：

> 忆得去年今日，黄花已满东篱。曾与玉人临小槛，共折香英泛酒卮，长条插鬓垂。　　人貌不应迁换，珍丛又睹芳菲。重把一尊寻旧径，所惜光阴去似飞，风飘露冷时。

请看，虽然节令有所不同（一为春，一为秋），但同样是回忆去年，同样是手持酒杯（"泛酒卮"），同样是观赏花草，同样是漫步小径——可见本词所写，或即《浣溪沙》的"原型"，而后者则是对前者所做的一番"精加工"而已。因此我们细加演绎，就能从《浣溪沙》中的惜春、伤春意绪中找出词人恋情受挫的若干蛛丝马迹，从而推论其中隐伏着晏殊深藏在心头的悼亡之情和痛失情侣后的怅惘意绪。

至于后一首词，上片面对摇落欲尽的金菊和残荷抒写了作者的悲秋意绪，而下片则明显地表露了他"人散后""心事无穷"的失恋心情（从其中以"谢娘愁卧"与"潘令闲眠"对举来猜想，这番失恋或许是因某种外力的干扰所致），其悲秋意绪和失恋心情更是紧密捆绑在一起的——悲秋加深了失恋的烦恼，而失恋则又使词人变得越发的多愁善感和悲天悯人。由此出发，他就把自身所激发出的同情心与爱怜心进而向外界辐射，这就令那原本无情的菊花与芙蓉带有了女性的哀伤，显现出"和露泣西风"的愁苦模样。

由此看来，伤春和悲秋的意绪固然根植于词人的生命意识和惜时心理，也与他们的身世之感密切有关，但在很多时候却又直接交织或曲折反映着作者的恋情心理。这是因为，春天的逝去使人联想到青春（美好岁月）的逐渐消亡，秋气的摇落万物则又使人条件反射地联想到容貌的变衰，因此处在恋爱或失恋状态中的青年男女，就非常自然地会把内心的恋情意绪"寄托"给春花秋月，在那伤春悲秋的慨叹中或是表现自己的泛爱情怀（由爱人而泛爱世间一切可爱之物），或是表现自己因"爱"的受阻而导致的烦恼与痛苦。对此，只要查验一下宋词中的名篇，举凡抒写离别相思、闺怨失恋之情的词篇，就大都以春、秋两季作为背景，又大都与伤春悲秋的意绪结合着来写，这个事实就有力地说明了上述道理。例如，秦观词曰：

> 西城杨柳弄春柔。动离忧，泪难收。犹记多情，曾为系归舟。碧野朱桥当日事，人不见，水空流。　　韶华不为少年留。恨悠悠，几时休？飞絮落花时候、一登楼。便做春江都是泪，流不尽，许多愁。"（《江城子》）

词人在飞絮落花的季节中登楼，勾起了他对"碧野朱桥当日事"的回忆，最后弄得泪难收、恨悠悠，全身心地淹没在伤春更兼怀人的感情洪流之中而不能自拔。这就形象化地表现了“爱”的烦恼在落花飞絮的氛围中越发增浓加深和越显凄楚动人的情状。

下面，再让我们分别欣赏其他宋人的伤春词和悲秋词。伤春词可举吴文英的名篇作代表；悲秋，则以柳永所作为例证。现在请读吴文英二词：

> 听风听雨过清明，愁草瘗花铭。楼前绿暗分携路，一丝柳一寸柔情。料峭春寒中酒，交加晓梦啼莺。　　西园日日扫林亭，依旧赏新晴。黄蜂频扑秋千索，有当时纤手香凝。惆怅双鸳不到，幽阶一夜苔生。（《风入松》）
>
> 修竹凝妆，垂杨系马，凭阑浅画成图。山色谁题？楼前有雁斜书。东风紧送斜阳下，弄旧寒、晚酒醒余。自消凝，能几花前，顿老相如！　　伤春不在高楼上，在灯前敧枕，雨外熏炉。怕舣游船，临流可奈清臞？飞红若到西湖底，搅翠澜、总是愁鱼。莫重来，吹尽香绵，泪满平芜。（《高阳台·丰乐楼分韵得“如”字》）

前文已谈到，吴文英曾有两妾，一为杭妾，一为苏妾。而《风入松》所怀之人，就是他在苏州所娶的那位。他们曾共同居住在西园，后不知何种原因，她终于离吴而去。因此吴词中就屡次写及“西园”，如《风入松·桂》词中说：“暮烟疏雨西园路，误秋娘、浅约宫黄。”《浪淘沙》词中说：“往事一潸然，莫过西园。”它们就都提及了他与苏妾在此园中的往事。而本首《风入松》以西园为背景，抒写他伤春而兼“伤人”的伤感心情，则尤其显得深情邈绵。词情的发展经历两步：先从清明时节雨纷纷的情景写起，再写雨过天晴后的游赏园池，其间天气虽有变化，而词人却始终未曾摆脱苦闷的心情，及至最后竟陷入更深的悲凉之中。词的起首“听风听雨过清明，愁草瘗花铭”两句，先写他因风雨连绵而为落花撰写祭文（“瘗花铭”指葬花的铭文），点出了词人之伤春简直已达“化不开”的境地（所以要以写诗作词来做排遣）。而在下片“西园日日扫林亭，依旧赏新晴”之后，人们原以为他心头的阴霾大概也会随着天气的转好而被一扫而光，但结尾的“惆怅双鸳不到，幽阶一夜苔生”却又告诉读者：词人的感情仍旧挣扎不脱惆怅的状态。这就说明，在伤春的背后，始终存在着一个“怀人”或“伤（哀伤）人”的情结，正是这个情结，扰乱得他雨时烦恼、晴时却也并不平静。这个情结，首先在上片“楼前绿暗分携路，一丝柳、一寸柔情”三句中初露端倪：楼前这条长满绿茵的小径，不就是当年与她分手的旧地吗？因此见到路旁的每一株柳条，都会不由得忆起她如丝如缕的寸寸柔情。而在下片“黄蜂频扑秋千索，有当时纤手香凝”

两句中,这种怀人的情结和心态就更被表现得淋漓尽致(甚至显得十分痴迷):请看,明明是一群黄蜂无意识地绕着秋千索乱飞乱转,但在词人看来,它们却是有目的地在向它亲吻——这是因为,秋千索上至今还残留着那位去妾的手泽和余香!词人的这种联想,或许显得有点匪夷所思,但这正好说明其感情的诚挚执着简直抵达了近乎"变态"的境地。对此,前人就有揭示。如谭献评此两语为"是痴语,是深语"①,而陈洵则称它们"纯是痴望神理"②。这个"痴"字,就是对词人痴迷至极、接近"变态"的形象性描述。因此,此刻呈现在词人眼中的已不仅仅是黄蜂频扑的真实图景,而且更幻化出了昔日伊人"红粉墙头,秋千影里"(欧阳修《越溪春》)那无限优美甜蜜的身姿笑语。但这种因变态心理所导致的幻觉,却又是转眼即逝的,故而面对着"幽阶一夜苔生"的荒芜景象,词人马上又清醒过来:她的一双纤纤小脚,再也不会踏到这西园中来了。至此,他刚刚感到有些温热的心,旋即坠入了更加悲凉孤寂的惆怅之中。所以综观全词,实由两股意绪交织而成:一是伤春,二是怀人;伤春源于怀人,而怀人则更加增厚了伤春的悲哀气氛。两者相辅相成,便形成了此词既香艳却又哀怨的复合型艺术美感。

后一首《高阳台》词前有小序:"丰乐楼分韵得'如'字",恐是吴文英晚年重登杭州丰乐楼时所作。有人认为,此词寓有家国之感,这是有可能的。但像陈洵所作的分析:"'浅画成图',半壁偏安也;'山色谁题',无与托国者;'东风紧送',则危急极矣。凝妆驻马,依然欢会;酒醒人老,偏念旧寒;灯前雨外,不禁伤春矣。'愁鱼',殃及池鱼之意。'泪满平芜',城邑丘墟,高楼何有焉?故曰'伤春不在高楼上'。是吴词之极沉痛者。"③则未免有穿凿附会之嫌。照我们看来,此词的主旨仍是伤春而兼怀人。这是因为,它明明白白地写着:"伤春不在高楼上",而"在灯前攲枕,雨外熏炉"。这后两幅画面中,就隐嵌着一段旖旎的艳情:他与她曾在一灯下共枕而眠,又曾在雨声中对炉闻香,所以现今再逢雨夜孤灯的场合,怎能不勾起浓重的伤春而兼怀人的意绪?因此明白了这个主题思想之后再来剖析全词的意境,就会觉得其感情的表达具有一种越演越烈、越转越深的趋势。我们试观,开头时的作者,犹有"凭阑浅画成图,山色谁题"的闲情逸致;后来,由"东风紧送斜阳下,弄旧寒、晚酒醒余"的感受,便引发了他"能几花前,顿老相如"(生命无多,老境侵迫)的人生感伤;再后来,又由回忆旧时恋情而反弹出浓重的孤独感,因此怕临水照见自己清癯消瘦的面容;而到最后,竟发展

① 谭献:《谭评词辩》,龙榆生编选《唐宋名家词选》,上海古籍出版社,1980年,第289页。
② 陈洵:《海绡说词》,唐圭璋编《词话丛编》,中华书局,1986年,第4845页。
③ 同②,第4851页。

到愁情铺天塞地(想象湖底的游鱼也将为花落春去而愁闷不安),以至于“泪满平芜”,不能自已。所以归根到底,词人之所以如此伤心,其核心的原因则仍离不开其怀人的情结(当然还有他个人不得意的人生感慨)。

如果说,吴文英的伤春词中包含着他的恋情意绪还需我们稍加诠释始能“豁然开朗”的话,那么柳永在其悲秋词中直接倾吐其失恋心声的事实,就更加显得一目了然了。比如下面这两首词:

冻云黯淡天气,扁舟一叶,乘兴离江渚。渡万壑千岩,越溪深处。怒涛渐息,樵风乍起。更闻商旅相呼,片帆高举。泛画鹢、翩翩过南浦。　　望中酒旆闪闪,一簇烟村,数行霜树。残日下、渔人鸣榔归去。败荷零落,衰杨掩映,岸边两两三三、浣纱游女,避行客、含羞笑相语。　　到此因念:绣阁轻抛,浪萍难驻。叹后约、丁宁竟何据?惨离怀、空恨岁晚归期阻。凝泪眼、杳杳神京路,断鸿声远长天暮。(《夜半乐》)

一叶扁舟轻帆卷,暂泊楚江南岸。孤城暮角,引胡笳怨。水茫茫,平沙雁,旋惊散。烟敛寒林簇,画屏展。天际遥山小,黛眉浅。　　旧赏轻抛,到此成游宦。觉客程劳,年光晚。异乡风物,忍萧索,当愁眼?帝城赊,秦楼阻,旅魂乱。芳草连空阔,残照满。佳人无消息,断云远。(《迷神引》)

这两首词都写于作者漫游江南之时。他因科场失利和生计所迫,离开汴京到南方另谋出路,因此心情是相当黯然的。加之时逢深秋,这就越加引发了他的羁旅行役之感。所以他笔下的江南秋景,如“冻云黯淡”“孤城暮角”“数行霜树”“烟敛寒林簇”之类的描写,就无不带有着浓重的伤感色彩和悲凉气氛。但是,这两首词说来说去,其抒情的出发点和最终归宿却只是一个——舍不得与忘不了京城中那些曾与自己热恋过的佳人!请看前一首词中:词人开始时“乘兴离江渚”,尚有几分旅游的雅兴,所以游目骋怀,东张西望。但当他看到江边三三两两的浣纱姑娘正含笑相语时,蓦然就联想到远在京师的恋人,心头油然升起了失落感和漂泊感:“到此因念:绣阁轻抛,浪萍难驻。”是的,别人都有一个温馨的家在等待着他们回去,而自己却为何要轻抛绣阁、浪迹天涯呢?这莫非是命运有意在捉弄自己?更可叹的是:当初分手时,彼此曾千叮万嘱、订下后会之期,可现在看来却前途渺茫,归期难卜。想到这里,就只能悲从中来,转身把一双泪眼遥向汴京的方向久久凝望……后一首词,意境也大致相似。其“旧赏轻抛,到此成游宦”两句,与前词中的“绣阁轻抛,浪萍难驻”说的是一个意思;而“帝城赊(远也),秦楼阻,旅魂乱”与“佳人无消息,断云远”,则比前词中的“杳杳神京路”说得更为直率一些；甚至，就连这两首词中所写的景物（如：都是一叶扁舟，都是秋深日暮）也基本一致。这就说明，柳永的悲秋词，其感情内核，一方面是仕途不得意的所谓“宋玉悲感”（如其《玉蝴蝶》中曾说：“晚景萧疏，堪动宋玉悲凉。”），另一方面却又是“念两处风情，万重烟水”（《卜算子》），因离别而致的失恋情绪。而且，对于柳永这样一位时常视功名利禄为“名缰利锁”的特殊人物而言，这后一种感情所占的比重，或许还要胜过前者。对于这点，只消读一读他的悲秋名篇《戚氏》即可明白。其第二片和第三片中这样写道：“孤馆，度日如年。风露渐变，悄悄至更阑。长天净，绛河清浅，皓月婵娟。思绵绵。夜永对景，那堪屈指，暗想从前：未名未禄，绮陌红楼，往往经岁迁延。”“帝里风光好，当年少日，暮宴朝欢。况有狂朋怪侣，遇对酒当歌竞留连。别来迅景如梭，旧游似梦，烟水程何限！念利名憔悴常萦绊。追往事，空惨愁颜……”请看，他在异乡的孤馆中所苦苦追念的，主要只是他在未名未禄时与绮陌红楼的歌女们“暮宴朝欢”的恋情生活，以及他与那辈“狂朋怪侣”（志趣与一般读书人相异的朋友们）对酒当歌、偕妓冶游的放荡生活，而并不感叹于科场的失利和功名的未得（相反，还抱怨名利萦伴的使人憔悴）。因此说到底，正像张炎所说，柳永词往往“自批风抹月中来”①，这“风月”二字（喻男女情爱，如《红楼梦》第五回中说：“痴男怨女，风月债难酬。”）正就是柳词感情内涵的核心成分，当然也成了他悲秋词的主要抒情内容。

以上，我们以晏、秦、吴、柳等词人的伤春悲秋词为例，说明了宋代词苑中大量存在的伤春悲秋之作，其感情内核往往就是一颗“怜香惜玉”之爱心的道理。当然，这种情况并不概指所有的伤春悲秋词。例如，某些有所“比兴寄托”的伤春词和悲秋词，其所寓托的思想感情就并不局限于词人的儿女之情，而是包含着更加深广的社会内容。比如辛弃疾那首有名的《摸鱼儿》（“更能消几番风雨”），以及宋末刘辰翁以伤春为题材的许多作品，就抒发了深沉的政治感慨与家国之感。但这些作品，严格地讲，并不属于真正的伤春词或悲秋词，而只是借用伤春悲秋的写法婉曲地表达作者不便直说的某些政治情志而已。至若真正属于伤春悲秋的词篇，其情之深处，则大抵都包含着或浓或淡的恋情成分。而因恋情的温柔和缠绵，这就使得这类词篇增添了深厚的艺术感染力。晏殊词曰：“满目山河空念远，落花风雨更伤春。”（《浣溪沙》）柳永词曰：“多情自古伤离别，更那堪冷落清秋节。”（《雨霖铃》）读着这些伤春悲秋而兼怀人伤别的宋词名句，人们的心头自会荡漾起双重或加倍的伤感意绪。此中的奥妙就在于：或是将“爱”

① 张炎：《词源》，唐圭璋编《词话丛编》，中华书局，1986年，第267页。

的受阻或辐射所产生的恋情和泛爱情绪放置在落花风雨、寒蝉凄切的背景下来描写,或是在伤春悲秋的嗟叹中交织进“爱”的烦恼和苦闷,这样的写法就使此类词篇所包孕的意蕴变得更加丰厚,也使其意境变得更加凄婉,从而产生出动人心旌、感人至深的艺术功效。

同“生、老、病、死”一样,婚姻和恋爱也是人生的重大课题之一,在一般情况下,差不多每个青年人和成年人都会碰到这一问题。而唐宋词人,又堪称古今文人中特别多情和尤擅“言情”的一个群体。他们在自己创作的词篇中,几乎毫无保留地向人展示了这一方面的人生景观和感情体验,具有“实录”的性质,因此值得我们珍视。总起来说,其间有欢乐,也有烦恼;有幸福温馨的镜头,也有痛苦伤心的场景。因此词人的恋情生活,可谓悲喜交加;而他们的恋情体验,则更如打翻了调味罐那样,甜酸苦辣,百味俱集。其中如陆游《钗头凤》所自抒的“错!错!错!”“莫!莫!莫!”的心情,简直令人为之而鼻酸心碎。这就告诉人们:“爱”是不容易的,宋代词人那些含泪写就的“言情”词篇就向我们提供了他们为追求人间真爱而付出过沉重精神代价的证明。

第四章　无处避愁：宋代词人的人生忧患和怨嗟词篇

前面三章，我们主要论述了宋代文人的“快活人生”：享乐生活当然是令人兴高采烈的，而种种“雅玩”的举动则又使他们获得了精神世界的愉悦和惬意，所以在开头两章中出现的宋代文人，他们或是“恣幕天席地，陶陶尽醉太平”（柳永《抛球乐》）地尽情享受酒色歌舞，或是“买个小舟，山南游遍，山北归来”（赵汝愚《柳梢青》）地玩赏青山绿水和清风明月——一句话，他们的小日子过得相当满意和高兴。但从第三章开始，我们却逐渐看出了宋代文人隐藏在欢乐背后的某种悲哀。照理来讲，恋情生活本该是一种“甜蜜的事业”，但除开少数幸运的词人有缘获得比较圆满的爱情之外，大多数词人的恋情却往往是先甜后苦和悲喜交集的。因此总的来说，前面三章（主要又是第一、二章）所论，基本勾勒了宋代文人人生景观和感情世界中快活的一面，而同时（第三章）却又透露了他们在快乐之中夹杂的某种悲凉意绪。

本章则论述“宋代词人的人生忧患和怨嗟词篇”。它们就集中凸现了宋代文人人生景观和感情世界中悲哀甚或凄惨的一面。是的，时局不会永远太平昌盛，每个人的命运也各有穷通之别；即使是同一个人吧，其一生中各个阶段的境遇也会有潮涨潮落、顺逆否泰的差异。而“人生不如意，十事常八九”，从一定意义上说，人生的悲哀又是远多于人生的快乐的，所以难怪苏轼要叹息：“人生识字忧患始”（《石苍舒醉墨堂》）、“此生忽忽忧患里”（《舟中夜起》），从懂事开始人就要与“忧患”结伴同行。在这种情势之下，虽然宋词常与富贵和享乐结缘，但毕竟也跳不出那弥漫人间的“悲凉之雾”，因而必然会出现某些怨嗟之音。对此，我们准备谈以下四种情况：

首先是“寒士词人群”的怨嗟。他们命乖运舛，无缘做官（或只做过很小的、不入流的官），因此一生实未真正通达和舒心过。为了生存，为了温饱，更为了谋求发展，他们只能四方奔走，到处求人，但到头来却依旧无法改变或改善自己的不良处境，有的甚至英年早逝。所以这一批词人虽然不一定遭遇过人生的大风大浪，但随处都会碰到生活中的各种暗礁（如贫穷、疾病等等），因此其怨嗟主要表现为怀才不遇和嗟老(或嗟衰)叹贫。当然他们也关心时政,因为毕竟都是读圣贤书和想谋求政治出路的人,故而其个人的身世之感自然也会和某些政治感慨结合在一起。这些"寒士词人",在《全宋词》作者队伍中所占的比例并不太高,但因这一阶层的人在宋代文人中所占的实际比重很大,所以他们所吐露的贫士怨嗟,理应值得我们重视。

其次是"贬官词人群"的怨嗟。比起前一类寒士布衣来说,无论是政治地位还是经济状况,这一群词人的境遇就好得多了。他们中的某些人,甚至官居高位,风光一时。但"大有大的难处",他们却又碰到了另一种麻烦,此即:仕途凶险,荣辱无常。有时,早上还在发号施令,晚上却接到了一纸贬书;今年还在京师做官,明年却被流放到穷乡僻壤。总之,他们自感无法把握命运,所以其词中就会流露出忧谗畏讥之感,并表现出欲求解脱的种种精神自慰。

再次,由于宋朝的两次遭受亡国之灾(金灭北宋和元灭南宋),故其词坛上又迸发出了一种近乎全民性的怨嗟。发出这种怨嗟的,不仅是男性的词人,还有前所少见的女性词人;不仅有普通的士大夫文人,甚至还包括亡国被掳的皇帝和宫廷乐师。其作者队伍之广和其怨嗟程度之深,都令人们慨叹。这足以说明:"乱世人抵不上太平狗",战争和动乱带给宋朝人的灾难实在是十分巨大和沉重的,其心理影响之深远甚至连"废池乔木,犹厌言兵"(姜夔《扬州慢》)。

最后,还应谈到某种特殊的怨嗟情绪——"闲愁"或"闲情"。说它特殊,是因为产生这类情绪的人,往往并不是衣食不周、贫困潦倒的穷人,却往往是那些既享有富贵、又拥有闲暇的达官贵人们。但既然是人,那就照样难以逃脱人生忧患的袭击,照样会感知人生所潜藏的种种危机和缺憾——例如,人生易老、青春难驻、好景不长、世路崎岖等等。而且由于越是富贵者就越是忧虑于富贵的易失、越是有闲暇者其思虑就越深,所以这类"闲愁"就其敏感性和深细程度来说,恐怕比前几类直接感发于不良环境的怨嗟更能体现和表征词人们多愁善感的心理气质。

总之,个人犹如一叶扁舟,而时代与社会环境则好比浩瀚的海洋,前者的命运紧紧依附着后者的状况。有时,风和日丽,大海平静,小舟便荡漾得优哉游哉,相当惬意。有时,则风云骤起,大海狞变,小舟就会被风浪撞击得摇摇晃晃,十分狼狈。而事实上,就像无风还有三尺浪的大海其实很少会真正平静那样,社会生活的海洋中也无日不在掀起或潜生着或大或小的波澜。从这个意义上说,则快活和享乐只是宋人人生景观和感情世界中属于表层和暂时的现象,而忧患感与伤心烦恼才是其深层和主体的内涵。早在北宋太平时代,赵令畤就感慨:"人生更在艰难内,胜事年来不易逢。"(《鹧鸪天》)而到了宋末,张炎则更惨然叹曰:

“见说新愁,如今也到鸥边。”(《高阳台》)所以我们很可把宋人的失意人生、烦恼人生、痛苦人生乃至悲惨人生集中形容为“无处避愁”四字。下文就对此展开分类叙述。

一、嗟老叹贫、怀才不遇的寒士词

封建时代,读书人的奋斗目标和主要出路在于通过科举考试而获取官职。一旦成功,他们就有可能飞黄腾达;而若屡试屡败,则就此终身蹭蹬。因此,科举考试就成了广大读书人面前的一道“铁门槛”或“独木桥”,迈过它便着实不易。北宋徽宗年间,有人曾作过一首谑词描写举子们参加考试的狼狈情状:

> 钉鞋踏破祥符路,似白鹭,纷纷去。试盝幞头谁与度?八厢儿事,两员直殿,怀挟无藏处。　　时辰报尽天将暮,把笔胡填备员句。试问闲愁知几许?两条脂烛,半盂馊饭,一阵黄昏雨。(无名氏《青玉案》)

此词戏改贺铸那首有名的《青玉案》(“凌波不过横塘路”)而成,原意在于讥讽、戏嘲那些缺少文才的穷读书人。不过,我们却又从中读出了另一种凄凉的意味。词的开头三句先写广大举子们的冒雨赶考,说他们穿着钉鞋(雨鞋)像白鹭那样赶往设在祥符县(开封府治所在)的考场中去,其慌急慌忙和挤挤攘攘之状既让人感到滑稽可笑,又让人感到可怜兮兮。接下来的四句写他们的严遭搜查与监视:应试者手持“试盝”(文具匣之类)、头戴幞头(头巾),在入场之前既要受到兵爷(“八厢儿事”指许多兵士)的搜身,入场之后则还有值班的文武官员不时来巡查监察,因此想要“怀挟”(挟带书籍进考场)作弊几乎就不大可能。这样一来,举子们的心情就更加紧张和窘迫了。故而下片就续写他们情急之下胡乱答题的慌乱情状:“时辰报尽天将暮,把笔胡填备员句。”眼看白昼一点点溜去,快到了日暮收卷的时限,可文思滞钝,笔下却仍未写出什么名堂,无奈之极,提起秃笔就在纸上胡乱涂上一堆,聊以充数。这就生动地再现了他们狼狈的应试过程。最后四句则是作者对这些穷读书人的挖苦之辞:“试问闲愁知几许?两条脂烛,半盂馊饭,一阵黄昏雨。”“两条脂烛”指考场中烛光昏暗,“半盂馊饭”指举子们伙食极差,“一阵黄昏雨”则暗示他们考试失利的黯淡心情。这分明套改了贺铸的名句“试问闲情都几许?一川烟草,满城风絮,梅子黄时雨”而成,但已完全没有了原作的诗情雅趣,而是充满了戏谑嘲弄的意味。不过,讽刺归讽刺,人们却从这批类似于《儒林外史》中所描写的落第举子身上,看到了应试的艰难以及他们潦倒不堪的可怜形象,在感到好笑的同时又生几分怜悯之情。

另有一首描写应试举子冒寒晓行的词，也可顺带一提。其词曰：

晓光催角，听宿鸟未惊，邻鸡先觉。迤逦烟村，马嘶人起，残月尚穿林薄。泪痕带霜微凝，酒力冲寒犹弱。叹倦客，悄不禁，重染风尘京洛。　　追念人别后，心事万重，难觅孤鸿托。翠幌娇深，曲屏香暖，争念岁寒漂泊？怨月恨花烦恼，不是不曾经着。这情味，望一成消减，新来还恶。（刘一止《喜迁莺·晓行》）

词人明明有一个温暖的家，家中又有一位关怀体贴自己的爱妻。但是，为了进京赶考他却不得不挥泪与她作别，一清早踏着浓霜、顶着残月登程赶路。从词情看，他这次赴京赶考已不是第一次（“重染风尘京洛”之“重染”，说明他至少是再次进京），因而其心情就更加复杂难言：既盼望能侥幸得中，却又害怕再次名落孙山，所以词人所耳闻目见之晨景便越发显得凄清。如其开头六句：“晓光催角，听宿鸟未惊，邻鸡先觉。迤逦烟村，马嘶人起，残月尚穿林薄。”真是写尽了拂晓赶路时的清冷感和凄凉感，令那些有过抛妻别子、冒寒晓行经历的读者在深感熟悉的同时产生鼻酸之感。缘此，作者刘一止曾被他的朋友们戏称为“刘晓行”，而我们却也从其词中读出了宋代读书人为名利所驱迫而长年奔走的辛酸况味。

那么，读书人长途跋涉、进京赶考的目的又是什么呢？下面这一首谑词用说趣话的方式为我们提供了一种答案：

春闱期近也。望帝京迢迢，犹在天际。懊恨这一双脚底，一日厮赶上五六十里。　　争气，扶持我去。转得官归，恁时赏你，穿对朝靴，安排你在轿儿里。更选个、宫样鞋，夜间伴你。（曹豳《红窗迥》）

这是一首自戏自嘲之作。词人千里迢迢从家乡赴京城赶考，恨不得一天就抵达京师。可是他又无钱骑马坐轿，因此只能委屈自己的双脚每天赶上五六十里路。累极怨极之余，便和双脚开起了玩笑。词人对它们说道：辛苦二位了！若是二位能为我争一口气，把我顺顺当当地扶上官位，到那时必将重重犒赏你们！既给你们穿上华贵的朝靴，又安排你们出门全都坐轿，再也不让你们光着脚板走路。如若你们还不满意，我更要为二位挑选一双宫样绣鞋（暗指小妾），让她们甜甜蜜蜜地陪你们晚上睡觉。写这首词的时候，作者还是一位白衣布丁。中举之后，他官居左司谏，不久又升任吏部侍郎等要职。据此推想，则词人当年对双脚所许下的诺言，或曰他自身所定的奋斗目标——戴官帽，穿朝靴，进出全都坐轿子，再加上娶一位（或几位）如花似玉的小老婆——就肯定得到了实现。所以，此词虽属游戏之作，但在戏言中却道出了不少读书人的真实思想：读书是为做官，而做官又是为了享福！当然，并不是所有的宋代文人都心怀着这种庸俗的人生欲望（例如范仲淹、苏轼等文人就怀有着先忧后乐、经邦济世的远大抱负），但它毕竟说明了这样一个问题："学而优则仕。"一旦得中功名，那就权也有了，钱也有了，非但生计不愁，且能恣意享乐。——但是，如若心想而事不成（亦即屡试屡败的话）则又会如何呢？那么等待着这些穷书生的，便将是终生的穷困潦倒和"谋生无奈日奔驰"的四方漂泊！然而，偏偏在那坎坷蹭蹬的寒士中间，却又颇多有才有志之人，因此"古来才命两相妨"（李商隐《有感》）的怨嗟，就必然生焉。下面就让我们转入正题，剖析几位与"穷"结缘的寒士词人所表现的怨嗟心态。

首先来看刘过的情况。刘过（1154—1206），字改之，自号龙洲道人，吉州太和（在今江西省）人。他是一位关心时政、力主抗金的爱国志士。光宗年间曾伏阙上书，力陈恢复大计，却被勒令还乡。后来韩侂胄准备北伐，他和陆游、辛弃疾一样，对这次军事行动充满着期待，曾写贺词预表祝捷之意：

> 堂上谋臣尊俎，边头将士干戈。天时地利与人和，"燕可伐欤？"曰"可"。　　今日楼台鼎鼐，明年带砺山河。大家齐唱《大风歌》，不日四方来贺。（《西江月》）

于此可见其爱国热情和高昂斗志。同时他又是性格近"侠"的文人，酒酣耳热，出语豪纵，其文采耸动当世。如陈亮《赠刘改之》诗中曾这样描绘过他的卓尔不群形象："刘郎饮酒如渴虹，一饮涧壑俱成空。胸中垒块浇不下，时吐劲气嘘青红。刘郎吟诗如饮酒，淋漓醉墨龙蛇走。"真是酒也来得，诗也来得。而在诗酒之外，刘过更有其远大抱负和奇志大才，所以陈亮诗中又期望与赞扬他道："会须斫取契丹（按：借指金国）首，金印牙旗归故乡。"（《赠刘改之》）

但是，就是这样一位有理想、有才能、被当时很多人（如陆游）所看重的人物，却屡屡在科举考试中败下阵来，成了一位落拓江湖的穷书生和游士谒客，这实在是一件极不公平的事。因此难怪刘过的词中充满着一股抑郁难平的怨气。如其《沁园春》词曰：

> 一剑横空，飞过洞庭，又为此来。有汝阳琎者，唱名殿陛；玉川公子，开宴尊罍。四举无成，十年不调，大宋神仙刘秀才。如何好？将百千万事，付两三杯。　　未尝戚戚于怀。问自古英雄安在哉？任钱塘江上，潮生潮落；姑苏台畔，花谢花开。盗号"书生"，强名"举子"，未老雪从头上催。谁羡汝、拥三千珠履，十二金钗！

其时刘过正参加友人卢祖皋的一次家宴，席间有一位姓赵的宗室子弟因为刚得中新科进士，故而面露得意之状。而刘过之前曾应试四次，却四次落第，仍是

“秀才”“举子”的身份。因此两相对比，不由怨气塞胸，于是提笔写下了这首充满愤懑的词篇。上片开头三句，化用唐人吕岩《绝句》“朝游南海暮苍梧，袖里青蛇胆气粗。三上岳阳人不识，朗吟飞过洞庭湖”一诗的诗意，表达了自己非凡的气度与胸襟。“有汝阳琎者，唱名殿陛；玉川公子，开宴尊罍”四句，前两句言赵姓宗室子弟殿试及第事（“汝阳琎”：唐玄宗李隆基之侄李琎封汝阳王，此处用来借指宗室子弟），后两句言卢祖皋开宴招待客人事（“玉川公子”：唐代诗人卢仝号玉川子，此处用来借指卢祖皋）。而因落第者与登科者同处一桌，咫尺之间悲欢异趣，这就越发引动了词人的牢骚。所以接下来的四句便写出了他内心的怨嗟和悲愤。其中又含两层意思：“四举无成，十年不调”是说自己四次应试却四次被黜，十年求官而十年无成。这八个字中，就包含着作者无限的辛酸，写出了作者在求仕道路上长途跋涉、崎岖前行却终归失败的失落感与悲愤感，可谓字字含泪和字字带愤。第二层意思则包含在“大宋神仙刘秀才”这句中。意谓：既然朝廷弃我不用，那就乐得做一个无拘无束的“赛神仙”人物，而遍观吾大宋王朝，如我这般身兼神仙与白衣秀才身份的人，又有几位？细细咀嚼，上面这三句15个字犹如夹层饼干那样，蕴藏着十分复杂和难以说清的人生况味。其中既有对于命运多舛的怨嗟，更有对于世道不公的愤懑；既有屡遭黜落的苦闷，更有蔑视功名的洒脱。总之，它们以狂放之语道出了词人百感横生、怨愤交集的复合型心态，着实耐人寻味。而在说过这些之后，词人立刻又从悲愤的精神状态中振起跳出，一口气地写出了下面一大串雄豪旷达之辞：它先说自己身处逆境，该如何是好？答案是何妨将那万千心事尽行托付给三杯两盏浊醪，相信以酒浇愁定能将郁闷消释一空。又说综观古今多少英雄豪杰，到头来也不过是黄土一抔，念此又何必把个人的一点悲戚萦挂于胸？所以只管任缘随化，冷眼旁观那钱塘江上的潮涨潮落和姑苏台畔的花开花落，须知世上哪有长盛不衰之物和永远得意之人！这一段话，当然是词人处在无奈之下对愁闷悲愤所做的自我排遣之辞，但毕竟显露了他近“侠”的豪迈个性，其襟怀之阔大和气概之刚强大不同于一般落第失意的举子们。不过，话虽这么说，面对着别人及第登科的荣耀和自得，刘过的内心总像有钩子在抓挠般难以释怀，因此刚说完上面这些话，词情便又陡然低落下去：“盗号‘书生’，强名‘举子’，未老雪从头上催。”眼看双鬓催雪，时不饶人，可头上这两顶“书生”和“举人”的帽子却始终未摘，想到这一遗憾很可能会伴我终生，心潮又怎能平静？因此临到最后，词人只能采用“精神胜利法”来“压倒”对方和宽慰自身：“谁羡汝、拥三千珠履，十二金钗！”从他以珠履、金钗来形容及第者今后的富贵得意中，我们就能看清：深藏在刘过心底的，既有对于世之食厚禄和居高位者们只顾个人享乐的蔑视，也有对于自身沦为贫士的愤慨不平。所以综观全词，确是一首淋漓尽致地表现了寒士之怨嗟和悲怆的作品，虽然显露了某种“吃不到葡萄说葡萄酸”的意味，但它毕竟是一首直抒胸臆的真情之作。

既然屡试不第、求仕不成，那么刘过又怎样维持其生计呢？于是他只能走“干谒”一途。所谓“干谒”，原指对人有所求而请见，后引申为奔走权门，谋求得到周济和提携。此举本来是正直的文人所鄙视的，如杜甫就曾说过：“顾惟蝼蚁辈，但自求其穴；胡为慕大鲸，辄拟偃溟渤？以兹误生理，独耻事干谒。”（《自京赴奉先县咏怀五百字》）从内心来讲，他老先生就深耻于从事干谒之举。不过我们另从他“骑驴十三载，旅食京华门。朝扣富儿门，暮随肥马尘。残杯与冷炙，到处潜悲辛”（《奉赠韦左丞丈二十二韵》）的诗句中得知：在旅居长安的 13 年中，他却又不得不向当时的达官贵人们多次行谒。这就使我们想起了一句老话：“逼良为娼。”良家妇女之被迫为娼，从道德和法律角度而言，当然仍要受到谴责和惩处；但贫寒文人之被迫行谒，则在某种程度上还应给予几分谅解。这是因为，干谒大体可分两类：一类是某些无行文人，他们专门以此作为生财之道和晋身之阶，其厚颜无耻和钻营奉迎当然令人不齿；另一类则是那些贫寒文士，为了维持生计或筹划赶考旅费，通过献诗作文的方式向有钱者求取经济支持，这后一类情况就事出无奈，可以得到谅解。而刘过的干谒，就基本属于后一种类型。从生活状况来说，刘过几乎是一生与“穷”结缘：其生前，“家徒壁立，无担石储，此所谓生而穷者”；其死后，“冢芜岩隈，荒草延蔓，此所谓死而穷者”（吕大中《宋诗人刘君墓碑》）。活着的时候家徒四壁，死后七年才有友人出资将其安葬，刘过这一生过得确实艰辛！所以他要走干谒之路，实与贫穷的驱迫有关。但他所以能获得贵人的馈赠，却又与其文学才华有关。例如，岳珂《桯史》卷二“刘改之诗词”条就记载着这样一则词坛佳话：嘉泰癸亥年（1203），辛弃疾在绍兴任知府兼浙东安抚使。他闻知刘过的大名，特地招他前往绍兴相聚。当时刘过正在杭州，有事不能赴会，就仿效辛的词风写了一首《沁园春》向辛“请假”。词曰：

> 斗酒彘肩，风雨渡江，岂不快哉！被香山居士，约林和靖，与坡仙老，驾勒吾回。坡谓西湖，正如西子，浓抹淡妆临镜台。二公者，皆掉头不顾，只管衔杯。　　白云天竺去来，图画里、峥嵘楼观开。爱东西双涧，纵横水绕；两峰南北，高下云堆。逋曰不然，暗香浮动，争似孤山先探梅？须晴去，访稼轩未晚，且此徘徊。

此词竟然请出了白居易、林和靖、苏轼这三位大诗人，纷纷来为作者去向稼轩“说情”，而其词风又酷似辛弃疾本人。因此稼轩读后，十分开心，一次就馈赠刘过数百千钱币。后又邀请他专程赴绍兴，在府中欢聚弥月，酬唱不绝，临到送别时，特再赠以千缗，曰："以是为求田资。"①由此看来，刘过的这次行谒（虽然是辛弃疾主动邀他前往），竟是相当的成功，而成功的原因就在于他与主人的志趣相投和辛的惜才之情。不过，像上面这样的好事刘过一生中并未碰到过多少次，而即使是遇到了辛弃疾这样的"贵人相助"却也并不能从根本上改变他失意落魄的命运。因此，虽然在与辛弃疾欢聚的日子里刘过的心情或许有所好转；但当他因母病而回乡省亲时，那种怀才不遇的苦闷顿时又占据了他的脑海。对此，请读他"留别辛稼轩"所作的《念奴娇》：

> 知音者少，算乾坤许大，着身何处？直待功成方肯退，何日可寻归路？多景楼前，垂虹亭下，一枕眠秋雨。虚名相误，十年枉费辛苦。　　不是奏赋明光，上书北阙，无惊人之语。我自匆忙天未许，赢得衣裾尘土。白璧追欢，黄金买笑，付与君为主。莼鲈江上，浩然明日归去。

此词劈面而来就是"知音者少，算乾坤许大，着身何处"的浩叹。其意是说：除了辛弃疾，在这茫茫人世间，简直再难找到第二个知音者。此语就道出了词人的凄凉与孤独。而之所以会弄得无处"着身"，词人自谓："不是奏赋明光，上书北阙，无惊人之语。"也就是说，既非自己缺乏文才，不能向皇帝奉献辞赋（"奏赋明光"指向皇帝献赋，"明光"为汉武帝所建宫名）；也非自己缺乏政治才干，不能向朝廷上书建言。其言外之意：自己连一个小小的进士都未能得中，这绝非我本人的无能。那么其中的原因究又何在呢？紧接其后的两句作了回答："我自匆忙大未许，赢得衣裾尘土。"其中，前一句是"因"，后一句是"果"。而前一句的"因"中，"我自匆忙"又只是虚晃之笔，而"天未许"这才是真意之所在。换句话说，正是由于老天（同时又指皇帝）的不肯帮忙（不赏识，不许可），这才弄得自己风尘染衣、落拓半生。因此，刘过的怨嗟，归根到底实是一种政治的苦闷，其产生的根源就在于当时压抑人才的不合理的社会制度。而在对自己有过知遇之恩的辛弃疾面前，词人终于无所顾忌地吐露了郁藏于胸的这股政治愤懑，想必辛弃疾也会产生同感。至于后文所写的"莼鲈江上，浩然明日归去"云云，则明眼人一看即知，只不过是一种无奈而作的"旷达"之辞耳。

除了抒写个人怀才不遇的感慨之外，刘过的词中还交织进了深沉的家国之忧。在这方面，不能不提到他登武昌安远楼（一名南楼，在黄鹤矶上）所作的名篇《唐多令》：

① 岳珂：《桯史》卷二，中华书局，1997 年，第 23 页。

> 芦叶满汀洲，寒沙带浅流。二十年重过南楼。柳下系船犹未稳，能几日，又中秋。　　黄鹤断矶头，故人今在不？旧江山浑是新愁。欲买桂花同载酒，终不似、少年游。

这是一首既哀伤个人身世、又哀伤国势时事的沉哀入骨之作。从个人而言，刘过在20年前离家赶考时曾途经武昌，在此留下过风流豪纵生活的游踪。所谓“醉槌黄鹤楼，一掷赌百万”（《湖学别苏召叟》诗）及“黄鹤楼前识楚卿，彩云重叠拥娉婷”（《浣溪沙·赠妓徐楚楚》），就是这种生活的写照。但一晃20年过去，当词人重登此楼时，故人皆已风流云散，而自己却仍是布衣一位、寒士一个，念此怎会不勾起万千感慨？从国势而言，时值韩侂胄当政，危机四伏，词人就把其满腹忧虑化为“旧江山浑是新愁”一语吐出，在那貌似纡徐的语气背后潜藏着十分深沉的感情力度。所以综合起来看，此词集怀人、嗟老、忧国、伤时等多种意绪于一身，令人感怀万端。而最终结尾所写的“欲买桂花同载酒，终不似、少年游”，则更易使人过中年的读者引发出“人生难忘少年事”的怅惘与伤感。

再谈另一位终身与穷结缘的词人戴复古。戴复古（1167—？），字式之，自号石屏，天台（在今浙江省）人。他活了80多岁，却始终未做过官。一生以诗行谒江湖，漂泊流荡，不遑宁居，“老愈穷，奔走衣食四方犹未得归休于家”，真是一位典型的“江湖诗人”。他的诗集中曾有这样一首作品：《谭俊明雪中见访从而乞米》，可见他有时竟穷得向人乞米；而在另一首《思家》诗中他又自谓：“湖海三年客，妻孥四壁居。饥寒应不免，疾病又何如？日夜思归切，平生作计疏。愁来仍酒醒，不忍读家书。”其贫困潦倒也于此可见一斑。因此，在他为数并不太多的《石屏词》（共41首）中，我们也随处可见其嗟贫叹穷的心态和那种牢骚不平的心声。例如，下面这首《沁园春》即是一例：

> 一曲狂歌，有百余言，说尽一生。费十年灯火，读书读史；四方奔走，求利求名。蹭蹬归来，闭门独坐，赢得穷吟诗句清。夫诗者，皆吾侬平日，愁叹之声。　　空余豪气峥嵘，安得良田二顷耕。向临邛涤器，可怜司马；成都卖卜，谁识君平？分则宜然，吾何敢怨，蝼蚁逍遥戴粒行。开怀抱，有青梅荐酒，绿树啼莺。

正像其开头三句所讲的那样，这首一百余字的《沁园春》，可谓说尽了词人的一生。它说自己耗时十年，灯下苦读，长大后又四方奔走，未敢懈怠，究竟为的是什么？后一句“求利求名”，则做了最坦率最简要的回答。我们知道，中国古代的文人几乎全都耻言“名利”二字，但戴复古在这里却一反传统习俗，痛痛快快地把心头的所思所想和盘托出，这既显示出他的毫不虚伪作假，同时又显示了他因穷极而致的不再有所顾忌。有句名言道:“彻底的唯物主义者是无所畏惧的。”借用此言,对于戴复古的坦言自己读书读史是为“求利求名”,我们也可做这样的理解:人生在世,首先必须求得衣食的温饱。因此,坦言自己的“求利求名”(这里的“利”与“名”其实并不是指高官厚禄,其意只如“著书但为稻粱谋”中的“稻粱谋”三字那样,基本仅指起码的生存条件),并不是一件自感羞耻的举止;在某种意义上说,它还带有一定的反讽意味——君不见,那批已经是驷马高车、春风得意的权贵们至今还在为求得更多的名利而苦心经营,却独不许我辈贫寒之士为争取蜗角功名和蝇头微利(亦即小官微职)去艰辛奔忙?所以词人在此所袒露的“原始想法”,虽然不免带有若干庸俗的意味,但从其深层底蕴而言,却是一种饱含人生艰辛的苦涩之言。然而,尽管词人为求微名微利而多年奔走,换来的结果仍是:“蹭蹬归来,闭门独坐,赢得穷吟诗句清。”也就是说,四处碰壁,上天无路,只能以“穷诗人”而告终。所以词人自叹:“夫诗者,皆吾侬平日,愁叹之声。”这就再次印证了欧阳修的这几句名言:“予闻世谓诗人少达而多穷,夫岂然哉?盖世所传诗者,多出于古穷人之辞也。”①以上,可称是戴复古这位既穷且老的“江湖诗人”对自己一生的总结和自述。下片则进一步抒写其愿望及感慨。他的愿望说出来也很寒酸与可怜。别人的愿望或许是光宗耀祖、封妻荫子,可戴复古却只想谋求良田二顷,博个养家糊口。若与杜甫“安得广厦千万间,大庇天下寒士俱欢颜”的宏图大愿相比,这一愿望未免显得渺小;但从他家人“饥寒应不免,疾病又何如”的窘况出发,这种愿望却又是相当实际和并不令人诧异的。但是,就连这样一个并不奢侈的愿望,却也并未得到实现。于是便引发了他自比司马相如(穷时在临邛酒肆里洗碗)和严君平(曾在成都卖卜为生)的感叹。不过,光感叹又有什么用呢?所有这一切,皆由命运所决定;念此,我又何敢再怨?不如让我学那弱小的蝼蚁载负着轻微的米粒慢慢而又悠闲地爬行吧。至此,词人既对以往的人生历程做了回顾与总结,又对今后的人生态度和生活方式作了前瞻与设计——从今以后,不再抱有任何幻想,且让我在隐逸生活中度过余年。

如果说,上面这首《沁园春》可以视为词人对其一生所做的浓缩写照,那么在下列三首组词中,他对自己这一辈子的经历和心路历程就有了更加详细的描述。这三首组词,调寄《望江南》,内容如下:

① 欧阳修:《梅圣俞诗集序》,朱东润编年校注《梅尧臣集编年校注》,上海古籍出版社,1980 年,第 1162 页。

石屏老,家住海东云。本是寻常田舍子,如何呼唤作诗人？无益费精神。　　千首富,不救一生贫。贾岛形模原自瘦,杜陵言语不妨村,谁解学西昆？

石屏老,长忆少年游。自谓虎头须食肉,谁知猿臂不封侯,身世一虚舟。　　平生事,说着也堪羞。四海九州双脚底,千愁万恨两眉头,白发早归休。

石屏老,悔不住山林。注定一生知有命,老来万事付无心,巧语不如瘖。　　贫亦乐,莫负好光阴。但愿有头生白发,何忧无地觅黄金,遇酒且须斟。

这三首词综合起来看,几乎可当戴复古的“个人小传”和“思想小结”来读。从个人经历而言,从中可知:他家住濒临东海的天台,出生于一个普通的农家;从小就立下过食肉封侯的大志,可不知如何阴错阳差,最后竟变成了一位“诗人”;为了谋生和求得发展,双脚也曾跑遍过四海九州,但最终却落得个千愁万恨攒满眉头的结局！从诗歌创作而言,从中可知:他讨厌西昆体的华丽浮靡,而崇尚杜甫与贾岛这两家的诗风;但是一生创作了千百首诗歌,却救不了自身的贫穷,看来这作诗真是一种“可怜无补费精神”的无效劳动！再从其思想演变过程来说,从中可知:他最初怀有“虎头须食肉”的壮志(用汉代名将班超的典故。相者说他“燕颔虎头,飞而食肉,此万里侯相也”),然而事与愿违,一生未能通达,因此不免羞恨丛生;但到后来,终于彻悟,明白了万事由命和“贫亦乐”的道理,于是就白发而归隐,拟在山林和浊酒之间了此一生。所以这三首以“石屏老”起句的组词,便对自己这一生的经历和思想发展过程做了全面的回顾,而其主旨则紧紧围绕着一个“贫”字展开:原想脱贫致富,谁知贫缠一生,最后则甘守清贫,贫中了此一生。不过,在分析过作者的上述自白之后,我们却又不必全部相信他所说的话。原来此三词前有一段小序,其最后一句清清楚楚地写着:“仆自嘲三解(三首)。”这“自嘲”二字,就明确点出了词中带有自我嘲讽的意味。因此,对于这三首词中的某些词句,我们还应做深一层的理解与领会。具体来说,他虽承认“注定一生知有命”,也即自认一生之不能通达皆由命运所注定,但其内心却是充满着怨愤的;故其所谓的“贫亦乐”其中一半或许是真话,但另一半却是无奈之下的自嘲。总而言之,若论其真实思想底蕴,就应该特别拈出以下两句:“千首富,不救一生贫。”这就道尽了南宋广大“江湖诗人”所共同怀有的寒士之悲。

最后谈到的则是一位既穷且短命的词人陈人杰。陈人杰(约 1217—约 1243),即陈经国,号龟峰,福建长乐人(一说为广东潮州人)。其生平事迹不太清楚。据有人考证,他少年时为了应试,曾寓居临安。20 岁时,赴建康(今南京)

参加举子考试,结果落第。后以幕客身份随宦于两淮荆湘等地,再后则滞留临安,大约在 26 岁时即短命而亡①。由此看来,他既生不逢时(正处南宋末年的飘摇国势之下),又复命乖运舛,真是一位充满着悲剧性的人物。

陈人杰一共留下 31 首词篇,全用《沁园春》的词调写成。在这 31 首词中,几乎全都充塞着怨嗟悲愤的声音。他既为自身"长在凄凉索寞中"的遭遇而深感不平,又为国势的衰弱与统治集团的无能而深感忧虑与愤慨。故其《龟峰词》的显著思想特色就在于怨中带愤。

司马迁在评述屈原时曾说:"《离骚》者,犹离忧也。夫天者人之始也,父母者人之本也。人穷则返本,故劳苦倦极,未尝不呼天也……"②因此,屈原在苦闷之极就写出了《离骚》《天问》等诗篇。陈人杰当然无法与屈原相比,但在不满现实、愤慨横生这一点上却又与屈原相似。所以他也作了一首"问天"之作(题为《天问》):

> 我梦登天,尽把不平,问之化工。似桂花开日,秋高露冷;梅花开日,岁老霜浓。如此清标,依然香性,长在凄凉索寞中。何为者,只纷纷桃李,占断春风。　　一时列鼎分封,岂猿臂将军无寸功?想世间成败,不关工拙;男儿济否,只系遭逢。天曰果然,事皆偶尔,凿井得铜奴得翁。君归去,但力行好事,莫问穷通。

他在词中向老天爷提出了两个责问:第一,在群芳众卉中,桂花和梅花的品性最为高洁,可它们却常处凄凉索寞之中,这莫非因为被轻薄的桃花与李花占断了春风?第二,汉武帝论功行赏,分封诸将,"猿臂将军"李广屡建战功却未得封侯(反而遭受处分),而声名远不如他的李蔡以及李广部下几十人却纷纷获封诸侯,这又是什么缘故?对此,"老天爷"回答说:事皆出于偶然,一切要靠运气。你看东汉时的庞俭在家凿井,不意挖到铜钱千万而一夜暴富;花钱买了一位老奴来家使唤,想不到竟是其自幼失散的父亲而得以全家团聚。因此,"穷""通"二字的原委是无法说清的,你且收起疑问,但行好事去吧。从上述对话中我们不难感知,词人实是有感而发问的。他之所感,既有历史和现实社会中许多英才豪杰们遭受压制的不合理事实,也包含着他自身怀才不遇的经历。但是他所得到的回答却是"事皆偶尔"和"无可奉告"。这实际就反映了词人内心的愤懑不平,因为即使是"力行好事"如李广之连战匈奴 70 余仗,结果却也是寸功全无,那么自

① 胡念贻:《中国古代文学论稿》,上海古籍出版社,1987 年,第 330 页。
② 司马迁:《史记》,中华书局,1977 年,第 2482 页。

己的怀才不遇则就更是无话可说。所以归根到底,实是这个世界对人太不公平!

世道既是如此不公,时势却又更加令人担忧,于是,这位青年词人心中就必然升腾起怨愤交集的思想感情。请读他以“赋愁”为题的两词:

抚剑悲歌,纵有杜康,可能解忧?为修名不立,此身易老;古心自许,与世多尤。平子诗中,庾生赋里,满目江山无限愁。关情处,是闻鸡半夜,击楫中流。　　淡烟衰草连秋,听鸣鴂声声相应酬。叹霸才重耳,泥涂在楚;雄心元德,岁月依刘。梦落莼边,神游菊外,已分他年专一丘。长安道,且身如王粲,时复登楼。

我自无忧,何用攒眉,今忧古忧?叹风寒楚蜀,百年受病;江分南北,千载归尤。洛下铜驼,昭陵石马,物不自愁人替愁。兴亡事,向西风把剑,清泪双流。　　边头依旧防秋,问诸将君恩酬未酬?怅书生浪说,皇王帝霸;功名已属,韩岳张刘。不许请缨,犹堪草檄,谁肯种瓜归故丘?江中蜃,识平生许事,吐气成楼。

这两首词之赋“愁”,已从个人身世之愁扩展为忧国忧政之愁,并又把一己之愁进一步提升为不能为国家建功立业的政治苦闷,这就使其愁情富有了比一般寒士词更加深广的社会内容和更加鲜明的时代特色。我们先看其写个人身世之愁:“抚剑悲歌,纵有杜康,可能解忧?”这第一句使人们联想起当年孟尝君门下那位因不受重用而弹铗(剑)作歌的门客冯谖的形象,但接着两句又说自己的深忧绝非悲歌痛饮所能消释。原因在于这种悲忧并非仅因“食无鱼”“出无车”之类个人待遇方面的原因所导致,而是因为“修名不立,此身易老;古心自许,与世多尤”,亦即因自己的理想和品格与这恶浊的世道发生冲突所引发。所以,他的个人身世之感就必然会延伸到对国势时事的忧虑上去。因此,他在前一首词的下片就写到了“满目江山无限愁”,而在后一首词中更用浓重笔墨抒写了“洛下铜驼,昭陵石马”(借古喻今,暗指北宋的亡国与南宋的危急)的历史兴亡感和现实危机感,并又像当年杜甫写《诸将》诗(其中有云:“独使至尊忧社稷,诸君何以答升平。”)那样,以一介爱国书生的身份责问领兵者们:“边头依旧防秋,问诸将君恩酬未酬?”这里就显现了词人虽无守土之责(因为只是一位落第举子和低级幕客),却深怀着“国家兴亡,匹夫有责”的“社会良心”。所以他甚至说道:“怅书生浪说,皇王帝霸;功名已属,韩岳张刘。不许请缨,犹堪草檄,谁肯种瓜归故丘?”其意是说:或许别人会嫌自己所说全属迂阔的书生之见,若真要建功立业则非有武将之才不可。但我即使无法亲临前线杀敌,为朝廷起草讨贼檄书之才却还是绰绰有余的,这就怎肯甘心回到故乡去做一位种瓜植桑的隐者?我们发现,词人在前一首词的结尾处还自述其人生愿望为:“梦落莼边,神游菊外,已分他年专一丘。”也即渴望回到家乡,与山水丘壑为侣。而在后一首词中,却旋即否定了上述想法。这种情况并非出于思想的混乱,而是反映了他内心的矛盾和愤慨。从矛盾处讲,他既想为国效劳,又想独善其身,这也是一般文人常有的复杂心态;从愤慨来说,则更是因为强烈不满于当政者的无能而愤然跳将出来,欲以自身的微薄才能来为国家出一份绵力,故而再不愿做独善其身的隐士。但是,尽管陈人杰怀有满腔激情,可他毕竟明白自己的力量十分有限,所以这两首词最终就都以“心事浩茫连广宇”的浩叹而告结束。而因内心一直郁结着万千愁绪,这位青年词人在20多岁时已是一副“镜影霜侵”的未老先衰模样,故其寿命之不长也就难免。果然,就在大约26岁的时候,陈人杰就英年早逝,只留下他那31首“慷慨生哀”的词篇,供后人带着惋惜和同情之心去吟咏与追思。

以上,我们着重谈论了寒士词人群中具有代表性的三位作者。而事实上,这一阶层的人员应该是相当多的。尽管翻检《全宋词》的词人名单,做官者的数目大大超过了未做官者,但若我们细想这样一种情况:300余年的宋朝历史中,全国的读书人总计该有多少?而在这多如过江之鲫的众多读书人中,又有几分之几的人才能挤过科举考试的独木桥而做官?因此,最终能荣登科第者若与终生蹭蹬、未获一官的寒士们相比,实只是“冰山一角”而已。所以本节所论的寒士词人群,他们的人生辛酸和叹穷之嗟,实际上反映了宋代社会中占据着很大比重的那部分失意文人的真实心声,故而值得我们细心聆听。

二、去国怀乡、忧谗畏讥的贬官词

上文讲述了科场失利、终生与官无缘的寒士词人群。然则另一类有幸“鲤鱼跳龙门”而金榜题名的文人们,他们入仕后的命运就一帆风顺、万事如意了吗?非也。虽然宋代士大夫们的运气似乎比其他一些朝代好得多(比如,宋代一般不杀士大夫就比焚书坑儒的秦朝和文字狱酷烈的明、清两朝“仁慈”得多),但他们却照样逃脱不掉被贬官和流放的厄运。因此,宋词中就涌现了很多因贬官而作的词篇,它们为中国古典文学中的“贬官文学”增添了新的篇什和不少杰作。

说到“贬官文学”,可谓源远流长、名篇迭见。屈原的《离骚》就是它的开山之作。之后,历朝的被贬士大夫们,都有佳篇传世。以唐朝为例,韩愈的《左迁至蓝关示侄孙湘》和柳宗元的《登柳州城楼寄漳、汀、封、连四州刺史》诗,都是撼动人心的名作。前一诗曰:“一封朝奏九重天,夕贬潮州路八千。欲为圣明除弊事,肯将衰朽惜残年!云横秦岭家何在?雪拥蓝关马不前。知汝远来应有意,好收吾骨瘴江边。”作者本想为朝廷革除弊政(力谏唐宪宗之佞佛),却不意招来一场远贬八千里的弥天大祸,其内心的怨愤可想而知。而联想到自己将拖着衰朽的身躯老死在异乡的瘴江之畔,其悲情何以能自宽自释?后一首诗则写得更加凄惨悲切:“城上高楼接大荒,海天愁思正茫茫。惊风乱飐芙蓉水,密雨斜侵薜荔墙。岭树重遮千里目,江流曲似九回肠。共来百粤文身地,犹自音书滞一乡!”作者与韩泰、刘禹锡等参加“永贞革新”的政治伙伴们一同被贬“百粤文身”(南方少数民族身上刺上花纹)之地,本已悲恸难堪;而自己则更处最远最僻的柳州,就连想与朋友们寄封书信、互通音信都成问题,这种被困死在蛮荒之地的凄凉就越发难受。所以前人曾以“怨之至也”①和“满纸涕泪”②作其评语。由此可见,封建社会的读书人即使中了举、做了官后,其生活也并不总是很舒心的;碰到倒霉的时候,反不如平头百姓在家过安安稳稳的穷日子来得幸福。

其实,道理也很简单:凡事有得必有失,既然要做官,那就难免会遭遇罢官(甚至是丢掉脑袋)的危险;既然要参与政治,那就得准备经受政治风浪的袭击。对此,宋代文人中有些人缺乏足够的思想准备,有些则虽在理智上认可但事到临头却仍难以接受。因此,大凡遭贬谪者,心中就无不生出“忧谗畏讥”的浓重悲感。我们试读范仲淹的《岳阳楼记》,或许就稍能感受他们消沉难堪的心境:

> 若夫淫雨霏霏,连月不开,阴风怒号,浊浪排空,日星隐曜,山岳潜形,商旅不行,樯倾楫摧,薄暮冥冥,虎啸猿啼。登斯楼也,则有去国怀乡,忧谗畏讥,满目萧然,感极而悲者矣。

此情此景,正是为每一位途经岳阳楼而远贬西南的迁客骚人们“天造地设”的。从地理位置来说,被贬郴州、岭南等地的北宋士大夫,大多经由此地而远窜遥离京师的穷山恶水;从天气情况来说,又适逢淫雨不开的阴霾季节。两相交加,谪客们的心境就怎会不变得“满目萧然,感极而悲”呢?当然,这里用的是“雪上加霜”的烘衬写法——以哀景倍增其悲感;但即使是碰到了晴朗的天气,这些被贬者的心情却也未必会高兴起来。对此,请读张舜民登岳阳楼的两首《卖花声》词:

> 木叶下君山,空水漫漫。十分斟酒敛芳颜。不是渭城西去客,休唱《阳关》。　　醉袖抚危栏,天淡云闲。何人此路得生还?回首夕阳红

① 金圣叹:《贯华堂选批唐才子书》,周锡山校点,江苏古籍出版社,1986年,第259页。
② 贺裳:《载酒园诗话·又编》,郭绍虞编选《清代诗话续编》,上海古籍出版社,1983年,第345页。

尽处,应是长安。

楼上久踟躇,地远身孤。拟将憔悴吊三闾。自是长安日下影,流落江湖。　　烂醉且消除,不醉何如?又看暝色满平芜。试问寒沙新到雁,应有来书?

请看,明明是“天淡云闲”的大好秋光,身边还有美丽的歌妓侑酒,可是词人却照样是长吁短叹、愁情攒胸,这又是为何?还不是因为他心中积满了范仲淹文中所说的那股“去国怀乡,忧谗畏讥”之感!所以天气的好坏其实并不是决定作者心情之悲喜的主要原因,而遭贬所引发的政治危机感和人生忧患感才是使此类“贬官文学”抹上伤感色彩的根本原因。

张舜民存词仅四首,但这四首词却全属贬官词。从这个角度看,他或许可算《全宋词》中最倒霉的作者之一了。元丰四年(1081)随军远征西夏,主帅高遵裕(为宋室外戚)嫉贤妒能,不用部下的良策,致使宋兵溃败。在收兵途中,又放纵官兵乱斫树木,骚扰民众。所以张舜民作《西征回》诗两首予以揭露和讽刺:“灵州城下千株柳,总被官军斫作薪。他日玉关归去路,将何攀折赠行人?”“青铜峡里韦州路,十去从军九不回。白骨似沙沙似雪,将军莫上望乡台。”这下子就惹怒了权贵,于是被贬郴州监税。元丰六年(1083),这位富有正义感的诗人,怀着忧谗畏讥和去国怀乡之感,被迫离开汴京,开始了他的流放之行。他从汴河出发,先到江苏,在金陵赏心亭作了《江神子》一词。词中有云:“七朝文物旧江山,水如天,莫凭栏。千古斜阳,无处问长安。”其感怀京师(长安喻指开封)之情,溢于言表。途中又作《朝中措》,自称“三湘迁客思悠哉”,贬谪之感甚浓。是年秋冬,抵达湖南岳阳楼,赋写了上面这两首《卖花声》。而综观他所写的这四首词,其主题始终环绕着一个中心:依恋京师,不甘被贬。其中反复出现着“长安”与“夕阳”这两个语汇,明显流露了“一为迁客去长沙,西望长安不见家”(李白《与史郎中钦听黄鹤楼上吹笛》)的怀乡之情,以及“岳阳城下水漫漫,独上危楼凭曲栏。春岸绿时连梦泽,夕波红处近长安”(白居易《题岳阳楼》)的迁客之愁。而更令人触目惊心的则还数《卖花声》中的此句:“何人此路得生还?”写出了词人面对前程战栗恐惧的危机感。我们知道,在当时的士大夫中流传着这样几句谚语:“春、循、梅、新,与死为邻;高、窦、雷、化,说着也怕。”意谓:一旦被贬到这几个僻远的州县,简直是与死神为邻,所以即使是提到它们也令人胆战心惊。而郴州(今湖南郴县)虽不在上面这八个“恶州”之列,却也比它们好不了多少(这只要读一读秦观描写郴州旅舍的那首《踏莎行》,即知它在被贬者心目中的凄凉荒远了)。因此张舜民在岳阳楼上遥望渺茫而不可即的郴州,自然会联想到今后的生死未卜,于是悲不可遏,写下了这两首“声可裂石”的词篇。它们在宋代全部的贬官词中,都称得上是佳篇——周紫芝在《书张舜民集后》的文章中曾经提到,“回首夕阳红尽处,应是长安”两句当时就有不少人误认它们出自苏轼之手,由此即见其笔力之遒劲和老辣。①

李白曾有诗曰:“总为浮云能蔽日,长安不见使人愁。”(《登金陵凤凰台》)长安之所以不能见,原因即在于浮云之遮蔽了太阳。而这两句诗又源于汉代陆贾的一个政治比喻:“邪臣之蔽贤,犹浮云之障日月也。”(陆贾《新语·慎微篇》)所以明白了李白这两句诗的政治含义之后再来读张舜民的词,我们对其中所反复提到的“无处问长安”“自是长安日下影,流落江湖”和“回首夕阳红尽处,应是长安”等等有关“长安”的句子,就会理解得更加深刻,它们的真实内涵就在于愤慨权贵对于自己的迫害,以及被迫流落江湖的忧思。周辉曾用“忧悲憔悴之叹”和“去国流离之思”两语②来做评论。

不过,张舜民的贬官词中所表达的忧谗畏讥之感相对来说还是比较含蓄和委婉的(他的“去国怀乡”之感则表现得淋漓尽致),而当苏舜钦碰到类似的遭遇时,其感情的表露就变得醒豁多了。苏舜钦是北宋前期著名的诗人(与梅尧臣齐名)。他之所以被贬官,原因是被牵扯进了号称“庆历革新”的政治风波中去。当时,以范仲淹、欧阳修、韩琦、富弼、余靖等为领袖和骨干的一批正直士大夫,针对朝廷的弊政提出了一系列改革的政见,企图有所革新。但这场“新政”却遭到守旧派的反对,引起了一场激烈的“庆历(宋仁宗年号)党争”,斗争的结果是以革新派失败而告终。庆历五年(1045)春,范仲淹首先遭贬。接着,富弼被指认为范的朋党,亦被免职。韩琦上书意欲抗争,又被驳回而被迫离开中央政府。由此而来,守旧派们更“乘胜追击”,一下子贬谪了十余位参与革新的官员,而苏舜钦即在其中。他因曾经上书批评守旧派权贵,加上又被人抓住了生活小节不检点(在祭祀时召妓娱宾)的“辫子”,这次自然“入网”(弹劾他们的谏官王拱辰就洋洋自得地把打击行动称为“吾一网打尽矣”)。他被贬到苏州后在城东南买下废池馆修葺亭园,这就是被后人称为“姑苏四大名园”之首的沧浪亭。沧浪亭风景虽美,却并不能真正平伏苏舜钦心头的愤懑。当时,他害怕再被抓住什么把柄,几乎谢绝了与外人的交往(除了欧阳修等老友),“闭户不敢与相见,如避兵寇”③。然而人毕竟是社会性的动物,一次他忽动游兴,欲去外地旅行与访友,谁知消息刚传出即遭对方的拒绝。于是他愤而写下了下面这首《水调歌头·沧浪亭》:

① 永瑢,等:《四库全书总目》,中华书局,1965 年,第 1332 页。
② 周辉:《清波杂志》卷四,中华书局,1985 年,第 138 页。
③ 苏舜钦:《苏舜钦集》,沈文倬校点,上海古籍出版社,1981 年,第 175 页。

潇洒太湖岸，淡伫洞庭山。鱼龙隐处，烟雾深锁渺弥间。方念陶朱张翰，忽有扁舟急桨，撇浪载鲈还。落日暴风雨，归路绕汀湾。　　丈夫志，当景盛，耻疏闲。壮年何事憔悴，华发改朱颜。拟借寒潭垂钓，又恐鸥鸟相猜，不肯傍青纶。刺棹穿芦荻，无语看波澜。

词中提及两位曾在苏州地区（太湖）隐居的前辈，一是陶朱公范蠡，一是晋代因思鲈鱼之美而回归故里的张翰。但词人虽想效法他们而心又有所不甘，所以自谓“丈夫志，当景盛，耻疏闲”，正当年富力强之际，实在深耻于做一个疏闲之人！但现实又怎样呢？就连以前的友人为避嫌起见竟也不肯接纳自己而反生猜疑之心，这就使得词人备感遭贬的孤独与人情的势利，只得凭栏无语，将满腹怨愤尽行投注波澜①。比起前述张舜民之词来，苏舜钦词的牢骚与愤慨就显得直率和强烈多了。

环绕“庆历革新”所展开的新旧党争发生在仁宗时代。而后，自神宗熙宁年间开始，北宋政坛上又产生了一场规模更大、激烈程度更甚的新旧党争，这就是以王安石为代表的“变法派”与以司马光为代表的“旧党”之间的尖锐斗争。这场党争，几经反复，并一直延续到北宋末年（中间经过高太后执政的“元祐更化”、哲宗亲政后的“绍述”新政），前后长达半个世纪还多。生活在这一时期的士大夫们，几乎都被卷进了这一党争所激起的政治漩涡中去。因此贬官之多，着实惊人。而在这种特殊的政治气候催生之下，贬官词当然就会像雨后春笋般勃然涌现。其中比较出色的作品，又大多出于“苏门词人”之手。

所谓“苏门词人”，指由苏轼及其门生们所组成的词人群体。由于他们的政治立场属于旧党，所以在新党执政时纷纷遭受过打击和贬谪。如苏轼本人，于元丰二年（1079）因作诗文讪谤新法而被捕入狱（是为著名的“乌台诗案”），在经受拷打、被迫招供之后获释，被贬黄州。苏轼的门生中，如黄庭坚因所修《神宗实录》中对王安石新法的记载有失实之处，于哲宗绍圣元年（1094）被贬涪州、黔州；秦观也因“影附苏轼，增损《实录》”而连续被贬处州、郴州、横州、雷州等地；晁补之则在被贬之后回故乡（山东巨野）隐居……所以，他们在党争中着实尝到了宦海沉浮的苦头，有人如苏、黄还曾不止一次地遭到流放（苏轼在绍圣元年又遭贬谪，远贬惠州和儋州，黄庭坚则在徽宗朝贬逐到宜州），有人如秦观竟最终病死于被贬的异乡客地。故而正像前文所讲，做官者固然可以享受老百姓所羡慕的种种优裕待遇，但伴君如伴虎狼、为官如履薄冰的滋味却也不是好受的。这就难怪白居易有诗曰：“天平山上白云泉，云自无心水自闲。何必奔冲山下去，

① 魏泰：《东轩笔录》卷一五，中华书局，1983 年，第 172 页。

更添波浪向人间!”(《白云泉》)而秦观在被贬郴州后也长叹一声:“郴江幸自绕郴山,为谁流向潇湘去?”(《踏莎行》)只因“一念之差”,误入仕途(犹如山泉与江水之下山),从此便惹出了无穷无尽的人生烦恼和痛苦;念此,他们怎能不感生出浓重的政治危机感和人生忧患感来?

不过,同样是面对遭受贬谪的打击,同样是身处被贬后的逆境,因着思想、气质、性格、阅历等方面的差异,苏门词人群中各人的心态反应和处置态度还是有所差别的。

苏门词人群中,个性最脆弱的是秦观。他被流放到处州(今浙江丽水)时,曾作《千秋岁》词,抒写他极度悲伤的迁谪之情。词曰:

> 水边沙外,城郭春寒退。花影乱,莺声碎。飘零疏酒盏,离别宽衣带。人不见,碧云暮合空相对。　　忆昔西池会,鹓鹭同飞盖。携手处,今谁在?日边清梦断,镜里朱颜改。春去也,飞红万点愁如海。

词中回忆他昔日(元祐七年)在京都西池(即金明池)与同僚游春的盛况,其时飞盖(车辆疾行)相从,好不热闹和气派。但因牵入党争的风波之中,后来遂被驱逐出京师,变成了异乡的谪客,这又多么令人鼻酸!然而更感沮丧的事情还在于重回京城(“日边”)的梦想看来已成泡影,而揽镜自照竟映出了一副连自己都快认不出的憔悴面容,所以万千感慨,最后并作两句表达出来:“春去也,飞红万点愁如海。”这使人联想到了李后主的名句:“流水落花春去也”和“一江春水向东流”,虽然生愁的原因有所不同,但其愁情之深浓却相差无几。据讲,孔毅甫读到此词,悚然惊叹:“少游盛年(按:秦观此年 47 岁),何为言语悲怆如此?”他在送走秦观之后对人说:“秦少游气貌大不类平时,殆不久于世矣。”而过不多久(五年之后),秦观果然病逝于广西滕州,应验了他词中“日边清梦断”的谶言。① 由此看来,秦观之所以经受不住贬谪的打击和从此踏上不归之路,就与他禀性的脆弱大有关联。

然而,同样是被贬穷山恶水,黄庭坚却表现得相当刚强与不屈。元符三年(1100)他被贬至戎州(今四川宜宾),与友人史应之相叙,作《鹧鸪天》三首,其中第二首这样写道:

> 黄菊枝头生晓寒,人生莫放酒杯干。风前横笛斜吹雨,醉里簪花倒着冠。　　身健在,且加餐,舞裙歌板尽清欢。黄花白发相牵挽,付与时人冷眼看。

① 唐圭璋:《宋词纪事》,上海古籍出版社,1982 年,第 124 页。

从“人生莫放酒杯干”一句,我们知道作者当时的生存状态甚为恶劣,因此只能借酒以遣其愁情。但仅凭喝酒来麻醉自己并不能解决问题,关键在于能否始终保持精神的不被挫败。于是他越是吃不下饭就越是勉励自己“努力加餐食”,好留下健康的身体与政敌们“走着瞧”！这股坚毅的意志使他的词中出现了前所少见的“狂者”形象：词人虽已56岁,然而却面对风雨横吹笛子,又醉里簪花倒戴帽子,这真是一副活脱脱的“目中无人”、我行我素的模样！当然,它或许会引起政敌们的加倍仇视,但词人早已做好了“付与时人冷眼看”的思想准备——到了这个份上,他们又能拿我怎样？所以,在最困难的时候,黄庭坚却仍然高傲地昂着头,表现出一副侮世慢俗、特立独行的模样,其性格之刚强令人钦佩。比起秦观的陷于悲哀而不能自拔,他是胜过一筹的。

至于苏门词人群中最聪明和最令人不可企及的人,当然要推苏轼本人。他一生的遭遇简直富有传奇性,其间的起伏落差大得惊人。但不管是得意时期还是失意时期,他都能以灵活圆通的处世态度来坦然面对。这在上编已有专门的论述。这里,我们且读他“乌台诗案”之后在黄州东坡所作的一首《江城子》,以观其虽陷逆境而能自我消释忧患的坦然心境。词有前小序曰：

陶渊明以正月五日游斜川,临流班坐,顾瞻南阜,爱曾城之独秀,乃作《斜川诗》,至今使人想见其处。元丰壬戌之春,余躬耕于东坡,筑雪堂居之,南挹四望亭之后丘,西控北山之微泉,慨然而叹,此亦斜川之游也。乃作长短句,以《江城子》歌之。

其词曰：

梦中了了醉中醒,只渊明,是前生。走遍人间,依旧却躬耕。昨夜东坡春雨足,乌鹊喜,报新晴。　　雪堂西畔暗泉鸣。北山倾,小溪横。南望亭丘,孤峰耸曾城。都是斜川当日境,吾老矣,寄余龄。

元丰壬戌即元丰五年(1082),苏轼47岁,此时他已在黄州待了近三年的时间。因为生计困踬,他在两年前就在友人帮助下向郡守求得东门外东坡故营地数十亩,开荒种地,以弥补食用之不足(故自号“东坡居士”)。这一时期,无论是物质生活还是精神生活,他都感受到很大的压力。从前者来说,他每月仅有四千五百钱的俸禄,为免超支,只能将其平均分为30份,每日取一份,其余则放入篮中高悬在梁上,需用时再用丫杈将它们取下①。从后者来说,除了极少数朋友敢

① 苏轼:《苏轼文集》,孔凡礼点校,中华书局,1986年,第1534页。

来探望他以外,基本处于孤独无援的精神状态。但是,上述压力却都摧不垮苏轼的生命意志,他反而变压力为动力地在困境中寻觅到了新的人生乐趣。请看苏轼是何等的聪明和灵活:既然物质生活匮乏,那何不转而争取精神生活的富有?既然与现实生活中的朋友无多交往,那何不转向古人中去寻找知己?因而,在他笔下就呈现了这样一幅充满生趣的快乐画面:“昨夜东坡春雨足,乌鹊喜,报新晴。”大自然对自己躬耕劳作的回报,难道还不足使我感到欣喜与愉悦?而放眼望去,北山倾,小溪横,孤秀耸曾城,这些岂不都是陶渊明《游斜川》诗中才有的风景?想不到自己被贬黄州,这才真正领略到了陶渊明诗歌及其人格的高妙!所以他恍然大悟:“只渊明,是前生。”并心甘情愿地希望在此度过晚年(“吾老矣,寄余龄”)。而其实,苏轼此时的躬耕东坡,实与渊明之躬耕斜川有着本质的差异。后者是自愿弃官,以自由之身到田野中去劳动和休憩;前者则是被贬远谪,以“戴罪之身”靠体力劳动去弥补生计之不足。但是,凭着高度的人生智慧和圆通的处世哲学,苏轼却把自身被贬后的逆境“化险为夷”地转化成一片心满意足、富有诗情画意的人生风景,获得了与陶渊明相仿佛的悠然(“悠然见南山”)心境。这就充分显示了苏轼非常人可以企及的聪明与睿智。而正是靠着他处惊不变的坦荡胸怀和善自解脱的大本领,苏轼不仅平安度过了被贬黄州这头一次遭逢的困难时期,而且又在以后抗过了被贬惠州、儋州的更大劫难。所以,“时穷节乃现”(文天祥《正气歌》),在忍受沉重的政治打击方面,苏轼真是一位打不败的“精神巨人”。

北宋王朝“关门打烊”之后,南宋王朝又继续“开张”。尽管二者的具体政治情势已有了变化,但南宋士大夫们遭受贬谪的命运却也并不比北宋改善了多少。这里,仅举因受奸臣谗害而遭贬谪的数例来说明。

清朝末年的王鹏运曾辑《南宋四名臣词集》,收录赵鼎《得全居士词》、李光《庄简词》、李纲《梁溪词》、胡铨《澹庵长短句》于一集之中。而这四位词人,就都是因主张抗金而遭受奸佞迫害的忠臣和名臣,他们词中就多的是贬官之词。兹分别举例如下:

赵鼎在南渡初年官居左宰相,因反对和议而遭秦桧构陷,流放泉州、潮州,后移吉阳(今海南岛南部)。他知秦必欲置己于死地,预先自书了铭旌:“身骑箕尾归天上,气作山河壮本朝。”最后绝食而亡。在流放途中,曾作《贺圣朝·道中闻子规》词:

征鞍南去天涯路,青山无数。更堪月下子规啼,向深山深处。
凄然推枕,难寻新梦,忍听伊言语?更阑人静一声声,道不如归去。

词中就充满了像杜鹃(即子规)啼血那样凄苦的心音。

李纲是南北宋之交的名臣。靖康元年(1126)金兵围攻汴京,李为兵部侍郎、尚书右丞、东京留守,曾亲自登城督战,击退金兵,但钦宗却听信谗言,将他贬官。南宋初,首召为相,修内治,整边防,力图恢复,然而高宗又听信谗言,再次把他罢免。绍兴二年(1132)重被起用,不久又遭到罢官。最后在绍兴十年(1140),病逝福州。因此李纲一生饱受了贬官削职的打击,这就使他产生了相当复杂的政治情志和人生感慨。一方面,他坚持其关心"社稷生民安危"(《宋史》本传)的政治理念,虽老病而不肯放弃。如他在罢相后所作的《病牛》诗曰:"耕犁千亩食实千箱,力尽筋疲谁复伤?但得众生皆得饱,不辞羸病卧残阳。"这头"力尽筋疲"的病牛,不需别人的同情怜悯,决心为众生之温饱而默默耕耘到老死。这是一种何等崇高的情怀!但另一方面,在多次遭贬之后,他也滋生了想要彻底休息的归隐意念。如其《念奴娇·中秋独坐》词的下片这样写道:"怅念老子平生,粗令婚嫁了,超然闲适。误缚簪缨遭世故,空有当时胸臆。苒苒流年,春鸿秋雁,来往终何益?云山深处,这回真是休息。"只因误入了官场("缚簪缨"意指被做官者的冠饰所束缚),又因自己怀有抗金复国的政治胸臆,故而在历次世事变故中屡遭打击。现在想来这又是何苦来着?而此次罢官,使我有机会来到远离官场的云山深处,那就何不彻底休息,做一位超然闲适的隐者?所以,由贬官而走向隐逸,这也不失为一条求得自我解脱的道路。这种心路历程,不只显示在李纲词中,而且在此前的晁补之、后来的辛弃疾等人的贬官词中都有相似的表现。

不过,李纲虽然屡屡遭贬,但他贬官后的境况相对来说还是比较好的。如他贬居福州后,家庭的经济条件相当不错,旧日的同僚张浚被召复出,李纲出手就是120盒礼品,每盒均以朱漆银镂(据无名氏《樵书》),由此即见其着实富足。但另外一些被贬者却没有他这么幸运。如上文提到的赵鼎,在被贬吉阳后竟穷得揭不开锅,连饭米都由别人救济。而他在政治上所遭受的迫害也更加严酷,因此对其儿子说:"(秦)桧必杀我,我不死,一家当诛。我死,尔曹无恙。"无奈之下,只得绝食而死以保全妻子儿女的生命。这就可知秦桧之流对这批爱国之士的迫害是何等的残酷!明白了这些情况,再来看以下两位词人的敢于与秦贼抗争,其凛然风骨就更令人肃然起敬。

先说李光。起初,秦桧曾想拉拢他为己用,亲自提名他任副宰相。但李光却不从秦的政见,曾当着高宗的面与秦桧争辩,斥责秦桧"欲壅蔽陛下耳目,盗弄国权,怀奸误国,不可不察"。秦桧当然大怒,李光则以辞官与之抗争,连高宗都出面调解,劝李光曰:"卿昨面叱秦桧,举措如古人。朕退而叹息,方寄卿以腹心,何乃引去?”但李光却偏不买账,连上九章,终于自贬绍兴知府。像这样的人物自然成了秦桧一党的眼中之刺,因此他后来连续遭贬,最远被贬至海南岛。但因其禀性刚强和身体硬朗,竟活到 82 岁,终于目睹了秦党的垮台①。因此他的贬官词,就比赵鼎所作显得更富刚性和力度。如其《水调歌头 · 罢政东归》词曰:

> 晚渡呼舟疾,寒日正苍茫。西兴浦口云树,真个是吾乡。闻□蜗庐好在,小圃犹存松菊,三径未全荒。收拾桑榆景,蓑笠换金章。　　珥金貂,拥珠履,在岩廊。回头万事何有,一枕梦黄粮。十载人间忧患,赢得萧萧华发,清镜照星霜。醉倒休扶我,身世永相忘。

十载人间的忧患虽使他的华发萧萧,但却并不能销蚀和摧垮他的顽强斗志。所以虽然词中有点儿颓唐的意绪,但从整体印象来说,却颇有后来的稼轩词风。

再说胡铨。他不愧是一条血性汉子,其骨头之硬,令人敬佩。绍兴八年(1138),在秦桧的策划和赵构的支持下,南宋小朝廷准备与金国签订丧权辱国的和议,胡铨激烈反对,冒死上奏,极言向金人称臣之不可行,并请斩王伦、秦桧、孙近这三个奸臣之头以谢天下,“不然,臣有赴东海而死,宁能处小朝廷求活耶?”辞意激切,声振中外,连金人都“募其书千金。三日得之,君臣夺气”②。这简直像捅了马蜂窝,遂遭到了被押送新州(今广东新兴)编管的处罚。但胡铨并不屈服,提笔作《好事近》词以抒愤懑:

> 富贵本无心,何事故乡轻别?空使猿惊鹤怨,误薜萝秋月。　　囊锥刚要出头来,不道甚时节。欲驾巾车归去,有豺狼当辙。

表面上说自己悔不该出山做官,很想回乡隐居,其实这都是愤激之词。而其真实思想,却在于直斥秦桧的执政犹如豺狼之当道。所以秦桧在新州的党羽、郡守张棣得知后,迅速上报,结果把胡铨流放到了更加荒僻的海南岛。这真是因贬官而作词,又因作词而再贬,很有些类似于唐朝刘禹锡赋玄都观桃花诗的故事。胡铨此词虽然显得比较粗率,但因它映照着作者的人品和气节,所以很值得在词史上大书一笔。

以上,我们谈论了南渡初期词坛上的贬官词。如果说,北宋新旧党争所引发的贬官现象主要因政见不合而导致,同时又反映着“君子”与“小人”之争辩的

① 脱脱,等:《宋史》,中华书局,1977 年,第 11335 页。
② 杨万里:《胡忠简公文集序》,胡铨《胡澹庵先生文集》,练月楼刻本,清乾隆二十二年。

话,那么南宋因主战与主和所引发的贬官现象就具有了更加深刻的政治内涵和道德内涵——其涉及的是抗战还是苟安、是维护国格还是屈辱投降的原则性问题,还牵涉正义与邪恶、崇高与龌龊等等有关道德操守的问题。所以读南宋许多抗金重臣和爱国志士所写的贬官词,一方面可使人们了解到封建社会官场的黑暗和仕途的险恶,对被贬者的身世遭遇和人生忧患深感痛惜和同情;另一方面,也可从他们虽处逆境而不甘屈服、虽然遭贬而不忘忧国的言行中获取思想的养料。而在后一方面,辛弃疾贬居江西农村时所作的大量词篇就尤其为人们提供了丰富的精神食粮。读一读他送友人杨民瞻的《水调歌头》(下片):“梦连环,歌弹铗,赋登楼。黄鸡白酒,君去村社一番秋。长剑倚天谁问,夷甫诸人堪笑,西北有神州。此事君自了,千古一扁舟。”我们即知其“位卑未敢忘忧国”的心迹,以及想要为国效劳和功成身退的远大抱负。再读读他讽刺俗客的《夜游宫》(下片):“有个尖新底,说底话,非名即利。说得口干罪过你。且不罪;俺略起,去洗耳。”又知他虽已从政坛上败退下来,然而仍拒绝接受以往的“教训”,依然对那辈求名逐利的俗客深怀着鄙薄之情。所以,尽管辛弃疾连遭贬官的打击,但是其爱国的情怀和做人的锋芒却并未改变和收敛;相反,政治生涯中的那些艰辛、悲辛、辛酸、辛苦滋味(他在“戏赋辛字”的《永遇乐》中一口气说出了上述滋味),反使他的思想更加成熟起来,有时其愤世嫉俗的精神甚至变得越发高涨。但因上编中我们已专门谈过这方面的情况,这里就不再多说。

总之,对于封建时代的士大夫们来说,遭贬可说是人生中的一种厄运。它不仅会危及个人的官位、俸禄乃至身家性命,而且对于那些怀有报国抱负的人来说,则更是阻断其实现人生价值之道路的严重事件。这就难怪屈原遭贬后要痛哭流涕,“忧愁幽思而作《离骚》”①,而宋代被贬官的词人们也会发出“去国怀乡,忧谗畏讥”的悲凉之音和“却将万字平戎策,换得东家种树书”(辛弃疾《鹧鸪天》)的牢骚之声。但是,遭贬虽是一种厄运,却又能催熟被贬者的思想,使他们的人格和词品得到锤炼与提高。这只消看一下苏轼的情况即可得到证明。苏轼曾自题其画像曰:“问汝平生功业,黄州惠州儋州。”对此也可做这样的理解:正是被贬到这三州的遭遇,促使他造就了辉煌的文学业绩。以他作于黄州的词来说,就有《念奴娇·赤壁怀古》、《定风波·沙湖道中遇雨》、《临江仙》(夜饮东坡醒复醉)、《卜算子·黄州定慧院寓居作》等等词坛精品。而除此之外,则更有那千古传诵的前、后《赤壁赋》及《记承天寺夜游》等散文杰作。由此可证,遭贬对当事者来说,确实是人生的不幸;但对文学史来说,则又是孕育和创造佳作名篇

① 司马迁:《史记》,中华书局,1977 年,第 2482 页。

的重要契机。若无贬官的遭遇,屈原或许就写不出《离骚》,白居易也可能不会创作《琵琶行》,而在宋代词坛上人们也将读不到苏轼那首彪炳史册的“大江东去”。纳兰性德论词曰:“往往欢娱工,不及忧患作。”①宋代众多的贬官词,就又一次证明了“诗穷而后工”的道理。

三、国破家亡、流离失所的伤乱词

寒士们的境遇确实可怜,遭受贬谪的滋味也不好受,但若和本节所论的“国破家亡,流离失所”之苦相比,就有些儿像“小巫见大巫”了。民间有句俗语说道:“乱世人不及太平狗。”此种人生经验就只有亲身经历过战争动乱、吃过千辛万苦的人才能深切体会到,故这短短八个字中不知凝集着多少伤亡流离者的血泪!证之诗歌创作,我们在汉魏人的作品中看到过这样触目惊心的景象:“白骨露于野,千里无鸡鸣”(曹操《蒿里行》),“出门无所见,白骨蔽平原”(王粲《七哀诗》)。而在唐诗里,我们则又一次被战争的恐怖和惨烈所震慑:“万国尽征戍,烽火被冈峦。积尸草木腥,流血川原丹。”(杜甫《垂老别》)“水自潺湲日自斜,尽无鸡犬有鸣鸦。千村万落如寒食,不见人烟空见花。”(韩偓《自沙县抵龙溪县,值泉州军过后村落皆空,因有一绝》)所以一部数千年的封建王朝更迭史,正是建筑在数不清的荒坟野冢、累累白骨之上的。

而宋朝的情况又与前代某些王朝稍有差别。三百余年的两宋历史进程中,除了少量局部的农民起义和盗匪作乱外,基本无内乱和内战出现,这乃是宋朝统治的成功之处;但它的致命之伤却又在于边患不绝,并终因外族入侵而导致亡国(因金国入侵而使北宋灭亡,又因元兵入侵而使南宋灭亡)。所以宋代的百姓和士大夫官僚(甚至包括皇帝太后)所遭受的战争离乱之灾,除了战争本身所带来的杀身、流浪、饥饿等祸害和苦难以外,另又加上了亡国的沉重心理负担——这对严于“华夷之辨”的儒家知识分子来说,简直就重如泰山!每当他们想到“二帝蒙尘”和“社稷易主”,心头就犹如被虫啮鼠咬般难受。缘此,国仇家恨,一并袭来,其悲恸之深锐程度就更远远超过寒士之悲和贬官之痛。故而宋代士大夫文人既比其他王朝的士大夫文人幸运——因为朝廷优待文吏,文网也相对松弛;但他们又比其他王朝的士大夫文人倒霉——因为其中有不少人经受(或差一点经受)过江山易主的历史巨变,饱尝了亡国奴或“准亡国奴”的辛酸苦楚。

下面我们就对宋代因国破家亡、流离失所而促发的伤乱词做一论析。由于

① 纳兰性德:《饮水词》,冯统编校,广东人民出版社,1984年,第291页。

亡国所带来的灾难苦痛遍及全民，所以伤乱词的作者就不仅包括士大夫文人，且又兼及上自帝王、下至平民的其他人员，而其中尤为惹人注目的则是那些孤苦无援的妇女同胞。现先说宋室南渡前后的情况。

早在徽宗政（和）宣（和）年间，金兵就开始攻打淮河地区。有一位名叫郑意娘的女子，本是韩思厚之妻，却不幸被金兵俘获，被带至燕京。金酋撒八太尉见其美貌，欲强迫她做小妾。意娘坚不肯从，自杀身亡，但其灵魂不死，经常在坟边徘徊。后来韩思厚奉命出使金邦，特至其坟头祭吊，竟然与意娘之魂重相聚会。意娘（之魂）作词一首：

往事与谁论？无语暗弹泪血。何处最堪怜肠断？是黄昏时节。　　倚楼凝望又徘徊，谁解此情切？何计可同归雁？趁江南春色。（《好事近》）

这首词表达了她虽死犹盼南归的心愿，读来哀哀感人。尽管上述人鬼相会、鬼能作词的故事显得有些荒诞，但此词所表达的被掳女子之痛楚心情却是相当真实的，且又具有广泛的生活基础。后来有一篇话本小说《杨思温燕山逢故人》就据此为蓝本，可见其流传之广。

如果说上面的故事和词篇还带有民间传说之色彩的话，那么下面这首词的“本事”就比较可信了。据韦居安《梅磵诗话》卷下记载：靖康年间，金兵直逼汴京。当他们在攻打阳武（今河南原阳县）城时，遭到了以县令蒋兴祖为首的军民之坚决抵抗。后因寡不敌众，县城终于失守，蒋兴祖壮烈殉国。而他的幼女也被金兵当作战利品被押解去北方。行至河北雄州，蒋女就在驿站墙上题了一首《减字木兰花》，词曰：

朝云横度，辘辘车声如水去。白草黄沙，月照孤村三两家。　　飞鸿过也，万结愁肠无昼夜。渐近燕山，回首乡关归路难。

可谓一步一回头，很使我们联想起东汉才女蔡文姬所写的《胡笳十八拍》和《悲愤诗》，它们同属身遭战乱的不幸女子蘸着血泪所写成的辛酸作品。①

在封建时代，女子属于弱者。因此一遇到战争和动乱，她们所受的凌辱和苦难自然最深（特别遭逢异族入侵，被掳为女奴的命运就更加悲惨）。那么作为强者的男性士大夫们，其遭遇又怎样呢？请读下列词篇：

旅雁向南飞，风雨群初失。饥渴辛勤两翅垂，独下寒汀立。　　鸥

① 韦居安：《梅磵诗话》，中华书局，1985年，第39页。

鹭苦难亲，矰缴忧相逼。云海茫茫无处归，谁听哀鸣急！（朱敦儒《卜算子》）

惨结秋阴，西风送、霏霏雨湿。凄望眼、征鸿几字，暮投沙碛。试问乡关何处是？水云浩荡迷南北。但一抹、寒青有无中，遥山色。　天涯路，江上客。肠欲断，头应白。空搔首兴叹，暮年离拆。须信道消忧除是酒，奈酒行有尽情无极。便挽取、长江入尊罍，浇胸臆。（赵鼎《满江红》）

驿路侵斜月，溪桥渡晓霜。短篱残菊一枝黄。正是乱山深处，过重阳。　旅枕元无梦，寒更每自长。只言江左好风光，不道中原归思，转凄凉。（吕本中《南歌子》）

……

它们所抒写的，就是这一时期（南渡时期）从北方逃难至南方的士大夫们的集体苦闷和共同忧患。其时，金兵攻陷汴京，掳走两帝（徽、钦二宗），并在中原大肆烧杀抢掠，给汉族人民带来了巨大的民族灾难。据庄绰《鸡肋编》卷中记述：“自靖康丙午岁（1126），金狄乱华，六七年间，山东、京西、淮南等路，荆榛千里，斗米至数十千，且不可得。”①又据李心传《建炎以来系年要录》卷四记载，汴京这个在靖康之变以前人口近百万的大都市，经过这场劫难，壮丁已不满千人，死难者尸积成山，“东及沂、密，西至曹、汴、兖、郓，南至陈、蔡、汝、颍，北至河朔，皆被其害。杀人如刈麻，臭闻数百里。淮、泗之间，亦荡然矣。”②从它们所记载的“荆榛千里”“（尸）臭闻数百里”中，人们就能充分想见外族入侵所造成的触心怵目惨况。而在这种形势下，为求生存，北方的士大夫和民众纷纷南徙避难，“时而西北衣冠与百姓奔赴东南者，络绎道路，至有数十里或百余里无烟舍者。州县无官司，比比皆是”。③ 在了解了这些情况之后再来读上述三首词篇，我们对于南渡士人流离失所、避难江南时的伤悲心态就能理解得更加深切和具体。在这三首词中，朱敦儒的《卜算子》写的是南奔逃难途中的感受。他把自己比作一只孤雁，因遭到急风暴雨（靖康之变）的惊吓，仓皇向南乱飞。一路上，忍饥挨饿，连水都顾不上喝，只管逃命要紧。而身后，又随时有“矰缴”（射鸟用的弓箭，喻金兵）紧追不舍。这就活画出了当时士大夫们四散逃窜如哀鸿飘零般的图像，确实使人感生“乱世人不及太平狗”的嗟叹。赵鼎的《满江红》则作于丁未

① 庄绰：《鸡肋编》，中华书局，1983 年，第 43 页。
② 李心传：《建炎以来系年要录》卷四，中华书局，1956 年，第 87 页。
③ 徐梦莘：《三朝北盟会编》，上海古籍出版社，1987 年，第 977 页。

(1127)九月,地点在仪真(今江苏仪征)江口。他虽作为朝廷命官“沿檄南渡”,但其境况也与逃难漂泊者相差无几。这首词所给人印象最深的即是其抒情氛围的极度阴沉。那凄惨浓重的阴云,那霏霏淅沥的秋霖,还有那萧瑟寒冷的西风,无不象征着这场巨大的民族灾难投射在词人心头的感情阴影。因此,他实在无计可以消释这沉重已极的伤感,只能借酒驱愁。但区区杯酒,又怎能排遣如此沉重的国仇家恨?除非将那滔滔滚滚的长江水灌进酒杯,才能将胸中的愁情来个彻底的冲刷!这结尾几句看似豪迈,实则仍属无可奈何的哀叹。然则,南渡士人到了江南之后,其心境又如何了呢?吕本中的《南歌子》便做了回答。其时他流寓在乱山深处的一所农舍,虽已暂得栖息,然而心情依然沉重:“只言江左好风光,不道中原归思,转凄凉。”身子虽在江南(江左),魂灵儿却又飞回到了那日思夜想的中原故土去了!所以,靖康之变带给原居北方之士大夫们的,就不仅是生命和财产的物质损失,而且还有失去祖国和失去尊严的巨大精神创伤。陆游《跋傅给事帖》中曾说:“绍兴初,某甫成童,亲见当时士大夫相与言及国事,或裂眦嚼齿,或流涕痛哭。”可见事隔多年之后,南渡而来的士大夫们言及靖康之难犹个个裂眦或痛哭。由此即见这场事变带给宋人的心理创伤有多么深重!

在靖康之变这场民族浩劫之中,首当其冲的受害者自然是成千上万的百姓和士兵,其次也波及宋朝的士大夫官吏。但是,即使是“贵为人主”的徽、钦二帝,却也未能逃过那血与火的“洗礼”,并也给后人留下了记录其痛苦心迹的伤乱词篇。徽宗(赵佶)有词曰:

裁剪冰绡,打叠数重,冷淡胭脂匀注。新样靓妆,艳溢香融,羞杀蕊珠宫女。易得凋零,更多少、无情风雨。愁苦,问院落凄凉,几番春暮? 凭寄离恨重重,这双燕,何曾会人言语?天遥地远,万水千山,知他故宫何处?怎不思量,除梦里有时曾去。无据,和梦也有时不做。(《燕山亭·北行见杏花》)

玉京曾忆昔繁华,万里帝王家。琼林玉殿,朝喧弦管,暮列笙琶。 花城人去今萧索,春梦绕胡沙。家山何处,忍听羌笛,吹彻《梅花》。(《眼儿媚》)

钦宗(赵桓)有词曰:

塞雁嗈嗈南去,高飞难寄音书。只应宗社已丘墟,愿有真人为主。 岭外云藏晓日,眼前路忆平芜。寒沙风紧泪盈裾,难忘燕山归路。(《西江月》)

宸传三百旧京华,仁孝自名家。一旦奸邪,倾天拆地,忍听琵

琶。　　如今在外多萧索，迤逦近胡沙。家邦万里，伶仃父子，向晓霜花。（《眼儿媚》）

这四首词中，明显烙有封建帝王的印记（如“万里帝王家”“宸传三百旧京华”等语），表现了作者作为亡国君主所特有的某些感情。从这方面看，它们近似于李后主所作的亡国之词（尽管其艺术水准比不上李煜）。但若换个角度来看，则这两位对于北宋亡国负有不可推卸之责任的昏聩皇帝，虽然其所思所感与平民百姓及普通士大夫文人会有不同，而且其“北行”（被金人押解燕京）也有异于后者的南渡逃难，但他们沦为亡国奴之后的处境和心情，却又相似于其他汉族人士遭受异族追杀和凌辱时的处境和心情。对此，我们不妨读一些有关的史料。如无名氏《靖康朝野佥言》描述汴京城破时的惨状：

二十六日早，城南百姓相惊云：“向北金兵下城……杀人劫取财物。”城中百姓皆以布被蒙体而走，士大夫以绮罗锦绣易贫民衲袄布裤以藏。妇女提携童稚于泥雪中走。惶急弃河者无数，自缢投井者万余，哭声彻天。军民逾城出走者十余万人。城外为番兵杀死者居半。是夜，上（指钦宗）在小殿中抱太子，内侍止三、四人，余皆遁。道君（指徽宗）自龙德宫徒步行入大内，与诸王、妃主相聚哭。①

在金兵杀进城来之时，老百姓固然是惊慌失措，有的甚至投河、自缢；但两位皇上却也同样是急得六神无主：一个是紧抱着儿子想寻藏身之地，另一位则只会与他人抱头痛哭。由此看来，身陷这场全民性的灾祸，他们的命运如同普通的汉族民众一样，也是十分凄惨的。

再如蔡鞗《北狩行录》和托名辛弃疾所撰的《窃愤录》中所描述的皇室人员北行途中的艰辛：

宗室仲晷等八百余人，自咸州徙居上京（今黑龙江阿城县），至有缺食死于道路者。太上（指徽宗）闻之，悲不自胜，谓左右曰：“此辈何辜，至于如是。”（《北狩行录》）②

（二帝）往均州又二百余里，路极险恶……约行六十里，日色已晚，路不可识，狐狸悲啸林麓间，微风细雨不类人世。至晓又行，有赍干粮者，于路旁坎中取水以啗。良久，众皆喉痛不能发言，盖为水所伤也。

① 无名氏：《靖康朝野佥言》，中华书局，1985 年，第 1 页。
② 蔡鞗：《北狩行录》，《丛书集成初编》本，商务印书馆，1939 年，第 8 页。

(《窃愤录》)①

我们知道,徽、钦二帝及宗室子弟们原本过着神仙般的享乐生活,而现在却在金兵的大刀与鞭子胁迫下狼狈北行,其情状正像杜诗所云“被驱不异犬与鸡”(《兵车行》),这种落差简直像从天堂坠入了地狱!请看他们在北行途中的悲惨境遇:饿了,就把干粮蘸着路边水洼里的脏水随便吞几口;累了,也顾不上狼跳狐叫,倚着荒坟野冢放倒即睡;更有甚者,碰到绝炊断粮之时,还有不少体弱者被活活饿死……所以难怪徽宗要“悲不自胜”,嗟叹“此辈(实际应为“吾辈”)何辜,至于如是!”而上述史料,即可大大深化我们对于徽、钦“北行”词的认识,使我们对其中所描写的异域萧索风情(如“寒沙风紧”“如今在外多萧索,迤逦近胡沙”)和愁苦心情(如“天遥地远,万水千山,知他故宫何处”“家邦万里,伶仃父子,向晓霜花”)感受得越发具体和真切。

然而,靖康之变带给宋朝的打击虽然十分惨重,但它毕竟还不是毁灭性的。这是因为,在它之后,南宋王朝又摇摇晃晃地建立起来,随后便在淮河以南的半壁江山上站住了脚跟,而其君臣们也重新恢复了“太平”(实为苟安)和享乐的生活。不过,就像猪养肥了就要被人宰杀一样,南宋的“中兴”虽使赵宋王朝延长了150年的寿命,但最终却仍难逃脱被异族(蒙古族)灭国的命运。公元1276年,元兵攻占临安,俘虏了小皇帝赵㬎(恭宗)和诸后妃,重演了靖康之变的历史悲剧。再经三年的海战,元兵彻底击溃了张世杰、陆秀夫所领导的宋朝抵抗力量,赵昺投海而亡,南宋小朝廷遂告最后灭亡。所以,比起金灭北宋来讲,这一次的元灭南宋,则是一次更加彻底和致命的打击。它既使赵宋王朝陷入了万劫不复的境地,也给南宋的君臣和民众带来了灭顶之灾。而在这第二场愈发惨烈的民族浩劫中,宋代的伤乱词就再一次勃生出来。对此也可先从妇女的作品谈起。

德祐元年(1275)三月,元兵攻陷岳州(今湖南岳阳)。有一位女子系士人徐君宝之妻,被元军俘虏。在从岳州到临安的几千里途中,元将多次欲行非礼,均被她巧计逃脱。至临安后,元将狠逼其就范,她自知再难幸免,于是要求先祭亡夫,然后成婚。元将不知是计,顺从其愿。她即摆开香烛,朝岳州方向泣拜数次,并索笔题词一首。书毕,猛向水池冲去,以生命的代价换取了贞操与气节的保全。其词这样写道:

汉上繁华,江南人物,尚遗宣政风流。绿窗朱户,十里烂银钩。一旦

① 辛弃疾(托名):《窃愤录》,《学海类编》第25册,上海涵芬楼影印本,1920年,第8页。

刀兵齐举，旌旗拥、百万貔貅。长驱入、歌楼舞榭，风卷落花愁。　清平三百载，典章人物，扫地俱休。幸此身未北，犹客南州。破鉴徐郎何在？空惆怅、相见无由。从今后，断魂千里，夜夜岳阳楼。（《满庭芳》）

此词把她个人的悲惨遭遇和整个国家山河破碎的命运，紧紧地联系在一起写，表达了“覆巢之下，岂有完卵”的巨大悲痛。因她又是一位执着于爱情的女子，所以结尾的“从今后，断魂千里，夜夜岳阳楼”几句，又显示了女性特有的柔肠寸断之凄婉美感①。

徐君宝妻虽然投池自杀，但她却还自认为是比较幸运的：“幸此身未北，犹客南州。”也就是说，生是南宋人，死犹是南宋鬼。从她这句话中，我们又很可推想那批被元军当作战利品而押解到北方的汉族妇女其命运和心情有多悲惨了。这里且以被掳的宫女为例。据陈邦瞻《宋史纪事本末》卷一〇七记载：元兵攻占临安以后，“索宫女、内侍及诸乐官，宫女赴水死者以百数”，一下子就逼死了数百名不愿受辱的青年女子。而那些胆小求生或来不及投水的宫女和嫔妃，则被装进大船，像货物一样押解去北方②。同行的宫廷琴师汪元量曾有诗对此作纪实的描写，如曰：“太湖风卷浪头高，锦柁摇摇坐不牢。靠着篷窗垂两目，船头船尾烂弓刀。”“青天淡淡月荒荒，两岸淮田尽战场。宫女不眠开眼坐，更听人唱哭襄阳。”（《湖州歌》）其中就写到了元兵手执锃亮的大砍刀，在船头船尾耀武扬威的恐怖景象，以及宫女们白天吓得闭上眼睛、晚间则张目不眠的痛苦情状。而在船经汴京夷山驿站之时，嫔妃中有位才女昭仪王清惠，在墙上题了一首《满江红》词，抒写她身历战乱的亡国之痛。词曰：

太液芙蓉，浑不似、旧时颜色。曾记得，春风雨露，玉楼金阙。名播兰馨后妃里，晕潮莲脸君王侧。忽一声鼙鼓揭天来，繁华歇。　龙虎散，风云灭。千古恨，凭谁说？对山河百二，泪盈襟血。夜馆夜惊尘土梦，宫车晓碾关山月。问嫦娥、于我肯从容，同圆缺？

词以沉痛的笔调，描写了自己的身世剧变：原本是一位“晕潮莲脸君王侧”、颇受皇帝宠爱的妃子，现今却因战乱而沦为元人的女俘，并被日夜兼程地押解到遥远的北方。途中，满目凄凉，泪盈襟袖，此情此景，何可复道？而最令人担忧的还在：到了元都以后，说不定会成为元人的女奴；对于一位汉族女子和曾经作为大宋朝王妃的她来说，这实在是最难堪的事！因此她在最后，哀婉地祈求：但愿上

① 陶宗仪：《辍耕录》，《丛书集成初编》本，商务印书馆，1936年，第59页。
② 陈邦瞻：《宋史纪事本末》，中华书局，1977年，第1163页。

苍保祐,让我能追随月中嫦娥而去,以保全自己的贞操和名节。语势虽嫌软弱,但她毕竟不是文天祥式的抗元斗士,而只是一位哀哀无告的弱小女子,所以我们就完全能谅解她的悲痛和惊恐。后来,在抵达上都(在今内蒙古正蓝旗东)以后,她总算侥幸逃脱被迫做元人奴妾的厄运,出家做了女道士。这也算是不幸中之大幸吧①。

女性所作的伤乱词,我们且举以上两首。下边再来读男性词人之所作。这方面,典型的作品可推汪元量的《水云词》。汪元量算不上是士大夫文人,而只是宫中的一位乐工(琴师),但他却富有很强的民族感情和较高的文学修养。在元人掳宋恭帝、太皇太后谢氏和太后全氏及诸宫妃北去之时,他也随同前行。到了大都(今北京)之后,他曾多次会晤被囚的文天祥;在文就义之后,又作《浮丘道人招魂歌》以示哀悼。由此可知他绝非一般的乐工可比,而是一位颇具政治头脑的人物。在元灭南宋的这场巨大事变中,他曾写过98首《湖州歌》,用极为朴实的语言为这段历史留下了形象性的记录。而在词的创作方面,成绩亦复可观。如在德祐二年(1275)正月十五日元军兵临临安城下时所作的《传言玉女·钱塘元夕》词中,他就真实地描绘了当时大厦将倾的急迫氛围:

> 一片风流,今夕与谁同乐?月台花馆,慨尘埃漠漠。豪华荡尽,只有青山如洛。钱塘依旧,潮生潮落。　　万点灯火,羞照舞钿歌箔。玉梅消瘦,恨东皇命薄。昭君泪流,手撚琵琶弦索。离愁聊寄,画楼哀角。

这时已是赵宋王朝的最后一个元宵佳节,响彻人们耳畔的虽仍是筝琶弦索,但其调门却已是一片"亡国之音哀以思"的悲咽和幽怨。

在北行途中,汪元量分别于船经毗陵(今江苏常州)、金陵(今江苏南京)、江都(今江苏扬州)、淮河以及抵达幽州(今北京)时作了不少抚今追昔、感叹国事的伤乱词,几乎都可当作"词史"(以词记史)来读。这里抄录其中的《莺啼序·重过金陵》和《水龙吟·淮河舟中夜闻宫人琴声》二首:

> 金陵故都最好,有朱楼迢递。嗟倦客、又此凭高,槛外已少佳致。更落尽梨花,飞尽杨花,春也成憔悴。问青山,三国英雄,六朝奇伟。　　麦甸葵丘,荒台败垒,鹿豕衔枯荠。正潮打孤城,寂寞斜阳影里。听楼头、哀笳怨角,未把酒、愁心先醉。渐夜深,月满秦淮,烟笼寒水。　　凄凄惨惨,冷冷清清,灯火渡头市。慨商女不知兴废,隔江犹唱庭花,余音亹亹。伤心千古,泪痕如洗。乌衣巷口青芜路,认依稀、王谢旧邻

① 周密:《浩然斋雅谈》,唐圭璋编《词话丛编》,中华书局,1986年,第229页。

> 里。临春结绮，可怜红粉成灰，萧索白杨风起。　　因思畴昔，铁索千寻，漫沉江底。挥羽扇、障西尘，便好角巾私第。清淡到底成何事？回首新亭，风景今如此。楚囚对泣何时已。叹人间、今古真儿戏！东风岁岁还来，吹入钟山，几重苍翠。（《莺啼序·重过金陵》）
>
> 鼓鼙惊破霓裳，海棠亭北多风雨。歌阑酒罢，玉啼金泣，此行良苦。驼背模糊，马头匼匝，朝朝暮暮。自都门宴别，龙艘锦缆，空载得、春归去。　　目断东南半壁，怅长淮、已非吾土。受降城下，草如霜白，凄凉酸楚。粉阵红围，夜深人静，谁宾谁主？对渔灯一点，羁愁一搦，谱琴中语。（《水龙吟·淮河舟中夜闻宫人琴声》）

我们且读其中“麦甸葵丘，荒台败垒，鹿豕衔枯荠”“临春结绮，可怜红粉成灰，萧索白杨风起”等句，就不难想见当时山河破碎、满目疮痍的悲惨景象；而再读“驼背模糊，马头匼匝，朝朝暮暮”之句（化用杜甫《送蔡希曾还陇右》诗中“马头金匼匝，驼背锦模糊”两句），则更可想象宫妃们抵达北地之后，眼见的尽是元朝贵族们骑着骆驼和高头大马在街头耀武扬威的异国景象，这对于一向生活在江南温柔富贵之乡的这批弱女子来说，真是情何以堪！所以，汪元量这位曾以琴艺供奉南宋皇室的艺人，在宋亡之后以词为“琴”所弹奏出来的，便尽是那令人鼻酸的亡国哀音。

被掳往北方的汉人其命运之凄楚既如上述，而留在南方的汉族士人其境遇也同样悲惨。这里只举蒋捷的一首作品为例。蒋捷家居江苏宜兴。1275 年冬，元兵长驱直入，占领了他的家乡及常州、无锡、苏州一带，词人被迫逃离家园，流寓吴门（苏州）乡下，穷得衣食无着。他有《贺新郎·兵后寓吴》一词，真实地记录了此时的窘迫潦倒境况：

> 深阁绣帘垂。记家人、软语灯边，笑涡红透。万叠城头哀怨角，吹落霜花满袖。影厮伴、东奔西走。望断乡关知何处？羡寒鸦、到着黄昏后，一点点，归杨柳。　　相看只有山如旧。叹浮云、本是无心，也成苍狗。明日枯荷包冷饭，又过前头小阜。趁未发、且尝村酒。醉探枵囊毛锥在，问邻翁、要写《牛经》否？翁不应，但摇手。

词人原有一个十分温馨美满的小家庭，家中的妻子常在灯下与自己软语细谈，话到会心处，嫣然微笑，露出两个迷人的酒窝。可是这一切，却都给万恶的战乱彻底毁灭了。现今一个人流落在异乡客地，只有影子陪伴着自己；每到黄昏，望见寒鸦纷纷飞归树上旧巢，心中自然会涌出“人不如鸟”的满腹离愁：词的上片就写尽了今昔对比、哀乐悬殊的无穷悲感。但更加急迫的问题则还在后面：被迫逃离家园之人,有点像“丧家之狗”,其首先需要解决的便是吃饭和安身这两项人生大计。然而身为书生,既无一技之长,又无体力可以出卖,因此只能抓起一枝秃笔挨门挨户向人打听是否有人需要书写《牛经》之类的服务。然而在这战后凋敗的农村中,当然很难找到个买主。词人今后的生计问题,以及他此时求告无门的心境就都令人为之捏一把汗和掬一把同情之泪!而若我们再回头来读蒋捷描写他宋亡之前所过甜美生活的词句,如“少年听雨歌楼上,红烛昏罗帐”(《虞美人》)、“回首醉年少,控骏马蓉边,红辨茸帽”(《探芳信》),就简直很难把眼前所见的这位几近“文丐”的流浪者与往日那位出入歌楼、骑马赏花的风流少年联系起来。人所共知,元代统治者十分歧视汉族知识分子,“九儒十丐”的民谚就说明了当时读书人的地位几乎接近于讨饭的叫花子们。现在,蒋捷已从一位世家子弟沦落到吃枯荷包冷饭及走村串户地求人施舍的地步,这岂不预示着他所代表的这一士人群体在改朝换代之后将会面临异常悲惨的境遇?回想当年,赵宋王朝相当厚待士大夫文人,使他们享有优裕的物质生活条件,可现今却落到了挣扎在饥饿线上的悲惨下场,这全是战争和亡国所带来的深重后果!所以读了本节所论述的伤乱词,我们对于宋人(主要是经历靖康之变和宋末战祸的乱世之人)的悲惨人生,定会获得比较具体的感性认识。

四、衣食无愁、因闲而生的闲愁词

在本章开头的时候,我们曾把个人的命运比作一叶扁舟,而把它所依附的时代环境和社会环境比作海洋。海洋是经常会兴风作浪的,这时的小舟就会颠簸无主,甚至会沉船没顶。像上一节所讲的宋代伤乱词,反映的就是这种情况。但海洋也会有暂时平静的时候,那时它就显得风轻波细,一碧万顷;而在此时,宋人的命运之舟当然也会荡漾得比较轻快,甚至显露出“稳泛平波任醉眠”(欧阳修《采桑子》)的样子。但若我们细细品味那些境况不恶、衣食不愁的达官贵人们所写的词篇,却又会发现里面却照样流泻出某种“闲愁”,这就正好印证了本章标题所冠的四个字——“无处避愁”。也就是说,即使是在生活安宁舒泰的时候,词人的内心深处却仍然无法摆脱忧患和愁绪的袭击。这一现象启示我们:宋代词人实在是一批十分敏感和聪慧的人群,凭仗着多情和善感的心理气质,他们深锐地感知了生活之中处处潜藏着危机和缺憾的人生真谛。

所谓“闲愁”,很难说得清它的确切含义到底是指什么。大致来说,它是与“闲”(闲暇)相联系的一种愁绪。换句话说,这种愁情并不因特定的事件而发,也不因某种“强刺激”而生,而往往只是在闲暇之中油然品味到一种莫名难言的惆怅和忧伤。因为“莫名”（莫可名状，很难形容），且又难言（难于言明或不便明言），所以词人往往把它笼统地称之为“闲愁”或“闲情”。这种愁情，有时很稀很淡，朦朦胧胧，似有若无；有时，却又来势凶猛，既强烈，又持久。但它具有一个总的特色，此即：它和现实生活的距离比较遥远，尤其与现实生活中所发生的某些重大事件并无直接的联系，而往往只是因闲而产生的内心悸动。所以虽然同属愁情的范畴，但闲愁却有异于因宦海沉浮、政治风波而生的贬谪之愁，也不同于因异族入侵、社会动荡而生的伤乱之愁，而似乎只是有闲阶级所特有的一种夹杂悲哀滋味的精神状态和感情活动，其本质性的思想内涵即是对于个体生命永远存在缺憾的深刻体验和细细“反刍”。当然，由于一切精神行为和感情涟漪归根到底都与外界事物的撩拨有关，因此若从严格的意义上说，则闲愁也并非无端而起的（例如，它们的触发点通常是自然界的花开花落、春秋代序，也与怀念旧事、抚今追昔的人事活动有关）；但是更加重要的则是，闲愁的心理指向往往不重在对外界的刺激做出反应，而是重在品味内心所体验到的那份难言之悲——对于人生某种缺憾的悲哀感悟。对此，我们可以先从五代的南唐词说起。

南唐词的作者，主要是“二李”（李璟、李煜），“一冯”（冯延巳）。其中，冯是宰相，二李则是皇帝。他们非但衣食不愁，而且是锦衣玉食、富贵骄人（对于李煜而言，则是指其亡国之前的享乐生活）。但是，生活在这样的环境之中，他们却也经常会产生莫名的闲愁。例如，冯延巳有词曰：“谁道闲情抛掷久？每到春来，惆怅还依旧。”（《鹊踏枝》）他的这份闲情（亦即闲愁）就像潮汐那样，每逢一定时候，年年都要勃发一次，而且其来势相当凶猛，直困扰得词人只能靠拼命喝酒才能排遣几分（“日日花前常病酒，不辞镜里朱颜瘦”）。那么人们或许会问：这种闲情究竟因何而生呢？是情场失意，还是某种政治感慨？看来这两者都不能圆满解释问题，因为词中的“年年有”三字无法得到落实，且为何它又逢春必发？故而我们认为，这份闲情并非一般的恋情和政治感慨所能概括，而是一种富贵者惊心于时光流逝的内心焦虑，因此面对大地回春的良辰美景，就都会加倍地反弹与诱发。而这种对美景而生愁的看似有点反常的心理行为，正好又说明了词人之多情善感和他对人生永存缺憾的深刻认知——须知，好花不常开，好景不长在，而富贵者即使能较长时间地拥有骄人的地位，却也和普通人一样无法使其青春永驻、韶华长留。这种越是富贵就越是惜时和越是富贵就越是忧惧好景不长的心理趋势，就使冯延巳患上了“忧郁症”，使他常会花前掉泪和乐极生悲。请读：“泪眼问花花不语，乱红飞过秋千去。”（《鹊踏枝》）请读：“和泪试严妆，落梅飞晓霜。”（《菩萨蛮》）词人之哀悼落梅飞红，岂不也是在自悼年华之流逝？而他的一首《采桑子》词，就更把其内心的人生无常之忧患感和危机感抒写得淋漓尽致：

> 笙歌放散人归去，独宿江楼。月上云收，一半珠帘挂玉钩。　　起来点检经由地，处处新愁。凭仗东流，将取离心过橘洲。

请看，刚才还是笙歌连天，高朋满座，可是转眼之间，曲终人散，人去楼空，只剩下主人一个儿独宿江楼、独对冷月。此情此景，便是何等的悲凉！这正应了后之《红楼梦》中的一句名言："千里搭长篷，天下没个不散的筵席。"念此，词人当然要悲情横生，从这番宴罢人散的经历中感受到了"处处新愁"。而这又正好回答了他自己在《鹊踏枝》（谁道闲情抛掷久）中所提出的问题："为问新愁，何事年年有？"答案就在：人生永远存在着缺憾，满足只是暂时的，转眼之间欢乐就会变成一种回忆对象和反照之物，从而促发出抚今追昔、乐极生悲的哀伤来。而在漫长的人生道途中，这种经验又不知会重复经历多少次（故曰"年年有"）！所以，冯延巳生当"金陵盛时，内外无事"①的享乐环境之中，而其词中却偏多忧伤的声音，这固然还有其他原因，但从主要方面来说，其缠绕深心的闲情（闲愁）就起源于他对个体生命无法恒久美好的深深遗憾和深深焦虑。

李璟、李煜的情况，亦与冯延巳大致相似。他俩之闲愁，也往往产生在歌舞欢宴之后。如李璟词曰："昨夜更阑酒醒，春愁过却病。"（《应天长》）即明言其春愁产生在昨宵的沉醉和酒醒之后。又如李煜词曰：

> 东风吹水日衔山，春来长是闲。落花狼藉酒阑珊，笙歌醉梦间。　　珮声悄，晚妆残，凭谁整翠鬟。留连光景惜朱颜，黄昏独倚栏。（《阮郎归》）

也明确交代其愁绪一是起源于长日无聊（"春来长是闲"），二又产生在酒阑席散之后（"落花狼藉酒阑珊，笙歌醉梦间"）。所以总结"一冯""二李"的闲愁词，它们都诞生于富贵兼闲暇的生活环境中，而其作者又是那种具备着成为杰出诗人所必需的心理条件之人，所以他们并未被眼前繁华杂呈的物质享受生活弄得头晕目眩；相反，他们凭仗其异常聪慧和敏感的"第六感觉"，透过了世俗浮华生活的表层泡沫而直探人生之真谛，从而深悟到了人世的悲凉。所以，这些闲愁词看似有点无病呻吟，但实际却还是"心有病"（冯延巳《采桑子》："愁心似醉兼如病，欲语还慵。"）的产物，不过其"心病"不易被钝根的常人所理解而已。

北宋前期的词风，颇受南唐词（尤其是冯延巳词）的影响。再加上宋朝政府

① 金启华，等编：《唐宋词籍序跋汇编》，江苏教育出版社，1990 年，第 9 页。

鼓励享乐、优待文吏的政策，所以士大夫文人对于享乐生活的品位就越发精细，而所体味到的闲愁也缘此而带有优雅的特色。这里先举宋祁的《玉楼春》为例：

> 东城渐觉风光好，縠皱波纹迎客棹。绿杨烟外晓寒轻，红杏枝头春意闹。　　浮生常恨欢娱少，肯爱千金轻一笑？为君持酒劝斜阳，且向花间留晚照。

“一年之计在于春，一日之计在于晨”，这固然说的是人生当以春和晨作为“大计”之始，但从风光的美好来说，春天，尤其是春晨却也是特别逗人游兴和惹人喜爱的。这不，词人一清早就赶到东城来观赏春景了。举目所见，绿波粼粼，宛如皱纱，仿佛在殷勤地招人泛舟；而那绿杨如烟、红杏似火的美景，则更对游人产生了挡不住的诱惑。所以写到这里，词人完全是一片赏心悦目的好心情，哪来半点的忧愁？但是，且莫高兴得太早，接下来登场的便将是“闲愁”。“浮生常恨欢娱少”，面对着明媚如画的春光，词人好像玩“脑筋急转弯”游戏那样，忽然转出了另一个念头：如此良辰美景，一生究能消受几回？而人寿短促，浮生若梦，细想下来，人生的忧患岂非远远多于欢娱？于是闲愁就像一位不速之客，顿时强闯进了词人的脑海之中，想赶也赶它不走。无奈之下，他就只能搬出“及时行乐”的思想武器来消释愁闷，于是就出现了如下的一段文辞：且让我们端起酒杯共同来劝说斜阳，恳望它不要匆忙下山；只要花间仍残留一抹余晖，那咱们就能多欣赏一会儿哪怕已是“夕阳无限好”的人间美景。词情至此，便从上片的愉悦陡落到无可奈何的伤感之中，而这一情绪转换就十分生动地反映了词人因闲（闲适）而生愁的心路历程，并以动态的方式细腻而优雅地表现了那种面对良辰美景而生的闲愁。

如果说宋祁词中所写闲愁似有些无端而发和突如其来的意味的话，那么另一些词中所写的闲愁相对而言则有了比较具体的内涵。这些感情内涵，大致离不开伤春悲秋和离别相思，但因其抒情重心偏向于写因闲而生愁的心理过程，所以也可归入闲愁词的行列。例如，李冠所作《蝶恋花》（也有人认为系李煜、欧阳修作）：

> 遥夜亭皋闲信步，才过清明，渐觉伤春暮。数点雨声风约住，朦胧淡月云来去。　　桃杏依稀香暗度。谁在秋千，笑里轻轻语。一寸相思千万绪，人间没个安排处。

词人自云：“才过清明，渐觉伤春暮。”清明节刚过，照理仍是“一年好景君须记”的好时光，可他的心头却已提早地涌起了伤春的闲愁。怀着这种心态观物，虽然“数点雨声风约住，朦胧淡月云来去”的春夜景色是那样的幽雅清丽，然而总带有那么一点儿飘忽和惆怅之感（风收残雨，云中忽隐忽现地浮现出朦胧淡月，这些景象多少带有上述意味）。及至他信步迈入花间小径时，耳畔忽又飘过一阵秋千架上女孩的笑声，这就立时引发了他感情的“回响”：“一寸相思千万绪，人间没个安排处。”他原先怀有的伤春闲愁，至此就显得明朗了——原来，它的核心内涵就是那“春心莫共花争发，一寸相思一寸灰”（李商隐《无题》）无法谐和的男女相思之情。故而本词所写之“人间没个安排处”的闲愁，同样也是生发于人生多憾事的生活基础之上的。

日常生活中，常有因病而得闲的情况，所以生病也会成为促发闲愁的一个重要原因。对此我们自然不会忘掉张先那首著名的《天仙子》词。作者曾自注云：“时为嘉禾（今浙江嘉兴）小倅，以病眠，不赴府会。”也就是说，别人都兴高采烈地去参加官府的欢筵去了，而自己却病恹恹地躺在床上，身心疲怠，百无聊赖，此时当然就会激惹起满腹的闲愁来。其词如此写道：

> 《水调》数声持酒听，午醉醒来愁未醒。送春春去几时回？临晚镜，伤流景，往事后期空记省。　　沙上并禽池上暝，云破月来花弄影。重重帘幕密遮灯，风不定，人初静，明日落红应满径。

据沈祖棻先生《宋词赏析》中说，当时张先在嘉禾任判官，年纪约在 52 岁。这个年龄对古人而言，已入老年的范围。加之作者又身染小恙，所以词中所写的闲愁就明显带有嗟老叹病的感情特色①。如其“送春春去几时回”，就是词人自感衰老而对即将逝去的春光所发的“同病相怜”之叹。而“临晚镜，伤流景”两句则化用杜牧“自悲临晓镜，谁与惜流年”（《代吴兴妓春初寄薛军事》）诗意，明确地点出一个“晚”字（既指傍晚时分，又指晚年岁月），表达了自悲迟暮的浓重伤感。因此，我们在读这首词时，除了激赏其中“云破月来花弄影”一句的警策和生动之外，可不能“买椟还珠”地忘掉了全词的主题。这一情况又和宋祁那首《玉楼春》有些相似：人们大都把注意力放在对其名句“红杏枝头春意闹”的欣赏与玩味上，而往往忽视了全词所浸染着的伤感氛围。因此说到底，张先和宋祁这两首名篇固然因词中的那两句佳句而广被传诵（他们还分别获得了“‘云破月来花弄影’郎中”和“‘红杏枝头春意闹’尚书”的美名），但它们在词史上的意义却更在于：词人能在太平悠闲的生活环境中深锐地感悟到生老病死的危机和缺憾，并能把这种常人不易感悟到的人生怅恨转化为优雅生动的词境，这就上承了南唐闲愁词的传统而又为宋代的闲愁词提供了艺术样板。

① 沈祖棻：《宋词赏析》，上海古籍出版社，1980 年，第 12 页。

至于说到善写闲愁词的代表性作家，当然非晏殊莫属。但因上编已有专节（《忧惧衰老：晏殊词中的惜时心绪》）论述过他的情况，所以这里仅列举一些例句来做简单介绍。我们只需咏读下面这些词句，便可领会到他心中所怀闲愁的若干滋味。如：

乍雨乍晴花自落，闲愁闲闷日偏长，为谁消瘦减容光？（《浣溪沙》）

无可奈何花落去，似曾相识燕归来，小园香径独徘徊。（《浣溪沙》）

一霎好风生翠幕，几回疏雨滴圆荷，酒醒人散得愁多。（《浣溪沙》）

无端一夜狂风雨，暗落繁枝。蝶怨莺悲，满眼春愁说向谁？（《红窗听》）

燕鸿过后莺归去，细算浮生千万绪。长于春梦几多时，散似秋云无觅处。（《木兰花》）

一场愁梦酒醒时，斜阳却照深深院。（《踏莎行》）

……

读了这些词句，我们发现词人简直如坐愁城，如陷愁海，真是：朝也愁，晚也愁，坐也愁，睡也愁，春也愁，秋也愁，整日里尽与“愁”字打交道。而究其“闲愁闲闷日偏长”的原因，却既非穷得揭不开锅盖，也非一纸贬书远谪他乡，而全属生活中无关紧要的一些小事，如乍晴乍雨，花开花落，蝶怨莺悲，筵罢席散……这些事情如拿李璟戏嘲冯延巳“风乍起，吹皱一池春水”两句的话来说，就是：“干卿何事（关你什么事情）。”但晏殊却当真来对待了，而且是对待得那么认真，那么细心，那么虔诚，这就说明：第一，词人实是生活得太悠闲了。而因太闲，就会闲得发闷，闲得发慌，闲得空虚，于是闲愁就会因虚而入、因闲而生，这正像整天懒躺在床上反而会四肢疲软、恹恹生病那样。第二，词人似乎又是一位天生的悲观主义者。虽然老天爷待他不薄，赐给他以钟鸣鼎食、倚红偎翠的富贵生活，但这却并不能改变他先天生就的忧生忧世、悲天悯人的思想性格。因此，他对落花抱有怜悯的态度，对夕阳怀有惋惜的感情，对春梦表现出无限的追恋，对“酒醒人散”的人间聚散又深感无可奈何和不胜惆怅……一句话，举凡是美好的事物遭到破坏，甚或它们因自然规律而走向衰亡，就都会激惹起词人的悲情和忧思。第三，对于这个世界，尤其对于自己的生命，他又实在爱得太深了。尽管他也把人生称作“浮生”，但他的爱却是实实在在和沉甸甸的。他企望生命能够长驻，时光不要流逝，而人间一切的美好事物都能永留天壤，不受破坏。但在此同时他又明知这一切都是空想，于是清醒的理性认识便和上述执着难移的痴情发生了碰撞，从而产生了事事关心和触处生愁的心理行为，写出了一大批抒写闲愁的词篇。所以归结起来说,晏殊的闲愁词堪称宋代闲愁词的标本和精品。它们相当典型地体现了宋代词人多情善感的心理气质,同时又反映出他们对于生活中处处潜藏着危机和缺憾的人生真谛之感悟已经抵达了十分深细的程度。故而闲愁词虽缘起于富贵悠闲的生活空间,但其最后的心理归宿却仍是指向人类那与生俱来和万古难销的深心愁怨的。

晏殊以后,比较纯粹的闲愁词逐渐有所减少。这是因为,真正的闲愁词是与“闲”字结缘的,而随着社会矛盾的加剧和党争的纷起,大多数词人的心境就不再那么悠闲了。而到南渡以后,民族矛盾的尖锐就更使人们变得焦灼和忧虑。所以晏殊以后的词人虽然仍在不断产生闲愁,但在很多时候,其词中的闲愁往往又会夹杂着政治情怀、身世感叹等其他方面的内容;有些词中的闲情,干脆就恢复了陶渊明《闲情赋》中所写的男女恋情之“闲情”的本来意义。先说这后面这一种情况。例如,贺铸《青玉案》词中有云:“飞云冉冉蘅皋暮,彩笔新题断肠句。试问闲情都几许?一川烟草,满城风絮,梅子黄时雨。”张耒《风流子》词中有云:“玉容知安否?香笺共锦字,两处悠悠。空恨碧云离合,青鸟沉浮。向风前懊恼,芳心一点,寸眉两叶,禁甚闲愁?情到不堪言处,分付东流。”李清照《一剪梅》词中有云:“花自飘零水自流。一种相思,两处闲愁。此情无计可消除,才下眉头,却上心头。”他们所说的“闲愁”(“闲情”),就主要是指因男女恋情而导致的惆怅心态。再说前一种情况:如辛弃疾《摸鱼儿》词中有云:“君莫舞,君不见、玉环飞燕皆尘土。闲愁最苦。休去倚危栏,斜阳正在,烟柳断肠处。”《满江红》词中有云:“庭院静,空相忆。无说处,闲愁极。怕流莺乳燕,得知消息。”《一剪梅》词中有云:“白石冈头曲岸西,一片闲愁,芳草萋萋。多情山鸟不须啼。桃李无言,下自成蹊。”这些词中所写的“闲愁”又大都是用比兴之法来借言其某种政治感慨与身世之叹。所以到得后来,“闲愁”往往变成了某种不便明言的感情之代称。这类“闲愁”与前面所谈的衣食无愁、因闲而生的闲愁既有某种联系,却又存在着一定的差别。而我们之所以要重点来谈论冯延巳、晏殊等富贵人所写的闲愁词,目的就在于揭示:即使是在人生境遇不差、人生道途相对平坦之时,多情而敏感的词人们,依然会从表面平稳的生活中感悟其深层所潜藏的危机和缺憾。近人况周颐论词有云:“吾听风雨,吾览江山,常觉风雨江山外有万不得已者在。此万不得已者,即词心也。而能以吾言写吾心,即吾词也。”①他的这番心灵感悟和作词经验,就正可移作对闲愁词产生过程的生动描述。而亦如其言所说,若是透过生活的表象来审视社会和人生,其中就确实存在着不知多少

① 况周颐:《蕙风词话》,唐圭璋编《词话丛编》,中华书局,1986 年,第 4411 页。

“万不得已者”。但常人大都只在身处逆境时产生某种忧患感,唯有那些既多情又善感的词人才会“春江水暖鸭先知”地因闲暇而感知天壤间弥漫着的悲凉之雾。由此我们即可得到一个认识:即使是在日子比较好过的时候,对于某些宋人来说,他们也是“无处可避愁”的。而一旦发生重大变故和遭受重大打击之时,他们当然更要惊呼“近来愁似天来大”(辛弃疾《丑奴儿》)了。

最后,还让我们回到前面打过的比喻上来:个人犹如一叶扁舟,而时代和社会的境况则好比那载舟之水。综观两宋词人的生命之舟,它们舟行水上的状况就是各不相同和变化多端的。其中如欧阳修们,“画船载酒西湖好,急管繁弦,玉盏催传,稳泛平波任醉眠”(《采桑子》),着实享受过人生的快乐滋味;其中如张孝祥、朱敦儒们,“玉鉴琼田三万顷,着我扁舟一叶”(张孝祥《念奴娇》)、“短棹钓船轻,江上晚烟笼碧”(朱敦儒《好事近》),又着实享用过自然界的山水清景和人生的闲适情趣;而像柳永、李清照们,则或是经历了“留恋处、兰舟催发。执手相看泪眼,竟无语凝噎”(柳永《雨霖铃》)的痛苦离别,或是饱尝了“轻解罗裳,独上兰舟。云中谁寄锦书来?雁字回时,月满西楼”(李清照《一剪梅》)的相思之愁;更有一些人,如蒋捷、张炎等人,其命运和遭遇就更其凄惨了:“壮年听雨客舟中,江阔云低,断雁叫西风”(蒋捷《虞美人》)、“扬舲万里,笑当年底事,中分南北?须信平生无梦到,却向而今游历”(张炎《壶中天》)。他们或是在战乱中狼狈逃难,或是在亡国后被迫渡过黄河去为异族统治者效劳,比起前辈词人那“春水碧于天,画船听雨眠”(韦庄《菩萨蛮》)和“携靓侣,泛轻航,棹歌惊起野鸳鸯”(张镃《鹧鸪天》)的舒心惬意来,其人生际遇简直有天壤之别。所以朱彝尊曾说:词的写作“宜于宴嬉逸乐,以歌咏太平”,“大都欢愉之辞工者十九,而言愁苦者十一焉耳”①,此言仅说对了一小半。这是因为,在浩繁的宋词长卷上,固然出现过灯红酒绿、宴嬉逸乐的享乐生活画面,但除此之外更存在着别种色调和另外内容的其他生活画面。唯其如此,这幅长卷的色彩才会显得那样五光十色和绚丽斑斓;也唯其如此,宋词才能出色地完成其反映和表现宋人之生存状态与感情世界的文学使命,且使其“物种”之丰富与两宋社会之复杂“土质”基本相符。

① 朱彝尊:《紫云词序》,《曝书亭全集》,吉林文史出版社,2009年,第454页。

余论　试论词中人生意蕴对今人的思想启示

数年以前，我在拙著《唐宋词纵横谈》的前言中曾经说过这样一段话：

> 唐诗宋词真是一个永远说不完的话题！任你古人说、今人说、国人说、洋人说、正说反说、横说竖说，可永远也说不尽它们的绰约风姿和无穷魅力。就以唐宋词来说，它所反映的斑驳心态，它所包含的丰富意蕴，它所体现的审美情趣，它所达到的艺术境地，以及词坛上出现的不同于诗、文领域的奇特现象，词苑所提供的不同“系列产品”，“词境”中隐含的复杂“词心”，词论中提出的许多有意味的论题……凡此种种，都足以引起我们的兴趣，值得我们细加探讨。①

这一段话，实际也反映了我在阅读和研究唐宋词时不断有所感悟和不断有所深化的认识过程。确实，正如苏轼咏庐山诗所说的那样，“横看成岭侧成峰，远近高低各不同”，唐宋词作为一座巍峨富丽的文学宫殿，它就足供人们通过各种角度和途径去做多方位的观照和欣赏；而作为老祖宗留给后代人的一大笔丰厚遗产，它又足以供我们各取所需地从中支取或是思想方面，或是艺术方面的财富以便继承和“消费”。因而，作为一名唐宋词的喜爱者和研究者，我对它的阅读兴趣和研究重心，自然也会随着时间的推移而不断产生变化。举例来说，我因惊叹于词的风格之绚烂多姿和流派纷呈，曾撰写过《唐宋词风格论》一书；后来为了探求唐宋词的发展轨迹和演变历程，又撰写过一本《唐宋词史》；再后，还曾撰写过《唐宋词美学》，尝试从美学的角度来研究和诠释唐宋词；除此以外，前面提到的《唐宋词纵横谈》，也可算是一本对词“横说竖说”的小书。且不管上述诸书的优劣得失如何，它们就都可证明：对于唐宋词这样一份优秀和丰厚的文学遗产，大可进行多角度和多层面的研究与发掘。

不过，直到写毕上面这些著述以后，我总隐隐约约地觉得自己对于唐宋词的研究，似乎还欠缺了什么。或者换句话说，自己虽然对于唐宋词做过一番“横说竖说”的评论，但对它的真正底蕴却仍有感悟不深和言之不透的感觉。而现在，

① 杨海明：《唐宋词纵横谈·前言》，《唐宋词纵横谈》，苏州大学出版社，1994 年，第 1 页。

经过一番细思之后方始悟到：第一，古典诗词（以及一切优秀的文艺作品）中，实际蕴藏着十分丰富的人生意蕴，而且这些有关人生问题的思想蕴涵通常又裹以精美的艺术包装，因此极能吸引读者和感动人心。第二，古典诗词所贮存的人生意蕴，虽属古代的精神产品，但又是与后代人的思想感情勾连和相通的，且还在相当程度上影响着现代人的感情生活和文化心理。因此，从一定意义上说，唐宋词就是唐宋词人用词的形式所写就的一部大型的“人生百科全书”；而对后代读者来说，也仍可当作一部人生教科书来阅读。这或许就是唐宋词的真正底蕴吧。

前面，我们已花了很长的篇幅论述唐宋词人投注与贮存在词中的种种人生意蕴。现在则想转而讨论这些人生意蕴至今犹存活在现当代人心中的问题。或者也可换个说法：生活在今天的人们在阅读古老的唐宋词时，常会在哪些方面产生与古人“心有灵犀一点通”的感受？词中有哪些人生意蕴还能使他们得到启示和教益？对于这些问题，相信每位读者都会有自己的思考，因而答案不可能完全一致。何况，唐宋词的作者和作品本身就很繁杂，其人生意蕴又呈现多元化的指向，这就更加增添了解决上述问题的难度。所以，下文所要论述的内容，只是笔者本人在联系人生问题读词时所得的粗浅体会，仅供读者参考之用。

依照个人的读词体会，唐宋词的人生意蕴中可助今人思索的内容至少可有如下几方面。

一、珍惜生命和看淡人生

一部唐宋词史，可以看作唐宋词人对于人生的集体性咏叹。从其基调来分，有喜有悲，有乐有哀，但不管是对快活人生的欢呼还是对悲惨人生的忧伤，却无不体现着他们对于生命的珍惜之情。欢呼者如下面此词：

> 想人生，美景良辰堪惜。问其间、赏心乐事，就中难是并得。况东城、凤台沙苑，泛晴波、浅照金碧。露洗华桐，烟霏丝柳，绿阴摇曳，荡春一色。画堂迥、玉簪琼佩，高会尽词客。清欢久，重燃绛蜡，别受瑶席。　　有翩若轻鸿体态，暮为行雨标格。逞朱唇、缓歌妖姬，似听流莺乱花隔。慢舞萦回，娇鬟低亸，腰肢纤细困无力。忍分散、彩云归后，何处更寻觅。休辞醉，明月好花，莫谩轻掷。（聂冠卿《多丽》）

请看，词人和他的伙伴们是多么的兴高采烈，他们尽情地饮酒作乐，尽情地听歌赏舞，其劲头大得连通宵狂欢犹未觉尽兴。而此种生活方式的思想出发点便是：

“想人生,美景良辰堪惜”,也就是人生当及时行乐和人生因可行乐故当倍加珍惜。这种思想自然含有消极颓废的成分,但又不能予以全盘否定。这是因为,人生在世谁不企求幸福的生活,谁不想赢得尽可能多的快乐?所以从“享受人生”的角度出发来珍惜每一寸生命,此乃人情之常。再举忧伤的例子来说,如李之仪有词曰:“万事都归一梦了,曾向邯郸,枕上教知道。百岁年光谁得到,其间忧患知多少!”(《蝶恋花》)“梦破南窗,愁肠万缕,那听角动城头鼓。人生弹指事成空,断魂惆怅无寻处。”(《踏莎行》)尽管他感叹人生充满着忧患,甚至认为人生之虚空恍如一梦,但这却丝毫也没有减弱他对生命历程的珍惜与留恋,否则他就会像修行到家的老僧那样无憎无爱、对一切都无动于衷,而不会像词中所描写的那样,经常被生活中的某些情事扰乱得断魂惆怅。所以,唐宋词中所描写的一切人生经历(如生老病死,如聚散离合),唐宋词中所表现的所有感情体验(如伤春悲秋,如喜怒哀乐),其深层的思想底蕴差不多都可归结为对于生命的无限珍惜和无限眷恋。尽管每位词人的具体境遇和心情有所差异,而每首词篇的具体意境和风貌也各不相同,但正像千条江河汇向大海和万株柳枝垂向大地那样,这千百位词人和万千首词的“心”却无不表现出对于生命的缱绻珍爱和缠绵依恋。请读:“须愁春漏短,莫诉金杯满。遇酒且呵呵,人生能几何!”(韦庄《菩萨蛮》)请读:“韶华不为少年留。恨悠悠,几时休?飞絮落花时候一登楼。便做春江都是泪,流不尽,许多愁。”(秦观《江城子》)我们便可体会到他们对于生命怀有怎样深厚的感情了。我们常说,宋人特别多情,宋词又尤擅言情,但说到底则他们所怀之情和所抒之情,其本源却全出于对自身生命的珍爱。例如,词人随处流露的惜时心理,词人经常表现的“迟暮”心态,以及那些伤春悲秋之嗟、伤逝怀旧之叹,就无不是眷恋生命的感情主干上所衍生出来的枝枝叶叶。因此,欢呼人生的快乐固然从正面表现了他们对生命的礼赞,而忧生忧世的悲哀却又从反面反映出他们对于生命的执着。所以,尽管求生畏死是连动物都具有的本能欲望,也尽管古往今来的人们无不怀有热爱生命的天性,但唐宋词人却在面对“死生事大”这样一个人生的根本问题时,投注了异常深厚的人文关怀,这就使得人们读其词时常会被他们眷恋生命的诚挚所深深感动,并产生出相应的感情共鸣。

而在培育“珍惜生命”之感情的同时,唐宋词却又能给人以“看淡人生”的思想启示,有助于他们摆脱过分患得患失的精神羁绊。确实,生命是非常宝贵的,但是它所容纳和负载的人生内容却并不全是幸福和快乐,而另有那无法逃避的烦恼和痛苦。而且,这些烦恼和痛苦又往往是因为追求幸福和快乐所反弹而生的,所以期望越高却失望越大、欲念越多就烦恼越深几乎便成了生活中的一条通例。缘此,过分地看重个人的幸福和利益,就会使人陷入患得患失、烦恼丛生的感情小圈子中，人生也反而会失去宁静与快乐。这样，为求自我解脱词人们势必要用另一种“看淡人生”的思想去冲淡其人生的愁怨。也就是说，他们尽量劝慰自己：何必把人生中的失意和烦恼看得那么严重？在珍惜生命的同时又何妨把人生看淡乃至看穿一些，这样才能任缘随化，彻底放松自己的紧张心情。而在这方面，词中就有很多富有哲理的阐释。例如，辛弃疾就从大处着眼，揭示了个体生命的渺小性和短暂性。其《水调歌头·题永丰杨少游提点一枝堂》词劈头就说：“万事几时足，日月自西东。无穷宇宙，人是一粟太仓中。”既然个人在无穷的宇宙中，渺小如太仓一粟，短暂如白驹过隙（和日月的永恒周转相比），那么发生在他身上的一时一事的悲欢得失，又算得了什么呢？因此他长叹一声：“悟人世、正类春蚕，自相缠缚。”（《贺新郎·和吴明可给事安抚》）这就从宏观的角度简洁明快地说透了应该“看淡人生”和不必庸人自扰、作茧自缚的道理。其高屋建瓴的气势，其单刀直入的风格，显示了他非常人可比的大胸襟和大气度。

而在诸多的人生追求中，常人所最看重的往往是个人的名利；对于士大夫文人来说，则主要就是仕途和功业。因此，若要“看淡人生”，若要“清心寡欲”，首要和主要的事就是要看淡功名利禄、荣华富贵之类身外之物，否则就是空话一句。对此，很多词人就都曾表达过相似的看法。如对名、利二字，柳永就态度相当激烈地斥为“名缰利锁”（《夏云峰》），其言有曰：“屈指劳生百岁期，荣瘁相随。利牵名惹逡巡过，奈两轮、玉走金飞。红颜成白发，极品何为？”（《看花回》）“路遥山远多行役。往来人，只轮双桨，尽是利名客。”（《归朝欢》）“驱驱行役，苒苒光阴，蝇头利禄，蜗角功名，毕竟成何事”（《凤归云》）……他就认为，放眼望去，来来往往的行人尽在为名为利而奔忙，就连自己也未能免俗；但说来说去，若为那么一点蝇头利禄和蜗角功名而耗尽了青春、愁白了头发，这就太不值得了。所以他的话中虽然带点言不由衷的成分，但毕竟表现了词人对于名利是缰绳、是枷锁的清醒认识。

如果说，柳永是因自己多次应举不第而对功名产生“吃不到葡萄说葡萄酸”的怨恨和鄙薄之情的话，那么下列两位曾任高官者的词人之言就出自他们真心的反省了。张昇（官至参知政事、枢密使）《满江红》词这样写道：

> 无利无名，无荣无辱，无烦无恼。夜灯前、独歌独酌，独吟独笑。况值群山初雪满，又兼明月交光好。便假饶百岁拟如何，从他老。　知富贵，谁能保；知功业，何时了。算箪瓢金玉，所争多少？一瞬光阴何足道，但思行乐常不早。待春来携酒滞东风，眠芳草。

这位曾经纡朱拖紫、金玉满堂的宰辅大臣，最终悟出了这样一个道理：“知富贵，谁能保;知功业,何时了。”只有把名利、荣辱之类身外之物通通抛开,这才能无烦无恼。而另一位久战政治沙场的“老将”范仲淹,虽然平素以“先忧后乐”为抱负,却也说过这样一番看透政治功业的警世之言:“昨夜因看《蜀志》,笑曹操、孙权、刘备,用尽机关,徒劳心力,只得三分天地。屈指细思,争如共、刘伶一醉?”(《剔银灯》)当然,这或许只是范公在酒席上的一番醉言,但它告诉我们:即使在政治家眼中,有时也会将千秋万代的帝王之业看得很淡。因此对于个人在仕途中的穷通得失,不少经历过政治风浪的词人就看得更“穿”了。如欧阳修《渔家傲》词有云:“车马九门来扰扰,行人莫羡长安道。丹禁漏声衢鼓报,催昏晓,长安城里人先老。”请看,车如流水,马似游龙,有多少士人争着拥向都门,想在长安城(喻京师)里谋个一官半职。殊不知这“长安城里人”是最不好做的,其中“先老”两字就暗示了他们将因仕途凶险而导致心力交瘁之前景。而饱经贬官打击的辛弃疾则对此更有深刻体会,他说:“拟倩流莺说与:记荣华、易消难整。人间得意,千红百紫,转头春尽。”(《水龙吟·寄题京口范南伯家文官花》)就像自然界千红百紫的春景转眼就会消逝那样,官场的春风得意也只是暂时的事。念此,他进而劝慰自己:“钟鼎山林都是梦,人间宠辱休惊。只消闲处过平生。”(《临江仙·再用韵送祐之弟归浮梁》)“钟鼎”指在朝为官,钟鸣鼎食;“山林”指在野为隐,与山石林泉为伴。而这二者在词人看来都是梦幻一场,那就何必要为仕途的穷通宠辱而自我惊扰呢?所以,这些词人正是通过看淡个人的功名利禄和荣华富贵来设法消释自己的烦恼的。

不过,在唐宋词人的诸多思想武器中最能使自己彻底松绑的法宝该数“人生如梦”的观念了。这样的话语,在词中就不知出现过多少次。如陈瓘词曰:“扰扰匆匆,红尘满袖,自然心在溪山。寻思百计,真个不如闲。浮世纷华梦影,嚣尘路、来往循环。”(《满庭芳》)他就把浮世纷华全看作“梦影”。又如俞处俊词曰:“岁月如驰,古今同梦,惟有悲欢异。”(《百字令》)此言又明显继承苏轼的词句“古今如梦,何曾梦觉,但有旧欢新怨”(《永遇乐》)而来。再如刘克庄有词曰:“老子颇更事,打透利名关。百年扰扰于役,何异入槐安。梦里偶然得意,醒后才堪发笑,蚁穴驾车还……”(《水调歌头·解印有期戏作》)他也把自己的大半生人生比作淳于棼梦入槐安国(实为槐树下的蚁穴)的“南柯一梦”。凡此种种都足以表明,词人为想从根本上消释愁闷,就不得不打出“人生如梦”这一张王牌来解决问题。而在这方面,苏轼的两句词可谓最有“力度”的警策之言:“休言万事转头空,未转头时皆梦。”(《西江月》)别人常在事后才把以往的人生经历称为转头已空的旧梦,而他则更加彻底地把现在进行着的人生也径直呼之为“梦”,这就岂止是看淡了人生,而是全盘地“看穿”了人生!

十分明显,在上述“看淡”甚至是“看穿”人生的言论中,我们分明感到了一种消极乃至是虚无主义的人生观和人生态度。这些当然是我们所不予赞同和接受的。但是,若是细究词人之本意,有两点就不能不被特别指出。首先,不少词人之所以要如此说,实有其“不得不然”的无奈。如苏轼和辛弃疾,这二位何尝是不想有所作为的“闲人”和“懒人”(苏轼《谒金门》词曰:“一片懒心双懒脚,好教闲处着。”)?他们之所以要感慨“人生如梦”“钟鼎山林都是梦”,实是受到人生的挫折和精神的压力之后不得不用佛道思想来设法解愁的结果。对于这份无奈,我们就应予谅解。其次,这些词人之看淡或看穿人生,其实并非看淡或看穿整个的人生,而只是把人生中某些不必要的累赘之物看淡和看穿而已。对此,苏轼的词说得相当明白:“身外傥来都似梦。”(《十拍子》)其中“身外”指自身之外,“傥来”则指无意得来之物(《庄子·缮性》:“今之所谓得志者,轩冕之谓也。轩冕在身,非性命也,物之傥来,寄也。”成玄英疏曰:“傥者,意外忽来者耳。”①),合而言之即谓:功名利禄、高官厚爵之类东西,均不过是意外得来的身外之物耳,在我看来都似梦境一场。由此看来,他所看淡和看穿的并非是人生本身,而只是那些附加而来的“傥来之物”而已。而这些自身以外的附加物,弄得不好便是人生的累赘。“为米折腰,因酒弃家,口体交相累”(《哨遍》),只为求得五斗米的俸禄,不惜去弯腰逢迎上司,只为求得美酒佳肴的享受,不惜抛弃可爱的家乡到外地去做官,弄得口体交累、身心交瘁,这岂不证明对于追求人格独立和思想自由的人来说,功名利禄之类东西都是累赘吗?所以词人之努力看淡人生,往深处说,却又是珍惜生命的另一种表现形态。这是因为,看淡了人生中不必要的累赘之物并设法减少它们所带来的负面作用,就像减掉负数反而增值那样,肯定会使人生的质量有所提高。举例来说,“无官一身轻”,厌倦为官者一旦卸去做官带来的负担和烦恼,其身心就必能获得空前的解放。因此珍惜生命是从正面肯定人生,而看淡人生则是通过“减法”(减少累赘和负担)从另一种途径来肯定人生,二者殊途同归于“善待今生”的人生目标。

二、知足戒贪和勇于承担

生命异常宝贵,每人仅能拥有一次而已。但在这有限的人生之中,却又充满着不知多少的烦恼和痛苦。因此,除开及时行乐之外,词人就只能用“以守为攻”的办法去争取生活质量(主要是精神生活)的提高。这个“以守为攻”,就是

① 郭象注,成玄英疏:《南华真经注疏》,中华书局,1998 年,第 324 页。

通过“知足”和“戒贪”来克服心中腾涌起的无穷私欲，达到心灵尽可能和谐与自得其乐的境地。

“知足常乐”，可谓中国人的一贯思想。而在词中，则表现得尤其普遍。以辛弃疾为例，他在被迫隐居农村之后就曾反复咏叹过这一主题。其中特别警策之语有：“若要足时今足矣，以为未足何时足？”（《满江红·山居即事》）一般人虽也懂得“知足常乐”的道理，但在事实上，他们却又抱有“这山望见那山高”的念头，因此就永远不能真正知足。而辛弃疾却能立足当前，“从现在做起”，这就是他胜人一筹之处。抱着这种立足现在、知足常乐的态度，因此他就能比较平静地对待自己的隐居生活：

> 连云松竹，万事从今足。拄杖东家分社肉，白酒床头初熟。　西风梨枣山园，儿童偷把长竿。莫遣旁人惊去，老夫静处闲看。（《清平乐·检校山园书所见》）

从中品味出官场里所无法享受到的闲适之乐。再如吴潜词曰：

> 细阅浮生，为底事、区区碌碌？算只是、信缘随分，早寻归宿。造物小儿忺簸弄，翻云覆雨难摆触。谩一堆岁月鬓边来，跳丸速。　田二顷，非无粟；官四品，非无禄。更不知足后，待何时足。恰好园池原自有，近来新创三椽屋。且饥时吃饭困时眠，平为福。（《满江红》）

曹组词曰：

> 人无百年人，刚（偏也）作千年调。待把门关铁铸，鬼见失笑。多愁早老，惹尽闲烦恼。我醒也，枉劳心，谩计较。　粗衣淡饭，赢取暖和饱。住个宅儿，只要不大不小。常教洁净，不种闲花草。据见定、乐平生，便是神仙了。（《相思会》）

他们都认为，官不必越做越大，田不必越买越多，房子也不必越住越豪华，只需饥时有饭吃，困时有觉睡，便是神仙般的生活了。虽其满足于“温饱型”和“小康型”生活的人生目标似乎定得太低（如果全社会都停留在这目标便会缺乏前进的动力），但其不追求物质生活之奢侈的想法正好反映出他们在精神生活方面知足常乐的恬淡与洒脱。

不过，真要达到“知足常乐”的精神境界，谈何容易。这是因为，人是有感情、有欲念的动物，一年365天里，一天24个小时中，除开睡眠或专心工作以外，头脑中什么时候停止过各种念头，什么时候不滚翻起各种欲望？这些欲念之中，有一部分是合情合理和应予肯定的，它们激励人们去争取合法的权益和去追求美好的前途。但另些时候,私欲膨胀为贪婪那就会成为人心中的魔鬼,轻则危害自身的健康,重则干出危害社会的勾当。某些犯罪分子因“一念之差”而铸成终生大错的教训,就说明了这个道理。因此,若要真正“知足”,就必须“戒贪”。而在这方面,唐宋词人也有很多自戒和戒人的说法。仍以辛弃疾为例,他就对贪婪者们做过不止一次的讽刺和嘲笑。例如,当他在福建安抚使任上准备向朝廷请求罢仕归隐时,儿子却以田产尚未购置为理由表示反对,词人就写了一首“骂子”的《最高楼》词,借题发挥地表达了自己对贪求富贵者们的鄙薄之情。词曰:

吾衰矣,须富贵何时。富贵是危机。暂忘设醴抽身去,未曾得米弃官归。穆先生,陶县令,是吾师。　待葺个、园儿名“佚老”,更作个、亭儿名“亦好”,闲饮酒,醉吟诗。千年田换八百主,一人口插几张匙。休休休,更说甚,是和非。

其中,最深刻的要数这两句:“千年田换八百主,一人口插几张匙。”它用十分形象和通俗的语言揭示了这样一个道理:富贵无常,人应知足戒贪。试想,一个人的嘴巴再大,难道能同时插得进几把汤匙?吴地谚语有云:“一口不能着两匙。”(范成大《丙午新正书怀》诗引)这个连普通老百姓都明白的常识,某些读书而不明理的士大夫却偏偏忘掉了,这岂不可叹而又可悲!而“千年田换八百主”则更是切中时弊的警世之言。中国的土财主们,乃至那辈官居高位的士大夫们,素来有一通病,此即:嗜好敛财,不仅供自己享乐之用,更要为子孙们创“万世家业”。缘此,买田购屋(辛词《水龙吟·登建康赏心亭》中所谓“求田问舍”即指此种行为)、拼命搜刮便成了南宋官场中的普遍风气。对此,辛弃疾大喝一声:请睁开眼睛看一看吧,有哪一块田亩不在一千年中换过八百个主儿?对此,不知它的新旧主人们会有何种感想?所以此词表面上是“骂子”,实际却是一篇“戒贪”宣言。再如,某次有几位俗客到辛家作客,所谈之事非名即利,词人对此相当反感,便戏作一词嘲之:

几个相知可喜,才厮见、说山说水。颠倒烂熟只这是。怎奈向,一回说,一回美。有个尖新底,说底话、非名即利。说得口干罪过你。且不罪;俺略起,去洗耳。(《夜游宫》)

它就像一幅讽刺漫画那样,勾勒出了贪名逐利者的嘴脸,令人发笑和深思。

由于宋词中“知足”“戒贪”之作颇多,所以不妨再举三例:

胶扰劳生,待足后、何时是足?据见定、随家丰俭,便堪龟缩。得意浓时休进步,须知世事多翻覆。漫教人、白了少年头,徒碌碌。　谁不爱，黄金屋；谁不羡，千钟禄。奈五行不是，这般题目。枉费心神空计较，儿孙自有儿孙福。也不须、采药访神仙，惟寡欲。（晦庵《满江红》）

贪痴无了日，人事没休期。白驹过隙，百岁能得几多时。自古腰金结绶，着意经营辛苦，回首不胜悲。名未能安稳，身已致倾危。　空剜刻，休巧诈，莫心欺。须知天定，只见高冢与新碑。我已从头识破，赢得当歌临酒，欢笑且随宜。较甚荣和辱，争甚是和非。（赵长卿《水调歌头·遣怀》）

噉曾着意斟量过：天下事，无穷尽。贪荣贪富，朝思夕计，空劳方寸。蹑足封王，功名盖世，谁如韩信？更堆金积玉，石崇豪侈，当时望、倾西晋。　长乐宫中一叹，又何须累累悬印。坠楼效死，轻车弃市，头膏血刃。尤物虚名，于身何补，一齐休问。遇当歌临酒，舒眉展眼，且随缘分。（赵长卿《水龙吟·自遣》）

其中第一首词的作者"晦庵"并非朱熹，而是一位僧人①。作为一个出家人，他奉劝世人的，便是"知足"和"寡欲"这两条基本原则。在物质生活方面，他主张"据见定、随家丰俭"，而不必贪得无厌。在精神生活方面，他又主张不要"枉费心神空计较"，以求保持心境的清静安宁。这些看法虽然未必全都正确，但却有助于人们的修身养性。而特别是其中"儿孙自有儿孙福"一语，对于那些拼命为子女谋求家产基业的"痴心父母"（《红楼梦》中"好了歌"所称）来说，很有着针砭和警戒的意义。我们试看，直到当代，某些掌权者在退休前夕，为要给儿孙们攒下一大笔钱，不惜坏了一生名节去作奸犯科，以至锒铛入狱，他们要是早听了这位宋代和尚之言，或许就不至落此下场。

后两首词的批评矛头则直指一个"贪"字。彼辈"贪痴无了日"的人们，终日苦心经营，玩手腕，弄心机，但到头来却"身已致倾危""回首不胜悲"，落得个损人又损己的悲惨结局——对此，蹑足封王的韩信和富可敌国的石崇最终掉脑袋的故事就大可说明问题。虽然这只是极端的例子，但词人所说的"天下事，无穷尽。贪荣贪富，朝思夕计，空劳方寸"之言，对于贪婪无度者来说，就是一帖很好的思想清醒剂。

对于词中劝人"知足"和"戒贪"之论，我们就做如上介绍。那么，"知足"和"戒贪"是否就意味着要人弃绝一切欲念和所有的人生追求呢？非也。前已讲过，人的欲念可以分为两类，一类是合理和正常的欲念，另一类是过度和非分的

① 罗大经：《鹤林玉露》，中华书局，1983 年，第 62 页。

欲念。在此还应补充一点：有些欲念仅仅关乎个人的利益，另有一些欲念却与“公家事”（黄庭坚《登快阁》诗曰“痴儿了却公家事”）有关，而这后一类欲念就涉及了“社会责任感”的问题。我们发现，词中对于不同类型的欲念之态度实际上是泾渭分明的，此即：它劝导人们应该尽可能地克制个人的私欲和贪欲，却又勉励人们在关系到国家安危和民族前途的紧要关头自觉和勇敢地担负起责任来。所以，我们一方面可从词中的“知足”“戒贪”言论中得到修身养性的启示，另一方面更可从词人身上表现出的社会责任心和历史使命感中获得精神的激励。

人生在世，应该是既有权利却又有责任，而责任的大小则往往与他担任的社会角色有关。唐宋词人，绝大多数是士大夫文人，他们所接受的儒家文化之熏陶，以及他们所担任的朝廷命官的角色，就决定了他们中的大部分人是一批具有责任感的人。不妨先从小处说起：作为一位为人父者，他们就都把“儿女婚嫁”视为自身不可推卸的责任，一旦完成此件大事，就心满意足和如释重负。这方面的例子很多，如李纲词曰：“怅念老子平生，粗令婚嫁了，超然闲适。”（《念奴娇·中秋独坐》）如陆游词曰：“静院焚香，闲倚素屏，今古总成虚假。趁时婚嫁。”（《绣停针》）如辛弃疾词曰：“婚嫁剩添儿女拜，平安频拆外家书。”（《浣溪沙·寿内子》）即如素来洒脱的苏轼，词中也有这样的句子：“婚嫁事稀年冉冉，知有渐，千钧重担从头减。”（《渔家傲·赠曹光州》）看他之把办妥了儿女婚嫁大事比作卸脱了千钧重担，就可明白他同样把此视为自己的人生重任之一。联想到当代做父母者也同样怀有这种心理，亦可见民族心理之一脉相承。而在谈过以上情况之后，我们再来看词人在大处，尤其是在国家危亡关头所表现出来的社会责任感：

人所共知，宋代士大夫所接受的教育，其基本内容就是儒家学说，而儒家学说的一个重要内容便是教人要有社会责任感。如《孟子·离娄下》中说：“禹思天下有溺者，由己溺也。稷思天下有饥者，由己饥之也。”这种“己饥己溺”的抱负就体现了一种“以天下为己任”的高度社会责任感。而为自觉承担起社会责任，也为了实现自己崇高的政治理想，儒家学说甚至激励人们不惜“杀身以成仁”（《论语·卫灵公》）。在这种学说的教育熏陶之下，宋代士人，尤其是其中的精英人物，就大都怀有对于政治和对于社会的热情关注，以及那种经邦济世的事业心和忧国忧民的责任感；在某些方面，其思想境界恐怕还有超过先贤之处。例如孟子仅一般性地提出君主要与百姓同忧乐的观点（“乐以天下，忧以天下，然而不王者，未之有也”），然而作为宋儒的杰出人物，范仲淹却进而提出了“先天下之忧而忧，后天下之乐而乐”的处世规范和立身准则，这就显得越发难能可贵。所以我们查检宋代名臣的言行,感受很深的一点就往往是他们那种经世致用、舍我其谁的高昂的主体精神和自觉奉献社会事业的使命意识。

不过,宋代士人的上述社会责任感和使命意识,却又主要集中反映在他们的政治言论与诗文作品中。而词体则因其素来贴近于私生活和疏远于政治的文体特性,所以相对而言它所表现的社会责任感就比较淡薄。但当社会处于动荡不安之际,尤其是在民族矛盾尖锐、国本发生动摇的时候,词中也会激射出强烈的社会责任感来。对此,可分三种类型来说:

第一是在敌我交锋的战争时期,词人的社会责任感表现得异常的高昂和愤激。如岳飞《满江红》中抒写的报仇雪耻之志:“靖康耻,犹未雪;臣子恨,何时灭?驾长车踏破贺兰山缺。壮志饥餐胡虏肉,笑谈渴饮匈奴血。待从头收拾旧山河,朝天阙!”就集中体现了当时爱国官兵们驱逐胡虏、重振河山的共同心声,读来悲壮激烈、震撼人心。再如张元幹作于因金兵南侵而在逃亡途中的《石州慢·己酉秋吴兴舟中》:“心折,长庚光怒,群盗纵横,逆胡猖獗。欲挽天河,一洗中原膏血。两宫何处?塞垣只隔长江,唾壶空击悲歌缺。万里想龙沙,泣孤臣吴越。”虽是一介书生,又被迫逃难于吴脚越角,但他作为“孤臣”的一颗赤心,却仍牢牢紧系于国家的存亡兴衰,一刻也不敢懈怠。而他欲挽天河洗净中原膏血的宏图大愿,也明显继承了前代诗人(杜甫)那种一饭不忘国君及人民的高度社会责任感。

第二是在宋金对峙的偏安时期,词人的社会责任感主要表现为忧国忧民的情怀和以抗金复国为己任的政治态度。如张孝祥在建康留守张浚宴席上所作的《六州歌头》:

> 长淮望断,关塞莽然平。征尘暗,霜风紧,悄边声,黯销凝。追想当年事,殆天数,非人力,洙泗上,弦歌地,亦膻腥。隔水毡乡,落日牛羊下,区脱纵横。看名王宵猎,骑火一川明,笳鼓悲鸣,遣人惊。　念腰间箭,匣中剑,空埃蠹,竟何成!时易失,心徒壮,岁将零,渺神京。干羽方怀远,静烽燧,且休兵。冠盖使,纷驰骛,若为情!闻道中原遗老,常南望、羽葆霓旌。使行人到此,忠愤气填膺,有泪如倾。

其时江淮前线宋金对峙的局势相当严峻,金酋经常以出猎为名窥探宋军阵地,可谓亡我之心昭然。但南宋朝廷却根本不顾中原人民企盼光复的心愿,只管派使者向金人屈辱求和。面对此种不争气的局面,词人忧心如焚、愤慨填膺,遂将满腔的忠愤似惊涛出壑般倾泻入这首词中,其巨大的爱国精神和人格力量竟使张浚动容、为之而罢席。所以正像朱熹所说,读张孝祥此等词篇,“使人奋然有擒灭仇虏、扫清中原之意”①，其原因就在于词人“扫开河洛之氛祲，荡洙泗之膻腥者，未尝一日而忘胸中”。换句话说，正是词人那强烈的社会责任感所散放出的灼灼热力，才使他的这些词篇具有了感动人心的深厚伟力。而像张孝祥这样以抗金复国为己任的词人，整个南宋不知还有多少。辛弃疾、陆游、陈亮、刘过……②他们就都是这种“社会良心”的体现者。辛词有曰：“要挽银河仙浪，西北洗胡沙”（《水调歌头 · 寿赵漕介庵》），陆词有曰：“有谁知，鬓虽残，心未死”（《夜游宫 · 记梦寄师伯浑》），陈词有曰：“尧之都，舜之壤，禹之封。于中应有，一个半个耻臣戎”（《水调歌头 · 送章德茂大卿使虏》），刘词有曰：“拂拭腰间，吹毛剑在，不斩楼兰心不平”（《沁园春 · 张路分秋阅》）……虽然其语言表达不尽相同，但词人愿为国家挑起复国之重任的使命感却完全一致。

第三是在南宋灭亡以后的改朝换代时期，词人的社会责任感又表现为大厦虽倾、丹心未灭的悲壮情怀。在这方面，文天祥就是典型。文天祥自幼接受儒家教育，早就萌发了人生一世当力求青史留名的宏图大愿，当他看到学宫里配祭于孔子座前的欧阳修、杨邦乂、胡铨等谥以“忠”字的乡贤之像时，就欣然而慕之，叹曰：“没不俎豆其间，非夫也。”当然作为一名封建士大夫，他也嗜好过声色犬马，家中曾是声妓满前。但可贵的是，当国难临头之际，他毅然痛改前非，尽以家财捐作军费（以上据《宋史》本传），此种毁家纾难、大义凛然的举动就着实令人钦佩。此后他更奋不顾身地投入救亡图存的抗元斗争，最后以身殉国，果真做到了流芳百世。而支持他做到这点的精神力量之一，就是那庄严的社会责任感与历史使命意识。如当兵败被俘之后，汉奸张宏范曾以高官诱降：“国亡，丞相忠孝尽矣。能改心以事宋者事（元朝）皇上，将不失为宰相也。”而文天祥则回答道：“国亡不能救，为人臣者死有余罪，况敢逃其死而二其心乎！”（同上）虽然其言带有若干愚忠的成分，但那种为人臣者理当为国家和人民尽忠尽孝的政治责任感却又令人肃然起敬。这种责任感，一方面来源于儒家学说中的积极思想成分，另一方面又继承了中华英烈的传统精神，这在他题张巡、许远“双忠庙”所作的《沁园春》中便有清楚的昭示。其词曰：

为子死孝，为臣死忠，死又何妨。自光岳气分，士无全节；君臣义缺，谁负刚肠。骂贼张巡，爱君许远，留得声名万古香。后来者，无二公之操，百炼之钢。　　人生翕欻云亡，好烈烈轰轰做一场！使当时卖

① 朱熹：《朱熹集》，四川教育出版社，1996 年，第 4358 页。
② 脱脱，等：《宋史》，中华书局，1977 年，第 12535 页。

国，甘心降虏，受人唾骂，安得流芳？古庙幽沉，仪容俨雅，枯木寒鸦几夕阳。邮亭下，有奸雄过此，仔细思量。

其中，“为子死孝，为臣死忠”正同于他临刑前所作“绝笔自赞”中所说的“孔曰成仁，孟曰取义。惟其义尽，所以仁至。读圣贤书，所学何事？而今而后，庶几无愧”，表现了他读孔孟之书而获得的“杀身成仁”“舍生取义”的坚定理念；而“骂贼张巡，爱君许远，留得声名万古香”则又反映出他从前代民族英雄身上汲取了无穷的精神力量。所以，文天祥词中所体现出的强烈爱国精神和崇高社会责任感，实际凝聚着中华文化的精华。而它所提出的名言“人生翕欻云亡，好烈烈轰轰做一场”，又与岳飞的警句“莫等闲，白了少年头，空悲切”，以及辛弃疾、刘克庄“了却君王天下事，赢得生前身后名”“算事业须由人做”等等名句，构成了与“浮生若梦，为欢几何”相对立的另一脉人生意蕴，其真谛即在于勉励人们将其有限的生命充分燃烧，释放出有利于社会的光和热来，并在此过程中最大限度地实现自己的人生价值。

所以总结词人对待人生欲念和人生期望的态度之后可以发现：一方面他们宣扬“知足”“戒贪”的人生哲学，努力通过“清心寡欲”的办法去克制私欲；另一方面，在面临社会危机的时候，他们中的杰出人物又能高扬“舍我其谁”的主体精神，自觉和勇敢地承担起应尽的社会责任，以期实现青史留名的人生目标。而这两个方面，就都能对后之读者产生一定的思想影响。古语有云：“静若处子，动如脱兔。”在对待个人私欲时，应采取虚静淡化的态度，而在关系到社会安危的时刻，却应该跃身而出、奋力奔走，这或许就是我们读词之后可以获得的又一有益的思想启示。

三、赤子之情和成人之思

阅读唐宋词篇，常会产生两种不同的观感：有时，觉得词人真像一群天真纯情的少年，其感情之真诚和执着深令我们吃惊；有时，则觉得他们更像一群饱经世事的成年人，其思想之深刻和成熟又使我们慨叹不已。而这两种观感其实都是有所根据的，它们分别奠基于词人的两种思想性格和精神侧面：前者基于词人的多情，后者基于词人的深思。但无论是前者还是后者，却都能给今人以一定的启迪。

从“纯情”的一面来说，词人真是一群“不失其赤子之心”的特殊人群。他们不世故，不油滑，不奸诈，不虚伪，就像一群婴儿那样心地纯洁，歌哭皆真。缘此，我们便在词中读到了异常真挚和异常深厚的一片人间真情，这对灌溉现代人或已干涸的心田、充实现代人或已空虚的感情世界是有所裨益的。

词中最使读者备感亲切和深受感染的抒情内容约有如下几类：

一是强烈的归家渴念。

家庭对人而言，不仅是供其食宿的物质场所，更是他们最感安全和温暖的精神乐园。这里有生我养我的父母，又有相濡以沫的恩爱配偶，还有那绕膝不离的幼小儿女，所以纵使游子走到天涯海角，他的内心深处却永远拂不去老家的影子。君不见逢年过节，车站码头上人头攒动，有谁不是归心似箭，渴望一步就能回归家乡？此种情况就极能说明咱们中国人对于家庭和亲情的看重，因此"归家"自然就成了几千年来古典文学中的一个十分突出的主题。而因唐宋词人又是一群特别多情的人们，故其笔下的归家之情就表现得分外的深情邈绵。如传为李白所作、号称"百代词曲之祖"的这首《菩萨蛮》，就把游子渴念归家的真情描写得深致入骨：

> 平林漠漠烟如织，寒山一带伤心碧。暝色入高楼，有人楼上愁。
> 玉梯空伫立，宿鸟归飞急。何处是归程，长亭连短亭。

试想，就连不通人性的禽鸟都赶着要在天黑前飞回巢中，那么作为万物之灵的人类岂不更要翘首回望故园？因而此词所唤起的，便是人同此心的思乡情结。而蒋捷的《一剪梅》则以另一种欢快而又夹杂惆怅的笔调抒写了恨不能一步回家与亲人团聚的急迫之情，其下片云："何日归家洗客袍？银字笙调，心字香烧。流光容易把人抛，红了樱桃，绿了芭蕉。"词人既慨叹于在外作客的光阴易逝，又预想归家之后亲人重聚的温馨快乐，因此只要是有过离家经历的人，任谁读了此词恐怕都会产生感情的共鸣。俗语说得好："金窝银窝不及家中的草屋。"而当某些现代人淡薄了亲情意识之时，若能读一读下面这些词句："田园有计归须早，在家纵贫亦好"（曹组《青玉案》）、"南北利名人，常恨家居少"（李敦诗《卜算子》）、"登临，还自笑，狂游四海，一向忘家。算天寒路远，早早归呵"（戴复古《满庭芳》），则他们或许就会像听罢流行歌曲《常回家看看》那样，涌发出不可遏制的归家冲动。

二是浓挚的男女爱情。

步入唐宋词苑，人们如同来到了一张铺天盖地的大情网中，处处都感受到那撩拨不开的情丝。而在这万千情思之中，最缠绵悱恻、也最热切感人的，就是那浓挚的男女爱情。欧阳修词曰："人生自是有情痴，此恨不关风与月。"（《玉楼春》）蔡伸词曰："丁香露泣残枝，算未比、愁肠寸结。自是休文，多情多感，不干风月。"（《柳梢青》）他们的痴情，他们的多情多感，既然不关风月，那又关什么呢？不言而喻，便是那铭心刻骨的男女爱情。而在现代社会中，因受物质的诱惑，爱情有时会蒙上一层金钱的铜锈；又因过度的“开放”，某些人不免会玩“爱情游戏”的把戏，故在相当一部分人心目中，爱情已不再成为严肃和神圣的感情。而若他们翻开唐宋词的史册，或许就会被词人对于爱情的认真和执着对照得自感羞愧和脸红。顾夐词曰：“换我心，为你心，始知相忆深”（《诉衷情》），李之仪词曰：“此水几时休？此恨何时已？只愿君心似我心，定不负相思意”（《卜算子》），他们的爱情真可谓一往情深、如痴如醉；而那位民间女子的爱情誓言：

> 枕前发尽千般愿，要休且待青山烂。水面上秤锤浮，直待黄河彻底枯。　　白日参辰现，北斗回南面。休即未能休，且待三更见日头！（《菩萨蛮》）

则更有那种轰轰烈烈、至死不渝的意味。因此，像“昨夜西风凋碧树，独上高楼，望尽天涯路”（晏殊《蝶恋花》），“衣带渐宽终不悔，为伊消得人憔悴”（柳永《凤栖梧》），“两情若是久长时，又岂在朝朝暮暮”（秦观《鹊桥仙》）之类表现坚贞爱情的名句，实在是提炼出了人类爱情中的精华，所以至今还被不少热恋中（或失恋中）的青年人抄录在他们的日记或情书中，成为他们的爱情“座右铭”。

但是，唐宋词人在享受爱情的幸福时，却又付出了沉重的精神代价。特别是那些渴望自由恋爱和美满婚姻的弱女子们，更遭受过痛苦的感情折磨。因此，词中那一批表现生离死别、失恋相思的作品就尤其显得沉挚动人和勾人魂魄。例如，陆游在其美满姻缘被封建礼教所硬性拆散之后写的下列词句：“东风恶，欢情薄。一杯愁绪，几年离索。错！错！错！”“桃花落，闲池阁。山盟虽在，锦书难托。莫！莫！莫！”（《钗头凤》）就是饱蘸着泪水写就的，其一字一句中都流泻着哀感顽艳的感染力。而苏轼与贺铸的悼念亡妻之情：“十年生死两茫茫，不思量，自难忘”（《江城子》），“空床卧听南窗雨，谁复挑灯夜补衣”（《鹧鸪天》），则又会使有过丧偶遭遇的读者为之悄然动容和唏嘘生哀，甚至就连那些描写闺怨相思的词篇，尽管现代读者对产生它们的历史背景已大有隔膜之感，却仍能激发起感情的震颤。如薛昭蕴词曰：

> 春到长门春草青。玉阶华露滴，月胧明。东风吹断紫箫声。宫漏促，帘外晓啼莺。　　愁极梦难成。红妆流宿泪，不胜情。手挼裙带绕阶行。思君切，罗幌暗尘生。（《小重山》）

如李清照词曰：

> 寂寞深闺，柔肠一寸愁千缕。惜春春去，几点催花雨。　　倚遍栏

干，只是无情绪。人何处？连天芳草，望断归来路。(《点绛唇》)

这些词中所抒写的恋情和怨绪就是何等的真切和何等的深细，它们虽与现代人的生活和心境存在着不小的距离，但因人性之相通，故而照样能抚动后代读者内心中最为温柔的部分，使他们有所枨触和感动。由此看来，唐宋词人虽然早已逝去，但他们留在词中的那一泓似水柔情却至今犹波光粼粼，熠熠生辉，仍能吸引着无数对情侣到此流连徘徊……

三是对于人类与众生的呵护之情。

文学是人学，它的终极使命乃在于给人类带去心灵的抚慰和关爱。从这个意义上说，唐宋词就是一种极富爱心的文学作品。它不仅十分体贴地关爱人类本身，甚至还将爱心辐射到世间的其他众生。王国维曾以"忧生"和"忧世"来诠释大晏与冯延巳的某些词句①，实际就揭示了词之关爱人类和呵护众生的思想底蕴。联想到19世纪意大利作家亚米契斯曾经写过一部题为《爱的教育》(中文直译名又称为《心》)的世界名著，若是借用这个书名，我们就很可以把阅读唐宋词视为接受"爱的教育"之文学鉴赏活动，此言或非为过。

首先，词对作者自身的人生表现出了异乎寻常的关注。以往的诗文作品，当然也关心作者自身的处境，但因儒家文学理论的引导与制约，往往更多地关注作者身外的世界(例如政治局势和社会境况)，而词(尤其是婉约词)却转过身来特别关怀词人自身的生存状态及感情世界。站在传统的"文以载道"立场来看，这或许可算退步；但改用文学也应"以人为本"的眼光来看，这却未尝不是一种进步。请读：

一向年光有限身，等闲离别易销魂，酒筵歌席莫辞频。　满目山河空念远，落花风雨更伤春，不如怜取眼前人。

晏殊的这首《浣溪沙》，就对自己短暂而又宝贵的生命，表现出了多么深情的眷怜。而豪放如苏轼，面对一年一度的中秋之月，却也会由月之常圆而感生出人生聚散无定的哀伤和慨叹："暮云收尽溢清寒，银汉无声转玉盘。此生此夜不长好，明月明年何处看？"(《阳关曲》)尽管他在理智上清醒地认识到"人有悲欢离合，月有阴晴圆缺，此事古难全"乃是一条不可改变的宇宙法则，但他在感情上却仍无法漠然冷对其人生中的每一次离合悲欢。因此，关心自身，善待今生，乃至怜惜每一寸的似水流年和玩味每一刻的喜怒哀乐，就成了词中突出的主题。这个主题背后所隐藏的思想其实就是四个字：关爱自己。

① 王国维：《人间词话》，靳德峻笺注，四川人民出版社，1981年，第30页。

由关爱自己出发，词人又产生了推己及人的关爱他人的情愫。前文所举的晏殊《浣溪沙》就很能说明问题：他先哀叹自己是“一向（晌）年光有限身”，但最后却由顾影自怜而萌生出对于歌女的一片怜香惜玉之情：“不如怜取眼前人”。这种将爱心向异性投射的现象在词中是很常见的，这就形成了词特别呵护女性的文体特色。我们试想，唐宋词人们绝大多数都是男性，其中不乏政治地位和道德声誉很高的士大夫文人，但他们却不惜放下身段，大写其“男子作闺音”的闺怨词篇，这岂不就是他们关怀女性、体贴女性、呵护女性的表现？千百年来的正统文学，历来就较少关心女性的生活和感情，而现在，词人却设身处地地去体验女性的哀怨和烦恼，写出了像“沉思细恨，不如桃杏，犹解嫁东风”（张先《一丛花令》）、“便纵有千种风情，更与何人说”（柳永《雨霖铃》）、“罗衣着破前香在，旧意谁教改？一春离恨懒调弦，犹有两行闲泪宝筝前”（晏几道《虞美人》）等等细腻再现闺妇失恋心态的优美词句，这种为女性“代言”的举动不光表征着文学表现领域的开拓，而且体现着词人同情女性和呵护女性的一片爱心。所以，词之尤其获得女性读者的青睐和喜爱，就是事出有因的了。

再次，由关爱自己和关爱异性出发，词人又把他们的爱心推广到了世间一切可爱之人和可爱之物身上，形成了一种泛爱众生的人文景观。“羌管悠悠霜满地。人不寐，将军白发征夫泪”（《渔家傲》），身为边帅的范仲淹不仅自己乡愁满怀、夜不能寐，而且又体贴着数万部属哀哀的思乡之心；“草头秋露流珠滑，三五盈盈还二八。与余同是识翁人，惟有西湖波底月”（《木兰花令·次欧公西湖韵》），“醉翁”（欧阳修）去世已20多年了，可是苏轼却仍对月而深深怀念着自己的老师；“寄语红桥桥下水，扁舟何日寻兄弟？行遍天涯真老矣。愁无寐，鬓丝几缕茶烟里。”（《渔家傲·寄仲高》）尽管自身已感衰惫，但陆游对他的这位族兄却仍然深情怀念……随手拈出数例，我们便可感受到词中充满着关怀他人的暖暖温情。

而更令人惊叹的是，词人的人文关怀还广泛地普射到本无生命的山水草木身上，这就形成了“洒向人间都是爱”的泛爱现象。苏轼词曰：“可惜一溪风月，莫教踏碎琼瑶。”（《西江月》）即使是在醉眼惺忪中，他还担心着别教马儿踏碎了水月交辉的美景。而辛弃疾词曰：“惜春长恨花开早，何况落红无数。”（《摸鱼儿》）他对落花的怜悯甚至达到了有些“变态”的地步（因为怕见花落，竟然希望它迟开或不开）。苏、辛二位可算得上是词人中个性豪迈的人物了，可竟连他们都对山水草木、虫鸟花卉怀着如此的厚爱之情（对此，辛弃疾《鹧鸪天·博山寺作》中的两句最能说明问题：“一松一竹真朋友，山鸟山花好弟兄。”），那么其他词人的情况就更不必多说了。而此种泛爱现象的产生，就源出于词人“民胞物与”(张载《西铭》中说:“民吾同胞,物吾与也。”意谓:民皆为我之同胞,万物俱与我一样)的人道主义精神和推己及人的爱心,由此便造成了词之意境特别富有人情味的特色。

所以,总结以上情况,我们深深感到,唐宋词真是一个洋溢着人间温情的文学世界,而词人则是一批“不失其赤子之心”的纯情诗人。无论是关爱自身、呵护众生,还是忧生忧世、悲天悯人,其本源皆出于一颗赤诚的爱心。相对而言,现代社会因为竞争激烈,功利主义思想盛行,所以真情就显得比较淡薄。这种时候,如果捧读唐宋词中充满着真情挚意的作品,就能使人感到“人间自有真情在”,重新唤起人性中原本潜藏着的对于真、善、美的向往和追求。

然而,就像人生不能永远停留在幼童时期那样,唐宋词人也无法总是长不大地维持着他们“赤子之心”的精神面貌。以李后主为例,他在孩提时代确是“生于深宫之内,长于妇人之手”,但长大之后所遭受的人生风浪却简直是暴风骤雨加惊涛骇浪。所以他非但不是“不多阅世”,相反是涉世极深,可谓饱尝了世间的百味。由此看来,词人们一方面固然本性“纯情”,但另一方面又必然会因饱受世事的磨炼而变得“世故”起来,其中有些人则更因苦难和灾祸的打击变得非常的练达和成熟。借用张孝祥的两句词来说:“世路如今已惯,此心到处悠然。”(《西江月·丹阳湖》)他们真是一批人生战场上经惯风雨、见惯世面的“老将”,虽然屡经挫折和打击,但却仍能保持其“悠然”“超然”乃至“岿然不动”的心境和无法挫败的精神状态。这种“化险为夷”的本领,实际体现了高昂的生活意志和高度的人生智慧,故而时至今天犹值得我们欣赏。

说某些词人是一批人生战场上的“老将”,此言并不过分。以苏轼为例,他一生中两起两落,其境遇之落差极大。再以辛弃疾为例,他在23岁时曾以五十骑之众直闯金兵大营,生擒叛徒张安国,其时可谓叱咤风云威震南北!但南渡之后,却屡遭排挤,三度贬官退隐,落了个“却将万字平戎策,换得东家种树书”(《鹧鸪天·有客慨然谈功名,因追念少年时事,戏作》)的凄凉结局。以上两位,当然是比较特殊的例子,而即使是生活比较平顺的词人,粗略看去似乎风平浪静,但若细细观察,又有谁没个头痛脑热、三病六灾?辛弃疾题上卢桥词曰:“古今陵谷茫茫,市朝往往耕桑。此地居然形胜,似曾小小兴亡。”(《清平乐》)极普通的一条小溪或许都曾有过沧海桑田、市朝变陵谷的历史变迁,那么人心之因经常蒙受荣辱毁誉之侵扰而变得悲欢不定,也就事出一理了。所以每一位词人的心中都像调味罐那样贮存着人生百味,而其中不少人又会因经受人生风雨的洗礼而渐趋“老成”,此言就大致不错。缘此,他们就会感生如下这类相似的慨叹:“叹人生、不如意事,十常八九”(辛弃疾《贺新郎》)、“江头未是风波恶,别有人间行路难”（辛弃疾《鹧鸪天·送人》）。不过，对人生发出“行路难”的慨叹并不稀奇，更加令人关注的则是：词人究竟如何来面对人生中的许多不如意事？他们又是如何设法减轻其心理压力的？这就越发值得我们细究。

对于周遭环境的压迫，词人首先表现出的态度往往就是抗争。在这方面，一个“狂”字便是他们常用的精神武器。所谓“狂”者，照世俗的理解便是狂妄自大和不合常规，而在以“狂放”自命者那里，实是一种不甘屈服、傲世特立的精神。这种狂放精神，往往是由环境的压迫所反弹出来的，因而压力越大就“狂放”越甚。如辛弃疾词中，就颇多“狂态”的自画像：“说剑论诗余事，醉舞狂歌欲倒”（《水调歌头·汤朝美司谏见和，用韵为谢》），“长恨复长恨，裁作短歌行。何人为我楚舞，听我楚狂声”（《水调歌头·壬子三山被召》），“我醉狂吟，君作新声，倚歌和之”（《沁园春·答杨世长》），“狂歌击碎村醪盏，欲舞还怜衫袖短”（《玉楼春·用韵答叶仲洽》）……而他平生最感自负的词句亦即“不恨古人吾不见，恨古人不见吾狂耳”等四句（岳珂《桯史》卷三记载，辛氏自诵此几句时每每拊髀自笑，遍问座客何如，其自得之状溢于言表）。他的这种狂态，明眼人一看即知，实是其不甘屈服的抑塞磊落之气的外在物化。再如陈亮，也是一位爱国的“狂士”，他尤其对由理学所维系的礼法秩序表现出强烈的蔑视态度。例如，他曾以布衣身份向皇帝连上数书，之后朝廷欲授以官，他却笑曰：“吾欲为社稷开数百年之基，宁用以博一官乎？”辞官回乡之后又“落魄醉酒，与邑中狂士饮，醉中戏为大言，言涉犯上”①，差点惹下杀身之祸。这种傲睥一世的狂言和狂态，说穿了便是对封建秩序的藐视和嘲笑。因此其词中也屡见“狂”字，如：“何处寻取狂徒？可能着意，更问渠侬骨”（《念奴娇·送戴少望参选》），“太平胸次，笑他（按：此系自指）磊块欲成狂”（《水调歌头·寿朱元晦》），“酒圣诗狂，只遣愁无计”（《点绛唇》）……而到南宋末年，由于封建礼法对于个性的压抑更趋严重，所以不甘平庸者对世俗习惯的反抗也常借用“疏狂”的行为方式来得到表达。如刘克庄的《一剪梅·余赴广东，实之夜饯于风亭》就是这方面的典型例子，其词曰：

> 束缊宵行十里强，挑得诗囊，抛了衣囊。天寒路滑马蹄僵，元是王郎，来送刘郎。　　酒酣耳热说文章，惊倒邻墙，推倒胡床。旁观拍手笑疏狂，疏又何妨，狂又何妨！

词中这两位狂生的疏狂不羁，真是狂得可以和狂得可爱。然而透过这副狂放相

① 脱脱，等：《宋史》，中华书局，1977年，第12929页。

的外表,我们却又看到了他们不肯媚俗从众的内心世界。所以总起来说,词人面对不合理的现实环境和不公平的待遇,首先的反应便是与之抗争,而其抗争又往往采用那种“佯狂”“疏狂”的方式来得以表示。撇开其似有些矫情的外壳而直探其“词心”,人们便会感受到这些词中实际隐藏着“狂者进取”(《论语·子路》)的积极进取精神和不甘平庸的人生态度。

但是,如若抗争无效,那又如之奈何?难道就此消沉下去、一蹶不振吗?非也。对此,词人自有其求得自我振作的精神良方:

一是“任凭风浪起,稳坐钓鱼台”,不管外部的环境如何不利,却尽力保持其内心的泰然。对此,我们就不能不提到苏轼被贬黄州时所做的借生活小事而言其人生态度的《定风波》:

> 莫听穿林打叶声,何妨吟啸且徐行。竹杖芒鞋轻胜马,谁怕?一蓑烟雨任平生。　料峭春风吹酒醒,微冷,山头斜照却相迎。回首向来萧瑟处,归去,也无风雨也无晴。

在词人看来,风雨也罢,阳光也好,本是自然界正常的现象,因此又何必因一时的阴晴而干扰了自己的心境?何况,本居士早修炼成了“一蓑烟雨任平生”的处变不惊之大本领,故而眼前这点“穿林打叶”的风雨又何足惊怪?这样,他就用“任天而动”的哲学思想和“君子坦荡荡”的人生襟怀战胜了贬谪所带来的精神苦闷,达到了常人难以企及的“失意泰然”之思想境界。

二是任运随缘,乐天知命,通过自我宽慰来调整和平衡心态。盖人心之不平,缘起于外部世界的不公平。但是,尽管人们无法改变外部世界的不公平,他们对于自己内心的不平却是有可能进行局部的调控的,而对词人来说其常用的手段与有效的方法便是“认命”。由此而来,我们便在词中读到大量任化随缘、乐天知命的话语。如朱敦儒词曰:“不须计较苦劳心,万事原来有命”(《西江月》),如倪偁词曰:“万事尽皆前定,人生底有干忙”(《西江月》),如曹冠词曰:“外物随缘故泛应,无心仕止常知足”(《满江红》),如管鉴词曰:“富贵功名任运,佳辰乐事随缘”(《西江月》),如吴儆词曰:“尘世白驹过隙,人情苍狗浮云。不须计较谩劳神,且恁随缘任运”(《西江月》),如范成大词曰:“富贵功名皆由命,何必区区仆仆”(《酹江月》),如辛弃疾词曰:“随缘道理应须会,过分功名莫强求”(《瑞鹧鸪》),如汪晫词曰:“劝人生,且随缘分,分外一毫莫取”(《贺新郎》)……真是俯拾即是,不胜枚举。这种思想的典型描述则可举赵师侠的《踏莎行》为例:“万事随缘,一身须正,功名富贵皆前定。多图广计要争强,如何人力将天胜?　枉费机谋,徒劳奔竞,到头毕竟由他命。安时处顺得心闲,饥餐困寝亏贤甚。”词人认为只要抱定“一身须正”的宗旨,其他的一切(例如功名富贵)就不必多去考虑了,只管“万事随缘(缘分)”、让命运来作安排吧。这样一来,倒也能消释心中的种种欲念和不平之感,达到乐天如命、安时处顺的“心闲”境地。

所以,从上述情况来看,词人又是一群涉世很深、饱谙世味的人们,他们中的某些人更曾在政治漩涡、官场沉浮中翻过好几个跟斗。因此,若和前面所讲的“赤子之情”相比较,这里所谈的种种人生意蕴就明显表现出了“成人之思”的成熟特色。它们标志着词人的思想性格已经从少年人的纯情天真与多情善感走向了深思熟虑和冷静理智。少年是值得羡慕和赞赏的,从他们身上可以寻找和唤回成年人或已丢失的热情与真心;而成年却也同样值得珍视,因为它是人生的成熟期与收获期,其所积累的人生经验和思想智慧大可提供给涉世未深者作为参考与借鉴。特别是那些历经人间沧桑、饱尝人生苦难的词人们,看他们是如何从逆境中挺过来的,看他们如何在困难与压力面前处变不惊、化险为夷,始终保持着坦荡安泰的心境与高昂不屈的生活意志,人们就很可能接受一场生动的“挫折教育”。这对于现实社会中某些性格脆弱的读者来讲,就或可帮助他们疗治心疾和增强其战胜困难的信心。

四、寻觅诗意和享受闲适

“人生到处知何似,应似飞鸿踏雪泥。”(苏轼《和子由渑池怀旧》)从某种意义上讲,人的一生确有些像飞禽那样,只是在地球上暂时栖身一阵而已。但是,人又大不同于动物的缺乏生存目的,而是有思想和有追求的高级生物,因此纵使是“浮生若梦”,却也力求想把这个梦做得甜美一些。正是基于这种思想,德国哲学家海德格尔就十分欣赏诗人荷尔德林的诗句:“人诗意地栖居在大地上。”①而借用这个“诗意栖居”,我们认为:唐宋词人就是一批善于“诗化”人生的行家里手,他们不仅能在富有刺激性的生活环境中享受感官的快乐,而且还能从极为普通平常的生活环境中寻觅诗意的感觉,从而达到尽可能地善待今生和诗意栖居的目的。他们此种“化平凡为神奇”的本领,很值得欣赏和玩味。

对于芸芸众生,人生基本就由无数平凡的事情所连缀而成:上班下班,工作休闲,为衣食而奔忙,为前途而操劳……这些事情日复一日,年复一年,由此就构成了一道道并无特别闪亮颜色的人生风景线。而即使对曾经有过传奇经历或辉

① 海德格尔:《演讲与论文集》,刘小枫《诗化哲学》,山东文艺出版社,1986年,第242页。

煌业绩的“非常之人”来说,那些令人惊愕和激动的时刻毕竟也只占其人生历程的很小一部分,剩下的漫长时间也仍和普通人的生活一样,是在平凡和琐细的人事活动中度过的。此外,现代生活的快节奏与多头绪,则更会磨钝人们的感觉,绷紧人们的神经,使他们悄然减少或丧失了对自然和自我的诗意观照,故其生命活力和生活情趣也因此而有所衰退与萎缩。这真是一件既可悲又无奈的憾事。不过,我们又不必过分着急与焦虑,我们可以向苏轼和辛弃疾请益,也可以向其他聪明的词人们去讨教,学一学他们是如何享受闲适之趣和从日常生活中寻找并创造诗情画意的。辛弃疾有词曰:“自有渊明方有菊,若无和靖即无梅。”(《浣溪沙·种梅菊》)这两句词实际上揭示了一个深刻的道理:若无陶渊明和林和靖或其他具有诗心与慧眼者们的“发现”,则菊花和梅花也只是普通的花卉,并不会像他们所咏吟的那样从品性到姿容通体都闪发着“诗”的光华,也不会因此而身价倍增。所以如若夸张些说,诗人真像艺术舞台上的魔术师那样,甚至能够把灰姑娘变为白雪公主,如辛弃疾笔下的路边野花就显得竟比富家精心养护的名花还要娇美几分(《鹧鸪天·代人赋》中曰:“花不知名分外娇。”)。这就启示人们:平常的生活和平凡的事物中同样存在着“美”,只要人们善于对它们作诗意的观照就同样能获得惬意的审美享受。而反过来说,则即使是身在名胜古迹,但摆摊卖茶叶蛋的老妪却两眼尽盯在游客的钱袋上,一点也不觉得每天面对的风景有多美(这里并无瞧不起她们之意),其原因即在于她的注意力在彼而不在此,早就麻木了自己对于美景的新鲜感,更谈不上有什么诗意的感受。所以,寻找诗意实在是一件很重要的事,它可以使人活得轻松,活得愉快,活得有滋有味。而唐宋词人在这方面,就是我们的良师益友。

词人们的诗意感觉,首先是在大自然中获得丰收的。早在中唐时期,张志和的一首《渔歌子》就给人们带来了盎然的诗情画意。读着“西塞山前白鹭飞,桃花流水鳜鱼肥”的优美词句,有谁不想丢下手边做不完的杂事冗务,去做一回“斜风细雨不须归”的渔父?而若我们追随词人张孝祥,在月夜荡一次船,此时“玉鉴琼田三万顷,着我扁舟一叶。素月分晖,明河共影,表里俱澄澈”(《念奴娇·过洞庭》),管教您会摆脱(至少是一时摆脱)人间的一切烦恼,真正领会到什么是诗意的感受。所以我们应当感谢词人们,是他们给我们留下了未经工业废气和城市噪音所污染过的自然美景,可让我们在“杨柳又如丝,驿桥春雨时”(温庭筠《菩萨蛮》)的烟丝雨帘中慢慢散步,可让我们在“日出江花红胜火,春来江水绿如蓝”(白居易《忆江南》)的青山绿水间细细观光,又可让我们在“晚来风定钓丝闲,上下是新月”的湖边,静静地欣赏水天一色、孤鸿明灭的可爱黄昏(朱敦儒《好事近》)……人类原是从大自然中走出来的,大自然是全人类的母亲。因此当词人离开充满钩心斗角、尔虞我诈的宦海和名利场而重返大自然母亲的宽阔怀抱时，他们就感到了前所未有的轻松和适意。“千峰云起，骤雨一霎儿价。更远树斜阳风景，怎生图画！青旗卖酒，山那畔别有人家。只消山水光中，无事过这一夏……”（《丑奴儿近·博山道中效李易安体》）辛弃疾就在这片山水光中，寻觅到了无穷的诗意，也寻觅到了休憩疲惫心灵的精神乐园。

其次，词人又在乡村平凡而又淳朴的生活中找到了诗意的感觉。不错，相对于城市而言，乡村是朴素和简陋的，这里没有车水马龙，也没有灯红酒绿，但这里却也消失了城市的喧闹，更没有了官场的龌龊与市侩的铜臭。因此，久在城市樊笼和是非圈之羁绊中的词人一旦来到或重返乡村，心中自会涌现宁静、恬淡和亲切的感觉。请看公务之余到乡村走一走的徐州府吏苏轼之耳闻目见：“簌簌衣巾落枣花，村南村北响缫车，牛衣古柳卖黄瓜。”（《浣溪沙》）“麻叶层层檾叶光，谁家煮茧一村香？隔篱娇语络丝娘。”（《浣溪沙》）这些农村人司空见惯的景象却给词人带来了意想不到的愉悦，因此他禁不住要亲自去敲叩农夫的柴扉讨一口水喝（“敲门试问野人家”），问一问老农们今年的庄稼长势如何（“问言豆叶几时黄”）。而写到最后，他竟至动了这样的念头：什么时候能扔掉头上这顶乌纱帽，到此地来做一位无拘无束、自食其力的庄稼汉（“何时收拾耦耕身”），倒也其乐无穷。（以上引文见其《浣溪沙》）这种想法当然并不能当真，但毕竟显示了词人从内心生发的渴望亲近乡村和农民的意愿。而相比于苏轼的偶尔下乡，辛弃疾却是一位农村里的“长住户”了，故其对田野生活的诗意感受也就越发深切。在他的眼中，以及他的笔下，乡村风光简直就像浑金璞玉一样，处处包孕着诗意，也处处可以发掘出“美”来。请读这样的词：

> 陌上柔桑初破芽，东邻蚕种已生些。平岗细草鸣黄犊，斜日寒林点暮鸦。　山远近，路横斜，青旗沽酒有人家。城中桃李愁风雨，春在溪头荠菜花。（《鹧鸪天·代人赋》）
>
> 明月别枝惊鹊，清风半夜鸣蝉。稻花香里说丰年，听取蛙声一片。　七八个星天外，两三点雨山前。旧时茅店社林边，路转溪头忽见。（《西江月·夜行黄沙道中》）

词中所选的素材，都是最常见、最平凡的事物：桑叶，蚕卵，黄犊，暮鸦，蛙声，茅店……甚至连写景诗词中避免不了的花花草草在这里也只让荠菜花和稻花出场（而以桃花李花来做陪衬）；但是，就是这批素被诗人轻视的小东西们，却组合成了一幅幅生趣盎然、诗意浓郁的优美画卷。这岂不足以说明词人“化平凡为神奇”和“点铁成金”的大本领？而更有甚者，就连农家小儿偷懒贪嘴的憨态，竟也在词人眼中和笔下化作了一个妙趣横生的特写镜头：

> 茅檐低小，溪上青青草。醉里吴音相媚好，白发谁家翁媪？　　大儿锄豆溪东，中儿正织鸡笼。最喜小儿无赖，溪头卧剥莲蓬。（《清平乐·村居》）

词尾对小儿卧剥莲蓬的顽皮之态的描绘，正是使得全词为之灵光闪动的神来之笔，而其"神来"之发端即在于词人那一颗老顽童之心对于这位小顽童的诗意观照。所以，我们或许会对词人一味讴歌农村生活的安详宁静提出质疑（因为那里其实同样也存在着矛盾和争斗），但是却不能不钦佩词人从平凡的农村生活之诗料中酿制出醇厚诗香和诗味的高超本领。

再次，即使是在竹篱茅屋、粗茶淡饭的清贫生活环境中，词人却也能感到"心闲"的诗意。要做到这点，尤其不易，这实际牵涉到作者的人格修养和人生态度。罗大经《鹤林玉露》甲编卷二曰："真西山论'菜'云：'百姓不可一日有此色，士大夫不可一日不知此味。'余谓百姓之有此色（按：指脸有菜色），正缘士大夫不知此味。若自一命以上至于公卿，皆是咬得菜根之人，则当必知其职分之所在矣，百姓何愁无饭吃。"①这段议论，相当精辟，它指出做官者应经常嚼嚼菜根（意指生活简朴），老百姓才会脸无菜色。后来有人（明代洪应明）就据此写了一本《菜根谭》，教人以"咬得菜根，百事可做"的道理。而据此来读宋人的许多词篇，我们同样也能感受到他们以苦为乐，在平凡生活中寻求诗意的淡泊襟怀。如王炎《玉楼春·丙子十月生》词曰：

> 往年糊口谋升斗，朱墨尘埃粘两袖。黄粱梦断始归来，依旧琴书当左右。　　而今藏取持螯手，林下独居闲散又。问之何以得长年，寡欲少思安老朽。

如赵师侠《水调歌头·戊申春陵用旧韵赋二词呈族守德远》词曰：

> 人生如寄耳，世态逐时移。浮名薄利能几，方寸谩交驰。粗足生涯随分，到眼风光可乐，终不羡轻肥……

如吴泳《满江红·和吴毅甫》词曰：

> 粗粗饭，天仓粟；浊浊酒，天家禄。更钓鲜采薇，有何不足？君不见当年金谷事，绿珠弄笛椒涂屋。到而今、富贵一场空，终非福。

① 罗大经：《鹤林玉露》，中华书局，1983 年，第 35 页。

如赵必瑑《贺新郎·和陈新渌观竞渡韵》词曰：

> 不须青史流芳馥。也不须、荣华富贵，尊前频祝。但得山中茅屋在，莫遣鹤悲猿哭。随意种、荼薇蹢躅。莼菜可羹鲈可鲙，听渔舟、晚唱清溪曲。醉又醒，唤芳醁……

尽管他们所过的生活并不真是揭不开锅的苦日子，也尽管其词中流露了某些消极的思想成分，但这些词篇却表现了这样一种共同的人生志趣：粗饭浊酒可以果腹，山中茅屋可以蔽身，故对物质生活的追求尽可放低些标准；而在精神生活方面，则心闲寡欲之后，就满眼所见皆是可乐可喜之风光。这就和罗大经所说的“大概于世间一切声色嗜好洗得尽，一切荣辱得丧看得破，然后快活意思方自此生”①，达到了思想上的一致。而这种建筑在知足常乐基础上的化苦为乐，就使词人在清贫简朴的生活中寻觅到了人生的另一种乐趣，这与在嚼菜根中获得清香的感觉便有些相似。当然，生活在今天的人们并不需要像古代词人那样清心寡欲，更没有必要去住茅屋、咬菜根，但他们那种淡泊明志、自得其乐的胸襟却很使我们自愧不如。故读此类词篇，既有助于荡涤俗念，又有助于人们在平凡生活中活得有滋有味。所以，不管是在大自然中寻觅诗情画意，不管是在乡村生活中寻找精神家园，也不管是在清贫环境中自得其乐，词人实际都是在享受闲适，也都是通过享受闲适才获得其诗意感觉和审美愉悦的。这就说明：闲适是福，而词人们又真是一大批懂得和善于享受闲适的有福之人。

人生本就有两种状态：忙和闲。或者也可说：人生是由忙和闲所共同组成的。在这中间，忙是生活的本质和本分，它是构成生命活动的主要内容，也是人类社会生活的主体风景。或为糊口谋生而忙，或为求职求薪而忙，或为社会公益而忙，或为个人名利而忙……总之，不忙就无法生存，不忙也无法使社会向前发展。但是，在忙的同时，却又不应丢弃了闲，不然人就无法获得休憩和放松；何况，忙的目的之一还不是为了求得更加惬意的休闲？不然的话为什么有那么多人要在业余时间去养花钓鱼、旅游观光，而社会上又有那么多的电影院、咖啡馆等待着人们去休闲和消费？所以从一定意义上讲，不懂得享受闲适，也就意味着不懂得人生，甚或白活了一世。

而若进一步来分析，则忙又有两种情况：一种是有意义的忙，有价值的忙，举凡对社会有所贡献的忙就属于此类。另一种则是无甚意义的忙，如过分为自己打算、殚精竭虑地为名为利而忙，就属此列。对于这后一种忙，苏轼曾称之为

① 罗大经：《鹤林玉露》，中华书局，1983 年，第 273 页。

“干忙”,其词曰:“蜗角虚名,蝇头微利,算来着甚干忙?”(《满庭芳》)而朱敦儒更用一个生动的寓言故事来说明这种干忙到头来实是白白浪费了自己的生命。他所虚构的故事梗概如下:有一位东方智士,才多而家穷。某日一位大富翁邀其至家,说自己将出门游山玩水,家中的一切悉由智士支配和享用。智士进府后发觉其富丽简直超过了王侯之家,唯东园的厕所糟糕不堪,于是率奴仆重新整治,弄得头蓬面垢、疲劳不堪。正当新建的厕所即将完工,主人却已返家。主人问智士曰:你居此快乐否?智士答曰:我日夜为修厕所辛苦奔忙,哪里享到过一天的福;现在期限既到,我就只好归家去也。说罢,他便回到自家的陋室中去,越想越懊恼,未几便悒郁而死(《东方智士说》)。这则寓言意在告诉人们,有些“智士”自以为聪明,却专门在小处瞎忙乎,实际却丢弃了享受人生的大好机会,因此到头来不免悔恨终生。由此看来,过分的为个人名利而忙碌,弄得形疲神衰、心力交瘁,大是一件不值得的无谓之举。针对这种情况,词人们便给这些自以为“智”而实却愚笨的人开出了一帖精神补药:省心省力,享受闲适。

所谓“闲适”,应该包括两层含义:一是时间的空闲和自由支配,二是心情的放松和解放。而二者之中,尤以后者更显得重要。这是因为,即使身体休息但精神却紧张,那仍达不到闲适的境地。所以说到底,闲适的真谛乃在于心闲和心静,如此才能真正使自己享受清闲安逸的福分。

唐宋词中描写闲适生活的作品最早自然要推张志和的《渔歌子》。虽然它未曾提到一个“闲”字,但那披蓑戴笠、垂钓烟波的渔父形象,实却宣示了作者十分闲适的悠然心境。不过晚唐五代词人总的来说却是比较“忙”的,他们忙于追欢逐乐,忙于酒宴应酬,有些词人如李后主则忧思重重,所以基本不能心闲下来。到了宋代,则由范仲淹第一个提出近乎闲适的人生命题。其词曰:“莫怪山翁聊逸豫,功名得丧归时数。”(《定风波·自前二府镇穰下营百花洲亲制》)“逸豫”者,安逸娱乐之谓也,这本是儒家教义所反对的事情(《尚书·君陈》:“周公之猷训,惟日孜孜,无敢逸豫”),但却由范公首先在词中所倡导,这就说明即使像他这样的名臣大儒却也觉悟了人该休闲娱乐的道理。不过逸豫还不是严格意义上的闲适,而后者在苏轼词中就有了比较完整的表述。从时间的闲暇和生理上的休息而言,如其《满江红·东武会流杯亭》中这样写道:“官里事,何时毕;风雨外,无多日。相将泛曲水,满城争出。”其《鹧鸪天》又曰:“村舍外,古城外,杖藜徐步转斜阳。殷勤昨夜三更雨,又得浮生一日凉。”这都写的是“身闲”。而从心灵的彻底放松和解放而言,如其《南歌子》中自称“我是世间闲客,此闲行”,其《蝶恋花·述怀》中有曰:“底事区区,苦要为官去。尊酒不空田百亩,归来分得闲中趣”。而合以上二者的,则如其《行香子·述怀》:

清夜无尘，月色如银。酒斟时、须满十分。浮名浮利，虚苦劳神。叹隙中驹，石中火，梦中身。　　虽抱文章，开口谁亲？且陶陶、乐尽天真。几时归去，作个闲人。对一张琴，一壶酒，一溪云。

这就真正做到了身闲加心闲，从身心两方面都臻于闲适的境地。

尽管苏轼本人其实并未真正享受到多少闲适的清福，但他那种厌弃尘嚣、向往闲适的思想却在后来激起了强烈的反响。从此以后，鄙弃“干忙”和讴歌闲适便成了词中一个相当突出的主题思想。这里不妨聊引数词：如曹组《扑蝴蝶》：

人生一世，思量争甚底？花开十日，已随尘共水。且看欲尽花枝，未厌伤多酒盏，何须细推物理。　　幸容易。有人争奈，只知名与利。朝朝日日，忙忙劫劫地。待得一晌闲时，又却三春过了，何如对花沉醉。

如史浩《青玉案·劝酒》：

闲、忙两字无多子，叹举世、皆由此。逐利争名忙者（这）事。鏖中得丧，仕中宠辱，无限非和是。　　谁人解识闲中味？雪月烟云自能致。世态只如风过耳。三杯两盏，眼朦朦地，长向花前醉。

如辛弃疾《行香子》：

归去来兮，行乐休迟。命由天、富贵何时？百年光景，七十者稀。奈一番愁，一番病，一番衰。　　名利奔驰，宠辱惊疑，旧家时，都有些儿。而今老矣，识破关机。算不如闲，不如醉，不如痴。

其中，前两首词以闲与忙对举，指出为名为利的瞎忙与“干忙”之误人不浅，远不如在心闲的状态中悠然享用人生。第三首词中，辛弃疾又以一位忙了大半生后终于“退下来”之人的身份，向人展示了“名利奔驰，宠辱惊疑”的使人易愁、易病和易衰，以及到老才“识破关机”、悟出“不如闲，不如醉，不如痴”的心路历程。语虽颓唐，但确是一位“过来人”的真实体验。所以，读了上面这些讴歌闲适的词篇，我们很可得到如下的启示：“人人放着逍遥路，只怕君心不悟。”（朱敦儒《桃源忆故人》）因此只要去除过多的私心杂念，在不偷懒和不丢弃自身应负之责任的前提下通过闲适来休憩身心和调节劳逸，人们就不至于活得太累太苦，相反能活得相当滋润。

以上，我们论述了唐宋词中四方面的人生意蕴，它们或许至今犹对人们有所启示和教益。当然，正像前文所说过的那样，唐宋词应是一部大型的“人生百科全书”，其内容是既丰富又复杂的，所以不同的读者尽可根据自己的需要去汲取自己所需的思想营养，而远不必拘泥于笔者所论的这四方面内容。另外，由于历史的局限,唐宋词所包孕的人生意蕴中又必然含有消极和不健康的成分,这又是需要当代读者有所警惕和加以批判的。因而正确的态度应是:择善而从,批判地继承,这样才能真正达到“古为今用”的目的。

在结束本书的时候,还想讲一个作者经历过的小故事。2000年上半年,我在台湾东吴大学授课。某次邂逅一位已退休的老教授。听说我是讲授唐宋诗词的,他十分欣喜,特意向我谈起年轻时曾在报刊上读到过一首很富哲理的宋词,但现在却只记得其中两句:“不须计较苦劳心,万事原来有命。”而今退休在家,追念往昔种种情事,越发感到此词之深刻有理,只可惜无法找到该词的全文。我当即告知,这两句出自朱敦儒的《西江月》,且另有一篇“姐妹篇”。这位历经沧桑的老教授闻后大喜,请求我抄示这两首作品。次日我即把原文抄送给他,词曰:

世事短如春梦,人情薄似秋云。不须计较苦劳心,万事原来有命。
幸遇三杯酒好,况逢一朵花新。片时欢笑且相亲,明日阴晴未定。
(《西江月》)

日日深杯酒满,朝朝小圃花开。自歌自舞自开怀,且喜无拘无碍。
青史几番春梦,黄泉多少奇才。不须计较与安排,领取而今现在。
(《西江月》)

老人阅后,连呼“写得太好、太好了,深获我心”,眉宇间流露出如逢故友、如获知己之感,并说将请人用上好书法缮写,裱成条幅,以供观赏把玩。通过此事,益发使我感到,古典诗词之所以能流传久远和获得不同时代读者的喜爱,其首要的原因就在于它们所贮存的人生意蕴确能贯通古今。因此展开“唐宋词与人生”的研究工作,这不论对词学研究本身还是对词的读者来说,或许都会有所裨益。不过由于本书的写作带有很大的尝试性,又兼笔者学养不深,所以难免会有不少疏漏和错误之处,还祈读者及专家教正。

2000年12月
完稿于苏州大学东小桥弄寓所

参考文献

[1] 张璋,黄畬.全唐五代词[M].上海:上海古籍出版社,1986.
[2] 唐圭璋.全宋词[M].北京:中华书局,1980.
[3] 唐圭璋.词话丛编[M].北京:中华书局,1986.
[4] 唐圭璋.宋词纪事[M].上海:上海古籍出版社,1982.
[5] 张思岩宗橚.词林纪事[M].成都:成都古籍书店,1982.
[6] 丁传靖.宋人轶事汇编[M].北京:中华书局,1981.
[7] 孟元老.东京梦华录[M].北京:中国商业出版社,1982.
[8] 耐得翁.都城纪胜[M].北京:中国商业出版社,1982.
[9] 西湖老人.西湖老人繁胜录[M].北京:中国商业出版社,1982.
[10] 吴自牧.梦粱录[M].杭州:浙江人民出版社,1980.
[11] 周密.武林旧事[M].北京:中国商业出版社,1982.
[12] 脱脱,等.宋史[M].北京:中华书局,1977.
[13] 陈邦瞻.宋史纪事本末[M].北京:中华书局,1977.
[14] 夏承焘.唐宋词人年谱[M].上海:上海古籍出版社,1979.
[15] 赵崇祚.花间集[M].北京:人民文学出版社,1958.
[16] 李璟,李煜.李璟李煜词[M].詹安泰,编注.北京:人民文学出版社,1958.
[17] 林语堂.苏东坡传[M].长春:时代文艺出版社,1988.
[18] 王仲闻,校注.李清照集校注[M].北京:人民文学出版社,1986.
[19] 邓广铭,笺注.稼轩词编年笺注[M].上海:上海古籍出版社,1993.
[20] 吴曾.能改斋漫录[M].上海:上海古籍出版社,1979.
[21] 岳珂.桯史[M].北京:中华书局,1981.
[22] 罗大经.鹤林玉露[M].北京:中华书局,1983.
[23] 周密.齐东野语[M].北京:中华书局,1983.
[24] 永瑢,等.四库全书总目[M].北京:中华书局,1965.
[25] 吴熊和.唐宋词通论[M].杭州:浙江古籍出版社,1989.
[26] 杨海明.唐宋词史[M].南京:江苏古籍出版社,1987.
[27] 刘扬忠.辛弃疾词心探微[M].济南:齐鲁书社,1990.

后　记

本书断断续续地写了几年。书稿的绪论和上编写得较早，其中部分章节并已在《文学评论》《文史知识》和台湾成功大学中文系主任张高评教授主编的《宋代文学研究丛刊》等刊物上发表。下编及余论部分则是在我2000年上半年从台湾讲学回来以后所匆忙写就的，自觉尚有很多问题还可展开进一步的论述。特别是唐宋词对今人可能产生的思想文化方面的影响，本书"余论"部分虽有简要的叙述，但因篇幅所限只进行了提要式的交代，看来它大可作为一个专门的课题来进行研究——这且留待今后再说吧。

本书得以出版，多蒙河北人民出版社领导和编辑同志的关心与支持。尤其是责任编辑王静先生，曾给以非常热情的帮助。在此谨向他们表示深深的感谢。此外，书中还援引过前贤和时彦的一些研究成果，除一一标出之外也在此一并致谢。

2001年10月16日
记于苏州大学东小桥寓所

再版后记

此卷原由河北人民出版社于2002年5月出版，责任编辑为王静先生。王静先生为人热情诚恳，对此再次表示深谢。

此卷本次编入“词学文集”由华南师范大学教授闵定庆博士重校。责任编辑郭杰先生、董国军先生、徐子理先生也出力很多，于此一并表示感谢。

杨海明

2020年3月